Edgar Allan Poe

Complete Tales

爱伦·坡

暗黑故事全集

[美] 爱伦·坡◎著

（Poe, E. A.）

曹明伦◎译

CNS PUBLISHING & MEDIA 中南出版传媒

湖南文艺出版社 HUNAN LITERATURE AND ART PUBLISHING HOUSE

博集天卷 CS-BOOKY

图书在版编目（CIP）数据

爱伦·坡暗黑故事全集．下册 /（美）爱伦·坡（Poe, E.A.）著；曹明伦译．-- 长沙：湖南文艺出版社，2013.1（2022.5 重印）

书名原文：Edgar Allan Poe Complete Tales

ISBN 978-7-5404-5837-9

Ⅰ. ①爱… Ⅱ. ①爱… ②曹… Ⅲ. ①短篇小说 – 小说集 – 美国 – 现代 Ⅳ. ① I712.45

中国版本图书馆 CIP 数据核字（2012）第 282824 号

上架建议：文学·惊悚悬疑

AILUN PO ANHEI GUSHI QUANJI.XIA CE

爱伦·坡暗黑故事全集．下册

作　　者：[美] 爱伦·坡（Poe, E.A.）
译　　者：曹明伦
出 版 人：刘清华
责任编辑：丁丽丹　刘诗哲
监　　制：邢越超
策划编辑：李彩萍
特约编辑：尹　晶
营销支持：文刀刀　周　茜
封面设计：吕彦秋
版式设计：崔振江
出　　版：湖南文艺出版社
　　　　（长沙市雨花区东二环一段 508 号　邮编：410014）
网　　址：www.hnwy.net
印　　刷：三河市百盛印装有限公司
经　　销：新华书店
开　　本：700mm × 1000mm　1/16
字　　数：400 千字
印　　张：25
版　　次：2013 年 1 月第 1 版
印　　次：2022 年 5 月第 6 次印刷
书　　号：ISBN 978-7-5404-5837-9
定　　价：48.00 元

若有质量问题，请致电质量监督电话：010-59096394
团购电话：010-59320018

目录
Contents 下册

Edgar Allan Poe Complete Tales

如何写布莱克伍德式文章[①]

以穆罕默德的名义——无花果！

——土耳其小贩的叫卖声

我相信人人都听说过我。我就叫普叙赫·泽诺比娅小姐。我知道这是一个事实。除了我的敌人绝没有谁叫我萨基·斯洛比斯。我一直坚信“萨基”不过是“普叙赫”的讹误，而“普叙赫”是个美妙的希腊字眼，意思是“灵魂”（那就是我，我完全是灵魂），有时也指“蝴蝶”，这后一个意思无疑是在暗示我穿上我那身崭新的鲜红缎袍时的模样，红袍配有天蓝色的阿拉伯小斗篷，配有深绿色的搭扣装饰，并镶有七道橘黄色的报春花边。至于斯洛比斯，任何人只消看我一眼，马上就会意识到我这个姓一点不势利。[②] 塔比莎·特尼普小姐四处张扬说我势利，那纯粹是出于妒忌。塔比莎·特尼普确实出于妒忌！哦，那个小坏蛋！不

① 由布莱克伍德（William Blackwood，1776—1834）创办的《爱丁堡杂志》曾以刊载耸人听闻的哥特式恐怖小说而著名。——译者注

② “斯洛比斯”（snobs）意即“势利”。——译者注

过，从一个萝卜那里我们能期望什么呢？[①]我真纳闷她是否记得那个关于“萝卜流血”的古老格言。（夫人：一有机会就提醒她这一点。还有夫人，拉拉她的鼻子。）我说到哪儿啦？哦！我一直坚信斯洛比斯只不过是泽诺比娅的讹误，而泽诺比娅是一个女王[②]，（我也是女王，莫理本利博士就总是叫我心牌女王）除了普叙赫，泽诺比娅也是个美妙的希腊字眼，而我父亲是“一个希腊人”，所以我有权用我们的姓，那就是泽诺比娅，这姓无论如何都不势利。除了塔比莎·特尼普，没有人叫我萨基·斯洛比斯。我是普叙赫·泽诺比娅小姐。

正如我刚才所言，人人都听说过我。我就是那个因作为我们协会的通讯秘书而天经地义地被众人知晓的普叙赫·泽诺比娅小姐。我们的协会叫“费城致力于文明人类正规交易茶叶纯文学宇宙实验文献总协会”。这个名称是莫理本利博士为我们取的，他说他选这个名称是因为它听起来响亮，就像只空朗姆酒桶（莫理本利博士有时很俗气，但他很深沉）。我们都在我们的名字后附上协会名称的缩写，正如皇家艺术学会缩写成 R.S.A.，实用知识普及协会缩写成 S.D.U.K. 一样。莫理本利博士说，S.D.U.K. 中的 S 代表走了味的，而 D.U.K. 的意思是鸭子（但并不是），所以 S.D.U.K. 表示的是“走了味的鸭子”，而不是布鲁厄姆勋爵的“实用知识普及协会”。不过，莫理本利博士是那么一个怪人，所以我从不敢肯定他何时讲的是真话。不管怎么说，我们总是在我们的名字后面加上我们协会名称的缩写 P.R.E.T.T.Y.B.L.U.E.B.A.T.C.H.，这个缩写代表“费城致力于文明人类正规交易茶叶纯文学宇宙实验文献总协会”，一个字母代替一个词，这比起布鲁厄姆勋爵的协会名称缩写来是一个明显的改进。莫理本利博士总是说“我们协会名称的缩写体现了我们的真正性质，但就是要了我的命”，我也不明白他是什么意思。

虽然博士有漂亮的办公室，尽管协会为提高自身的知名度进行了不懈的努力，但直到我加入协会以后，协会才取得巨大成就。事实是，会员们过去沉迷于一种过分夸夸其谈的论风。每个星期六晚上读到的文章不是以深入透彻见长，而是以插科打诨著称。那些文章全都是搅得稀烂的乳酒冻，没有对事物本原的调查，

① “特尼普”（turnip）在英文中有萝卜之义。——译者注
② 泽诺比娅（Zenobia，？—274），曾为罗马帝国属下巴尔米拉女王。——译者注

没有对基本原理的研究，没有对任何事情的分析考证。文章压根儿不注意“事物的合情合理”这一要点。总之，从未有过合情合理的妙文佳作。协会刊物整个的质量低劣，非常低劣！没有深度，没有学识，也没有形而上学。既无博览群书者所称的脱俗，也无不学无术者爱指责的“侃得”（莫理本利博士说我应该把“侃得”写作“康德”，但我知道得比他清楚）。

我一加入协会，便竭力引进一种更好的思维方式和写作风格，而人人都知道我已经取得了多么大的成功。现在，我们P.R.E.T.T.Y.B.L.U.E.B.A.T.C.H.编写的文章甚至能与布莱克伍德先生那份杂志中的任何一篇媲美。我说布莱克伍德先生的杂志，因为我历来深信有关任何题目的最好文章，都出自那份理所当然地闻名遐迩的杂志。现在我们的所有文章都以那份杂志为楷模，所以我们正在迅速地引起世人瞩目。说到底，只要方法得当，写出正宗的布莱克伍德式文章并非不可企及。当然，我不谈政治性文章，那种文章谁都知道如何炮制，因为莫理本利博士曾做过讲解。布莱克伍德先生有一把裁缝用的大剪刀和三名不离左右的门徒。一名门徒为他递《时报》，另一名递《考察家报》，而第三名则递一份《格利新俚语怪话摘要》，布莱克伍德先生只是剪接拼凑。那做起来很快，不过就是《考察》《摘要》《时报》，然后《时报》《摘要》《考察》，再就是《时报》《考察》《摘要》。

那份杂志的主要优点就在于它五花八门的文章，而那些文章的绝妙之处，又在于被莫理本利博士称为bizarreries[①]（这究竟是什么意思）而被一般人叫作扣人心弦的标题，这是一种我早就知道如何欣赏的作品，虽说只是在我最近拜访布莱克伍德先生之后（由协会委派），我才弄明白这种文章的具体写法。这种写法非常简单，但也不是简单得像在写政治性文章。当时我见到了布莱克伍德先生，向他转达了我们协会的请求，他非常有礼貌地欢迎我，领我进了他的书房，并详细地向我讲解了那种文章的全部写作过程。

“我亲爱的女士，”他显然被我端庄的仪表迷住了，因为我当时穿的就是那身有深绿色搭扣和橘黄色花边的鲜红缎袍。“我亲爱的女士，”他说，“你请坐下。事

① 法语，意为稀奇古怪。——译者注

情是这样的。首先，要写扣人心弦的文章，你们的作者必须得有很黑的墨水，还要有一支非常大非常秃的笔。请注意，普叙赫·泽诺比娅小姐！”他略为一顿，然后以一种最庄严的语气、最肃穆的神情继续说道：“注意！那支笔——务必——绝不能修笔尖！小姐，奥秘就在这里，这就是扣人心弦之灵魂。我可以非常有把握地说，从来没有人（无论多么伟大的天才），用一支好笔写出过好文章。你可以理所当然地认为，如果手稿能读，那文章一定不值一读。这是我们信念中的一个主要原则，若是你对这一原则不能欣然赞同，那我们的会谈就算结束了。”

他停了下来。可我当然不希望会谈就此结束，于是欣然赞同了这一如此一目了然，其真实性又是我长期以来有充分认识的主张。

他显得很高兴，并继续对我进行教诲：“普叙赫·泽诺比娅小姐，若是我让你去读任何一篇或几篇文章，无论是作为样板还是为了研究，也许都会惹你反感；但也许我仍要让你注意几篇范文。让我想想，那篇《活着的死者》真是妙极了！文章写一名绅士尚未断气便被埋进了坟墓，真实地记录了他在坟墓中的感觉，充满了经验、恐怖、情趣、玄学和博识。读者会发誓说，那作者就生在坟墓里，长在棺材中。还有那篇《一个鸦片服用者的自白》，妙，妙不可言！瑰玮的想象，玄妙的哲学，深刻的思索，充满了激情、疯狂和一种显然莫名其妙的高雅情趣。作品中有些精巧的胡言乱语，却让人们读起来津津有味。人们原来认为那文章出自柯勒律治之手，但并非如此。那是我的宠物狒狒写的，当时它喝了一大杯加水的荷兰杜松子酒，‘热的，没加糖’（若不是布莱克伍德先生亲口讲述，我几乎不能相信有这种事情）。

“然后是那篇《无意的试验者》，讲一名绅士被塞进炉里烘烤，结果他不但活着出来而且毫发无损，虽然他肯定有了一番变化。接下来是《一位已故医生的手记》，该篇的长处在于它高明的夸夸其谈和蹩脚的希腊语引用，这两点都很对公众的口味。其次是那篇《钟里的人》，顺便说一下，泽诺比娅小姐，向你推荐这篇作品，我并无充分的根据。它讲的是一位年轻人的故事，他睡在教堂大钟的钟锤下，被一阵丧礼的钟声惊醒。那钟声使他发了疯，于是他铺开纸笔，记录下了他发疯后的感觉。总而言之，感觉非常重要。如果你曾被淹死或吊死过，那你千万要把当时的感觉记下来，这样的记录一页值十个金币。假若想写得令人信服，泽诺比娅小姐，那你一定要密切注意感觉。”

“我一定注意，布莱克伍德先生。”我回答。

“很好！”他说，“我看出你是一个合我心意的学生。但我必须教你精通必要的具体方法，只有凭这些方法写出的文章，才称得上真正的布莱克伍德式文章，你将会理解我为什么认为无论从哪个意义上讲，这种文章都是最好的。

“你要做的第一件事，就是设法使自己陷入一种前人不曾陷入过的困境。譬如说掉进火炉，那将大受欢迎。但是，假若你身边既没有火炉也没有巨钟，假若你不能很方便地从气球上一跟头栽下，或是既不能被地震吞没，也不能被紧紧地卡在烟囱里，那你就必须用你的想象力去想象某种相似的灾难。不过，我更希望你能有这类亲身经历作为证据。最有助于想象的莫过于自己的亲身经历。你知道，‘真实是奇妙的，比虚构还奇妙’，而且效果更佳。”

我当即向他保证，我有一副非常漂亮的吊袜带，我将尽快用它来上吊。

“很好！”他回答，“一定要那样去做，尽管上吊已略显陈腐。也许你能做得更新颖。譬如吞一瓶布兰德雷斯药丸，然后给我们写出你的感觉。不过，我的教导同样适用于其他各种各样的天灾人祸，你在回去的路上也许很容易头上挨一棍子，或被一辆公共马车碾过，或被一条疯狗咬伤，或在一条水沟里淹死。但你得继续下去。

“一旦确定了题目，接下来你必须考虑的就是叙述的语气，或称叙述方式。说教语气、抒情语气和自然语气都已经显得是陈词滥调。但还有简洁语气，或称敷衍语气，这种语气最近开始大量被使用。它的关键在于短句。无论如何得用短句。再短也不算短，再急也不嫌急，只用句号，而且绝不要分段。

“然后还有高调冗长的插入式语气。我们一些最优秀的小说家爱用这种语气。所用的字眼必须像陀螺一样回旋，造成一种非常相似的响声，其效果比意义更加显著。这是所有可用的语气中最好的一种，用这种语气写作的作家总是忙得无法思考。

“形而上学语气也是种好语气。要是你知道什么名词术语，那正好派上用场。谈谈爱奥尼亚和伊利提克学派，说说阿克塔斯、高尔吉亚和阿尔克曼。讲讲什么客观与主观。千万别忘了讲几句洛克的坏话。别去理会普通的事，当你不小心写下点悖谬之词，你不必劳神费力将其抹掉，只需加上一条脚注，就说上述深刻的见解你是得益于‘*Kritik der reinen Vernunft*’，或得益于‘*Meta physische Anfangsgrunde der Naturwissenschaft*’。[①] 这将使你显得学识渊博而——而且坦率。

“还有其他各式各样的同样出名的叙述语气，我再教你两种——超验语气和综合语气。用超验语气的优点在于，远远比别人能深入地看透事物的本质。这种第二视觉若运用得当，效果极佳。稍稍读读《日晷》[②] 将使你获益匪浅。用这种语气得避免使用名词术语等大字眼，而尽可能地用小字眼，并尽量把话说得颠三倒四、乱七八糟。翻翻钱宁的诗，并引用他那段关于一个‘有罐头盒般不可靠外貌的胖小男人’的话。插入几句有关天上那个独一无二的话。对地狱那个第二则只字不提。尤其重要的是学会拐弯抹角。凡事只可旁敲侧击，不可单刀直入。假如你觉得你想说‘涂奶油的面包’，那你无论如何都不能直截了当地把它给说出来。你可以说任何接近‘涂奶油的面包’的东西。你可以含蓄地说荞麦饼，你甚至可以绕个大弯子说燕麦麦片粥，但是，假若涂奶油的面包是你真想要说的东西，那你得当心，我亲爱的普叙赫小姐，不管怎样，都不能说出‘涂奶油的面包’！”

我向他保证，只要我一息尚存，我将不再说奶油面包。他吻了我并继续道：

“至于综合语气，那只是把全世界所有的语气按照一定的比例加以适当的混合，由此把所有深刻的、伟大的、古怪的、有趣的、恰当的、美妙的东西拼凑起来。

“现在，让我们假定你已经确定了要写的事件和要采用的语气。最重要的部分，事实上还是必须加以注意的整个写作过程的灵魂，用我的话说就是填写。一位女士或一位先生不应该一辈子就生活在书堆里。然而最最重要的是，你又必须让你的文章有一股学贯古今的意味，或至少能证明你博览群书。现在我就来教你如何做到这一点。你看这儿！”（他摊开三四本看起来极普通的书，并随意将它们翻开。）“你翻开这世界上任何一本书的任何一页，都能马上发现一些或具有学识或富有才气的只言片语，这些只言片语正好为布莱克伍德式文章增添趣味。我给你读的时候你最好记下一些。我将把这些只言片语分为两类：一类是比喻所需的妙趣横生

① 即德国哲学家康德的《纯粹理性批判》和《自然科学的形而上学基础》二书。——译者注

② 以爱默生为首的超验主义者在波士顿创办的一份评论季刊（1840—1844）。——译者注

的细节，一类是必要时可用的妙趣横生的表达。现在开始记吧！”于是，他念我写。

“比喻所需的妙趣横生的细节。‘诗歌女神最初只有三位——墨勒忒、摩涅莫绪涅和阿俄伊得，即沉思、记忆和歌唱。’如果加工得法，你可以就这点细节小题大做。你知道并非人人都熟悉这点细节，可它看上去会深受读者欢迎。不过你得小心，得让读者感觉到一种即兴创作的味道。

“再听。‘阿尔斐斯河从海底穿过，未伤其水之纯洁而浮出地面。’这个细节固然已老掉了牙，但如果加以适当的修饰和发挥，它仍然可以显得焕然一新。

“这儿有个更好的细节。‘波斯的鸢尾草似乎对某些人来说具有一种美妙而浓烈的芳香，而对另一些人来说则全然无味。’美，异常精美！稍稍把它改造一下，它将产生奇迹般的效果。我们再来看另一种植物。没有比这更受欢迎的了，尤其是再用上其拉丁语学名。记吧！

“‘爪哇岛的附生兰开一种非常美丽的花，它被连根拔起也能生长。当地居民用绳子将它悬于室内，常年享受其馥郁芬芳。’这真是绝了！用来做比喻再合适不过。现在我读妙趣横生的表达。

“妙趣横生的表达。‘历史悠久的中国小说《玉娇梨》。’好！恰如其分地点出这么几个字眼，这将表明你熟稔中国语言文学。借助于这种表达，你也许能对付阿拉伯语、梵语或契卡索语。但是，文章中若不引用西班牙语、意大利语、德语、拉丁语和希腊语，则是万万不行的。我必须每种语言给你找出个例子。任何一句话都行，因为你得依你自己的巧妙运用俾之符合你写的文章。好，开始！

“‘Aussi tendre que Zaire’——像莎伊尔一般娇嫩，法语。暗用了人们常常重复的说法‘娇嫩的莎伊尔’，出自法国同名悲剧。这种引用若恰到好处，不仅能显示你的语言知识，还能证明你的学问和机智。譬如你可以说你正在吃的那只鸡（假设你正在写一篇被鸡骨头卡死的文章）并不完全像莎伊尔一般娇嫩。听好！

Van muerle tan escondida
Que no te sienta venir,
Porque el P.azer del morir

No me torne a dar la vida.

“这是西班牙语，引自塞万提斯。‘快来吧，哦，死神！但千万别让我看见你的来临，以免我看见你时感到的欢乐会不幸地让我死而复活。’这几行诗你可以不露声色，并非常恰当地用在你临死前痛苦挣扎之时，就是在被鸡骨头卡住后。再记！

Il P.ver' huomo che non se'n era accorto,

Andava combattendo, e era morro.

“这是意大利语，你已经听出，引自阿里奥斯托[①]。它的意思是说一位伟大的英雄在战斗最激烈的时候没有意识到自己已经被杀死，所以他虽然死了仍继续英勇地战斗。显而易见，这非常适合你的情况，因为我确信，普叙赫小姐，在你被鸡骨头卡死后，你会至少反抗一个半小时。请再写！

Und sterb'ieh doeh，no sterb'ich denn

Durch sie—durch sie！

“这是德语，引自席勒。‘假若我死去，至少我是——为你而死——为你而死！’不言而喻，你这是在用顿呼法称呼你那场灾难的原因，那只鸡。其实我倒真想知道，哪一位有理性的先生（或女士）不愿为一只表面涂着橘子冻，肚里填满驴蹄草和蘑菇，像一幅镶嵌画盛在色拉碗中端上来的纯种摩鹿加岛[②]肥鸡而献出生命。再写！（你在托尔托利餐馆可吃到那种鸡）请往下记！

“这儿有一个精妙的拉丁文短语，也是非常有趣（拉丁文的引用越考究越简短越好）——ignoratio elenchi[③]。他犯了一个 ignoratio elenchi，这意思是说，他

① 意大利诗人，代表作有《疯狂的罗兰》等。——译者注

② 著名的香料群岛。——译者注

③ 逻辑学术语，意为“诡辩论证”，即歪曲对方的论点。——译者注

已经懂了你命题的字眼，但并不明白其概念。你看，这种人是白痴。当你被那根鸡骨头卡住时，你对其述说的就是这样一个可怜的家伙，所以他不能正确地理解你的意思。当面给他来一句 ignoratio elenchi，那你一下子就把他镇住了。假若他胆敢还嘴，你可以用卢卡努斯这个说法（你看，在这儿）来告诉他，说他的话不过是 anemonae verborum——秋牡丹。那秋牡丹倒挺艳，就是不中闻。或者，假若他开始发火，你可以劈头给他一句 insomnia Jovis——朱庇特的幻想，西利乌斯·伊塔利库斯（你看这儿！）曾用这个措辞来形容华而不实的思想。这必定会伤透他的心。他除了倒下死去，别无他法。请你继续往下记好吗?

“希腊语我们得引段美妙的话，譬如引德摩斯梯尼的 Αυερ ο φεογωυ και παλω μ αχεσεται。塞缪尔·巴特勒在其《休底布拉斯》中对这段话进行了很不错的翻译——

> 逃走的可以再次重返疆场，
>
> 死去的再也不能参加战斗。

“在一篇布莱克伍德式文章里，没有什么比得上你们的希腊语耐看。单是那些字母就显得奥妙无穷。你看，小姐，看看 ε 这副机灵相！ φ 肯定应该是个主教！难道还会有比 ο 更伶俐的家伙？你再好好看一看这个 τ！总之，对一篇真正写感觉的文章，希腊语是再妙不过了。就你眼下的情况而言，引用一句希腊语是天地间最明白不过的事。对那个一无是处、愚蠢透顶、听不懂你用浅显的英语说鸡骨头的家伙，你要用发誓的语调，以最后通牒的方式严厉地说出德摩斯梯尼的那句话。他会有所领悟并知趣地离去，你可以相信这点。”

这些就是布莱克伍德先生就我提起的话题所能给予的教导，但我觉得这已完全够了。至少，我已经能够写出地道的布莱克伍德式文章，而且我决定马上动笔。在送我出门的时候，布莱克伍德先生提出买下我即将去写的文章。但由于他只能出五十个金币一页，我想与其为这么点蝇头微利而牺牲一篇佳作，还不如将稿子留给我们协会。虽说稿酬开价吝啬，但那位绅士在其他所有方面都表现出他对我的体贴，对待我真是做到了礼仪周全。他临别的一番话给我留下了深刻的印象，我希望我将永远怀着感激之情把他那番话铭记在心。

“我亲爱的泽诺比娅小姐，”他说话时眼圈里闪着泪花，“为了促使你可歌可泣的事业成功，我还能替你效什么力吗？让我仔细想想！只是有这种可能，你不能够又快又省事地把——把——把你自己淹死，或——被一根鸡骨头卡死，或——或吊死，或——被一条狗——有了！现在我想起来了，这院子里有两条非常优秀的看门狗。好狗，我向你保证，凶猛无比，几乎像野狗。事实上，这正合你的心意，它们可以在五分钟内把你吃掉（这是我的表！），连耳朵也不剩，接下来你就只消去思考你的感觉了！喂！我说——汤姆！——彼得！——迪克，你这个家伙！把那两条狗放——”但由于我的确十分着急，不能再耽误一分一秒，于是我极不情愿地匆匆告辞，并马上离开了那个地方。我承认，若按严格的礼节，我走得是有点仓促。

告别布莱克伍德先生之后，我要做的第一件事就是依照他的忠告尽快使我陷入困境。抱着这一目的，我那天的大部分时间都在爱丁堡街头徘徊，寻找能置人于死地的危险，足以使我感情激烈的危险，适合我要写的文章特点的危险。在街头漫游时，陪伴我的有我的黑人随从庞培和我的小卷毛狗狄安娜，都是我从费城带来的。然而，直到那天日近黄昏之时，我艰巨的事业才算获得了圆满的成功。一个重大事件终于发生，下面这篇用综合语气写成的布莱克伍德式文章就是该事件的经过和结果。[1]

① 下篇《绝境》是后续文章。——译者注

Edgar

Allan

Poe

Complete

Tales

绝境

是什么意外，美丽的小姐，使你像这样香消玉殒？

——《科摩斯》

那是一个宁静平和的下午，我漫步在美丽的爱丁纳城街头。大街上充满了嘈杂与喧哗。男人们喋喋不休。女人们吵吵嚷嚷。孩子们哭哭啼啼。猪崽在号叫。马车声辚辚。公牛在怒吼。母牛在低哞。辕马在嘶鸣。猫在叫春。狗在跳舞，跳舞！这可能吗？跳舞！唉，我想，我跳舞的日子已经结束！就那样一去永不复返。多少阴沉的记忆，总是常常被唤醒在我具有才华、富于想象、善于沉思的心中，这颗心尤其具有这样一种天性，它注定要受到无穷的、永恒的、连绵的，有人也许会说剪——对，剪不断理还乱的、痛苦的、忧愁的、恼人的，请允许我说非常恼人的宁静的影响，注定要受到那种可以被称为这世上最令人欣羡的——不！最美不胜收的、最婉妙绰约的，也许还可以说最最俊俏的（请允许我如此冒昧地这样表达）事物的影响（请原谅我，亲爱的读者），但我这是情不自禁。我再说一遍，在这样一颗心中，一丁点小事就可以唤醒多少的回忆！狗在跳舞！我——我却不能！它们嬉戏，我却哭泣。它们欢跃，我却呜咽。多么伤感的情景！而此情此景，不会不使古典派读者触景生情地联想起那段优雅细腻的描写，那段描写可在美妙绝伦且历史悠久的中国戏曲《西厢记》第三部《长亭送别》的卷首找到。

当我孤独地穿行在那座城市，我有两位卑微但忠实的伴侣相随。狄安娜，我的卷毛狗！最可爱的动物！它有一身遮住了一只眼睛的长毛，脖子上时髦地系着一根蓝色缎带。狄安娜身高至多有五英寸，但它的头比身子稍大一点，它的尾巴被剪得极短，这赋予它一副受了委屈的天真模样，使它看上去真是人见人爱。

庞培，我的黑伙伴！可爱的庞培！我怎能把你忘怀？我当时就拉着庞培的手臂。他身高只有三英尺[①]（我喜欢独特），年龄是七十岁或八十岁。他有一副罗圈腿，人长得也肥胖。他的嘴巴不能说小，耳朵也不能说短。然而，他的牙齿像一粒粒珍珠，他又大又圆的眼睛是美丽的白色。造物主没有赋予他脖子，并且他的脚脖子（像那个种族通常一样）长在脚背上。他的衣着是惊人的朴素。他唯一的装束就是一条九英寸长的硬领巾和一件几乎还是新的淡褐色厚呢大衣，那件大衣从前的主人是高大魁梧、赫赫有名的莫理本利博士。那是一件漂亮的大衣，裁剪考究，缝制精良。大衣几乎还是新的。庞培用双手拽住衣边，以免沾泥。

我们一行是三位，而前两位已经介绍过了。还有第三位，那第三位就是我。我是普叙赫·泽诺比娅小姐。我不是萨基·斯洛比斯。我仪表端庄。在我所讲述的那个难以忘怀的时节，我穿着一件鲜红色的缎袍，并配有一件天蓝色的阿拉伯小斗篷。缎袍有深绿色的搭扣装饰，并镶有七道橘黄色的报春花边。我就那样成为三人行的第三位。我们有卷毛狗，有庞培，还有我自己。我们是三位。因此据说复仇女神最初只有三位——墨耳提、尼密和赫蒂[②]，即沉思、记忆和演奏[③]。

倚靠着漂亮的庞培的胳膊，由狄安娜恭敬地相随，我沿着爱丁纳如今已冷清萧索，而三年前车水马龙的街道继续前行。突然，一座教堂进入我的视线——一座哥特式大教堂，巍峨宏大，历史悠久，有一座高耸入云的尖塔。当时是什么疯狂把我攫住？我为何匆匆扑向我的命运？我心里产生了一种难以抑制的欲望，要登上那座高塔去俯瞰全城的美景。教堂的门诱人地开着。命运之神驱赶着我。我

① 1英尺 =0.3048米。——编者注

② 一说提西福涅、阿勒克托和墨盖拉。——编者注

③ 完全是布莱克伍德式文章套路，只换了几个词。——编者注

钻进了那凶多吉少的拱形门洞。那我的保护天使当时在哪里？如果真有那样的天使。如果！多可怜的回答！在你的两个字眼里包藏了一个多么神秘莫测、意味深长、云谲波诡、变幻莫测的世界！我钻进了那凶多吉少的拱形门洞！我进去了，没有损伤我的橘黄色报春花边。我从门洞下穿行，浮现在教堂的前庭！因此人们说，宽阔的阿尔福瑞德河未受损伤、未被弄湿地穿过了海底。

我觉得那旋梯一定没有尽头。旋梯！是的，它往上旋啊，旋啊，旋啊，直旋得我忍不住猜想，和有远见卓识的庞培一道，当时我出于对早年感情的信任，放心大胆地倚靠着他坚实的臂膀，我忍不住猜想那漫长的旋梯的上端，一直在偶然地或故意地向上延伸。我停下来喘气，就在这时，一个事件，一个无论以伦理学还是形而上学的观点来看都性质严重的事情，显示了即将悄悄发生的苗头，在我看来，其实我对那个事实深信不疑，我不可能弄错——不！我已经小心翼翼且忧心忡忡地把狄安娜的举动观察了一阵，我说我不可能弄错，狄安娜闻到了一只老鼠的味道！我马上叫庞培注意这个情况，他同意我的判断。这下再也没有理由怀疑。那只老鼠已被闻到，被狄安娜闻到。天哪！我怎能忘记当时的那种激动？唉！人类自夸的才智到底为何物？那只老鼠！它就在那儿，也就是说，它就藏在什么地方。狄安娜闻到了老鼠的味道。而我——我却未能闻到！所以人们说，普鲁士的莲花对某些人来说具有一种美妙而浓烈的芳香，而对另一些人来说则全然无味。

旋梯已经被征服了，现在塔顶与我们之间只剩下三四级阶梯。我们继续攀登，只有一步之遥了。一步！短短的，小小的一步！在人生这架巨大的旋梯上，多少幸福或苦难往往就在于这么小小的一步！我想到了我自己，然后想到庞培，然后想到了笼罩着我们的神秘莫测的命运。我想到了庞培！天哪，我想到了爱！我想到了曾经迈出过，今后还可能再迈出的许多错误的一步。我决定今后要格外小心，格外谨慎。我放弃了庞培的臂膀，并在没有他帮助的情况下征服了剩下的最后一步，抵达了塔顶的钟楼。我的卷毛狗紧随我后边也登上了塔顶。庞培一个人拖在了后面。我站在旋梯顶端，鼓励他往上攀登。他向我伸来求援的手，不幸的是这样一来，他就被迫松开了他一直紧紧拽着的衣边。神祇们难道从不停止他们对人的迫害？大衣往下垂落，庞培的一只脚踩住了拖曳下来的长长的衣边。他一个趔趄朝前栽倒，这后果是不可避免的。他朝前一栽，他那该死的头正好撞在——撞在我的怀里，使我和他一道摔在了钟楼坚硬的、肮脏的、可恶的地板上。但我的报复是肯定的，突然而彻底。我愤怒地用双手抓住他的黑鬈发，扯下了一大绺那种又黑又脆又卷的东西，并带有明显的轻蔑往下一抛。头发掉在钟索之间并停留在那儿。庞培从地上爬起来，一声没吭，只是用他那双大眼睛可怜巴巴地望着我——叹了口气。天神做证，那声叹息，它深入我的心房。那绺头发，那黑色鬈发！如果我能够得着的话，我一定会用我的眼泪把它沐浴，以证明我深深的忏悔。可是，唉！它此刻远在我伸手不可及的地方。由于它在钟索间飘浮，我想象它依然有生命。我想象它正愤怒地竖立着。正如人们所说，爪哇岛的附生兰开一种非常美丽的花，它被连根拔起仍然能活。当地居民用绳子将它悬于室内，常年享受其馥郁芬芳。

我和庞培已言归于好，我们四下张望想找一个能俯瞰爱丁纳城的窗孔。幽暗的钟楼没有窗户，唯一的光源来自一个离地面大约七英尺高、一英尺见方的方洞。然而，对于真正有才华的人，什么目的不能达到？我决定攀到那个洞口，一大堆转轮、齿轮和其他模样神秘的机械装置就对着那个方洞而设立，一根铁棒从机械堆里伸出那个方洞。机械堆与有方洞的那道墙之间勉强能容下一个人的身子，但我已孤注一掷，决心不达目的誓不罢休。我叫庞培来到我身边。

“你看那个洞，庞培。我想从那儿俯瞰全城。你就站在那个洞下边，就这样。现在，伸出一只手，庞培，让我站在上面，就这样。现在另一只手，庞培，有你的手帮助，我将爬上你的肩头。”

庞培照我的话做了，我发现，站在他肩头上，我能轻而易举地把我的头和脖子伸出那个方洞。景色真美。天底下不会有比这更壮丽的景色了。我只是稍微停下来吩咐狄安娜安分一点，并向庞培保证我会非常小心，会尽可能轻地站在他肩上。我告诉他，我会顾及他的感情，像牛排一样娇嫩的感情。公正地安顿好我忠实的朋友之后，我便怀着极大的兴趣和热情，开始欣赏那番慷慨地展现在我眼底的美景。

不过，我会忍住不详谈这一点。我不必把爱丁纳描述一番。人人都去过爱丁纳，历史上有名的爱丁纳。我将只叙述我自己那场可悲可叹的冒险中的重要细节。多少满足了自己对那座城市的大小、处所和概貌的好奇心之后，我又从容地打量我所在的那座教堂以及尖顶美妙的建筑。我注意到我把头伸出去的那个方洞原来是一座巨钟的钟面上的小孔，从下面街道上看，它肯定像个大钥匙孔，就像我们在法国表表面上所看到的一样。毫无疑问，这方孔的真正用途是，让教堂杂役在必要时可以从钟楼里伸手调整钟的指针。我还吃惊地注意到那些指针很大，最长的一根不会短于十英尺，最宽之处有七八英寸。指针显然是用钢做的，它们的边刃看起来很锋利。观察过这些和其他一些细节之后，我又把目光投向身下的壮丽景色，并很快就沉浸在我的眺望之中。

过了一会儿，庞培的声音把我从沉思中唤醒，他宣称他再也不能承受，并请我从他肩上下来。这真不近情理，我费了一番口舌把这道理讲给他听。但他的回答显然完全误解了我命题的概念。于是我生气了，坦率地告诉他，他是一个白痴，他犯了一个 ignoramus e-clench-eye，他的见解不过是 insommary Bovis，而他的话比 an enemy-werrybor'em[①] 好不了多少。这下他心满意足了，我又继续放眼眺望。

大约在那场口角半小时之后，当我正深深沉醉于那天堂般的美景时，我突然吃惊地觉得一个冰凉的东西轻轻地压在我的后颈上。不用说，我感到了一种难以形容的恐慌。我知道庞培就在我脚下，而狄安娜正遵照我明确的指示蹲在钟楼最远的那个角落。那冰凉的东西会是什么呢？天哪！幸亏我发现得早。把头轻轻一侧，我胆战心惊地发现，那正在时间的轨道上运行的巨大的、亮晃晃的、刀一般的分针，已经架在我的脖子上。我知道一分一秒也不能耽搁，赶紧把脖子往后一缩，但为时已晚。我的头已陷入那可怕的陷阱，退出来已经毫无希望，而那陷阱的井口正以难以想象的可怕速度越合越拢。当时那种痛苦真无法形容。我使尽全身力气，用我的双手去举那沉重的铁棒。我说不定是试图把教堂也一并举起。往下，往下，往下，那分针把洞口封得越来越小。我尖声呼喊庞培帮忙，可他说我刚才称他为“一双无知而歪曲的老眼睛”已伤了他的感情。我又向狄安娜求救，但它只“汪汪”两声，意思是我已经指示过它无论如何都不能离开那个角落。于是我不能指望同伴的援救。

---

① 这三个原文短语是对上文中三个拉丁文短语之英语腔十足的模仿，结果造成讹谬，以致引起下文中庞培的误解。——译者注

与此同时，那柄沉重而可怕的时间的镰刀（我现在发现了这个古典成语实实在在的含义）并没有停止，也不像会停止它的行程。它仍然在一点点地往下压。它那锋利的边刃已切入我脖子整整一英寸，我的感觉变得模糊而混乱。我一会儿觉得自己正在费城与堂堂的莫理本利博士在一起，一会儿觉得自己正在布莱克伍德先生的后客厅（书房）聆听他千金难买的教诲。紧接着，从前那些美好甜蜜的时光又浮现在眼前，我回忆起了那些快乐的日子，那时候这个世界还不全是一片荒原，那时候庞培还没有这么残酷。

那机械装置的嘀嗒声使我觉得有趣。我说有趣，因为此时我的感觉已接近极乐，所以最细微的响动也能给予我乐趣。时钟那永恒的嘀嗒、嘀嗒、嘀嗒、嘀嗒，在我耳里就是最动听的音乐，它甚至使我偶然想到奥拉波德博士的感恩布道演说。接着钟面上出现了许多身影，他们都显得那么聪明，那么富有才智！现在他们开始跳玛祖卡舞，而我认为跳得最合我心意的是身影V。她显然是一位有教养的女士，一点也没有你们那种装腔作势，她的舞姿也毫不卖弄风情。她的单足旋转真是出神入化。她踮起脚旋转。我立即去为她搬一把椅子，因为我看出她似乎已跳累了，直到这时，我才完全意识到我可悲可叹的处境。的确可悲可叹！那分针切入我的脖子已有两英寸深。它使我感到一种妙不可言的疼痛。我祈求一死，而在这痛苦的时刻，我忍不住背诵起西班牙诗人塞万提斯那几行美妙的诗句：

> 快来吧，哦，死神！
> 但千万别让我看见你来临，
> 以免我看见你时感到的欢乐
> 会不幸地让我死而复活！

可现在又出现了一种新的恐怖，事实上这恐怖足以惊骇最坚强的神经。由于那指针毫不留情的压迫，我的眼珠已完全从眼窝里凸出。我正在思考我失去它们之后将如何应付，一只眼珠已从眼窝跳出，顺着塔楼陡斜的外墙，滚进了沿教堂主建筑屋檐延伸的雨槽中。与其说是我失去了那只眼睛，倒不如说是那只眼睛获得了独立，它现在就以获得独立后的傲慢而轻蔑的眼神望着我。它就躺在我鼻子下的雨槽里，它那副傲慢的神情如果说不上令人作呕，至少也显得滑稽可笑。以前从不曾见它那么眨动过。它这种行为不仅因其明显的目中无人和可耻的忘恩负义而使我恼怒，而且因为从前那只眼睛无论相隔多远，但毕竟同存于一个脑袋时就形成的那种交感而使我感到极不方便。现在我不管愿意不愿意，都只得多少眨一眨眼睛，以便与躺在我鼻子底下的那个下流坯保持协调。然而，随着另一只眼珠的下落，我终于从这种尴尬中解脱了出来。这只眼珠选择了它同伴的那个方法滚去（可能早有预谋）。两只眼珠会合后一起滚出了雨槽，实际上，我非常高兴能摆脱它们。

现在那指针切入我的脖子已有四英寸半深，脖子上只剩下一层皮还连着脑袋。我的感觉已经是全然的快乐，因为我意识到最多再有几分钟，我就可以从这令人极不舒服的处境中解脱出来，而我这个希望果然没有落空。当天下午五点二十五分整，那巨大的分针按部就班地切断了我脖子最后那点连接部分。看见曾使我如此窘迫的脑袋最终与身体分离，我并不感到难过。脑袋先是顺着塔楼外壁滚动，接着在雨槽中停顿了几秒，最后一蹦掉到街当中。

我得坦率地承认，我当时的感情具有一种最独特、最玄妙、最复杂而且最莫名其妙的性质。我的感觉同时既在这儿又在那儿。我一会儿用我的脑袋想，我的脑袋是真正的普叙赫·泽诺比娅小姐，一会儿我又觉得，我的身体才是自己的正身。为了厘清我对这一命题的概念，我伸手去口袋里掏鼻烟盒，但当我掏出鼻烟盒，准备按平常的方式使用一小撮令人愉快的烟末时，我一下子就意识到了我与众不同的缺陷，并马上把鼻烟盒抛给了我的脑袋。它非常满足地吸了一撮，然后冲我一笑表示感谢。接着它对我讲了一番话，但由于没有耳朵，我听得不甚清楚。不过，我基本上听出它是说它非常惊讶我在这种情况下，居然还有活下去的愿望。它最后引用了意大利诗人阿里奥斯托那两行高贵的诗——

Il P.ver hommy che non sera corty
And have a combat tenty erry morty.

以此把我比作诗中的那个英雄，那英雄在激烈的战斗中没有意识到自己已经死去，仍以不灭的勇气继续战斗。现在已没有什么阻止我从高处下来，于是我回到了钟楼地面。我一直都无从知晓庞培从我的模样中看到了什么奇异之处。他当时咧开他那张大嘴，把眼睛闭得紧紧的，仿佛是要用上下眼皮来夹破核桃似的。最后他丢下大衣，跃向旋梯，随即消逝了。我冲着那个恶棍抛去了德摩斯梯尼那句有力的诗——

安德鲁·奥菲勒格森，你果然匆匆而逃。

然后我转向我最最心爱的、只有一只眼睛的、长毛蓬松的狄安娜。天哪！我眼前是一副多么可怕的景象！那在洞口躲躲闪闪的难道是一只老鼠？这些碎片难道就是被那鼠魔残酷吃掉的小天使的残骨？天哪！我到底看见了什么——难道那真是我心爱的卷毛狗飘逝的亡魂、阴魂、幽魂？可我还以为它正优雅地蹲在墙角。听！它在说话，天哪！它在用德语念席勒的诗句——

Unt stubby duk，so stubby dun

Duk she！ duk she！

天哪！难道它说的不是事实？

假若我死去，至少我是

为你而死——为你而死。

可爱的小狗！它也为我牺牲了自己。没有了狗，没有了黑人，没有了脑袋，现在不幸的普叙赫·泽诺比娅小姐还剩下什么？天哪，什么也没剩下！我已经完了。

Allan

Poe

Complete

Tales

欺骗是一门精密的科学

嘿，骗人，骗人，

那猫和那把提琴。

——引自“弗拉库斯”的一部史诗

自开天辟地以来，这世上已有两个杰里米。一个写了《为高利贷辩护》这部伤心史，他的大名叫杰里米·边沁。他被约翰·尼尔先生崇拜得五体投地，因而他是个小小的伟人。另一个杰里米则为一门最精密的科学取了名字，因而他是个大伟人——请允许我说，事实上是个大大的伟人。

欺骗，或者说由动词欺骗所表达的那个抽象概念，可谓浅显易懂。但欺骗之事实、欺骗之行为乃至欺骗为何物，多少有几分难下定义。不过，凭着下“人是一种会欺骗的动物”这一定义（不是为欺骗本身下定义），我们对上述问题或许能得到一个还算得上清晰的概念。若是柏拉图当年想到了这个定义，那他就不会受辱于那只被拔光了毛的鸡。

要求柏拉图回答那个问题非常恰当，为什么一只显然是“没有羽毛的二足动物”的被拔了毛的鸡，根据他下的那个定义却不是一个人？但我不会被类似的质问问倒。人是一种会欺骗的动物，除了人没有任何动物会欺骗。要推翻我这个定义，得需要一整窝被拔了毛的鸡。

构成欺骗之实质、风味和原理的那些东西，事实上正是这类穿衣服裤子的动物所独有的特性。乌鸦会偷窃，狐狸会哄瞒，黄鼠狼会蒙混，人会欺骗。欺骗乃人所命中注定。诗人说“人生而悲之”。事实上却是，人生而骗之。此乃人之目的、人之目标、人之终极。因此当有人骗到了头，我们就说他“完事大吉”。

经过深思熟虑的欺骗是一种混合物，其成分为谨小慎微、自私自利、不屈不挠、足智多谋、胆大包天、从容不迫、别出心裁、傲慢无礼和皮笑肉不笑。

谨小慎微——你们所谓的骗子通常谨小慎微。他的交易规模很小。他的生意是零售，或者说是“一手交钱一手交货”的买卖。倘若他一旦受诱惑要扩大经营，那他马上就会失去自己的特征，从而成为我们所叫作的“金融家”。而“金融家”这个字眼虽说在各方面都体现了欺骗之概念，但唯有在“大”这个方面属于例外。因此，一个骗子可以被视为一个小小的金融家，而一次“金融交易”则可被看成大人国里的一次欺骗。由此及彼，就像从荷马到“弗拉库斯”[①]，从乳齿象到小老鼠，从彗星的尾巴到猪尾巴。

自私自利——你们所谓的骗子总受自私自利的引导。他蔑视为了欺骗而进行欺骗。他的眼睛总盯着一个目标——他的口袋和你们的口袋。他始终注视着赚钱的机会。他总把自己的利益放在首位。你们是第二位，你们得当心自己。

不屈不挠——你们所谓的骗子总是不屈不挠。他不会轻易地灰心丧气。即便银行都破产，他也会满不在乎。他坚定地追求自己的目标，而且“像一条无法从油腻腻的肉皮前赶走的狗”[②]，所以他绝不会放弃他的事业。

足智多谋——你们所谓的骗子通常足智多谋。他胸存鸿猷大谱。他精通计谋韬略。他会捏造谎言并诱人上当。他若不是亚历山大也该是第欧根尼。假如他不

---

① 爱伦·坡曾以“我们的业余诗人——弗拉库斯”为题撰文批评托马斯·沃德的长诗《帕赛伊克》(*Passaic*)。那篇批评文章开篇写道：“如今弗拉库斯这个姓氏所代表的诗人无论如何都不是古罗马那个贺拉斯，甚至不是他的英灵，而仅仅是沃德先生……”——译者注

② 贺拉斯《讽刺诗集》卷二第5章第83行。——译者注

是一个骗子，那他会是一名造捕鼠器的专家，或是钓鳟鱼的一把好手。

胆大包天——你们所谓的骗子总是胆大包天。他是个勇士。他把战火烧到非洲。他凭进攻征服一切。他不会害怕弗雷·赫伦之流的匕首。要是多几分小心谨慎，大盗迪克·特平或许会成为一名优秀的骗子；要是少两句甜言蜜语，丹尼尔·奥康奈尔大概也可以归入此列；要是脑子再增加一磅或两磅，查理十二说不定也能获此殊荣。

从容不迫——你们所谓的骗子总是从容不迫。他完全不会神经紧张。他绝不会有任何神经。他从来不会被弄得惊慌失措。他从来不会被弄得面子扫地，除非把他的面子扫地出门。他会很冷静——冷静得像一根冰黄瓜。他会很恬然——“恬然得像伯里夫人的微笑”。他会很熨帖——熨帖得就像一只戴旧的手套，或像古代那不勒斯湾海边比亚村的少女。

别出心裁——你们所谓的骗子总是别出心裁。平心而论的确如此，他的想法就是他自己的想法。他从来就鄙视剽窃人家的思想。陈腐的惯用伎俩是他深恶痛绝的东西。我敢肯定，如果他发现自己骗得一笔钱财靠的是一种非独创的方法，那他会将其物归原主。

傲慢无礼——你们所谓的骗子通常傲慢无礼。他高视阔步。他两手叉腰。他爱把双手揣进裤兜。他当面把你嘲笑。他伤害你的感情。他吃你的饭，喝你的酒，借你的钱，扯你的鼻子，踢你的小狗，还吻你的妻子。

皮笑肉不笑——你们所谓的真正的骗子干完每一件事都会发笑。不过这种笑除了他自己没人能看见。完成了一天的日常工作他要发笑，干完了他分内的活儿他要发笑，夜里在他的密室他要发笑，总而言之，他为他自己私下的欢乐而笑。他回到家要笑。他锁上门要笑。他脱下衣服要笑。他吹灭蜡烛要笑。他上了床要笑。他躺下身子要笑。你们所谓的骗子干完这一切都要发笑，这并非假设，而是理所当然的事情。我推究这笑来自先验，而没有这一笑，那欺骗也就不成为欺骗。

欺骗之起源可以追溯到人类的摇篮时期。说不定第一个骗子就是亚当。不管怎么说，这门科学都可以追溯到一个非常古老而遥远的年代。然而现代人已经使其达到了我们愚笨的祖先做梦也想不到的完美地步。所以，我无须停下来说几句

“古老的谚语”，我将满足于简要叙述若干更“现代的事例”。

一次很漂亮的欺骗是这样的。比如，一位想买沙发的家庭主妇已经进进出出了好几个家具商店，最后她来到了一个出售各种好沙发的货栈门外。门口一位彬彬有礼且十分健谈的人向她打招呼并邀请她入内。她发现了一张她中意的沙发，一问价格，大吃一惊，但随之她又转惊为喜，因为她听到了一个只有报价之五分之一的出售价。这价格比她预料的还低。她毫不犹豫地将其买下，付过了钞票，接过了收据，留下了地址，提出了送货要尽可能快的要求，然后千恩万谢地告别了那位货栈老板。夜晚降临但沙发未到。第二天过去了，可沙发还没有影子。一名仆人被派去询问耽搁的原因。那笔交易被矢口否认。没人卖过沙发，没人收过钱，除了那个临时冒充过老板的骗子。

我们的家具店通常没人照料，因此为这一类欺骗提供了良机。顾客从进店、看货到离去都没人理睬，没人注意。若是有人想买货或是问价，旁边有只铃铛可摇，而这就被认为足够了。

再举一例，这是一次相当体面的欺骗。一个衣冠楚楚的人进了一家商店，买了价值一美元的东西。随之尴尬地发现，他把钱包忘在了另一件衣服的口袋里。于是他对商店老板说：

“亲爱的先生，请别介意！先把东西送到我家去好吗？但等一等！我确信即便在我家也没有五元以下的小钞。不过，你知道，你可以随货附上四美元找补的零钱。”

“好吧，先生。”商店老板回答，他心中立刻对这位顾客的高尚品格做出了高度的评价。他暗暗对自己说：“我知道有些家伙会把东西夹在腋下就走，丢下一句话说下午路过时再把钱补来。”

一个孩子被派去送这件附有零钱的货物。他在路上非常偶然地被买货那位先生碰到，那位先生大声说：“啊！这是我买的东西，原来如此，我还以为你早已把它送到家了。好啦，去吧！我妻子特罗特夫人会付给你五美元，我刚才已经叮嘱过她这事。你最好先把找补的零钱给我，我正需要些银角子好上邮局。很好！一、二——这银币不会假吧？三、四——分文不差！告诉特罗特夫人你碰到了我，现在你得当心，别在街上闲逛。”

那孩子压根儿没在街上闲逛，他那趟差事却花了很长的时间，因为他根本就找不到叫什么特罗特夫人的女士。不过他聊以自慰的是，他还没有蠢到没收到钱就留下货物的地步，并带着一副自鸣得意的神情回到商店。当老板问他零钱上哪儿去了，他觉得感情受到了伤害并满腔愤怒。

一次很简单的欺骗是这样的。一艘正准备起航的货船的船长接见了一名官员模样的人，那人递给他一份异常公道的结关税单。惊喜于这么容易就脱身上路，加之起航前百事缠身搅得他昏头昏脑，他立即付清了那笔款项。大约十五分钟之后，另一份不那么公道的税单送到了他手上，送单人很快就证明前一位收税员是个骗子，前一次收款是一次欺骗。

这儿还有一个与此有几分相似的例子。一艘汽船正要解缆离港。一名旅客手提旅行包正朝码头冲过来。他突然停住，垂首弯腰，以一种非常不安的动作，从地上拾起一件东西。那是一个钱包，于是他高声叫喊：“哪位先生掉了钱包？”没人能说自己正好丢了钱包。当那旅客上船发现钱包里的钱数额巨大之后，引起了一场很大的轰动。然而，汽船不可能因此而滞留港口。

“时间不等人。”船长说。

“看在上帝的分儿上，等几分钟吧，”拾包人求道，“失主可能马上就会出现。”

“不能等！”船长说，“解缆开船，你们听到了吗？”

“那我怎么办？”拾包人非常为难地问，“我要离开这个国家好些年头，而我不可能心安理得地把这么多钱据为己有。对不起，先生，”这时，他向岸上的一位先生喊道，“我一看就知道你是个诚实的人。你能帮我个忙保管一下这钱包——我知道我可以信任你——并为它登一则招领广告吗？这些钞票，你看，数目相当可观。失主肯定会坚持酬谢你这番辛劳——”

“我？不，该你去做！是你拾到了钱包。”

“好吧，如果你非得要这样，那我就先取一笔小小的酬金，这仅仅是为了消除你的顾虑。我看看，全是百元大钞，天哪！我拿一百美元太多了点，五十美元就足够了，我相信——”

“解缆开船！”船长喊道。

“可我换不开一百美元，总的说来，你最好——”

“开船！”船长下令。

“不用担心！”岸上那位先生大声说，他在最后一刻查看了自己的钱包，“不用担心！我有办法，这儿有一张北美银行的五十元钞票，把那钱包扔给我。”

那位过分正直的拾包人显然极其勉强地接过了那五十美元，然后按那位先生的要求把钱包扔给了他，此时汽船嗞嗞地冒着烟离港起程。大约在汽船开走半小时后，那“一大笔钱”被发现全是假钞，而整个事件是一次精彩的欺骗。

一次大胆的欺骗是这样的。一次野营布道会或者类似的聚会将在某一地点举行，而到达那个地点必须过一座自由通行的桥。这时一位行骗者出现在桥头，体面地向每一位过桥人宣布，根据县议会一项新的法规，步行过桥者每人得缴纳过桥费一美分，骡马每匹缴纳两美分，等等。有人会抱怨，但所有人都会服从，行骗者回家时已成为一名拥有五六十美元的富翁。向那么多人一分两分地收取过桥费，是一件非常麻烦的事。

一次干净利落的欺骗是这样的。一位朋友持有行骗者的一份欠款字据，字据按照正规格式填写并签名，用的是那种红油墨印刷的普通空白票据。于是行骗者买回一沓或两沓这样的票据，每天取出一张蘸过肉汤让他的狗纵身扑食，最后终于使他的狗觉得那是一种美味食品。字据到期的那一天，这位骗子带着他的狗一块儿上那位朋友家去，那份欠款字据是他们谈论的主题。朋友从书桌里取出字据正要递给骗子，这时那条狗纵身一扑，把那份字据吞到了肚里。那个骗子不仅为他那条狗的荒唐行径感到惊讶，而且感到十分恼火和愤慨，他向朋友表示，他随时准备偿付那笔债款，只要有证据表明他承担着这项义务。

一次非常精细的欺骗是这样的。一位女士在大街上受到一名骗子的同伙的侮辱。这时候，骗子本人飞身上前相救，在给了他那位朋友一顿舒适的痛打之后，他坚持把那位女士护送到家。他把手按在胸前向女士鞠躬，非常体面地向她告别。女士请求她的救命恩人进屋小憩，认识一下她的兄长和父亲。他叹了口气，谢绝了女士的请求。“那么，先生，”女士嗫嚅道，“您就不给我个机会让我表示一下我的感激之情吗？”

“唔，哦，小姐，我给您个机会。您能借给我两个先令吗？”

在一阵激动之中，那位女士决定当即晕过去。但转念一想，她又解开了钱袋，交付了钱币。正如我刚才所说，这是一次精细的欺骗，因为整笔借款的一半得付给那位在街头侮辱妇女，然后又站着不动等着挨揍的人。

一次规模很小但仍具科学性的欺骗是这样的。行骗者走近一家酒馆的柜台，说要两支雪茄。拿到雪茄后，他略为看了一下，然后说：“我不太喜欢这种烟草。这儿，请拿回去，另外给我一杯掺水白兰地。”

掺水白兰地送上并被喝光，然后那骗子径自朝门口走去。可酒馆老板的声音使他站住。

“我想，先生，你忘了为你那杯白兰地付账。”

“为我那杯白兰地付账！难道我没有退给你雪茄换那杯白兰地？这难道还不够吗？”

“可对不起，先生，我不记得你为那雪茄付过钱。”

“这是什么话，你这个无赖！难道我没有把雪茄退还给你？难道你的雪茄不正在柜台里面？你是想要我为我没买的东西付钱吗？”

“但是，先生，”这时酒馆老板已不知说什么才好，“但是，先生——”

“别老跟我说什么但是、但是！”骗子怒不可遏地打断老板的话，“砰”的一声摔上门便扬长而去，身后丢下一句话——“别跟我说什么但是、但是，休想用你们那套把戏来蒙过路人。”

这儿还有一次非常精巧的欺骗，其简洁性是它最最重要的可取之处。这次是真有人丢了钱袋或钱包，失主在一座大城市的一份日报上，登了一则对失物进行了详尽描述的寻物广告。

于是我们的行骗者抄下了那则广告的实际内容，但更新了标题，改动了措辞，并变换了地址。譬如，原来那则广告冗长累赘，标题是“寻找一个失落的钱包”，并要求拾得者将钱包留在汤姆街一号。而修改后的广告则简明扼要，标题只有“寻物”二字，并说明拾得者可在迪克街二号或哈里街三号见到失主。更有甚者，这则广告至少同时在五六家日报上登出，而说到时间，它只比原来那则广告晚几小时。即使这则广告被真正的失主读到，他几乎也不会怀疑这与他自己的不幸有什么联系。但是，拾得那个钱包的人更有可能去骗子所指示的地址，而不大可能去真正的失主所说的那个地方，这两者的机会是五比一或者六比一。后来前者支付了一笔酬金，侵吞了那个钱包，然后溜之大吉。

这儿有一次与上例非常相似的欺骗。一位女士在大街上丢了一枚相当贵重的钻石戒指。为了找回失物，她愿付四十或者五十美元酬金，她在寻物启事里非常详细地描述了那颗钻石及其镶嵌物，并宣称拾得者只要把戒指送到某某大街某某号，就可以立即拿到酬金，而且失主将不提任何问题。一两天之后，当那位女士不在家时，某某大街某某号的门铃被摇响。一名用人开门，得知来者求见女主人便答之女主人不在。一听这惊人的消息，来访者表达了他深深的遗憾。他来访之目的非常重要，而且关系到女主人本人。事实上，他非常有幸地找到了她那枚钻石戒指。不过，他也许有可能再来一趟。“那可不行！”用人说。“那可不行！”被立即唤出的女主人的妹妹和女主人的小姑子说。戒指在一阵吵嚷声中被验明正身，酬金当即给付，那位找到戒指的人几乎是跑着出了房门。女主人回家，对她的妹妹和小姑子稍稍表示了几分不满，因为她们碰巧花四十或者五十美元，买了一个她那枚钻石戒指的仿制品——一个用真正的金色黄铜和地道的人造宝石做成的赝品。

由于欺骗正未有穷期，所以我即便只是稍稍地提一下这门科学所具有的变化形式或曲折形式中的一半，那这篇文章也不可能有结尾。可我又不得不让这篇文章有一个结尾，而我能给出的最好结尾，过于简略地介绍一幕极其体面但又煞费苦心的骗局，这幕骗局不久以前曾把我们这座城市当作舞台，其后又在这个合众国其他一些民风更淳朴的地区一再成功地上演。一名中年绅士不知从什么地方来到市区。他的举止刻板、严谨、沉着而从容。他的衣着整洁得无可挑剔，但自然大方、质朴无华。他系一条白色领带，穿一件只从舒适着眼的宽大背心。厚底鞋看上去也很舒适，裤子没有用吊带。事实上，他的整副模样，活脱是你们所谓的那种富有、严肃、庄重而体面的“实业家”，最杰出的一类，就像我们在一流喜剧中所看到的，那种外表冷漠严厉但内心温柔善良的人。那种人一言既出，驷马难追；那种人用一只手行善，以一掷千金而闻名，用另一只手做生意，以诛求无厌而著称。

他费尽周折才找到一个适合自己的寄宿之处。他讨厌孩子。他喜欢清静。他的生活习惯有条不紊，所以他宁愿住进一幽僻、体面且虔奉教规教义的小户人家。费用高低他并不在乎，只是他非要坚持每月的第一天结账（现在已变成第二天。而当他终于找到一户合他心意的人家时，他请求女房东无论如何别忘了他对这一点的叮嘱——务必在每个月的第一天上午十点整送进账单和收据，在任何情况下都不要拖延到第二天）。

这些事安排妥当，我们的实业家便在城里一个体面的地区而不是时髦的地区，租下了一间办公室。他最瞧不起的就是虚饰浮夸。他说："大凡金玉其外，往往败絮其中。"这句话给他的女房东留下那么深刻的印象，以至于她马上用一支铅笔将其记在了她那本大号家庭用《圣经》中所罗门《箴言》篇之空白处。

接下来就是登广告，多少依照了这座城市小本经营中时兴的"君子不言利"的规矩以及刊登任何广告都得预付费用的规矩。我们的实业家持有这样一种信念：活儿没干完之前绝不应该付钱。

招聘

本公司拟在本市兴办广泛的经营业务，特诚聘三至四名富有才能的职员，薪俸优厚。本公司最看重的并非应聘者之工作能力，而是其诚实品格。鉴于受聘者将承担的工作责任极其重大，必须经手巨额款项，故本公司认为，要求每一名受聘职员交纳五十美元保证金乃妥善之举。因而凡不拟向本公司交纳该项保证金者，和不能为自己提供最具说服力的道德证明书者，均无须提交申请。虔奉教规教义之青年绅士将被优先考虑。应聘申请请于上午十点至十一点、下午四点至五点送交本公司。

博格斯、霍格斯、洛格斯及弗罗格斯公司

多格街 110 号

截至该月三十一日，这份广告已为博格斯、霍格斯、洛格斯及弗罗格斯公司引来了十几名虔奉教规教义的青年绅士。但我们的实业家并不急于同其中任何一人签约，没有哪位实业家会草率行事，每一名青年绅士都得经过最严格的教规教义问答以证明其虔诚，其后他才能被正式聘用，他交纳的五十美元才会有收据。这仅仅是博格斯、霍格斯、洛格斯及弗罗格斯公司所采取的适当的预防措施。在第二个月的第一天上午，女房东没有按约送去账单。毫无疑问，住在那屋里的那位名字以“格斯”结尾的容易相处的先生，一定会因她的这一疏忽而严厉地对她进行责备，如果他能说服自己为了这一目的而在城里多待一天或两天的话。

实际上，警方已被这事弄得焦头烂额，他们找遍了城里所有的地方，而他们所能做的就是非常郑重地宣布那位实业家是一只“高脚鸡”——有人据此认为警方实际上要暗示的是这三个字中的三个字母 n、e、i。而这三个字母则应该被理解为那个非常经典的术语 non est inventus[①]。与此同时，那些青年绅士全都不再像先前那样虔奉教规教义，而那位女房东则花一先令买了一块最好的印度橡皮，小心翼翼地擦掉了某个白痴用铅笔在她那本大号家庭用《圣经》所罗门《箴言》篇之空白处写下的那句备忘之格言。

① 拉丁语法律用语：此人所在不明。——译者注

Edgar

Allan

Poe

Complete

Tales

眼镜

多年以前，对“一见钟情”的嘲笑曾风靡一时，但那些善于思索者和感觉深切者一样，始终提倡这种恋情之存在。其实，那些或许可以被称作道德魅力或磁性审美的现代发现，已经证明了这样一种可能性：人类最自然，因而也最真实、最强烈的爱情，正是那种像电磁感应一样发自心底的倾慕之情，简言之，最辉煌、最持久的心之镣铐，都是在一瞥间被钉牢的。我正要写出的这份自白，将为这种真实心态之不胜枚举的事例再添上一例。

我这个故事要求我应该稍微有几分细致。我还是一个正值少壮的青年，年龄尚不足二十二岁。我眼下姓辛普森，一个非常普通而且相当平民化的姓。我说“眼下”，因为只是近来我才被人这样称呼，我于去年依法采用了这个姓氏，以便接受一位远亲阿道弗斯·辛普森先生留给我的一大笔遗产。接受那笔遗产以我改姓遗嘱人的姓氏为条件，只改姓，不改名；我的名字叫拿破仑·波拿巴——更严格地说，这是我的首名和中间名。

我接受辛普森这个姓多少有点勉强，因为姓我本来的父姓弗鲁瓦萨尔，我感到一种完全可以谅解的自豪；我认为我可能是《编年史》之不朽的作者让·弗鲁瓦萨尔之后裔。说到姓氏这个话题，请允许我顺便提一下我的一些直系前辈姓氏发音中一个惊人的巧合。我父亲姓弗鲁瓦萨尔，来自巴黎。十五岁就成为他妻子的我母亲本姓克鲁瓦萨尔，是银行家克鲁瓦萨尔的大女儿。银行家的妻子嫁给他时也只有十六岁，她是维克托·瓦萨尔先生的大女儿。真是奇妙，瓦萨尔先生刚巧娶了一个与他姓氏相似的穆瓦萨尔小姐。这位小姐结婚时也差不多还是个孩子；而同她一样，她母亲穆瓦萨尔夫人也是十四岁就初为人妻。这样的早婚在法国司空见惯。然而，这些婚姻造成了穆瓦萨尔、瓦萨尔、克鲁瓦萨尔和弗鲁瓦萨尔这些姓氏混为一族，一脉相传。正如我刚才所说，我的姓已依法改成了辛普森，但我一度对这个姓相当厌恶，实际上我还犹豫过，是否接受这笔附加有这个毫无价值而且令人讨厌的限制性条款的遗产。

至于我个人之天赋，我没有任何缺陷。恰恰相反，我认为自己健全完美，而且有一副百分之九十的人都会说漂亮的面孔。我身高有五英尺十一英寸。我的头发乌黑而且卷曲。我的鼻子堪称挺秀。我的眼睛又大又灰，虽说它们已近视到近在咫尺而不见舆薪的地步，但就外观而言，尚无人会怀疑它们有什么缺陷。不过，这近视本身一直使我很恼火，我采取了每一种补救措施，唯有戴眼镜这一法除外。正值青春年少，又生得一表人才，我自然讨厌眼镜，而且从来就断然拒绝使用它们。我真不知道还有什么东西能如此损害一个年轻人的形象，或使其每一个面部特征都带上一种即便不是冒充圣人或老人，至少也是假装正经的神态。从另一方面来说，单片眼镜有一种十足的华而不实且矫揉造作的意味。迄今为止，我哪一种眼镜都不用，依然能够应付自如。不过，这些纯粹的个人琐事在很大程度上其实并不重要。此外，我要满意地说，我的性情乐观、急躁、热情、奔放，我一生都是一个忠实的女性崇拜者。

去年冬天的一个晚上，我和朋友塔尔博特先生一道进了P剧院的一个包厢。那天晚上上演的是一出歌剧，演出海报做得格外精彩，所以剧场里相当拥挤。不过，我们按时到达了我们预订的正面包厢，并稍稍费了点劲挤开进包厢的路。

我那位朋友是个音乐迷，整整两小时，他一直目不转睛地盯着舞台；而在此期间，我一直在津津有味地观看主要由本城名流精英组成的场内观众。就在我感到心满意足，正要掉头去看台上的首席女演员时，我的目光突然被我刚才漏掉的一个私人包厢里的一个身影吸引住了。

即使我活上一千岁，我也绝不会忘记我看见那个身影时的强烈感情。那是一个女人的身影，是我见过的最优雅的身影。当时那张脸正朝向舞台，所以在好几分钟内我都未能看见。可那身影真是绝妙非凡，再没有什么字眼可以用来形容其优雅匀称，甚至连我所用的“绝妙非凡”这个词也显得苍白无力。

女人身姿之美和女性优雅之魅力，历来就是一种我无法抗拒的力量；更何况眼前就是那人格化、具体化的优雅，就是我最疯狂热烈的梦幻中的理想之美。那个包厢的结构允许我对那身影一览无余。它看上去比中等身材略高，虽未绝对达到但也差不多接近端庄之极致。它无瑕的丰满和曲线恰到好处。她只见后脑勺的头部之轮廓堪与古希腊美女普叙赫[①]媲美，一顶漂亮的薄纱无檐帽与其说是遮住了头部，不如说是在展示头部，这使我想起了阿普列尤斯所形容的“编织的空气”。那条右臂倚在包厢栏杆上，其精妙的匀称美使我的每一根神经都为之颤动。手臂上半部被当时流行的宽松袖遮掩。宽松袖刚刚垂过肘部，其下露出的紧身衣袖质地轻薄，袖口镶着华丽的饰边，饰边优雅地遮住手背，只露出几根纤纤玉指，其中一根手指上闪烁着一颗我一眼就能看出价值连城的钻石戒指。那浑圆的手腕上戴着一只手镯，上面也镶饰着华贵的珠宝。这一切在顷刻间就明白无误地道出了其佩戴者之富有和过分讲究的审美情趣。

我凝视那个女王般的身影至少有半小时，仿佛我突然间被变成了一块石头；而就在那半小时之中，我感受到了一直被世人讲述或讴歌的“一见钟情”的所有力量和全部真谛。我当时的感情与我从前经历过的任何感情都截然不同，虽说我从前也曾目睹过一些最负盛名的女性美之典范。一种莫名其妙的东西，一种我现在不得不认为是心与心之间的磁性感应的东西，当时不仅把我的目光而且把我全部的思维能力和感觉，都牢牢地钉在了眼前那个美妙的身影上。我发现——我认为——我知道我已经深深地、疯狂地，并且不可挽回地坠入了爱河，而此时我尚未能一睹我心上人的容颜。当时我心中那种恋情是那么强烈，以至于我现在依然

① 又译普塞克。——译者注

深信，即便那未睹之芳颜被证明不过是寻常品貌，那恋情也不会因此而减弱多少；只有真正的爱情，只有一见钟情，才会如此别具一格，才会如此不依赖那似乎仅仅是引发它并控制它的外部形态。

当我就这样沉迷于对那个可爱身影的赞美之时，观众中突发的一阵骚动使她把头稍稍转向了我，这下我看见了那张脸的整个轮廓。那容貌之美甚至出乎我的预料，可那眉宇之间有一种令我失望可又说不出准确原因的神情。我说“失望”，但这绝不是一个恰当的字眼。我的感情在突然间得到了一种宁静和升华。它们由心旷神怡变成了一种平静的热烈——热烈的平静。这种感情状态之产生也许是由于那张脸上有一种圣母般端庄安详的神情，可我马上就领悟到那种神情不可能是全部原因。那眉宇之间还有某种东西，某种我未能发现的奥秘，某种引起我极大兴趣可又使我稍稍不安的表情。事实上，我当时处于那样一种心态，那种心态可以使一名多情的青年男子采取任何毫无节制的行动。那女子若是孤身一人，我无疑会不顾一切地进入她的包厢同她搭话；幸运的是，她身边有两位同伴——一位先生和一位非常漂亮的女士，那位女士看上去比她年轻几岁。

我脑子里想出了上千种方案，一想散场后我得设法被正式引见给那位年龄稍长的女士，二想我眼下无论如何得设法更清楚地欣赏她的美貌。我真想换一个离她包厢更近的座位，但剧院座无虚席之现状排除了这种可能，而且即便我有幸带了望远镜上剧院，最近上流社会严格的法令，也对在那样一种情况下使用剧场望远镜做出了强制性的禁止，何况我没有带望远镜。我就那样陷入了绝望之中。

这时，我终于想到求助于我的朋友。

“塔尔博特，”我说，“你有个剧场望远镜，让我用一用。”

“望远镜？没有！你认为我会用那玩意来干什么？”他说完，不耐烦地把头重新转向舞台。

“可是，塔尔博特，”我拉了拉他的肩头继续道，“请听我说，好吗？你看见那个包厢没有？那儿！不，旁边那个，难道你见过那样可爱的一个女人？”

“她非常漂亮，这毋庸置疑。”他说。

“我真想知道她是谁！”

“什么？以所有天使的名义起誓，你真不知道她是谁？‘不知她者乃无名鼠辈。’她就是大名鼎鼎的拉朗德夫人，当今绝世无双的美人，眼下全城谈论的话题。她还非常富有——一名寡妇，一个佳偶，她刚从巴黎来。”

“你认识她？”

“是的。我有这份荣幸。”

“你能为我引见吗？”

“非常乐意。什么时候？”

“明天，午后一点，我会到B旅馆来找你。”

“那好吧。现在请你闭上嘴，如果你可以的话。”

我不得不接受了塔尔博特这后一句忠告，因为他对我进一步的问题和建议都一概充耳不闻，而且那天晚上剩下的时间他都不再理我，整个心思都集中于台上的演出。

与此同时，我一直目不转睛地盯着拉朗德夫人，而最后我终于幸运地看到了她那张脸的正面。那副面容真是楚楚动人，当然，我的心早就告诉了我这一点，甚至在塔尔博特告诉我之前。但仍有某种莫名其妙之处使我感到不安。我最后断定，我是被一种庄重、悲哀，或更准确地说，是被一种厌倦的神情深深打动，那种神情使那张脸少了几分青春的活力，但赋予它一种天使般的温柔和庄重，因此也自然而然地令我多情而浪漫的心更加神往。

就在我这样大饱眼福之际，我终于惊慌失措地从那女士几乎不为人察觉的一惊中发现，她已在蓦然间意识到了我专注的目光。可我当时完全神魂颠倒，竟未能收回我的眼光，哪怕只收敛一时半会儿。她掉过脸去，于是我又只能看见她后脑线条清晰的轮廓。过了一会儿，仿佛是受好奇心的驱使，想知道我是否还在偷看，她又慢慢地转过脸来，又一次面对我火热的目光。她那双乌黑的大眼睛蓦地垂下，满脸顿时羞得通红。使我惊讶的是，她不仅再一次向我掉过头来，而且竟然从她的紧身衣中掏出了一副双片眼镜。她举起眼镜，对准方向，然后不慌不忙、专心致志地把我打量了足足有好几分钟。

即便当时有个炸雷落到我脚下，我也不可能感到更为震惊，仅仅是震惊，没有丝毫的反感或者厌恶；尽管若是换一个女人，那样无礼的举动很可能引起我的反感或厌恶，但她对我的打量进行得那么安详宁静，那么漫不经心，那么泰然自若，总之是明白无误地显示出了一种最好的教养，使人感觉不到一星半点的厚颜无耻，而当时我心中只有赞美和惊讶的感情。

我注意到，她第一次举起眼镜之后不久，似乎已满足地把我看了一番，然后她正要收起眼镜，这时仿佛又想到第二个念头，于是她再次举起眼镜，全神贯注地一连看了我好几分钟，我敢说至少也有五分钟。

这番在美国剧院非常招人耳目的举动吸引了许多人的注意，并在观众中引起了一阵骚动，或者说是一阵叽叽喳喳的声音，这使我感到一阵心慌意乱，但并没有使我的目光离开拉朗德夫人的脸。

满足了她的好奇心之后（如果真是那样的话），她放下了眼镜，平静地把她的注意力重新转向舞台。现在她的侧影又一次朝向我，我仍然像先前一样目不转睛地盯住她看，尽管我充分地意识到那样做显得相当无礼。不一会儿，我发现她的头慢慢地、轻轻地变换了一下位置，随即我就完全确信，那位女士是假装在看舞台，实际上在暗暗地注视我。我无须赘述那样一位窈窕淑女的这种行为，对我易激动的心产生了什么样的影响。

就这样把我细看了大约十五分钟，我所恋的那个美人侧身去陪她那位先生说话，当她说话时，我凭着他俩的目光清楚地看出他们的谈话是在说我。

谈话之后，拉朗德夫人再次把头转向舞台，一时间似乎沉浸于台上的演出。然而在这段时间的末了，我极度兴奋地看见她第二次打开了挂在她身边的那副折叠双片眼镜，像上次那样完全对着我，不顾观众中再次发出的叽叽喳喳声，以刚才那种既使我高兴又令我惶惑的不可思议的从容，从头到脚地再次对我细细打量。

这种异乎寻常的行为把我抛进了一种完全疯狂的激动，抛进了一种绝对的爱之谵妄，因此没让我感到惊慌失措，反而鼓起了我的勇气。在我这一阵强烈的爱的疯狂之中，我完全忘记了身边的一切，心中只有那正面对着我的幻影之端庄美丽的存在。我等待着机会，当我认为观众已完全被歌剧吸引，我终于不失时机地迎住了拉朗德夫人的眼光，而就在四目相交的瞬间，我非常轻微但明白无误地冲她点了点头。

她顿时面红耳赤，随即避开了目光，接着又缓慢而谨慎地四下环顾，显然是想知道我这个轻率的举动是否被人发现，然后她又把身子侧向坐在她旁边的那位先生。

这时，我为自己不体面的举止感到着急，并以为事情马上就会暴露；紧接着手枪的幻影令人不快地飞速闪过我的脑际。但马上我就如释重负，因为我看见那位女士并没有说话，只是把一份演出海报递给了那位先生。不过紧随其后发生的事，也许能使读者对我心灵的极度惊讶、深深诧异和茫然迷惑形成某种模糊的概念。因为转眼间，当她再一次偷偷地左顾右盼之后，她允许她那双明亮的眼睛完全而持续地迎住了我的目光，然后微微一笑，露出两排珍珠般光洁的牙齿，并清清楚楚、明明白白、一点也不暧昧地朝我点了两下头。

我当然没必要详述我当时那种喜出望外、心醉神迷、销魂荡魄的感受。如果真有男人快活得发疯，那男人就是当时的我。我恋爱了。那是我的初恋，我觉得是那么回事。那是一种至高无上的爱，一种难以形容的爱。那是“一见钟情”，它被感知并得到了一见倾心的回报。

是的，回报。我怎么能又干吗要对此有片刻的怀疑？对一位如此美丽、如此富有、如此有才艺、如此有教养，社会地位如此高贵，在各方面都像我所感觉的那样完全可尊可敬的女士的这番举动，对拉朗德夫人的这番举动，我难道还可能做出什么别的解释？是的，她爱上了我，她以一种同我一样盲目、一样坚决、一样偶然、一样放任、一样无限的热情回报了我的爱之热情！

可这些美妙的想象和思绪此时被大幕的垂落打断。观众起身，随之就是通常的喧嚣。我匆匆离开塔尔博特，竭尽全力想挤到拉朗德夫人身边。由于人多，我未能如愿以偿，最后我放弃了追踪而踏上回家的路。我极力宽慰自己因未能摸到她的裙边而引起的失望，因为我想到了塔尔博特将把我介绍给她，正式引见，就在明天。

这个明天终于来临。也就是说在一个沉闷难熬的长夜之后，新的一天终于开始。可到下午“一点”之前的几小时就像蜗牛爬行，单调沉闷、漫漫无期。常言道，“伊斯坦布尔也终将有其末日”，因而这漫长的等待总有尽头。时钟终于响了。当其余音平息之时，我已经步入 B 旅馆找塔尔博特。

“出去了。”塔尔博特的仆人说。

“出去了！”我歪歪倒倒地向后退了几步，“请听我说，我的伙计，这种事完全不可能而且绝对不可能！塔尔博特先生不会出去。你说他出去了是什么意思？”

“没啥意思，先生，只是塔尔博特先生不在旅馆。就这么回事。他乘马车去 S 了，吃过早饭就走了，还留下话，说他一个星期内都不会在城里。”

我又惊又怒呆呆地站在那里。我还想问话，可舌头不听使唤。最后我绷着一张气得发青的脸转身离去，心中早把所有的塔尔博特通通打入了厄瑞玻斯统辖的永恒的黑暗。显而易见，我那位细心的音乐迷朋友早把与我的约会抛到了九霄云外，他早在与我约定之时就将其忘在了脑后。他从来就不是一个认真履行诺言的人。实在没有办法。于是我尽可能地平息了胸中的怒气，郁郁不乐地徘徊于街头，枉费心机地向我所碰到的每一位男友问起拉朗德夫人。我发现人人都听说过她，许多人还见过她，但她来这座城市只有几个星期，所以很少有人宣称与她相识。认识她的几个人与她也只是一面之交，均不能或不愿冒昧地在大白天为我正式引见。当我正灰心丧气地站在街边与三位朋友谈论那个撩拨我心扉的话题时，碰巧谈论的对象正从那条街经过。

“千真万确，她就在那儿！”第一个朋友高声嚷。

“绝代美人，举世无双！”第二个朋友大声说。

“真是天使下凡！”第三个朋友赞叹道。

我抬眼一望，但见在一辆顺着大街缓缓向我们驶近的敞篷马车上，正坐着我在剧院里见到的那个勾魂摄魄的身影，而与她同包厢的那位年轻女士则坐在她身边。

“她的女伴也显得超凡脱俗。”最先开口的那位朋友说。

“真令人吃惊，”第二个朋友说，“依然那么光彩照人，不过艺术会创造奇迹。我发誓，她看上去比五年前在巴黎时更美，依然是一个漂亮女人。你不这么认为，弗鲁瓦萨尔？我是说，辛普森。”

“依然！”我说，“她干吗不是？不过与她的朋友相比，她就像金星旁边的一颗暗淡的星，就像安塔瑞斯[1]旁边的一只萤火虫。”

“哈哈哈！当然，辛普森，你可真善于发现，我是说独出心裁的发现。”说到这儿，那三位朋友与我分手，当时他们中的一位哼起了一首快活的法国小调，我只记下了其中两句——

尼农，尼农，尼农请下车——

下来吧，尼农·德·朗克洛！[2]

但在这场小小的遭遇中，有一件事给了我极大的安慰，尽管它又撩拨起了那已经使我心力交瘁的一腔激情。当拉朗德夫人的马车经过我们身旁之时，我注意到她认出了我。更有甚者，她对认出我这一点毫不掩饰，竟赐给我一个所有可想象的微笑中最甜蜜的微笑。

至于被正式引见，我不得不暂时放弃了所有希望，耐心等待塔尔博特认为他应该从乡下返回的那个时间。与此同时，我锲而不舍地频繁出入每一个体面的公共娱乐场所。最后，在第一次看见她的那家剧院，我终于欣喜若狂地再次看见了她，并再次与她交换了目光，不过，这已经是在第一次见到她的两星期之后。在这两星期当中，我每天都去塔尔博特下榻的旅馆询问他的归期，而每天都被那千篇一律的回答惹得生一场气，他那位仆人就一句话“还没回来”。

所以，在我第二次见到她的那天晚上，我陷入了一种近似疯狂的心态。既然我已得知拉朗德夫人是巴黎人，最近从巴黎来到这里，那她难道不可能突然返回巴黎？在塔尔博特回来之前就离去，难道她不可能就此永远从我身边消失？这念头可怕得令人不堪承受。既然我未来的幸福在此一举，我决定要采取一个男子汉的行动。长话短说，演出结束之后，我跟踪那位女士到她的住处并记下了地址，第二天一早就给她寄去一封我精心写成的长信，在信中，我把积压在心头的话全都倒了出来。

我直言不讳，畅所欲言，总而言之我是慷慨陈词。我什么也没有掩饰，甚至

① 安塔瑞斯（Antares），天蝎座中最亮之星，中文名为“心宿二”。——译者注

② 尼农·德·朗克洛（1620—1705），法国美女及才女，曾与许多名人相交。——译者注

包括我的缺点。我谈到了我和她初次相逢那种富于浪漫色彩的形式，我甚至谈到了我和她之间的眉来眼去。我竟然还宣称我确信她爱我，而我把这种确信和我对她的倾慕之情，作为我这要不然就不可饶恕的冒昧之举的两个理由。至于第三个理由，我谈到了我对自己在有机会被正式介绍给她之前，她会离开这座城市的担心。我在这封最激情洋溢的信之末尾，坦率地告诉了她我的现状、我的富有，并直截了当地向她求婚。

我在一种痛苦的期待中等待回音。似乎过了漫长的一个世纪，终于等来了回信。

是的，居然来了回信。虽说这看来不切实际，可我的确收到了拉朗德夫人的回信——我所崇拜的美丽而富有的拉朗德夫人的回信。她的眼睛，她那双漂亮得惊人的眼睛，没有辜负她高贵的心灵。像她那样一个真正的法国女人，她服从了她理智的坦率指令，服从了她天性的强烈冲动，因为她鄙视世俗的假装正经。她没有对我的求婚不屑一顾。她没有让自己躲避在沉默之中。她没有把我的去信原封不动地退回。她甚至用她的纤纤玉指亲笔写给我一封回信。信的内容如下：

辛普森先生会原谅我不能像应该的那样，用他的国家优美的语言写好这封信。只是我最近才到达，还没有机会——来学习。

在为此辩护的同时，我现在想说，唉！——辛普森先生猜测得真是太对了。我还需要说什么吗？唉！我是不是已经多嘴了？

欧仁妮·拉朗德

我把这封高尚的回信吻了无数遍，而且当然因它之故，有过上千种我现在已不记得的其他痴言痴行。塔尔博特还不想回来。天哪！要是他能稍稍想到他的离去给他的朋友带来的痛苦，难道极富同情心的他还不想立即飞回来拯救我？然而他还没回来。我去了信，他回了信。他被急事耽搁，但很快会回来。他在信中求我不要急躁，劝我控制住自己的激动，读点轻松读物，别喝比白葡萄酒更刺激的饮料，并且要求助于哲学的安慰。这个白痴！即便他本人不能回来，可他为什么不能动动脑子，在信中给我附寄一份引见信？我再次给他写信，恳求他马上寄一份引见信给我。可这封信被那位仆人退回，信封上用铅笔写着如下签名附言。那个恶棍已经去乡下和他的主人做伴：

昨天离开S，去处不明，没说去什么地方，也没说啥时回来。所以认为最好把信退回，因为认识您的笔迹，并知道您总是多少有点着急。

您忠实的　　斯塔布斯

读完这段附言，不消说，我早已把那主仆二人一并献给了地狱之神。可生气发怒毫无作用，任何抱怨也都于事无补。

不过，我还有一条出路，那就是我天生的冒险精神。这种精神一直使我获益匪浅，而这次我决定用它帮我达到目的。此外，在和拉朗德夫人有过书信来往之后，只要我不太过分，那什么样的不拘礼节会被她认为是无礼呢？自从收到那封回信以来，我已经习惯于监视她的住处，并由此发现每天傍晚时分，她习惯在她住处窗户俯瞰的一个花园广场散步，跟随她的只有一名穿仆人制服的黑人。就在那个公共的花园广场，在茂密而阴凉的小树林间，在仲夏黄昏的薄暮之中，我看准了我的机会，并上前与她搭话。

最好是能骗开伴随她的那名侍从，所以我招呼她时露出一副老朋友的姿态。以真正的巴黎式的镇定自若，她马上接过话头向我问好，并伸出了她那双迷人的小手。那名仆人立刻知趣地躲到了一边，于是，怀着两颗激情洋溢的心，我俩长久而坦诚地谈起了我们的爱情。

由于拉朗德夫人讲英语甚至比她写英语更糟，我们的交谈必然是用法语进行。用这门最适合谈情说爱的甜蜜语言，我任凭一腔火热的感情宣泄无遗，并以我所具有的全部口才，恳求她答应立即同我结婚。

对我的这种急切，她莞尔一笑，接着大讲礼仪规范这个古老的故事。正是这无端的恐惧阻止了多少人去获取幸福，直到幸福的机会永远失去。她说，我极其轻率地让我的朋友们都知道我渴望认识她，因而让他们知道了我并不认识她，结果我们就不可能隐瞒我们初次相识的日期。然后，她红着脸谈到了我们相识的时间太短，马上结婚不太恰当，不合礼仪，有悖常规。她以一种天真可爱的神态谈起这一切，这使我伤心，使我信服，又使我入痴入迷。她甚至笑吟吟地责备我太急躁、太轻率。她要我记住我实际上甚至不知道她到底是谁，不知道她的前程、她的社会关系和社会地位。她请求我重新考虑我的求婚，不过她请求时叹了口气；她把我的爱称作一时糊涂，是磷火的闪现，是片刻的遐思或者说玄想，是想象力飘忽不定的产物，而不是出自心底的真情实感。她说话间，暮色越发深沉，我们周围变得越来越暗，然后随着她仙女般的小手轻轻一摁，她在一个美妙的瞬间，结束了她那番穷根究底。

我的回答之精彩只有真正的恋人才能做到。最后我不屈不挠地谈起了我忠贞不渝的爱，她超凡绝伦的美，以及我对她的热诚渴慕。结束时，我以一种令人心悦诚服的说服力，详论了爱情之路上充满的种种危险——真正的爱之历程绝不会一帆风顺，因此无谓地延长这历程，其危险显而易见。

我最后的这番雄辩似乎终于软化了她的执拗。这下她变得温情脉脉，可她说我们的爱情之路上还有一个障碍，一个她确信我尚未加以适当考虑的障碍。这是一个非常微妙的问题，而让一个女人来说则更难启齿，她说她提出这点肯定会付出感情的代价，不过为了我，她可以做出任何牺牲。她所说的障碍是年龄问题。我是否已经意识到——是否已充分意识到我俩之间的年龄差异？丈夫比妻子大几岁，甚至大十五到二十岁，方能被周围的世界认可，实际上甚至被认为天经地义；不过她一直这样认为，妻子的年龄至少不应该大于丈夫的年龄。这种不自然的年龄差异太经常地造成，唉！造成生活的不美满。她已经知道我的年龄不超过二十二岁，而与此相反，我也许还不知道我的欧仁妮已远远地超过了这个年龄。

超越所有一切，这种高贵的心灵，这种高尚的坦率，使我欣喜，令我陶醉，永远地为我戴上了爱情的枷锁。我几乎不能压抑心中的那阵狂喜。

“我最最可爱的欧仁妮，”我大声说，“你所说的这一切算什么呢？你的年龄比我大些，可那又怎么样？世俗的陈规陋习是那么的愚蠢而荒唐。对那些像我们这样相爱的人来说，一年和一小时到底有什么不同？你说我二十二岁，就算如此，其实你马上就可以说我已经二十三岁。而你自己呢，我亲爱的欧仁妮，你的年龄不过也只有——不过也只有——也只有——只有——只有——”

说到这儿，我稍稍有所停顿，希望拉朗德夫人会接过我的话头，说出她的真实年龄。但一个法国女人对令人难堪的问题很少正面回答，她通常是以略施小计来作为答案。此时的欧仁妮就似乎在她的怀中搜寻什么东西，不一会儿，她把一幅微型画像掉在了草地上，我立即把画像拾起并递还给她。

“留下吧！”她说，同时露出一个最令人销魂的微笑，“把它留下，为了我，为了其实不如画像漂亮的她。另外，在这个小玩意的背后，你也许正好能找到你似乎想知道的答案。诚然现在天色已黑，但你可以明天早晨有空的时候再看。同时，今晚你将护送我回去。我的一些朋友要举行一个小型音乐会。我保证你能听到一些美妙的歌声。我们法国人不太像你们美国人这样拘泥于形式，我把你作为老朋友偷偷带去，不会有什么困难。”

说完，她挽住了我的胳膊，我陪着她回到她的住处。那座公寓相当不错，而我认为陈设也非常高雅。不过对最后一点，我几乎没有资格做出评判；因为我们进屋时天已完全黑下来，而美国的高级公寓在炎热的夏季，很少在一天中这最令人惬意的时刻点灯。虽说在我们进屋大约一小时之后，大客厅里点亮了一盏被遮暗的太阳灯，这使我能够看出那个房间布置得异常高雅甚至富丽堂皇，但套房里人们主要集聚的另外两个房间，整个晚上都笼罩在一种舒适的阴暗之中。这是一种充满奇思异想的习俗，它至少可以让人去选择光明或者阴暗。我们来自大洋彼岸的朋友们对此只能够入乡随俗。

这样的夜晚无疑是我一生中度过的最美妙的夜晚。拉朗德夫人并没有夸张她朋友们的音乐才能，我所听到的歌声是除了在维也纳，我在私人音乐聚会上所听到的最优美的歌声。器乐演奏者不少，而且都是第一流的高手。歌唱者大多是女士，没有一位不唱得悦耳动听。最后，随着一声断然的对“拉朗德夫人”的呼唤，她立即从我和她并排坐的那张躺椅上起身，毫不扭扭捏捏或假意推辞，由一两位先生和与她一道看歌剧的那位女士陪同，她走向大客厅里的那架钢琴。我倒真愿意陪她前去，但既然我是被悄悄地引进那套房子，我觉得我最好是待在原处别惹人注意。就这样，我被剥夺了看她唱歌的快乐，尽管没被剥夺听的权利。

她的歌唱给每个人造成的影响似乎都非常强烈，但给我留下的印象是一种比强烈更甚的感觉。我不知该如何恰当地对这种感觉进行描述。毫无疑问，它多少起因于我正在受其影响的爱情，但更多的是由于我对歌唱者情感之热烈的确信。她无论是唱咏叹调还是宣叙调，都用了一种比她本身的激情更热烈奔放的音调，这一点很难用艺术来解释。她唱《奥赛罗》时那种浪漫空灵的发音，以及她唱《凯普莱特和蒙太古》中“Sul mio sasso”这几个意大利字眼的声调，迄今还回旋在我的记忆中。她的低音完全不可思议。她的音域跨三个全八度，从女低音直到女高音，尽管她的歌声足以响彻那不勒斯的圣卡洛歌剧院，可她仍然精益求精地处理好乐曲中的每一个难点——每一个或升或降的音阶，每一个终止式，或者每一个装饰音。在唱《梦游女》的终场曲时，她把下面的歌词唱出了一种出神入化的效果——

啊！没有人能够想象

此时充溢我心中的满足。

唱这句时她模仿马利布兰，对贝里尼的原句进行了更改，以便把她的声音降至男高音声部，然后用一个飞快的过渡连升两个八度音程，突然从男高音声部升到女高音声部。

在这些奇迹般的演唱后，她离开钢琴，重新在我身边坐下，这时我用最富深情的字眼，向她表示了我对她演唱的喜欢。至于我的惊讶，我只字未提，尽管我实际上惊讶万分。因为她与我谈话时所用的那种娇滴滴的声音，或准确地说是颤悠悠的声音，使我预料她在歌唱方面不会表现出任何惊人的才华。

这下，我俩久久地、真诚地、滔滔不绝并且毫无保留地交谈了起来。她让我讲了许多我早年生活的情况，而且对我讲的每一个字都凝神屏息地倾听。我什么也没有隐瞒，我觉得我没有权利辜负她的信任。被她在年龄这个微妙问题上的光明磊落激励，我不仅坦坦荡荡地详细讲了我许多次要的不足之处，而且痛痛快快地如实坦白了我道德上甚至生理上的一些弱点，这种需要极大勇气的自我暴露，无疑正是爱情最有力的证明。我谈到了我大学时代的有失检点，谈到了我的放荡不羁，谈到了我的纵酒狂欢，谈到了我的欠账负债，还谈到了我的风流轻佻。我甚至谈到了曾使我受折磨的一次轻微的肺热咳，谈到了我曾一度患过的慢性风湿，谈到了我发作过一次的遗传性痛风，最后，我终于谈到了那令人不快、使人不便但迄今一直被小心掩饰的我眼睛的近视。

“关于这最后一点，”拉朗德夫人笑吟吟地说，“你如实坦白显然不是明智之举，因为你要是不说，我认为当然就不会有人指责你这一错误的行为。顺便问一下，”她继续道，“你是否还记得，”这时，我甚至在那个房间的昏暗中也觉察到一团红晕清清楚楚地显现在她的脸上，“我亲爱的朋友，你是否还记得现在挂在我脖子上的这副小小的眼镜？”

她问话时，手指捻弄着那副曾在歌剧院里使我大为震惊的双片眼镜。

“哦，当然！我完全记得。”我大声说，同时热烈地紧紧握住那只把眼镜递给我看的娇嫩的手。那副眼镜形如一件复杂而华丽的玩物，上有精美的微雕和金银线装饰，并镶有闪闪发光的珠宝，即便是在昏暗朦胧之中，我也不可能看不出它非常贵重。

“好吧！我的朋友，”她以一种令我感到相当惊奇的热诚真挚的口吻继续说，“好吧，我的朋友，你热切地恳求我给你一个你乐于称为无价之宝的许诺。你请求我明天就与你结婚。若是我答应你的请求，请允许我补充，这也是答应我自己内心的恳求，那我是否有资格向你提出一个小小的、一个很小很小的请求作为回报？”

“你提吧！”我欣喜若狂的声音大得几乎引起一屋人的注意，而仅仅是因为那些人在场，才阻止了我冲动地跪倒在她的脚边。“你提吧，我亲爱的，我的欧仁妮，我的心上人！提吧！但在你的请求提出之前，我已经答应它了。”

“那么，我的朋友，”她说，“你将为了你所爱的那个欧仁妮而克服你刚才所承认的最后那一个小小的弱点，这个与其说是生理上的还不如说是道德上的缺点。请允许我向你保证，这个缺点与你高贵的天性是那么不相称，与你坦荡的胸怀是如此不和谐，如果容忍它继续下去，那它迟早会使你陷入某种非常难堪的困境。为了我，你必须克服你刚才所承认的那种使你悄悄地或者说含蓄地否认你眼睛近视的虚伪做法。因为你否认这个弱点，实际上是不愿采用有助于克服这一弱点的惯用手段。所以你应该明白，我是说我希望你戴上眼镜——嘘，别作声！你已经为我而答应戴上它了。你必须接受我手中这个小小的玩意，虽说这玩意对于视力很有帮助，但作为一件珍宝并不贵重。你看，就这样稍稍调整一下，或这样调整，它就既可作为双片眼镜架在鼻梁上，又可作为单片眼镜揣在背心口袋里。不过，你答应的是用前一种方式，你已经为我而答应要习惯戴它。"

我非得承认吗？这个请求当时使我不知所措。可伴随这一请求的那种情况，当然容不得我有半点犹豫。

"行！"我高声答应道，尽量鼓起我当时能鼓起的全部热情。"行！我非常乐意接受。为了您，我愿献出每一分感情。今晚我把这可爱的眼镜作为单片镜戴在我胸上，但等明天早晨曙光初露，待我能有幸把您称为妻子，我就将把它戴在——戴在我的鼻梁上，而且以后我将永远戴着它，以这种不那么风流、不那么时髦但肯定是你所希望的更有益的方式。"

接着，我们的话题转到了明天的细节安排。我从我未婚妻口中得知塔尔博特刚刚回城。我必须马上去见他并准备一辆马车。这个音乐聚会要凌晨两点方能结束，届时那辆马车会停在门口，趁着客人们告辞的那阵混乱，拉朗德夫人能轻易地钻进马车而不被人注意。接着，我们将去一位正等着我们的牧师的家，在那儿举行婚礼，留下塔尔博特，然后我俩将去东部做一次短途旅行，把那个上流时髦社会丢在身后，让他们对这事爱说什么就说什么。

安排好这一切之后，我马上离开那个公寓去找塔尔博特，但半路上我忍不住拐进了一家旅馆，为的是好好看看那幅微型画像。而我看画像时，借助了那副很有效力的眼镜。画像上那副容貌真美得超凡绝伦！那又大又亮的眼睛！那端庄挺秀的鼻子！那乌黑美丽的鬈发！"啊！"我欣喜若狂地自言自语，"真画得和我的心上人一模一样！"我翻转画像，发现背面写着这些字——"欧仁妮·拉朗德——二十七岁零七个月。"

我找到了塔尔博特，并马上开始告诉他我的好运。当然，他承认他感到大吃一惊，但很真诚地向我表示了祝贺，并尽力向我提供一切帮助。总之，我们不折不扣地实施了我们的安排。而在凌晨两点时，那个音乐聚会结束十分钟后，我发现我已经和拉朗德夫人，我应该说和辛普森夫人，坐在了一辆有篷的马车里，马车飞快地出了城，朝东北偏北的方向驶去。

塔尔博特已经为我们做出了决定，因为我们将整夜兼程北上，所以我们应该把离城约二十英里[①]的C村作为第一站，在那儿吃顿早早饭并稍微休息一会儿，然后继续赶路。因此在凌晨四点，马车停在了C村客栈门外。我把我敬慕的妻子扶下马车，并且马上要了早餐。同时，我俩被引进一间小厅坐下。

如果当时说不上是白天，但也接近天亮，而当我神魂颠倒地凝视我身边那位天使之时，我才突然第一次想到，自从我知道拉朗德夫人誉满天下的美貌以来，我这实际上还是头一次能在白天并在近处欣赏她的美貌。

“现在，我的朋友，”她拉住我的手说，于是打断了我的遐思，“现在，我亲爱的朋友，既然我们已结合在一起，既然我已经答应了你热切的请求，履行了我俩协议中我的义务，我相信你没有忘记你也有一份小小的义务要履行——一个你想要遵守的诺言。啊！让我想想！让我回忆一下！对啦，我轻而易举地就记起了你说的每一个字，你昨晚对欧仁妮许下的可贵的诺言。你听！你是这样说的：‘行！我非常乐意接受。为了您，我愿献出每一分感情。今晚我把这可爱的眼镜作为单片镜戴在我胸上，但等明天早晨曙光初露，待我能有幸把您称为妻子，我就将把它戴在——戴在我的鼻梁上，而且以后我将永远戴着它，以这种不那么风流、不那么时髦但肯定是你所希望的更有益的方式。’这些是你的原话，我心爱的丈夫，难道不是这样？”

“是这样，”我说，“你记性真好。毫无疑问，我美丽的欧仁妮，我绝对无意逃避履行这番话中所包含的那个小小的诺言。你瞧！你看！刚好合适，相当合适，不是吗？”说话间，我早取出眼镜并把它调整成普通的形状，小心翼翼地戴在了恰当的位置，而辛普森夫人则整了整帽子，交叉起双臂，突然坐得端端正正，以一种多少有几分拘谨而古板的姿势，实际上，是以一种多少有损尊严的姿势。

① 1英里=1.609344公里。——编者注

“天哪！”眼镜框刚一架上我的鼻梁，我就失声惊叫，“天哪！我的天哪！这副眼镜到底是怎么回事？”我飞快地把眼镜取下，用一块丝织手绢仔细地擦拭镜片，然后重新把它戴上。

但是，如果说第一次发生的事让我吃惊，那这第二次吃惊就变成了震惊，而这种震惊是那么深切，那么强烈，实际上，请允许我说是那么可怕。这究竟是怎么回事？我难道能相信自己的眼睛？我能吗？这正是问题。那难道是——难道是——难道是胭脂？而那些难道——难道——难道是欧仁妮·拉朗德脸上的皱纹？哦，爱神啊！还有每一个男神女神大神小神！她——她——她——她的牙齿是怎么啦？我猛然把那副眼镜狠狠地摔到地上，一跃而起，站到屋子中央，双手叉腰、龇牙咧嘴、暴跳如雷地面对辛普森夫人，与此同时，我一句话也说不出来，惊恐和盛怒使我不知所措。

我前面已经说过欧仁妮·拉朗德夫人，也就是说辛普森夫人，讲的英语并不比她写的英语更好，因此在一般场合她都非常得体地从不试图用英语进行交谈。但愤怒往往会把女人引向任何极端，而它当时就使辛普森夫人采取了一个惊人的极端行为，她竟然试图用一门她并不完全通晓的语言来进行对话。

“嘿，先生，”她以一种显而易见的惊讶神情把我打量了一阵后说，“嘿，先生！这下怎么办？出了什么事？你跳的是不是圣维图斯舞？[①]要是不喜欢我，为什么你要隔着袋子买猫？”

“你这个卑鄙的女人！”我喘着粗气骂道，“你——你——你这个可恶的老巫婆！”

“巫婆？老？我毕竟还不算很老！我只不过八十二岁，一天也不多。”

“八十二岁！”我惊呼道，同时踉踉跄跄地退到墙边，“你这只八千二百岁的老狒狒！画像上说的是二十七岁零七个月！”

“啊！真是那样！一点不错，但那张像是五十五年前画的。在我同我第二个丈夫拉朗德先生结婚的时候，当时我请人画了那张像，送给我和我第一个丈夫穆瓦萨尔生的女儿。”

① 一种神经错乱症，俗称舞蹈病，因其医治人西西里的殉道者圣维图斯（约公元4世纪）而得名。——译者注

“穆瓦萨尔！”我重复道。

“是的，穆瓦萨尔，穆瓦萨尔。”她模仿着我其实并非最好的发音说，“那又怎么样？你对穆瓦萨尔知道些什么？”

“没什么，你这个老怪物！我对她完全一无所知，只是我有个祖先曾姓那个姓，很久以前。”

“那个姓！你为什么说姓那个姓？那是一个很体面的姓，瓦萨尔也一样，那也是一个很体面的姓。我的女儿，穆瓦萨尔小姐，她嫁给了一位瓦萨尔先生，而瓦萨尔是一个非常体面的姓。”

“穆瓦萨尔！还有瓦萨尔！”我惊问道，“你到底想说些什么？”

“我想说什么？我想说穆瓦萨尔和瓦萨尔，而就此来说，我还想说克鲁瓦萨尔和弗鲁瓦萨尔，如果我觉得这样说恰当的话。我女儿的女儿，瓦萨尔小姐，她嫁给了一位克鲁瓦萨尔先生，后来，我女儿的外孙女，克鲁瓦萨尔小姐，她嫁给了一位弗鲁瓦萨尔先生，而我认为你会说，那不是一个很体面的姓。”

“弗鲁瓦萨尔！”这下我开始变得有气无力，“嘿，你肯定不是在说穆瓦萨尔、瓦萨尔、克鲁瓦萨尔和弗鲁瓦萨尔吧？”

“不。”她回答道，说着把她的身子完全靠在椅背上，把她的两条腿完全伸直，“我是在说穆瓦萨尔、瓦萨尔、克鲁瓦萨尔和弗鲁瓦萨尔。但弗鲁瓦萨尔先生是一个你们所说的那种笨蛋，他像你一样是一头蠢驴，他离开美丽的法兰西来到了这个愚蠢的亚美利加，而当他来这儿的时候，他有一个非常笨、一个非常非常笨的儿子，我听说是这样，尽管我还未能有幸遇到他——不管是我还是我的同伴斯特凡妮·拉朗德夫人都没遇到过他。他的名字是拿破仑·波拿巴·弗鲁瓦萨尔，而我认为，你会说那也不是一个很体面的名字。”

无论是这番话的长度或内容，都足以使辛普森夫人非同寻常地大发雷霆。当她费力地讲完那番话后，她就像中了魔似的突然从那张椅子上跳起，这一跳震得整个地板一阵乱响。一旦站定身子，她咬牙切齿，挥舞双臂，卷起衣袖，在我面前晃动她的拳头，随之一把揭下头上的帽子，连同一头浓密、漂亮、乌黑并且很值钱的假发，然后她大吼一声，把帽子、假发狠狠地扔在地上，并歇斯底里地在上面跳起了一种西班牙舞。

与此同时，我惊得一下坐进了她空出来的那把椅子。“穆瓦萨尔和瓦萨尔！”当她跳出一个鸽子拍翅舞步时，我若有所思地重复道，“克鲁瓦萨尔和弗鲁瓦萨尔！”当她完成另一个舞步时，我若有所悟地喃喃道：“穆瓦萨尔、瓦萨尔、克鲁瓦萨尔，还有拿破仑·波拿巴·弗鲁瓦萨尔！嘿，你这个不可理喻的恶魔，那就是我！那就是我！你听到了吗？那就是我！”这时我用最大的嗓门呼喊道，“那——就——是——我——我就是拿破仑·波拿巴·弗鲁瓦萨尔！我真不该同我的太外祖母结婚，我真希望我能永远昏头昏脑！”

欧仁妮·拉朗德夫人，准辛普森夫人，从前的穆瓦萨尔夫人，的的确确是我的太外祖母。她年轻时非常漂亮，即使在八十二岁的高龄，也依然保持着她少女时代端庄颀长的身材、头部清晰的轮廓、又大又亮的眼睛和典雅挺秀的鼻子。凭借着那些珍珠粉、胭脂、假发、假牙和假胸垫，以及巴黎做时髦女装的一流裁缝，她竟然在法国都市那些风韵犹存的美人堆里，体面地占有一席之地。在这一点上，她确实可以被认为与那位大名鼎鼎的尼农·德·朗克洛相差无几。

她非常富有，第二次成为寡妇时没留下孩子，于是她想到了在美国的我，为了让我成为她的继承人，她前来美国，陪伴她的是她第二个丈夫的一名远亲——美貌绝伦的斯特凡妮·拉朗德夫人。

那天在歌剧院，我太外祖母的注意力被我的凝视吸引，在用眼镜对我打量一番之后，我与她相貌上的某种相似给她留下了印象。她由此而产生兴趣，加之她知道她寻找的继承人实际上就在这座城市，于是她向同伴打听我的情况。陪她的那位先生认识我，并告诉了她我是谁。这消息使她再次对我细细打量，而正是这次打量鼓起了我的勇气，使我干出了已经讲过的那番荒唐事情。但她投桃报李地冲我点头是基于这样一种情况，她以为我已经偶然发现了她的身份。我的近视和女人的化妆艺术，使我对那位陌生女士的年龄和魅力产生了错误的印象，当我那么热切地向塔尔博特打听她是谁时，他当然以为我是在问那位年轻的美人，所以便实事求是地告诉我她是“大名鼎鼎的寡妇，拉朗德夫人”。

第二天上午，我太外祖母在街上遇见了塔尔博特这个巴黎老相识，他们的谈话自然而然地转到了我身上。塔尔博特就在那时解释了我的近视，因为我这个缺陷早已尽人皆知，尽管对尽人皆知这一事实我还完全被蒙在鼓里。我太外祖母十分恼怒地发现她上了当，原来我并不知道她的身份，而只是在剧院里丢人现眼，向一个陌生的老太婆表白爱意。为了惩罚我这一轻浮之举，她和塔尔博特设下了一个圈套。塔尔博特故意避开了我，以免为我正式引见。我在街上打听"美丽的寡妇拉朗德夫人"，当然被人认为是在询问那位更年轻的夫人，所以我离开塔尔博特下榻的旅馆后，与碰到的那三位先生的谈话并不难理解，他们在小调中唱到尼农·德·朗克洛也很容易解释。我一直没有机会在白天近处看到拉朗德夫人，而在她那个音乐聚会上，我拒绝戴眼镜的愚蠢做法，实际上阻止了我发现她的真实年龄。当人们呼唤"拉朗德夫人"演唱时，显然指的是更年轻的那位，也正是她起身去客厅演唱。为了进一步迷惑我，我的太外祖母同时也站了起来，陪她一道走向客厅里的钢琴。如果当时我决定陪她前去，那她一定会胸有成竹地建议我最好待在原处，可我自己的小心谨慎使这一点也成了没有必要。那令我赞叹不已的歌声，那使我对我情人的青春活力确信无疑的歌声，实际上是由斯特凡妮·拉朗德夫人唱出的。那副眼镜的赠送，其实是作为对我自欺欺人的责备，是对我掩目捕雀的一种嘲讽。它的赠予为教训我的弄虚作假提供了一个机会，而我已经因此受到了深刻的教育。我几乎没有必要画蛇添足地补充这点：我太外祖母所戴的那副眼镜早已被她调换成两块更适合我这个年龄的镜片，我戴上那副眼镜刚好合适。

那位仅仅是假装为我们主持婚礼的牧师，原来是塔尔博特的好友，而并非什么神职人员。他倒是一名出色的"马车夫"，在脱下教服换上大衣之后，是他驾那辆载着"新婚夫妇"的马车出了城。当时塔尔博特就坐在他身边。那两个恶棍就这样到了事情结束的现场，并通过客栈后厅一扇半开的窗户，津津有味且忍俊不禁地目睹了那场戏的收场。我认为，我将不得不与他俩决斗。

不过，我现在并不是我太外祖母的丈夫，这事一想起来就令我感到欣慰。但我现在是拉朗德夫人的丈夫——斯特凡妮·拉朗德夫人的丈夫。我太外祖母生前——如果她真已去世的话——不仅让我成了她唯一的继承人，而且费心张罗了我与斯特凡妮的婚姻。总之，我现在永远与情书断了缘分，我现在永远与眼镜形影不离。

Edgar Allan Poe Complete Tales

捧为名流

所有的人都惊讶地踮起了脚。

——约瑟夫·霍尔《讽刺诗集》

我是（也就是说我曾是）一个名人，但我并非"朱尼厄斯信札"的作者，不是那个戴假面具的人[1]，因为我的名字叫托马斯·史密斯，而且我出生在胡蒙胡欺城的某个角落。

我来到这世上的第一个动作，就是用我的双手抓紧我的鼻子。我母亲看见了这个动作，称我是一个天才；我父亲乐得泪下沾襟，并马上给我大讲了一通鼻腔学[2]。于是，我在被穿上裤子之前，就已经精通了鼻腔学。

我现在开始探索我的科学之路，并很快就弄懂了一个道理：假设一个人有一个足以引人注目的鼻子，那他只消以此为业，便可以一举成名。但我的注意力不仅仅局限于理论。我每天早晨都要把我的大鼻子拉扯两下，并喝下六口烈性酒。

① 指菲利普·弗朗西斯爵士（Sir Philip Francis，1740—1818），一般认为他曾以"朱尼厄斯"之化名发表了一系列抨击英国内阁的信件。——译者注

② 原文是 Nosology（疾病分类学），但其字形与 nose（鼻子）有相似之处，爱伦·坡谐用之。——译者注

我成年后的一天，父亲问我是否愿意随他去他的书房。

“我的儿子，”我们坐定之后，他问，“你生活的主要目标是什么？”

“我的父亲，”我回答道，“我生活的主要目标是研究鼻腔学。”

“那么，托马斯，”他接着问，“何为鼻腔学？”

“先生，”我回答，“就是关于鼻子的科学。”

“那你能否告诉我，”他追问道，“鼻子的含义是什么？”

“鼻子吗？我的父亲，”我非常婉转地回答，“曾有数以千计的不同学者给它下过五花八门的不同定义。”（说到这儿，我掏出我的表。）“现在是正午，到半夜之前我们有足够的时间讲完这些定义。那我们就开始。鼻子，按照巴托林教授的见解，就是凸出部，就是隆起部，就是肉瘤，就是——”

“答得好，托马斯，”那位仁慈的老绅士抢过了话头，“你的学识真让我大吃一惊，我说的是真话，完全发自内心。”（说这句话时，他闭上眼睛并把手摁在胸前）“到这儿来！”（他说着话，拉起我的一条胳膊）“你的学业现在就算是完成了，眼下正是你出去闯荡一番的大好时机，你要做的事顶多不过就是经营你的鼻子，如此这般，如此这般。”（说到这儿，他一脚把我踢下楼梯，踢出了门外。）“滚吧，我的儿子，愿上帝保佑你！”

突然间，我心里感到一种灵悟，我认为被赶出家门简直是一种幸运。我决心采纳父亲的建议。我决定经营我的鼻子。于是，我当场把鼻子拉扯了两下，并立即写出了一本关于鼻腔学的小册子。

整个胡蒙胡斯城沸腾了。

“了不起的天才！”《医学季刊》说。

“顶呱呱的生理学家！”《威斯敏斯特月刊》说。

“聪明的家伙！”《国外通讯周刊》说。

“杰出的作家！”《爱丁堡日报》说。

“深刻的思想家！”《都柏林评论》说。

“伟大的人物！”本特利说。

“神圣的灵魂！”弗雷泽说。

“我们中的一员！”布莱克伍德说。

“他能是谁呢？”巴斯－布勒夫人说。

“他能是啥呢？”巴斯－布勒大小姐说。

“他能在哪儿呢？”巴斯－布勒二小姐说。但我一点也没理会这些人的评价，就径自进了一位艺术家的工作室。

佑吾灵公爵夫人正坐在那儿让艺术家画像，如此这般侯爵正抱着公爵夫人的狮子狗，非此即彼伯爵正在与公爵夫人调情，而别碰我王子则靠在公爵夫人的椅背上。

我走到艺术家跟前，亮出我的鼻子。

“哇，真美！”公爵夫人赞叹道。

“哇，天哪！”侯爵口齿有点不清。

“哇，讨厌！”伯爵呻吟道。

“哇，恶心！”王子咆哮道。

“画一画你的鼻子得多少钱？”艺术家问。

“画他的鼻子！”公爵夫人惊呼道。

“一千英镑。”我说着，坐了下来。

“一千英镑？”艺术家沉吟。

“一千英镑。”我说。

“真美！”艺术家完全被吸引住了。

“一千英镑。”我说。

“你能保证它没问题？”艺术家边问边把我的鼻子转向亮处。

“我保证。”说着，我喷了个响鼻。

“你能保证它不是冒牌货？”艺术家边问边恭敬地摸了摸我的鼻子。

“哼！”我把鼻子扭向一边。

“它从来没被临摹过？”艺术家边问边用一台显微镜对我的鼻子进行鉴定。

“没有。”我说着，将鼻子翘起。

“真妙！”艺术家惊呼，我鼻子的动作之美使他彻底放心了。

“一千英镑。”我说。

“一千英镑？”他问。

“确实如此。”我说。

“真要一千？”他问。

“正是这样。”我说。

“你将得到一千，”他说，“多美的一件艺术品！”于是，他当场开给我一张支票，并为我的鼻子画了张肖像，我到杰尔明大街订了旅馆房间，给女王陛下寄去了我的第九十九版《鼻腔学》，并附了我鼻子的一张肖像。接着，那个可怜的浪荡子威尔士亲王请我赴宴。

参加宴会的全都是名流精英。

首先是一位新柏拉图主义者。他开口闭口都是波菲利、扬布里柯、普罗提诺、普罗克洛、希洛克勒斯、马克西姆斯、泰路斯和塞里安鲁斯。

其次是一位完善人类理性者。他挂在嘴边的是杜尔哥、普赖斯、普利斯特列、孔多塞、斯塔尔夫人和那个“健康欠佳但野心勃勃的大学生”。

然后是绝对似非而是先生。他认识到所有的白痴都是哲学家，而所有的哲学家都是白痴。

接下来是伊斯提库斯·爱提各事先生。他提起火、同质和原子，提起一分为二和灵魂先存，提起相吸与相斥，提起原始智慧和同素体。

接着是塞耳逻辑斯·塞耳乐极神学家。他论及攸西比厄斯和阿里乌，论及异教和尼西亚宗教会议，论及牛津运动和三位一体教义，论及圣父圣子同一说和圣父圣子相似说。

接着是来自落舌德牡蛎市的弗里加塞先生。他谈到了红舌米里冬和酱汁花椰菜，谈到了圣梅勒沃尔特小牛肉，谈到了圣佛罗伦丁的腌泡汁，还谈到了拼盘橙橘果子冻。

接着是来自碰杯之乡的品杯了事先生。他浮光掠影地介绍了拉图尔酒和马克布鲁宁酒，莫索尔酒和香柏尔坦酒，里奇堡酒和圣乔治酒，霍布伦酒、莱昂维勒酒和梅多克酒，巴拉克酒和柏涅克酒，格拉夫酒和索泰尔纳酒，拉菲特酒和圣珀雷酒。他不喜欢沃日尔的红葡萄酒，并且闭着眼睛就能分辨出西班牙的雪利酒和蒙特利亚白葡萄酒。

接着是来自佛罗伦萨的丁托丁丁罗先生。他谈论起契马布埃、阿尔皮诺、卡尔巴乔和阿尔哥斯提诺，他还谈论起卡拉瓦乔的朦胧、阿尔巴诺的明快、提香的色彩、鲁本斯的女人以及扬·斯泰恩的诙谐。

接着是胡蒙胡斯大学的校长。他持这样的见解：月亮在色雷斯被叫作本狄斯，在埃及被叫作布巴斯提斯，在罗马被叫作狄安娜，在希腊被叫作阿耳忒弥斯。

接着是一位从伊斯坦布尔来的土耳其人。他老是没法不认为天使都是些公马、公鸡和公牛；他认为第六重天上的某人有七万颗脑袋，并认为大地由一头长着数不清的绿角的天蓝色的母牛支撑着。

接着是德尔菲鲁斯·坡利格洛特先生。他给我们讲到了埃斯库罗斯失传的那八十三幕悲剧的下落，讲到了伊索乌斯的五十四份演讲稿，讲到了吕西阿斯的三百九十一篇演说文，讲到了忒奥佛拉斯图斯的八十篇论文，讲到了阿波罗尼奥斯《圆锥曲线论》的第八卷，讲到了品达的颂歌及合唱琴歌，讲到了小荷马的四十五幕悲剧。

接着是弗迪南德·菲茨－福谢乌斯·费尔特斯帕尔先生。他给我们讲地内火和第三纪地质构造，讲汽化状态、液化状态和固化状态，讲石英石和泥灰岩，讲结晶片岩和黑色气石，讲石膏和暗色岩，讲滑石和钙质，讲闪锌矿和角闪石，讲云母板岩和圆砾石，讲蓝晶石和锂云母，讲赤铁矿和透闪石，讲锑和玉髓，讲锰和任何你觉得有趣的东西。

最后便是我本人。我讲我自己；讲我自己，讲我自己，讲我自己；讲我的《鼻腔学》，讲我的小册子，讲我自己。我翘起我的鼻子，我讲我自己。

“令人难以置信的聪明人！”亲王说。

“真棒！”他的客人们说。第二天上午，佑吾灵公爵夫人拜访了我。

“你愿意去阿尔马克交际俱乐部吗，漂亮的家伙？”她一边问，一边拍了拍我的下巴。

“一定去。”我说。

“连鼻子也带上？”她问。

“那是当然。”我回答。

“这是入场券，我的宝贝。我能告诉他们，说你一定会去吗？”

“亲爱的公爵夫人，我用我的整颗心保证。”

“啐！那你的整个鼻子呢？”

“我用我的整个鼻子保证，亲爱的。”我说。然后我把鼻子拧了两下，于是我发现自己已到了阿尔马克交际俱乐部。

屋里拥挤得令人窒息。

“他过来了！”站在楼梯口的一个人说。

“他过来了！”站在更上面的一个人说。

“他过来了！”站在上面一点的一个人说。

“他来了！”公爵夫人欢呼，“他来了，那个小可爱！”她紧紧地抓住我的双手，在我的鼻子上吻了三下。

一个惊人的事件随之发生。

“我的天！”卡普里科鲁蒂伯爵惊呼道。

“真该死！”唐·施蒂尔托先生嘟囔道。

“天杀的！”格勒诺耶亲王怒吼道。

“活见鬼！”布兰登鲁夫选帝侯咆哮道。

是可忍，孰不可忍！我当即勃然大怒，猛地转身朝着布兰登鲁夫。

“喂，老兄！”我对他说，“你是只狒狒。”

“先生，”他略一踌躇后说，“我要与你决斗！”

这正是我所希望的。我们相互交换了名片。第二天上午在白垩农场，我一枪打掉了他的鼻子，然后我就去拜访朋友。

“傻瓜！”第一个朋友说。

“笨蛋！”第二个朋友说。

“白痴！”第三个朋友说。

“蠢驴！”第四个朋友说。

“草包！”第五个朋友说。

“饭桶！”第六个朋友说。

“滚蛋！”第七个朋友说。

我感觉受到了奇耻大辱，便回家请教我的父亲。

“父亲，”我问，“我生活的主要目标是什么？”

“我的儿子，”父亲回答，“仍然是研究鼻腔学，不过你打掉那位选帝侯的鼻子做得太过分了。不错，你有个了不起的鼻子，现在布兰登鲁夫却完全没有鼻子。你因此被责骂，而他成了当今之英雄。我承认，在咱们胡蒙胡斯市，一个名人的知名度与他的鼻子的大小成正比。但是，天哪！你没法与一位压根儿就没有鼻子的名人竞争。”

Edgar Allan Poe Complete Tales

甭甭

博林布鲁克勋爵曾说：“我们的格利佛也有那种故事。”

——伏尔泰

皮埃尔·甭甭是一个出类拔萃的餐馆老板，我想这一点凡是在某时代常去鲁昂菲布维尔死胡同那家小餐馆的人都不会随意争辩。皮埃尔·甭甭同样擅长于那个时期的哲学，我想这一点更是无可非议。他的肝酱馅饼无疑是完美无瑕的，但什么样的笔，才能公正地评判他关于天性的文章、关于灵魂的思想、关于精神的见解？虽然他的油煎鸡蛋和清炖牛肉难以评说，但那个时代的哪一位文人墨客没有为一种“甭甭思想”，就像为其他所有大学者的所有无聊的思想，而慷慨挥毫呢？甭甭搜遍了其他人未曾搜遍的图书馆，读的书比其他任何一个人想读的还多，明白的理比其他任何一个人认为可能弄明白的还多。虽说就是在他的全盛时期，鲁昂也不乏作家断言说：“他的格言既无柏拉图学派之精纯，又无亚里士多德学派之深邃。”虽然，请注意，虽然他的学说并没有很普遍地被人了解，但这并不说明他的学说很难理解。我想，正是由于他那些学说的不言而喻，才使得许多人认为它们高深莫测。就连康德（但我们别把这点说过了头），连康德那些高深的理论也主要受惠于甭甭。甭甭的确不是一位柏拉图主义者，严格地说，也不是一位亚里士多德主义者。他也不像近代的莱布尼茨把本可以用来发明重汁肉丁，或用来分析一种感觉的宝贵时间，白白地花在试图使冥顽不化的油水交融那种琐碎的道德讨论上。甭甭全然不是这样。甭甭是爱奥尼亚式的，甭甭同样也是古意大利式的。他凭先验推理，他也靠经验推理。他的思想是先天的，他的思想也是后天的。他信奉特比隆的乔治，他也信奉博萨伦。甭甭明显是一个甭甭主义者。

我已经说过，这位哲学家具有餐馆老板的资格。但我不会让我的任何一个朋友去想象，我们的主人公在履行他所继承的那一行业的义务时，会对其尊严和重要性缺乏一种适当的认识。情况远非如此。其实根本不可能说出他所从事的哪一样职业更使他引以为傲。依他之见，思维能力与胃之功能有着密不可分的联系。我实在不能肯定他与中国人的见解有多大不同。中国人认为灵魂寄寓在腹腔。他认为希腊人无论如何都是对的，他们用同一个词来表示精神和隔膜。[①]我说这些并不是想含沙射影地指责饕餮贪食，也不是想严厉批评那位形而上学家的偏见。如果甭甭有缺点——哪一位大人物没有上千个短处？我是说，假若皮埃尔·甭甭真有不足之处，那也不过是无伤大雅的白璧微瑕，换个德行来看，这种瑕疵的确通常都被视为美德。至于这些微瑕中的一个小疵，我之所以提到它，仅仅是为了那非凡的岩岩山岳，那罕见的高凸浮雕。在那山岳或浮雕中，这个小疵是从其平常的高度而突出的。这就是，他绝不会放过任何讨价还价的机会。

并不是甭甭贪得无厌，不。这位哲学家绝不仅仅满足于为自己的利益而讨价还价。假如一桩买卖谈成，随便什么买卖，不拘什么条件，也无论在什么样的情况下，许多天里，人们都会看到一丝得意扬扬的微笑使他容光焕发，一种老于世故的眼色显示他的聪明。

我刚才所提到的那种古怪的脾性会招惹人们的注意，这在任何时代都不足为奇。而在我们的故事所发生的年代，这种怪癖若不引人注目，反倒让人不可思议了。很快就有人传言，每当那种时候，甭甭的微笑总是不同于他平时自己开玩笑

① Φρενες 。——译者注

或招呼熟人时的那种直截了当的露齿而笑。人们开始暗讽一种令人激动的性格；人们开始谈论那些匆匆成交而事后又后悔的危险的买卖；人们开始数落这位十恶不赦的作家，为了达到他狡猾的目的而形成的莫名其妙的能力、不明不白的渴望和有悖常理的嗜好。

这位哲学家还有其他缺点，但几乎都不值得我们认真去探究。譬如，人们很少发现博大精深的思想家没有贪杯的嗜好。值得一说的是，这种嗜好到底是博大精深之动人原因，还是博大精深之确凿证明，据我所知，甭甭并不认为这个话题三言两语就能说清楚，我也一样。但千万别以为这位餐馆老板沉湎于一种如此正统的古典嗜好，就会丧失他的直观辨别力，这种直观辨别力常常同时为他的论文和炒蛋增添特色。他独处幽居之时就是勃艮第葡萄酒物尽其用之际，也是罗纳滨海酒发挥用途之机。在他看来，索泰尔纳白葡萄酒之于梅多克红葡萄酒，就好比卡图卢斯之于荷马。他总是一边啜饮圣佩雷酒，一边玩三段式演绎法。阐释一种理论，他总是品尝沃涅奥葡萄酒，而推翻一种学说，他则要狂饮香柏尔坦红葡萄酒。如果这种敏感的礼节观念，只是在我上文提到的那种不重要的嗜好方面伴随着他，那也就万事大吉，但事实并非如此。说实话，哲学家甭甭的思想特征最后终于呈现出一种奇异的偏激而神秘的性质，似乎带有浓厚的他所喜欢研究的日耳曼魔鬼学的色彩。

在这个故事发生的年代，走进菲布维尔死胡同那家小餐馆，就是步入了一位天才的圣殿。甭甭是一位天才。鲁昂没有一个帮厨的不会告诉你甭甭是一位天才。他那只猫知道这一点，在这位天才面前总是忍住不摇尾巴。他那条爱玩水的大狗通晓这一事实，每当主人走近它便会庄重其举止，耷拉其耳朵，并垂下它那完全不配一条狗所具有的下颌，充分暴露它的自卑意识。实际上，这种习惯性的尊重大多应归因于这位形而上学家的容貌。我不得不说，气度不凡的外貌甚至对野兽来说也是重要的，而我乐于承认，这位餐馆老板的外表，很适合让人对这头四足兽的创造力留下深刻的印象。这个小伟人的神态有一种与众不同的威严，但愿我能被允许这样模棱两可地表达，单看这样的身材，人们无论何时都看不出有创造力。然而，就算甭甭身高不足一米，就算他的脑袋属于小型中的小号，但若是看他那滚圆的肚子，人们不可能不产生一种近乎登峰造极的宏伟感。照它的尺寸，狗和人都定能看出那是他学识的一个象征，以它的巨大，则定能看出那是他不朽灵魂的恰当寓所。

如果这使我高兴，我就会详细描述这位形而上学家的服饰和其他外观情况。我就会暗示说，我们的主人公的头发留得很短，光滑地梳理在前额，并被一顶圆锥形的白色法兰绒帽及其帽饰覆盖；我就会暗示说，他那件嫩绿色的紧身皮上衣，并没有追随那个时代一般餐馆老板所穿戴的时髦；我就会暗示说，那衣袖比被允许流行的衣袖更宽大，那袖口是翻卷的，但翻卷部分并非像在野蛮时代通常所用的与衣服本身同色同质的布料，而是极富想象力地用了热那亚产的杂色天鹅绒；我就会暗示说，他的拖鞋是一种鲜艳的紫色，奇妙地饰着金丝，要不是脚趾部分有精致的嵌缝和色泽瑰丽的镶边和绣花，那很有可能是日本货；我就会暗示说，他的裤子是用一种名为“讨人喜欢”的像缎子的黄色织物缝制的，他那天蓝色的斗篷形状就如女人的长袍，上面饰满了深红色的图案，就像清晨的薄雾在他肩上自由飘舞；我就会暗示说，他的整副模样，曾引发佛罗伦萨即兴诗人贝内韦努塔的惊人之语，“真难说清皮埃尔·甭甭到底是乐园中的一只鸟，还是一座完美无缺的乐园”。我是说，如果我高兴，我就会详尽地描写上述几点。但我克制住了自己，纯粹的私人琐事应该留给那些历史小说家，因为这些有损于实事求是的道德尊严。

我已经说过，走近菲布维尔死胡同那家餐馆，就是步入了一位天才的圣殿，但当时只有天才本人才能充分估量那座圣殿的价值。由一张对开纸做成的招牌在门前摇晃。招牌一边画着一只酒瓶，另一边画着一个馅饼锅，招牌背面是“甭甭之业”几个醒目的大字。这位业主的双重职业便这样微妙地暗示出来。

一跨过门槛，那座建筑的内景便尽收眼底。一个屋顶微斜、古香古色的长形房间，就是这家餐馆提供的全部服务设施。房间的一个角落里安置着这位形而上学家的卧床。一排幔帐加上一个希腊式的华盖，顿时便赋予那张床一种舒适的氛围和一种古典的意味。与床的位置成对角线的另一个角落，显现出厨房和书房融为一体的特征。一盘议论静静地放在食品柜上。这儿是满满一锅最新伦理学，那儿是整整一壶十二开本杂集。多卷本德国道德与炙烤架亲密无间地待在一起，烤面包的铁叉会被发现躺在攸西比厄斯的旁边，柏拉图优哉游哉地倚在平底锅里，而同一时期的手稿则被装订在一柄烤肉叉上。

在其他方面，甭甭餐馆应该说与当时的一般餐馆略有不同。一个硕大的壁炉张着大口，正对着大门。壁炉的右边是一个敞开的碗柜，碗柜里陈列着一长排贴着标签的酒瓶。

正是在这儿，在某年寒冬的一个夜晚大约十二点光景，在皮埃尔·甭甭听完了他的邻居们关于他古怪嗜好的评议之后，我说正是在这儿，皮埃尔·甭甭把他们全都撵出了屋子，咒骂着，在他们身后锁上了房门，然后怀着并不十分平和的心情，把自己置身于一把皮垫扶手椅和一团木柴炉火的安慰之中。

这是一个在一百年中只能遇上一两次的那种可怕的夜晚。雪下得很猛，房子在狂风中摇摇欲坠，从墙缝和烟囱钻进的风可怕地吹动这位哲学家床头的幔帐，并打乱了他的馅饼锅和文稿的体系。暴露于暴风雪的凶狂之中的那块大招牌摇曳着，没有发出不祥的吱嘎声音，而招牌坚实的橡木支柱则发出一阵呻吟。

并不是在心平气和之中，我说，那位形而上学家把他的椅子拖到壁炉边通常的位置。就在那个白天，许多错综复杂的情况相继发生，扰乱了他平静的沉思默想。他本想做一份公主蛋卷，却不幸地做成了王后蛋卷；对一个伦理学原理的发现结果，因打翻一锅炖肉而泡汤；最后，但并非最不重要，他竟然在一次他任何时候都能因成功地战胜对手而获取那种特殊快感的讨价还价中遭受了挫折。但在他因那一连串不可理喻的变化而感到的烦躁之中，也并非没有在某种程度上交织着一个风雪交加之夜最容易引发的精神焦虑。吹声口哨，把我们上文提到的那条身躯庞大且喜欢玩水的黑狗，唤到更靠近他身边的位置，忧心忡忡地坐在他那把椅子里，他忍不住将他小心翼翼且神色不宁的目光投向房间的幽深处，甚至连那通红的火光，也只能部分地驱散那些不屈不挠的阴影。当他完成了这番也许连他自己也不知道确切目的的扫视之后，他把座位挪近一张堆满书籍文稿的小桌子，很快就专心于修改一大部打算第二天就要出版的手稿。

他这样全神贯注地工作了几分钟，这时房间里突然有一个声音嘀咕道："我不着急，甭甭先生。"

“魔鬼！”我们的主人公惊叫着，一跃而起，推翻了身边的小桌，纳闷地环顾四壁。

“千真万确。”那个声音平静地回答。

“千真万确！什么千真万确？你为什么来这儿？”我们的形而上学家厉声问道，这时，他看见一个身影正伸直身子躺在他的床上。

“我是说，”那位闯入者没有注意他的诘问，“我是说，我一点也不为时间着急，我所冒昧请求的这桩交易其实一点也不紧迫，总之，这完全可以等你写完你的论文。”

“我的论文！喂！你怎么知道？你怎么能认为我是在写一篇论文？我的上帝！”

“嘘！”那个身影用压低的尖声回答，接着从床上跃起，朝我们的主人公走近了一步。随着他的逼近，悬垂在头顶上方的一盏铁灯向后瑟瑟晃动。

那位哲学家的惊愕并没有阻止他把这位不速之客的衣着相貌仔细地打量一番。一套贴身却是上个世纪式样的已褪色的黑衣，一下子就精密地勾勒出了一个极其瘦削但比常人高得多的身影的轮廓。这身衣服当初显然是为一个矮得多的人剪裁的。他的脚踝和手腕都露出一大截。不过，他的鞋上一对灿烂夺目的带扣，使他那身衣服所暗示的清寒显得虚伪。他没戴帽子，头顶全秃，只有后脑勺垂下一根相当长的辫子。一副有边框的绿色眼镜使他的眼睛免受光的影响，同时也阻止了我们的主人公查明那双眼睛的颜色或形状。那人周身都没有穿衬衫的迹象，但一条脏兮兮的白领带极其精确地系在咽喉处，领带两端照礼仪并排垂下（虽然我敢说是出于无心），使人想到一位牧师。实际上，他相貌举止的许多方面都能使人确认那种属性。像现代牧师所时兴的那样，他的左耳上夹着一个颇像古人用的尖笔一样的东西。从他上衣胸前的口袋里，露出一本用钢扣装订的黑色小书。不知是有心还是无意，那书的封面正好朝外，使人能看清那黑底白字的书名《天主教礼仪》。他的整副面容显露出一种引人入胜的阴郁，甚至一种尸体般的苍白。他的前额很高，由于沉思而布满了皱纹。他的嘴角下垂，露出一副最最谦恭的表情。还有他交叉的十指和当他走向我们主人公时的一声长叹，总之是一副不会不引起人们好感的神圣模样。甭甭对这位不速之客进行了一番令人满意的观察之后，脸上的怒气早已烟消云散，他亲切地与不速之客握手，并请他坐下。

但是，谁要认为这位哲学家感情的突变，是因为那些自然会被认为有影响力的任何原因，那他就大错特错了。据我尽其所能对他性格的了解，皮埃尔·甭甭的确是所有人中，最不容易被华美的外表和优雅的举止影响的人。一个对人和事的观察都如此精密的人，不可能不一眼就看出这位如此滥用他好客殷勤的不速之客的真正身份。多的不说，来访者那双脚的形状就足够奇特，他现在轻轻地戴回头上的一顶帽子也高得过分，他裤子的后部有一块隆起的地方在微微震颤，而他上衣燕尾之摆动是一个显而易见的事实。那就判断一下，我们的主人公是以什么样的满意的心情发现，他自己就这样立即与一位他在任何时候都绝对尊敬的人建立了友谊。然而，他太具有外交家的素质，以至于不会放过眼前真实情况的任何蛛丝马迹。他并不想显得已全然意识到了他如此意想不到地享受的殊荣，而是想靠诱使他的客人与他对话，从而引出一些重要的伦理观念。这些观念一旦写进他打算出版的那本书，不但将使整个人类受到启蒙，同时也将使他自己流芳百世。我应该补充一点，他那位客人的高寿长年以及他众所周知的对伦理学的精通，很有可能使他提供出那些观念。

为自己的远见卓识所鼓舞，我们的主人公请那位绅士坐下，他趁机往壁炉里添了一些木柴，往被扶起的小桌上放了几瓶啤酒。他飞快地准备好这一切，然后拉过他的椅子与客人面对面坐下，等着他的客人开口。但是，考虑得最周到的计划往往一开始也容易受挫，那位餐馆老板发现，他的客人一开口就把他弄得狼狈不堪。

“我看你认得我，甭甭。哈！哈！哈！嘿！嘿！嘿！嘻！嘻！嘻！呵！呵！呵！呜！呜！呜！”那魔鬼一说话，便抛开了他刚才的凝重端庄，咧开大嘴，露出他那口参差不齐的尖牙，把头往后一仰，令人厌恶地哈哈大笑，引得那条蹲伏在一边的黑狗也起劲地加入了合唱。那只斑猫突然改变行径，在房间最远的那个角落坐下来尖声应和。

我们的哲学家没有笑，他太具有人的属性，以至他既不会像狗那样大笑，也不会像猫那样尖叫，从而暴露出极不雅观的惊惶。必须承认，他感到了几分惊讶，因为他看见客人口袋里那本书上用白色字母拼成的书名《天主教礼仪》，在短短几秒钟里既改变了颜色又改变了字义，在原来书名的位置，《罪犯名目》几个红色的大字赫然醒目。这一惊，使甭甭在答话时露出了一种本来不应该有的窘态。

“哟，先生，”哲学家说，“哟，先生，老实说，我以为你是——当我说——魔……也就是说我认为——我想象——我有一种模糊的—— 一种非常模糊的想法——我不胜荣幸——”

“哦！呀！是的！很好！”魔鬼打断他的话头，“别说了，我明白是怎么回事。”说着，他摘下那副绿色眼镜，用袖口仔细地擦了擦镜片，然后把眼镜放进了口袋。

如果说那本会自动变书名的书刚才让甭甭有几分惊讶，那现在这副能让自己观看的眼镜则使甭甭大吃了一惊。因为当他怀着强烈的好奇心，抬眼想核实一下他客人眼睛的颜色时，他发现它们既不是他所猜想的黑色，也不是他可能想象到的灰色；既不是褐色也不是蓝色，既不是黄色也不是红色，更不是紫色、白色或绿色；不是天空能呈现的任何颜色，不是地上能看到的任何颜色，也不是水下能发现的任何颜色。简而言之，甭甭不但清清楚楚地看到他的客人压根儿没有眼睛，也未发现它们曾经存在过的任何迹象。我不得不说，在那本来应该长眼睛的地方，只有一块平平展展的皮肉。

克制自己不对如此奇异的一种现象追根究底，不是这位形而上学家的天性，而他的客人也马上给予了既不失尊严又令人满意的答复。

“眼睛！我亲爱的甭甭，你是说眼睛？哦！呀！我明白了。是那些荒谬的书，嗯？那些流行的书使你对我的容貌留下了错误的印象。眼睛!! 不错。皮埃尔·甭甭，眼睛好好地在它们应该在的地方，你会说该在头上？对，在一条肠虫的头上。这些眼睛对你来说同样也必不可少，不过我将使你信服，我的眼光比你的敏锐。那儿有一只猫，我看见它在墙角，一只漂亮的猫！你看看它！好好看！现在告诉我，甭甭，你是否看见了思想，我是说它的思想，那些正在它心里产生的想法和念头？这就是了！你看不见。它正以为我们在赞美它尾巴的长度和思想的深刻。它刚才断定，我是个最杰出的牧师，而你是个最多余的形而上学家。这下你明白我并非又盲又瞎，只是对我所从事的一项职业而言，你所说的那种眼睛仅仅是一种累赘，任何时候都可能被一根烤叉或一柄草耙戳破。但我承认，那种眼睛对你来说是必需的。尽力使用它们吧，甭甭，我的眼睛就是灵魂。”

客人说完这番话，便自己动手倒桌上的酒喝，并为甭甭斟了满满一杯，还让他随便喝，就当在自己家里一样。

“你这本书写得真不错，皮埃尔，”当甭甭遵照客人的吩咐喝干那杯酒之后，来访者老练地拍着我们这位朋友的肩膀，重新提起了话头，“我以名誉担保，你这本书挺不错。这是一部令我称心如意的著作。不过我认为章节的安排还可以调整一下，你的许多见解都让我想起亚里士多德。那位哲学家是我最好的朋友之一。我就像喜欢他可怕的坏脾气一样，喜欢他铸造错误的精湛技巧。在他的全部著作中只有一个颠扑不破的真理，而我为那个真理给予他提示，纯粹是出于对他糊涂观念的同情。我想，皮埃尔·甭甭，你一定知道我所说的是哪一个神圣的真理。”

“不能说我——”

“完全正确！原来正是我告诉亚里士多德，人们通过打喷嚏从鼻孔排除多余的思想。”

“这——嗝——毫无疑问是事实。”这位形而上学家一边说，一边为自己又斟了杯酒，然后把他的鼻烟盒递到客人手上。

“还有柏拉图，”客人恰如其分地谢绝了鼻烟盒及其暗示的恭维，“还有柏拉图，他是我以前最喜欢的朋友。你认识柏拉图吗，甭甭？哦，不，请务必恕我冒昧。有一天他在雅典碰见我，就在帕提侬神庙，他告诉我他正为一个概念而苦恼。我写下 ο νους εστω αυλος 这句话。他说他会照办，说完就回家去了，而我则动身去金字塔。但我的良心谴责我说了真话，即便是为了帮助朋友。于是我匆匆赶回雅典，来到那位哲学家的椅子后面，当时他正在写‘αυλος’这个词。我用手指头轻轻一弹，把字母 λ 翻转过来。所以那句话现在还印作‘ο νους εστω αυγος’[①]，而你知道，这正是他的形而上学的根本原理。”

“你去过罗马吗？”那位餐馆老板问，这时他已喝完第二瓶啤酒，并从碗柜取

① 这两句希腊语的意思分别是“思想是无形的”和“思想是一道光”。——译者注

出好几瓶香柏尔坦红葡萄酒。

“只去过一次，甭甭先生，一次。那是在——”那魔鬼仿佛是在背诵一本书里的某个章节，“那是在为期五年的无政府状态时期，当时共和国失去了所有的官员，除了由平民推选的保民官，再没有任何地方行政长官，那些保民官是在没有任何行政权威的情况下非法选举的。当时，甭甭先生，我只在那个时候去过罗马，所以我根本不熟悉它的哲学。”

“你怎么看——嗝——你怎么看伊壁鸠鲁？”

“我怎么看谁？”魔鬼惊问道，“你不至于要找伊壁鸠鲁的碴儿吧？我怎么看伊壁鸠鲁？你是在说我，先生！我就是伊壁鸠鲁。我就是那位写下被第欧根尼·拉尔修纪念的三百篇论文的哲学家。”

“撒谎！”那位形而上学家说，因为他此时已有了三分醉意。

“很好！很好，先生！的确很好，先生。”那魔鬼显然受宠若惊。

“撒谎！”那餐馆老板固执地重复道，“撒——嗝——撒谎！”

“好啦，好啦！随你怎么吧。”魔鬼心平气和地说。甭甭赢了这一场辩论，他认为自己有责任喝完第二瓶香柏尔坦红葡萄酒。

“如我所说，”来访者重提话头，“正如我刚才所说，你这本书里有一些非常奇特的见解。譬如，你那番关于灵魂的胡扯到底是什么意思？请告诉我，甭甭先生，何为灵魂？”

“灵——嗝——魂嘛，”那位形而上学家一边说，一边查阅他的手稿，“毋庸置疑是——”

“不对，先生！”

“不容置疑是——”

“不对，先生！”

“不可置疑是——”

“不对，先生！”

“显而易见是——”

“不对，先生！”

“无可争辩是——”

“不对，先生！”

“嗝——”

“不对，先生！”

“那毫无疑问是一个——”

“不对，先生！灵魂不是那种东西。”（此时，那位哲学家对客人怒目而视，并趁机当场喝干了他的第三瓶香柏尔坦红葡萄酒。）

“那么——嗝——请告诉我，先生——那——那到底是什么？”

“那既不是这儿也不是那儿，甭甭先生，”魔鬼若有所思地回答，“我已经品尝过，那就是说，我已经认识一些很坏的灵魂，也有一些——相当不错的灵魂。”他说到这儿，咂了咂嘴巴，不知不觉地用手摁住口袋里那本书，狠狠地打了一个喷嚏。

他继续道：“克拉提诺斯的灵魂，还算过得去；阿里斯托芬的，有独特风味；柏拉图，味道精美，不是你那个柏拉图，而是喜剧诗人柏拉图，你那个柏拉图说不定会倒刻耳柏洛斯[①]的胃口——哈哈！接下来让我想想！还有奈维乌斯、安德罗尼库斯、普劳图斯和泰伦提乌斯。然后是卢齐利乌斯、卡图卢斯、纳索和昆图斯·贺拉提乌斯·弗拉库斯。亲爱的昆提！正如他为我唱歌取乐时我所称呼他一样，当时我正兴致勃勃地把他叉在一柄肉叉上烘烤。可必须得给这些罗马人加点调料。一个肥胖的希腊人抵得上一打罗马人，而且希腊人可以保鲜，那些奎里忒斯人则不行。让我们来尝尝你的索泰尔纳白葡萄酒吧。”

这时，甭甭早已拿定主意对任何事都保持镇静，他尽量按客人的要求摆出酒瓶。他突然觉得屋里有一种像在摇尾巴的奇怪声音。尽管这对客人相当失礼，可这位哲学家顾不上了，他毫不掩饰地踢了狗一脚，叫它保持肃静。

客人继续说道：“我发现贺拉斯尝起来很像亚里士多德，你知道我喜欢不同的风味。我一直没法区分泰伦提乌斯和米南德。纳索真让我吃惊，他实际上是伪装的尼卡德。维吉尔很有一股忒奥克里托斯的味道。马尔提阿利斯总让我想到阿

① 地狱的看门犬。——译者注

尔基洛科斯，而蒂图斯·李维乌斯其实就是波利比奥斯，不过如此。”

“嗝！”甭甭应答。

客人继续：“但若是我有个嗜好，甭甭先生，若是我有个嗜好，那就是哲学家。不过，我告诉你，先生，并非每一个魔——我是说，并非每一个绅士都懂得如何挑选哲学家。高个子不好，要是剥得不小心，最棒的高个子也会发臭，如果稍有擦伤的话。”

“剥!!”

“我的意思是从尸体中取出来。”

“那你认为——嗝——认为医生怎么样？”

“别提医生！——呸！呸！”（魔鬼一阵激烈的干呕）“我只尝过一个医生——那个卑鄙的希波克拉底！有一股阿魏胶味——呸！呸！呸！我在冥河洗他时患了重感冒，他终究让我染上了霍乱。”

“这个——嗝——卑鄙小人！”甭甭骂道，“这个——嗝——药箱里掉出来的怪胎！”哲学家流下了一滴眼泪。

“毕竟，”客人继续说，“毕竟，假如一个魔——假如一位绅士想要活下去，他必须具有两种以上的才能。对我们来说，一张胖脸就是善于外交的证明。”

“为什么那样？”

“因为我们的给养常常都非常短缺。你肯定知道，在我们那种炎热的地方，要让一个灵魂活上两三个小时常常都是不可能的；而灵魂一死，除非马上腌制（可腌制的灵魂并不好吃），不然就会——有味道——你明白，嗯？所以当按常规程序向我们交付灵魂，我们通常焦虑的就是防腐问题。”

“嗝——嗝——我的上帝！那你们怎么处理？”

这时，头顶上那盏铁灯开始更剧烈地摇晃，那魔鬼惊得几乎跳离座位；随着一声轻轻的叹息，他又恢复了镇静，只是低声对我们的主人公说：“我告诉你，皮埃尔·甭甭，我们千万不能再用上帝这个字眼来诅咒。”

主人又喝下一满杯葡萄酒，以此来表示他充分的理解和完全的默许。客人继续道：“实际上有好几种处理方法。我们中的大多数忍饥挨饿，有一些则靠腌制品充饥，至于我嘛，我购买活在肉体中的灵魂，我发现这样能充分保鲜。”

“可那肉体！嗝！——那肉体!!! ”

“肉体，肉体，嘿，肉体怎么啦？哦！呀！我明白了，告诉你，先生，这种买卖对肉体毫无影响。我已经做过无数次那样的买卖，卖方从未感到过任何不便。那些人中有该隐，有宁录，有尼禄，有加里古拉，有狄奥尼修斯，有庇西特拉图，还有——还有其他许多人，他们都绝不知道在他们的后半生有一个灵魂是怎么回事；可是，先生，这些人都曾为社会增光添彩。那现在为什么不能有你我都知道的 A 先生呢？他难道不依然心智健全，体格无恙？他现在写的讽刺诗难道不更尖刻？他现在的推理演绎难道不更机敏？他——但我们先不说这个！我皮夹子里有他的契约。”

他说着，掏出一只红色的皮夹，从里边抽出一沓票据。甭甭瞥见一些票据上有马基——马萨——罗伯斯庇尔的字样，还有加里古拉、乔治、伊丽莎白等名字。

魔鬼从那沓票据中挑出一张窄窄的羊皮纸，高声念道：“考虑到某项不必说明的精神基金，并作为一千金路易的报偿，现年一岁零一月的我，谨将我被称作灵魂的影子所具有的权利、称号及其附属物，转让给本契约持有者。（签名）A……”

“一个聪明的家伙，”魔鬼说，“但他和你一样，甭甭先生，弄错了什么是灵魂。说灵魂是影子！灵魂是影子！哈！哈！哈！嘿！嘿！嘿！嘻！嘻！嘻！只消想想一份烩影子！”

“只消想想——嗝！——一份烩影子！”我们的主人公大声重复道，他的才智因魔鬼的深奥而受到了启发。

“只消想想一份——嗝！——烩影子!! 真是的，呸！——嗝——哼！如果我是那样一个——嗝！——笨蛋就好啦！我的灵魂，先生——哼！”

“你的灵魂，甭甭先生？”

“对，先生——嗝！——我的灵魂就——”

“就怎么样，先生？”

“不是影子，呸！”

“你的意思是说——”

“对，先生，我的灵魂就——嗝！——哼！——是的，先生。”

“你该不会是想说——”

“我的灵魂——嗝！——尤其适合——嗝！——适合做——”

“什么，先生？”

“清炖肉。”

“哈！”

“蛋奶酥。”

“是吗？”

“煎肉丁。”

“这不假！”

“荤杂烩和烤肉块，看看吧，我的好伙计！我可以把它卖给你——嗝！——出个价吧。”那哲学家说到这儿，拍了拍魔鬼的背。

“我简直没想到这种事。”魔鬼一边平静地说，一边从座位上站起身来。那位形而上学家两眼盯着他。

“我现在给养足够。”魔鬼说。

“嗝！——嗯？”

“手头又没有现金。”

“什么？”

“再说，我不想这么没有礼貌地——”

“先生！”

“乘人之危——”

“嗝！”

“利用你眼下斯文扫地、令人作呕的处境。”

那位来访者说到这儿，便鞠躬退出，以一种很难准确描写的风度，但以一个非常协调的动作朝“那个家伙”扔过去一只酒瓶，从天花板上垂下的那根细链被打断，那位形而上学家被掉下的铁灯盏砸翻。

Edgar

Allan

Poe

Complete

Tales

一星期中的三个星期天

“你这个狠心的、愚蠢的、顽固的、迂腐的、粗鲁的、发霉的、古板的老家伙！”一天下午，我在想象中对我舅舅拉姆加乔说，并在想象中对他挥舞我的拳头。

只能在想象中。事实上，当时在我所说的和我没胆量说出的之间，在我所做的和我有点想做的之间，的确存在着某种小小的矛盾。

当我推开客厅门时，那只老海豚正把双脚搭在壁炉架上坐着，手里端着一满杯红葡萄酒，正竭尽全力地要完成那首小调：

斟满你的空杯！

请一饮而尽！

“我亲爱的舅舅，”我说着，轻轻关上门，堆着一脸最殷勤的微笑走到他身边，“你对人总是那么体贴入微，你已经在很多方面，在那么多的方面表现了你的仁慈，以至——以至于我觉得，我只消再向你提一下这件小事，就保证能得到你充分的默许。”

“哼，”他说，“好孩子！往下说！”

“我深信，我亲爱的舅舅（你这个讨厌的老家伙），你并不是真正要，并不是当真要反对我和凯特表妹结婚，这只不过是你的一句玩笑话。我知道，哈！哈！哈！你有时候可真逗。”

“哈！哈！哈！”他说，“混账！我是当真的！”

“诚然，当然！我知道你在开玩笑。你看，舅舅，眼下凯特和我想要的，就是你能给我们一个忠告，譬如关于时间。你知道，舅舅，总之，你看什么时候对你最方便，我是说举——举行——婚礼，你知道？”

“婚礼，你这个无赖！你这是什么意思？你最好是安安心心等着那一天吧。”

“哈！哈！哈！嘿！嘿！嘿！嘻！嘻！嘻！呵！呵！呵！喔！喔！喔！哦，好极了！哦，妙极了！真是有趣！不过，现在我们想要的，你知道，舅舅，是你能指示一个准确的时间。”

“啊！准确的？”

“对，舅舅，就是说，如果这对你完全合适的话。”

“博比，难道我让它随便是哪一天不行吗，譬如说某年某时之类的？我非得说个准确的时间吗？”

“对不起，舅舅，准确的。”

“那好吧，博比，我的孩子。你是个好孩子，不是吗？既然你想要准确的时间，那我就当然，我就破例答应你一次。”

“亲爱的舅舅！”

“嘘，先生！（压住我的声音）我就破例应你一次。你会得到我的同意和那笔钱，我们一定不要忘了那笔钱。让我想想！该在什么时候呢？今天是星期天，不是吗？那么，你准确的结婚时间——听好，准确的时间！当三个星期天出现在一个星期内之时！听清了吗，先生？你发什么呆？我说，当三个星期天一起出现在一个星期之时，你就可以得到凯特和她那笔钱。但在此之前不行，你这个小无赖，在此之前不行，即使要我的命也不行。你了解我，我是个遵守诺言的人。现在滚吧！”他说完，一口喝干了他那杯红葡萄酒，而我则绝望地冲出了客厅。

我舅舅拉姆加乔是一个非常“优雅的英国老绅士”，但他与那首歌中的绅士不同，他有他的弱点。他是个矮小、有钱、傲慢、暴躁、半圆形的重要人物，有一个通红的鼻子、一个迟钝的脑袋、一个很大的钱包，而且对自己的重要性有一种强烈的意识。怀着这世上最善良的心愿，通过一种卓越而矛盾的任性，他设法在那些对他一知半解的人当中赢得了一个吝啬鬼的名声。像许多杰出人物一样，他似乎也有一种爱逗弄人的兴致。乍一看，这种兴致也许容易被人误以为是狠心。他对任何要求的立即答复都是一个斩钉截铁的“不”字；但到最后，到很久以后的最后，真正被他拒绝的要求少得可怜。所有对他钱包发起的进攻都遭到他最为顽强的抵抗；但到头来的结果通常是，从他那儿勒索去的金额与进攻时间之长度和抵抗之顽强程度成正比。在施舍方面，没有人比他更慷慨或更勉强。

对艺术，尤其是对文学艺术，他抱一种嗤之以鼻的态度。在这点上，他一直受到卡西米尔·佩里耶的鼓舞，他习惯引用他那句辛辣的质问——“诗人有什么用？”而且像那位不再极端的逻辑天才一样，问这句话时总用一种滑稽的腔调。所以我对缪斯的略知一二，早已惹得他对我大为不满。一天，我要求他为我买一部新版贺拉斯时，他向我担保说“Poeta nascitur non fit”，这句拉丁话的意思是“令人作呕的诗人一无是处”，这一说法令我怒火中烧。由于一种对他所认为的自然科学的偶然偏爱，他对“人文科学”的厌恶最近越发加剧。曾有人在街上招呼他，错把他当作一位不亚于那个假自然科学讲师杜布勒博士的人物。这使得他突然间一反常态，而就在这个故事形成的时期（因为故事总是慢慢形成的），我舅舅拉姆加乔只在谈到碰巧与他正在热衷的马术嗜好一致的话题时，才会通情达理、性情平和。对于其他，他一概手舞足蹈地加以嘲笑。他的政见非常顽固且易于理解。他同霍斯利一样，认为“人除了服从法律，与法律没有任何关系”。

我一直同这位老绅士生活在一起。我父母临终前把我作为一件贵重的遗赠物留给了他。我认为这老家伙爱我就像爱他自己的孩子。即使不如他爱凯特那样，但也差不多。不过，他让我过的毕竟是一种悲惨的生活。从我一岁到五岁，他非常有规律地用鞭子抽我。从我五岁到十五岁，他时时刻刻用感化院威胁我。而从我十五岁到二十岁，他没有一天不保证要取消我的继承权。我是个无赖，这一点不假，但在当时那是我天性之一部分，是我信仰的一个要点。但我有凯特做我的坚强后盾，并且这一点我很清楚。她是个好姑娘，她非常甜蜜地对我说，无论何时，只要我能从我舅舅那儿纠缠出那个必要的同意，我就可以得到她（包括她的钱等等)。可怜的姑娘！她才十五岁，而如果没有那个必要的同意，她那笔小小的存款要等五个漫长的夏天“慢慢地熬过之后才能到手”。那怎么办呢？对十五岁，抑或对二十一岁（因为我当时已度过了我的第五个四年），翘首期待的五年和五百年没什么不同。我俩徒然地向那位老绅士发起了无休止的进攻。这是一道主菜（正如乌德先生和卡尔梅先生常说），恰好对上他那种与众不同的口味。若是看见他对待我俩多像一只老猫对待两只可怜的小耗子，连极能忍耐的约伯说不定也会勃然大怒。其实，他心里也巴不得我和凯特结婚。他早就一个人拿定了主意。事实上，如果他能想出任何答应我们这一非常自然的请求的借口，他情愿从自己的钱包里掏出一万英镑（凯特的钱属于她自己）。当时我俩过于轻率，竟然自己提出了那个话题。在这样的情况下不加以反对，我真的认为超越了他的能力。

我已经说过他有他的弱点，但千万别以为我说这话是在说他的顽固：那是他的一个优点，绝非一个缺点。我提到他的弱点，是指一种缠住他的奇怪的老妇人般的迷信。他热衷于梦、预兆以及各种各样的胡说八道。他还对小小的面子问题过分拘泥于形式，按他的说法，他无疑是一个遵守诺言的人。这其实是他的一个嗜好。他可以毫无顾忌地轻视他诺言的精神实质，其字面意思却神圣而不可违背，而这正是他性格中的后一个特点。在那次客厅谈话不久之后的某一天，凯特的机智使我们对其加以了意想不到的利用。这样，按照现代诗人和演说家们时兴的方式，在开场白中耗尽了我自由支配的时间和几乎耗尽了我随意使用的篇幅之后，我将把构成这篇故事之要点简单地总结一下。

当时很凑巧，命运就这么安排，在我心上人的那些海军朋友当中，有两位先生在海上航行一年之后，刚刚踏上英格兰海岸。经过一番预谋，我表妹和我陪着这两位先生去拜访我舅舅拉姆加乔，那是十月十日星期天下午，正好是在那个令人难忘的决定残酷地摧毁了我们的希望三个星期之后。开始约半小时的谈话都极其平常，但我们终于非常自然而然地使其变成了下面这段对话：

普拉特船长：“哟，我离开这儿已有整整一年。今天恰好是一年，千真万确，让我想想！没错！今天是十月十日。你肯定记得，拉姆加乔先生，去年今天我曾来向你道别。顺便说一下，这事看起来真是巧极了，难道我们的朋友史密瑟顿船长不也是正好离开了一年，今天刚好一年？”

史密瑟顿："没错！不多不少刚好一年。你肯定记得，拉姆加乔先生，去年的今天，我和普拉特船长一块儿来向你告别，向你请安。"

我舅舅："没错，没错，没错。我记得非常清楚。的确非常奇怪！你俩都刚好走了一年。这的确是一个奇怪的巧合！正是杜布勒博士常说的一个异乎寻常的并发事件。杜布勒博士——"

凯特：（插入）"当然，爸爸，这是件稀奇事，可当时普拉特船长和史密瑟顿船长并不是走的同一条航线，而这会造成一种差异，你知道。"

我舅舅："我会对这种事一窍不通？你这个傻丫头！我怎么会呢？我认为这只能使这件事更不寻常。杜布勒博士——"

凯特："当然，爸爸，普拉特船长绕的是合恩角，而史密瑟顿船长绕的是好望角。"

我舅舅："一点不错！一个朝东而一个往西，你这个死丫头，然后他俩都围着地球绕了一圈。顺便说一下，杜布勒博士——"

我自己：（匆匆插入）"普拉特船长，你明晚务必来做客，你和史密瑟顿船长，你们可以给我们讲讲你们的航行，我们还可以玩一局惠斯特牌，另外——"

普拉特："玩牌，我亲爱的朋友，你忘乎所以了，明天是星期天。改天晚上再——"

凯特："哦，去你的！博比还不至于那么忘乎所以。今天才是星期天。"

我舅舅："当然——当然！"

普拉特："我请你们二位原谅，但我不可能这么糊涂。我之所以知道明天是星期天那是因为——"

史密瑟顿：（大为惊奇）"你们脑子里都在想些什么？我倒真想知道，难道昨天不是星期天？"

众人："昨天当然不是！你弄错了。"

我舅舅："今天是星期天，我说——难道我还不知道？"

普拉特："哦，不！明天是星期天。"

史密瑟顿："你们都疯了，你们每个人都疯了。我确知昨天是星期天，正如我确知此刻我坐在这把椅子上一样。"

凯特：（急切地一跃而起）“我明白了，我全都明白了。爸爸，这是对你的一个报应，关于——反正你知道关于什么。现在听我说，我来简单地解释一下。这事其实很简单。史密瑟顿船长说昨天是星期天，昨天的确是，他是对的。博比表哥、我爸爸和我说今天是星期天，今天的确是，我们是对的。普拉特船长说明天将是星期天，明天的确是，他也是对的。事实上，我们大家都是对的，这样，三个星期天已经一起出现在一个星期之内。”

史密瑟顿：（略一踌躇之后）“你看，普拉特，凯特让我们完全明白了。我俩可真是大傻瓜！拉姆加乔先生，事情是这样的：这地球，你知道，其圆周长为两万四千英里。地球绕地轴自西往东旋转——自转——这两万四千英里的时间正好是二十四小时。这你明白吗，拉姆加乔先生？”

我舅舅：“当然——当然——杜布勒博士——”

史密瑟顿：（压过他的声音）“很好，先生，这样地球自转的速度是每小时一千英里。现在假设我从这里往东航行了一千英里，那我当然就比伦敦的日出时间提前了一小时。我会比你早一小时看见太阳升起。若朝同一方向再航行一千英里，我就早两小时看见日出；再走一千英里，我就提前三小时。以此类推，直到我围着地球绕一圈又回到伦敦，这样我就向东航行了两万四千英里，我正好比伦敦的日出时间提前了二十四小时；这就是说，我比你的时间提前了一天。现在明白了，嗯？”

我舅舅：“但是杜布勒博士——”

史密瑟顿：（提高嗓门）“而普拉特船长则正好相反，他从这儿每往西航行一千英里就比伦敦时间晚一小时，而当他往西航行完两万四千英里，他就比这儿的时间晚了二十四小时，或者说晚了一天。这样，对我来说昨天是星期天，在你看来今天是星期天，而就普拉特而言，明天才是星期天。而且，拉姆加乔先生非常清楚，我们大家都是对的，因为不可能有任何哲学上的理由能够认为我们当中任何人的这个时间概念比其他人的更正确。”

我舅舅：“天哪！好啦，凯特；好啦，博比。正如你们所说，这是对我的报应。但我是一个遵守诺言的人。听好，孩子！你可以娶她（包括她的钱等等），随你什么时候。我累了，真的！三个星期天排着队来！我得去问问杜布勒博士关于这个问题的见解。”

Edgar

Allan

Poe

Complete

Tales

千万别和魔鬼赌你的脑袋

——一个含有道德寓意的故事

拉斯托雷斯的唐·托马斯在他的《爱情诗集》之序言中说，“Con tal que las costumbres de un autor，sean Puras y castas，imporó muy poco que no sean igualmente severas sus obras”——用通俗易懂的话来说，这意思就是，假若一名作家自身道德高尚，那何为他作品的道德寓意就无关紧要。我们可以假定唐·托马斯因下此断言而进了炼狱。而且为了诗的公道，一个明智的做法就是让他待在那儿，直到他的《爱情诗集》售罄绝版，或等到他那些诗集因无人问津而被束之高阁。每一篇故事都应该有一种道德寓意，而且说得更贴切一点，批评家们已经发现每个故事都有这种寓意。菲利普·梅兰希顿三百年前曾写过一篇关于《蛙鼠之战》的评论，证明了荷马的宗旨是要唤起一种对骚乱的厌恶。皮埃尔·拉塞纳则更进一步，证明荷马的意图是要劝说年轻人节食节饮。正是这样，雅各布斯·胡戈也已经彻底弄清，荷马是以欧厄尼斯暗讽约翰·加尔文，以安提诺俄斯影射马丁·路德，以食忘忧果的民族[1]挖苦全体新教徒，以哈耳庇厄揶揄所有德国人。

---

① 荷马史诗《奥德修纪》里的故事。——译者注

我们更现代的训诂学者同样也深刻。这些先生证明《洪水之前》中有一种隐藏的意义,《波瓦坦》中有一则道德寓言,《知更鸟》中有一个新的观点,而《小拇指》中则有超验论。一言以蔽之,只要一个人坐下来写作,就不可能没有一个深刻的立意。一般说来,这样作家们倒省了不少麻烦。譬如,一位小说家用不着去担心他的寓意。它就在那儿,也就是说它就在什么地方,寓意和批评家们能自己照料自己。时机一到,那位小说家想说的一切和不想说的一切都会在《日晷》或《新英格兰人》等杂志上曝光,另外还会加上他本来应该想说的一切,以及他显然是想说而没有说的一切,结果,寓意那东西到最后全都会老老实实地出来。

因此,那些不学无术的家伙没有任何正当理由对我横加指责,说什么我从未写过一篇道德小说,或说得精确一点,是从未写过一个含有道德寓意的故事。他们并不是上帝派来使我扬名并启发我道德感的批评家——那是秘密。不久,《北美无聊季刊》就会使他们为自己的愚蠢而感到羞耻。与此同时,为了阻止对我的伤害,为了减轻对我的非难,我献出这个附加的悲伤故事——一个其道德寓意无论如何都毋庸置疑的故事,因为任何人只消瞥一眼,就能从这个故事的副标题中看到寓意。我应当因这一安排而受到赞扬,一个远比拉封丹之流更有智慧的寓言家,他们总是把想法保留到最后一刻,到寓言故事的末尾才揭示其寓意。

“别让死者受到伤害”是古罗马十二铜表法之一戒律,而“替死者讳”是一项极好的禁令,即便被提到的死者是微不足道的小民。所以,我的意图并不是要诽谤我死去的朋友托比·达米特。他曾是个无赖,这一点不假,而且非常悲惨且可耻地死去,但他不应该为他不道德的恶习受到责备。那些恶习之养成是因为他母亲身体上的一个缺陷。当他还是个婴儿之时,他母亲就尽其全力用鞭子对他进行教育,因为履行义务对她那井井有条的头脑来说总是件乐事,而婴儿就像咬不动的牛排,或像现代希腊的橄榄树,当然是多打更有好处。但是,可怜的女人!她不幸是个左撇子,而用左手去打孩子那还不如不打。地球的旋转是从右向左。打孩子万不可从左向右。如果说从正确的方向一鞭子可以抽掉一种不良倾向,那可以推测从相反的方向一鞭子会抽进等量的邪恶。托比受惩戒时我常常在场,甚至从他蹬腿踢脚的方式,我就能看出他一天比一天变得更坏。最后我终于两眼噙着泪花看到，那个恶棍已完全不可救药。有一天，他挨耳光一直到满脸发黑，黑得别人会以为他是个非洲孩子，结果除了他扭动着昏了过去，那顿耳光没产生任何效果。我不能容忍再这样下去，只好立刻跪倒在地上，提高嗓门，预言了他的毁灭。

事实是，他恶习的早熟令人不寒而栗。五个月时，他就常常发那么大的脾气，以至于不可能咬清楚字眼；六个月时，我曾目睹他咬坏一副扑克牌；七个月时，他就养成了抓扯和亲吻小女孩的习惯；八个月时，他就毅然决然地拒绝了在戒酒誓约上签字。就这样，一个月接着一个月，他在邪恶的道路上越走越远，到他满一岁的时候，他不仅坚持要蓄胡须，而且染上了赌咒发誓的恶习，并用打赌的方式固执己见。

正是由于最后这个卑鄙下作的习惯，我所预言的毁灭最后终于降临到托比·达米特头上。那个习惯“随他成长而成长，随他健壮而健壮”，所以待他长大成人之后，他几乎是不打一个赌就说不出一句话。这并不是他真正下注打赌——不。我得替我的朋友说句公道话，他要真正下注，保管彻底输光。对他来说，打赌仅仅是一句套话，仅此而已。他在这一点上的言辞表达没有丝毫意义。那些话很简单，如果并非全是虚词——一些用来完成句子的富有想象力的措辞。当他说“我和你赌什么什么”，从来没人想到接受他的打赌，但我仍然不禁认为制止他是我义不容辞的责任。这是一个不道德的习惯，我这样告诉他。这是一个卑俗的习惯，我请求他相信这点。社会一致反对赌博，在这点上，我说的全是实话。国会明令禁止赌博，在这点上，我绝对无意撒谎。我规劝告诫，但无济于事。我举例论证，但徒费口舌。我苦苦哀求，他一笑置之。我动情央告，他哈哈大笑。我晓之以理，他冷嘲热讽。我威胁恫吓，他赌咒发誓。我踢他，他叫警察。我扯他的鼻子，他趁机擤一擤，并与魔鬼赌他的脑袋，说我再也不敢劝他改邪归正。

贫穷是达米特的母亲特有的生理缺陷，是留给她儿子的另一种恶习。他穷得叮当响，毫无疑问，这正是他打赌时闪烁其词而很少真正下注的原因。我不敢说，我曾听到过他使用“我跟你赌一美元”这样的措辞。他通常使用的措辞是“我跟你赌你想赌的”，或“我跟你赌你敢赌的”，或“我跟你赌句废话”，要不然就还是那句更有实际意义的“我跟魔鬼赌我的脑袋”。

这最后一种赌注似乎最中他的意。这也许是因为他承担的风险最小，因为达米特已经变得非常吝啬。万一有人接受他打的赌，他的脑袋本来就小，因而他的损失也就不大。不过，这些仅仅是我的个人想法，而我不敢肯定我这样想他是否正确。总之，那句话越来越成为他的口头禅，虽然把脑袋当作钞票来打赌极其不妥，但这一点是我朋友倔强的脾性不允许他去理解的。到后来，他完全抛弃了其他形式的打赌，决心只说“我跟魔鬼赌我的脑袋”，他这种专一的顽强性和排他性使我感到的不快，不亚于给我造成的惊奇。凡是我说不清原因的事，总使我感到不快。难以理解的事总逼着人去思考，而思考有损于健康。事实上，达米特先生在说出他那句无礼之言时，脸上总有某种东西（他发音吐字方式中的某种东西），这在一开始还显得有趣，但后来令我感到非常不安。由于眼下尚无确切的术语为这种东西命名，请务必允许我把它称为费解。不过，柯勒律治先生会把它称为玄妙，康德先生会把它称为泛神，卡莱尔先生会称它为歪曲，而爱默生先生会称它为超验。我开始完全讨厌那种东西。达米特先生的灵魂处于一种危险的境地。我决定要发挥我雄辩的口才去拯救他。我起誓要像《爱尔兰编年史》中所记载的圣帕特里克为一只癞蛤蟆尽力那样为他尽力，这就是说要“唤醒他对自己处境的一种意识”。我立即着手履行这项义务。我再一次对他进行苦口婆心的劝告，竭尽全力进行最后一次直言诤谏。

待我讲完我那通鸿篇大论，达米特先生的态度显得非常暧昧。他一时间一声不吭，只是好奇地打量我的脸。不久，他就把头扭向一边，高高地扬起两道眉毛。然后，他摊开手掌并耸了耸肩头。然后，他眨了眨右眼。然后，他用左眼重复同一动作。然后，他把两只眼睛紧紧闭上。然后，他把眼睛睁得很大，以至于我非常担心其严重后果。然后，他用拇指顶住鼻端，并认为理所当然应该用其余指头做出一种难以形容的动作。最后，他交叉起双臂，屈尊俯就地开始回答。

我只记得他那番回答的开头几句。如果我能闭上嘴，他将对我不胜感激。他并不需要我的忠告。他鄙视我那些拐弯抹角的暗示。他已经是成人，能自己照料自己。难道我依然把他当作三岁小孩？难道我唠唠叨叨是想改变他的天性？难道我想侮辱他？我是否是一个白痴？总而言之，我母亲是否知道我当时不在家？他见我是个老实人才向我提出那最后一个问题，他坚持要我就此问题做出回答。他再一次要求我不隐讳地告诉他，是否我母亲知道我外出。他说我的慌张使我露了馅儿，并说他非常乐意把脑袋押给魔鬼，赌我母亲不知道我外出。

达米特先生没有给我回答的机会。他非常下流而轻率地转身离我而去。他那样做也许有他的道理。我的感情已受到了伤害，甚至我的怒火也已经开始中烧。我破天荒地第一次愿意接受他那个侮辱性的打赌。我宁愿替魔王撒旦赢下达米特先生那颗小脑袋，因为事实是，我母亲当时完全知道我那仅仅是短暂的外出。

然而正如伊斯兰教徒被人踩了脚时所说，Khoda shefa midêhed——安拉解忧。我是在履行自己的义务时受到的侮辱，我是作为一名男子汉蒙受耻辱。不过现在看来，我已经为那个可怜虫做了我能够做的一切，我决定不再用我的忠告去使他烦恼，而把他留给他自己和他的良心。尽管我能克制自己不再用忠言去逆耳，但是我完全不能放弃他的友谊。为此我甚至到了这样的地步，竟然迁就他某些并非完全不可饶恕的不良倾向。有几次，我还发现自己被他的恶作剧逗笑，还像讲究饮食的人吃了芥末，眼里充满了泪水。他那些邪恶的话语，使我感到了深深的悲哀。

风和日丽的一天，我俩手挽手外出闲逛，道路把我们朝一条河的方向引去。河上有座桥，我俩决定跨桥而过。那是一座能遮蔽风雨的拱形廊桥，由于窗户不多，桥廊里黑乎乎的，黑得使人感到不安。一进桥廊，桥外的阳光明媚和桥内的阴沉昏暗所产生的对照，顿时使我感到精神极其压抑。可不幸的达米特没有那种感觉，他用他的脑袋跟魔鬼打赌，说我患了抑郁症。他当时看上去心情异常地好，兴致格外地高，以至我认为我并不知道有什么可不安的。他感染上超验症并非不可能。不过，我对超验症的诊断不是很精通，尚不足以一针见血地马上确诊，偏巧当时桥上没有一个我《日晷》季刊的朋友。但我还是想到了这个念头，因为一种严重的小丑主义似乎迷住了我可怜的朋友，使他把自己完全变成了一个小丑。对出现在路上的任何物体，他都扭动着身子钻过去或跳过去；一会儿扯开嗓子，一会儿大着舌头，呼喊嘟囔着各种各样稀奇古怪的小字眼和大字眼，却一直保持着一副这世上最严肃认真的面孔。我实在拿不定主意到底是该踢他还是怜悯他。

最后，当我们就要穿过桥廊接近人行道时，我们的去路被一道多少有点高的旋转栅门挡住。我像平常一样推动转门，从容通过。但这种过法并不符合达米特先生的过法。他坚持要跳过那道转门，并说他还能在空中来一个鸽子拍翅的舞步动作。凭良心说，我认为他不可能做到这点。在跳各种风格的鸽子拍翅舞步的人中，跳得最好的是我的朋友卡莱尔先生。据我所知，连他也做不到这一点，我不相信他做不到的托比·达米特能做到。所以，我就对达米特说了两句，我说他是一个吹牛大王，他不可能说到做到。我后来理所当然地为那番话感到悔恨，因为他马上用脑袋跟魔鬼打赌，说他能够说到做到。

虽然我早已做出不再劝他的决定，但当时我还是打算再说几句，劝他改掉那个恶习。我正要开口，突然听到我身边传来一声轻轻的咳嗽，听起来很像在说："啊哼！"我猛然一惊，抬眼环顾。最后我的目光落在桥廊的一个角落，看到了一位神态可敬的瘸腿小个子老先生。没有什么能比他的整个外表更令人肃然起敬，因为他不仅身着全套黑色丧服，而且他的衬衫纤尘不染，领子非常整洁地翻下压着一条白色领带，头发则像女孩子一样从前额向两边分开。他的双手忧郁地握在胸前，两眼小心翼翼地打量着他头顶上方。

我再一仔细观察，发现他那身小号丧服外面还系着一块黑色的丝绸围裙，而这是一件我认为非常古怪的事。不等我对这如此奇特的事件发表任何评论，他就用第二声"啊哼"阻止了我。

对这个意见，我没有立即回答的思想准备。事实上，对这种简洁得只有一个字眼的言论，人们几乎难以回答。我就知道有一家评论季刊被"胡说八道"这个字眼搞得狼狈不堪。所以，我并不为我求助于达米特先生而感到羞愧。

"达米特，"我说，"你在干什么？你听到了吗？这位老先生说'啊哼'！"我对我朋友这么说话时，两眼严厉地瞪着他。因为实话实说，我当时非常尴尬，而当一个人非常尴尬的时候，他必须横眉倒立、怒目圆睁，要不然他看上去肯定会像个白痴。

"达米特。"我说，尽管这听起来很像在诅咒[①]，仿佛除了诅咒，我再没有别

① 人名达米特（Dammit）与"该死"（damned）音似。——译者注

的意思。“达米特，”我说，“这位老先生说‘啊哼’！”

我无意在深奥这一点上为我的话辩护，我自己就不认为我的话深奥；但我一直注意到，我们的言辞所表达的意思，通常总是与那些言辞在我们眼中的重要性成反比。假若我当时用佩克桑炮弹[①]猛轰达米特先生，或劈头盖脸地给他大讲一通“美国的诗人与诗”，他几乎也不可能比听到我这几句简单的话更显得狼狈——“达米特，你在干什么？你听到了吗？这位老先生说‘啊哼’！”

“你不这样说？”他终于喘息未定地开口了，就像一条刚被一艘战舰追得惊慌失措的海盗船，“你完全肯定他是那么说的吗？那好吧，无论如何我现在已是骑虎难下，那我最好还是装作心中有数。瞧我的‘啊哼’！”

那位小个子老先生似乎对这一声“啊哼”非常满意，只有上帝知道是怎么回事。他离开了桥廊里那个角落，极其庄重地一瘸一拐走上前来，抓住达米特的手，诚挚地握了一阵，并一直以一种世人不可能想象的最宽厚仁慈的目光，向上注视着达米特的脸。

“我相信这赌你一定能赢，达米特，”他带着一种最坦率的微笑说，“但你知道，我们不得不试一下，这仅仅是为了形式。”

“啊哼！”我朋友回答，随之叹一口长气脱下了外套，又在腰间扎了一条手巾，然后眼角一扬，嘴角一沉，表情顿时起了一种奇怪的变化。“啊哼！”顿了一顿，他又“啊哼”了一声，之后除了“啊哼”，我再也没听他说出其他任何字眼。“啊哈！”我不露声色地暗暗想道，“这对托比·达米特来说真是难得的沉默，而这无疑是他先前太唠叨的结果。一个极端常常导致另一个极端。我真想知道，他当时是否已忘记了我最后一次向他说教的那天，是否已经忘了他曾那么口若悬河地向我提出一大堆我无法回答的问题。不管怎么说，他的超验症现在被治愈了。”

“啊哼！”这时托比应答道，仿佛已经猜透了我的心思，他看上去就像一个正在沉思的老教徒。

此时那位老先生拉起他的胳膊，领他退到桥廊更阴暗之处，离那道旋转栅门

---

① 法国将军亨利-约瑟夫·佩克桑（Henri-Joseph Paixhans，1783—1854）发明并以其名字命名的一种野炮的炮弹。——译者注

有好几步远。“我亲爱的朋友，”他说，“肯定是我的良心允许你多跑这几步。等在这儿，等我到栅门旁边去，以便我看清你是否跳得漂亮、跳得美妙，别忘了鸽子拍翅的花样。一个形式而已，你知道。我会喊‘一、二、三，跳’，请你一听到‘跳’就跳。”老先生说完，退到栅门旁边，停顿了一会儿，好像在沉思，然后抬眼向上望了望。我认为他非常不引人注目地笑了笑，然后紧了紧他那条围裙的束带，深深地看了达米特一眼，最后他按照事先的约定喊出：

一——二——三——跳！

“跳”的声音未落，我可怜的朋友猛然起跑。那道栅门不算太高，就像洛德先生的大作；但也不算太低，就像洛德先生那些评论家的大作，但从大体上看，我确信我的朋友能够跳过。可万一没跳过将会怎么样呢？啊，那倒是该考虑的问题，即使没跳过又有什么关系？我说：“那位老先生有什么权利让另一位先生去跳？那个一瘸一拐的小老头！他是谁？如果他叫我跳我就不跳，绝对不跳，我并不在乎他到底是谁。”如我所说，那是一座拱形廊桥，其建筑风格非常荒谬，桥廊里总有一种令人不快的回声——一种我刚才说出最后五个字时越发清楚地听见的回声。

但我所言、所思或所闻都发生在顷刻间。我可怜的托比起跑后还不足五秒钟，已纵身一跳。我看见他跑得非常轻捷，从桥面跃起非常壮观，他上升时两腿在空中交叉出最美妙的花样，正好在栅门之顶来了个鸽子拍翅。我当然认为他没有趁势过那道栅门，是一件异乎寻常的事。整个跳跃过程就发生在眨眼间，我还来不及进行任何深刻的思考，达米特先生已直挺挺地落在了地上，是在他起跳的这边。与此同时，我看见那位老先生用他的围裙接住并包好了从那道栅门正上方的拱顶暗处重重地掉下来的一个东西，然后以他最快的速度一瘸一拐地离去。这一切使我大为惊讶，但我没有时间去思索，因为达米特先生躺在那儿一动不动，我断定他的感情已受到伤害，现在正急需我的帮助。我飞快地冲到他的身边，发现他受到了一种可以称为严重的伤害。事实上，是他的脑袋不见了。我仔细地寻找了一番，也未能找到。于是我决定送他回家，并叫人去请顺势疗法[①]医生。与此同时，一个念头闪过我的脑际，我猛然推开最近的一扇桥廊窗户，顿时明白了这场悲剧的真相。就在那道旋转栅门正上方五英尺处，横过通道上方的拱顶，一根扁平的铁棍以平卧状态延伸，以此构成支撑整个桥廊结构的一部分。看来非常明显，我不幸的朋友在越栅门时，脖子刚巧撞上了那根铁棍平展的边刃。

他可怕的伤势使他没挺多久。那些顺势疗法医生并没有给他开出多少药，而开出的那点药他又不愿服用。所以他变得越来越糟，最后终于一命呜呼，这对所有浪荡之徒都是个教训。我在他墓前流了一通眼泪，并在他的家族纹章盾牌上加了一道不祥的横杠。至于说他葬礼的全部开销，我给那些超验论者送去了一张非常公道的账单。可那些卑鄙的家伙拒绝付账，于是，我当即把达米特先生从墓中挖出，并把他卖了做狗食。

① 一种与“对抗疗法”相反的医疗措施，即让患者服用能使健康者产生该病症状的少量药物的一种疗法。——译者注

与一具木乃伊的谈话

前一天晚上的讨论会，对我的神经来说稍稍有点过分。我感到头痛得厉害，而且非常困倦。因此，我没有按原计划出门去消磨夜晚，而是想到了最好在家吃点东西，然后立即上床睡觉。

当然是一顿分量很少的晚餐。我总是特别爱吃威尔士调味乳酪。虽说一次超过一磅在任何时候都不可取，不过，来上两磅并不会有实质性的妨害，而二与三之间其实只差一位数。或许我冒险尝试过四。我妻子会允许五，但她显然混淆了两种性质截然不同的东西。我乐于接受五这个抽象的数，但具体说它指的是黑啤酒的瓶数，说到调味食品，没有黑啤酒最好别尝威尔士乳酪。

就这样吃过一顿节约的晚餐，我怀着平静的希望戴上睡帽，唯愿能一觉睡到第二天中午。我把头放上了枕头，由于问心无愧，我眨眼间就进入了一种酣睡状态。

可人类的愿望何时得到过满足？我还未能打完第三个呼噜，大门外就传来吵闹的铃声，接着有人性急地敲打门环，声音顿时把我惊醒。一分钟后，当我还在揉眼睛时，我妻子劈头丢给我一张便条，便条是我的老朋友庞隆勒医生写来的。其内容如下：

我亲爱的好朋友，收到此条后请务必尽快来我处。来吧，来增添我们的快乐。经过锲而不舍的周旋，我终于征得了市博物馆理事会的同意，开棺检查那具木乃伊，你知道我说的哪一具。我还获得允许，如果需要，可解开缠裹物并进行解剖。只有几位朋友到场，你当然是其中之一。木乃伊现已在我家，我们将于今晚十一点开棺。

你忠实的庞隆勒

待我读到庞隆勒的签名时，我方觉被猛击了一掌，顿时完全清醒。我欣喜若狂地从床上一跃而起，撞翻了所有挡道的东西，以惊人的麻利穿好衣服，然后以最快的速度出门直奔医生家。

我发现迫不及待的朋友们已集聚在那里。他们等我已经等得不耐烦，那具木乃伊早已被放上餐桌，我一进屋，对它的考察就马上开始。

这具木乃伊是庞隆勒的表兄阿瑟·萨布雷塔什船长几年前带回来的两具中的一具，发掘出它的那座陵墓位于远离尼罗河岸底比斯古城的利比亚山区中埃勒斯亚斯附近，这一地区的墓穴虽不如底比斯那些石墓壮观，但由于它们能提供更大量的关于古埃及民间生活的实证，因而引起了世人更大的兴趣。据说发掘出我们这具标本的那个墓室就有许许多多那样的实证，墓室的墙壁完全被壁画和浮雕覆盖，而墓中的雕像、花瓶以及图案精美的镶嵌工艺品，则显示出死者生前的富有。

这件珍宝一直按萨布雷塔什船长发现它时的原样、丝毫未动地存放在博物馆里，也就是说，棺材迄今尚未开过。八年来它就这样放置，只让公众参观其外表。所以，现在由我们支配的是一具完整的木乃伊。而凡是知道这种未遭洗劫的古代瑰宝到达我们的海岸是多么难得的人，都能一眼就看出我们有充分的理由为我们的好运而感到庆幸。

走近桌边，我看到放在上面的是一只大盒子，或者说大箱子，差不多有七英尺长，大概有三英尺宽，高度约为两英尺半。箱子是长方形，不是棺材形状。我们开始以为其质地是埃及榕木（白杨），但经切割发现是人造木板，或更准确地说，是用纸莎草为原料造的混凝纸浆板。棺材上密密麻麻地绘着表现葬礼场面和其他一些悲哀主题的图画，其间在每一个不同的方位都有一串象形文字，这些字符无疑是代表死者的姓名。幸亏格利登先生是我们中的一员，他能毫不费力地翻译那些字符，那些发音简单的字符所代表的名字读作阿拉密斯塔科。

我们费了点力气才弄开那只箱子，而没有对它造成损坏，但完成这一工作后，我们又遇到了第二只木箱，这一只是棺材形状，尺寸比外边的一只小得多，但在其他方面都一模一样。两只箱子之间的空隙填满了树脂，这在某种程度上毁损了里面一个的色彩。

打开这第二只木箱（这次开得很容易），我们又发现了第三只，又是棺材形状，与第二只没什么不同，只是它的质地是杉木，还散发出那种木料特有的芳香。第二只箱子与第三只之间没有填充物，两只箱子紧紧相扣。

打开第三只箱子，我们发现并取出了木乃伊本身。我们本以为会像通常一样发现它被包裹在一层层亚麻布带或绷带之中，可结果我们看到了一种纸莎草做的缠裹物，外面涂有一层镀金描画的熟石膏。石膏上的绘画主题表现了所想象的该灵魂的各种义务，它被引见给诸神的场景，以及许多完全相同的人物形象，后者很有可能就是为制成木乃伊的人所画的像。包裹着的木乃伊从头到脚就是一块柱形或竖形的碑，上面铭刻着表音象形文字，再次给出了死者的姓名头衔以及他亲属的姓名头衔。

在这样缠裹着的脖子上，套着一只柱形玻璃珠项圈，玻璃珠五光十色，排列形式构成诸神和圣甲虫等的化身，伴着那个有翅膀的太阳。腰部也有一个和项圈一样的项圈，或者说腰圈。

剥掉那层纸莎草，我们发现尸体保存得完好无损，没有丝毫异味。尸体表面呈红色。皮肤结实、平滑而富有光泽。牙齿和头发完好如初。眼睛（似乎）被剜去，代之以玻璃眼珠，显得非常漂亮并逼真得令人惊叹，只是目光之凝视多少显得过于坚毅。手指和脚趾的指甲都被镀了亮晃晃的金。

格利登先生认为尸体表层的红色完全是由沥青所致，但用一钢具轻刮表层并将刮下的一点粉末投入火中，樟脑味和另一些树脂的芳香味清晰可闻。

我们非常仔细地在尸体上寻找通常取出内脏的开口，但令我们吃惊的是竟然未能找到。而当时在场的没有一个人知道完整的或没有开口的木乃伊并不常遇见。制作木乃伊的惯例是从鼻孔取出脑髓，在体侧切一开口掏去内脏，接着剃须，洗净，浸以盐；然后放上几个星期，最后才开始那种被严格地称为“香存”的涂油填香处理。

由于没找到任何切口的痕迹，庞隆勒医生开始摆弄器具准备实施解剖。这时，我注意到时间已是深夜两点。于是大家一致同意把体内考察推迟到第二天晚上进行。当我们正要分手离去，有人突然提议用伏打电堆来进行一两次实验。

为一具至少已有三四千年历史的木乃伊通电，这主意即使说不上聪明绝顶也足够新鲜，我们大家顿时都想一试。怀着一分认真九分玩笑的心情，我们在医生的书房里准备好了电池组，并把那个埃及人搬进了书房。

我们费了好一番手脚，终于将尸体的太阳穴肌肉裸露，那里的肌肉显得不像尸体的其他部分那么僵硬。正如我们所料，通电之后，尸体对电流理所当然地没有任何感应的迹象。这第一次实验的结果的确显得非常明确，随着一阵对这种荒唐行为的自我嘲笑，我们互道晚安准备回家，这时我的目光无意中落在了那具木乃伊的眼睛上，并立即在惊奇中被吸引住了。其实，我最初短短的一瞥已足以使我确信，那双我们都以为是玻璃珠的眼睛，那双刚才显而易见是大睁着的眼睛，现在已基本上被眼皮遮住，只剩下很少一点白膜还可被看见。

我高声提请大家注意，大伙儿马上就注意到了这个明显的事实。

我不能说我当时因那种现象而感到了惊恐，因为“惊恐”二字于我当时的情形并不精确。不过要不是有黑啤酒垫底，我很可能当场发神经病。至于其他诸位，他们当时的确没有试图掩饰其明白无误的失魂落魄。庞隆勒医生的惊骇状实在让人可怜。格利登先生以一种奇特的步伐逃得无影无踪。而我相信，西尔克·白金汉先生还不至于无耻到否认下列事实的地步，他当时手脚并用地爬到了桌子下边。

不过，待我们从第一阵惊吓中回过神来，我们理所当然地决定马上着手进一步实验。这一次我们把接线点选在木乃伊右脚大拇指上。我们在拇指籽骨外切开一道口子，把电线接到扩展肌深处。然后我们调整了电池组，直接对分叉神经通电。这时，随着一阵颇似生命迹象的运动，那具木乃伊先是蜷曲起右膝，蜷得差一点碰到腹部，然后以惊人的力量猛一伸腿，一脚踢中庞隆勒医生，竟踢得那位绅士像离弦之箭飞出窗口，掉在了窗下的大街上。

我们蜂拥而出，想去收回那位牺牲者血肉模糊的尸骨，却幸运地在楼梯口碰见了他，他正以一种令人莫名其妙的仓促劲匆匆上楼，洋溢着一种最热烈的镇静，并且比刚才更加认识到了严谨而热情地进行实验之必要性。

因此，我们依照他的建议，当即在被实验者的鼻尖切开了一道深口，医生本人下手最狠，他使劲地拉扯鼻子，接上电线。

无论以精神而论还是就肉体而言，不管从比喻上说还是照字面上讲，实验的结果都可谓惊心动魄。其一是尸体睁开了眼睛，并且一连飞快地眨动了好几分钟，就像巴恩斯先生在哑剧里表演的那样；其二是它打了一个喷嚏；其三是它坐了起来；其四是它迎面给了庞隆勒医生一拳；其五是它转向格利登和白金汉两位先生，用最地道的古埃及语对他俩说道："我必须说，先生们，我对你们的行为既非常诧异又感到屈辱。对庞隆勒医生，我本来就没指望他干出什么好事来。他是个不知好歹的可怜的小小的胖胖的白痴，因此我怜悯他并且原谅他。而你，格利登先生，还有你，西尔克，你们一直在埃及旅行和居住，别人也许会以为你们在那儿土生土长——你，正如我刚才所说，在我们当中生活了那么长时间，以至于我认为你讲埃及语之流利就像你用自己的母语写作那么流畅。而你，我从来就看作木乃伊之忠实朋友的你，我本来真指望你的行为能更像一名绅士。可你们见我受到这等无礼对待却袖手旁观，这叫我做何感想？在这样冷的鬼天气，你们却允许汤姆·迪克和哈里打开我的棺材，脱掉我的衣服，这又叫我做何感想？（说关键的一点）你们唆使并帮助那个可怜的小恶棍庞隆勒医生拉扯我的鼻子，这究竟要我以什么眼光来看待你们？"

读者肯定会理所当然地认为，在当时那种情况下听见这番话，我们要么夺门而逃，要么歇斯底里发作，要么干脆当场晕倒。我所说的这三种行为都可以被料到，实际上它们似乎都很有可能发生。可我发誓，我迄今尚不明白怎么或为什么，这三种行为中的任何一种都没有被我们当中的任何一人采用。不过，这真正的原因也许该从时代精神中去寻找，这种精神完全按反向判断的规律发展，而且现在通常被认为是所有自相矛盾和不可能的事情之解答。或许那原因仅仅在于木乃伊那种非常自然和注重事实的神态，那种神态使他的话听起来并不可怕。无论原因是什么，事实非常清楚，当时我们中没有一人表现出特别异常的惊恐，或看上去好像认为事情出了什么特别异常的差错。

至于我自己，我确信事情完全正常，因而只往旁边挪动了一下，避开那位埃及人拳头所及的范围。庞隆勒医生把双手插进裤兜，紧紧地盯着木乃伊，臊得面红耳赤。格利登先生捋了捋他的连鬓胡，并竖起了他的衬衫衣领。白金汉先生耷拉下脑袋，而且把右手拇指放进了嘴巴左角。

那位埃及人表情严肃地将他打量了几分钟，最后冷笑了一声说："你干吗不说话，白金汉先生？你听没听见我刚才问你什么？请把你的拇指从嘴里拿出来！"

于是，白金汉先生略为一惊，从他嘴巴的左角抽出了右手拇指，同时作为补偿，又将左手拇指塞进了上述那个缝隙的右角。

见不能从白金汉先生口中得到回答，那埃及人愤然转向格利登先生，以一种命令的口气，要他大体上解释一下我们的用意是什么。

格利登先生用古埃及语做了极为详细的回答，若不是美国缺乏印刷象形文字的条件，我会非常乐意用原文一字不漏地记录下他那番非常精彩的讲话。

我最好趁这个机会说明，以下有那位木乃伊参加的谈话全部用的是古埃及语（就我自己和其他几位未曾远行过的人而论），由格利登先生和白金汉先生充当翻译。这两位先生讲那位木乃伊的母语真是无与伦比的优雅流利，但我不能不注意到（无疑是为了向那位异乡人介绍一些完全现代，当然也就完全新颖的概念），这两位旅行家有时也被迫采用一些切合实际的方式来传达一个特殊的意思。比如说，格利登先生一时间无法让那位埃及人明白"政治生活"一词的含义，于是只好用炭笔在墙上画出一个衣冠不整、有酒糟鼻的小个子绅士，那绅士左腿朝前、右臂甩后站在一个讲坛上，紧握拳头，眼望苍天，嘴巴张成一个九十度角。同样，白金汉先生也无法用语言传达"假发"这一绝对现代的概念，最后（在庞隆勒医生的建议下）脸色发白地同意揭下自己头上的实物。

不难理解，格利登先生的那番演说，主要是在论述发掘和解开木乃伊给科学带来的极大好处，同时为这样做有可能给他，具体说，就是给这位名叫阿拉密斯塔科的木乃伊所带来的任何骚扰表示歉意。结束时，他给出了一个暗示（因为这几乎只能被视为暗示），由于这些无关紧要的小事已经解释清楚，最好是按原计划继续进行调查研究。这时，庞隆勒医生准备好了他的器械。

对那位雄辩家最后提出的暗示，阿拉密斯塔科似乎感到了某种良心上的不安，这种不安的性质我不甚清楚，不过，他表示他本人对刚才的正式道歉感到满意，然后他跳下桌子，同在场的各位一一握手。

握手仪式一结束，我们立刻就忙着修补刚才解剖刀在我们的被实验者身上留下的创伤。我们缝合了他太阳穴上的伤口，用绷带包扎好他的右脚，并在他的鼻尖上贴了一块一英寸见方的黑膏药。

这时大家才注意到伯爵（这似乎是阿拉密斯塔科的头衔）微微有点发抖——这无疑是天冷的缘故。医生马上奔向他的衣柜，并很快取来了一件詹宁斯服装店最佳式样的黑色燕尾服、一条天蓝色加条纹的方格花呢裤子、一件方格花布的粉红色女式衬衫、一件宽大的花缎背心、一件白色的男式短外套、一根带钩的手杖、一顶无檐的帽子、一双漆皮高筒靴、一双淡黄色小山羊皮手套、一副眼镜、一部胡须，外加一条长长的领带。由于伯爵和医生的身材尺寸不同（两者的比例为二比一），把那堆服饰穿到埃及人身上还有一点小小的困难，不过当一切拉扯停当，他可以说是被打扮了一番。所以，格利登先生让他挽住自己的胳膊，把他领向壁炉边一张舒适的椅子，而医生则当即摇铃叫仆人马上送来了雪茄和葡萄酒。

谈话很快就变得轻松活跃。当然，大家对阿拉密斯塔科还活着这一多少有点惊人的事实，表现出了强烈的好奇心。

“我本来以为，”白金汉先生说，“你早已经死了。”

“哦，”伯爵非常惊讶地答道，“我才七百岁出头！我父亲活了一千岁，而且死的时候一点也没老糊涂。”

伯爵的话引起了一连串活跃的提问和推算，结果证明以前对这具木乃伊年龄的估算是大错特错了。原来自从他被放入埃勒斯亚斯附近的墓穴，已经过去了五千零五十年零几个月。

“可我的话，”白金汉先生重提话头，“与你被埋葬时的年龄无关（事实上，我乐于承认你现在仍然是个年轻人），我的意思是说那段时间之漫长，就是由你自己所陈述的那段你肯定是被包裹在沥青里的时间。”

“在什么里？”伯爵问。

“在沥青里。”白金汉先生重复道。

“啊，原来如此。我多少明白了你想说什么。这问题无疑值得一答。在我那个时代，我们除了二氯化汞，几乎不用别的东西。”

“可我们最弄不懂的问题，”庞隆勒医生说，“就是五千年前你就已经死亡并被埋葬在埃及，怎么会今天在这儿复活，而且看上去精神这么好？”

“如果我真像你所说的已经死亡，”伯爵回答，“那我现在很可能仍是一具僵尸。因为我发现你们还处在流电疗法的初级阶段，用这玩意，在我们那个时代连件普通的事也做不成。实际情况是，我当时陷入了强直性昏厥，而我最好的朋友们认为我已死去或可能会死去，因此他们立刻把我香存了起来。我相信，你们都知道香存作用的基本原理。”

“这个，并不完全知道。”

“啊，我明白了——多么可悲可叹的愚昧状态！好吧，我现在也没法详细讲解，但有必要说明，在埃及，香存（严格地说）就是让全部肉体功能在其作用下无限期中止。我是在最广泛的意义上使用‘肉体’一词，它包括除了精神和生命存在之外的生理存在。我再重复一遍，对我们来说，香存的主要原理就在于让全部肉体功能在其作用下立即暂停，并保持无限期的中止。简言之，被香存者当时处于什么状态，那他就保持什么状态。而我有幸具有圣甲虫的血缘，所以我被香存时仍然活着，就像你们现在所看见的我一样。”

“圣甲虫的血缘！”庞隆勒医生失声道。

“是的。圣甲虫是一个显赫但人丁不旺的贵族世家的标志，或者说‘纹章’。具有‘圣甲虫的血缘’不过是说属于那个家族的一员。我刚才是用的象征说法。”

“可这与你现在还活着有什么关系？”

“对啦，按照埃及的一般习俗，尸体被香存之前得掏去内脏和脑髓，唯有圣甲虫家族不依从这一习俗。所以，我若不是圣甲虫家族的一员，那我早就没有了内脏和脑髓；而没有这两样东西，活下去将有诸多不便。”

“这下我明白了，”白金汉先生说，“而且我猜想，所有到手的完整木乃伊都属于圣甲虫家族。”

“这毋庸置疑。”

“我想，”格利登先生非常温和地说，“圣甲虫是埃及诸神之一。”

“埃及诸什么之一？”那位木乃伊突然站起身来惊问道。

“诸神！”旅行家重说了一遍。

“格利登先生，听你这么说我都感到害臊，”伯爵说着话重新坐回椅子，“这星球上没有哪个民族不是从来就承认只有一个神。圣甲虫、灵鸟之类于我们（就像类似的生物于其他民族），只是一些象征，或者说通神媒介，我们通过它们向一位创造者奉献我们的崇拜，那位创造者太伟大，不容更直接地崇敬。”

这下出现了一阵沉默。最后庞隆勒医生重新提起了话头。

“据你刚才的一番解释，”他说，“那在尼罗河畔的那些墓穴里，还有其他活着的圣甲虫家族的木乃伊，这并不是不可能的事。”

“这一点毫无疑问，”伯爵回答，“所有尚活着便被偶然香存的圣甲虫家族成员，现在都还活着。甚至有些故意被香存者，也有可能被他们指定的解存者忽略，因而现在还躺在坟墓里。”

“请你解释一下好吗？”我说，“你说的‘故意被香存’是什么意思？”

“非常乐意。”那木乃伊从眼镜后面从容不迫地把我打量了一番，然后才回答，因为这是我第一次冒昧地直接向他提问。

“非常乐意，”他说，“我那个时代人的平均寿命是八百岁左右。若非特别的意外事故，很少有人在六百岁之前死去；极少数人也能活上一千年；但八百岁被视为自然期限。在发现我已经给你们讲过的香存原理之后，我们的哲学家认为一种值得称赞的好奇心可以被满足，与此同时，用分期生活的方式来过完这一自然期限，对科学也会大有益处。其实就历史而论，经验也证明这种方式必不可少。比如说一名五百岁的历史学家，他可以呕心沥血地写成一本书，然后让自己被小心地香存；事先给他的解存人留下指示，他们应该在多少年之后使他复活，比如说五百年之后或六百年之后。而待他到期复活过来，他一定会发现他那部巨著早已变成了一个杂乱无章的笔记本，也就是说，变成了一个文学竞技场，一群群怒冲冲的评注家正在上面争吵，他们那些相互矛盾的推测和哑谜正在上面倾轧。那位历史学家会发现，这些打着注解旗号或借以校勘名义的猜测臆断已完全歪曲、遮掩和淹没了正文，以至于作者本人不得不打着灯笼去寻找他自己的书。待把书找到，这时才发现该书已毫无费心去搜寻的价值。鉴于该书已被彻底歪曲，人们会认为那位历史学家有一项义不容辞的责任，那就是根据他个人的知识和经验，立即着手纠正当代人关于他原来生活的那个时代的传说。正是凭着几位不同时期的哲人所进行的这种重新和亲自校订，我们的历史才免于堕落为纯粹的天方夜谭。”

“对不起，”这时，庞隆勒医生用手轻轻地拍了拍埃及人的胳臂，说道，“请原谅，先生，我能打断你一下吗？”

“当然可以，先生。”伯爵一边回答，一边挺直了身子。

“我只想问你一个问题，”医生说，“你刚才讲那位历史学家亲自纠正关于他那个时代的传说。那请问先生，按平均数计算，这些神秘经正确的部分通常占多大比例？”

“神秘经，正如先生你恰当的称呼，通常被发现与未经重写的史书本身所记载的内容完全一致。也就是说，迄今所知的这两者中之任何一种的任何一点在任何情况下，都是完全彻底的大错特错。”

“可是，”医生继续道，“既然你在陵墓中至少过了五千年这一点非常清楚，那我当然认为你们那个时期的历史，如果不说是传说，在世人普遍感兴趣的一个题目上也是足够清楚的。正如我敢说你也知道的一样，这个世界的创造仅仅发生在你们那个时代大约一千年前。”

“你说什么，先生？”阿拉密斯塔科伯爵问。

医生把他的话又复述了一遍，但只是在加了大量解释之后，那位异乡人总算明白了这番话的意思，最后吞吞吐吐地说：“我承认，你提到的那些概念，对我来说是完全新颖的。在我那个时代，我从不知道任何人怀有这么新奇的怪念头，竟认为宇宙（或者说这个世界，如果你们愿意这么说）有一个开端。我记得有一次，而且只有那么一次，我听一位智者隐隐约约地暗示过有关人类起源的事。这位智者使用了你们所使用的亚当（或者说红土）这个字眼。但他是从广义上使用这个字，与从沃土中的自然萌发有关（就正如上千种低等生物自然萌发那样），我是说，五大群人类自然萌发在这个星球上的五个几乎相等的不同区域，并同时发展。"

这时在场的所有人几乎都耸了耸肩，其中一两位还带着意味深长的神情触了触他们的额顶。西尔克·白金汉先生先是轻蔑地看了阿拉密斯塔科的后脑勺一眼，接着又看了他前额一眼，最后发表议论如下："你们那个时代寿命的长度，加之你所解释的那种分期生存的偶然实施，肯定都非常有助于知识的全面发展和积累。因此我敢说，与现代人相比，尤其是与新英格兰人相比，我们应该把古埃及人在所有科学项目方面的不发达，完全归因于他们头盖骨较大的体积。"

"我再次承认，"伯爵非常谦和地说，"我对你的话又有点不知所谓。请问，你说的科学项目指的是什么？"

于是，我们七嘴八舌地为他详细讲述了骨相学之假定和动物磁性说之奇妙。

听完我们的介绍，伯爵谈起了几件逸事，这些鲜为人知的往事证明，加尔和施普尔茨海姆[①]的骨相学在早得几乎已被人遗忘的年代就曾经在埃及兴盛并衰落，而与创造了寄生虫和其他许多类似之物的底比斯学者们那些实实在在的奇迹相比，梅斯墨尔[②]那套动物磁性说真是不足挂齿的雕虫小技。

于是，我问伯爵，他那个时代的人是否能计算出日食、月食。他非常傲慢地一笑，回答说能。

这使我有点难堪，我又接着问他一些有关天文学知识方面的问题。这时，我们当中一位还没开过口的成员把嘴凑近我耳边低声说道，关于这个话题，我最好

① 加尔（Franz Joseph. Gall，1758—1828），奥地利解剖学家，骨相学之创始人；施普尔茨海姆（Johann Spurzheim，1776—1832）是加尔的学生和助手。——译者注

② 梅斯梅尔（Franz Anton Mesmer，1734—1815），奥地利医生，磁性（催眠）治疗学之创始人。——译者注

去查阅托勒密的书（托勒密是谁），另外再读读普鲁塔克的《月相说》。

于是，我问木乃伊关于凸透镜和凹透镜，并大体上问他关于透镜的制造，可不待我把问题问完，那位寡言先生又悄悄地碰了碰我的胳膊肘。求我看在上帝的面上，务必翻一翻狄奥多罗斯的书。至于伯爵，他只是以问代答，反问我们现代人是否拥有能使我们雕出埃及风格贝雕的显微镜。我正在思考该如何作答，小个子庞隆勒医生突然以一种令人惊奇的方式插了进来。

"请看看我们的建筑！"他高声嚷道，即使两位怒不可遏的旅行家拧得他身上青一块紫一块，也没能制止住他丢人现眼。

"请看，"他热情洋溢地高喊，"请看看纽约的鲍林格林喷泉！如果这看起来太大，那就先看看华盛顿的国会大厦！"接着，这位好心的小个子大夫便详细谈论起他所提到的那座建筑之宏大。他解释说，单是那门廊就装饰有整整二十四根大圆柱，圆柱直径为五英尺，间距为十英尺。

伯爵说他遗憾的是，一时间记不起阿佐纳克古城那些建于史前时代的主要建筑中任何一座的精确尺寸，只记得他进入陵墓之前，那些建筑的废墟依然耸立在底比斯城西面辽阔的沙土平原上。不过（说到圆柱门廊），他想起了底比斯郊外一个叫卡纳克的地方有一座小小的神殿，该殿的门廊由一百四十四根圆柱构成，每根圆柱的周长为三十七英尺，柱与柱之间相距二十五英尺。从尼罗河边到那个门廊要经过一条两英里长的通道，通道两旁建有二十英尺高的狮身羊头像、六十英尺高的各类雕像和一百英尺高的方尖塔（像他所能记清楚的那样）。神殿本身的一个侧面有两英里长，而神殿方圆大概共有七个侧面。其墙壁内外都绘满了艳丽的图画，其间描有难解的字符。他不愿妄自断言那些墙内能建下五十座还是六十座医生所说的国会大厦，但他说要塞进两三百座那样的大厦肯定会碰上点麻烦，因为卡纳克神殿毕竟是一座微不足道的小建筑。然而，他（伯爵）不能昧着良心拒绝承认医生所描述的鲍林格林那座喷泉之精巧、之壮观、之超凡绝伦。他被迫承认，无论在埃及还是在其他地方，都不曾见过类似的建筑。

这时，我问伯爵，他对我们的铁路想说点什么。

"没什么特别要说的。"他回答，"它们很不结实，设计相当不合理，结构也粗陋笨拙。它们当然不能比拟古埃及那种庞大的、水平的、笔直的凹沟铁道，古埃及人曾在上面运送过整座整座的神庙和一百五十英尺高的完整的方尖塔。”

我谈到了我们强大的机械动力。

他承认我们对机械略有所知，但又问我，该用什么方法在拱墩放上哪怕是小小的卡纳克神殿的过梁。

对这个问题我决定充耳不闻，并继续问他是否对自流井有任何概念，可他只是扬了扬眉毛；而格利登先生则使劲朝我眨眼睛，并悄声告诉我，受雇在大绿洲钻井找水的工程师们最近已经发现了一口。

于是我提到了我们的钢，但那位异乡人翘起他的鼻子，问我们的钢是否能雕刻方尖塔上那种全凭铜制利器雕刻出的线条清晰的浮雕。

这一下把我们问得张口结舌，于是我们认为最好是把话题转向形而上学。我们派人取来一本名叫《日晷》的刊物，选读了一两章关于某种不甚明了但被波士顿人称为“伟大运动”或“进步”的东西。

伯爵仅仅说，那种伟大运动在他那个时代是糟糕透顶的平凡之事，至于说进步，它一度也是件令人讨厌的事，但它从来没有进步。

于是，我们谈起了民主的美妙无比和极其重要，挖空心思地要给伯爵留下一个适当的印象，让他意识到我们生活在一个有自由参政权而没有国王的地方所享受到的诸多好处。

他听得津津有味，而且实际上显出了极大的兴趣。待我们讲完，他说很久以前，他们那儿曾发生过非常相似的事。埃及的十三个州一致决定实行自由，从而为全人类树立一个极好的榜样。他们集中了所有的智者，编出了所能构想出的最精巧的法典。一时间他们也应付得相当成功；只是他们吹牛说大话的习性根深蒂固。结果，那十三个州与另外十五或二十个州的合并，使自由政体变成了地球上所听到过的最令人作呕、最不能容忍的专制制度。

我问，篡权的专制暴君叫什么名字。

据伯爵的回忆，专制暴君叫乌合之众。

对此我不知说什么才好，于是提高嗓门，为埃及人对蒸汽的无知而感到遗憾。

伯爵惊讶分万地盯着我，但没有作答。可那位寡言绅士用手肘狠狠地戳了戳我的肋骨，告诉我这一次我已充分暴露自己，并问我是否真是那样一个白痴，竟然不知道现代蒸汽发动机是由法国工程师所罗门·德科根据希罗[1]的发明改进得来的。

此时，我们眼看就要陷入狼狈不堪的境地，碰巧庞隆勒医生又重整旗鼓杀回来营救我们。他质问古埃及人是否真的痴心妄想，在所有重要的服装项目上与现代人一决雌雄。

听完这话，伯爵低头看了看他裤子上的条纹，随后又撩起他那件燕尾服的一边后摆，凑到眼前打量了好几分钟。最后他丢开那条燕尾，嘴巴慢慢张开到最大程度，但我不记得他回答了任何只言片语。

于是，我们又恢复了元气，医生神态庄重地走到木乃伊跟前，希望他以一名绅士的名誉担保，老老实实地说出，埃及人在任何时期是否知道庞隆勒片剂或布兰德雷斯药丸的加工制造方法。

我们非常急切地期待他的回答，结果却是白等一阵。那答案并非唾手可得。埃及人终于面红耳赤地耷拉下了脑袋。从不曾有过比这更尽善尽美的胜利，也从不曾有过比这更不甘心的失败。实际上，我简直不忍心去看那位可怜的木乃伊脸上的屈辱和羞愧。我伸手触了触帽子，礼节性地朝他点了点头，然后告辞离去。

回到家，我发现已过凌晨四点，于是立刻上床睡觉。现在是上午十点，我七点起床后就一直在为家庭和人类的利益写下这些备忘录。我是再也不想看见这个家了。我妻子是个泼妇。实际上，我打心眼里厌倦了这种生活，也基本上厌倦了十九世纪。我确信这世道事事都在出毛病。再说，我急于想知道二〇四五年谁当美国总统。所以，待我一刮完胡子并喝上一杯咖啡后，我就走出家门去找庞隆勒医生，请他把我制成木乃伊，香存二百年。

---

① 希罗（Hero of Alexandria），公元一世纪的希腊科学家，第一台蒸汽动力装置的发明者。——译者注

Edgar

Allan

Poe

Complete

Tales

山鲁佐德的第一千零二个故事

真实比虚构更奇妙。

——谚语

最近，在研究东方文化的过程中，我有机会查阅了《喻吾是与否》这样一本书，该书就像西蒙·约哈德的《犹太神秘经》一样，即使在欧洲，也几乎无人知晓，而据我所知，也许除了《美国文学珍奇录》的作者，该书还从来未被任何一个美国人引述。如我刚才所说，在有机会翻阅了几页这本首次提及的奇书之后，我大为惊讶地发现，文学界一直弄错了一个问题，那就是在萨桑国宰相之女山鲁佐德的命运问题上，文学界迄今为止一直令人不可思议地照《一千零一夜》中的叙述在以讹传讹。我发现就《一千零一夜》的结局而言，即便不说它不完全准确，也至少应该责备它没把故事讲完。

关于这个有趣的话题之详情，我得请读者自己去查阅《喻吾是与否》一书，不过与此同时，请允许我概略地讲一讲我在那本书中的发现。

读者应该记得，照那些故事的一般讲法，有充分理由相信，猜疑他的王后的萨桑国王不仅把她处死，而且对着他的胡须和先知发了一个誓，要每晚娶一名他王国中最漂亮的少女为妻，第二天早上则把她交给刽子手。

许多个年头，他一直严格地按照教规教义不折不扣地履行他的誓言，这使他赢得了信仰虔诚、理性健全的荣誉。可一天下午，他受到了前来觐见的宰相的打扰（肯定是在他做祷告的时候），似乎是因为宰相的女儿想到了一个念头。

宰相之女名叫山鲁佐德，她的念头是：要么她偿清那片国土上的美女所欠的人头税，要么她就以所有那些被公认的女英侠妇为楷模，在这一尝试中献出生命。

所以，尽管我们考证出那一年并非闰年（闰年使这种牺牲更可歌可泣），她仍然委托她身为宰相的父亲向国王提出她自愿与其成婚。国王求之不得地答应了这门婚事（他对她早已垂涎三尺，只是慑于宰相才迟迟没有行动），但在答应的同时，他让所有的人都明白，不管宰相不宰相，他都丝毫无意违背自己的誓言，或放弃他的特殊权利。因此，当美丽的山鲁佐德坚持要嫁给国王，而且不顾父亲的苦苦劝告坚持与他成婚——如我所言，不管我愿意不愿意，当她坚持并实际上嫁给他之时，她那双漂亮的黑眼睛完全清楚地看到了事情性质可能带来的结果。

但这位颇有心计的少女（她肯定一直在读马基雅弗利的书）怀有一个非常精巧的小小阴谋。就在婚礼的那天晚上，她以一个我现在已忘了是什么的似是而非的借口，设法让她的妹妹在离王家龙床够近的位置占据了一张卧榻，以便她们姐妹俩能舒舒服服地隔床聊天；她还留心趁鸡叫之前弄醒了她的丈夫，那位仁慈的君王（他虽然天亮就要勒断她的脖子，但对她仍然颇有好感）。正如我所说，她设法弄醒了国王（尽管他因为问心无愧和消化良好而睡得很香），凭着一个非常有趣的故事（我想是关于一只老鼠和一只黑猫的故事），她当时正把这故事讲给她妹妹听（当然一直用的是一种悄声细语）。天亮时分，碰巧这个故事还没有完全结束，而山鲁佐德自然不可能接着把它讲完，因为那个时辰已到，她必须起床去被勒死——一种比被吊死稍稍舒服一点、略略斯文一分的死法！

但我很遗憾地说，那位国王的好奇心恰好胜过了他虔信的宗教原则，竟诱使他破例将其誓言推延到第二天早上去履行，以便希望能在当天晚上听到那只猫（我认为是一只黑猫）和那只老鼠最后怎么样了。

夜晚终于来临，可山鲁佐德女士不仅讲完了黑猫和老鼠的故事（那只老鼠是蓝色的），而且在她还没明白是怎么回事之前，她发现自己又不知不觉地讲起了一个复杂的故事（如果我没有完全记错的话），这个故事讲的是一匹粉红色的马（有绿色翅膀），这匹马靠发条装置狂奔疾驰，上发条的是一把蓝色钥匙。这个故事让国王听得更津津有味，当天亮而故事尚未结束之时（尽管山鲁佐德王后尽了最大的努力，想赶在天亮之前把故事讲完以便去受死），国王除了像前一天那样把仪式推迟二十四小时，别无他法。第二天晚上又出了同样的事故，并且带来了同样的后果；随之一而再，再而三，以至到了最后，在国王不得已被剥夺了一千零一次履行其誓言的机会之后，这位仁慈的君主要么是完全忘记了誓言，要么是通过正规手续将其废除。或（更有可能的是）干干脆脆地抛弃了他的信誓，同时也抛弃了他忏悔神父的脑袋。总之，那位从夏娃一脉正传的山鲁佐德，那位也许还继承了我们所知夏娃在伊甸园那棵树下拾得的整整七筐故事的山鲁佐德，最终赢得了胜利，美女们所欠的人头税得以免除。

当然，这个（我们有书为证的）结局无疑是非常恰当，非常愉快。可是，唉！就像许许多多愉快的事情一样，令人愉快但不真实，而我衷心感谢《喻吾是与否》一书纠正了这一谬误。有句法国谚语说，“最好乃好之死敌”。在提到山鲁佐德继承那七筐故事之时，我本来应该补充，她后来以复利把它们贷出，直到它们增加到七十七筐。

“我亲爱的妹妹——”她在第一千零二夜说（在这一点上，我一字不改地引述《喻吾是与否》一书中的原话）。“我亲爱的妹妹，”她说，“既然被勒死的小小危险已被化为乌有，既然那笔讨厌的税款已被免除，我现在觉得自己一直很内疚，因为我非常轻率地没让你和国王（我很遗憾地说，国王睡觉打呼噜，这不是一名绅士应该有的行为）听完辛伯达航海旅行的故事。除了我讲述的那几次航行，这位航海家还经历过许许多多其他更有趣的冒险；可实情是我讲这个故事的那天晚上觉得很困，所以就来了个长话短说——这是个严重的错误，唯愿安拉能宽恕我。不过现在来弥补这一过失也为时不晚，让我拧国王两下，待他清醒一点并停止发出这可怕的呼噜声，我马上就让你（也让他，如果他想听）听到这个非凡故事的结尾部分。”

据我从《喻吾是与否》一书中所知，山鲁佐德的妹妹当时并没有显出特别的喜悦，但国王已被拧得够受，最后终于停止了打鼾，并说了声“哼”，又说了声

"呼"！王后当然明白这话（肯定是阿拉伯语）的意思是说他正洗耳恭听，并将竭尽全力不再打呼噜。王后像我刚才所说的那样把一切安排停当之后，马上就开始了续讲航海家辛伯达的故事：

"'最后在我的晚年，'（这些是辛伯达的原话，就像山鲁佐德所复述的一样）——'最后在我的晚年，当我在家中享了好些年清福之后，去国外旅游的欲望再一次把我攫住。一天，没让家里人知道我的计划，我把一些价值最高而体积最小的货物打成几个包裹，雇了一名脚夫挑上，与他一道直奔海滨，在那儿等候任何一条船，只要它能把我从这个王国带到我从未去过的某个地方。

"'把包裹放在沙滩上之后，我们坐在几棵树下边，极目眺望海上，希望能发现一条船，但过了几小时，我们也没见到船的踪影。最后，我觉得自己听到了一种呜呜声或嗡嗡声，那名脚夫仔细听了一阵，也说他听出了那个声音。不一会儿，那声音变得越来越响，以至于我们毫不怀疑发出那声音的物体正在向我们靠近。终于，我们发现天边地平线上出现了一个小黑点，小黑点飞快地变大，直到我们认出那是头巨大的怪物，它游动时身子的大部分都露在水面上。怪物以令人难以置信的速度直向我们游来，巨大的浪花在它胸前掀起，一根伸得很远的火柱把它经过的海面照亮。

"'当那怪物游近，我们看得越发清楚。它的身子有三棵参天大树那么长，有你王宫里的大谒见厅那么宽，哦，尊贵而慷慨的哈里发。它的身子不像一般的鱼，而是像一块坚硬的岩石，浮在水面的部分通体漆黑，只有一条环绕它全身的细斑纹是红色。那怪物浮在水面下的肚子，只有当它随波起伏时我们才能偶尔瞥上一眼，肚子表面布满了金属鳞片，颜色就像有雾时的月光。它的背平坦，差不多是白色，从背上竖起六根脊骨，脊骨大约有它半个身子那么长。

"'这可怕的怪物没有我们能看见的嘴巴。似乎是为了弥补这个缺陷，它至少被赋予了八十只眼睛，它们就像绿蜻蜓的眼睛一样从眼窝突出，成上下两排环绕身体排列，与那条看上去好像作为眉毛的血红色斑纹平行。这些可怕的眼睛中，有两三只比其他都大，外表看上去像纯金。

"'尽管这怪兽像我刚才所说的那样，以极快的速度接近我们，但它肯定是全凭巫术驱动。因为它既不像鱼有鳍，也不像鸭子有蹼；既不像能以行船的方式被吹着走的海贝那样有翼，也不像海鳗那样能靠身子的扭动而前行。它的脑袋和尾巴完全一样，只是离尾巴不远处有两个作为鼻孔的小洞，那怪物通过小洞猛烈地喷出它浓浓的粗气，同时发出尖锐刺耳的声音。

"'看见这可怕的家伙，我们都吓得要命，但我们的惊奇甚至超过了恐惧。因为当它离得更近时，我们发现它背上有许多形状大小都与人类无二，其他方面也都像人的动物，只是它们不穿衣戴帽（像人类那样），而就套有一层丑陋而且不舒服的外罩（无疑是天生），模样很像服装，但把皮肤贴得那么紧，结果使那些可怜的家伙显得笨拙可笑，显而易见，也使它们非常痛苦。它们头顶上都有个有点呈方形的盒子，我一看还以为那是它们的头巾，但很快就发现那种盒形物又重又硬，于是我断定那是一种故意设计的装置，以其重量来保持那些动物的脑袋在其肩上的平稳和安全。那些动物的脖子上都套着黑色颈圈（肯定是奴隶的标志），就像我们套在狗脖子上的那种，只是宽得多也硬得多，以至于那些可怜的受害者朝任何方向转动脑袋都不得不同时转动身体，这样它们就注定了要永远盯着自己的鼻子——一种令人惊叹的驴鼻，如果不是令人生畏的狮子鼻的话。

"'那怪物快接近我们站的海岸之时，突然远远地向外鼓出一只眼睛，眼睛里喷出一团可怕的火焰，还冒出一大团浓浓的云烟，并伴随着一种我只能比喻为雷声的巨响。待云烟飘散，我们看见那些奇怪的动物人当中的一个，站到那头庞然大物的脑袋前端，它的手里拿着一个喇叭，随后它就通过喇叭（将其置于嘴前），用一种响亮、刺耳而讨厌的腔调朝我们嚷嚷，若不是那种嚷嚷声完全从鼻孔里发出，我们说不定会把它误以为是语言。

"'那嚷嚷声显而易见是冲着我们，可我全然不知该如何回应，因为我一点也不明白它在嚷些什么。在这种困境之下，我转向那名吓得差点晕过去的脚夫，问他是否知道那是种什么怪物，它想干什么，挤在它背上的那些动物是什么生物。脚夫虽然浑身发抖，但仍然尽可能完整地回答了我的提问。他曾经听说过这种海兽，那是一种凶残的魔鬼，其内脏是硫黄，血液是火焰，由恶神造出来作为一种带给人类灾难的工具。它背上的那些动物叫寄生人，就像猫狗身上的寄生虫一样，只是他们个头更大，而且更野蛮。这些寄生人自有其益处，可是也有害处，因为那头海兽正是通过他们又咬又刺的折磨才被激怒到某种程度，而这种激怒是它咆哮怒吼、行凶作恶的必要条件，它的行凶作恶则实现了那个恶神邪恶的报复计划。

"'这番讲述使我决定拔腿就跑，我连头也没回，就一口气飞快地跑进了山里。当时那名脚夫跑得和我一样快，尽管跑的方向正好相反，但他终于带着我的包裹逃之夭夭，我毫不怀疑他会很好地照管我的货物，虽然这一点我没法证明，因为我不记得在那之后还看见过他。

"'至于我自己，我被那群寄生人紧追不舍（他们乘小艇登岸），很快被他们抓住，捆了手脚，搬到那头海兽背上，海兽随即又游向远方。

"'这下我痛悔自己的愚蠢，竟放弃家中舒适的生活，拿生命来冒这样的风险。可是后悔也没用。于是，我尽量利用自己的条件，极力去讨好那个拥有喇叭的寄生人，他好像管辖着他那些伙伴。我这种努力非常成功，几天之后，那家伙露出了喜欢我的各种迹象，甚至不厌其烦地教我对他们的语言来说完全是虚有其名的基础语法，所以我终于能用他们的语言流利地交谈，最后还用这种语言表达了我想看看这个世界的强烈愿望。

"'洗洗压压叽叽，辛伯达，嘿——欺欺，哼哼还有喔喔，呲呲，嘘嘘，嗖嗖。'一天晚饭后，那个寄生人对我说。不过，请陛下务必恕罪，我忘了陛下并不精通鸡鸣马嘶语方言（那个寄生人是这样声称，我猜想他们的语言形成了马嘶和公鸡叫之间联结的一环）。如蒙恩准，我将为陛下翻译。'洗洗压压叽叽'这段话的意思是说，'我很高兴地发现，我亲爱的辛伯达，你真是一个非常杰出的家伙。我们眼下正在做一件叫环球航行的事，既然你那么想看看这个世界，我将破例做一次让步，让你在这头海兽背上免费航行'。"

据《喻吾是与否》一书记载，当山鲁佐德女士讲到这里，国王从左到右翻了个身，并说——

"这真是非常令人吃惊，我亲爱的王后，你过去居然漏讲了辛伯达后来的这些冒险故事。你知道吗，我认为它们非常有趣并十分奇妙。"

书中告诉我们，当国王说完这番话之后，美丽的山鲁佐德又接着往下讲她的故事——

"辛伯达以这种方式继续讲道——'我感谢了那位寄生人的仁慈，并很快发现自己在海兽背上感到非常自在。那海兽以极快的速度穿游海洋，尽管在世界的那个部分，海洋并不是一个平面，而是圆圆的像一个石榴，所以可以这么说，我们一直是忽而上山、忽而下山。’”

“这个我认为非常奇怪。”国王打岔道。

“可这相当真实。”山鲁佐德回答说。

“我不相信，”国王道，“不过，请继续往下讲吧。”

“我会的，”王后说，“‘正如我刚才所讲述的那样，’辛伯达继续道，‘那海兽忽而游上山，忽而游下山，最后把我们载到了一座海岛边，那座岛方圆有好几百英里，然而它是由一群虫子[1]般的小东西建筑于海中的。’”

“哼！”国王说。

“‘离开了这座岛，’辛伯达讲道（读者必须理解山鲁佐德并不理会她丈夫那种粗鲁的哼哼哈哈），‘离开了这座岛，我们又到了另一座，那座岛上有坚硬的石头森林，林木是那样硬，以至我们努力要伐木时，连最好的斧头也碰成了碎片。’”[2]

“哼！”国王再次哼哈，但山鲁佐德对此毫不理会，继续复述辛伯达的原话。

“‘过了这最后一座岛，我们来到一个国度，那里有一个在地下延伸了三十或

---

① 珊瑚虫。——译者注

② “大自然最令人叹为观止的奇景之一，当数得克萨斯州帕西格罗河源头附近的一片化石森林。该林由直立着变成化石的数百棵树组成。一些部分变成化石的树迄今仍在生长。这对自然科学家们来说是一个惊人的事实，而且必然会使他们修改目前的石化作用理论。”——肯尼迪

这段一开始被人怀疑的报道已因一片完整的化石森林之发现而得到证实，该化石森林位于起源于落基山脉黑山段的沙叶河（或称锡纳河）源头附近。

无论按地质学的观点还是从风景的角度来看，地球表面也许没有一种奇观能比得上开罗附近那片化石森林所展示的异景。旅游者在经过城外那些法老陵墓之后，以几乎与横穿沙漠通往苏伊士的大路成直角的角度转向，朝南约行十英里至一荒芜低谷，该谷遍布黄沙、砾石和海贝，仿佛海水昨天才从那里消退，然后旅游者再越过一道有些段落与其脚下的路相平行的沙砾山梁。这时他难以想象其奇妙和荒凉的景观就呈现在他眼前。一大片化石树的碎片从他身下向周围延伸数英里之遥，就像一座腐败而匍匐的森林，化石块在他马蹄的敲击下发出铸铁般的铿锵之声。化石木呈深褐色，但形状完好，长度从一英尺到十五英尺不等，厚度一般为半英尺到三英尺，就目力所及，它们散落得那么密集，以至于一头埃及驴也难以从中穿过，它们又散落得那么自然，以至于若是在苏格兰或爱尔兰，不注意看，也许会把这片化石林误认为是一片干涸的沼泽，露出根的树木正在阳光下腐烂。有许多树根和枝丫几乎保持着原状，有些树皮下被虫蛀的洞可轻而易举地辨出。最精细的木纹以及树心里所有更精细的部分均完整无损，用高倍放大镜便可清晰地看到。所有木块都硅化到了可在玻璃上划出痕迹的硬度，并可接受最精密的抛光。（引自《亚洲杂志》）——译者注

四十英里的山洞，洞中有许许多多宽敞而华丽的宫殿，远比在大马士革和巴格达所能看到的宫殿都更加宏大、更加雄伟。那些宫殿的屋顶垂悬着数不清的宝石，像钻石，但比人体还大；在塔楼、庙宇和金字塔之间的街道当中，流淌着一条条黑如乌木的大河，河中成群地游着没有眼睛的鱼。'"[①]

"哼！"国王说。

"'然后我们进入了一片海域，发现那里有一座巍峨的高山，山腰奔涌着一条条熔化的金属激流，其中一些有十二英里宽、六千英里长。[②]而从山顶的一个深渊里则喷出那么多的烟灰，以至把天上的太阳完全遮蔽，天变得比最黑的夜晚还黑。结果我们在离那座山一百五十英里远的地方，也不可能看见即使最白的东西，不管如何把它凑到眼前。'"[③]

"哼！"国王说。

"'离开那片海岸之后，海兽继续它的航行，直到我们抵达了另一个国家，那个国家的事情好像都被颠倒，因为我们在那儿看见一个大湖，在距水面一百多英尺深的湖底，枝繁叶茂地生长着一片巨大的森林。'"[④]

"胡说！"国王说道。

"'又往前行了数百英里，我们来到一个地方，那里的空气密度之大能支撑住钢铁，就像我们的空气能支撑住羽毛。'"[⑤]

"胡扯！"国王说。

"'仍然朝同一方向航行，不久我们便到达了这个世界上最壮丽的地区。一条

① 肯塔基州之大钟乳洞。——译者注

② 1783年冰岛火山爆发。——译者注

③ 1766年海克拉火山喷发时，这种黑云便造成了这种程度的天昏地暗，以至在距火山一百五十英里的格劳姆巴城，人们只能摸索着走路。1794年维苏威火山喷发时，两百英里之外的卡塞塔居民只能举着火把行走。1812年5月1日，圣文森特岛上一座火山喷出的火山灰遮蔽了整个巴巴多斯，将其笼罩在一片黑暗中，以至中午在户外，人们也看不见身边的树和其他物体，甚至把白手绢凑到眼前六英寸也没法看见。（引自《墨雷》费城版215页）——译者注

④ 1790年在加拉加斯的一场地震中，一大片花岗岩地面下陷，形成一个直径八百码、深度八十至一百英尺的湖。下陷地面正是阿里波森林这一部分，树木之苍翠在水下保持达数月之久。（引自《墨雷》211页）——译者注

⑤ 在氢氧吹管的作用下，最硬的钢也会被化为无形的粉末，这样便可轻易地浮在空气中。——译者注

数千英里长的大河蜿蜒其上。这条河深不可测，河水比琥珀还透明。河宽三英里至六英里不等；两边直立陡峭的河岸高达一千二百英尺，河岸长满了四季开花的树和终年芬芳的花，这使那整个地区宛若一座姹紫嫣红的花园。这片美丽的土地名叫恐怖王国，误入其境的人都必死无疑。'"[①]

"哼！"国王说。

"'我们匆匆离开了这个王国，几天之后又到了另一个国度。在那儿我们惊奇地看到了无数怪物，它们头顶上的角犹如长柄镰刀。这些可怕的怪物在土中为它们自己掘出巨大的漏斗形洞穴，沿洞穴边壁一块叠一块地堆上石头，其他动物一踏上，石头便会倒塌。这样，那些动物就猛然跌进怪物的洞穴，它们的血马上被吸干，而它们的尸骨则随之被抛到离这些死亡之洞老远的地方。'"[②]

"呸！"国王说。

"'继续朝前航行，我们在一个地方看到有许许多多的植物不是生长在土地之上，而是生长在空气之中。[③]另外还有一些从其他植物的体内长出，[④]另有一些则从活着的动物身上获取养分，[⑤]此外还有一些生长时周身发出火光，[⑥]另有一些则随心所欲地从一个地方挪到另一个地方。[⑦]最奇妙的是，我们还发现一种花能按自己的意愿生长、吐香并摇动枝梗，更有甚者，它们还具有人类那种奴役其他生物

---

① 尼日尔地区。（参见西蒙德的《殖民地杂志》）——译者注

② 狮蚁。"怪物"一词对或大或小的怪异之物同样适用，而"巨大"这种性质的形容词不过是相对而言。狮蚁之洞穴与普通红蚁的洞穴相比较可谓巨大。同样，一粒矽土可以称为一块"石头"。——译者注

③ 附生兰，属兰科，生长时根部表面附着于树或其他物体，但并不从附着物中吸收养分，其所需养分全由空气供给。——译者注

④ 寄生植物，例如生长于马来半岛的神奇寄生草。——译者注

⑤ 斯考韦声称有一类寄生于活动物身上的植物——皮外寄生植物。墨角藻和水藻均属此类。

马萨诸塞州塞伦市的J.B. 威廉斯先生将来自新西兰的一只昆虫赠给国家研究院时附有以下描述："这只被确认为属珊瑚虫或蠕虫的'霍特虫'在阔叶红树下被发现时，头上长有一株植物。这种最最奇特的虫子爱在当地红树和毛梨树中旅行，它们从树顶钻进，一路啃食树干直至根部，然后钻出树根而死或蛰眠，植物从其头部长出；虫体完好无损，比活着时更硬。当地毛利人从此虫提取文身之染料。"——译者注

⑥ 在矿井和天然洞穴中，我们均发现一种放射强烈磷光的隐花属真菌。——译者注

⑦ 红门兰、山萝卜和苋科属鳞茎草。——译者注

的邪恶欲望，它们把被奴役的生物关进可怕的单间牢房，直到被监禁者完成指派的苦役。’”①

“啐！”国王说。

“‘离开那地方之后，我们很快又到了一个帝国，那里的蜜蜂和飞鸟都是学识渊博的天才数学家，所以它们每天都给那个帝国的聪明人讲授几何学。该国皇帝曾悬赏求解两道很难的题，结果两题均被当场解答——一题是由蜜蜂，而另一题是由飞鸟。但皇帝对它们的答案秘而不宣，只是在经历了许多个年头，进行了最深入而艰辛的研究，并写出了一部卷帙浩繁的巨著之后，人类数学家才终于求出了曾被蜜蜂和飞鸟当场给出的那两个答案。’”②

“喔！”国王说。

“‘那个帝国刚刚从我们的视野消失，我们发现自己又接近了另一个国家的海岸，那里有一大群鸟从我们头顶上飞过，那鸟群有一英里宽、二百四十英里长，所以，尽管它们每分钟飞行一英里，整个鸟群花了整整四小时才完全飞过我们的

---

① “这种花（热带铁线莲）之花冠呈管状，但其顶端收缩成一舌状细管，底端则膨胀为一个球形。管状部分内壁有一圈较硬的茸毛，毛端朝下。球形部分内包含仅由一个子房和柱头构成的雌蕊，以及环绕于周围的雄蕊。但雄蕊甚至比子房还短，不可能将花粉施于柱头之上，而该花在授粉之前又总是昂首直立。因此，若是没有某种特殊的外力帮忙，花粉必然全部落于花冠底部。而大自然为这种情况所提供的援助，就是一种名为长脚双翅蜂的小昆虫前来帮忙，该蜂为采蜜经花冠细管进入球体，四下搜采直到全身粘满花粉；但是，由于细管内壁的茸毛毛端朝下，就像捕鼠器中的金属丝汇聚到一起，双翅蜂无法再原路退出。被囚的双翅蜂急不可耐，东碰西撞寻找出路，直到它一次次碰上柱头，授予柱头足够的花粉使其受精，授粉的结果是花冠耷拉下来，茸毛因此贴向管壁，双翅蜂便轻而易举地得以逃生。”（引自 P. 基思神父《植物生理系统》）——译者注

② 蜜蜂——自从其存在以来——建筑其蜂巢就一直采用这样一种边、这样一种数、这样一种倾斜角度，这些边、数、角（在一个牵涉最深奥的数学原理的问题中）已被证明，正是蜂巢结构具有最大坚固性和具有最多空间这个统一性所需要的最合理的边、数和角。

在 18 世纪末期，数学家们提出了这样一个问题——“根据风车之风篷离转动翼以及旋转中心的变化距离，确定出风篷最合理的形态。”这是一个极其复杂的问题，因为换一种说法，这个问题就是要在一段无限变化的距离和无数个支点当中找出一个最佳位置。许多杰出的数学家的上千次尝试都归于失败，但这个问题最终得到了一个无可争辩的最佳答案。因为人们发现，自从天上有飞鸟，鸟的翅膀早已给出了这个绝对精确的位置。——译者注

头顶——这群鸟的数目至少有好几个百万的百万。'"①

"哦！"国王说。

"'我们刚一摆脱那个给我们带来不少麻烦的巨大鸟群，马上又惊恐地看到了另一种鸟，这是一只奇大无比的巨鸟，比我在前几次航行中所见到过的那种神鹰还大，哦，最慷慨的哈里发，它比你王宫顶上最大的圆屋顶还大。我们发现这只可怕的鸟没有脑袋，而且整个身子全由肚皮组成，那个又大又圆的肚皮看上去软绵绵、光溜溜、亮闪闪，而且有五颜六色的条纹。那只怪鸟的利爪抓着一间房子，它正带着那房子飞往它天上的巨巢，那间房子的屋顶已被掀掉，我们清楚地看见了屋里的那些人，毫无疑问，他们正在为等待着他们的可怕命运而感到恐惧和绝望。我们竭尽全力高声呐喊，希望能吓得那只鸟丢下它的捕获物，但它只是哼了一声或啐了一口，仿佛感到非常生气，然后把一只重重的口袋丢到我们头上，后来我们发现口袋里装的是沙子！'"

"瞎说！"国王道。

"'正是在这次冒险之后，我们遇上了一块非常辽阔而且坚如磐石的陆地，可是那块陆地整个被驮在一头母牛背上，那头母牛是天蓝色，而且至少有四百只角。'"②

"这我倒相信，"国王说，"因为我从前在一本书里读到过这样的事。"

"'我们直接从那块陆地下穿过（从那头母牛的腿之间游过），几小时之后，我们来到了一个实在奇妙的国家，那个寄生人告诉我，那儿就是他的故乡，居住着和他一样的同类。这极大地提高了那位寄生人在我心目中的位置。实际上，我当时开始为我对他极不尊重而感到羞愧，因为我发现寄生人大体上是一个最有魔力的魔术师民族，他们让虫子生存于他们的大脑之中，③而毫无疑问，虫子痛苦的挣扎扭动有助于刺激他们的想象力，使其达到最神奇的效果。'"

① 他在法兰克福和印第安纳之间曾观察到一大群鸽子飞过，鸽群至少有 1 英里宽，它们全部通过用了 4 小时；以每分钟飞行 1 英里计算，鸽群长度为 240 英里；假若每只鸽子占 1 平方码空间，整群鸽子为 2,230,272,000 只。（F. 霍尔中尉《加拿大与美国之旅》）——译者注

② "大地由一头有四百只角的天蓝色母牛驮负。"（《古兰经》）——译者注

③ 体内寄生虫或肠虫已屡次在人的肌肉和大脑质中被发现。（参见怀亚特《生理学》143 页）——译者注

“瞎扯！”国王说。

“‘这些魔术师驯养了几种非常奇特的动物，例如有一匹巨大的马，它的骨骼是钢铁，血液是沸腾的水。它通常的饲料不是燕麦，而是黑色的石块。尽管它的食物那么粗糙，它却体格健壮，快步如飞，它能拉动比这座城市最大的神庙还重的货物，跑起来比飞得最快的飞鸟还快。’”①

“简直是梦话！”国王说。

“‘另外，我在那些人当中还看见了一只没有羽毛但比骆驼还大的母鸡。这只母鸡以钢铁和砖块代替了骨和肉，同那匹马一样（实际上它们几乎可以说是亲戚），它的血液也是沸腾的开水。它也是除了木头和黑石块别的什么也不吃。这只母鸡常常在一天内孵出一百只小鸡，小鸡孵出后，好几个星期都待在母鸡的怀抱里。’”②

“骗人！”国王说。

“‘这些非凡的魔术师当中的一位还用黄铜、木头和皮革造出了一个人，他赋予那个人如此的机巧，以至于下起棋来天下没人是那个人的对手，只有伟大的哈里发何鲁纳·拉施德例外。③这些魔术家中的另一位（用相同的材料）造出了一个家伙，那家伙甚至让它的创造者也感到自惭形秽。因为它的思考能力是那么强，以至于它在一秒钟内进行的运算，需要五万人花上整整一天才能够完成。④还有一位魔术师更加令人称奇，他为自己造了一个了不起的玩意，那玩意既不是人，也不是野兽，但它有用铅做的头脑，其间混有一种像沥青的黑东西，此外还有灵巧得令人难以置信的手指，用那样的手指，它在一小时内可以毫不费力地抄出两万本《古兰经》，而且所有的抄本都写得一模一样，以至于一本书与另一本书之间竟找不出哪怕是头发丝那么细的差异。这玩意具有极大的威力，它可以不费吹灰之力就建立或推翻最强大的帝国，但它的力量既可以用来行善，也可以用来作恶。’”

---

① 在大西部铁路线伦敦至埃克塞特区间，火车时速已达 71 英里。一列载重 90 吨的火车从帕丁顿到迪德科特（53 英里）只用了 51 分钟。——译者注

② 1844 年在纽约展出的一种孵化器。——译者注

③ 梅尔泽尔发明的自动下棋机。——译者注

④ 巴比奇发明的计算机。——译者注

“荒唐！”国王说。

“‘这些魔术师当中还有一位血管里流的是火蛇，因为他可以毫无顾忌地坐下来，把他的长烟管伸进烤炉猛抽，直到他的晚餐在炉板上完全烤熟。[①]另一位魔术师具有点铁成金的本领，在其变化过程中，他连看都不看一眼。[②]另有一位其触觉是那样敏感，以至于他能让一根金属丝细得看不见。[③]另一位则具有极其敏锐的知觉力，他能数清一个弹性物体的全部运动，哪怕这个物体以每秒钟九亿次的频率来回弹跳。’”[④]

“荒谬！”国王说。

“‘这些魔术师中的另一位，凭借一些从来没人见过的液体，能使他朋友的尸体踢腿挥臂，打架搏斗，甚至站起来随意跳舞。[⑤]另一位把他的声音练得那么响亮，以至于他在地球一端说话，另一端也能听见。[⑥]另一位有一条那么长的手臂，以至于他人坐在大马士革，而手能在巴格达写信——实际上，无论多远的距离，他都能这样做。[⑦]另一位命令闪电从天上到他身边，闪电遵命而来，供他做玩物。另一位用两个响亮的声音制造了一片寂静。另一位用两道耀眼的光制造了一片黑暗。[⑧]

---

① 吐火魔术师沙贝尔，以及他之后的上百人。——译者注

② 电铸术。——译者注

③ 沃拉斯顿为望远镜镜头用白金锻制出了只有$\frac{18}{1000}$英寸那样细的金属丝。这种细丝只有用显微镜才能看见。——译者注

④ 牛顿证明视网膜在紫色光的影响下，每秒钟振动900,000,000次。——译者注

⑤ 伏打电堆。——译者注

⑥ 电报在一瞬间传达信息，至少在地球上的任何距离内可以这样认为。——译者注

⑦ 电文打印机。——译者注

⑧ 普通物理学实验。如果两道红光从不同光源点射入一暗室并汇聚于一白色表面，而其波长相差0.0000258英寸，它们的亮度会增加1倍。如果其波长差是上述小数的任何整数倍数，结果也是如此。假若该小数变成其$\frac{21}{4}$倍、$\frac{31}{4}$倍……结果会剩下一道光的亮度；但若变成其$\frac{21}{2}$倍、$\frac{31}{2}$倍……结果就是一片黑暗。当两道紫色光的波长差为0.0000157英寸时，也会产生上述结果。这种结果对其他各色光也是一样，其波长差按从紫色到红色的相同比值增加。对声音进行类似的实验，可得到类似的结果。——译者注

还有一位从炽热的熔炉里造出了冰。[①] 另一位则命令太阳为他画像，而太阳从命。[②] 另外还有一位把太阳、月亮和其他星体一并揽到手，先是非常精确地称出它们的重量，然后又刺探它们内部深处，并发现了构成它们的物质之密度。不过那整个种族的确是具有非常惊人的魔力，以至于不仅他们的孩子，甚至连他们的普通的猫狗，都可以轻而易举地看见压根儿就不存在的物体，或者说看见在他们那个种族诞生之前两千万年就已经从宇宙表面被抹去了的东西。'" [③]

"荒谬绝伦！"国王说。

"'这些法力无边、聪明无比的魔术师的妻子和女儿，'"山鲁佐德继续往下讲，毫不理会她那位缺乏教养的丈夫的再三打岔，"'这些杰出的魔术师的妻子和女儿，她们可全都多才多艺、温文尔雅，若不是被一种不幸的灾祸袭扰，她们可称得上最最有趣、最最漂亮，而她们的丈夫和父亲所具有的魔力，也一直没法把她们从那种灾祸中解救出来。灾祸出现的形式非此即彼，但我所讲的这种灾祸是以一种怪念头的形式出现的。'"

"一种什么？"国王问。

"'一种怪念头。'"山鲁佐德说，"'有一位总是在伺机作恶的恶魔，把这个怪念头放进了那些优雅女士的脑袋，使她们认为我们所形容的人体美，完全在于腰背下面不远之处隆起的那个部位。她们宣称，美丽可爱与那个部位的隆高程度成

① 置铂坩埚于酒精灯上，使其炽热；倒入一定量硫酸，硫酸在常温下虽然极易挥发，但在炽热的坩埚里则会变得完全稳定，一点也不挥发。事实上，由于被其自有的一层空气包围，硫酸并未接触坩埚表面。这时加入几滴水，酸立即与炽热的埚面接触，并化为硫酸气急速挥发，由于挥发速度极快，把水的热量也一并带走，失去热量的水变成冰留在埚底。抓住其融化之前的一瞬间，便可从炽热的坩埚中取出冰块。——译者注

② 银板照相术。——译者注

③ 虽然光的传播速度是每秒 186000 英里，但天鹅座 61 号星（第一批被测出与地球之间距离的恒星之一）之遥远仍然是那么难以想象，它发出的光竟然需要 10 年以上才能到达地球。至于那些更远的星体，需要 20 年乃至 1000 年也并不为过。所以，即使它们在 20 年前或 1000 年前就已经湮灭，我们今天仍能凭它们在湮灭之前发出的光来看见它们。我们每天所看见的星星有许多实际上已经湮灭，这种情况并非不可能，甚至很可能是事实。

老赫歇尔声称，凭他的大型天文望远镜所观察到的亮度最弱的星系，其光到达地球肯定经历了 300 万年。那么，被罗斯勋爵的望远镜所观测到的一些星系，其光到达地球至少也得 1000 万年。——译者注

正比。由于那些女人长期拥有这种观念，加之那个国家的枕垫又非常便宜，所以要区分一个女人和一头单峰骆驼的可能性在那个国度早就不复存在——'"①

"住口！"国王说，"我不能再听，也不想再听。你这些谎言早已使我头痛欲裂。再说，我发现天已经开始亮了。我们结婚有多久了？我的良心又在感到不安。还有，就是你说的单峰骆驼——你把我当傻瓜？总而言之，你最好是起床准备被勒死。"

如我从《喻吾是与否》一书所得知，这些话令山鲁佐德既伤心又惊讶。但是，因为她知道国王是一个认真而诚实的人，不大可能收回他说出的话，所以她爽爽快快地顺从了她的命运。不过，当脖子被越勒越紧之时，她从沉思中得到了极大的安慰，她想到还有许多故事没来得及讲，想到她残忍而性急的丈夫已经遭到了应得的报应，因为他再也听不到那许许多多令人难以想象的冒险故事了。

① 暗讽当时流行的时髦女裙（将用金属丝或鲸骨做的衬架置于女裙腰下后部，用以夸张臀部的曲线）。——译者注

Edgar

Allan

Poe

Complete

Tales

埃洛斯与沙米翁的对话

我将给你带来烈火。

——欧里庇得斯《安德洛玛克》

埃洛斯：你为什么叫我埃洛斯？

沙米翁：从今以后你就叫埃洛斯。你也必须忘掉我在地球上的名字，而叫我沙米翁。

埃洛斯：这真不是梦！

沙米翁：我们从此不再有梦——只有以后的奥秘。我很高兴看见你恢复生气而且神志清醒，你眼睛上的那层翳也已经消失。勇敢点，啥也别怕。你命定的昏迷期已经结束，明天，我将亲自引你进入你充满了欢乐与奇妙的崭新生活。

埃洛斯：真的——我不再感到昏迷，一点也不。那种强烈的恶心和可怕的黑暗已离我而去。我不再听见那种疯狂的、奔腾的、吓人的声音，那种像"洪流滚滚的声音"。但是，沙米翁，这种新的知觉如此敏锐，我的感官现在不知所措。

沙米翁：过几天就会好的。不过，我非常理解你，同情你。按地球上的时间计算，我经受你此刻所受的这种痛苦已经是十年前的事了，但那种记忆现在还缠着我。然而，你将在庄严世界经受的痛苦，你现在已经全部经受了。

埃洛斯：庄严世界？

沙米翁：庄严世界。

埃洛斯：天哪！可怜可怜我吧，沙米翁！我现在最承受不了的就是庄严——过去不知而现在所知的庄严，那淹没在威严而确切的现在中的纯理性未来之庄严。

沙米翁：现在别去苦苦思考这种事情，这我们明天再谈吧。你现在心绪不宁，而简单地回忆一下往事可以使它平静。别瞧四周，也别朝前望——往后看。我正迫不及待地想听听那场把你抛到我们之中的惊人事件的经过。给我讲讲吧。让我们来谈一些熟悉的事情，用那种已如此可怕地消亡的我们所熟悉的地球语言。

埃洛斯：太可怕了，太可怕了！这真不是梦。

沙米翁：梦已一去不返。当时他们很为我哀痛吗，我的埃洛斯？

埃洛斯：哀痛，沙米翁？哦，悲恸欲绝。在那个最后的时刻，你们全家都被一片愁云惨雾笼罩。

沙米翁：那个最后的时刻——就谈它吧。记住，除了那场明摆着的大灾难本身，别的我啥也不知道。当我离开人类，经过坟墓进入黑夜——在那个时候，如果我没记错的话，这场毁了你们的灾难可谁也没料到。不过，我对当时的思辨哲学的确了解不多。

埃洛斯：正如你所说，这场灭顶之灾完全始料未及，但类似的飞灾横祸很久以来就一直是天文学家们讨论的一个话题。用不着我来告诉你，我的朋友，甚至在你离开我们之时，世人就已经一致领悟了《圣经》中言及地球上的万事万物最终将毁于火的那些段落。但自从天文学证实彗星并不具有火的威胁之后，人们对最终毁灭的直接媒介就一直感到困惑。那些彗星非常小的密度早已被准确地测定。人们曾观察到它们在木星的卫星群中穿过，结果并没有给那些卫星及其运行轨道带来任何明显的变化。我们长期以来一直把那些流浪者视为由极其稀薄的气雾构成的天体，认为即使它们与地球相触，也完全不可能对我们坚固的地球造成伤害。但相触本身是完全用不着担忧的，因为所有彗星的活动范围，人们都知道得一清二楚。很多年来，我们应该从彗星中去寻找那种毁灭之力的看法，一直被认为是一种难以接受的观念。最近一些日子，人类中奇怪地流传开了一些奇思异想。尽管只有少数无知无识的人，对天文学家宣布发现了一颗新彗星真正感到了畏惧，但据我所知，那一宣布在大多数人当中并没有引起普遍的不安和怀疑。

那个陌生天体的活动范围很快就被测出，而且观测者马上就一致承认，那颗彗星的运行轨道将使它在其近日点与地球非常接近。有两三位二流的天文学家坚持认为，一场相撞不可避免。我很难向你描述这个消息对世人造成的影响。开始几天，他们不愿相信这一断言，因为他们长期用于世故人情的才智对此压根儿就不能理解。但那生死攸关的事实真相，很快就让最迟钝的头脑也开了窍。最后，所有的人都看出天文学家没有撒谎，于是等待着那颗彗星。那颗彗星的接近起初显得并不快，它的出现也并不具有非常奇异的特征。它呈暗红色，有一条看得见的小小的彗尾。在其后七八天里，我们看不出它的直径有什么明显的增加，只感觉到它的颜色有局部的变化。这时，人们已放弃了通常的事务，所有的兴趣都被引进了一场由哲学界指导的关于彗星性质的越来越热烈的讨论。甚至许多无知者也把他们愚钝的“智慧”投入了这场思索。这时，学者们把他们的才智、他们的心灵，全部用来思考如何消除恐惧，或为可爱的理论找到依据。他们寻求，他们渴望正确的见解。他们企盼精确的认识。真理从其力量与极度庄严的纯洁中诞生，聪明人心悦诚服，顶礼膜拜。

那种认为彗星与地球相接触，会对我们的地球或地球居民造成严重伤害的看法，在聪明人中很快就再也站不住脚，于是聪明人被允许任意去控制其他人的理智和幻想。现在已证实，那颗彗星彗核之密度远远小于我们地球上最稀薄的空气。人们坚决认为，这次彗星经过地球将会与那次通过木星的卫星一样不造成伤害，这种认为大大地消除了恐惧。神学家们怀着被恐惧唤起的热情详论有关的《圣经》预言，并用一种从不曾有过的直率和朴素，向人们讲解这些预言。他们以一种非让普天下人都深信不疑的精神，极力宣传地球的最终毁灭只能由火的力量造成，而彗星并不具有火的性质（正如人们当时所知）是一个事实，这在很大程度上减轻了人们对那场预言的大灾难的恐惧。显而易见，世人对瘟疫和战争的偏信（在每一次彗星出现时，都惯常流行的谬误），这一次却全然不为人知。仿佛凭着某种爆发之力，理性一下子就把迷信推下了宝座，最软弱无力的才智从极度的关切中获得了力量。

苦思冥想的问题集中到了这场相触可能造成的较小的危害上。学者们谈到了轻微的地质变动，谈到了可能的气候变化及其所引起的植物变化，还谈到了也许会出现的磁力影响和电气影响。许多学者认为，无论如何都不会产生看得见的或感觉得到的影响。当这样的讨论正在进行时，被讨论的主体离地球越来越近，其直径显然增大，亮度也大大增强。随着它的来临，人们越来越怕。人类所有的正常活动都停止了。

当那颗彗星终于大得超过了以往的任何观测记录时，人类的感情历程出现了一个新的纪元。人们不再相信天文学家连续错误地给予他们的希望，而从自己的体验中，确信了即将大祸临头。他们恐惧中的幻想成分已经消失。现在连世上最坚强的人的心也怦怦直跳，几天之后，连这样的感情也被更难以忍受的感觉所淹没。我们已不再能用任何习惯的思维方式来想那个奇异的天体。它的历史属性已不复存在。它以一种可怕的崭新的情感压迫我们。我们不再把它看作空中的一种天文现象，而把它视为我们心中的一个噩梦、我们大脑中的一个幽灵。它已经以难以想象的速度呈现出一种罕见的火焰的特征，一个巨大的白织罩从地平线的一端伸延到另一端。

又一天过去了，人们觉得呼吸比平常畅快。很明显我们已经开始受到那颗彗星的影响，但我们活着。我们甚至异乎寻常地感觉到身体更富有弹性，头脑也更加敏捷。我们所恐惧的那个天体之极其稀薄已显而易见，因为透过它，我们仍能清晰地看见天上的所有天体。与此同时，地球上的植物已明显发生变化。从这一早被预言过的变化，我们信服了那些聪明人的远见。一种前所未知的繁茂的叶簇，突然间从每一种植物上长出。

又一天过去了，而大祸尚未完全临头。现在已清楚，那颗彗星的彗核将先与地球相触。一种急剧的变化已发生在每一个人身上，而最初的痛感就是全球痛哭和恐怖的明显征兆。这种痛感表现在胸肺的极度压缩和一种难以忍受的皮肤干燥。不可否认，我们的大气层已完全被影响，于是大气层的构成以及彗星可能使它遭受的变化成了人们讨论的题目。讨论研究的结果像一股电流，把极度的恐怖送进了地球上每一个人的心。

我们早就知道弥漫于地球周围的空气是一种氧和氮的混合气体，其体积中氧占百分之二十一，氮气占百分之七十八。氧气为燃烧所必需，是热的传送媒介，更为动物生存之必不可少，而且它是自然界最有能量且极其活泼的一种元素。氮则相反，它既不能维持生命也不能燃烧。人们早已查明，氧气过于充分，会导致动物精神兴奋，正如我们后来所体验的那样。正是这种研究，这种概念的延伸，造成了人们的极度恐惧。完全抽掉氮气会是什么结果？那将有一场不可避免、吞噬一切、无处不在并且立即发生的燃烧——那将是《圣经》所预言的，世界毁灭于火的不折不扣的应验。

沙米翁，还需要我来描述人类最后的疯狂吗？那曾给我们带来希望的那颗彗星密度之稀薄，现在成了我们绝望痛苦的原因。在它那无形的气体特征中，我们已经清楚地感到了命运的结局。这时又过了一天——带走了人类的最后一线希望。我们在急剧变化的空气中喘息。鲜红的血液在狭窄的血管里奔涌。所有的人都陷入了一种谵妄，他们朝可怕的苍天僵直地展开双臂，一边浑身颤抖一边大声尖叫。但那颗灾星的彗核此时已接触地球——甚至在这儿，在庄严世界，我一说到那时刻，就禁不住发抖。因为一时间只看见一种可怕的光，降临一切并穿透一切。然后——让我们膜拜吧，沙米翁，在至高无上的上帝面前！然后，突然传来一个充满天际、声震寰宇的声音，那声音仿佛就从他口中发出。接着，我们所生存于其中的整个空间，顿时燃起了一种炽热的火焰，它那种超凡的光辉和炽热，甚至连天堂里那些无所不知的天使也形容不出。一切就这样毁灭。

Edgar

Allan

Poe

Complete

Tales

莫诺斯与尤拉的对话

这些是未来之事。

——索福克勒斯《安提戈涅》

尤拉：“再生？”

莫诺斯：是的，最美丽最可爱的尤拉，“再生”。这就是我因为不相信教士们的解释，而长期苦思冥想其神秘含义的那两个字，直到死亡本身替我揭示了这个秘密。

尤拉：死亡！

莫诺斯：亲爱的尤拉，你重复我的话的声音多么奇怪！我还注意到你的步子晃了一下，你的眼睛里有一种快活的不安。可能是永生庄严的新奇感使你感到迷惑，感到压抑。是的，我正是说死亡。这个从前常常为所有的心灵带去恐怖，为所有的欢乐投下霉菌的字眼，在这里听起来多么奇怪！

尤拉：哦，死亡，那个曾无处不在的幽灵！莫诺斯，我们过去是多么经常地沉湎于推测它的本质！它终止人们的欢乐时行踪是多么诡秘——突然说一声：“到此为止吧，别再向前！”那曾燃烧于我们胸中的真挚的相爱，我亲爱的莫诺斯。当我们因它的萌发而感到幸福之时，我们是多么自以为是，以为我们的幸福会因为爱的力量而加强！唉！随着爱的增长，我们心中的恐惧也在增长，我们惧怕那不祥的时刻正匆匆赶来把我们永远分开！这样，爱迟早会变得痛苦。因此，恨说不定倒真是幸运。

莫诺斯：别再说这些伤心事，亲爱的尤拉。你现在永远是我的了，我的！

尤拉：可回忆过去的忧伤——难道不是现在的快乐？我还有好多好多的话要对你讲。最重要的是，我迫不及待地想知道你自己穿行那黑沉沉的死荫的幽谷[①]时的详细经过。

莫诺斯：什么时候美丽的尤拉向她的莫诺斯提出的要求没有得到过满足？我会详细地讲述一切。但这番离奇的叙述应该从哪一点上开始呢？

尤拉：从哪一点上？

莫诺斯：你已经说过了。

尤拉：我懂了，莫诺斯。通过死亡，我俩都认识到了人类爱给难以下定义的事物下定义的癖好。那我不说从生命终止的那个时刻开始，而说从那个悲伤的时刻开始，就是当那场热病把你抛弃，让你陷入一种屏息且静止的麻痹，而我用充满爱的手指替你合上眼皮的那个时刻。

莫诺斯：我先讲一个话题，亲爱的尤拉，是关于这个时代人类总的状况。在我们的前辈之中，你肯定会记得一两位智者——真正的智者，虽然并非举世公认，他们曾勇敢地对“改进”一词的贴切性提出过怀疑，就是被用于我们文明之进步的那个词。在我们消亡之前，每五六百年总有那么一个时期，其间会出现某一位强有力的智者，大胆地为一些原理而斗争。那些原理现在对我们已被剥夺的理性来说，其正确性是如此不言而喻。那些原理本该教会我们人类服从自然法则的指导，而不是试图去支配那些法则。相隔更长的时间则出现某位大智者，把实用科学的每一进展都视为人类真正幸福的一次倒退。偶然也出现诗人智者（那种我们现在所认识到的最高尚的智者），因为那些对我们永远具有重要性的真理，只有凭借诗的语言说出的比拟，才能被送达我们的想象力，才能不给我们独立的理性带来负担。这种诗人

① 参见《旧约·诗篇》第23篇4节：“我虽然行过死荫的幽谷，也不怕遭害，因为你与我同在；你的杖，你的竿，都安慰我。”——译者注

智者偶尔也的确多走一步，去引申出那个模糊的哲学概念，在那个讲智慧树及其禁果产生出死亡的神秘寓言中，找到一个清楚的暗示：知识并不适合其灵魂尚幼稚的人类。而这些人，这些诗人，生前去后都遭到那些自我标榜为“功利主义者”的粗俗的空谈家的奚落，而那些空谈家自封的那个称号，本来只有给予被奚落者才名副其实。这些人，这些诗人，苦苦地但并非不明智地向往古代的日子。那时候，我们的欲望更少，但欢乐并不少。那时候，享乐是一个不为人知的字眼，被人们庄重地低声说出的字眼是幸福。那时候，是一些神圣、庄严而极乐的日子，未被筑坝的蓝色河流穿过未被砍劈的青山，流进远方幽静而清新的未被勘测过的原始森林。

然而，这些要防止普遍混乱的高尚异议，相反只是加强了那种混乱。唉！我们落在了我们所有不幸的时代中最不幸的时代。那场伟大的“运动”（那是个时髦的字眼）继续进行。那是一场精神和肉体病态的骚动。艺术——各种技艺——变得至高无上，而它们一旦占据高位，便反过来禁锢把它们推上高位的智者。因为人不得不承认自然之威严，所以他为获得并仍在增加的对自然元素的支配权而陷入孩子般的狂喜。就在他悄悄地走近他想象中的上帝时，一种幼稚的愚蠢也向他走近。正如从他骚动之根源就可以预料的那样，他慢慢地传染上了“系统”和“抽象”。他把自己包裹在概念之中。在其他古怪的念头中间，人人平等之念头风靡一时。不顾类比，不顾上帝，不顾在人世与天堂之万物中都那么明显普及的等级法则的大声警告，企图实现一种全球民主的疯狂计划被一一制订。然而，这个不幸必然产生于那个主要不幸——知识。人不可能既知晓又服从。与此同时，冒着浓烟的大城市成千上万地出现。绿叶在高炉的热浪前瑟瑟退缩。大自然美丽的容颜被毁伤，就像遭受了一场可恶瘟疫的蹂躏。而我认为，可爱的尤拉，说不定正是我们违反自然的睡眠意识把我们拘留在这儿。不过现在看来，我们人类是因为情趣的堕落而为自己掘好了坟墓，或准确地说，是因为完全忽略了学校中的情趣陶冶。因为在这危急存亡之际，事实上唯有情趣，唯有那种介乎纯粹的智力和道德观念之间的能力，绝不可被掉以轻心地忽略，唯有情趣能够引导我们慢慢地重归于美，重返自然，重返生活。只怪柏拉图的凝神观照和堂堂的直观论！只怪他理由充分地认为，单凭音乐就足以包揽对灵魂的陶冶！只怪他和他的音乐！因为当这两者都被彻底遗忘和扬弃之时，这两者偏偏又必不可少。[①]

帕斯卡，一位我俩都爱戴的哲学家，他说得多么正确！

“que tout notre raisonnement se reduit à cèder au sentiment。”[②] 假若时间允许，自然的感觉重新占上风，压倒经院派严厉苛刻的推理也不是不可能的。但这种事没有发生。由于过早地滥用知识，这个世界已开始老化。这一点大多数人没有看到。或他们虽不幸福但仍然活得起劲，因而故意视而不见。但对我来说，人类的履历已教会我，期待那场作为高度文明之代价的极广泛的毁灭。我已从历史的比较中预见到了我们的命运。我曾把质朴而悠久的中国与善建筑的亚述、善占星术的古埃及，以及比这两者更灵巧、堪称所有技艺骚动之母的努比亚进行过比较。从后面三个古国的历史[③] 中，我窥视到了一线来自未来的光芒。这三者各自的非自然之造作曾是人类世界的局部病症，而从它们各自的灭亡中，我已经发现了适用于局部病症的药方；但对于这个整体上染疾的世界，我看只有在死亡中才有可能新生。人类作为一个种族不应该绝种，我看必须被“再生”。

最美丽最可爱的尤拉，我们曾终日把我们的灵魂包裹在梦中。我们曾在薄暮朦影中讨论未来的时日，那时候地球被技艺弄得伤痕累累的表面，已经历了那场非它而不能抹去其污秽的净化[④]，那时候地球将重新披上绿装，重新有其乐园般的山坡和溪流，最终重新成为适合人类居住的地方。适合已被死亡净化过的人类，适合其高尚的心智不再被知识毒化的人类，适合那已获救的、新生的、极乐的，已成为不朽但仍然是物质的人类。

① “很难发现一种更好的（教育方法）能胜过这么多世纪的经验已发现的这种方法，而此方法可被概括为由锻炼身体的体育和陶冶灵魂的音乐组成。”——《理想国》卷二。“为此，音乐教育是最根本的教育，因为它能让节奏与和谐最深入地穿透灵魂，最有力地攫住灵魂，让心灵充溢美，使人具有美的心灵……人将崇拜美，颂扬美；将欣然把美纳入心灵，将从中汲取营养并将自身与美融为一体。”——同前卷三。不过，音乐（μουσμcη）在古代雅典人中具有一种远比我们所理解的更广泛的意义。它不仅包括节拍与曲调之和谐，而且包括诗的措辞、情感和创造，每一点都在其最广泛的意义上。实际上，音乐教育于他们乃最为全面的情趣培养，那种识别美的情趣，与只识别真的理性相对。——原注

② 法语：我们所有的推理最终都将让位于感觉。语出帕斯卡《思想录》第七编。——译者注

③ “历史”一词来自希腊词 cονopew（沉思）。——原注

④ “净化”（purification）用在此处似乎与其希腊词根 πυρ（火）有关。——原注

尤拉：我当然清楚地记得那些谈话，亲爱的莫诺斯。但那个毁于烈火的时代，并不像我们所认为的那样近在咫尺，也不像你所指出的那种堕落，的确使我们确信无疑。人们各自生生死死。你自己也病故，进了坟墓，而你忠贞的尤拉也匆匆随你而来。尽管那个已经过去、其终结把我俩又聚在一起的世纪，用了并非忍受不了的持久折磨我们的睡眠意识，可我的莫诺斯，它仍然是一个世纪。

莫诺斯：如我方才所说，准确地说是那模糊的无穷中的一个点。毋庸置疑，我正是在世界的老化期中离去。因为我内心厌倦了由于天下大乱和世风日下所产生的忧虑，所以我屈服于那场可怕的热病。经历了没几天痛苦和许许多多充满了狂喜的梦一般的谵妄，其表现被你误认为是痛苦，而我心里极想却没有能力让你醒悟。几天之后，你所说的那种屏息而静止的麻痹突然向我袭来，这就是被当时站在我周围的那些人称为的死亡。

语言真是苍白无力。我当时的状态并没有剥夺我的知觉。我觉得那似乎与一个在夏日中午伸直身子、完全平卧、久久酣睡之后的人，开始慢慢地恢复其意识时的情况没多大不同，已完全从自己的睡眠中潜出，但又未被外界的动静所唤醒。

我没有了呼吸，没有了脉搏，心脏已经停止跳动。意识尚未离去，但很微弱。感官异常敏锐，尽管敏锐得出奇——往往各自任意发挥其作用。味觉和嗅觉纠缠到一起，混淆为一种反常而强烈的感觉。你的温柔最后用来湿润我嘴唇的玫瑰香水，使我产生了花的芬芳幻觉——奇异的花，远比世间原有的任何花可爱，但那种花的原型现在就开在我们周围。我的眼皮透明而苍白，对视觉不造成任何妨碍。由于意志暂时中止，眼珠不能在眼窝里转动，但所有在视觉范围内的物体，程度不同地都能被看清楚。射在视网膜外侧或进入眼角的光线，比射在视网膜内表面或进入眼睛正面的光线产生出一种更鲜明的效果。但在前一种情况下，那效果太反常，以至于我只能将其作为一种声音来领略。声音的和谐与否，取决于靠近我跟前之物体的色调之明暗、轮廓之曲直。与此同时，听觉虽说有点兴奋，但还没有完全乱套，它以一种过度的精确鉴别真正的声音，至少是以一种过分的敏感。触觉经历了一种更奇特的变化。它的感应变得迟缓，但接收到的感应更持久，而且总是引起最美妙的肉体快感。所以你可爱的手指在我眼皮上的压力，开始只被视觉辨出，在手指移开很久之后，才终于以一种无限的肉体快感充溢我全身。我说以一种肉体快感。我所有的知觉都纯然是肉体的。由于理解力消失，材料通过感官传送给钝态的大脑已丝毫不起作用。那种感觉有一点痛苦，有许多快活，但精神上的痛苦和快活都荡然无存。因此，你的哭泣声带着它们哀婉的韵律飘进我的耳朵，它们悲切的声调之每一分变化都被听出，但它们是柔和的音乐声，仅此而已。它们并未向已失效的理性传达产生出它们的伤心的任何暗示，而你那些不断滴到我脸上的大颗大颗的泪珠，使旁观者感到了一颗破碎的心，却使我身上的每一根纤维都浸透了欣喜。这就是那些旁观者敬畏地悄声说起的你，可爱的尤拉，为之放声痛哭的实实在在的死亡。

他们替我装殓准备入棺。三四个黑乎乎的身影在我旁边匆忙地来来去去。当他们与我的视觉直接交叉，他们是作为人影被我感到；但当他们绕到我旁边，他们的影像给我的印象是尖叫、呻吟的概念和其他阴郁的表达，诸如害怕、恐惧，或者苦恼。只有你，穿一身白衣，从任何方向经过都像音乐。

白昼将尽。当日光暗淡，我被一种朦胧的不安缠住，一种犹如睡眠者感到的不安，当时他的耳朵里不断传进忧伤而现实的声音——低沉、遥远、肃穆、节奏均匀，混进他忧郁的梦中的悠悠钟声。夜晚降临。随着夜的阴影，我感到一种难忍的不适。它以一种易于感觉的沉闷的重量压迫我的肢体。还有一种呜咽的声音，并非不像远方波涛的回响，但更加连绵不断，它随薄暮的出现而开始，随黑夜的来临而加强。突然，光亮被送进那间屋子，那种回响顿时被阻断成一阵阵节奏常常不均匀的同样的声音，但没那么凄凉，没那么清晰。沉重的压迫感大大减轻，而从每盏灯的光焰（因为有不少灯）向我耳里流进一种不间断的悦耳的单调旋律。就在这时，亲爱的尤拉，你走近我躺着的那张床，轻轻地坐到我的身边，你可爱的嘴唇呼出香气，你把嘴唇印在我额上，我胸中战栗着涌起一种东西，交织着被环境唤起的肉体知觉，一种类似于情感本身的东西，一种被你真挚的爱和悲伤所唤起的半是感激半是回应的感情。但这种感情并没有在已停止跳动的心里生根，实际上，似乎更像虚幻而不像真实，而且消退得很快，开始是完全静止，然后就成了前面那种纯粹的肉体快感。

接着，从平常那些官能的残余和混乱之中，我身上似乎出现了一种第六官能，一种完美无缺的官能。在它的运用中，我感到极度喜悦，不过仍然是肉体的喜悦，因此理解力与它完全无关。我的生理运动早已完全停止。肌肉、神经和血管早已不颤动。但是，大脑里似乎出现了一种新的运动，一种无法用语言向人的智力传达其丝毫概念的运动。姑且让我把它称为一种精神摇摆脉动。它是人抽象的时间概念之精神体现。就是凭着这种脉动（或诸如此类的脉动）之绝对均等，天体的运行周期得以校准。借助这种脉动，我校出壁炉架上的钟和在场那些人的表全都不准。钟表的嘀嗒声在我听来十分响亮。与真正的相称之最细微的误差（这种误差极其普遍）对我的影响，正如世间亵渎抽象真理常常对精神意识产生的影响。虽然屋里的计时器走时全都各有差异，但我能毫不费力地记下各自走动的声音和各自的瞬间误差。而这种——这种敏锐、完善、独自存在的持续感，这种独立于任何活动之外而存在（正如人们不可能设想其存在）的感觉，这种概念——这种从其他官能的残余中诞生的第六官能，是永恒的灵魂迈向时间之永恒的明显而无疑的第一步。

时间已是半夜，而你依然坐在我身边。其他所有人都离开了那间灵寝。他们已经把我放进棺材。灯光在闪动，我是凭那种单调旋律的颤抖而知道这一点的。但突然间，那种旋律变得越来越模糊，越来越微弱，最后终于完全消失。我鼻孔里的香气散尽。物影不再作用于我的视觉。黑暗的压迫自动从我胸上离去。一阵犹如电击般的沉闷的震荡传遍我全身，随后就是触觉的彻底丧失。人们所称为的官能全部合并为一种唯一的存在意识，一种绵绵无期的持续感。肉体终于被那只可怕的腐朽之手攫住。

但并非所有的知觉都离我而去，因为那种存在意识和持续感也发挥出某种无生气的直觉作用。所以我感觉到肉体上不祥的变化已经开始，而就像做梦者有时意识到有人俯身于他身体上方一样，可爱的尤拉，我也仍然依稀感到你坐在我身边。同样，当第二天中午来临之时，我也并非没有意识到发生的一切，他们怎样把你从我身边拉开，怎样钉上我棺材的棺盖，怎样把我搬进柩车，怎样把我拉到墓地，怎样把我放入墓坑，怎样在我上边盖上厚厚的土，又怎样把我留给黑暗与腐朽，留给虫豸蠹蛆，留给我阴郁而庄重的长眠。

在这儿，在这间没有多少秘密可言的囚室，时间一天天、一周周、一月月地过去；灵魂精确地观测流逝的每分每秒，并毫不费力地记录下时间的周而复始——毫不费力且毫无目的。

一年过去了。存在意识已变得越来越淡薄，在很大程度上被一种纯粹的空间意识所取代。存在之概念与空间之概念渐渐合二为一。原来被肉体占据的狭窄空间，现在已慢慢变成了肉体本身。最后，就像睡眠者常常经历的那样（只有靠睡眠及其梦境才能想象死亡），最后，就像世间沉睡者有时经历的那样，某道一晃而过的光把他一半唤醒，但仍让他一半还包裹在梦中。我就是那样，在死荫紧紧的包裹中，来了那道唯一有力量把我唤醒的光——那道永恒的爱之光。人们在我躺于黑暗中的那个坟头挖掘，刨开上面潮湿的泥土，在我发霉的骨骸上放下了尤拉那具棺材。

现在一切又重归虚无。那道朦胧的光已熄灭。那微弱的战栗又恢复平静。许多年已经荏苒流逝。尘土已经归于尘土。虫豸再也找不到食物。存在意识终于烟消云散，取而代之的，代替一切的支配并永恒的，是空间和时间的专制。对于那已不存在的，对于那没有形体的，对于那没有思想的，对于那没有知觉的，对于那没有灵魂的（虽然灵魂不含物质成分），对于那全部的虚无也对于那全部的不朽，坟墓依然是一个家，而腐蚀性的时间依然是伙伴。

Allan

Poe

Complete

Tales

奥伊洛斯与阿加索斯的对话

（言语的力量）

奥伊洛斯：对不起，阿加索斯，请原谅一个刚获得不朽的灵魂的弱点！

阿加索斯：我的奥伊洛斯，你并没有说什么需要原谅的话。即便在这儿，知识也并非一种直觉的东西。要获得知识，请随意向天使们讨教！

奥伊洛斯：可我曾想象，在这种存在中，我会一下子知道所有的事，并立刻因为无所不知而感到幸福。

阿加索斯：哦，幸福不在知识之中，而在对知识的获取之中！在永远的获取中，我们永远被赐福。但无所不知是魔鬼的诅咒。

奥伊洛斯：难道上帝不是无所不知？

阿加索斯：（既然他是最幸福者）那肯定还有一件事连他也不知道。

奥伊洛斯：可是，既然我们每时每刻都在获取知识，那所有的事物到头来不是都肯定会被知晓吗？

阿加索斯：请朝下看那深不可测的远方！当我们的目光像这样慢慢地掠过星群，这样——像这样，请尽量凝视那排成长列的无数星星！即使这灵之目光，难道它不是在每一个方向都被宇宙延伸的金墙挡住？难道那无数灿灿天体所构成的墙，看上去没把纯然的无数混为一体？

奥伊洛斯：我清楚地领悟到物质之无穷绝不是梦。

阿加索斯：在这庄严世界里没有梦，但这里私下传闻，物质无穷之唯一目的就是为灵魂提供不尽清泉，以减轻灵魂永无止境的求知渴望。因为要止住这种渴望，就势必消灭灵魂本身。所以，我的奥伊洛斯，随心所欲地向我提问吧，别有什么顾虑。来！我们该向左离开这昴星团喧嚷的和谐，从王座飞出，越过猎户星座，去那片布满星星的草地，那里有三色紫罗兰①，是三个一模一样的三色太阳安歇之处。

奥伊洛斯：现在，阿加索斯，趁我们行进之时教导我吧！请用地球上那种熟悉的语调对我说话！关于我们在尘世期间已习惯称为创世的方式或方法，我刚才没明白你给我的暗示。你的意思难道是说，创造者并非上帝？

阿加索斯：我的意思是说，上帝现在并不创造。

奥伊洛斯：请解释！

阿加索斯：上帝仅仅是在开始创造过。现在整个宇宙这么不断涌现的表面上的创造物，只能被视为上帝创造力的间接结果，而不能看作直接的产物。

奥伊洛斯：要是在人类当中，我的阿加索斯，这种看法会被视为极端的邪说。

阿加索斯：在天使当中，我的奥伊洛斯，这被看成绝对的真理。

奥伊洛斯：我可以理解你到这样一个程度。我们称为的大自然或自然法则的某些作用，在某种条件下可产生具有创造物之全部外观的东西。我清楚地记得，在地球最终毁灭之前不久，曾有过许多非常成功的实验，某些学者十分缺乏说服力地把那些实验命名为微生物之创造。

阿加索斯：你所说的情况实际上就是第二创造的例证。自从第一言宣告第一法则存在以来，那也是曾有过的唯一创造。

奥伊洛斯：难道星球的世界不是时时刻刻地从虚无的深渊中突然出现在天

① 三色堇。——译者注

宇？难道这些星球，阿加索斯，不是由上帝直接创造？

阿加索斯：我的奥伊洛斯，让我尽力地一步步把你引向我意指的概念。你清楚地知道，正如思想不会消失，行为同样也具有无限的后果。例如我们住在地球上时甩动手臂，其结果是我们震动了环绕在手臂周围的空气。这种震动无限扩散，把脉冲传给地球空气的每一粒子，从那以后直至永远，地球空气便一直受到那只手一次运动的驱动。当时，我们星球的数学家们充分了解这个事实。实际上，他们还凭着经过精确计算的特殊脉冲，使这种特殊效果作用于流体，结果他们能轻而易举地测定一个已知量的脉冲会在多少时间内环绕地球，并（永远）作用于大气层的每一空气原子。颠倒实验顺序，他们发现在已知条件下，可以毫不费力地从一个已知结果测出原始脉冲的值。这下，数学家们看出任何已知脉冲的结果都绝对永无止境，看出对这些结果之一部分可以凭借代数分析进行精确的跟踪，并看出逆向测定简单易行。与此同时，这些人发现，这种分析本身就具有一种无限期进行的能力，发现这种分析的发展和运用不存在任何想得到的极限，除非受到其发展者或运用者智力的限制。就在这时，我们的数学家们停止了实验。

奥伊洛斯：可是，阿加索斯，他们为什么应该继续进行？

阿加索斯：因为有一些影响更深远的考虑。从他们所知道的可以推断，对一个具有无限理解力的人，对一个能尽览代数分析之完美的人，追踪传给空气的每一脉冲和穿越空气的以太不可能有什么困难，他甚至可以追踪到它们在任何无限遥远的时代所产生的无限遥远的结果。实际上可以证明，每一传给空气的这种脉冲到头来都必将影响存在于宇宙间的每一事物。而这位具有无限理解力的人，这位我们所想象的人，也许会追踪这种脉冲遥远的波动，向上和向前追踪它们对所有物质的所有粒子造成的影响，向上和向前追踪它们对旧有形态的永无止境的改变，或者说它们对新形态的创造。直到最后发现它们平平常常地从上帝的宝座反射回来。这样一个人不仅能做这种事，而且在任何时代，只要向他提供一个已知的结果（例如从无数彗星中给他一颗去观察），他就能凭着逆向分析，毫不费力地测定这颗彗星的起因是由于哪一道原始脉冲。这种绝对尽善尽美的逆向推测能力，这种能把任何时代之任何结果都归之于其原因的能力，当然只能是上帝独有的特权。不过，在缺乏绝对完善的前提下，这种能力本身也在各个不同的程度上，被所有的天使运用。

奥伊洛斯：可你只谈到了对空气的脉冲。

阿加索斯：谈到空气，我只涉及了地球。但这个总的命题与对以太的脉冲有关，既然唯有以太弥漫于整个太空，那么它便是创造之最大媒质。

奥伊洛斯：那么所有运动，不管是哪一种，都创造。

阿加索斯：这是必然的，但有位真正的哲学家早就教导过我们，所有运动之源都是思想。而所有思想之源都是——

奥伊洛斯：上帝。

阿加索斯：我已经对你，奥伊洛斯，就像对一位来自不久前刚毁灭的美丽的地球上的孩子，讲过了作用于地球大气层的脉冲。

奥伊洛斯：你的确讲过了。

阿加索斯：那在我讲的时候，你脑子里难道就没有想到过言语的自然力量？不是每一字都对空气有一道脉冲吗？

奥伊洛斯：可是，阿加索斯，你为什么哭泣？为什么？哦，当我们翱翔于这个美丽的星球之上，你为什么垂下翅膀？这是我们在飞行中所遇见的最最青翠但又最最可怕的星球，它那些艳丽的花看上去就像个美丽的梦，可它那些凶猛的火山就像一颗骚动的心中的情。

阿加索斯：它们是的！它们是的！这荒凉的星——自从我交叉十指，噙着眼泪，在我心上人的脚边，用激情洋溢的寥寥数语宣告它的诞生，已经过去了三个世纪。它艳丽的花是所有未了之梦中最可爱的梦，它狂怒的火山是最骚动不安、最不敬神明的心中的情。

用 X 代替 O 的时候[1]

因为大家都知道“贤者”“自东方”而来，而东拉西扯·笨伯先生就来自东方，所以笨伯先生是个贤者；[2]如果这问题还需要什么旁证，那我们的旁证就是——笨伯先生是名编辑。脾气暴躁是他唯一的弱点。因为人们指责他所具有的固执，实际上恰恰不是弱点，所以他理所当然地将其视为他的优点。这是他的长处、他的美德。而大概需要一位布朗森的全部逻辑，方能使他信服这是“别的什么东西”。

我已经证明了东拉西扯·笨伯先生是一位贤者，而他也只有一次未能证实自己的贤明，那就是他抛弃了所有贤者合法居住的东方宝地，移居到了亚历山大－大洛波利斯城，或者说我们西方的一座同名城市。

不过，我必须替他说句公道话，当他拿定主意迁居那座城市的时候，他的印象是，这个国家的那个特殊地区没有报纸，因而也就没有编辑。他指望在那儿创办一份《茶壶报》，从而独霸整个报界。我完全相信，如果他早知道在亚历山大－

---

① 原标题为“X-ing a Paragrab”。本文乃坡文字游戏最盛之篇，译文难以移植其妙处。——译者注

② 典出《新约·马太福音》第 2 章第 1 节“耶稣生在犹太的伯利恒。有几个博士从东方来到耶路撒冷”，本文中之“东方”暗指新英格兰，“贤者”则影射被誉为“康科得之贤者”的爱默生和“切尔西之贤者”的克莱尔等与爱伦·坡艺术见解相左者。——译者注

大洛波利斯住着一位名叫约翰·史密斯（如果我记得不错的话）的绅士，而且这位绅士多年来一直靠编辑出版《亚历山大－大洛波利斯新闻报》而悄悄地发着横财，那他绝不会想到迁居那座城市。所以，仅仅是因为信息失误，笨伯先生才来到了亚历山大，让我们干脆简称洛波利斯。当他发现自己已到了那地方，他就决心保持自己性格之坚定，既来之，则安之。于是他留了下来，而且不仅仅是安居。他开箱取出了印刷机、活体字等等，并与《新闻报》隔街相望租下了办公室。在他到达后的第三天上午，第一期《茶壶报》创刊发行——我是说《洛波利斯茶壶报》，根据我的记忆，这就是那份新报的报名。

我必须承认那篇社论十分耀眼，即使不说非常尖锐。它主要是对世事大张挞伐，至于《新闻报》那位编辑，他简直完全被撕成了碎片。笨伯先生的某些言辞真是如火如荼，以至于从那之后，我总是禁不住把依然活着的约翰·史密斯看成一个不怕火烧的怪物。我不敢自称能一字不漏地记住《茶壶报》上的所有文章，但下边这一段肯定无误：

> 哦，一点不错！哦，我们发现！哦，毫无疑问！街对面的那位编辑是个天才——哦，天哪！哦，苍天，老天！这世道要变成什么模样？哦，时代！哦，世风！

这番如此刻薄、如此经典的德摩斯梯尼式的抨击，就像一颗炸弹落在了一向爱好和平的洛波利斯市民当中。群情激愤的人们集聚到街头巷尾。每个人都在急切地等待尊贵的约翰·史密斯的反击。第二天上午《新闻报》作答如下：

> 本报引述昨天《茶壶报》那篇附加短评："哦，一点不错！哦，我们发现！哦，毫无疑问！哦，天哪！哦，老天！哦，时代！哦，世风！"哦，那家伙就知道O个不停！这证明他的推论是一个圆圈，并说明了为什么他的文章没头没尾、言之无物。我们深信，如果不用O，那个流浪汉连一个字眼也写不出来。不知这么一O到底是不是他的习惯？顺便说一下，他刚从遥远的东方匆

匆而来。真想知道，他在那边是否也像这样 O 个不停？“O！真可怜！”

我无意描述笨伯先生对这种含沙射影的恶意中伤之极度愤慨。但根据油滑原则，他似乎并不像人们所想象的那样，被那番对他高尚人品的攻击所激怒。逼得他孤注一掷的是对他文章风格的嘲笑。什么！他堂堂东拉西扯·笨伯先生！不用 O 就写不出一个字眼！他要尽快让那个自负的家伙知道他错了。对！他要让那个狂妄的家伙知道他是如何大错特错！他，来自蛤蟆池塘的东拉西扯·笨伯先生，将让约翰·史密斯先生清楚地看到（如果他是那么乐意见识见识的话），即便一次，哪怕连一次也不使用那个不足挂齿的元音，他笨伯先生也能整段整段地，当然也能整篇整篇地写出文章。但他不能这样做，因为这实际上是向那位约翰·史密斯让步。他笨伯先生绝不能改变自己的风格，绝不能去迎合基督教世界任何一个史密斯先生的任性。一定要打消这样一种卑鄙念头！只要一息尚存，就要 O 下去。他偏要坚持一 O 到底，能 O 出什么名堂，就 O 到什么地步。

怀着这一决定在他胸中燃起的英雄气概，了不起的笨伯先生在第二期《茶壶报》上只发表了下面这篇开诚布公但寸步不让的短评，专门论及这一不幸事件：

《茶壶报》编辑荣幸地告知《新闻报》编辑，他（茶壶）将利用明天上午的版面让他（新闻）信服，他（茶壶）不仅能够而且愿意做自己文章风格的主人。他（茶壶）打算让他（新闻）看到，他（新闻）那篇评论在他（茶壶）不羁的心灵中所激起的会令他（新闻）无地自容的极度轻蔑，为了让他（新闻）格外满意（？），在明天《茶壶报》有相当篇幅的社论中，他（新闻）最卑谦恭顺的仆人（茶壶）将绝不会避而不用那个美丽的元音，那个永恒的符号，那个如此冒犯他（新闻）过分精致优雅的鉴赏力的字母。

为了把这个如此委婉含蓄而非直截了当的可怕威胁付诸实现，了不起的笨伯先生对不绝于耳的催稿请求置之不理，当他的印刷所领班告诉他已到了开机印报之时，他只简单地回答了一声：“见鬼去吧！”正如我所说，了不起的笨伯先生对周围一切都置之不理，径自熬了一个通宵，耗了一灯油，全神贯注地写出了一篇堪称空前绝后的妙文：

那么，约翰哟！这是为什么？你知道我曾对你这么说过，下次当你还未逃脱灾祸，先不要这么扬扬自得！你妈是否知道你从家逃脱？哦，不晓得！那赶快回去，约翰，不要耽搁，快回你那讨厌的林中老窝，快回你的康科得！回去吧，老猫头鹰，回你林中的老窝！你不？哦，噢，噢，约翰，别这么瞎说！你必须滚回老窝，你不知道吗！所以快回去吧，路上别耽搁；因为这儿没人要你，你不知道吗？约翰，哦，约翰，哦，你再不走就会失去做人的资格——不错！你就是一只猫头鹰、一只笨鹅、一头母牛、一只猪猡、一个玩偶、一只鹦哥，一个可怜的一无是处的大草包、大饭桶、破烂货，要么是来自康科得泥塘的一只蛤蟆。现在请消消气，别发火！千万别发火，你这个蠢货！你这只老公鸡，别这么喔喔喔！别满脸不高兴，别皱眉蹙额！别哞哞，别嘎嘎，别汪汪，别咯咯！哟，约翰哦，你怎么这副脸色！你知道我曾对你这么说过——别再把你的丑鸭吹成天鹅，快回去消消愁吧，抱住你的酒钵！

如此一篇惊人之作自然令了不起的笨伯先生耗尽了心血，所以到天亮之前，他再也没有精力照料他事。不过，他坚定沉着、镇静从容，而且看上去神志清醒地把手稿交给了等在一旁的那个印刷所的学徒，然后优哉游哉地打道回府，并怀着一种难以形容的庄重心情上床睡觉。

与此同时，那名终于拿到稿子的学徒匆匆上楼，冲到活字分格盘跟前，马上开始排那份手稿。

当然，因文章开头一个词是“So”，他首先把手伸进了大写 S 字母格，并成功地取出了一枚大写 S 铅字条。这一成功使他受到极大鼓舞，他马上又飞快地将手插进小写 o 字母格，可当他的手指并没有夹住预期的铅字条缩回之时，谁能描绘出他那番惊恐？当他揉着他徒然在空空如也的字盘底擦破的手指之时，又有谁能说出他当时的惊讶和愤怒？小写 o 格里没有一枚小写 o 铅字；而当他提心吊胆地查看大写O字母格时，他失魂落魄地发现那个字盘里同样也一无所有。大惊失色的小学徒情不自禁地冲向领班。

“先生！”他气喘吁吁地说，“没有o，我可什么也排不出来。”

“你这是什么意思？”领班咆哮着问，大半夜的干等弄得他情绪不好。

“哦，先生，排字间没有o，大的小的都没有！”

“什么！这到底是怎么回事？”

“我不知道，先生，”那孩子回答，“可是《新闻报》印刷所的一个小子整个晚上都在这附近转悠，我猜是他把那些铅字全偷走了。”

“他妈的！我想是这么回事，”领班说着，气得脸色发紫，“不过，鲍勃，你真是个好孩子，我来告诉你该怎么办，你瞅准机会就溜过去，把他们的每一个i和每一个z全部偷光。”

“是，先生，”鲍勃回答时眨了眨眼睛并皱了皱眉头，“我会溜过去的，我会让他们也尝尝滋味。可现在这篇文章咋办？天亮前得排出，这你知道，要不然饭碗就砸了，再说——”

“千万别着急，”领班打断小学徒的话，叹了一口气，并强调了一声“千万”，“我说鲍勃，那文章很长吗？”

“说不上太长。”鲍勃回答。

“啊，那好！你就尽量对付着排吧！我们必须尽快付印。”领班此时一心想的就是工作，“用其他的字母代替o，不管怎么说，没人会去读那个家伙的废话。”

“太好啦，就这么办！”鲍勃说完，又匆匆向排字间跑去，一边跑嘴里一边嘟囔，“真是太棒了，它们不过是一堆话，而且是一个说话不算数的人的话。这下我要去把它们的眼珠子通通挖出来，嗯？还有它们那些该死的胃囊！[①] 好吧！有一个家伙正好能用来填这些空。”事实上，虽说鲍勃年龄只有十二岁，身高只有四英尺，可他已完全能够应付这种小规模的挑战。

此处说到的这种紧急情况在印刷所绝非很少发生。我说不清这是为什么，但

① 此处“眼珠子”喻小写字母o，“胃囊”喻大写字母O。——译者注

这个事实不容争辩，每当这种紧急情况出现之时，人们总是用 X 来代替缺乏的字母。这真正的原因也许是 X 总是分字盘里剩得最多的字母，或至少说在过去总是这样，于是排字工们长期以来就养成了用 X 做替代字母的习惯。至于鲍勃，在这种情况下，不用他已经习惯的 X 而用别的字母，那他会认为是离经叛道。

“我将不得不 X 这篇文章。”他自言自语。当他把文章读过一遍，他又惊讶道：“可这是我所见过的 o 用得最多的文章。”于是他开始用 X 代替 o，并且随它通篇 X 地把报纸印了出来。

第二天上午，当洛波利斯的人们读到《茶壶报》上这篇异乎寻常的社论之时，每个人都大吃一惊。这篇奇文如下：

Sx hx, Jxhn! hxw nxw? Txld yxu sx, yxu knxw, Dxn’t crxw, anxther time, befxre yxu’re xut xf the wxxds! Dxes yxur mxther knxw yxu’re xut? Xh, nx, nx! Sx gx hxme at xnce, nxw, Jxhn, tx yxur xdixus xld wxxds xf Cxncxrd! Gx hxme tx yxur wxxds, xld xwl, —gx! Yxu wxn’t? Xh, pxh, pxh, Jxhn, dxn’t dx sx! Yxu’ve gxt tx gx. Yxu knxw! Sx gx at xnce and dxn’t gx slxw; fxr nxbxdy xwns yxu here, yxu knxw. Xh, Jxhn, if yxu dxn’t gx yxu’re nx hxmx—nx! Yxu’re xnly a fxwl, an xwl; a cxw, a sxw; a dxll, a pxll, a pxxr xld gxxd-fxr-nxthing-tx-nxbxdy lxg, dxg, hxg, xr frxg, cxme xut xf a Cxncxrd bxg. Cxxl, nxw—cxxl! Dx be cxxl, yxufxxl! Nxne xf yxur crxwing, xld cxck! Dxn’t frxwn sx—dxn’t! Dxn’t hxllx, nxr hxwl, nxr grxwl, nxr bxw-bxw-wxw! Gxxd Lxrd, Jxhn, hxw yxu dx lxxk! Txld yxu sx, yxu knxw, but stxp rxlling yxur gxxse xf an xld pxll abxut sx, and gx and drxwn yxur sxrrxws in a bxwl!

这篇神秘而玄妙的文章所引起的骚动难以用语言来表达。《茶壶报》众读者首先获得的明确概念，就是这段象形文字中潜伏着几分恶魔叛逆的意味。人们纷纷拥向笨伯先生的住处，打算给他涂上柏油，插上羽毛，然后把他驱逐出城。可大伙儿寻遍了各处，也没有找到那位绅士。他突然消失了，谁也说不出他的去向，而且从此以后再也没人看见过他的踪影。

由于找不到罪魁祸首，公众的愤怒渐渐平息。随着愤怒的平息，留下的是对这个不幸事件的一大堆不同看法。

一位绅士认为，整件事是个绝妙的玩笑。

另一位说，实际上笨伯先生表现出了极其丰富的想象力。

第三位承认，他是过分以X为中心，仅此而已。

第四位只能认为，这是新英格兰人想表达其恼怒的一种方式。

第五位则说："就算是为子孙后代树立了一个榜样。"

笨伯先生已被逼上绝路，这一点大家都很清楚。事实上，因为找不到那个编辑，有人已在传说要用私刑处置另外一个。

然而更普遍的结论是，那件事非常离奇并且莫名其妙。连城里那位数学家也承认，他对这个如此隐晦的问题无法理解。人人都知道X是个未知数，可在这个实例中（恰如他正确观察到的一样），有一个X的未知数。

小学徒鲍勃（他没有说出他用X代替O的秘密）的意见没有受到我认为值得受到的重视，尽管他说得非常直率也非常大胆。他说，在他看来，那问题压根儿就没什么费解之处，还说事情非常明白："笨伯先生绝不该被赶到远方去和其他人一样喝烈酒，而应该在这儿继续喝可口的×××啤酒，喝烈酒必然会使他变得粗鲁，只能使他的脾气暴躁得不能再暴躁。"

Edgar

Allan

Poe

Complete

Tales

瓦尔德马先生病例之真相

瓦尔德马先生之异常病例已引起人们纷纷议论，我当然不会假装认为这是什么奇怪的事。要是它没引起议论，尤其是在这种情况下，那倒真是一个奇迹。由于有关各方都希望此事对公众保密，至少暂时不公开，直到我们有机会进行进一步的调查研究，由于我们努力保密的结果——一个被歪曲或夸张的故事在社会上传开，导致了许多令人不快的以讹传讹，自然也招来了许许多多的怀疑。

现在我有必要说出事情的真相，根据我自己对真相的了解。简而言之，事实如下：

在过去的三年间，我的注意力一再被催眠术这门学科吸引，而大约九个月前，我非常突然地想到，在已经进行过的一系列实验当中，存在着一个非常惊人而且令人不解的疏忽：到当时为止，尚未对任何处于弥留状态的人施行过催眠。尚待弄清的问题有：其一，在弥留之际，病人对催眠影响是否还有感应；其二，如果有感应，这种感应是否会因弥留状态而减弱或加强；其三，到何等程度，或者说在多长时间内，催眠过程可阻止死亡的侵害。另外还有一些问题需要查明，但上述三点最令我感到好奇，特别是最后一点，因为其结果之重要性不可估量。

在寻找一位可供我进行这项实验的被实验者时，我想到了我的朋友埃内斯特·瓦尔德马先生。瓦尔德马先生是《图书馆论坛》的著名编纂者，是《华伦斯坦》和《巨人传》之波兰文版的译者（所用笔名为伊萨卡·马克思）。自一八三九年以来，他主要居住在纽约市的哈莱姆区，以（或者说曾以）身材之极度瘦小而惹人注目——他的下肢与约翰·伦道夫[①]的两条腿非常相似，而且，他那白花花的连鬓胡与他的一头黑发形成强烈的对照，结果使后者往往被人误认为是假发。他的神经明显过敏，这使他成了接受催眠实验的极好对象。曾有两三次，我很容易地就使他进入了催眠状态，但因为他的特殊体质，我预期的其他结果却令我失望。他的意志在任何时候都不曾明确地，或说完全地受我支配，至于催眠所诱发的超凡洞察力，我未能从他身上看到任何可靠的迹象。我一直把我在这些方面的失败归因于他健康状况的失调。在我与他相识的几个月之前，他的医生就宣布了他已处于肺结核晚期。实际上，他早就习惯了平静地谈起他即将来临的死亡，就像谈起一件既不可避免又不必遗憾的事。

当上文所提及的那些念头钻进我脑海之时，我想到瓦尔德马先生当然是非常自然的事。我深知此人泰然达观，所以不必担心他有什么顾虑，而且他在美国没有亲戚，因此不可能有人会从中作梗。我坦率地对他谈起了这个话题，使我惊奇的是，他似乎表现出了强烈的兴趣。我说使我惊奇，因为，尽管他一直容许我用他的身体任意做实验，但他以前从不曾对我所做的事表示过赞同。他那种病的性质，使医生能精确地预测他死亡的日期，最后我俩达成协议，他应该在他的医生宣布的那个时辰到来之前，提前二十四小时派人给我送信。

我收到瓦尔德马先生的这张亲笔字条，现在算来已是七个多月前的事了。字条内容如下：

我亲爱的P：

你最好现在就来。D和F都一致认为我挺不过明晚半夜，我想他们所说的时间非常准确。

瓦尔德马

① 约翰·伦道夫（John Randolph，1773—1833），美国政治家，终生体弱多病。——译者注

那张字条写好半小时后就被我收到，而十五分钟后，我已经进了那位临终者的卧室。我上次见到他是在十天之前，而他在短短十天里所发生的可怕变化真让我大吃一惊。他面如死灰，两眼无光，脸上消瘦得仿佛颧骨已刺破皮肤。他不住地咯血。他的脉搏已几乎感觉不出。但他在一种惊人的程度上保持着清醒的神志和一定的体力。他说话清清楚楚，并不时在无须人帮忙的情况下服用治标剂——我进屋的时候他正忙着在一个笔记本上写下备忘录。他的上半身被枕头支垫着。D医生和F医生在他床边。

同瓦尔德马握过手后，我把那两位绅士领到一边，从他们那儿获得了病人的详细情况。病人的左肺十八个月来一直处于半硬化或骨化的状态，当然早已完全失去生理功能。右肺之上半区如果不是完全也是部分硬化，下半区还只有一团相互蔓延的脓性结核节。有几处大面积穿孔存在，有一处出现与肋骨的永久性粘连。右肺叶的病变相对来说发生较晚。其硬化过程之进展异常迅猛，在一个月前都还没发现任何硬化迹象，而粘连的情况仅仅是在三天以前才被注意到。除了肺结核，病人还被怀疑患有动脉瘤，但在这一点上，上述硬化症状使医生不可能确诊。两位医生一致认为，瓦尔德马先生的死亡时间大约在第二天（星期日）半夜。当时的时间是星期六晚上七点。

在离开病人床边来与我交谈之时，D医生和F医生已双双向他道了永别。他俩已无意再见到病人，但在我的请求下，他们同意第二天晚上十点左右顺便来看看。

他俩走后，我坦率地同瓦尔德马先生谈起了他即将来临的死亡，尤其是谈到了计划中的那个实验。他仍然声明他非常乐意甚至十分急切地想接受这一实验，并催促我马上开始。当时在场的只有一名男护士和一名女护士，可我觉得若无比他俩更可靠的证人在场，不便随意开始一项这种性质的实验，以免万一发生意外缺乏证明，所以我把实验一直推延到了第二天晚上八点左右，当时来了一名我多少认识的医学院学生（西奥多·L—l先生），把我从进一步的尴尬中解救了出来。我原本打算等着那两位医生，但有两个原因诱使我立即着手：一是瓦尔德马先生的催促请求；二是我确信我再也不能耽搁，因为病人明显已濒临死亡。

L—l 先生欣然同意按我的要求如实记下实验中所发生的全部情况，而我现在不得不公之于众的事实正是根据他的记录，其中大部分要么是简述，要么是逐字照抄。

差五分八点，我握着病人的手，请他尽可能清楚地向 L—l 先生声明，他（瓦尔德马先生）是否完全愿意在他当时的状态下，让我对他进行催眠实验。

他的回答很微弱，但相当清楚。“是的，我希望被催眠。”随即他又补充道，“我担心你已经拖延得太久了。”

当他说这句话时，我开始了我早就已经发现对他最有效的几个手势动作。我的侧掌第一次拂过他的前额，他就明显地受到了影响。尽管我接着发挥出了我所有的影响力，可直到十点钟两名医生按约到来之后，仍不见有任何进一步的效果。我简单地向 D 医生和 F 医生说明了我的意图，由于他俩并不反对，并说病人已处于弥留状态，于是我毫不犹豫地继续实验。这一次，我将侧掌手势变为了下压手势，并把我的目光完全集中于患者的右眼。

这时，他的脉搏已感觉不到，他带着鼾声的呼吸每三十秒进行一次。

这种状况差不多保持了十五分钟。在这之后，一声虽然很低沉但仍属于正常的叹气从临终者的胸腔发出，带鼾声的呼吸随之停止，也就是说，鼾声不再明显，但呼吸的间歇没有减少。病人的四肢变得冰凉。

到十一点差五分时，我看出了催眠影响的明显迹象。那双没有光泽的眼睛的滚动，变成了那种不安的内省表情，这种表情只有在催眠状态下才能见到，而且完全不可能弄错。我用几个急速的侧掌手势使他的眼皮轻微眨动，就像刚入睡者眼皮眨动一样，接着又用几个手势使它们完全合拢。但我并没有满足于此，而是继续运用强有力的手法，让意志得以最充分的发挥，直到我使被催眠者的四肢完全僵硬，而在此之前，它们已被摆成一种看上去很自在的姿势。两条腿完全伸直，双臂几乎同样也平直地摊在床上，离腰有一段适中的距离。头被稍稍抬高。

待我完成这些时，时间已到半夜，于是我请求医生们检查瓦尔德马先生的情况。在进行了几项测试之后，他们承认病人处于一种完全的催眠状态。两名医生的好奇心被极大地唤起。D 医生当即决定留下来通宵陪伴病人，而 F 医生离开时约定天亮时再来。L—l先生和两名护士依然留下。

我们离开瓦尔德马先生，让他完全安静，直到凌晨三点我才又返回他身边，发现他的情况同F医生离去时一模一样，也就是说，他以同样的姿势躺着，脉搏感觉不到，呼吸非常轻微（除非把镜片凑近他嘴边才能察觉），他的两眼自然闭合，四肢像大理石一般又硬又凉。但是，他的整个外貌看上去的确不是一副死相。

我来到瓦尔德马先生身边之后，半带尝试性地对他施加了一种影响，想让他的右臂随着我的手臂一起运动，于是我伸出右臂在他身体上方来回拂过。我以前对他进行这种实验从未取得过圆满的成功，而这一次我肯定也不抱多大希望。可令我惊讶的是，他的手臂虽然无力，却毫不勉强地跟随着我指示的每一个方向。于是，我决定碰碰运气跟他来一段简短对话。

“瓦尔德马先生，”我问，“你睡着了吗？”他没有回答，但我发现他的嘴唇微微动了一下，这促使我继续重复那个问题。当我重复第三遍时，他的身体发出了一阵非常轻微的颤抖，眼皮微微张开，露出一线白眼珠，嘴唇缓慢启动，从中发出一串勉强能听清的嘟囔：“是的——现在睡着了。别唤醒我——让我这样死吧！”

这时我摸了摸他的四肢，发现和刚才一样僵硬，他的右臂也像先前一样随着我的手指示的方向摆动。于是，我又问道：“瓦尔德马先生，你还感到胸口痛吗？”

这一次回答很及时，但比刚才更难听清：“不痛——我要死了。”

我认为当时再继续使他不安并非明智之举，所以在F医生到来之前没有再说什么或再做什么。F医生是在日出前一会儿到的，发现病人还活着，他显出了极度的惊讶。他摸过脉并用镜子在病人嘴边试过呼吸，要求我再对被催眠者说话。于是，我问道：“瓦尔德马先生，你还在睡吗？”

像先前一样，在听到回答之前过了好几分钟。在这几分钟内，那位临终者似乎在聚集说话的力量。当我第四遍重复这个问题时，他用非常微弱，几乎听不见的声音回答道：“是的——还在睡——在死。”

这时两名大夫都认为，更正确地说是都希望，应该允许瓦尔德马先生不受打扰地保持他当时那种明显的平静状态，直到他在平静中死去。而大家都认为，他肯定会在几分钟内死去。我仍然决定再对他说一次话，而且只重复我先前的问题。

当我说话时，被催眠者的表情发生了明显的变化。他的眼睛滚动着慢慢睁开，瞳孔上翻渐渐消失；全身皮肤呈现尸体的颜色，看上去与其说像羊皮纸不如说像张白纸；两边脸颊中央原来一直清晰可见的圆形红斑骤然熄灭。我用“熄灭”这个词因为它们消失之突然，让我联想到了蜡烛被一口气吹灭。与此同时，原来完全合拢的上唇扭缩而露出牙齿；下颌则随着一下清楚的痉挛而下坠，使嘴大张开，一览无余地露出发肿发黑的舌头。我敢说，当时在场的每一个人都早已习惯了见到临终之恐怖，但瓦尔德马先生临终表情之可怕超过了人们的想象，以至于大家仍从病床边朝后退缩。

我觉得，我现在就要讲到这番陈述的一个要点，这一点将使每一位读者惊得难以置信。不过，我的责任只是陈述事实。

瓦尔德马先生身上再也看不到一丝一毫生命的迹象。确定他已经死去，我们正要把他交给护士们去料理，这时突然注意到他的舌头猛烈颤动了一阵。颤动大约持续了一分钟。在此之后，从肿胀而且没动的口里发出了一个嗓音——一种我只有发疯才会试图去形容的声音。实际上，只有两三个形容词可以被认为能部分适用于那种声音。譬如我可以说，那是一种粗糙、破哑、空洞的声音，但那声音整体上的可怖无法言传，原因很简单，因为人类的耳朵以前从不曾听到过任何类似的声音。但公正地说，我当时认为，现在也认为，那声音中有两个特点可以被宣布为具有语调的特征，并且适合传达某种具有超自然特性的概念。首先，在我们的耳朵听来，至少在我的耳朵听来，那个声音似乎来自一个非常遥远的地方，或来自地下的某个深洞。其次，它给我极深的印象（恐怕我永远都不可能让自己明白是怎么回事）：它像胶状的或胶质的东西影响触觉。

我既说是“声音”又说是“嗓音”。我的意思是说，那个声音可以明显地（甚至明显得令人不可思议，使人毛骨悚然）区分出音节。瓦尔德马先生是在说话，显然是在回答我几分钟前问他的那个问题。大家应该记得我曾问过他是否还在睡。他现在说：“是的——不——我曾一直在睡——可现在——现在——我死了。”

当时在场的甚至没有一人倾向于否认，或试图抑制如此被说出并被准确猜出的这段话所传达的那种令人毛骨悚然的形容不出的恐怖。L—l先生（那名医科学生）当场晕倒。护士们马上逃出了那间卧室，而且劝也劝不回来。我不愿自称能让读者了解我自己当时的感觉。我们将近有一小时谁也没说话，只顾着努力抢救L—l先生。待他苏醒之后，我们又开始着手观察瓦尔德马先生的情况。

情况与我前边的最后一次描述完全相同，唯一的例外是用镜子也不能再证明他在呼吸。从手臂抽血的一次尝试归于失败。我还应该提到，那条右臂也不再服从我的意志。我努力想使它继续跟随我的手指示的方向，但结果徒然。事实上，唯一真正受催眠影响的迹象现在只剩下一种，那就是每当我向他提一个问题，就会发现他的舌头颤动。他仿佛是在努力要作答，但已不再有足够的意志。对于除我之外的其他人所提出的问题，他似乎完全没有感觉，尽管我力图要让在场的其他人能与他有催眠交灵感应。我相信，我现在已经讲出了要了解那名被催眠者当时的状态所必需的全部情况。另外的护士被请来，上午十点，我与两名大夫和L—l先生一道离开了那幢房子。

下午，我们又都去看望那名病人。他的情况依然如故。当时我们讨论了一下如果把他唤醒是否妥当，是否可行，但我们很容易就形成了一致的看法，那样做不会有什么好的结果。显而易见，到当时为止，死亡（或者说通常称为的死亡）已被催眠过程抑制。在我们看来非常清楚，唤醒瓦尔德马先生只能保证他瞬间复活，或者说至少会加速他的死亡。

从那时起直到上个周末，其间将近过了七个月，我们每天都上瓦尔德马先生家探望，有时还带着医学界的朋友和其他朋友。在此期间，病人一丝不差地保持着我最后一次所描述的状态。护士的照料仍在继续。

上个星期五，我们终于决定进行唤醒病人的实验，或者说试图把他唤醒。而正是这次实验之（也许）不幸的结果，在知情圈内引起了那么多的议论，以至于唤起了那么多我不禁认为不必要的公众感情。

为了把瓦尔德马先生从催眠状态中唤醒，我使用了以前习惯用的手势。这些手势一开始并不奏效。第一个苏醒的迹象是由瞳孔的下翻所显露的。大家注意到（因为非常值得注意），随着瞳孔下翻，从眼皮下大量地流出一种刺鼻难闻的黄色脓液。

这时，有人建议我应该照以前那样尝试着诱导病人的手臂。我进行了尝试，但失败了。于是，F 医生表示他希望我提出一个问题。

我提出的问题如下："瓦尔德马先生，能告诉我们你现在的感觉和希望吗？"

他脸颊上突然重新呈现出那两团圆形红斑，舌头开始颤动，更准确地说，是在嘴里激烈翻滚（尽管上下颌与上下唇仍然如前所述那样僵硬）。最后，我已经描述过的那种可怕的声音突然冒出：

"看在上帝分儿上——快——快——让我安睡——不然，快——快唤醒我——快——我告诉你我死了！"

我完全失去了镇静，一时间竟不知如何是好。开始我尽力想让病人恢复安静，但由于意志完全中止而归于失败，于是我回过头来拼命要把他唤醒。我很快就看出我的这一尝试可能会成功，或至少说，我很快就以为我的成功大概会实现，而且我敢肯定，当时房间里的所有人都正准备着看到病人醒来。

然而，对随后真正发生的事，任何人绝不可能有思想准备。

就在我迅速地变换着手势动作之时，在一阵绝对出自病人舌端而不是出自嘴唇的"死！死！"呼叫声中，他的整个身躯一下子（在一分钟甚至更短的时间内），在我的手掌下方皱缩——腐朽——完全烂掉。在众目睽睽之下，床上只留下一摊令人恶心——令人厌恶的腐液。

Edgar

Allan

Poe

Complete

Tales

冯·肯佩伦和他的发现

在阿拉戈那篇纤悉无遗、淋漓尽致的大论之后，尤其在《稀里蒙杂志》那份包括莫里上尉刚发表的详尽报告在内的摘要综述之后，读者当然不能认为我在此就冯·肯佩伦之发现匆匆说上几句，是要以一种科学的观点来探讨这个问题。我的目的非常简单，一是要稍稍谈谈冯·肯佩伦本人（几年前，我曾荣幸地与他有过一次泛泛之交），因为眼下任何与他有关的情况都必然值得注意；二是想从纯理论的角度，大体上臆测这一发现将要导致的后果。

不过，我最好是先用一个否定来作为这草率之篇的前提，我断然否定那种（与平常一样从报纸上得来的）似乎是普遍印象的看法，即虽然这发现的确令人惊骇，但发现本身是世人所始料不及的。

参阅（伦敦科特尔及罗芒出版公司 150 页本）《汉弗莱·戴维爵士化学手记》，我们会在第 53 页和 82 页上发现，那位杰出的化学家不但早就想到了我们现在所讨论的这个问题，而且实际上从实验中取得了并非无足轻重的进展，他的实验分析方法与今天被喜气洋洋地归功于冯·肯佩伦的方法几乎如出一辙。尽管冯·肯佩伦对这一点只字未提，但毫无疑问（我断然宣称这点，而且必要的话我能证明），他自己的所作所为最初是受到了《化学手记》的启发。虽然这问题专业化了一点，但我还是忍不住将《手记》中的两段抄录于此，并附上汉弗莱爵士的一个化学方程式（编者按——鉴于我们缺乏必要的代数印刷符号，加之在阿森纳姆图书馆可查到《化学手记》，所以我们在此处删去了坡先生手稿中之一小部分）。

最初由《信使问询报》发表，现在被各家报刊争相转载的那篇短讯，声称这一发现应归功于缅因州不伦瑞克一位叫基萨姆的先生，坦率地说，这篇短讯在我看来不足为信。我这样说有好几个理由，尽管短讯所声称之事并非不可能，或者说并非完全不可能。我对该短讯的看法主要是根据它的风格。它显得并不真实。陈述论据的人，很少像基萨姆先生那样显得特别在意精确的时间和场所。况且，如果基萨姆先生真像他自己声称的，在他所说的那个时期（差不多八年以前）偶然撞上了这个发现，那他怎么会没有马上采取措施从这发现中获取巨大的利益?因为连十足的乡下人也肯定明白，这种发现即便不能使整个世界受益，也至少会使他个人得到好处。此外令我难以置信的是，任何一个有正常判断力的人，能在发现了基萨姆先生所声称的那种方法之后，又行动得像个孩子，正如基萨姆先生自己承认的那样，简直就像个一本正经的白痴。另外顺便问一问，谁是基萨姆先生?《信使问询报》的这篇短讯该不会是一个“抛砖引玉”的虚构?必须承认，它有一种令人惊异的月球骗局的意味。依本人之愚见，此文基本上不可相信。如果我不是从经验中得知，科学家们在自己的专业领域之外是多么容易受蒙蔽，我也许真会惊于发现了一名像德雷珀教授一样杰出的化学家，也许会以严肃的口吻谈论基萨姆先生（或许该是欺傻帽先生?）对这一发现提出的权利要求。

让我们回头来看看汉弗莱·戴维爵士的《手记》。这本小册子本来并没有打算要公之于世，即便是在作者去世之后，任何精通写作的人稍稍看一眼该书的文体就会确信这一点。比如在第 13 页中间，当作者谈及他对氧化亚氮之麻醉性的研究时，我们读到的是这样的记载：“在不到半分钟内呼吸继续，逐渐减弱并代之以类似全身肌肉均受到轻压。”呼吸并没有被“减弱”不仅可以从后文中看出，而且句中动词用复数形式是佐证。所以毋庸置疑，这个句子的意思是：“在不到半分钟内，呼吸继续，（这些感觉）逐渐减弱并代之以（一种）类似全身肌肉均受到轻压（的感觉）。”上百个类似的例句足以证明，这份草率出版的手稿不过是一本尚待完善的笔记，它仅仅是写给作者自己看的。只消对这本小册子检点一番，几乎所有能思考的人都会相信我这种看法是正确的。事实上，汉弗莱·戴维爵士大概是这个世界上最不愿对科学问题轻易表态的人。他不仅对欺骗行为有一种异乎寻常的厌恶，而且生怕自己的结论看上去像以经验为根据；所以，对眼下正讨论的这个问题，无论他当时是多么确信自己思路正确，但在准备好所有最具说服力的实际例证之前，他绝不会把他的想法公之于众。我深信，如果他能猜到他关于烧掉这本（充满了原始想法的）《手记》的那些请求居然会被忽略，那他生命的最后时刻一定会变得非常不幸。我说他的“那些请求”，因为他当时是想把这本笔记包括在他指示“烧掉”的那些杂稿里，我认为这一点不可能有什么疑问。它免于被付之一炬到底是有幸还是不幸，这个问题尚待证明。我丝毫也不怀疑，上文抄录的两个段落以及其他类似记录给了冯·肯佩伦某种提示，但我再说一遍，这个（在任何情况下都重要的）重大发现对人类到底是有用还是有害，这个问题还有待于证明。冯·肯佩伦和他那些最接近的朋友将获得一个大丰收，对此有丝毫的怀疑也是愚蠢。他们不至于那么愚钝，以至不去及时“获取”，大量购买房产、地产和其他具有内在价值的财产。

关于冯·肯佩伦的那则短篇报道是译自德文，译文最初由《家庭杂志》发表，从那之后一直被广泛转载，译者声明该文是摘译自普雷斯堡最近的一期《快讯邮报》，可他对原文的理解似乎在好几处都有误。“Viele”一词显而易见自始至终都被误译（正如该词常被误译一样），而译者所译的“忧患”，原文很可能是“lieden”，其正确的翻译本该是“痛苦”，这些误译也许会使原文面目全非。不过，这当然只是我个人的猜测。

不管冯·肯佩伦事实上会是个什么样的人，至少从表面上看，他绝非“一名愤世嫉俗者”。我与他相识纯属偶然，而我现在几乎不敢打包票说我完全认识他。随着时间的推移，见过这么一位已声震天下，或在几天内声名鹊起的名人并与之进行过交谈，这可不是一件小事。

《文学世界》谈起他时，非常自信地说他是普雷斯堡人（大概是由于《家庭杂志》的误导），而我很高兴自己能明确地宣布，因为我是听他亲口所言，他出生在纽约州的尤蒂卡城，尽管我相信他父母的祖籍是普雷斯堡。他家与梅尔泽尔有某种渊源，就是那个因自动下棋机而死后留名的梅尔泽尔（编者按——如果我们没弄错，那个自动下棋机的发明者要么就姓肯佩伦，或冯·肯佩伦，要么他的姓与这个姓相似）。冯·肯佩伦长得又矮又胖，有一双又大又蓝、目光迟钝的眼睛，头发和胡须都是褐色，嘴阔却讨人喜欢，他有一口好牙和一个我所认为的鹰钩鼻。他的一条腿有点毛病。他谈吐直率，态度非常和蔼可亲。总而言之，他的体态相貌和言谈举止都与我所见过的“愤世嫉俗者”截然不同。大约六年前，我与他在罗得岛的伯爵旅馆相识，我们在那儿住了一个星期。我想，我在不同的时间与他进行过好几次交谈，加起来大概会有三四个小时。他的主要话题都是当时的一般话题，从他的口中，我压根儿想不到他会有什么科学上的造诣。他比我先离开旅馆，打算先去纽约，然后从那儿去不来梅，正是在后一座城市，他的伟大发现初次被公之于众；或准确地说，他正是在那儿被初次怀疑已拥有了这一发现。这就是我对现在将流芳百世的冯·肯佩伦个人情况的了解，但我认为，即便是这些枝节小事也会引起公众的兴趣。

毫无疑问，关于这件事的惊人传闻大多数都是纯粹的虚构，其可信度大约相当于《天方夜谭》中阿拉丁的神灯；但就这样一种发现而言，就像谈及在加利福尼亚发现金矿的情况一样，其真实部分显然会比虚构的还奇妙。至少下面的这段逸事已被证实无疑，所以我们可以绝对相信。

冯·肯佩伦在不来梅的日子起初并不好过，甚至称不上能勉强度日。众所周知，他曾经常采取极端手段以增加一点微薄的收入。当古特施穆特公司大楼那桩轰动一时的伪造案案发时，冯·肯佩伦成了警方的怀疑对象，因为他刚在加斯帕里奇路买下了可观的房产，而当被问及钱从何处来时，他拒绝回答。他终于被捕，最后似乎又因证据不足而被释放。然而警方开始对他的行动进行严密的监视，从而发现他经常离家，一成不变地走同一条路，而且每次都在那个以“雷神”之赫赫大名著称的迷宫般的窄巷弯道区附近，甩掉警方的跟踪。凭着锲而不舍的精神，警方终于跟他进了一条叫作弗拉特普拉茨的背街，上了一幢七层楼的老房子的顶楼，突然破门而入，警方发现他正在进行他们预料中的伪造活动。他当时的神情是那么惊惶，所以警官们毫不怀疑他正在犯罪。给他戴上手铐之后，他们开始搜查他那个房间，更准确地说是他那些房间，因为他好像占有整个顶楼。

与抓住他的那个屋顶室相连的是一个八九英尺见方的小房间，里面装备着一些化学仪器，其用途迄今尚未查明。在小房间之一隅有一个很小的火炉，炉中燃着火，火上是一个复式坩埚——用一根导管连接的两个坩埚。其中一个几乎装满了熔化的铅，但尚未满至位于埚缘的导管入孔。另一个坩埚里盛着某种液体，当警察冲入时，那种液体好像正在急剧挥发。据现场警官说，冯·肯佩伦一见有人冲入，马上用双手端起坩埚（后来发现他手上戴着石棉手套），将埚中之物泼在了铺有花砖的地板上。正因为如此，他们才给他戴上了手铐。在开始仔细搜索房间之前，他们先对他进行了搜身。除了他衣袋里的一个纸包，没有搜出什么不寻常的东西，纸包里的东西后来被证明是一种锑和某种未知物质的混合物，二者所占比例并不完全相等。到目前为止，对那种未知物质的分析测定均告失败，但毫无疑问，它最终将被分析出来。

警官们把罪犯押出小房间，穿过一间没有搜出什么的前厅，来到了那位化学家的卧室。他们在卧室里翻箱倒柜，结果只发现了几张无关紧要的票据和一些并非伪造的金币和银币。最后当他们往床下看时，他们看见了一只普普通通的大箱子，箱子既无合页搭扣也没有上锁，箱盖盖得非常随便。他们想把箱子从床底下拉出，结果发现即便他们一起使劲（他们一共三人，都身强力壮），那只箱子也"纹丝不动"。惊诧之余，他们中的一位钻到床下，看了看箱内然后说："难怪我们拉它不动——呀，满满一箱全都是旧铜币！"

说完，他用双脚蹬住墙，以此作为支点拼命往外顶，他的伙伴也同时使劲向外拖，这才勉强把箱子从床下弄了出来，箱内所盛之物才得以被检查。被认为的满满一箱铜币全都是又小又光滑的金属片，其大小从一粒豌豆到一块美元不等；尽管这些金属片多少都呈扁平状，但实际上形状并不规则，大体上说，看上去"非常像熔化的铅滴在地板上冷却后的模样"。当时那三名警官除铜之外，丝毫没想过这种金属会是别的什么东西。他们当然绝没有想到那会是黄金，怎么可能有那么丰富的想象力呢？当第二天得知真相时，他们那份惊讶可想而知。消息很快就传遍了整个不来梅，原来他们那么不屑一顾，想都没想到该偷一小块就用车一股脑地拉回警察局的“铜片”不仅是黄金——真正的黄金，而且成色比铸币黄金更足—— 事实上是绝对的纯金、赤金，不含丝毫可感知的杂质！

我没有必要赘述冯·肯佩伦的供词（就他已经供认的而论）和他的获释，因为这些情况早已家喻户晓。凡是心智健全者都不会随意怀疑这个事实：如果不按字面意思而据精神实质，冯·肯佩伦实际上已经实现了“点石成金”这个古老的梦想。阿拉戈先生的见解当然值得最认真的考虑，但他并非就不会出错，他在提交研究会的报告中关于铋的那番论述，就只能作为个人之见姑妄听之。实情是直到眼下为止，所有的定性分析均告失败；说不定要过一些年头，冯·肯佩伦才肯让我们知道解开他公布的这个谜的秘诀，而在此之前，这件事可能会一直处于原状。可以说，我们目前所知道的全部事实就是，“用某种未知的方式将某种未知的物质按一定比例熔入铅内，人们便可随心所欲并轻而易举地制造纯金”。

当然，人们现在正忙于推测这一发现的直接后果和最终结果。几乎所有能思考的人都会毫不犹豫地认为，这一发现起因于被加利福尼亚的“淘金热”提高的人们对黄金情况的普遍关注；而这种想法必然让我们又想到另外一点——冯·肯佩伦的发现非常不合时宜。如果仅仅因为想到黄金会因为矿山丰富的蕴藏量而大幅度贬值，于是想到千里迢迢去淘金也许并不划算，结果许多人就打消了去加利福尼亚冒险的念头，那么，对于那些正要迁往西海岸的人，尤其是对于那些实际上已在矿区安家的人，现在公布冯·肯佩伦的伟大发现会产生什么影响呢？这发现除了宣布其自身用于制造目的的内在价值（不管这价值有多大），还直截了当地宣布了从现在开始，或至少从不久的将来开始（因为不能认为冯·肯佩伦会长期保守秘密），黄金的价格不会比铅高多少，而且将远远低于白银。要预测这一发现的后果实际上的确非常困难，但有一点也许可以肯定——假设半年前就把这一发现公之于众，那前往加利福尼亚的迁居势必会受到实质性的影响。

到目前为止，这一发现在欧洲造成的最明显的后果就是：铅的价格整整翻了两番，而银价则几乎上涨了百分之二十五。

Edgar

Allan

Poe

Complete

Tales

塔尔博士和费瑟尔教授的疗法

一八 ×× 年秋天，在一次穿越法国最南部各省的漫游中，旅途把我引到了离一座疗养院或者说离一家私立疯人院只有几英里远的地方。关于这家疯人院，我在巴黎时，曾听我医学界的朋友谈到过它的详情。由于从未见识过这种地方，所以我认为不可失去此次良机，于是向我的旅伴（一位几天前偶然结识的先生）提出建议，说我们应该离开大道，花上个把小时去看看那个地方。对此他断然拒绝，先是匆匆地提出异议，随后又说他非常害怕见到精神病患者。不过，他求我千万别仅仅为了对他表示礼节而妨碍了对好奇心的满足，并说他会让马慢悠悠地走，以便我可以在当天或无论如何都可以在第二天追赶上他。当他向我告别时，我忽然想到，要进那家疯人院说不定会有什么困难，于是道出了自己的这种担心。他回答说，事实上，除非我本人认识院长马亚尔先生，或持有某种书面凭证，否则就会发现很难进去，因为这些私立疯人院的清规戒律比公立医院的更加严格。随后他补充说，他本人在几年前认识了马亚尔，他可以陪我骑马到疯人院门前并为我引见，尽管他对精神错乱这种事所抱有的反感不会允许他进入那道大门。

我向他表示感谢，然后我俩勒缰离开大道，拐上了一条杂草丛生的小路，半小时之后，小路几乎消失在一片靠近山边的密林之中。我俩策马在那片阴暗潮湿的森林中穿行了两英里左右，那座疗养院终于出现在眼前。那是一座式样古怪且破败不堪的别墅，实际上由于年久失修，看上去已不宜居住。它那副外貌在我心中唤起了纯然的恐惧，我收住缰绳，差点决定掉转马头，但我很快就为自己的懦弱感到羞愧，于是纵缰继续前行。

当我们走近门边时，我发现大门虚掩着，一张脸正在朝外窥视。转眼间，那人走了出来，直呼其名与我的旅伴搭话，非常亲切地同他握手，并请求他下马。此人正是马亚尔先生。他是个身躯魁梧、仪表堂堂的老派绅士，并有一种给人深刻印象的优雅风度和一副庄重、高贵、威严的神态。

我的朋友把我介绍给马亚尔先生，向他述说了我想参观的愿望，并得到了他所做的要尽心照料我的保证，然后告辞离去，从此我再也没见到过他。

他走之后，那位院长把我引进了一间非常整洁的小客厅，在其他一些显示出高雅情趣的陈设当中，我看到有不少书籍、绘画、花瓶和乐器。一团令人愉快的火正在壁炉里熊熊燃烧。一位年轻貌美的女人正坐在一架钢琴前弹唱着贝里尼作的一首咏叹调，她见我进屋，便停止了弹唱，温文尔雅地向我表示欢迎。她声音很低，举止柔和。我认为，我从她的脸上觉察到了悲伤的痕迹，那张脸非常苍白，但在我看来并非苍白得令人讨厌。她穿着一身丧服，在我心中激起了一种敬重、关心、赞美和羡慕的复杂感情。

我早在巴黎时就听说，马亚尔先生的这家精神病院实施的是法国人所称的“安抚疗法”——所有的惩罚一概废除，甚至连拘束也很少采用，病人虽然暗中受到监护，但任其充分享有表面上的自由。他们大多数都被允许在房前屋后散步，并像正常人一样穿着打扮。

带着这些先入为主的印象，我在那位年轻女士跟前说话格外小心，因为我不能确信她是否有健全的神志；事实上，她眼中有一种不安的异彩，使我多少推测她神志并不正常。于是，我把交谈限制在一般话题上，限制在我认为即便一名精神病患者也不会感到不快或引起激动的那种话题上。她以一种完全合乎情理的方式对我所说的一切应答如流，甚至她独到的见解也显示出最健全的辨别力。但我长期积累的关于癫狂心理学的知识，早已教会我别相信这种神志健全的迹象，所以在整个交谈中，我始终保持着开始的那种小心谨慎。

不一会儿，一名身着制服的健壮男仆端进来一个托盘，盘中有水果、葡萄酒和其他饮料及点心。和我们一道用过茶点之后，那位女士很快就离开了客厅。她一走，我就向主人投去询问的目光。

"哦，不！"主人说，"她是我家里人，是我的侄女，而且是一位多才多艺的女人。"

"请务必饶恕我这般猜疑，"我回话道，"可你当然应该知道我为何请你原谅。你这儿的出色管理在巴黎知者甚众，因此我认为这很可能，你知道——"

"哦，我知道，请别再说了，认真说来，应该是我向你表示感谢，感谢你刚才那番值得称赞的谨慎。我们很少发现有年轻人考虑问题如此周到；而正因为我们的一些参观者考虑不周，不幸的意外事故不止一次地发生。当我原来的方法还在施行的时候，我的病人被允许任意在周围漫步，那时一些轻率的来访者常常引发他们危险的癫狂。因此，我不得不实施一种严厉的封闭法，凡是我信不过其谨慎者，均不得进入这家病院。"

"当你原来的方法施行时！"我重复着他的话问，"那么，你是说，我曾听那么多人提及的那种'安抚疗法'已不再实施？"

"几个星期以前，"他答道，"我们已决定永远废弃那种方法。"

"什么？你真让我感到惊讶！"

"先生，"他叹了一口气说，"我们发现恢复旧有的惯例绝对必要。安抚疗法的危险性在任何时候都骇人听闻，而它的有利之处一直被估计得过高。我认为，先生，如果说这种方法经过什么尝试，那它已经在这所病院接受了一次公正的检验。我们曾采用过有理性的人们提出的每一项建议。我真遗憾你未能早一点前来参观，因为那样你就可以自己加以评判。不过，我相信你熟悉安抚疗法，包括其细节。"

"未必尽然，我所知道的都是道听途说。"

"那么，我可以告诉你，安抚疗法大体上就是一种迁就纵容病人的方法。我们从不反驳病人脑子里冒出的荒唐念头，相反，我们对这些奇思异想不仅迁就，而且鼓励。我们有许多最持久的治愈效果就是这样达到的，最能作用于精神病患者脆弱的理性之论证方法，莫过于归谬法。譬如，我们有一些病人幻想他们自己是鸡。其治疗方法就是坚持认为他们的幻想是事实，并责备他们太愚蠢以至未能对这一事实充分领悟，从而在一个星期内除了鸡饲料，拒绝让他们吃别的东西。以这种方法，少许谷料和沙砾就可以创造奇迹。”

“可是，这种迁就就是安抚的全部吗？”

“当然不是。我们深信一些简单的娱乐活动，诸如音乐、舞蹈、一般的体育锻炼、纸牌、某些书籍等等。我们对待每一位病人都装作是在为他们治疗某种普通的身体疾病，‘精神病’这个字眼我们从不使用。关键的一点，是让每一位精神病患者监视其他所有病人的行为。信任一名精神病患者的理解能力或判断能力，便可赢得他的整个身心。这样，我们还能节省一大笔雇用护理人员的开支。”

“你们那时不施行任何惩罚？”

“对。”

“你们从不拘禁你们的病人？”

“很少那样做。偶尔有某位病人病情危急，或疯狂劲突然发作，我们便将其送进秘密病房，以免他的疯狂影响到其他病人。待他情况有所好转，我们才放他回到他朋友中间，因为对这种发狂的病人，我们没有别的办法。他通常会被转移到公立医院。”

“而你现在改变了这一切。你是想改善？”

“的确如此。那种方法有弊端，甚至有危险。幸运的是，它如今已在法国所有的精神病院中被废除。”

“我对你所说的感到非常诧异，”我说，“因为我确信，眼下这个国家的任何地方，都没有其他治疗精神病的方法。”

“你还年轻，我的朋友，”我的主人答道，“不过，你总有一天会学会自己评判这世间发生的一切，而不去相信别人的闲言。对你所耳闻的一概不信，对你所目睹的也只信一半。至于说到我们的私立精神病院，显然是有位冒充博学的白痴给了你错误的印象。等晚餐之后，待你从旅途劳顿中恢复过来，我将乐于领你参观这家病院，向你介绍一种新的疗法。在我看来，在每个目睹过其运作的人看来，这都是一种迄今为止所发明的最不可比拟、最行之有效的方法。”

“你自己的方法？”我问，“是你自己的一项发明？”

“我很自豪地承认，”他回答，“是我的发明，至少有一部分是。”

就这样，我和马亚尔先生交谈了一两个小时，交谈中，他领我参观了院内的花园和温室。

“我现在还不能让你见我的病人。”他说，“对一个敏感的人来说，这样的参观通常多少都会令他感到震惊，而我并不想败了你晚餐的胃口。我们将举行宴会。我要让你尝尝梅勒沃尔特小牛肉，加上酱汁花椰菜，然后再来一杯伏涅沃葡萄酒，这样，你的神经就会足够镇定了。”

六点钟时，主人宣布晚宴开始。主人把我引入一个宽敞的饭厅，那儿已经聚了不少客人，总数有二十五或者三十。他们看上去都是有身份的人，肯定都有很高的教养，尽管我认为他们的服装过分华丽，多少有几分旧时宫廷中过于虚饰浮夸的意味。我注意到，这些客人至少有三分之二是女士。她们中有些人的穿戴绝不会被当今巴黎人认为得体，比如说有好些年龄不会低于七十岁的老太太都戴着大量珠宝首饰，诸如戒指、手镯和耳环之类，衣着也极不体面地袒胸露臂。我还注意到，几乎没有哪身衣裙称得上制作精良，或至少说几乎没有哪身衣裙让它的主人穿起来合身。这么张望之时，我发现了马亚尔先生在小客厅里向我介绍过的那位有趣的姑娘。可我看到她的那身打扮时，不由得大吃一惊。她身穿一条内有鲸骨环的裙子，脚蹬一双高跟皮鞋，而且头戴一顶脏兮兮的布鲁塞尔花边帽。那顶帽子太大，显得她那张脸小得滑稽可笑。而我第一次看见她时，她穿着一身非常合体的丧服。总而言之，那些人的穿着有一种古怪的意味，这又使我想到了“安抚疗法”，并以为马亚尔先生是有意在蒙我，为的是不让我因为发现与精神病患者同桌进餐而感到不自在。随后，我记起在巴黎时曾听人说过，南方的这些外省人行为异常古怪，还保留着许多过时的观念。接着，我同他们中的几个人略一交谈，心中的疑虑马上就完全消除了。

尽管那饭厅本身也许已足够舒适宽敞，却没有任何过分优雅之处，譬如说地板上没铺地毯，不过在法国，地毯常常并非必不可少。还有窗户也没挂窗帘，紧闭着的窗板上装有安全铁条，像一般商店窗户上的铁条一样排成斜行。我注意到，饭厅实际上是别墅的一个侧厅，所以这个平行四边形的三面墙上都开有窗户，门开在另一面墙上。三面墙上至少有十扇窗户。

餐桌上的摆设极为壮观，堆满了各式餐具和几乎堆不下的各种菜肴。食物之多绝对达到了野蛮人的地步。单是肉类，就足够亚衲族人[①]饱餐一顿。我一生从未见过如此奢侈、如此浪费地消受生活之精品。然而，各种安排显得没有多少情趣。数不清的蜡烛发出的强光，使我习惯柔和光线的眼睛感到极不舒服，那些插在银烛台上的蜡烛，摆满了餐桌和整个饭厅里凡是能摆下的地方。有几位手脚麻利的仆人在席间服侍；在饭厅尽头的一张大桌子上，坐着七八个摆弄提琴、横笛、长号和铜鼓的家伙。这些家伙在晚宴上使我非常烦恼，因为他们不时怀着奏出音乐的意图，十分卖力地制造出一种无限变化的噪声，这种噪声似乎为其他所有人都带来了极大的快乐。

总之，我当时禁不住认为我所看见的每一件事都很古怪，但这个世界毕竟是由形形色色的人、各式各样的思想和千差万别的风俗习惯所组成，而且我已经到过许多地方，早已成了对任何事都能漠然视之的过来人。所以，我镇定自若地坐在主人的右首，津津有味地品尝着摆在我面前的美酒佳肴。

席间的谈话轻松活泼而且包罗万象。女士们像通常一样说个没完。我很快就发现几乎所有人都受过很好的教育，而我和善的主人则有一肚子的奇闻逸事。他似乎很乐意谈起他作为一家私立疯人院院长的身份。而令我不胜惊奇的是，“精神病”这个话题实际上最为全体客人所津津乐道。他们就精神病患者的怪念头讲了许多引人发笑的故事。

“我们这儿曾经有个家伙，”坐在我右边的一位小个子胖先生讲道，“一个认为自己是把茶壶的家伙。顺便说一句，这个怪念头那么经常地钻进精神病患者的脑袋，这难道不是特别奇怪吗？法国几乎没有一家疯人院不能提出一把这样的人

①《圣经·旧约》中记载的在希伯来人之前居住在巴勒斯坦南部的巨人族。——译者注

茶壶。我们的这位先生是一把不列颠合金壶，他每天早晨都要用鹿皮和铅粉拭擦自己的身子。”

“后来，”正对面的一位高个子男人说，“就在不久以前，我们这儿有个家伙以为自己是一头驴，从比喻的意义上讲，你们可以说他是名副其实。他是个麻烦的病人，我们费尽力气才把他管住。有很长一段时间，他除了大蓟草什么也不吃，不过凭着坚持让他只吃大蓟草，他这种怪癖很快就被治愈。后来他又老是踢他的脚后跟，就这样踢——这样踢——”

“德科克先生！请你放规矩一点！”这时，坐在说话者旁边的一位老女士打断了他的话，“请收好你的腿！你踢脏了我的缎袍！请问，有必要这样蹬脚踢腿地来加以说明吗？我们这位朋友用不着你的示范表演，也肯定能听懂你的意思。老实说，你差不多就和你讲的那个倒霉家伙一样像头驴。你表演得的确非常逼真。”

“对不起！小姐！”德科克先生这样称呼并答话，“请原谅！我并无冒犯之意。拉普拉斯小姐，德科克先生为表示敬意而邀你共饮一杯。”

说到这儿，德科克先生深深地鞠了一躬，用非常正式的礼仪飞了一个吻，然后与拉普拉斯小姐互相祝酒。

“现在，我的朋友，”这时马亚尔先生对我说，“请允许我把这块梅勒沃尔特小牛肉放在你的盘子里，你会发现它异常鲜美。”

他说话时，三名健壮的仆人早已在桌上稳稳地放下了一只巨大的盘子，或者说是木盆，开始我以为盆中盛的就是维吉尔在《伊尼德》中描述的那种“可怕的、变形的、巨大的瞎眼怪物”。但定睛细看之后，我确信那只是一整头烤熟的小牛，烤牛犊跪在盆中，嘴里塞着个苹果，就像英国人烤全兔一样。

“谢谢！可我不要，”我回答，“说实话，我并不特别喜欢这种——叫什么来着？这种什么尔特小牛肉，因为我觉得它不完全对我的胃口。不过，我愿意换只盘子，尝尝兔子肉。”

桌上有好几只小盘子，所盛之物看上去像是一般的法国野兔。我可以向读者推荐，那是一种美味佳肴。

“皮埃尔，”主人唤道，“换掉这位先生的盘子，并给他一块猫兔肉。”

“什么肉？”我问。

“猫兔肉。”

“哦，谢谢！我想，我还是不尝为好。我情愿自己动手来点火腿。”

我心中暗想，真不知道这些外省人吃些什么东西。我不会尝他们的猫兔肉，就此而言，也不会尝他们的兔猫肉。

“后来，”坐在餐桌末端的一位形容枯槁的人拾起了刚才被打断的话头，“后来，在各种各样的怪念头中，我们曾有过一位顽固地坚信自己是一块科尔多尔乳酪的病人。他手持一把小刀东游西逛，死乞白赖地求他的朋友们从他腿上切下一小片尝尝。”

“他毫无疑问是个大傻瓜，”有人插了进来，“但他不能同另一个傻瓜相比。除了这位陌生的先生，我们在座的诸位都认识那个傻瓜。我说的是那个以为自己是瓶香槟酒的白痴，他嘴里总是发出呼哧呼哧的声音，就像这样。”

说到这儿，那人以一种我认为相当粗鄙的动作，把他的右手拇指顶在左腮帮上，随之往后一抽，发出“砰”的一声像开瓶塞的声音，然后他凭着舌头在齿间灵巧的振动，模仿出一阵香槟冒泡的嗞嗞声，声音延续了好几分钟。我清楚地看到马亚尔先生并不很喜欢这番举动，但他一声没吭。这时，话头被一位长得又瘦又小却戴着很大一头假发的人接了过去。

“后来这里有过一位笨蛋，”他说，“他把自己误认为是一只青蛙。顺便说一句，他的确很像。你要是见过他就好了，先生，”这时说话人对我说道，“看他表演那种天生的技艺，对你的心脏会有好处。先生，如果那个人不是一只青蛙，那我只能说真遗憾他不是青蛙。他叫出的呱呱呱——呱呱呱的声音，真是天底下最美妙的音调，降B调。当他像这样把胳膊肘撑在桌上，在喝过一两杯酒后，当他像这样鼓起嘴巴，像这样瞪圆眼睛，并像这样飞快地眨动，哦，先生，我敢说，我敢肯定地说，你一定会陶醉于赞美此人的天才。”

“我对此深信不疑。”我说。

“而后来，”另一个人说，“后来就是珀蒂·加亚尔，他以为自己是一撮鼻烟，并因为不能将自己捏在两指之间而大为苦恼。”

“后来有位朱尔·德苏利埃，他真是一个非常奇特的天才，并疯狂地想象自己是一个南瓜。他硬要厨师把他做成南瓜馅饼，这个要求被厨师断然拒绝。在我看来，我绝不相信用德苏利埃做成的南瓜馅饼，竟然不会是一种非常可口的食品！”

“你真让我吃惊！”我说着，并向马亚尔先生投去狐疑的目光。

“哈！哈！哈！嘿！嘿！嘿！嘻！嘻！嘻！呵！呵！呵！呼！呼！呼！”那位绅士大笑一阵之后说，“真是太妙了！你千万别感到吃惊，我的客人。我们这位朋友是个才子、一个怪杰，你断然不可按字面意思去理解他的话。”

“后来，”席间另一个人说，“后来有位布封·勒格朗，又一位自有其异处的人物。他因失恋而精神失常，并幻想自己长有两个脑袋。他坚持认为其中一个是西塞罗的头颅，而另一个则是颗合成脑瓜。从脑门子到嘴巴是德摩斯梯尼的，而从嘴巴到下巴则是布鲁厄姆勋爵的，他完全大错特错也并非没有可能，但他可以让你信服他是对的，因为他是一个伟大的雄辩家。他对演说有一种绝对的热情，老是忍不住即兴演说。比如，他过去常常跳上餐桌，就这样跳——”

这时，坐在说话人旁边的一位朋友伸手摁住他的肩头，并凑在他耳边嘀咕了几句。他随之戛然止住话音，颓然地坐回他的那把椅子。

“后来，”刚才嘀咕的那位朋友说，“有过一位手转陀螺布拉尔。我把他称为手转陀螺，因为他实际上冒出了这个既滑稽又并不完全荒谬的怪念头，认为自己早已被变成了一个手转陀螺。你们要是看见他旋转，肯定都会哈哈大笑。他可以单腿旋转一小时，就这个样子，这样——”

这下，刚才被嘀咕打断的那位朋友也如法炮制地履行了他的职责。

“但是，”一位老女士用她最高的嗓门嚷道，“你那位布拉尔先生是个疯子，而且充其量是个愚不可及的疯子。因为，请允许我问你，谁听说过人会是手转陀螺？这事真是荒谬绝伦。正如你们所知，快乐夫人就更懂事理。她有个怪念头，但那怪念头充满了常识，并为所有有幸认识她的人带来快乐。她在周密的深思熟虑中，偶然发现她已经被变成了小公鸡，但作为一只小公鸡，她举止得体。她以惊人的速度拍动翅膀，就这样——这样——这样，至于她的啼鸣，那可真美妙！喔喔喔——喔喔喔——喔喔喔——喔——喔——喔——”

“快乐夫人，我请你放规矩点！”这时我们的主人非常生气地打断了那阵鸡叫，“你要么举止行为像一位有教养的女士，要么就马上离开桌边，这由你选择。”

那位女士（在听她讲了快乐夫人的故事之后，又听到她被称为快乐夫人，我感到万分惊讶），她的脸一下子红到了眉毛，好像因为受到申斥而感到无地自容。她耷拉下脑袋，一句也没申辩。但另一位年轻女士接过了话头，她就是我在小客厅见过的那位漂亮姑娘。

“哦，快乐夫人曾是个白痴！”她大声说，“不过在欧仁妮·萨尔沙菲德的想法中，毕竟真有健全的意识。她是个非常漂亮而且端庄淑静的年轻女士，她认为普通的衣着方式有失体统，并总想把自己穿在衣服外面，而不是穿在衣服里面，这毕竟是一件很容易做到的事。你只消这样——然后这样——这样——这样——然后再这样——这样——这样——然后——”

“天哪！萨尔沙菲德小姐！”十来个声音同时惊呼，“你要干什么？住手！够了！我们已看清了是怎么回事！住手！住手！”好几个人已经从座位上跳起，打算去制止萨尔沙菲德小姐扮演美第奇家族那尊裸体双臂的维纳斯雕像。正在这时，那位姑娘的行为非常突然而有效地被一阵喧嚷的尖叫声或喊叫声制止，那阵声音从别墅的主体部分传来。

这些呐喊声固然使我非常紧张，但我真可怜席间其他的人。我一生中还从未见过一群人被吓得如此魂不附体。他们一个个全都面如死灰，一个劲地畏缩在椅子里，浑身哆嗦，牙齿打战，惊恐万状地倾听喊叫声的重复。声音再次传来，更响而且显得更近，接着是第三阵，听起来很大声，然后听见第四阵，其势头明显减弱。随着喊叫声明白无误地消失，饭厅里那群人顿时收魂定魄，一个个又像先前一样精神十足、谈笑风生。于是，我不揣冒昧地询问这场恐慌的缘由。

“不过小事一桩，”马亚尔先生说，“这种事我们都习以为常，实际上并不真正在意。精神病患者时而会发出一阵集体号叫，一个传一个，就像有时夜里一声犬吠引起一群狗叫。不过，偶尔这种集体号叫之后，同时也伴随着逃跑的努力。当然，遇到这种时候，就多少有点危险可担忧。”

“你现在有多少病人？”

“眼下我们不多不少共有十个。”

“我想，大多是女人？”

“哦，不，我可以肯定地告诉你，他们全都是男人，而且个个身强力壮。”

“什么？我听说精神病患者大都是女性。”

“通常如此，但并非总是这样。不久前这里有二十七名患者，而他们中至少有十八个女人。如你所见，最近情况已有很大变化。”

“对，如你所见，已有很大变化。”这时，那位踢过拉普拉斯小姐小腿的先生插嘴道。

“对，如你所见，已有很大变化。”席间所有人齐声重复。

“闭嘴，通通闭嘴！”我的主人愤然作色道。这下整个饭厅顿时鸦雀无声，死一般的寂静差不多延续了一分钟。有一位女士按字面意思理解马亚尔先生的命令[①]，顺从地伸出她其长无比的舌头，并用双手将其抓住，直到宴会结束才松开。

“这位女士，”我把身子俯向马亚尔先生，低声对他说，“这位规规矩矩的女士，就是刚才发过言并给我们学喔喔喔的这位。我想，她不会伤人，完全不会伤人，嗯？”

“不会伤人！”马亚尔先生以一种绝非假装的惊讶失声道，“哎哟！你这是什么意思？”

“只是稍稍受了点损伤。”我说着用手指了指我的头，“我敢说，她的病并不严重，并不危险，嗯？”

“天哪！看你想到哪儿去啦！这位女士，我的老朋友快乐夫人，她的神志和我一样完全正常。诚然她有些小小的怪癖，可你知道，所有上了年纪的女人、所有的老太太，都或多或少有那么点古怪！”

“当然，当然，”我说，“那么其他的这些女士和先生——”

“都是我的朋友和护理人员，”马亚尔先生打断我的话，骄傲地挺直了身子说道，“都是我的好朋友和好帮手。”

---

① 此处“闭嘴”的英文是“Hold your tongues”，字面意思为“抓住你的舌头”。——译者注

"什么？全都是？"我问，"包括那些女人？"

"的确如此，"他说，"我们压根儿就不能没有女人。她们是世界上最好的精神病护士，她们自有她们的护理方法，她们明亮的目光有一种神奇的效果。你知道，那多少有点像蛇的魅力。"

"当然，当然！"我说，"她们的行为有点古怪，是不是？她们显得有点异常，是不是？难道你不这么认为？"

"古怪！异常！哎哟，你真这么以为？诚然，我们南方人不那么一本正经，举止言谈太随心所欲，享受生活和生活之类的一切，你知道——"

"当然，"我说，"当然。"

"那么，也许这伏涅沃葡萄酒有点上头，你知道——有点劲大，你明白，嗯？"

"当然，当然，"我说，"顺便问一句，先生，你是不是说，你现在用来取代安抚疗法的方法，是一种非常严厉的方法？"

"当然不是。虽说我们对病人实行了必要的封闭式限制，但我们的处理，我是说医疗处理，还是挺适合病人的。"

"这种新方法是你自己的发明？"

"不完全是。其中某些部分可归之于塔尔教授。你当然听人说过他。另外，我乐于承认，我这个方法中的某些改进，按其绝对权利当属于著名的费瑟尔教授。如果我没弄错的话，你非常荣幸地和他是老熟人。"

"非常惭愧，"我答道，"坦白地说，我甚至连这两位先生的大名都不曾听说过。"

"天哪！"我的主人突然往椅背上一靠，高举起双手，失声惊呼，"我肯定是听错了！你该不是说，你既没有听说过学识渊博的塔尔博士，也没有听说过闻名遐迩的费瑟尔教授？"

"我不得不承认我孤陋寡闻，"我回答，"但事实毕竟不容改变。然而令我无地自容的是，我竟然没读到过这两位先生的大作，毫无疑问他们都是非凡的人物。我将尽快找到他们的著作，并认认真真地仔细拜读。马亚尔先生，你真的，我必须承认这点，你真的让我为自己感到羞愧！”

我说的是实话。

“别说了，我年轻的朋友，”他和蔼地摁住我的手说，“现在请与我共饮一杯索泰尔纳白葡萄酒。”

我俩举杯共饮。其他人也学我们的样，毫无节制地喝起酒来。他们聒噪不休，他们斗嘴戏谑，他们纵声大笑，他们胡诌出上千个荒唐故事。提琴吱吱，铜鼓咚咚，长号就像无数法拉里斯的铜牛[①]发出阵阵刺耳的吼声。整个饭厅越来越乌烟瘴气，最后当葡萄酒泛滥成灾，饭厅则成了一座群魔乱舞的地狱。与此同时，马亚尔先生和我隔着一堆索泰尔纳和伏涅沃葡萄酒瓶，用最高的嗓门继续交谈。当时用一般声调说话根本就没法听见，就像在尼亚加拉大瀑布水下，鱼跃声无法被听见一样。

“先生，”我冲着他的耳朵尖声嚷道，“你晚餐前提到过一件事，关于安抚疗法招致危险。怎么会那样呢？”

“是的，”他回答道，“偶尔的确非常危险。精神病患者之反复无常不尽详述。依我之见，塔尔博士和费瑟尔教授也这样认为，不加管束地让他们自由行动绝非谨慎之举。一名精神病患者也许可以像所谓的那样被‘安抚’一时，但到最后，他很容易变得难以驾驭。况且他的诡诈也人所共知，并且超乎寻常。如果他心里有一个企图，他会以一种令人难以置信的智慧来加以掩饰。而他假装神志正常的那种机敏，则向心理学家们提出了一个精神研究方面的最奇怪的问题。实际上，当一名精神病患者看上去神志完全正常之际，那正是该给他穿上拘束衣之时。”

“可是，我亲爱的先生，就你所谈论的那种危险，以你自己的经验，在你管理这座病院期间，你是否有实际上的理由认为，对精神病患者来说，自由就是危险？”

“在这儿？以我自己的经验？我当然可以说是的。譬如，并不太久以前，就在这家病院里发生了一起非常事件。你知道，当时正实行‘安抚疗法’，病人们都

① 法拉里斯，公元前六世纪统治西西里岛阿格里真托地方的希腊暴君。他常置人于一铜牛内活活烤死，受害人的惨叫声如牛吼。——译者注

能自由行动。他们当时表现得异常规矩，格外循规蹈矩，说不定任何有常识的人都能看出，某种可怕的阴谋正在这异乎寻常的循规蹈矩中酝酿成熟。果不其然，在一个晴朗的早晨，管理人员发现他们自己被捆住了手脚，被关进了秘密病房，被精神病患者们当作精神病患者来护理，而那些精神病患者已篡夺了他们的管理位置。”

“此事当真？我这辈子还从来没听说过这么荒唐的事！”

“千真万确。这一切的发生都依靠一个愚蠢的家伙，一名精神病患者，他不知怎么想到了这样一个念头，认为他发明了一种比以前任何方法都好的管理方法，我是说管理精神病人的方法。我想，他是希望用他的发明来进行一次试验，于是，他说服其他病人参加了他推翻管理机构的阴谋。”

“他真的得逞了吗？”

“这自不待言。管理者和被管理者很快就交换了位置。说交换也不完全准确，因为原来病人是自由的，但现在管理者马上就被关进了秘密病房，而且我得遗憾地说，他们受到了很不客气的对待。”

“但我敢说，马上就会有一个迎头痛击。那种状况不可能长久存在，周围的乡下人和远道而来的参观者都会发出警报。”

“这你就错了。那个老奸巨猾的反叛者首领对此早有防范。他对所有的来访者一概拒绝，只有一个例外，一天来了位看上去傻乎乎的青年绅士，那位首领没有任何理由对他感到担心，他允许他进来参观这个地方，只是为了有点变化，为了拿他取乐。一旦他把那个青年捉弄够了之后，便把他撵出病院。”

“那么，这些疯子统治了多久呢？”

“哦，好长一段时间，真的，肯定有一个月，但具体有多久我说不上来。在那段时间，精神病患者们过得非常快活，你可以坚信这点。他们脱掉了身上不体面的衣服，随心所欲地穿戴上了家常的服装首饰。这座别墅的地窖里堆满了酒，而这些疯子喝起酒来简直像一群魔鬼。他们过得很快活。我可以肯定地说。”

“那么，治疗呢？那个反叛者首领实行的是什么样的一种特殊疗法呢？”

“当然，说到这一点，正如我已经说过的一样，一名精神病患者未必就是白痴。而我真的认为他的疗法比被其取代的疗法要好得多。那真是一种第一流的方法，简单，易行，一点不麻烦，实际上很有趣，那是——"

这时，主人的谈话被另一阵呐喊声打断，这阵呐喊同先前令我们惊慌失措的那阵是一种声音，但听起来似乎是由一群正迅速接近饭厅的人发出的。

"天哪！"我不由自主地叫出，"这肯定是精神病人逃出来了。"

"恐怕真是那么回事。"马亚尔先生此时脸色变得煞白。他话音未落，一阵响亮的呐喊声和咒骂声从窗口处传来，接着事情就变得清楚了，外面有些人正力图进入饭厅。饭厅的门好像在被一个大铁锤撞击，窗户上的铁条被巨大的力量拧弯并摇动。

饭厅里陷入了一种最可怕的混乱。最令我吃惊的是，马亚尔先生钻到了一个餐具柜下边，而我本指望他能坚决果敢。那些乐队成员在刚才最后十五分钟里似乎是因为喝得太醉而未能尽其本分，现在都一跃而起抓住他们的乐器，纷纷爬上他们那张桌子，突然一齐奏起了《扬基歌》。如果说他们的演奏并不完全合调，但至少也尽了一种非凡的努力，在整个骚乱期间，他们一直没有停止演奏。

与此同时，那位先前费了好大劲才忍住没跳上桌子的先生终于跳上了餐桌，站到了酒瓶之间。他刚一站稳脚跟，就开始了一场演说，那演说毫无疑问非常精彩，如果它能够被听见的话。在这同一时刻，那个有陀螺偏执狂的人开始在饭厅里旋转起来，他将其双臂展开与身体成直角，以至他具有了一只陀螺的全部风采，并把碰巧进入他旋转轨道的人通通撞倒在地。此时，我还听到一阵令人难以置信的开香槟酒瓶的砰砰嗞嗞声，最后我发现这声音是由那个在席间表演过香槟酒瓶的家伙发出的。随后那个青蛙人也呱呱呱地叫了起来，仿佛他灵魂之拯救就依靠他叫出的每一声。而在这一切之中，一头驴连续不断的嘶鸣声显得最突出。至于我的老朋友快乐夫人，我当时真的为那可怜的女士叹息，她看上去是那么不知所措。不过，她所做的一切就是站在壁炉边一个角落，扯着嗓子不断地高唱"喔喔——喔"！

随后高潮来临——那幕悲剧的收场。由于除了惊呼呐喊和喔喔喔，外面那伙人的侵犯没遭到任何抵抗，十扇窗户很快并且几乎是同时被撞破。可我永远都忘不了我当时的那种惊诧和恐惧，因为当入侵之敌从窗口跳进室内乱七八糟、手舞足蹈、乱抓乱踢、鬼哭狼嚎的人堆里时，我以为看见了一群猩猩、巨猿，或来自好望角的又大又黑的狒狒。

我挨了重重的一击，随之滚到了一张沙发下边并一动不动地躺在那里。我躺在那里侧耳倾听室内发生的一切，在十五分钟之后，我终于满意地知道了这场悲剧的来龙去脉。情况似乎是这样的，马亚尔先生在给我讲那位煽动病友造反的精神病患者之时，实际上是在讲他自己的故事。这位先生两三年前的确是这家疯人院的院长，但后来精神失常，变成了一名病人。把我介绍给他的我的那位旅伴并不知道这个事实。十名管理人员被突然制伏之后，先是浑身被涂满柏油，接着又被仔细地粘上羽毛，然后被关进了地下的秘密病房。他们在那儿被囚禁了一个多月，其间马亚尔先生不仅慷慨地给予他们柏油和羽毛（柏油和羽毛构成了他的“疗法”），而且给他们一点面包和大量的水，水是通过一条水道抽给他们的。最后，他们中的一位从水道逃出，并让其他人获得了自由。

经过重要改进的“安抚疗法”已经在那家病院恢复。然而我不禁赞同马亚尔先生，他的“疗法”是此类疗法中第一流的方法。正如他言之有理的评述，那方法“简单，易行，一点不麻烦，一点也不”。

但我必须补充一点，尽管我一直在欧洲的每一家图书馆里搜寻，想找到塔尔博士和费瑟尔教授[①]的著作，可时至今日，我仍然是白费力气，连一本都没找到。

① “塔尔”（Tarr）近似英文“柏油”（tar）的读音及拼写，“费瑟尔”（Fether）之读音及拼写则与“羽毛”（feather）相近。——译者注

Edgar Allan Poe Complete Tales

催眠启示录

不管什么样的疑云还笼罩着催眠原理，其触目惊心的事实现在已几乎为世人所公认。对这些事实仍持怀疑态度者，便是你们所谓的职业怀疑家——一群无利可图且声名狼藉的家伙。在当今之日，对时间最大的浪费，莫过于企图去证实如下事实：人，仅仅凭着意志的运用，就可以对他的伙伴施加如此深的影响，以至使其进入一种异常状态，这种状态之现象非常类似于死亡，或至少比我们所知的任何其他正常状态之现象，都更类似于死亡现象。在这种状态下，被影响者只能起初费力然后便无力地运用其外部感觉器官，然而，凭借一种敏锐而精确的知觉，通过一些假定尚不为人知的渠道，他能感知到超越生理器官感知范围的事情，更有甚者，他的智能会惊人地得到升华和加强，他与施加影响者之间的交感会深不可测；最后，他对那种影响的敏感性会随着次数的增加而增加，而与之成正比，由此产生的那种特异现象也会越发持久，越发显著。

就其一般特征而言，这些便是催眠之规律，而如我刚才所说，这些都无须加以论证，我今天也不会把一番如此毫无必要的论证强加给我的读者。其实我眼下所抱有的是一个截然不同的目的。纵然面对铺天盖地的偏见，我也迫不得已要不加评论地详细披露一次对话的惊人内容，这次对话发生在我自己与一名被催眠者之间。

我早已习惯于对此人（凡柯克先生）施行催眠，通常的那种敏感性和催眠知觉的升华也早已产生。好几个月以来，他一直受晚期肺结核的折磨，而该痼疾所带来的大部分痛苦也一直被我的催眠术减轻了。本月十五日星期三晚上，我被请到了他的床边。

病人当时正感到心口剧痛，呼吸困难，呈现出气喘病通常表现出的全部症状。平时遇上这病发作，他一般可用作用于神经中枢的芥子粉加以解除，但那天晚上，此法一直不见效。

我走进他的房间时，他高兴地微笑着向我致意，尽管他肉体上的巨大痛苦显而易见，但看上去他的精神非常安然。

“我今晚把你请来，”他说，“与其说是为了减轻我肉体上的痛苦，倒不如说是为了消除我精神上的某些印象，这些印象近来一直使我深感焦虑和惊诧。我用不着告诉你，我对‘灵魂不朽’这个题目一直是怎样的怀疑。我不能否认，似乎就在这一直所否认的那个灵魂中，总是存在着一种朦朦胧胧的不完全的感受——灵魂自身存在。但这种不完全的感受从来也没有变成确信。我的理性与此无关。实际上，所有合乎逻辑的探究尝试结果都留给我更多的怀疑。我一直被劝说研究一下库辛[①]。我不仅研究了库辛本人的著述，还研究了他在欧洲和美国的追随者们的大作。比如说布朗森先生[②]的《查尔斯·埃尔伍德》就曾放在我手边。我全神贯注地研读过该书。我发现它整体上合乎逻辑，但其中不尽然合乎逻辑的若干部分，偏巧正是该书那位缺乏信仰的主人公最初的那些论证。在我看来非常明显，那位推理者的结论甚至连他自己都不能信服。他结尾时显然已忘了其初衷，就像那个特林库洛政府一样。总之，我不久就悟出，如果人类想从理性上确信其自身的不朽，那这种信念绝不会从长期以来流行的那些英国、法国和德国的道学家的抽象观念中得以建立。抽象观念可娱乐并训练心灵，但不会占据心灵。我相信，至少在这个世界，哲学将永远徒然地号召我们把抽象的质视为具体的物。意志也许会

① 维克托·库辛（1792—1867），当时著名的法国哲学家。——译者注

② 奥雷斯特斯·布朗森（1803—1876），美国教士及作家，曾先后加入过长老会、宇宙神教、唯一神教及罗马天主教。——译者注

赞同，但灵魂——智能绝不会。

“那么我再说一遍，我只是不完全地感觉，而从来没有从理性上相信。但最近以来这种感觉多少有所加深，直到它变得几乎像理性的默认，以至于我发现很难对两者进行区别。我还能清楚地把这种结果归因于催眠的影响。要解释这句话的意思，我只能凭这样一种假设，催眠之升华作用使我能够领悟在那种异常状态下令我信服的一系列推理，而那种完全合乎催眠现象的推理除了通过其结果，并不延及我的正常状态。在催眠状态下，推理及其结论——原因及其结果——都同时出现。在我的正常状态中，原因消失，只剩结果，而且也许只剩部分结果。

“这些考虑使我想到，若是在我被催眠的时候向我提出一系列引导得当的问题，那也许会产生某些好的结果。你常常观察到被催眠者所表明的那种深奥的自知——他在所有与催眠状态有关的问题上所表现出来的广博的知识，而一次恰当的回答，也许可以从这种自知中推演出某些暗示。”

我当然同意进行这次实验。几个手势动作就让凡柯克先生进入了催眠状态。他的呼吸立刻变得比刚才轻松，他似乎不再遭受肉体上的痛苦。随后就产生了以下对话：——V 在对话中代表凡柯克先生，P 则代表我自己。

P：你睡着了吗？

V：是的——不。我宁愿睡得更熟一些。

P：（又做了几个手势之后）你现在睡熟了吗？

V：是的。

P：你认为你现在的病结果会怎样？

V：（经过长时间的犹豫而且似乎回答得很吃力）我肯定会死。

P：死的念头使你苦恼吗？

V：（非常快地）不——不！

P：你对这种预见感到高兴吗？

V：如果我醒着，我会喜欢死亡，可现在这无关紧要。催眠状况与死亡那么相近，这使我感到满足。

P：我希望你能解释明白，凡柯克先生。

V：我很乐意解释，但我感觉到我力所不能及。你的问题提得不恰当。

P：那我应该问些什么？

V：你必须从起点开始。

P：起点！可哪儿是起点？

V：你知道，起点就是上帝。（说这句话时，以一种低沉而波动的声调，并带有各种无限崇拜的迹象。）

P：那何为上帝？

V：（犹豫了好几分钟）我说不上来。

P：上帝不是精神吗？

V：我醒着的时候，知道你说“精神”是什么意思，但现在它似乎只是一个字眼——譬如真、美，我是说一种性质。

P：上帝不是非物质的吗？

V：没有什么非物质——那只是一个字眼。不为物质者什么也不是，除非性质即物质。

P：那么，上帝是物质的吗？

V：不。（这回答使我大吃一惊。）

P：那他是什么？

V：（久久不语，然后喃喃说道）我明白了，但这事难以言传（又是久久不语）。他不是精神，因为他存在。他也不是物质，不是你所理解的物质。但物质有人类一无所知的各种等级，粗糙者促成精良者，精良者弥漫于粗糙者。譬如，大气驱动电气原理，而电气原理则弥漫于大气。这些物质等级的粗糙或精细逐渐递增，直到我们得出一种无粒子物质——没有基本粒子——不可分——一体。推动和弥漫的法则在此被改变。这种终极物质，或者说无粒子物质，不仅弥漫于万事万物，而且促成万事万物——这样万事万物都尽在其中。这种物质就是上帝。人们试图用“思想”一词使之具体化者，便是运动中的这种物质。

P：形而上学家们坚持认为，所有行为均可还原成运动和思想，而后者乃前者之因。

V：有了。我现在已看出这种概念之混淆。运动是精神行为——不是思想行为。那种无粒子物质，或曰上帝，在其静止之时便是人们所谓的精神（这与我们能够想象的相近似）。自动力（实际上相当于人的意志）在无粒子物质中便是其一体性和无所不及性之结果。我不知道为何如此，而且我现在清楚地看出我将永远不得而知。但是，被存在于自身的一种法或一种质驱于运动状态的无粒子物质，便是思想。

P：你不能再就你所谓的无粒子物质给我一个更准确的概念吗？

V：人类所认识的物质，其等级性被忽略。例如我们有金属、木材、水、大气层、气、热、电，以及传播光的以太。现在我们把所有这些都称作物质，把所有物质都包含在一个笼统的定义之中。尽管如此，不可能再有两个概念能比以下两个概念更具有本质上的不同，这就是我们赋予金属的概念和我们赋予导光以太的概念。当我们想到后者，我们会感到一种几乎不可抗拒的倾向要将其归类于精神，或归类于虚无。制止我们这样做的唯一考虑，就是我们关于其原子结构的概念。即便在这里，我们也不得不借助于我们对原子的概念，将其视为在无限小中具有密度、实感和重量的某种东西。一旦消除原子结构这个概念，我们就再也不可能视以太为一种实体，至少不能将其视为物质。由于没有更恰当的字眼，我们可以把它叫作精神。现在，从导光以太再往前走一步——设想一种比导光以太稀薄得多的物质，正如这种以太比金属稀薄得多一样，那我们（不管所有经院教条）马上就会得出一种独特的质量——一种无粒子物质。因为，尽管我们可以承认原子内部的无限之小，但原子之间空间的小之无限是一种谬论。那儿应该有个点——那儿应该有个稀疏的度，在这个度上，如果原子数量够多，它们之间的间隙就必然为零，其质量也就绝对凝聚。但因对原子结构的考虑此时已被排除，于是这种质量的性质，便会不可避免地滑向我们所想象的精神。显而易见，它同先前一样完全是物质。实际上不可能设想何为精神，因为不可能想象何不为精神。当我们满足于我们已形成了精神之概念，我们只不过是在用无限稀薄之物质这种想法，欺骗我们的理解力。

P：在我看来，“绝对凝聚”这个概念有一个不可逾越的障碍，那就是运行于太空的天体所受到的那种非常微弱的阻力，一种现在被认定的确以某种程度存在，但由于太微弱以至于连牛顿的洞察力也完全将其忽略的阻力。我们知道，物体的阻力主要与它们的密度成比例。绝对凝聚就是绝对密集。没有间隙就绝不会有可变性。比起具有硬石密度或铁密度的以太，一种绝对密集的以太会更加无限有效地阻止天体的运行。

V：你这个障碍问题被回答的容易性，与其表面上的不可回答性几乎成比例。——关于天体之运行，是天体穿过以太还是以太穿过天体，都不可能有什么差异。天文学上最不可理解的错误，就是把已知的彗星减速和它们穿过一种以太的概念混为一谈。因为无论设想这种以太有多稀薄，它都会在一段大大短于那些天文学家所承认的时间里阻止所有的天体运行，而正是那些天文学家，一直在竭力忽略一个他们感到不可理解的要点。从另一方面来看，实际上，遭受的阻滞也许可以被认为是由以太在瞬间穿越天体造成的摩擦所致，在这种情况下，减速力是瞬间的，而且自身内部完整——在另一种情况下，它是不断积累的。

P：但在这一切之中——在这种纯粹物质与上帝的同一化之中，难道就无不敬之嫌？（我不得不一再重复这个问题，直到被催眠者完全明白我的意思。）

V：你能够说出物质不应该比精神更受崇敬的原因吗？不过，你忽略了我所说的那种物质完全就是经院派所说的“心智”或者“精神”，这是就其极大的包容力而言，此外，它同时也是经院派所说的“物质”。具有归诸精神之全部力量的上帝，不过就是物质的尽善尽美。

P：那么你是宣称，无粒子物质在运动中就是思想？

V：一般说来，这种运动是万能精神之万能思想。这种思想创造。被造之物不过是上帝的思想。

P：你说“一般说来”。

V：是的。万能精神是上帝。对于新个体，物质乃必需。

P：可你现在说到“精神”和“物质”，就像形而上学家们所言。

V：是的——为了避免混乱。当我说“精神”，我是指无粒子物质，或者说终极物质；说物质，我指别的一切。

P：你刚才说“对于新个体，物质乃必需”。

V：对。因为以非结合形式存在的精神只是上帝。为了创造个体的、有思想的生物，赋予其神圣精神之部分是必要的。于是，人类被赋予了个性。脱去共同赋予，人便为上帝。所以，无粒子物质之被赋予部分的各自运动是人类的思想，正如其整体运动是上帝的思想。

P：你说脱去形体，人将成为上帝？

V：（沉吟良久之后）我不可能说过这话。这是个谬论。

P：（查阅笔记）你是说"脱去共同赋予，人便为上帝"。

V：此乃真话。人这样被脱形就会是上帝——就会被非个性化。但人绝不可能这样被脱形——至少绝不会，不然我们就必须想象一种上帝收回赋予的行为——一种没有意义也没有价值的行为。人是一种造物。造物是上帝的思想。而不可改变是思想的属性。

P：我不明白。你说，人绝不会脱去形体？

V：我是说，人绝不会无形体。

P：请解释。

V：人有两种形体——雏形和成形，相当于幼虫和蝴蝶这两种状态。我们所谓的"死亡"不过是痛苦的变形。我们现在的形体是进化的、预备的、暂时的。我们未来的形体则是完善的、终极的、永恒的。终极之生乃完全的意志。

P：可我们清楚地知道幼虫变形。

V：我们，当然——但我们不是幼虫。构成我们雏形形体的物质在这种形体之器官的知识范围之内，或说得更清楚一点，我们的雏形形体适合构成雏形形体的物质，但不适合构成终极形体的物质。所以终极形体不为我们的雏形感官所知，我们只知道外形在腐烂中从内形脱落，对那内形却一无所知。不过，这内形和外形，均被那些已获得终极之生者感知。

P：你经常说，催眠状态与死亡非常相似。这是怎么回事？

V：我说它像死亡，意思是说它像终极之生。因为当我进入催眠，我雏形生命的感官便处于暂停状态，这时我不是用器官，而是凭一种我将在终极的、无器官的生命中使用的媒介，直接感知外部事物。

P：无器官的？

V：对。器官这种装置使人感知到物质个别的种类和形态，同时排除其他的种类和形态。人的器官适合其雏形状态，而且仅此而已。人的终极状态由于没有器官，从而具有对万事万物无限的理解力，只有一点除外——上帝意志的性质，也就是说，无粒子物质的运动。如果你把终极形体设想为全是大脑，你也许会对其有个清晰的概念。它并非全是大脑，但这样一种概念可以让你更接近于理解它是什么。一个天体把光波振动传递给导光以太。这些振动在视网膜内引起类似的振动，这些类似的振动再把类似的振动传递给视神经。视神经把类似的振动传至大脑，大脑又把这种振动传递给弥漫于它的无粒子物质。后者的运动便是思想，思想最初的波动便是概念。这就是雏形生命的心智与外部世界沟通的模式。而由于器官之特性，这个外部世界对雏形生命是有限的。但在没器官的终极生命中，外部世界直达全身（如我刚才所言，终极生命的全身都是与大脑类似的物质），除了一种甚至比导光以太还要稀薄得多的以太，其间再没有任何媒质介入。伴随着这种以太，与其一致——整个身体一起振动，使弥漫于全身的无粒子物质开始运动。所以，我们必须把终极生命那几乎无限的理解力，归因于没有了特异的器官。对雏形生物来说，器官是在其变形之前对它们加以限制的必要囚笼。

P：你说到雏形“生物”。除了人类，还有其他有思想的雏形生物吗？

V：大量的稀薄物质团进入星云、行星、恒星和其他既不是星云、恒星，也不是行星的天体都只有一个目的，那就是为无数的雏形生物之器官特性提供营养。如果不是雏形生命在变为终极生命之前的需要，就不会有这样一些天体。每一个这样的天体都寄居着一种截然不同的有器官、有思想的雏形造物。总的说来，器官随着寄居地的特征而变化。在死亡或者说变形之后，这些造物享受终极之生——不朽，知晓除了这一个的全部秘密，凭纯粹的意志做任何事情，到任何地方——存在于其中的不是我们看来唯一可感知的天体，不是我们为了与之相适应而盲目地以为由空间创造的天体，而是那个空间本身，是其实质性的浩瀚，像从天使的知觉中抹去无用之物一样，吞噬掉星影的那个无限。

P：你说如果不是雏形生命的需要就不会有星体。但为何有这种需要？

V：在无机生命中，以及在一般无机物中，不存在任何障碍来阻止一种简单唯一的法则之实行——神圣意志。为了制造障碍，（复杂的、物质的、为法则所累的）有机生命和物体被创造。

P：可是——为什么必须制造这种障碍？

V：法则不受妨碍的结果是完美——正确——相对幸福。法则受到妨碍的结果是不完美、错误、绝对痛苦。通过这些由有机生命的物质之法则的数、复杂性和实质性所提供的障碍，违反法则在某种程度上变得切实可行。这样，在无机生命中不可能有的痛苦，在有机生命中就成其为可能。

P：但让痛苦成为可能有什么好处呢？

V：比较而言，所有事物都有其好的一面和坏的一面。充分的分析可证明，欢乐在任何情况下都不过是痛苦的对照。绝对的欢乐是个纯粹的概念。想要任何程度上的欢乐，我们都必须经受同样程度的痛苦。从不经受痛苦，就永远不会得到幸福。但早已证明痛苦不可能存在于无机生命之中，所以对有机生命来说，痛苦必不可少。人世间初级生命所经受的痛苦，是天国终极生命极乐至福的唯一根基。

P：你还有一个措辞我觉得无法理解——无限之实质性的浩瀚。

V：这也许是因为你对“实质”这个词本身尚缺乏一般的概念。我们绝不可将其视为一种质，而必须把它看作一种情——在有思想的生物中，它就是物质与他们的机体相适应的知觉作用。地球上有许许多多的东西对金星居民来说则会是虚无——金星上有许多可视可触之物，我们压根儿不会认识到它们的存在。但对无机生物——对天使来说，全部无粒子物质都是实质。也就是说，整个被我们称为“空间”的，对他们来说都是最真实的实体。与此同时，天体由于被我们认为有形，从而不会被天使们感知，与此正好相称的是无粒子物质因为被我们认为无形，从而不被有机生物感知。

当那位被催眠者用一种微弱的音调说出最后这些话时，我注意到他脸上呈现出一种异常的表情，这多少令我感到惊恐，并驱使我马上将他唤醒。我一做出手势，他脸上就露出一个粲然的微笑，随之向后倒在枕头上，停止了呼吸。我发现，还不到一分钟，他的尸体已僵硬得像一块石头。他的额头冷得像一块冰。在通常情况下，这种僵冷只有在被引魂天使之手抓住好久之后才会出现。那么，当那位被催眠者发表他的后一部分论述之时，难道他真的是在冥冥之域中跟我说话？

Edgar

Allan

Poe

Complete

Tales

生意人

条理乃生意之灵魂。

——谚语

我名叫彭杜伦[1]——彼得·彭杜伦。我是个生意人。我是个有条理的人。条理终究是必不可少的东西。不过，我打心眼里最瞧不起的，就是那些对条理不求甚解却夸夸其谈的古怪的白痴，他们只注意"条理"二字的字面意思，却玷污它的精神实质。这些家伙总是用他们认为有条理的方法，在做最无章法的事情。我想，这有一个绝对似是而非的悖论。真正的条理只适应于平凡而清楚的事务，而不可用于超出常规的事情。有谁能把明确的概念赋予这样的说法，诸如"一个有条不紊的花花公子"或"一种井然有序的捉摸不定"？

要不是在我很小的时候发生过一件幸运的事，我对这个问题的看法，说不定也会和你们一样不那么清楚。当有一天我正发出不必要的吵嚷声时，一位好心的爱尔兰老保姆（我在遗嘱里将不会忽略她）抓住我的两个脚后跟，把我倒提起来，

① 原文 Pendulum 有"摇摆不定"之义。——译者注

在空中晃荡了两三圈，让“这个尖叫的小恶棍”止住了眼泪，然后把我的头重重地撞在床柱上。啊，这一撞决定了我的命运，撞出了我的运气。我的头顶上顿时隆起一个疙瘩，后来证明那疙瘩是一个条理器官，它有多漂亮，人们在夏天总会看到。从此，我对秩序和规律的欲望，就把我造就成了一个杰出的生意人。

如果说这世上有什么我可憎恶的，那就是天才。你们那些所谓的天才全都是著名的蠢材——越是伟大的天才，越是著名的蠢材，这个规律没有例外。尤其是你不可能把一个天才培养成一个生意人，正如你不可能从一个守财奴口袋里掏出钱，或是从松果里提炼出肉豆蔻一样。天才们总是不顾“事物的合理性”而突然改弦易辙，去从事某项异想天开的职业或进行某种滑稽可笑的投机，去做那种无论如何都不能被视为生意的生意。因此你单凭他们从事的职业，就可以辨认出他们。假若你看出一个人在做进出口贸易，或从事加工制造，或经营棉花烟草，或处理任何与此相似的业务；假若你发现某人是布匹商或制皂人，或在干任何与此类同的差事；假若你察觉某人自封为律师或铁匠或医生，或任何诸如此类的角色——那你马上就可以把他视为天才，然后再根据比例运算法则把他视为蠢材。

现在无论从哪个方面看，我都不是一个天才，而是一个有板有眼的生意人。我的现金日记簿和分类账将很快表明这一点。那些账簿记得非常清楚，尽管这是我的自诩。我有精确而严谨的习性，时钟欺骗不了我。再说，我的生意与我同胞们的日常习惯从来都很合拍。在这一点上，我并不觉得自己辜负了意志非常薄弱的父母，毫无疑问，若不是我的保护天使及时赶来搭救，我最终肯定会被他们造就成一名古怪的天才。在传记中真实最为重要，而在自传中更容不得半句假话，然而我几乎不奢望读者能相信我下面陈述的事实，不管我陈述得多么庄重。大约在我十五岁那年，我可怜的父亲把我推进了被他称为“一名做一大堆生意的受人尊敬的小五金代销商”的账房！做一大堆无聊事！但他这个愚蠢之举的后果是，两三天后，我就不得不被人送回了我那个大门装饰了门钉的家，当时我发着高烧，头痛欲裂，痛点就在我头顶上那个条理器官的周围。那头痛差点要了我的命，我在无法确诊的危险中过了六个星期。医生们对我已经绝望，放弃了所有治疗措施。但是，虽说我经受了不少痛苦，可我大致上是个幸运的孩子。我终于逃脱了成为“一名做一大堆生意的受人尊敬的小五金代销商”的厄运，我非常感激那个已成为我救星的头顶上的疙瘩，以及当初赋予我这颗救星的那个好心的爱尔兰女人。

大多数孩子长到十一二岁便离家出走，可我一直等到十六岁。若不是碰巧听到母亲说要我独自开一家杂货店，到那时我还不觉得我该离开家呢。杂货店！只是想象一下吧！我当即决定离家出走，去尝试做一门体面的生意，不用再奉承两位古怪老人的反复无常，不用再冒最终被造就成一个天才的危险。在第一个阶段的尝试中，我的这一计划进行得非常顺利，到我十八岁的时候，我发现自己已在服装流动广告界做着一门涉及面广且有钱可赚的生意。

我之所以能够履行这门职业的繁重义务，仅仅是凭着我对已形成我主要心理特征的条理化的执着。一种一丝不苟的条理不仅体现在我的账目中，而且表现在我的行为上。以我而论，确保人成功的是条理而不是金钱，至少我绝不是靠雇我那个裁缝而发迹的。我每天上午九点约见那名裁缝，并要出当日所需服装。十点钟时，我行进在某个时髦的队列中，或出现在某个公共娱乐场所。我以精确的规律性转动我漂亮的身体，以便我身上服装的每一个部分能被人逐一看清，我那种转动的规律性使做这门生意的所有行家赞叹不已。到中午时，我一定会把一名主顾带到我的老板裁剪先生和请再来先生家中。我一讲到这些，就无比自豪，同时眼里也滚动着泪花，因为那家裁缝店的两位老板原来是最卑鄙的忘恩负义之徒。我与他们争吵并最后分手，其原因是因为一笔小账，而那笔账无论如何都不会被真正熟悉这门生意行情的绅士认为是漫天要价。不过，在这一点上，我感到骄傲和欣慰，因为我能让读者自己做出判断。我的账单如下：

裁剪及请再来先生联合成衣店

支付流动广告人彼得·彭杜伦

		金额
7月10日	常规街头行走并领客上门	$00　25

7月11日	同上	25
7月12日	撒谎一个，二级；毁损黑布料按墨绿色布料售出	25
7月13日	撒谎一个，一级；特别质量和尺寸；推荐水磨缎为绒面呢	75
7月20日	购新式纸衬衫领或称假前胸，以衬托彼得呢外套	2
8月15日	穿双衬短摆上衣（温度计在阴凉处显示706[①]）	25
8月16日	单腿站立3小时，以展销新式背带裤，每腿每小时$12\frac{1}{2}$美分	$37\frac{1}{2}$
8月17日	常规街头行走并领回顾客1名（肥胖大个儿）	50
8月18日	同上（中等个儿）	25
8月19日	同上（小个儿并出低价）	6
		$ $2.95\frac{1}{2}$

这张账单上有争议的主要款项，就是两美分买那个衬衫假胸的天公地道的出价。我以名誉担保，这并非不合理的高价。那是我所见过的最匀称、最漂亮的衬衫假胸，而且我有充分的理由相信它的衬托促成了三件彼得呢外套的销售。然而，那家成衣店年长的那位合伙人只允许我出价一个美分，并擅自向我演示以何种方法可以用一张大页书写纸做出四个那样的假胸。不用说，我坚持的是原则。生意就是生意，做生意就应该像做生意的样子。骗我这一美分，骗我这百分之五十，没有任何规矩，也没有任何条理。我当即结束了与裁剪先生和请再来先生的雇佣关系，独自投身于"眼中钉"行业——一种最有利可图、最值得尊敬、最不受约束的普通职业。

我的诚实、条理和严格的经营习惯在这儿又一次发挥作用。我发现自己生意

① 华氏温度。——译者注

做得很红火，很快就成了交易所中众所瞩目的人。其实我从不涉足华而不实的业务，而是墨守成规一步步地慢慢发展。若不是在经营那个行业的一宗日常业务时，发生了一点小小的意外，那我无疑今天还在做那种生意。每一个聪明人都知道，无论任何时候，一旦一位年迈而有钱的吝啬鬼，或一个挥金如土的败家子，或一家濒临破产的公司动了要建一幢大楼的念头，那这天下就没有什么能打消他们的主意。而这一事实，正是“眼中钉”行业主要的经营项目。所以，上述那些人的建楼计划刚一开始酝酿，我们“眼中钉”的人就在拟议中的建楼地址，稳稳地占住一个相宜的角落，或在相邻或相对的地方占一个最好的位置。这事完了，我们就等待，等到那大楼修到一半，我们便雇请一名有风格的建筑师，在紧挨着大楼的地方匆匆搭起一座虚有其表的建筑。或一幢新英格兰农舍，或一间荷兰式塔房，或一个猪圈，或任何有独创性的奇棚怪屋，管他像因纽特人的、克卡普人的还是霍屯督人的。当然，在利润少于购地盖房成本总额百分之五百的情况下，我们无论如何都不能拆掉那些建筑。我们能吗？我问这个问题，并请教其他生意人。回答是，如果认为利润低于百分之五百就能拆，那一定是疯了。可当时偏偏就有那么一家卑鄙的公司，请求我做那样的生意——那样的生意！我当然没有接受他们荒唐的报价，但我觉得自己有义务在当天晚上，用烟灰去涂黑他们那座大楼。就为了这个，那群丧心病狂的恶棍把我送进了监狱；而当我出狱之时，“眼中钉”行业的绅士们无法避免地与我断绝了业务往来。

我后来为生计所迫而冒着风险去做的“挨打”生意，使我娇弱的身体感到多少有点不适应，但我怀着一颗适应的心开始了这项工作，并且一如既往地发现，当年那位可爱的老保姆赋予我的有条有理、一丝不苟的习性使我获益匪浅。我若是在遗嘱中没把她记住，那我一定是个最卑鄙的人。如我所言，凭着我对那种买卖规矩章法的观察，凭着我记下的那些脉络分明的账簿，我使得自己能克服重重困难，最终体面地在那个行当中站稳了脚跟。说实话，在任何行当，都很少有人能像我这样舒舒服服地做生意。我只要从我的日记簿里抄下一两页，就可以避免我在这里自吹自擂——一种品格高尚的人应该避免的恶习。请看，日记簿毕竟不会撒谎。

1月1日——元旦。街头偶遇斯纳普，步履踉跄。备忘：潜在主顾。稍后又遇格拉夫，酩酊大醉。备忘：也是潜在主顾。两位绅士均记入分类账，并各自开立流水账户。

1月2日——见斯纳普在交易所，迎上猛踩其脚。他握紧拳头，把我击倒。妙！——重新爬起。在索价上与代理人巴格有细小分歧。我拟索要伤害赔偿金1000美元。但巴格说那样被人一拳击倒，我们至多只能索赔500美元。备忘：务必辞退巴格——毫无条理。

1月3日——上剧院寻格拉夫，见他就座于一侧面包厢，在第二排一胖一瘦两女士中间。用剧场望远镜观察那伙人，直到看见那胖女士红着脸对格拉夫说悄悄话。我起身过去，然后进入包厢，将鼻子凑到他伸手可及之处。他没扯鼻子——初试未果。擤鼻再三，仍未成功。于是坐下朝瘦女士眨眼，此时心满意足地感到他抓住我的后颈把我提起，并把我抛进正厅后排。颈关节错位，右腿严重撕裂。欣然回家，喝香槟一瓶，在那位年轻人账上记下5000美元欠款。巴格说索价合理。

2月15日——私了斯纳普先生一案。入日记账金额——50美分，参见账目。

2月16日——格拉夫一案败诉，那个恶棍给了我5美元。支付诉讼费4.25美元。纯利润——参见日记账——75美分。

于是，在很短的一段时间内，我就有了一笔不少于一美元零二十五美分的净收入，这还仅仅是斯纳普和格拉夫两笔生意。而我在此庄严地向读者保证，以上抄录是从我的日记簿里信手拈来的。

但与健康相比，金钱犹如粪土，这是一个古老而颠扑不破的谚语。我觉得“挨打”生意对我娇弱的身体要求太苛刻，最后还发现我完全被揍得变了形，以至已不能准确地知道如何处理业务，以至朋友们在大街上碰见我，竟全然认不出我就是彼得·彭杜伦。这下我想，最好的办法就是改行另谋生路。于是我把注意力转向“溅泥浆”行业，而且一干就是好几个年头。

这一行业最糟的一点，就是许多人对此都趋之若鹜，因而竞争异常激烈。每一个发现自己的头脑不足以保证自己在流动广告界、“眼中钉”行业或在“挨打”的营生中获取成功的笨家伙，都想当然地以为能成为“溅泥浆”业的一把好手。可最令人难以接受的，就是那种认为溅泥浆无须动脑筋的错误观念，尤其是那种认为溅泥浆就用不着条理的荒唐见解。我所做的只是小本经营，可我讲究条理的老习惯使我经营得非常顺利。我首先是十分慎重地选定了一个街口，而除了那个街口，我绝不把扫帚伸到城里的其他任何地方。我还小心翼翼地使自己手边拥有了一个漂亮的小泥坑，那泥坑我随时都能就位。单凭这两点，我就在顾客中建立起了良好的信誉，而我告诉你们，这已经使我的生意成功了一半。接下来是人人抛给我一个铜子儿，然后穿着干干净净的裤子通过我的街口。由于我这一行的经营特点被人们充分理解，所以我从未遇到过欺诈的企图。如果我被人哄骗，我将不堪承受。我做生意历来童叟无欺，所以也没人装疯卖傻赖我的账。当然我无法阻止银行的欺诈行为，它们的暂停营业给我的生意带来灾难性的不便。可这些银行不是个人，而是法人。众所周知，法人既没有让你踢一脚的身体，也没有供你诅咒的灵魂。

就在我财源滚滚之时，我受到一种不幸的诱惑，把生意扩展为“狗溅泥浆”业。这一行虽说与老本行大致类似，但无论如何都不那么受人尊重。固然我的经营场所非常理想，位于市中心的黄金口岸，而且我备有第一流的靴油和鞋刷。我那条名叫庞培的小狗也长得肥头大耳，而且极其精明，不易受骗。它从事这一行当已有很长时间，请允许我说它精于此道。我们日常的经营程序是，庞培自己先滚上一身稀泥，然后蹲在商店门口，直到发现一位穿着双锃亮皮靴的花花公子朝它走近。这时，它开始向那人迎过去，用它的身子在那双威灵顿长靴上磨蹭一两下。于是那位花花公子破口大骂，然后就四下张望找一名擦靴匠。我就在那儿，在他的眼前，带着第一流的靴油和鞋刷。那只是一种一分钟买卖，转眼间六美分就到手。这种生意我们稳稳当当地做了一段时间，实际上我并非贪婪之辈，庞培却是条喂不饱的狗。我答应给它三成红利，但它坚持要对半分成。这我不能接受，于是我俩吵了一架，然后分道扬镳。

接下来，我做了一阵在街头演奏手摇风琴的营生，而且可以说我干得相当不赖。那是一种一看就会的买卖，不需要任何特殊的技艺。你可以让你的手摇风琴只发出一种风鸣声，而要做到这一点，你只需把那玩意拆开，用榔头狠狠地敲上三下或者四下。这样一来，那玩意的音质顿时改善，其经营效果会远远超出你的想象。然后你只需背着那玩意沿街行走，直到你看见路面上铺着鞣料废渣，看见门环上缠着鹿皮。这下你可以停下来摇响你的风琴，装出你是想使它不再发声，可实际上尽量让它吱嘎到世界末日。不一会儿，就会有一扇窗户打开，有人会抛给你六个美分，并附上一句"让那玩意住声，赶快滚开"之类的话。我知道有些同行一直是拿到那笔钱就能承受"滚开"，但对我来说，我觉得投入的成本太高，不允许我在低于十美分的情况下就轻易"滚开"。

干那一行我做成过不少买卖，可不知为什么，我总觉得不甚满意，于是我最终放弃了那一行当。其实我当时处于没有真正爱上那一行的不利位置，而且美国的街道太泥泞，具有民主作风的居民太霸道，再说到处都是那些爱恶作剧的该死的孩子。

我停业赋闲了几个月，最后终于怀着极大的兴趣成功地在"假邮政"事业中占有了一席之地。开办这种邮政责任轻松，而且并非完全无利可图。譬如，我一大早就得准备好我的假信邮包。在每封信里面，我都得信手涂鸦几笔，就我能想得出的足以令人莫名其妙的话题，然后签上汤姆·多布森，或博比·汤普金斯，或诸如此类的名字。把信一封封折好封好，再盖上各种假邮戳——新奥尔良、孟加拉、植物学湾或任何远在天边的地方。最后，我立即踏上当天的邮路，显出一副匆匆忙忙的样子。我通常专挑大房子投递假信并接收包裹。那些人付投递费从不含糊，尤其是付双倍邮资更不犹豫，人就是这样的白痴。在他们打开信之前，我早就轻而易举地转过了一个拐角。干那一行的不足之处就是我走路太多，而且走得太快，投递区域的变换也太频繁。此外，就是我感到良心自责。我不忍心听见无辜者被人辱骂，全城对汤姆·多布森和博比·汤普金斯的那种咒骂，听起来真令人不寒而栗。我怀着厌恶的心情洗手，不再做那门生意。

我做的第八种也是最后一种生意一直是"养猫"。我发现这是一种非常令人惬意又有钱可赚的生意，而且真的一点也不麻烦。尽人皆知，这个国家已经是猫害成灾，以至于前不久有一份万人签名的除猫请愿书被送到国会，正赶上国会休会前那令人难忘的最后一轮会议。在当今时代国会的信息异常灵通，已通过了许多明智而有益的法案，而《禁猫法》的通过更是锦上添花。在众议院最初通过的这项法案中，政府提供一笔资金收购猫头（每个四美分），但参议院成功地修正了该项法案的主要条款，结果用“猫尾”代替了“猫头”字样。这一修订显而易见是那么精当，众议院一致同意。

总统刚一签署那项法案，我就倾全部资本购进雄猫和雌猫。开始我只能喂它们老鼠（价格便宜），可人们执行起那项神圣的法令来是那么雷厉风行，以至于我终于认为慷慨才是上策，于是我让那些猫纵情享受牡蛎和海龟。按照法定价格，它们的尾巴现在为我带来可观的收入，因为我发现借助马卡沙发油，我一年可以收割三次。我还高兴地发现那些猫很快就适应了新变化，现在它们都宁愿让它们的尾巴被剪掉。所以我认为自己是一个成功的生意人，我正期待着在哈得孙河畔廉价买一幢别墅。

Edgar

Allan

Poe

Complete

Tales

汉斯·普法尔登月记

怀着一颗充满狂想的心，

对于这颗心我就是主人，

持闪光的矛，乘风之马，

我朝着茫茫的荒野行进。

——《汤姆·奥贝德兰之歌》

据最近从鹿特丹发来的报道，那座城市似乎正处于科学上的极度兴奋状态。事实上，发生在那儿的现象是那么截然地出人意料，那么完全地新鲜离奇，那么彻底地悖于世人的先入之见，以至于我毫不怀疑整个欧洲早已沸沸扬扬，整个物理学界正骚动不安，所有的理性正在与天文学格斗。

事情好像是这样的，某月某日（我不能肯定是哪一天），成千上万的市民为了并未特别说明的目的，被召集到了美丽的鹿特丹市宽敞的交易所广场上。那天较热（就季节而言热得异常），空气几乎是凝滞不动，可人们的情绪并不坏，因为不时有惬意的阵雨从密布于蓝天的大团大团的白云间洒下。然而大约在中午时分，人群中出现了一阵轻微却奇怪的骚动，上万根舌头开始发出叽叽喳喳的声音，上万张脸庞随之向上朝着天空，上万支烟斗同时从上万个嘴角被取下。接着，一阵只能比作尼亚加拉瀑布之咆哮的呐喊声，经久不息地响彻鹿特丹全城和整个郊区。

这阵呐喊声的缘由很快就一清二楚。但见从已经说过的一大团轮廓分明的白云后面，一个奇形怪状可又显然很结实的物体慢悠悠地飘进了一片蓝天，它的形状是那么古怪，它的结构是那么异常，以至于大张着嘴站在下面的健全的鹿特丹市民无论如何都没法理解，无论如何都不会喜欢。它能是什么？以鹿特丹所有魔鬼的名义，它到底会有什么可能的预示？没有人知道。没有人能想象。没有人（甚至包括市长明赫尔·叙佩巴斯·冯·昂德达克）有丝毫可解开此谜的线索。于是，由于没有更适当的事情可做，每一个男人又小心翼翼地把烟斗放回嘴角，一边继续用一只眼睛死盯着那个怪物，一边喷口烟，歇口气，走两步，并意味深长地咕哝两声，然后走回原处，咕哝两声，歇口气，最后，再喷口烟。

与此同时，那个引起了这么多好奇心的怪物，那个引出了这么多烟雾的原因，正越来越低地朝这座美丽的城市飘来。几分钟后，它已经近得足以被准确地辨认。它看上去就像——对！它毫无疑问是一种气球，不过，这种气球在鹿特丹肯定从来没有人见过。因为，请允许我问问，有谁听说过完全用下流小报做成的气球？这在荷兰当然是没人听说过，可就在这儿，就在每个人的鼻子底下，准确地说，是在他们鼻子上方的不远处，此刻就有那样一个气球，而且我有充分的根据说，它的的确确是用那种人们从来不知可用于此类目的的材料制成。这对鹿特丹人的良知来说，是一个奇耻大辱。至于那个怪物的形状，那就更应该受到指摘，它看上去简直就像一顶倒挂着的巨大的小丑戴的尖帽。而这顶尖帽绝不可等闲视之。当它飘得更近时，人们看见一根宽大的丝带从其顶尖垂下，而环绕那圆锥形的上檐或者说底边，有一圈像牧羊铃似的小乐器，它们叮叮当当地不断奏着贝蒂·马丹的曲调。还有更糟的。从那个古怪的飞行器的吊舱垂下的蓝色丝带上，吊着一顶硕大的淡褐色海狸皮帽，帽檐无比宽阔，半球形的帽顶饰有黑带银扣。多少令人感到意外的是，许多鹿特丹市民竟然发誓说，他们以前曾多次看见过那顶帽子。实际上，所有的人似乎都觉得它十分眼熟。葛丽特尔·普法尔太太一看见那顶帽子，就又惊又喜地尖叫了一声，并宣布那是她丈夫戴的帽子。说到她丈夫，得多交代几句，因为普法尔先生连同其三个伙伴实际上早在五年前就从鹿特丹消失了，而且消失得非常突然、非常奇怪，直到这个故事发生之时，所有打听他们下落的努力都毫无结果。当然，最近人们在城东郊外一个荒僻之处发现了一些骨骸，这些被认为是人骨头的残骸和一些看上去很怪的碎屑混杂在一起。而且有的人甚至认为，那个地方曾发生过一起卑鄙的谋杀案，受害人很可能就是汉斯·普法尔和他的三个朋友。不过，让我们言归正传。

那个气球（因为它无疑是个气球）此刻离地面已只有一百英尺，下面的人群已能清楚地看见上边的那个人。此人长得实在是非常奇特。他身高不可能超过两英尺，这个身高虽说微不足道，但已经足以使他不能保持平衡，若不是有一道安装于气球索具、高至胸部的圆形边框阻拦，他肯定会滚出他那个小小的吊舱。那个小矮人的躯体宽得不成比例，使他看上去活像一个滑稽可笑的圆球。他的脚当然没法看见。他的一双手大得出奇。他的头发是灰色，被系成一条辫子垂在脑后。他的鼻子又长又弯而且通红。他的眼睛又圆又亮而且敏锐。他那张脸虽说已老得布满皱纹，但又宽又胖而且是双下巴。不过说到耳朵，在他头部的任何地方都找不到相似之物。这位古怪的小个子先生，穿着一件宽松的天蓝色缎面礼服大衣，与之相配的是一条膝部有银扣固定的紧身裤。他的背心用一种嫩黄色的布料做成，一顶白色波纹绸帽子非常时髦地遮住他的半边头顶。为了完善他这身装束，一条血红色的丝织围巾系在脖子上，并且非常优雅地垂在胸前，系成一个巨大而古怪的蝴蝶结。

正如我刚才所说，气球已下降到大约离地面一百英尺的高度，这时那位小个子老先生突然一阵瑟瑟发抖，似乎不想再接近地面。于是，他非常吃力地抱起一个帆布口袋，从里边倒出了一些沙子，从而使他暂时保持不升不降。接着，他焦虑不安地从他那件大衣侧包里掏出一个很大的笔记本。他疑惑地把那个笔记本掂了掂，然后极度惊讶地盯着它，显然是惊讶于它的重量。最后他打开笔记本，从中抽出一个用红色火漆加封、用红带小心捆扎的大信封，并不偏不倚地将其掷于叙佩巴斯·冯·昂德达克市长的脚边。市长阁下弯腰去拾信封。可那位依然仓皇不安、无意在鹿特丹逗留的气球驾驶员，此刻已开始忙着离去。他必须抛掉部分压舱物才能使气球上升，可这一次他并没有劳神从口袋里往外倒沙子，而是一个接一个地一口气扔下了六个沙袋。非常不幸的是，这些沙袋全都砸在了市长的背上，使他在鹿特丹市民众目睽睽之下一连翻了六个跟头。但不能认为了不起的昂德达克是泰然忍受了那位小个子老人的这番无礼。恰恰相反，据说他每翻一个跟头，都不忘猛抽六口烟。在翻六个跟头的过程中，他始终竭尽全力咬紧他的烟斗，而只要一息尚存，他就不会让那个烟斗离开他的嘴角（如果情况允许的话）。

与此同时，那个气球像一只云雀高高翱翔，远远地飞离了这座城市，最后静静地飘进了与它先前从中飘出的那片云相似的一片白云，就此从善良的鹿特丹市民惊讶的眼光中永远消失。这下所有的注意力都转向那封信，那封信的投下和随即产生的后果，已经证明对市长阁下冯·昂德达克的身体和个人尊严都起到了非常要命的颠覆作用。不过，那名官员在翻滚之时并没有忘记拾信这一重要目的，待后来定睛一看，才发现该信正好落在了最适合的收信人手中，因为那封信是写给他本人和鲁巴迪布教授的，称呼的是他俩作为鹿特丹天文学会正副主席的头衔。因此，两位高官大员当场拆开信封，读到了下面这封异乎寻常而且的确非常严肃的信：

鹿特丹天文学会主席冯·昂德达克阁下及副主席鲁巴迪布阁下：

二位阁下或许还记得一个名叫汉斯·普法尔，以修风箱为业的谦卑的市民，他和另外三人大约在五年前从鹿特丹失踪，其失踪的方式肯定一直被人们认为莫名其妙。可二位阁下看有多怪，给你们写此信的我正是汉斯·普法尔本人。我的父老乡亲们大多数都知道，在我失踪前的四十年内，我一直住在那条叫绍尔克劳特的小巷巷口一幢小小的方砖楼里。我的祖辈自古以来也一直住那幢小楼，他们和我一样，也曾一直从事修风箱这门既体面又赚钱的职业。因为说实话，直到前些年，也就是在所有人都热衷于政治之前，一名正直的鹿特丹市民所想望或应该想望的最好职业就是我这个行当。这行当信誉卓著，从不缺活儿，收入可观而且受人尊敬。但正如我要说的，我们不久就开始感到自由权利、长篇演说、激进主义和所有诸如此类的新鲜事的影响。那些原来堪称世界上最佳主顾的人，现在没有片刻的时间想到我们。他们不得不尽其所能去获悉变革的消息，竭尽全力跟上智力的发展和时代的精神。如果需要煽风点火，那用报纸比用风箱还来得便当。而且由于政府渐渐变得软弱，我毫不怀疑皮革和铁的耐久性也需要相应增长，因为不久之后，整个鹿特丹就再没有一副风箱需要缝补一针，或需要榔头相助。这是一种非常难熬的境况。我很快就穷得负债累累，而由于有妻子和孩子需要养活，我的负担终于变得不堪承受，我开始几小时几小时地寻思用哪种最佳方法结束我的生命。与此同时，讨债人使我很少有空闲认真思索。我家几乎是从早到晚都被债主包围。有三个特别的家伙生怕我寻短见，终日堵在我家门口监视，并用法律对我进行威胁。我暗暗发誓，要是有朝一日这三个家伙落到我手中，我一定要对他们施行最严厉的报复。而我认为，正是这种期待复仇的快感，阻止了我用大口径手枪打碎自己的脑袋，使我取消了马上自杀的计划。不过，我想最好掩饰起自己的愤怒，暂且用诺言和恭维话哄住他们，待时来运转再伺机报仇雪恨。

一天，我趁他们不防备悄悄地溜出了家门。怀着比平日更沮丧的心情，我漫无目的地徘徊在最僻静的背街小巷，直到最后我偶然撞上了一个书摊。看见身旁有一把为顾客准备的椅子，我也就不客气地坐了下来，并且几乎不知道是怎么回事，就翻开了随手拿到的第一本书。那原来是一本关于天文学理论的小册子，作者要么是柏林大学的恩克教授，要么是一位名字相仿的法国人。我对天文学方面的知识还有那么点一知半解，所以很快就被该书的内容吸引住了——事实上，在重新想到我的现实处境之前，我已经把该书从头至尾一连读了两遍。这时天已渐近黄昏，我朝着家的方向迈开了步子。可那本论著（连同我一位表兄最近从南特写信作为重要秘密告诉我的在气体力学方面的一个发现）已经在我心中留下了抹不去的印象。而当我沿着昏暗的街道漫步时，我仔细地反复回想该书作者那些新奇大胆而且有时令人难懂的推论。书中有些特别的章节，以一种特别的方式对我的想象力产生了影响。我对那些章节想得越久，心中已被激发的兴趣就变得越浓。我所受的普通教育之局限，尤其是我对自然科学的无知，非但没有使我怀疑自己对所读之书的理解能力，或使我怀疑因此而产生的许多模糊概念，反而进一步刺激了我的想象。而且我有充分的自信，或许还有充分的理由去怀疑，是否那些看上去产生于混乱头脑中的不成熟的想法，实际上就不会经常具有本能或直觉的全部力量、全部真实和其他与生俱来的特征。

我到家时已经很晚，所以我进屋就上了床。但我满脑子的问题使我根本无法入睡，于是，我躺在床上沉思了一个通宵。第二天，我一大早又匆匆去了那个书摊，用我仅有的一点钱买了几本力学和实用天文学书籍。我带着这几本书平安回家，利用所能用上的每一分钟认真研读，很快就精通了有关知识，以至于我认为自己已有足够的能力实施一个计划，一个要么是魔鬼、要么是我的守护神让我想出的计划。在读书的间歇，我不遗余力地哄慰那三个使我烦恼不堪的债主。在这一点上，我终于获得了成功——部分是靠变卖家具还了他们一半的债，部分是靠许诺我一旦完成一个小小的计划就还清余额。我告诉他们，那计划我已心中有谱，并请求他们协助我实施该计划。凭着这些手段，我发现，没费多少力气就让他们上了我的圈套（因为他们都愚昧无知）。

在我妻子的帮助下，我设法做出了这样的安排，我们一边偷偷摸摸、非常谨慎地卖掉了我剩下的全部家产，一边以各种名目东一点西一点地借到了一笔可观的现金（说来也惭愧）。我当时压根儿没去想将来还钱的事。凭着这笔凑来的钱，我陆续采购了一批幅宽12码[①]的上等细棉布、一些绳子、大量橡胶漆，定做了一个又大又深的柳条筐，此外还买了其他几种制作和装备一个特大气球所必需的材料。我叫我妻子用最快的速度缝制气囊，并教她所有必要的知识和特殊的缝制方法。与此同时，我把绳子编成了一张巨大的索网，并为它装上了一个圆箍和必不可少的索具；还买了许多在高空进行实验的仪器和材料。然后我利用深夜往城东一个荒僻之处运去了5个能装50加仑的铁圆桶和一只容积更大的铁桶；6根直径为3英寸、长度为10英尺、设计成某种形状的马口铁管；一些我不能说出名称的特种金属，或者说半金属，和6坛极其普通的酸。用后两种物质形成的一种气体除了我尚未被任何人制造出，或者说，至少从未被用于与我的计划相似的目的。在此我只敢冒

① 原作中有时用阿拉伯数字，有时用文字数码，照译。——译者注

昧地说，那是一种长期以来被认为不可分解的氮的成分，氢的密度大约是它的37.4倍。它尝起来无味，但并非闻起来无味。当纯气体燃烧时，它发出绿色火焰，同时对人畜都有致命的危险。我可以毫不费力地说出它的全部秘密，但（正如我前文已经暗示）这个权利属于法国南特市的一位市民，他写信告诉我秘密时，就附加了这一条件。此人在不知道我意图的情况下，还教了我一个用某种动物膜做气球的方法，用这种物质做成的气球所盛的气体几乎不可能泄漏。然而我发现这样做花销太昂贵，而且从大体上说，我并不能肯定，用细棉布涂橡胶漆做成的气囊就无法达到同样的效果。我之所以提到这件事，是因为我认为，那个人今后可能会利用我所谈到的这种新气体和新材料尝试一次气球飞行，而我并不想把他这一非凡发明的荣誉窃为己有。

我在计划中的为气球充气期间，在每个小铁桶应在的位置各挖了一个小洞，这些悄悄地挖成的小洞形成了一个直径为25英尺的圆圈。在这个圆圈的中央，即拟放置那个大桶的位置，我挖了一个更大更深的洞。我往5个小洞里分别放入了5个装有50磅炸药的铁罐，而往那个大洞里放入了一个装有150磅炸药的桶。我以适当的方式用隐蔽的导火线把那些铁罐和桶连在一起。把4英尺长的一根缓燃引信之一端插入一个铁罐之后，我填上那个小洞，把那个小铁桶置于其上，让引信另一端伸出地面约1英寸，紧靠在桶底边缘勉强能被看见。接着，我填上了剩余的洞，并把铁桶置于它们各自的预定位置！

除了上面说到的那些东西，我还往该处运去了一台格林先生改造过的那种空气浓缩器，并把它藏在了那儿。不过，我发现这台机器需要经过一番改装，才能适用于我计划中的目的。通过艰苦的劳动和不懈的努力，我终于成功地完成了所有的准备工作。我的气球很快就被做好。它可以容纳4万多立方英尺气体，我算出它能轻而易举地载起我和我的全部器具，如果我安排得当，还可以加上175磅压舱物。气囊涂过三道漆，我发现细棉布完全能代替丝绸，它同样结实，且便宜得多。

万事俱备之后，我逼我妻子发誓保守秘密，对我那天上书摊之后的全部所作所为只字不提，而我则许诺只要情况一允许我就会返回。我把剩下的一点钱全部给了她，然后同她告别。其实我一点也不为她担心。她是人们所说的那种会当家的女人，没有我帮忙，她也能把诸事料理妥当。实话实说，我相信她始终认为我是一名游手好闲之徒——一个无足轻重之辈，除了想入非非一无是处，而且她巴不得能摆脱我。我同她告别是在一个漆黑的夜晚，带着那三位给我添了不少麻烦的债主，我们绕道把气囊、吊舱和装备运到了存放其他东西的那个地点。我们发现存放的东西完好无损，于是，我马上动手做该做的事。

那天是4月1日。如我刚才所说，那是一个漆黑的夜晚，天上看不见一颗星星，而且不时有蒙蒙细雨洒下，弄得我们极不舒服。但我主要担心的还是气球，虽说橡胶漆能够防水，但雨水已开始使它大大地增加了重量，此外埋在地下的炸药也容易受潮。所以我让那三位讨债人同我一道不歇气地加紧干活，我们敲掉了中间那个桶表面的冰，搅拌了其他几个桶里的酸。不过，他们一直不停地盘问我，到底想用那些仪器设备来干什么，并对我让他们干那么重的活儿表示了极大的不满。（他们说）他们看不出让全身湿透能有什么好的结果，说那只不过是在参加我玩弄的可怕妖术。我开始感到不安，并竭尽全力地拼命继续干活，因为我确信那三个白痴真以为我与魔鬼签订了合同。简单地说，他们以为我当时正在做最不应该做的事，所以我生怕他们一起离我而去。但我设法哄住了他们，许诺说只要一干完正在干的那些活儿，我就马上付清欠他们的全部借款。对我这番话，他们当然有自己的理解，他们肯定以为我无论如何都会弄到一大笔现金，而只要我能还清欠款，再付给他们来帮忙的报酬，我敢说，他们并不会在乎我的灵魂或肉体会变成什么样。

大约四点半光景，我发现气球的气已充够。于是，我系上吊舱，并把全部装备放入舱内——它们包括一架望远镜、一只经过重大改进的气压表、一支温度计、一个静电计、一个罗盘、一个指南针、一只秒表、一个铃铛以及一个喊话筒等，还有一个抽掉了空气又小心塞好的玻璃球。我当然没忘记放入那台空气浓缩器、一些生石灰、一支蜡烛、足够的淡水和大量食物，诸如一小块里就含有多种营养的干肉饼。我还把一只猫和一对鸽子放进了舱内。

这时天已快亮，我认为已到了我出发的时间。于是，我假装不小心把一支燃着的雪茄烟掉在了地上，趁俯身拾烟的机会，我偷偷点燃了那截缓燃引信，我前文已说过，那截引信的一端从一个小铁桶的边上微微伸出地面。那三个讨债人丝毫没觉察到我的这个小动作，而我已纵身跳进吊舱，立刻砍断了那根将气球系于地面的绳子，并高兴地发现气球在载着175磅压舱铅块的情况下仍以惊人的速度猛然上升，看来它能够载起更大的重量。我离开地面时，气压计的读数是30英寸，温度计显示为19摄氏度。

可我刚刚升到50码的高度，就只听地面传来一阵惊天动地的轰响，随之而来的是一阵由火焰、砾石、燃烧的木头、炽热的金属和血肉模糊的肢体形成的飓风。我的心猛地一沉，身体一下子瘫倒在舱底瑟瑟发抖。其实，我当时就意识到自己把事情做过了头，意识到我要遭受爆炸产生的震荡之主要影响。因此，我马上就觉得全身的血液都涌上脑门，紧接着，一种我永远也不会忘记的震荡猛然冲破黑夜，仿佛要把天空撕成两半。待我后来有时间回想之时，我并非没有把我感受到的爆炸之极度猛烈归于它正当的原因，即我当时刚好在爆炸现场的上方，正处于它最猛烈的震荡波内。但在当时，我只想到保命。气球开始是一瘪，接着又猛然膨胀，然后以令人头昏眼花的速度不住地旋转，最后竟像一个醉汉一样蹒跚摇摆，把我甩出了吊舱的边缘，使我头朝下、脸朝外地被一根大约3英尺长的细绳吊在半空云中，那根细绳刚巧从靠近吊舱底部的一条裂缝中垂下，而我掉出吊舱时，左脚非常幸运地被它缠住。不可能——完全不可能——可以想象我当时那种可怕的处境。我大张着嘴拼命喘气，浑身每一根神经、每一块肌肉都像发疟疾似的不住颤抖。我觉得自己的眼睛就要从眼窝里迸出，一阵可怕的恶心向我袭来……最后我终于完全失去了知觉。

不可能说清楚我到底昏迷了多久。那段时间肯定不会太短，因为当我模模糊糊地恢复意识时，我发现天正在破晓，气球已高高地飘在茫茫大海的上空，而在广阔的地平线以内，看不见任何陆地的踪影。不过，在我慢慢恢复知觉的过程中，我绝没有感到也许会被预想到的痛苦。实际上，当我开始思考我的处境之时，我的平静中倒充满了愚钝。我先后把两只手分别伸到眼前，心里直纳闷是什么使它们青筋突露、指甲发黑。随后我小心翼翼地检查我的头，我反复地把它摇来晃去，专心地感觉了好一阵，直到我成功地证实它并不像我开始怀疑的那样比我的气球还大。接着，我用一种伶俐的动作摸我的两个裤兜，发觉兜里的一本便笺和一盒牙签不知去向，努力想查明它们遗失的原因但未能如愿，心中感到说不出的懊恼。这时，我才感觉到左脚踝关节极不舒服，脑子里才开始朦朦胧胧地意识到我当时的处境。可说来也真怪！我当时既没有惊讶也不觉得害怕。如果我真感觉到了什么，那就是一种暗暗自喜，一种为我即将用来摆脱困境的妙法而感到的满意。我继续沉思冥想了好几分钟。我清楚地记得当时我不住地咬嘴唇，把我的食指摁在鼻子旁边，并使用了其他一些平时人们舒舒服服坐在椅子上思考复杂或重要的问题时通常爱用的姿势和表情。待我认为自己已充分地集中了思想，我开始小心翼翼地把双手伸到后背，解下了我腰带上的那个大铁扣。此扣有三个钩齿，由于有点生锈，所以很不容易绕轴转动。但费了一番力气，我终于使钩齿与铁扣本身形成了直角，并高兴地发现它们死死地保持在那个位置。把铁扣咬在齿间，我开始解领带的结。在我完成这一动作前，我不得不歇了好几次，但我终于解开了领带。于是，我用领带的一端紧紧系住铁扣，另一端则牢牢地捆住我一只手腕。这下，我用尽全身力气猛地把身子往上一抬，并一举成功地把铁扣抛进吊舱，使它像我期望的那样钩住了柳条编的吊舱之边缘。

现在我的身体大约以45°角倾斜于吊舱的侧边，但千万别因此而认为我与垂直线的倾斜度也是45°。事实远非如此，我的身体仍然与地面几乎成水平状，因为我身体位置的变化使得吊舱的底部朝远离我的一方高高翘起，因此我当时的处境极其危险。不过应该记住，当我一开始从吊舱往下掉时，如果我的脸是面向气球，而不是像实际上那样朝向外面，或者，如果把我吊住的那根细绳碰巧是从吊舱的上沿垂下，而不是从靠近底部的一条裂缝中滑出，那我敢说后果将不堪设想。无论上面假设的哪一种情况发生，我都不可能做到我现在已经做到了的那么多事情，而我在此信中所揭示的秘密将完全不可能为子孙后代所知。所以我当时有充分的理由感到庆幸，尽管我实际上仍然昏昏沉沉，对发生的一切仍然感觉迟钝，并且以那种奇特的方式继续悬吊了大约有15分钟，其间没做丝毫进一步的努力，而是沉浸在一种呆滞、喜悦、平静的奇异状态之中。但这种感觉并不是很快就消失，随之而来的是恐惧、沮丧和一种极度绝望的感觉。事实上，先前涌在脑门喉头使我处于谵妄状态的血液，此时已开始回归正常的通道，而我因此而获得的对危险的清楚意识，则足以使我丧失面对危险的信心和勇气。幸运的是，这种软弱并没有延续多久。我及时从绝望中摆脱出来，随着一阵疯狂的叫喊和挣扎，我猛然拉着领带向上攀缘，直到最后，我的一只手像老虎钳似的抓住了向往已久的吊舱边缘，我扭动着身躯翻进吊舱，浑身哆嗦着，头朝下栽到了舱底。

过了好一阵，我才恢复过来，才开始为我的气球感到担忧。但等我仔细地查看之后，我大为欣慰地发现，它完好无损。我的仪器装备也都安然无恙，压舱物和给养也幸运地全部留在舱内。其实我把它们放得十分牢靠，完全没有可能掉出舱外。这时我看了看表，时间是清晨6点。我仍然在以极快的速度上升，气压计显示的高度是$3\frac{3}{4}$英里。我正下方的海面上有一个略呈长方形的黑色物体，看上去约有一块骨牌那么大，而且从各方面看都像一块骨牌。取出望远镜一看，我清楚地辨认出那是一艘有94门大炮的英国战舰，它正朝着西南偏西方向顶风行驶，船身前后颠簸得很厉害。除了这艘战舰，我看见的只有汪洋和苍天，还有那轮早已升起的太阳。

现在已该是我向二位阁下解释我此行之目的的时候。二位阁下应该记得，鹿特丹的苦难境况最后已逼得我想要自杀，但那并不是因为我对生命本身有一丝一毫的厌恶，而是因为伴随我生命的外在痛苦与折磨已经使我不堪承受。在这种既想活下去但又厌倦了生活的心态中，我在书摊上读到的那本论著以及我在南特的那位表兄的适时发现，为我的想象力提供了一个新的源泉。于是我终于拿定了主意。我决定离开这个世界，但是要活着离去并且要继续生存，简单地说，为了抛开莫名其妙的人和事，我决定不管会发生什么，我都要尽可能地闯路飞向月球。现在，为了我不至于被人认为是疯子，我愿尽可能详细地谈谈我当时的一些考虑，因为正是这些考虑使我确信，登月虽说困难重重并充满危险，但对一位勇者来说，它并非一件绝对不可能的事。

月球离地球到底有多远，是首先要考虑的问题。我们知道，这两颗行星圆心之间的平均距离是地球赤道半径的59.964 3倍，或者说大约只有237 000英里。我说平均距离——但必须记住，月球的运行轨道是一个椭圆，其偏心距正好是该椭圆之长轴的0.054 84倍，而地球中心就处于这个椭圆之中心，所以，只要我能设法在这个轨道的近地点与月球相遇，那上述距离实际上就会缩短。现在姑且不谈这种可能性，已经非常肯定的一点是，我无论如何都得从那237 000英里中减去地球的半径，即4000英里，再减去月球的半径，即1080英里，这样需要飞越的实际平均距离是231 920英里。而我认为这并非一段非常漫长的距离。陆上交通工具的速度已多次达到每小时60英里，而且这个速度实际上还可望大大加快。即使就按60英里的时速计算，我到达月球表面也不过只需要161天。然而有许多特殊情况使我相信，我飞行的平均速度很可能远远超过每小时60英里，而由于这些考虑并非没在我心中留下深刻的印象，我以后还会更详细地提到它们。

需要考虑的第二点是一个重要得多的问题。我们从气压计的显示中发现，当我们从地面升到1000英尺高度，大气圈内的空气总量已有$\frac{1}{13}$在我们脚下；上升至10 600英尺，留在身后的空气总量已近$\frac{1}{3}$；而当升到与科托帕希火山高度差不多的18 000英尺，我们就已越过空气总量的$\frac{1}{2}$，或不管怎样也可以说越过了覆盖于我们这颗星球之上的可估量的空气总量的$\frac{1}{2}$。人们还计算出，在不超过地球直径$\frac{1}{100}$的高度（也就是说不超过80英里），空气已稀薄到无论如何都不能维持动物生命的程度，而且我们所拥有的最精密的测定大气密度的仪器，也不足以让我们确信有空气存在。但我并不是没有看出这后几项推算所依据的完全是我们对空气特性的经验知识，以及那些控制空气之膨胀和压缩的力学定律，而这些知识和定律都只在相对来说可以被称为最接近地球表面的低空得到过验证；与此同时，人们想当然地认为，在任何一个达不到的高度，动物生命都不会有实质性的变化。当然，从这样的论据得出这样的推论，肯定只能是类比推论。人类所达到过的最高高度是法国人盖伊-吕萨克和比奥先生的气球所达到的25 000英尺。这是一个非常一般的高度，甚至与上面所说的80英里相比。而我禁不住认为，这个题目还大有怀疑和思索的余地。

可事实上，一定的上升高度与其越过的空气量并不成正比，即上升一段距离所越过的空气量，并不等于下一段同等距离所越过的空气量，这个比例在不断减小（这一点从上文的陈述中也许清晰可见）。所以非常清楚，无论我们能升多高，毫不夸张地说，我们都不可能到达一条在其之外就没有空气存在的界线。我坚持认为空气肯定存在，尽管它也许无限稀薄。

从另一方面来说，我知道从来就不乏论据证明大气圈有一个真实而明确的界线存在，越过该界线就绝对不再有任何空气。但有一个情况从不曾被那些坚持认为有那么一条界线的人加以考虑，在我看来，这个情况虽不能绝对推翻他们的信念，但仍是一个值得认真研究的要点。在比较恩克彗星连续到达其近日点的间隔周期之时，在用最精确的方法计算了各行星的引力所造成的全部干扰之后，结果发现该彗星的运转周期正在逐渐减少；这也就是说，该彗星椭圆形轨道之长轴正慢慢变短，这种变化很缓慢但非常有规律。如果我们假定有一种极其稀薄的介质，弥漫于该彗星运行轨道区域并使其受到阻力，那这正好可以解释上述情况。因为显而易见，在减慢该彗星运行速度的过程中，这样一种介质肯定靠减弱该彗星的离心力而增加了它的向心力。换言之，太阳对该彗星的引力将会越来越大，而该彗星每运行一周，就会靠太阳更近一点。事实上，再没有别的途径可以解释上述变化。此外，观察发现，该彗星彗头的实际直径在接近太阳的时候便急速收缩，而离开近日点之后以同样的速度膨胀。那我难道没有理由同意瓦尔斯先生的推测，认为这种明显的体积收缩是由我上文所说的同一稀薄介质的压力所致，而那种介质靠太阳越近便越浓厚？锥体状光，亦称黄道光，是一种值得注意的现象。这种在热带地区显得那么明显，以至不可能被误认为大气现象的光芒从地平线向上倾斜延伸，一般顺着太阳赤道的方向。在我看来，这显然是一种从太阳表面向外扩散的稀薄空气，至少是从金星轨道内圈扩散而出，我对这一点坚信不疑。[①] 实际上，我无法想象上述介质只局限于那颗彗星的椭圆轨道区域，或只存在于紧靠太阳的空间。相反，很容易想象那种介质弥漫于我们行星系的整个范围，在各行星周围则浓缩成我们所称的大气。在某些行星周围，也许还会因某些纯地质因素而有所变化，即被各个天体挥发的物质所引起的比例变化（或纯性质变化）。

对此问题已有这样的见解，我几乎不再有别的犹豫。我认为自己在航行中当然会遇上与地球表面之空气本质上相同的大气，而凭着格林先生发明的那种精巧的设备，我应该很容易就能将其浓缩到保证让我呼吸的程度。这样就消除了登月航行中的主要障碍。实际上，我花费了一些钱和大量的劳动来改造那台设备，使之适用于我的意图，只要我能在一段适当的时间内完成航行，我确信它就会完全奏效——时间问题又使我想到了可能的航行速度。

不错，人们知道气球刚从地面上升时其速度相对来说较慢。而气球的升力全在于周围空气的比重与气囊内气体的比重之差异。乍看起来这似乎不可能，即由于气球会升高，那它就必然会继续升入密度急剧下降的气层，我是说，气球在上升过程中速度会不断增加似乎毫无道理。但从另一方面来看，我并不知道有任何记载证明气球的绝对上升速度有过减慢；尽管这种减慢看来应该是理所当然的事，即便不说别的原因，单是由于气球制作欠佳并用普通漆涂刷所造成的漏气，就足以导致这种结果。所以，这种漏气导致的结果，看来正好抵消了气球因远离引力中心而获得的加速。我当时认为，假如我在航行中发现了我想象的那种介质，假如它被证明实质上就是我们称为大气的

① 黄道光大概就是古人称为的梁光。Emicant Trabes, quos docos vocant.（引自普林尼《自然史》卷二第 26 页）——原注

那种物质，即使发现它非常稀薄，对我也没有多大影响。也就是说，对我的上升能力没多大影响，因为我气球中的气体不仅本身也同样稀薄（为了与稀薄的介质成正比，我可以允许为防止爆炸所必不可少的一定量的泄漏），而且由于其特性，它无论如何都会轻于任何纯粹的氮氧混合气体。这样就有了一种可能性，事实上是一种极大的可能性，在我上升的整个期间，在任何一个我达到的高度，我巨大的气体、气球中难以想象其稀薄的气体、吊舱，以及舱内物品加在一起的重量，都不会与它们置换掉的大气重量相等。不言而喻，这种相等是我向上飞行会停止的唯一条件。即便遇到这种情况，我还可以抛掉总重量约为300磅的压舱物和其他物品。与此同时，地球的引力会不断地与我上升的高度按等比级数减小。这样，随着速度大大加快，我最终会进入地球引力被月球引力所取代的空间。

另一个困难却使我感到过一点不安。据说当气球上升到一定高度，飞行者除了呼吸困难、头部剧痛和身体不适，还会出现流鼻血和其他令人惊恐的症状，而所有这些反应的剧烈程度与上升的高度成正比。[①] 这一点想起来多少有点令人吃惊。难道这些症状会不断加剧，直到最后被死亡终止？我最终认为这不可能。这些症状的原因是由于身体表面所习惯的大气压力逐渐减小，从而导致表层血管的扩张，而不是像呼吸困难那样是由于生理机能被打乱。呼吸困难，是因为空气的密度在化学性质上不足以保证心室血液的正常新陈代谢。若非因为缺乏这种新陈代谢，那我实在看不出生命有何理由不能在真空中延续；因为通常称为呼吸的胸腔的扩张和收缩，实际上是一种纯粹的肌肉运动，它是呼吸的原因，而不是结果。总而言之，我认为当身体一旦慢慢习惯大气压的减少，那些痛苦的感觉就会渐渐消失——至于在习惯过程中那些痛苦的忍受，我对自己钢筋铁骨般的健壮体魄充满了信心。

这样，但愿二位阁下能满意，我已经虽说不是全部但也非常详细地谈了我的一些考虑，正是这些考虑使我想出了登月飞行计划。我现在要继续给你

① 《汉斯·普法尔》初版以来，我发现因“纳索”号气球飞行而誉满天下的格林先生和其他一些后来的气球驾驶员，均否认洪堡就这一问题的断言，并且都谈到了一种逐渐减弱的不适感——这与本文所力陈的理论不谋而合。——原注

们讲这一计划的实施结果，这计划从观念上说显然是一次非常大胆的尝试，而且在人类历史上无论如何都是前所未有的。

气球升到上文所说的高度之时，也就是说 $3\frac{3}{4}$ 英里，我从吊舱里往外抛出了一把羽毛，从而发现我仍然在以够快的速度上升。所以，我还没有必要抛掉任何压舱物。我为此而感到高兴，因为我希望尽可能地保持气球的重量，显而易见的原因是，对月球的引力和大气密度我都无法确知。到此为止，我尚未感到身体不适，我呼吸畅快，头一点也不痛，那只猫安静地躺在我脱下的外衣上，以一副若无其事的神情盯着那两只鸽子。而那两只被捆住腿以防止其飞掉的鸽子，正忙着啄食撒在舱底的谷粒。

6 点 20 分，气压计显示的高度为 26 400 英尺，或者说正好 5 英里。这时我的视野仿佛毫无限制。其实用球面几何很容易算出我当时能看到多宽的地球表面。对一个球体的整个表面来说，任何一个球截体之凸面就是该球体直径被截段的正矢。以我当时的位置而言，那正矢，即我身下被截段的厚度，大约与我的高度相等，或者说，与地面上空视点的高度相等。“那么 5 英里比 8000”应该表示我所看见的地面部分。换句话说，我当时看见了整个地球表面的 $\frac{1}{1600}$。大海看上去平滑如镜，尽管从望远镜中，我可以看出它正波涛汹涌。那艘战舰已不见踪影，显然是早已顺风往东边漂去。此时，我开始阵发性地感到头痛，尤其是耳朵周围的部位，但呼吸还算勉强正常。猫和鸽子似乎没感到任何不适。

6 点 40 分，气球钻进了一长串浓云之中，这使我感到非常不安，因为云会损坏我的空气浓缩器，还会使我浑身湿透。这当然是一次异常的偶然遭遇，因为我以前从不相信在这么高的地方能有这样浓密的云。不过，我当时认为最好是从我那 175 磅压舱物中扔掉两块各 5 磅重的铅块。扔掉铅块之后，我很快就升出了云层，并立即感觉到我的上升速度已大大加快。我钻出云层才刚刚几秒钟，就见一道通亮的闪电从头至尾横贯了那片密云，使它就像一整块巨大的木炭在熊熊燃烧。必须记住这事是发生在白天。要是这同样的现象发生在漆黑的夜里，那场景真不知道该有多么壮观。也许可以恰当地把它比作地狱。即便是在白天，当我远远地望着身下那张着大口的深谷，试想穿行在那些奇妙的拱廊之中，穿行在那么燃烧着通红火焰的可怕的无底深渊时，我也禁不住毛发倒立。我可真是死里逃生。要是气球在云里再稍稍多待一会儿，也就是说，要不是因为浑身湿透不舒服这个念头使我下决心抛弃压舱物，那我的毁灭说不定，而且很可能，早已成为事实。这种现象虽说很少被想到，但也许正是气球航行中肯定会遇到的最大危险。不过，此时我已经升得太高，再也不会为这种危险感到不安。

我正在急速上升，7点时，气压计显示的高度正好是9.5英里。我开始感到呼吸非常困难。我的头也痛得特别厉害；觉得脸颊上湿漉漉的已有好一阵，最后我发现那是血正不断地从耳鼓膜中渗出。我的眼睛也格外难受。用手摸了摸，它们似乎并非无关紧要地从眼窝向外凸出；而吊舱里的所有东西，甚至连气球本身，在我的眼里全都变了模样。这些症状大大超出了我的预料，使我感到了几分惊恐。在这个时候，我不假思索就非常轻率地从吊舱往外抛了三块5磅重的压舱物。由此而获得的加速度使气球飞快上升，几乎没有一个过渡阶段，就把我带入了极其稀薄的空气层，结果差一点当即就结束了我的探险和我的生命。一阵突如其来的痉挛延续了不下5分钟，即便痉挛稍稍平息之后，我也只能大张着嘴非常艰难地呼吸——鼻子和耳朵一直在大量出血，甚至有少量的血从眼睛里渗出。那对鸽子看上去非常痛苦，正拼命挣扎着想要逃走；那只猫发出可怜的喵喵声，长伸着舌头，踉踉跄跄地在舱内来回走动，好像吃了有毒的诱饵。这时，我才发现我轻率地抛出压舱物所铸成的大错，悔之莫及。我的心顿时乱到了极点。我当时已没有别的指望，以为自己在几分钟内就会死去。我所承受的肉体痛苦，使我几乎不可能做出任何努力来拯救自己的生命。实际上，我的思维能力也所剩无几，而我头部的剧痛似乎还在不断加剧。我觉得自己马上就要完全失去知觉，因此我抓住了一根控制气阀的绳子，打算放气使气球下降。这时，我想到了我对那三个讨债人所玩的致命花招，想到了我返回地面可能会发生的后果，这些想法阻止了我拉开阀门。我在舱底躺下，努力使自己镇定下来。这样，我终于决定进行放血实验。由于没有放血针，我只能用我所能用的最好方法来实施这个手术，最后我用随身带的小刀成功地割开了我左臂的一根血管。血液刚一流出，我就感到痛苦明显减轻，而当流出了大约小半盆血后，大部分最痛苦的症状已完全消失。不过，我并不认为自己可以马上起身，于是尽可能细心地包扎好左臂，继续躺了大约15分钟。最后当我站起身后，我发现再也感觉不到刚才一个多小时里所受的任何一种痛苦。然而，呼吸困难的情况并没有好转多少，我知道我很快就绝对需要使用我的空气浓缩器。与此同时，我看见那只猫又舒舒服服地躺在了我的外衣上，而且我惊奇万分地发现，它居然趁我特别难受的那段时间生下了3只小猫，这下我们的乘客数量大大增加。我完全没料到这一情况，但对它的发生感到高兴。这将为我提供一个机会来验证一种推测，就我这次飞行尝试而言，这种推测比其他任何因素对我产生的影响都大。我曾设想动物在高空之所以会痛苦是因为，或者说基本上是因为对地面大气压力的习惯性承受。如果发现这些小猫和它们的母亲一样感到身体不适，我必须认为自己的理论错了。如果情况相反，那我就应该将其视为我的推论的有力证据。

8点时，我实际上已升到离地面17英里的高度。我清楚地意识到我的上升速度在增加，即使我不抛掉那些压舱物，气球也会慢慢上升。头顶和耳部的剧痛又开始间歇发作，鼻孔偶尔还在流血，但从总体上说，我所感到的痛苦远远低于本来可预期的程度。不过，我的呼吸越来越困难，每吸一口气都伴随着胸腔一次难受的抽搐。于是，我取出了空气浓缩器，准备随时开始使用。

在此上升期间，地面的景象真可谓美不胜收。极目眺望，但见西面、北面和南面都是茫无边际、风平浪静的一片汪洋，海水的蓝色每时每刻都在一点一点地加深。朝东边望去，可清晰地辨认出不列颠群岛绵延在万里之外，法国和西班牙濒临大西洋的海岸也全都一览无余，此外还能看到非洲大陆北端的一小部分。具体的高楼大厦压根儿就不见踪影，人类最引以为傲的那些城市也通通从地面上消失。身下的景象最令我惊讶的是，地球表面看上去明显呈凹状。而我曾不假思索地以为，我在那样的高度会看到地面呈现其真正的凸状。不过，稍微动动脑子，就足以解释这一矛盾。从我的位置作一直线垂直于地面，这条直线可形成一个直角三角形的高，该直角三角形的底边从直角顶点延伸至地平线，其斜边则从地平线延伸至我的位置。但与我视线所及的距离相比，我当时的高度简直微不足道或几乎为零。换言之，就我当时的情况来说，若把那个假设中的三角形之底边和斜边与它的高相比，那前两条直线长得几乎可以被看成两条平行线。在这种情况下，气球驾驶员眼中的地平线似乎总是与吊舱处在同一水平线上。但垂直于他身下的那个点看上去（而且实际上）隔着一段很长的距离，因此那个点看上去当然也就远远低于地平线。凹面的印象由此产生，只有当高度与视野的距离成比例大大向上延伸，直到底边和斜边视觉上的平行完全消失，这种凹面的印象才会随之消失。

此时那对鸽子看上去正在经受极大的痛苦，我决定让它们获得自由。我先解开了那只美丽的灰斑鸽，并把它放在吊舱的边缘上。它显然极其不安，惶遽地拍着翅膀东张西望，大声地发出咕咕声，可就是不敢振翅飞离吊舱。我只好一把抓住它，把它扔出气球大约有 6 码之遥。然而它并没有像我所期望的那样试图往下飞，而是竭尽全力挣扎着要飞回吊舱，同时发出声声凄厉的尖叫。它最后终于回到了吊舱边缘上它原来的位置，可它刚一飞回，脑袋就耷拉到了胸前，接着掉在舱底死了。另一只的命运没有那么不幸。为了防止它以它的伙伴为榜样往回飞，我用尽全身力气把它往下一掷，结果满意地看到它以极快的速度继续下降，非常自然、非常轻松地在拍动着它的翅膀。不一会儿，它就从我的视野里消失，而我毫不怀疑它最终平安地返回了地面。那只死去的鸽子，则让看上去已从不适中恢复过来的老猫饱餐了一顿，它吃饱之后，便心满意足地呼呼大睡。它那 3 只小猫非常活泼，迄今尚未显露出一丝一毫不舒服的迹象。

8 点 15 分，我呼吸之困难已变成不堪忍受的痛苦，于是，我马上开始在舱内安装那台空气浓缩器的附属设备。这设备需要稍稍加以说明，二位阁下不妨先记住我首要的目的，是要将我和吊舱整个地与我置身于其中的极其稀薄的大气隔开，然后在这隔离的空间里，用我的浓缩器把一定量的稀薄大气浓缩成能供我呼吸的空气。为了这一目的，我早就备下了一个非常结实、非常轻巧，又非常柔韧的弹性橡胶袋。整个吊舱将以某种方式被置于这个足够大的橡胶袋内。也就是说，它（橡胶袋）铺过整个舱底，再沿吊舱四壁向上延伸，然后顺着绳具伸延到舱缘上方，或者说延伸到与气囊索网相连的那个圆箍。以此方式将橡胶袋拉起封住吊舱的底部和周围之后，现在需要做的，就是让它的上沿或者说袋口穿过索网上圆箍的上方，换句话说，就是让袋口穿过索网与圆箍之间。但如果为此目的而让索网与圆箍分离，那与此同时，用什么来承受吊舱呢？原来索网与圆箍的连接并非永久性的，而是凭着一长串滑环或者说活套。所以，我可以一次只松开几个活套，而让其余的活套继续承受着吊舱。待把橡胶袋的袋口塞入一部分之后，我又重新固定那几个活套——不是固定于原来的圆箍，因为夹入袋口之后这样做已不可能，而是固定于安装在离袋口3英尺处的一圈大纽扣上，这圈纽扣的间距与活套的间距完全吻合。做完这些之后，再解开另外几个活套，再塞入另外一部分袋口，然后再把活套同与之相对应的纽扣连接。用这种方式就可以把橡胶袋的整个上沿部分都塞进索网与圆箍之间。显而易见，那个圆箍最终会掉进舱里，而整个吊舱的重量则完全由那些纽扣来承受。这乍看起来也许会显得不太保险，但实际情况并非如此，因为那些纽扣不仅本身很结实，而且一颗挨一颗排得很密，所以每颗纽扣只承受了总重量中的很小一部分。实际上，即便吊舱及其装载物重上三倍，我也完全用不着担心。现在我从橡胶袋里重新举起那个圆箍，用3根早已准备好的轻巧的柱杆将它支撑在与原来差不多高的位置。这样做当然是为了使橡胶袋的顶部张开，同时也为了使索网的下部保持其正常状态。这下要做的就只剩下封住袋口。而这一点做起来非常容易，我只消把袋口多余的部分收在一起，从里边紧紧地把它拧成一个螺旋状，最后再用带子把它扎紧。

在这个封闭了吊舱的橡胶袋的侧边，嵌着3块很厚但仍然透明的圆形玻璃，通过它们，我可以毫不费力地观察各个水平方向。在橡胶袋的底部，也用同样的方式开着第四个窗口，刚好与吊舱底部本身的一个小孔吻合。这个窗孔使我能垂直往下看，但由于袋口封闭的特殊方式，我发现不可能在头顶同样也开一个窗口，所以无法看到位于我上方的物体。这个问题当然无关紧要，因为即使我能在头顶开个天窗，巨大的气囊也会挡住我的视线。

在一扇侧窗下方大约1英尺处，有一个直径为3英寸的圆孔，圆孔的周围是一道铜边，铜边内缘有一组螺丝孔。空气浓缩器的抽气管就用螺丝固定于那道铜边，浓缩器本身当然是在橡胶袋封闭的舱内。气球周围的稀薄大气通过那根管子被浓缩器造成的一种真空吸入该机器，经过浓缩之后再排入舱内，与舱内原有的空气混合。当浓缩器排放了几次浓缩后的气体之后，舱内便充满了适合呼吸的空气。但在如此狭小的空间内，空气很快就会变得污浊，不再适合与肺部反复接触。这时可打开舱底一个小小的活门，浓密的空气很容易就渗入外面稀薄的大气中。为了防止舱内出现真空状态，这种净化过程绝不能一次完成，而要用一种逐渐的方式——活门每次只能打开几秒钟，直到浓缩器放出的气体弥补了被排出的污浊空气。为了进行实验，我早把大小4只猫放进一只小篮子，并把篮子挂在了舱底外边活门边的一个套扣上，必要的时候，我可以通过活门喂给它们食物。我做这件事得冒几分风险，因为我必须在关上活门之前，用上文提到用来支撑圆箍的一根杆子将食物送到吊舱下的篮子里。一旦吊舱里充满浓缩空气之后，那个圆箍和支撑杆就再也没有必要，封闭的浓缩空气已足以使橡胶袋完全张开。

当我弄好那一切并使舱内充满浓缩空气之后，时间只差10分钟就到9点。而在我忙着封舱的整个期间，我一直承受着呼吸困难所带来的最可怕的痛苦。我真为我的疏忽大意，更准确地说是为我的愚蠢轻率而感到后怕，因为我居然把如此重要的一件事拖延到了最后的时刻。不过，我总算把这件事做了，并很快就开始享受我这项发明带来的好处。我又开始轻松自在地呼吸——干吗不呢？我还又惊又喜地发现，一直折磨着我的各种剧痛也在很大程度上减轻了。一点轻微的头痛，加上手腕、脚踝和喉头有一种肿胀的感觉，差不多就是我现在可抱怨的全部。所以看来非常明显，因脱离大气压力而产生的绝大部分不适感实际上都如我期待的那样渐渐消失，而我在过去两小时内经受的大部分痛苦都应该归因于呼吸不足。

在8点40分，也就是在我封闭橡胶袋之前不久，气压表上的水银柱已升到极限，或者说停止了上升，正如我前文所说，那是一个经过改进加长的仪器。所以它最后指示的高度是132 000英尺，即25英里，因此我当时所能看见的地面正好是地球表面积的$\frac{1}{320}$。到9点时，我再也看不见东方的陆地，不过在此之前，我已经知道气球正以极快的速度飘向西北偏北方向。脚下的洋面看上去仍然呈凹状，尽管我的视线常常被飘来飘去的云团所阻隔。

9点30分，我进行了一次实验，从舱底活门撒出了一把羽毛。它们没有像我所期待的那样飘在空中，而是像一团子弹以飞快的速度垂直下降，几秒钟内就飞出了我的视野。我开始并不明白是什么原因造成了这种奇异的现象，不敢相信我的上升速度突然间会变得这么快。但我很快就想到，此刻舱外的大气已稀薄到了甚至连羽毛也承受不住的程度，所以它们实际上是像看上去的那样以极快的速度下坠，结果羽毛下坠和气球上升的两个速度加在一起，使我感到了惊诧。

到10点时，我发现自己已没有多少事需要时时关心照料。一切都进行得非常顺利。我相信气球的上升速度每时每刻都在增加，尽管我已经没有办法弄清增加的程度。我不再有疼痛的感觉或任何不适感，精神比自我离开鹿特丹之后的任何时候都好，我现在只是时而检查一下各种仪器的状态，时而更换舱内的空气。后一项工作我决定每40分钟做一次，这主要是考虑到我自己的身体健康，而不是如此频繁地净化空气有绝对之必要。与此同时，我禁不住去猜想我要去的地方，沉湎于月球梦一般的荒凉景象。我的想象力曾一度不受任何束缚地尽情徜徉于那片朦胧而神秘的土地上各种不断变幻的奇观。忽而我看见了地老天荒的原始森林、嶙峋嵯峨的悬崖峭壁、轰鸣着跌入无底深渊的巨大瀑布。忽而我进入了永远是正午的幽静之处，那儿空气里没有一丝风，那儿罂粟花和纤柔如百合的无名花点缀的草地一望无际，那儿永远是沉寂和静止。忽而我又远游到了另一个地方，那地方是一个影影绰绰的湖泊，湖岸是片片飘浮的云。但我脑子里并非只想到这些景象。最严酷、最可怕的恐怖也常常闯进我的脑海，那里可能是不毛之地的推测使我感到胆战心惊。然而，我不会让我的思绪长时间地纠缠于后一种景象，观察和判断航行中真实而可能的危险足以使我专心致志。

下午5点，利用更换舱内空气的机会，我从舱底活门对那几只猫进行了观察。老猫看上去又痛苦不堪，而我毫不犹豫地把这归诸它呼吸困难，可小猫的实验结果不可思议。我当然以为会看到它们也表现出痛苦，尽管痛苦之程度不及它们的母亲，而这也足以证实我关于大气压力之习惯性承受的见解。我压根儿没想到仔细观察的结果是，它们完全健康无恙，呼吸非常轻松自如，没显露出丝毫不适的迹象。我只有扩充我的理论才能解释这一切，那就是周围极其稀薄的大气也许并非像我所认为的那样，在化学性质上不足以维系生命，一个在这样一种介质中降生的人，很可能完全感觉不到呼吸上的困难，而让他下降到地面浓密的大气层中时，他也许会经受一番我刚才所经历过的那种折磨。此时一桩令我迄今还追悔莫及的可怕事故，使我失去了那窝猫，同时也剥夺了我对这个问题继续观察实验的机会。当我把手伸出活门，准备给老猫送一杯水时，我的衬衫袖口绊住了那个承受篮子的圆箍，这样立即就使篮子脱离了那个套扣。假若那整只篮子真是消失在了空中，那它也不可能以一种更突如其来、更急若流星的方式从我眼前转瞬即逝。毫无疑问，从篮子脱离套扣到它完全消失，总共也不足$\frac{1}{10}$秒。我美好的心愿追随着那只篮子返回地球，我当然不敢奢望那些猫能活着来讲述它们不幸的遭遇。

6点，我发现地球东边的可视部分已大半被浓浓的阴影笼罩，阴影很快地扩展，到6点55分，我视野内的全部地面已被包裹进夜的黑暗之中。但在此之后很长一段时间里，夕阳的余晖依然照耀着气球，虽说我早就充分料到了这种情况，但它仍然让我感到了无限的满足。显而易见，到早晨的时候，我至少可以比鹿特丹的市民早几小时看见旭日东升，尽管他们的位置远比我更靠东方。这样，随着一天天越升越高，我将越来越多地享受到太阳的光芒。

我决定开始记航行日志，把从1点到24点算作一天，不考虑有无黑夜的间断。

到10点时，我感到了困倦，于是想躺下来睡上一夜，这时发现了一个困难，这困难虽说是早就明摆着在那儿，但在我所说的那个时刻之前一直没引起我的注意。若是我像打算的那样躺下来睡觉，那在此期间怎么更换舱内的空气呢？舱内的空气最多只能维持1小时的呼吸，即或这段时间可延长到1小时15分钟，其后同样也会发生最致命的后果。考虑到这一困境，我感到极度不安。真难以置信，在经历了那么多危险之后，我居然会把这件事看得那么严重，以至于放弃实现我最终计划的全部希望，被迫做出最好下降的决定。不过，这一念头转瞬即逝。我很快就想到人实际上是习惯的奴隶，许多被人认为是日常生活中重要的必不可少的事情，其实不过是人的习惯所致。我当然不可能不睡觉，但我可以使自己适应每一小时醒来一次。把舱内的空气净化到最佳状态最多只需要5分钟，唯一真正的困难在于想出一种在适当的时候把我弄醒的方法。我乐于承认，这个问题真让我绞尽了脑汁。当然我也听说过那位用功学生的故事。他为了防止自己伏在书本上呼呼入睡，夜读时手里握着一个铜球，椅子旁边的地板上则放着一个铜盆，任何时候只要他一打瞌睡，铜球坠盆的铿锵声都会有效地把他惊醒。可我自己的情况与那个学生完全不同，我没有余地去想同类的主意，因为我并不是想熬夜不睡，而是希望从睡眠中被按时唤醒。最后，我终于想到了下面这个应急措施，这方法看上去虽然简单，可当时我为它而欢呼，并把它视为一项堪与望远镜、蒸汽机或印刷术媲美的发明。

我有必要先说明一下，在达到当时的高度之后，气球顺着既定的上升路线飘得非常平稳，因此坠在下边的吊舱也四平八稳，感觉不出一丝一毫的摇晃。这种情况非常有利于我决定要采取的措施，我把水分装在一个个容积为5加仑的小桶里，小桶被牢靠地放置在吊舱内周围。我解开其中一只小桶，然后取出2根绳子，将绳子从吊舱边缘的一边拉到另一边，让两绳间隔约1英尺并保持平行，这样便做成了一个绳架，接着我把小桶平放在绳架上固定好。在绳架下8英寸、离舱4英尺处，我做成了另一个架子，不过用的是我所拥有的唯一的薄木板。在这个木架上直接垂直于小桶之处，一只小小的陶壶被放在了那里。

然后，我在陶壶上方的桶端钻了个洞，并用软木做了一个圆锥形的孔塞。我把软木塞往那个孔里塞进又拔出，一连试了好几次，直到最后塞得恰到好处，这样从孔塞处渗出并滴下的水刚好在60分钟内装满下边的陶壶。这一点当然很容易确定，我只消注意水在任何确定的时间内漫到陶壶的什么部分就行了。这一切弄好之后，计划的其余部分也就一目了然。我就躺在吊舱地板上，而头部正好在陶壶嘴的下方。显而易见，当一小时过去，陶壶装满水后，水便会从比壶沿稍矮一点的壶嘴漫出。同样也非常明显，从4英尺多的高处漫下的水只能浇在我的脸上，其必然的结果就是马上把我惊醒，哪怕我在最熟的酣睡之中。

完成这些安排之后已经11点，于是我立即躺下睡觉，心里绝对相信我这项发明会奏效。它果然没有令我失望。每隔60分钟，我就被这个精确的“计时器”唤醒，我把壶中的水倒回小桶，启动浓缩器换过空气，然后又躺下接着睡觉。这种对我睡眠的有规律的打断并没有使我感到有多不舒服，甚至不如我所预料的不舒服。当我最后一次醒来时，已是清晨7点，太阳早已高高地升起在我的地平线上。

4月3日。我发现气球的确已升得很高，地球的凸面此时已变得非常明显。我身下的洋面上有一串黑斑，毫无疑问那是一些岛屿。头顶上的天空一片漆黑，可见明亮的星星闪烁，实际上，自我第一天升空以来，就一直能看见星星。极目北方，我看见一条细细的、雪白的、晶亮的光带或者说条纹，嵌在地平线上，而我毫不迟疑地就断定，那是北冰洋冰川朝南的一面。我的好奇心被极大地唤起，因为我希望尽可能地去向北方，希望我有可能正好置身于地极之上一段时间内。现在，我开始惋惜，我巨大的高度会妨碍我如愿以偿地对北极进行一番仔细的观察。不过，许多情况仍可以弄清。

此外，整天再没有看到什么特别的景象。我所有的仪器装备都情况良好，气球仍然在感觉不到丝毫晃动的状态下上升。寒冷加剧，迫使我紧紧地裹上了一件大衣。当夜幕降临地球时，我开始睡觉，尽管我处的位置还要好几小时才会天黑。水钟严守时刻，有规律地把我唤醒，除此之外，我一夜睡得很香。

4月4日。继续上升，身心状况俱佳，惊于海洋面貌发生的奇异变化。

它一直呈现的深蓝色已在很大程度上消失，现在变成了一种灰白色，并泛出一种炫目的光辉。洋面的凸状已变得那么明显，以至溟溟蒙蒙一洋的洪波好像正飞落直下地平线之深渊，而我发现自己居然踮起脚想去听那巨大的瀑布发出的轰鸣。那些黑斑点似的岛屿已不见踪迹，不知它们是消逝在东南方的地平线之下，还是我的升高已使它们再也不能被看见。不过，我倾向于后一种情况。北方的那道冰缘越来越清晰。寒冷但绝非凛冽难耐。没什么重要事情发生，我在阅读中消磨了一天，因为我临行前还想到带上了一些书。

4月5日。看到了一种奇怪现象。日出之后，我能看见的地球表面大部分还笼罩在黑暗之中。但当阳光普照大地之时，我又看见了北方的那条冰线。它现在显得非常清楚，色泽看上去比海水深得多。我显然正在飞快地接近它的上方。我以为能再次辨认出东西方的各一线陆地，但不能肯定。天气温和。整天没有重要事情发生，我早早躺下睡觉。

4月6日。意外地在一个适度的距离内看见了那片冰面，并看见一片巨大的冰面向北方地平线延伸。显而易见，如果气球保持现在的航向，它很快就会飘临北冰洋上空，而现在我毫不怀疑最终会看见地极。整整一天，我一直在向那片冰面靠近。快天黑时，我视野中的地平线突然大大增长，这无疑是因为地球的形状是个扁球体，而我已飘在北极圈附近的扁平地区上空。当黑暗终于笼罩我时，我怀着担忧的心情躺下睡觉，生怕会错过观看到那么罕见的奇观的机会。

4月7日。早早起身，终于欣喜若狂地看到了北极，我没有半点犹豫就认定了这点。毫无疑问，它就在那儿，就在我的脚下，可是，唉！我此时已升得太高太高，下面的一切都无法看清楚。实际上，根据4月2日上午6点到8点40分之间（气压表的水银柱在此时升到极限）我在不同时刻的不同高度之数列来判断，完全可以推算出在当时，即4月7日清晨4点，气球至少已升到海面之上7254英里的高处。这个高度也许已显得惊人，可计算得出的这个结果很可能还远远低于当时的实际高度。不管怎样，我无疑看到了地球的整个大直径，整个北半球就像一幅正交射影图展现在我脚下，而巨大的赤道圈则构成了我眼中的地平线分界线。不过，二位阁下也许很容易想象，虽说北极圈内那个迄今未被探查过的狭小区域就在我正下方，因此看上去并没有丝毫按透视法缩小的意味，但相对来说那片区域本身就太小，从这么高的地方看下去，不可能看得很清楚。然而所能看到的，实在是一番奇妙而动人的景象。稍加保留地说，上文提到的那片巨大冰面可以被称作人类在这一地区发现之极限，由此极限再往北，延伸着一块完整或几乎完整的巨大冰原。在开始的几个纬度上，可以明显感觉到这片冰原渐渐变平，继续往北，便降低为一片平原，最后变成一个不小的凹面，在地极形成一个清晰可见的圆心，其显而易见的直径以65″.的角度与气球相对，其不断加深的微黑色始终比整个北半球其他任何一点都暗，偶尔还变成绝对的漆黑。除此之外就很难再确定什么。到中午12点，那个圆心看上去已变得很小，而到晚上7点则完全从我眼中消失。气球飘过了那片冰原西方的凸出部，以极快的速度向赤道飘去。

4月8日。发现地球的直径明显缩短，而且颜色和外观也有了很大变化。我所能看见的这一面全都不同程度地呈现出淡黄色，有些部分甚至发出耀眼的光芒。我的视线还在相当程度上受到地球表面附近浓密气层中云团的阻碍，只能在云团的缝隙中偶尔看到地面本身。在过去的48小时内，我的视线已多多少少受到这种阻挠，但我现在巨大的高度好像把那些飘浮的云雾聚得更拢，而且随着越升越高，我会越来越难以看清地面。不过，我现在还能轻易地看出气球正翱翔在北美大陆那片巨大的湖区，朝着正南方向飘行，这将很快把我带到热带地区。这一情况并非没有使我打心眼里感到高兴，我把它作为成功的吉兆而为之欢呼。其实，在此之前的航向早已使我心里充满了忧虑。显而易见，我要是继续那样飘下去，那我完全没有可能到达月球，因为月球的轨道与黄道的倾斜度只有小小的5°8′48″。虽然这也许会显得奇怪，可我正是在这么晚的时候，才开始明白我已经犯了一个极大的错误，没有选择在月球椭圆形投影中的某一点离开地球。

4月9日。今天地球的直径看上去大大缩短，表面的黄色也每时每刻都在加深。气球稳定地保持朝南的航向，晚上9点飘临墨西哥湾北岸上空。

4月10日。今晨5点突然被一阵可怕的噼啪声惊醒，我无论如何都没法解释这阵巨响的原因。声音持续的时间很短，但当它持续时，我听出那是一种我从不曾听见过的声音。不消说，我当时真是惊恐万状，因为我起初还以为是气球的爆炸声。然而待我仔细地检查所有的设备，未能发现任何故障。我一天的大部分时间都在想这件奇怪的事，但始终没有找到能解释其原因的答案。郁郁不乐地躺下睡觉，同时心里感到惴惴不安。

4月11日。地球看上去已小得令人吃惊，而我第一次注意到，只差几天即为满月的月球已明显变大。现在得花更长的时间和更多的劳动，才能保证吊舱里有足够维持生命的浓缩空气。

4月12日。气球的航向发生了一次奇怪的变化，尽管我对此早有预见，但仍然感到喜出望外。在以原来的航向到达南纬20°时，气球忽然向东转了一个锐角，此后一整天都朝着这个方向前进，如果说不上完全，也可以说是差不多一直保持在月球椭圆形投影之中。值得一提的是，随着方向的改变，吊舱里明显地感到了一种震荡——时强时弱地持续了好几个小时的震荡。

4月13日。再次被那种可怕的噼啪声惊醒，我吓得魂不附体。久久地思索这件怪事，但最终还是百思不得其解。地球看上去又小了许多，它此刻正在侧下方与气球形成稍稍大于25°的角度。月球已完全不见，因为它差不多已移到我的头顶。我仍然处于它的椭圆形投影中，但基本上已不再东移。

4月14日。地球的直径以极快的速度缩短。今天我获得了一个强烈的印象，气球实际上正朝着月球轨道近地球之拱点线飞升，换句话说，它保持的航向将使我在月球轨道离地球最近的部分登上月球。月球已移到我头顶正上方，因而我的视线被完全遮离了。我必须长时间地花大量精力，才能获得足够的浓缩空气。

4月15日。现在连地球表面陆地海洋的轮廓也难以辨认。大约12点，我第三次听到了那种曾使我心惊胆战的可怕声音。但这一次它持续了好一会儿，而且听起来越来越震耳欲聋。最后，正当我吓得魂飞魄散，呆呆地站在舱内等待着我不知究竟的灾难时，吊舱突然猛烈地震动起来，接着，一大块我没能看清的燃烧着的物质犹如千万个雷霆，从气球旁边轰隆隆地呼啸而过。待我的惊恐稍稍平息之后，我很容易就猜到那肯定是某种巨大的火山碎片，是从我正急速接近的那个世界喷发而出，它很可能就是我们在地球上偶尔拾到的那种奇异物质，因缺乏更好的名称，我们把它称为陨石。

4月16日。今天，交替着从每个侧窗尽可能朝上仰望，我欣喜若狂地看到月球圆盘之外沿，好像有一小部分突出在气球巨大的气囊周围。我感到无比振奋，因为我现在毫不怀疑这次危险的航行很快就会结束。实际上，浓缩空气对我精力的需要，已增加到了一种令我难以承受的地步，简直使我得不到任何喘息的机会。现在睡觉已几乎成为不可能的事。我好像病得非常厉害，因精疲力竭而浑身不住地发抖，人类的机体不可能再继续长时间地承受这种剧烈的痛苦。在现在已经变得很短的夜里，又有一块陨石从我旁边呼啸而过，这种现象频频发生，使我开始感到极大的不安。

4月17日。今天早晨证明是我航行中的一个新纪元。应该记得。13日那天地球与我的相对角度是25°。到14日这个角度已大大变小，15日这个角度的减少更加明显，而在16日晚上睡觉之前，我曾注意到那个角大约已缩小到7°15′。所以，当我今晨从短暂而不安的睡眠中醒来，发现身下的球面与我的相对角度突然惊人地增大到了39°，心中那种惊讶肯定不知有多么强烈，我顿时觉得是遭到了雷击。没有任何语言足以形容当时把我攫住并把我压垮的那种极度恐惧和极度惊骇。我两腿哆嗦，我牙齿打战，我浑身毛发倒立。"这么说是气球爆了？"我脑子里首先闪过的就是这可怕的念头，气球肯定已经爆炸，"我正在坠落——以最快最猛、最无可比拟的速度在坠落。根据已经飞速坠下的巨大距离来判断，最多再过10分钟，我就会坠到地球表面摔得粉身碎骨。"但思想终于使我松了口气。我开始踌躇，我开始考虑，我开始怀疑，这种事情绝不可能。我无论如何都不该以这么快的速度坠落。再说，尽管我正在明显地接近身下的地面，但接近的速度绝没有我一开始所想象的那么快。这番思考已足够平息我心中的惊惶，我最后终于发现了这种现象的真正原因。实际上，肯定是那阵惊骇使我一时间丧失了辨别能力，结果没能及时看出我身下的地面与地球表面之间的巨大差别。其实地球已移到我的头顶，完全被巨大的气囊遮住，而月球——美丽壮观的月球——此时正展现在我的脚下。

这一位置的奇妙变化在我心中造成的恍惚和诧异，也许是这次历险中最难解释的部分。因为这种上下颠倒本身不仅天经地义，不可避免，而且实际上早已被预见。我早就料到，无论何时，只要我到达旅途中的某个确切位置，地球的引力便会被其卫星的引力取代，或更准确地说，是地球作用于气球的引力将小于月球作用于气球的引力——于是气球颠倒的情况就会发生。毫无疑问，是我刚刚醒来时的稀里糊涂使我对这一现象感到震惊，因为虽说我对此早有预料，但并没料到会发生在哪个时刻。当然，颠倒本身肯定是发生得非常自然，非常缓慢，而且非常不易察觉，所以即便我当时醒着，也不可能凭舱内的任何迹象感觉到气球在颠倒，也就是说，我既不会感到自己身体不适，也不会发现仪器装备出现混乱。

不言而喻，当我终于弄清了自己的境况，当我从震撼了我每一根神经的恐惧中镇静下来，首先吸引我注意力的就是月球的自然概貌。月球表面像一幅地图铺展在我的下方——尽管我认为它离我尚有相当大的一段距离，可它的凹凸不平在我看来已非常明显，明显得令人吃惊，令人不可思议。月面上完全没有汪洋大海，实际上也没有湖泊河流等任何形式的水体，这种最为异常的地质特征，第一眼就给我留下了深刻印象。说来也怪，我居然看见了一块块明显具有冲积扇特征的广漠平原，尽管当时我所能看见的半球之大部分，都布满了看上去像人工堆成而非天然隆起的锥形火山。这些火山中最高者之垂直高度不会超过 $3\frac{3}{4}$ 英里；不过一幅意大利坎帕尼亚火山区地图，会比我所能想到的任何笨拙的描述，都更能使二位阁下对这些火山的概貌获得一个更清晰的印象。它们中的大部分显然正处在喷发状态，那种所谓的陨石现在越来越频繁、越来越可怕地轰鸣着从气球周围呼啸而上，这使我惊恐地了解了那些火山的猛烈和威力。

4月18日。今天我发现月球的体积已大大增加，而我下降速度明显的加快已开始令我感到恐慌。应该记住，在我最初考虑登月的可能性时，我曾预测这颗行星周围存在着其浓度与它的体积成比例的空气，尽管这个预测与许多理论相悖，而且人们普遍不相信会有任何形式的月球大气层存在。然而，除了我在谈到恩克彗星和黄道光时已经提出过的那些论据，利连索尔的施罗德先生所进行的一些观察也使我坚信自己的看法。他在新月两天半之后，在太阳刚刚落下的傍晚，在月球之黑暗半球显露之前就开始观察，一直观察到它显露。观察中发现，两个月角好像逐渐变细，伸入一个暗淡但明显的延长部分，而在黑暗半球之任何部分显露之前，两个延长部分已各自显现出被太阳光微微照亮的尖端。不久，黑暗半球的边缘被照亮。我认为，两个月角超过半圆的延长部分，肯定是月球大气层对阳光的折射所致。我还算出这个大气层的厚度为1356巴利斯尺（因为该大气层足以把阳光折射进黑暗半球，并在月球从新月位置上升到与地球的夹角为32°时，产生一种比地球的反射光更亮的微光）；由此我推测，该大气层可折射阳光的最高点为5376英尺。我对这一问题的见解还被《自然科学记录》第82卷中的一段文字证实，据该书陈述，在一次木星卫星的掩星过程中，木卫三在模糊了一两秒后完全消失，而木卫四之边缘部分则变得难以辨别。[①]

当然，我把最后安全着陆的希望完全寄托于月球表面有一个如我所料的浓密气层，我指望这个气层的阻力，或更严格地说是指望它的支撑。毕竟，如果届时证明我推测错了，那我这次冒险所能指望的就只有一个结局，摔在这颗卫星崎岖的表面化为齑粉。而事实上，我当时有充分的理由感到恐惧。

---

① 约翰内斯·赫韦尔写道，当天空晴朗得连六等星和七等星都明显可视之时，他曾数次用同一架望远镜以同样的距角对同一高度的月球进行观测，结果发现月球及其暗斑之亮度并非在任何时候都相等。据观测所具备的条件来看，该现象之起因显然不在于地球大气、望远镜、月球本身，或者观测者的眼睛，而肯定在于月球周围存在着某种物质（一个大气层）。

让-多米尼克·卡西尼曾多次观测到，当土星、木星和一些恒星接近月球发生掩星现象时，它们的圆轮都变成了椭圆形；而在另外一些掩星过程中，他没有发现这种变化。因此可以认为，在某些时候，而不是在另外的时候，有一种浓密的物质包裹着月球，那些天体的光芒在这种物质中被折射。——原注相对来说，我离月球的距离已微不足道，浓缩空气所需要的精力却丝毫没有减少，我看不出舱外的稀薄空气有任何变浓的迹象。

4月19日。上午9点左右，我惊喜地发现月球表面已近在咫尺。正当我的恐惧达到极限，浓缩器的送气泵终于显示出舱外空气的浓度有了变化。10点，我已有理由相信舱外空气的浓度在急剧增加。11点，我几乎已用不着耗费精力来操纵浓缩器。而到12点，稍稍犹豫一番之后，我冒险松开了扎橡胶袋的带子，当发现这样做并无什么不妥，我终于把橡胶袋完全拉开，并将其沿吊舱四壁拉到舱底。正如可以预料的一样，这个如此轻率和冒险的实验马上给我带来了痉挛和头痛。但这些症状和其他伴随着呼吸困难的不适感，似乎并没有达到危及我生命的程度，我决心咬紧牙关尽量忍受。心想只要更接近月球，进入更浓密的气层，这些症状就会自然消失。然而我的下降仍然非常迅速，而且很快我就惊恐地看出，尽管我对月球表面有一个与其质量成比例的大气层这一点很可能没有弄错，但我在另一点上完全错了，那就是我错误地认为，这个大气层的密度足以支撑我的气球及其装载物的巨大重量，至少在临近月球表面时足以支撑。而情况本来应该如此，应该和在地球表面的情况一样，假如这两颗行星作用于物体的重力真与其周围空气的密度成正比。但情况并非如此，我的迅猛坠落就是有力的证明。为什么不像预料的那样，这只能解释为与我上文提到过的那些地质上潜在的紊乱有关。不管怎么说，我现在总算已飞临这颗行星，并正在以最可怕的速度急剧下降。因此我立即动手把所有压舱物抛出舱外，接着又扔掉全部水桶，然后是浓缩器和橡胶袋，最后丢掉了吊舱里的每一样东西。但这番努力全是徒劳。我仍在以可怕的速度飞快下坠，而此时离月球表面已不足半英里。于是作为最后一招，我脱掉了大衣和靴子，并砍掉了其重量相当可观的吊舱本身，这样，我用双手直接抓住索网，尽目力所及勉强俯瞰了一眼身下星罗棋布地点缀着小小住宅的地面。然后就一头跌到了一座古怪城市的中央，落到了一大群相貌丑陋、身材矮小的人当中。这些人谁也没吭一声，也没有谁给予我丝毫的帮助，而是全都像白痴一样站在我周围，非常滑稽地嘻嘻直笑，双手叉腰斜着眼看我和我的气球。我轻蔑地避开他们的目光，抬眼仰望天上的地球，那个我不久前才告别而且也许是永别的地球，它看上去像一面色泽暗淡的巨大铜盾，一动不动地高挂在我头顶的天际，盾的一边镶着一弯金光灿灿的新月状饰边。再也看不出陆地或海洋的轮廓，它的表面布满亮度有变化的暗斑，并依稀可见赤道和回归线形成的条带。

就这样，但愿二位阁下能乐于知道，我历尽了闻所未闻的千难万险，经过了无可比拟的九死一生，终于在离开鹿特丹之后的第19天平安地到达了我航行的终点，这无疑是由地球居民所构想、进行并完成的最非凡、最重要的一次航行。可我还没开始讲我在月球的各种奇遇。其实二位阁下也许不难想象，在一颗不仅其自身特征非常有趣，而且因作为地球卫星而与人类居住的世界有着更有趣的紧密联系的行星上居住5年之后，我会有许多消息值得告诉你们学会的那些天文学家，这些消息远比我那次幸运而成功的航行细节更为重要，不管那些细节是多么精彩。实际情况的确如此。我有许多——许多许多我非常乐意告诉你们的消息。我要谈这颗行星的气候，谈它奇妙的冷暖变化，谈它一连半个月的烈日高照，谈它另外半个月的天寒地冻，谈它的水分像被真空蒸馏一样从日晒点移到远离日晒点之处，谈它的一个变幻不定的流水带，谈月球居民本身，谈他们的风俗习惯、生活方式和政治制度，谈他们奇异的生理结构，谈他们丑陋的相貌，谈他们没有耳朵，那种附属器官在一个变得如此独特的大气层里毫无作用，谈他们因此而对语言之运用和特性的完全无知，谈他们用来代替语言的一种奇特的沟通方式，谈每一个单独的月球居民与某一个单独的地球人之间所存在的一种难以理解的关系——一种类似于并依靠于两星轨道关系的关系，通过这种关系，一个星球上居民的生命和命运与另一个星球上居民的生命和命运交织在一起。最重要的是，如果二位阁下真想知道的话，我还要谈谈藏在月球另一面的那些隐晦而可怕的秘密——由于月球的自转周期和绕地球转动的周期几乎令人不可思议地完全相等，所以它的另一面从来没有，而且因为上帝的怜悯也永远不会转向人类天文望远镜的镜头。所有这一切，还有其他许多许多，我都非常乐意详细地告诉你们。长话短说，我必须得到报偿。我渴望重返故乡与家人团圆，而作为我进一步向你们提供信息的报偿，考虑到我有能力为自然科学和形而上学的许多重要学科带来新的启迪，我必须请求，利用你们受人尊敬的团体之影响，请求赦免我离开鹿特丹时所犯下的造成三名讨债人死亡的罪行。这便是我写此信的目的。送信人是一位月球居民，我说服他并正确地指导他来地球为我送信，他将恭候二位阁下的恩惠，为我带回我所请求的赦免，如果这一赦免能以任何方式获得。

如此这般，不胜荣幸。

你们谦恭的仆人

汉斯·普法尔

据说，刚读完这封离奇的长信，鲁巴迪布教授在极度惊讶中把烟斗掉在了地上，而冯·昂德达克市长则取下眼镜擦了擦并揣进兜里，完全忘记了自己的身份和尊严，在极度的惊讶和赞叹中，用脚后跟一连转了三个圈。此事毋庸置疑——赦免应该得到。鲁巴迪布教授最后断然发誓，而大名鼎鼎的冯·昂德达克终于也这么认为。于是，他挽住他那位科学界同事的胳膊，一句话没说就开始抄近路回家，准备回去细想获得这项赦免的方法。可刚到市长府邸的大门口，教授突然大胆地提出，既然那位送信人已经认为溜走为妙——无疑是被鹿特丹市民凶悍的外貌吓得要命，那获得赦免也毫无用处，因为除了月球人谁也不会去完成如此遥远的一次飞行。市长阁下赞同了这一真知灼见，所以这件事便宣告结束。可是传闻和猜测并没有到此为止。那封信被公开发表，引出了各种各样的意见看法和流言蜚语。一些过分聪明的人甚至可笑地说，那件事不过是一场骗局。但我相信对这些聪明人来说，凡他们弄不懂的事都会被视为骗局。就我自己而言，我实在想象不出，他们的这一指责有何真凭实据。且让我们来看看他们都说了些什么：

其一，鹿特丹的某些小丑对某些市长和天文学家怀有某种特别的反感。

其二，一个曾因不端行为被人割掉了两只耳朵的会变戏法的侏儒已从邻近的布鲁日市失踪了好几天。

其三，贴满那个气球表面的报纸是荷兰报纸，因此不可能是在月球上印成。它们是下流小报（非常下流），印刷工布吕克可以对着《圣经》发誓说，它们是在鹿特丹被印刷的。

其四，酒鬼恶棍汉斯·普法尔本人以及那三位被称为债主的游手好闲之徒，两三天之前被人看见在郊外的一家酒馆，当时他们正从海外旅行归来，每个人的口袋里都揣着钱。

其五，人们普遍认为，或者说人们应该普遍认为，鹿特丹市天文学会的天文学家，以及世界各地其他学会的天文学家，更不用说一般学会的一般天文学家，毫不夸张地说，都不像他们应该的那样更合格、更称职、更有学问。

附记

严格地说，以上拙文与洛克先生那个尽人皆知的《月球骗局》之间很少有相似之处，但由于两者都具有骗局的特征（尽管一个以调侃的口吻，另一个用严肃的语气），由于两个骗局都是关于月球这一主题，加之两者都试图用科学上的细节使故事显得逼真，所以，为了替自己辩护，《汉斯·普法尔》的作者认为有必要宣称，他自己这篇游戏之作在《南方文学信使》发表的日期，比洛克先生的大作在《纽约太阳报》上开始连载的日期大约早三个星期。以为有一种也许并不存在的雷同，一些纽约的报纸转载了《汉斯·普法尔登月记》，并把它与《月球骗局》进行对照，想从一篇作品的作者身上看到另一篇作品的作者。

由于更多的人实际上是被《月球骗局》欺骗，而不是他们自己乐于承认该事件，所以笔者在此说明为什么不该有人受骗，指出那些竟然使人信以为真的故事细节，这也许能为公众提供一点乐趣。事实上，不管这篇精巧的小说所展示的想象力有多么丰富，它都仍然缺乏本来可以由对事实和普通类推的加倍注意而大大加强的说服力。公众上当受骗，哪怕是一时被哄骗，仅仅证明了人们对天文学知识普遍而极端的无知。

说个整数，月球和地球的平均距离是240 000英里。如果我们想弄清一架天文望远镜能在视觉上使这颗卫星看上去有多近，我们当然只消用该望远镜的放大倍数去除该距离，或者严格地说，是用该望远镜的空间透视放大率去除。洛克先生把他那架望远镜的放大率定为42000倍。用这个数除距月球的实际距离，我们得到$5\frac{5}{7}$英里这个视觉距离。从这么远的距离，任何事物都不可能被看见，更不用说该故事中所详述的那些细微特征。洛克先生说约翰·赫歇尔爵士看到了月球上的花（罂粟花等），甚至还看清了小鸟眼睛的颜色和形状。而且在此段描写之前不远处，他又说那架望远镜观测不到直径小于18英寸的物体。正如我刚才所说，即使这也大大超过了他那架望远镜的空间透视能力。阅读该故事时可以读到，那架巨大的望远镜据说是在苏格兰邓巴顿由哈特利及格兰特先生的玻璃制镜厂制造的，但那两位先生的工厂在这个骗局问世之前就早已关闭多年。

《月球骗局》单行本第13页上谈到野牛眼圈上的“一种绒毛帘”时说——“赫歇尔博士马上就敏锐地想到，那是一种天赋的器官，用来保护那种动物的眼睛免于遭受的朝向地球一面的月球居民周期性遭受的光明与黑暗之极度悬殊的刺激。”可这一点不能被认为是那位博士的“敏锐”观察。朝向地球一面的月球居民显然压根儿就没有黑暗，所以更谈不上什么“极度”。当没有阳光的时候，他们能照射到地球的光，这种光的亮度相当于13个乌云遮掩的望月之月光。

尽管作者声称他通篇的月球地形均与布伦特的月面地图相符，实际上却与该地图或其他任何月面地图大相径庭，甚至连本身的描述也自相矛盾。该书中的罗经点也令人不解地混乱不堪，好像作者并不知道月面地图上罗经点的标法与地球上的标法并不一致，譬如东方被标在左边等等。

也许是对云海、静海、丰富海这些前辈天文学家给予月球暗斑的含糊的名称望文生义，洛克先生详细地描绘了月球上的海洋和江河湖泊，其实天文学上最明确的一点，莫过于查明了月球上并不存在那样的水体。（在蛾眉月时或凸月时）观测月面的明暗分界线，可见该线穿越任何暗斑时都呈参差不齐的锯齿状，假若那些暗斑是水面，分界线穿过显然不应该曲折。

第21页上对蝙蝠人翅翼的描绘，实际上不过是彼得·威尔金所描述的海岛飞人翅膀的翻版。这种愚蠢的写法本来应该令人生疑，至少可以引人深思。

在第 23 页上，我们可读到下列文字：“当这颗卫星还处于萌芽状态时，作为化学亲和力的被动受实验对象，我们这个比它大 13 倍的星球肯定一直对它施加了一种巨大的影响！”写得非常不错，但应该注意的是，没有一位天文学家会发表这样的议论，尤其是对任何科学杂志。因为肯定地说，地球比月球并非只大 13 倍，而是大整整 49 倍。相似的一个谬误占据了该书的最后几页，作为对土星上某些发现的介绍，那位哲人般的记者竟像一名小学生似的对那颗行星进行了一番详细的描述——而且是对《爱丁堡科学杂志》！①

不过，该书中有一点特别能够说明它是虚构的。让我们设想真有望远镜能让观测者从地球看到月球表面上的动物，那么，首先吸引观测者注意力的应该是什么呢？肯定不会是它们的形状、大小，或任何诸如此类的特征，而应该是它们奇怪的坐落情况。它们看上去会像天花板上的苍蝇那样，以脚朝上头朝下的姿势行走。真正的观测者会马上惊叹这种奇特的姿势（不管他事先对月球的了解有多充分），而那位虚构的观测者对这种情况连提也没提一下，就大谈特谈他看见了那些动物的整个身体，然而可证明的是，他只能看见它们的头顶！

最后，我们还可以注意到那些蝙蝠人的身体，尤其是他们的能力（比如他们在那么稀薄的大气中飞行的能力——如果月球真有大气层的话）以及该书对动植物生存的其他大部分幻想，基本上都与人们对这些论题所做的类比推理不符，而在这点上类推往往相当于最后结论。也许已没有必要再说，故事开篇强加于布鲁斯特和赫歇尔的关于“一种人造光对观测物焦点之渗透”等联想，严格说来，全都属于那种前言不搭后语的象征描写。

视觉上对天体的发现有一个现实而明确的限制——一种稍加说明便可了解的限制。实际上，假若造出大尺寸的透镜便是发现天体所需要的一切，那人类的聪明才智终将证明足以胜任，我们终将拥有任何所需尺寸的透镜。不幸的是，随着透镜尺寸的增加，即随着空间透视放大率的增加，视观测物发生的光由于散射而

① “哲人般的记者”指洛克（理查德·亚当斯·洛克，1800—1871），他于 1835 年 8 月在《纽约太阳报》发表《月球骗局》，声称该文内容摘自已停刊的《爱丁堡科学杂志》。——译者注

成比例地相应减弱。而对于这个不幸，人类无能为力，因为一个物体被看见是通过发自该物体的光，无论是直射光还是反射光。所以，那种能有助于洛克先生的独一无二的“人造”光，应该是一种他有能力射出的人造光，但不是射在“观测物焦点”上，而是射在真正的观测物上，即射在月球上。人们已经轻易地算出，当发自一颗恒星的光经过长期漫射，以至于微弱到晴朗无月之夜一般星光的程度，那该恒星实际上再也不会被看见。

罗斯伯爵那台最近在英格兰制造的望远镜有一个反射面为4071平方英寸的窥器，而赫歇尔的望远镜反射面只有1811平方英寸，罗斯伯爵的透镜直径为6英尺，其边缘厚度为$5\frac{1}{2}$英寸，中央厚度为5英寸。该镜重3吨。焦距为50英尺。

我最近读到过一本非常奇妙而且有几分别出心裁的小书，其扉页上印着：“月球人或幻想的登月旅行最近被西班牙探险家多米尼克·冈萨雷斯揭秘，这就是《飞行使者》。此书由J.B.D.A.帕里斯译成法语，由弗朗索瓦斯·皮奥出版社（圣伯努瓦街喷泉附近）和J.瓜纳尔出版社（大宫大厅前第一柱靠近议事厅处）联袂出版，1648年。”该书共有176页。

该作者声称，他的书是由一位戴维森先生的英文本转译成法文的，尽管他的声明语焉不详。他说：“我从戴维森先生处得到此书的原版，戴维森先生在当今文学界，尤其是在自然科学界享有盛名。我感谢他不仅因为他使我拥有了此书的英文本，还因为他使我拥有了托马斯·达兰先生的手稿，达兰先生是一位因其美德而为人称道的苏格兰绅士，坦率地说，我就是借助该译本写出了我自己的书。”

在开篇30页来了一大段与主题毫不相干的吉尔·布拉斯式的冒险之后，该作者讲述他在一次海上航行中身患疾病，水手们把他和一名黑人奴仆丢在了圣赫勒拿岛上。为了增加获得食物的机会，主仆二人便尽可能远地分开生活。这样就引出了一段训练鸟来为他俩传书递信的故事。渐渐地，这些鸟已被教会运送有一定重量的小包，而且包的重量逐渐增加。最后，作者终于想到把许多鸟的负重力合在一起，以便能载起他自身的重量。为此目的，他设计出了一种机械装置，我们从书中可读到关于这个装置的详尽描绘，它是用一幅钢板雕刻画为原料制成。

这下，我们看到脖子上围着绣花褶边，头上戴着假发的冈萨雷斯先生，骑上了那个模样很像扫帚柄的装置，该装置被一大群野天鹅带上天空，因为每只天鹅的尾巴都用绳子拴在那个装置上。

这位先生的故事要点在于一个非常重要的事实，而读者对这一事实全然不知，直到快把书读完才恍然大悟。原来已经与主人公亲密无间的那些野天鹅其实并非圣赫勒拿岛上的土著，而是月球上的居民。它们自古以来就习惯每年定期从月球迁徙到地球的某个地方。当然，到一定的季节它们又会返回月球。而有一天，当作者碰巧要它们做一次短途飞行时，却出乎意料地被它们带着直往上飞，并在很短的时间里就飞到了那颗卫星。于是他从月球上的诸多怪事中发现，那里的人民生活得很幸福，他们没有法律，他们死时没有痛苦，他们的身高从 10 英尺到 30 英尺，他们的寿命平均为 5000 年，他们有一个名叫爱尔多罗泽的皇帝，而且由于没有引力作用，他们能跳 60 英尺高，还能用扇状翼飞来飞去。

我不禁要摘抄该书有关科学常识的一段文字。

冈萨雷斯先生说："我现在得告诉你我在当时所处的位置的那番情景。所有的云都在我脚下，如果你高兴，或许我可以说是在我和地球之间。至于星星，由于我所在的地方没有黑夜，所以它们看上去总是一个模样，如往常一样并不璀璨耀眼，而是暗淡无光，很像清晨所看到的月亮。不过，很少能够看见它们，而（据我判断）这些星星看上去比在地球居民眼中要大 10 倍。差两天就是望月，那时月球大得惊人。

"在此我绝不能忘了说，星星只出现在地球朝向月球这一边的天空，它们离月球越近便显得越大。我还必须告诉你，不管是天气晴朗还是有暴风雨，我发现自己总是直接处于月球和地球之间。我想这有两个原因：一是因为我的那些鸟总是直线飞行；二是因为每当我们试图停下来休息，我们就不知不觉地被带着绕地球旋转。因为我承认哥白尼的观点，他坚持认为地球从不停止自西向东旋转，不是绕着通常被称为地轴的赤道圈极点，而是绕着黄道圈极点，这个问题我打算以后再更多地谈论，等我有空回想起我年轻时在萨拉曼卡学过但后来又忘了的占星学时再说。”

虽说有谬误，但由于此书为我们了解当时天文学界流行的观点提供了一个自然标本，所以它并非不值得予以注意。当时的一种观点假定“地心引力”只局限于离地球表面很近的距离，因此，我们就看到我们那位航行者“不知不觉地被带着绕地球旋转”之类的文字。

另外还有过一些“登月飞行”的故事，但都不如刚才提到的那个更有价值。贝热拉克的那一篇可以说毫无意义。在《美国评论季刊》第三卷中可读到一篇就我们正在谈论的这种“旅行”而精心炮制的评论，可是从那篇评论中，读者很难看出那位批评家到底是在揭露他所评之书的愚蠢，还是在展示他自己对天文学的可笑的无知。我忘了那本书的标题，不过书中的旅行工具构想得甚至比冈萨雷斯先生的天鹅还令人可叹。那位冒险家挖土时碰巧发现了一种特殊的金属，而月球对这种金属具有很强的吸引力，于是，他马上用这种金属做了只箱子，当解开把箱子系于地面的缆绳之时，那只箱子载着他，一下子就飞上了那颗卫星。《托马斯·奥罗克飞行记》并非一部可以完全嗤之以鼻的游戏之作，而且已经被翻译成德文。小说主人公托马斯实际上是一位爱尔兰贵族的猎场看守人，那名贵族古怪的性情引出了这个故事。“飞行”工具是一只鹰，出发地点是班特里海湾北岸一座名叫亨格里山的高山。

这些不同的小册子目的都在于讽刺抨击，其主题都是把月球居民的风俗习惯与地球人的进行对比。这些书没有一本对飞行细节的似真性下过功夫。那些作者似乎无一例外全都对天文学一窍不通。《汉斯·普法尔登月记》的构思是新颖的，因为（只要这种异想天开的主题允许），作者就尽可能逼真地把科学原理运用于从地球到月球的实际航行。

Edgar Allan Poe Complete Tales

气球骗局

“《快报》诺福克惊人消息！三天跨越大西洋！蒙克·梅森先生的飞行器获巨大成功！梅森先生、罗伯特·霍兰先生、亨森先生、哈里森·安斯沃思先生及另外四人乘有舵气球‘维多利亚’号，经七十五小时越洋飞行，抵达南卡罗来纳州查尔斯顿附近的沙利文岛！越洋飞行大纪实！”

这篇冠以上述大字标题并精心点缀溢美之词的妙文，最初实际上是发表在纽约的一家日报《纽约太阳报》上，它当时完全造成了这样一种效果，那就是在查尔斯顿送出两个邮袋之间的几小时里，为那些爱道听途说的人创造了一份难以消化的美餐。购“独家消息”的人趋之若鹜，其场面甚至比消息本身还惊人。而事实上（正如有人断言），即使“维多利亚”号压根儿就没有完成所记载的飞行，要为它找一个未完成的原因也颇伤脑筋。

这个重要的问题终于被解决！除了陆地和海洋，天空也已经被科学征服，并将成为人类一条普通而便利的通道。人类已乘气球实实在在地越过大西洋！而且这次跨越轻而易举，没有遇上任何很明显的危险，飞行器始终在控制之下，并且从彼岸到此岸只用了令人难以置信的短短的七十五小时！凭着本报在南卡罗来纳查尔斯顿的一名代理人的努力，我们成为首家向公众提供这次非凡航行的详细报道的报纸。此次航行始于本月六日星期六上午十一点，终于本月九日星期二下午两点。参加这次航行的有埃弗拉德·布林赫斯特爵士，本廷克勋爵的侄子奥斯本先生，著名气球驾驶员蒙克·梅森先生和罗伯特·霍兰先生，《杰克·谢泼德》等书之作者哈里森·安斯沃思先生，最近失败的那个飞行器之设计者亨森先生，加上两名来自“伍利芝”号的水手，共计八人。以下报道之每一细节均可靠而准确，因为除了一点小小的例外，其余内容都一字不差地抄自蒙克·梅森先生和哈里森·安斯沃思先生的联合日记，这两位先生还彬彬有礼地向我们的代理人口述了许多关于气球本身及其构造的知识，并介绍了其他一些重要情况。我们对来稿所做的唯一改动，就是把本报代理人福赛斯先生的“急就章”变成了通顺易懂的文字。

气　球

最近两次非常明显的失败——亨森先生和乔治·凯利爵士的失败，已经大大降低了公众对空中航行这门学科的兴趣。亨森先生那个（一开始连科学家们都认为切实可行的）设计所依据的是斜面原理，飞行器凭借外力从一高处起飞，再依靠空气冲动的叶片之旋转保持动力，气冲叶片的数量和形状都像一架风车的转翼。但在所有用模型在阿德莱德跳台进行的试验中，均发现这些扇叶的转动非但不能推动飞行器，实际上反而阻碍其飞行。飞行器所显示出来的唯一推进力只是斜面的下降所产生的动力。这种动力在叶片静止时比在叶片运动时更能把飞行器带到稍远一点的地方，这一事实充分证明这些叶片完全无用。而失去了同时又作为支持力的推进力，整个飞行器必然会坠落。正是这个重要事实，使乔治·凯利爵士想到了把一个推进器装于某种本身就具有承载能力的飞行器，也就是说，把推进器装于气球。不过，乔治爵士的这个想法，只有在考虑其付诸实践的方式时才能被视为新颖，或者说别出心裁。他在工艺学院展示了他这项发明的一个模型。推进原理或动力原理同样被运用于该模型的分瓣翼面，或者说叶片，使其旋转。这些叶片共有四瓣，但被发现完全无助于推动气球，也无助于气球本身的升力。所以，整个设计是一个彻底的失败。

正是在这个时候，（曾因于一八三七年驾“纳索”号气球从多佛尔飞至威尔堡而引起过轰动的）蒙克·梅森先生想到了用阿基米德螺旋原理来从空气中获得推进力。他不无道理地将亨森先生和乔治·凯利爵士的失败，归因于翼面被分断成为单块的叶片。他的第一次公开试验在威利斯实验室进行，后来他把试验模型搬到了阿德莱德跳台。

同乔治·凯利爵士的气球一样，他的气球也是椭圆形，长度为十三英尺六英寸，高度为六英尺八英寸。该试验气球能容纳三百二十立方英尺气体，如果充纯氢气，刚充完气后，也就是在气体尚未消耗或漏掉之前，能吊起二十一磅的重量。整个飞行器及其设备的重量是十七磅，大约余下四磅承载能力。气囊的正下方是一个轻木料做的骨架结构，长度为九英尺，以通常的方式用一个索网系于气囊本体。从这个骨架结构悬吊着一只柳条筐，或称吊舱。

螺旋装置有一根十八英寸长的空心铜管轴，一组钢线辐条按十五度倾斜半螺线穿过轴心，辐条均为两英尺长，这样在轴的两端各伸出一部分。这些辐条在其伸出的两端处，被连接于两个扁平金属线环箍。这一切就以这种方式构成了这个螺旋装置结构，另外蒙上一块剪出许多三角形边的油布面罩，绷紧的面罩大致呈现与螺旋形状相同的表面。这个螺旋的轴的两端分别由从环箍向下的空心铜管柱支撑。这些铜管柱的下端便是螺旋柱各支枢旋转的孔眼。从螺旋轴靠近吊舱的一端伸出钢制传动轴，该轴把螺旋装置与固定在吊舱的一个发条装置的齿杆连接在一起。靠这个发条装置的作用，螺旋装置能以极快的速度旋转，从而使整个飞行装置向前运动。凭着舵的操纵，飞行器很容易转换任何方向。与其体积相比，这个发条装置的动力可谓巨大，一个直径四英寸的圆筒拧上第一圈后，就能产生四十五磅拉力，随着发条拧紧，拉力也逐渐增加。它本身重量共计八磅零六盎司。方向舵是用外蒙油绸的木棍做成的一个轻巧结构，形状有点像一柄勺子，大约有三英尺长，最宽处有一英尺。它的重量约为两盎司。方向舵可平置，也可上下左右任意转动，这样便使气球驾驶员能够把在飞行中必须使其处于倾斜位置的空气阻力改变到他所希望的任何一边，从而在相反的方向限定气球。

这个模型（由于时间关系，我们对其只能这样大致描述）在阿德莱德跳台被投入试飞，并成功地达到了每小时五英里的航速。尽管说来奇怪，与亨森先生前不久那个复杂的飞行器相比，这个模型并没引起公众多大的兴趣——世人是如此毅然决然地藐视任何模样看上去简单的东西。人们普遍认为，要实现迫切需要的空中航行，就必然运用某种异常深奥的动力学原理，来造出某种格外复杂的飞行器。

然而，梅森先生坚信他的发明将获得最后成功。他决定一有可能就马上建造一个容量够大的气球，用一次远距离航行来证明这个问题。最初的计划是像上次驾驶"纳索"号一样飞越英吉利海峡。为了实现他的愿望，他请求并获得了埃弗拉德·布林赫斯特爵士和奥斯本先生的资助。这两位先生因他们在科学方面的学识而闻名，尤其是众人皆知他们对浮空器操纵术的发展所显示出来的兴趣。应奥斯本先生的请求，这项计划完全对公众保密，知道这一计划的人实际上只有参加该飞行器建造的那些人（在梅森先生、霍兰先生、埃弗拉德·布林赫斯特爵士和奥斯本先生的监督下），该飞行器在威尔士的彭斯特拉索尔附近奥斯本先生的别墅建造。亨森先生由他的朋友安斯沃思先生陪伴，于上个星期六被允许亲眼看见了气球——当时这两位绅士最终商定参加这次冒险行动。关于两名水手也被纳入探险者行列的原委，本报目前尚不得而知，但在一两天内，本报将让读者了解到这次非凡航行的有关细节。

气球用涂了一层橡胶的绸布制成。其气体容积超过了 40 000 立方英尺，但由于用煤气取代了更加昂贵且不便控制的氢气，气囊刚充满气时，飞行器的承载能力不超过 2500 磅。煤气不仅价格便宜得多，而且容易生产和控制。

煤气被普遍用于浮空技术领域，我们得感激查尔斯·格林先生[①]。在他的这一发现之前，为气球充气不仅昂贵，而且不可靠。人们经常白白地花上两天甚至三

① 查尔斯·格林（Charles Green，1785—1870），英国气球飞行家，1836 年曾驾气球从伦敦飞到德国的威尔堡，航程达 480 英里。——译者注

天来制造足以充满一个气球的氢气，因为氢元素活泼，与周围大气有很强的亲和力，很容易从气囊中漏掉。在一个密封性能足以使充入的煤气在六个月中保持纯度和体积不变的气囊中，同等量的氢气按同样的要求连六个星期也不能保持。

飞行器的承载能力估计为 2500 磅，而乘员的总重量只有 1200 磅左右，剩余的 1300 磅中又有 1200 磅被压舱物和其他物品消耗，压舱物是一些大小不等的沙袋，沙袋上标有各自的重量。其他的物品有绳索、气压表、望远镜、装有半个月给养的桶、一些水桶、斗篷、毛毡旅行袋和各种各样其他必需品，包括一只设计用熟石灰来热咖啡的壶，以完全避免在飞行器上用火，即断然消除用火危险。除了压舱物，所有这些物品和其他一些小东西都被悬挂在头顶上的环箍上。吊舱按比例来说，比模型吊舱小得多也轻得多。它用轻柳条编成，对看上去那么脆弱的一个飞行器来说，它显得极为结实。吊舱的边框约四英尺高。方向舵按其比例则比模型舱大得多，而螺旋装置相应要小些。此外，气球上还备有一个小锚和一根导绳，而后者具有必不可少之重要性。在此有必要多说几句，为不熟悉浮空器操纵术细节的读者做一解释说明。

气球一旦离开地面，便会受到许多势必会改变其重量的因素的影响，从而增加或减少它的升力。譬如说凝集在气囊上的露水，甚至可达数百磅重，这时就必须扔掉压舱沙袋，不然气球就会下降。抛掉压舱物之后，当阳光蒸发掉露水并同时使气囊中的气体膨胀之时，整个飞行器又会急速上升。要控制这种上升，唯一的办法就是（准确地说在格林先生发明导绳之前曾是）通过阀门放气。但气球损失气体也就是相应地损失其升力，所以在比较短的一段时间内，密封性能最好的气球也必然会因耗尽气囊中的气体而返回地面。这曾是气球远距离飞行的最大障碍。

导绳以可以想象的最简单的方式克服了这一障碍。它只是一根从吊舱垂下的很长的绳子，而它的作用是阻止气球在飞行时产生任何实质性的变化。比如当气囊上凝集了露水，气球因此而开始下降，此时就不必靠扔压舱物来抵消增加的重量，因为增加的重量已被按其需要的长度而拖曳在地上的导绳以一种正好相等的比例所抵消，或者说平衡。反之，无论什么因素使气球重量过轻并因此而上升，这种过轻马上就会被从地上收回导绳所增加的重量抵消。这样，除了在一个非常有限的范围内，气球既不会上升也不会下降，而它的资源，无论是气体还是沙袋，都会相对地没有减少。当飞越大面积水域时，有必要使用一些铜制或木制的小桶，桶内装满比重比水轻的液体。这些浮桶所起的作用和导绳在陆地上所起的作用相同。导绳另一个很重要的功能就是指示气球的方向，只要气球升空，无论在陆地或海洋的上方，导绳总是拖曳在下，所以气球有任何飘动，都将会处于导绳的前方，因此用指南针再比较两者的相应位置，就总能测出气球的航向。同样，导绳与气球纵坐标轴形成的夹角指示出气球的速度。当角度为零时，换句话说，就是当导绳垂直悬吊时，整个气球静止不动；但角度越大，也就是说，气球先于导绳末端的位置越是向前，速度就越快，反之则越慢。

由于原定计划是飞越英吉利海峡，降落地点是尽可能靠近巴黎。所以探险者们预先准备好了出入欧洲大陆各国的护照，像“纳索”号飞行那次一样注明了探险的性质，使探险者们有权免于通常的正式手续，但意想不到的事变使这些护照成了多余。

本月六日，星期六，早晨天刚破晓，在威尔士北部离彭斯特拉索尔约一英里处，在奥斯本先生的别墅威尔沃尔庄园的庭院中，充气非常迅速地开始。十一点零七分，万事俱备，气球解缆离开地面，渐渐地但稳定地朝偏南方向飘升。开始半小时，螺旋装置和方向舵均未使用。本报随即将根据福赛斯先生抄写的蒙克·梅森先生和安斯沃思先生的联合日记，继续向公众报道此次航行。正如已知的那样，日记的主体部分由梅森先生执笔，每天增加的附记则由安斯沃思先生完成。该日记正在编辑中，不久就将为公众提供一个更为详细，无疑也会更引人入胜的关于此次航行的报道。

日　记

四月六日，星期六：每一件有可能给我们造成麻烦的准备工作都已在夜间完成。今晨天刚破晓，我们就开始充气，但由于一场弥漫于气囊折褶并使之难以控制的大雾，充气工作将近十一点才完成。随之解缆升空，大家兴高采烈，上升缓慢但稳定，一阵偏北微风把我们吹向英吉利海峡方向。发现升力比我们预料的更大，随着升高我们避开了悬崖峭壁，更多地处在阳光之中，我们的上升变得非常迅速。但我并不希望探险刚一开始就损失煤气，所以决定暂且继续上升。我们的导绳很快就已够不着地面，即使我们刚才把它完全收离地面之时，我们仍然在急速上升。气球异常平稳，看上去非常漂亮。离开地面大约十分钟后，气压表显示出15 000英尺的高度。天气特别晴朗，下面的山岭原野显得格外壮丽，从任何角度看下去都是一幅富于浪漫色彩的图画。数不清的深峡幽谷由于充满了浓云密雾，看起来好像一个个平湖，而东南方那些重重叠叠、犬牙交错的绝顶巉崖，看上去最像东方传说中的一座座城市。我们正迅速接近南方的山脉，不过我们的高度已远远超过安全飞越大山的需要。几分钟后，我们优雅地翱翔于群山之上，安斯沃思先生和两名水手都惊于从吊舱看下去的大山显然缺乏高度，惊于气球超乎寻常的上升趋势使脚下峰峦起伏的地面看上去几乎是一马平川。十一点半，在继续偏南的飘行中，我们第一眼望见了布里斯托尔湾。十五分钟之后，海岸的浪花线直接出现在我们身下，我们已完全飘到海上。这时我们决定放掉适量气体，使系有浮桶的导绳接触水面。这一决定立即被执行，我们开始慢慢地下降。二十分钟后，第一只浮桶入水，随着不久后第二只浮桶的入水，我们的高度开始保持不变。这下我们都急于试一试方向舵和螺旋装置的功效，我们立即把两者都投入使用，以期使我们的飘飞方向更加偏东，与巴黎形成一条直线。借助于方向舵，我们马上就达到了改变方向的目的，使我们的航向和风向几乎形成了直角；这时我们让螺旋发条开始运动，并欣喜地发现它如期望的一样轻易地产生出推力。我们为此欢呼九声，并把一只密封有一张羊皮纸的瓶子抛入大海，羊皮纸上简略叙述了这项发明的原理。然而，我们的欢呼声刚刚消失，就发生了一起令我们大为泄气的意外事故。（由于我们带上的两名水手中的一位在舱内移动引起吊舱倾斜）那根连接发条装置和螺旋推进器的钢轴靠吊舱的一端被猛然扔出，一时间完全脱离了螺旋的旋转轴而悬空挂着。我们努力要使它归位之时，我们的注意力被完全吸引，我们被卷入了一股从东面吹来的强风，这股风以不断增加的极快速度把我们吹向大西洋。我们很快就发现，自己正以每小时不亚于五六十英里的速度被刮出海湾，结果待我们固定好钢轴并有时间来思考我们该怎么办时，我们已来到离北边的克利尔角大约四十英里的海面上。就是在这个时候，安斯沃思先生提出了一个令人吃惊但在我看来并非毫无道理或异想天开的建议，并立即得到了霍兰先生的支持。他的建议是：我们应该利用吹动我们的这股强风，放弃逆风飞往巴黎的计划，做一次直达北美海岸的尝试。我略为思忖之后，便欣然同意了这个大胆的提议，（说来也奇怪）反对这一建议的只有那两名水手。由于我们是多数，所以压倒了他俩的恐惧，坚决地保持了我们的航向。我们朝正西方飘行，但由于浮桶的拖曳实际上阻碍了我们的行进，加之我们已完全控制了气球的升降，于是我们先抛掉了五十磅压舱物，然后（用一个绞盘）把导绳完全收离了水面。我们发现这一措施立即生效，大大地加快了前进的速度。随着风力的加强，我们飞行的速度简直难以想象。导绳拖曳在吊舱之后，就像船上的一根飘带。不消说，我们眨眼工夫就再也看不见海岸。我们从许许多多的各型船只上方飞过，一些船只正奋力逆风前进，但大多数都收帆停船。我们为每艘船都带来了一阵兴奋激动，这种激动使我们感到非常快活，尤其使我们的两名水手振奋，此时他俩在少许杜松子酒的作用下，似乎已决定让顾虑或恐惧都随风而去。许多船只为我们鸣响了号炮，而所有的船只都以欢呼呐喊向我们致意（这些呼喊声听起来出人意料地清晰），并向我们挥舞水手帽和手巾。白天我们一直以这种方式前进，没出现任何意外情况，而当夜幕在我们周围合拢之时，我们粗略地估计了一下一天的航程。我们飘过的距离不会少于五百英里，而且很可能更多。推进器一直处于运转状态，这无疑大大地有助于我们的前进。随着夕阳西沉，疾风变成了一场真正的飓风，由于磷光现象，我们身下的洋面清晰可见。整整一夜，风都从东方吹来，给予了我们最灿烂的成功预兆。寒冷使我们尝到了苦头，空气的潮湿也令人极不好受；不过吊舱里有足够的空间让我们能躺下，靠着斗篷和几条毯子，我们总算还可以对付。

附记（由安斯沃思先生附笔）：刚过去的九小时无疑是我一生中最激动的时刻。我无法想象，还有什么事能比这样一次惊险而新奇的冒险活动更使人得以升华。愿上帝保佑我们成功！我祈求成功，并非为了我个人微不足道的生命安全，而是为了人类知识——为了这一成功的深远意义。没想到建立这一功绩是如此明显的可能，以至于我唯一的惊叹就是在此之前，人们为何一直顾虑重重，不敢一试。只需要眼下帮助我们的这样一场大风，假设这样的一场风把一只气球向前刮四五天（这些风常常持续更久），那从此岸到彼岸的越洋飞行就可以轻易成功。在这样的一场疾风看来，浩瀚的大西洋不过是一个湖。此刻，给我印象最深的现象，莫过于笼罩着下面大海的无以复加的寂静，尽管此时的大海正波涛汹涌。天上一点也听不见波涛的声音，辽阔无边的大海毫无怨言地扭曲翻滚。小山般的巨浪使人想到无数哑然无声的巨魔徒然地在痛苦中挣扎。对我来说，一个人活上这么一个销魂荡魄的夜晚，胜过庸庸碌碌地活上一个世纪。我不愿为平平淡淡的一百年而放弃这份狂喜。

七日，星期日（梅森先生执笔）：今晨风速由十节降低到八九节（对海面船只而言），也许每小时把我们往前送三十英里或多一点，但风向已大大偏北。此刻，在夕阳西下的时分，我们主要靠螺旋和舵保持着正西航向，它们的功能都发挥得极好。我认为设计完全成功，任意朝任何方向（除正面逆风）的空中航行从此再也不成其为问题。我们不能迎面抗拒昨天那样的大风，但如果必要，我们可以凭升高而摆脱其影响。至于面对一般的强风，我确信我们能凭着推进器保持自己的航向。今天中午曾靠抛压舱物上升到约 25 000 英尺的高空，那样做的目的是想寻找更偏西的气流，但在高空并没有发现比我们此刻正处于其中的更有利的风向。即便这次航行会延续三个星期，我们也有足够的煤气飞越这个小小的池塘。我对航行结果没有丝毫担忧。困难一直被不可思议地夸张和误解。我现在能选择气流，即使我发现所有气流都是逆向，我也可以凭推进器保持一种还算过得去的行进。我们迄今未遇上任何值得记录的事变。今晚天气可望晴朗。

附记（由安斯沃思先生附笔）：我没有多少补充，除了那个（对我来说非常出乎意料的）事实：在相当于科托帕希火山[①]海拔的高度，我既没有感到很

① 该火山位于厄瓜多尔，高度为 5897 米。——译者注

冷，也没有感到头痛和呼吸困难。我还发现梅森先生、霍兰先生和埃弗拉德爵士都没有什么异常反应。奥斯本先生诉说过胸闷，但这种感觉很快就消失了。白天我们一直以极快的速度飞行，我们现在肯定已经飘过了半个大西洋。我们曾越过二三十艘各种类型的船，船上的所有人似乎都又惊又喜。乘气球飞越大洋压根儿不是一桩千难万险的业绩。Omne ignotum pro magnifico[①]。备忘：在 25 000 英尺的高度，天空看上去几乎一团漆黑，星星清晰可见；同时，海面并不（像人们想象的那样）呈凸面，而是绝对地并且非常明显地呈现凹面。[②]

八日，星期一（梅森先生执笔）：今晨推进器的传动钢轴又给我们添了点麻烦，该轴务必彻底改造，以免造成重大事故，我说的是那根钢轴——不是螺旋翼。后者不可能再被改进。整个白天一直刮着稳定而强劲的东北风。迄今为止，命运似乎一直对我们很关照。刚要天亮之前，我们所有人都多多少少感到过一阵惊恐，当时气囊里发出奇怪的声音并一阵震动，整个飞行器随之明显地往下一沉。这些现象的原因是，由于大气的温度上升，引起气囊里的煤气膨胀，结果崩裂了夜间凝结在骨网架表面的冰粒。朝下面过往的船只抛下过几只瓶子。看见其中一只被一条大船捞起——从外观看好像是一艘纽约的定期邮轮。力图辨认出船名，但未能弄清。奥斯本先生的望远镜辨认出似乎是“亚特兰大”号。此刻是深夜十二点，我们仍然以极快的速度朝偏西方向飞行。今夜海上的磷光格外灿烂。

附记（由安斯沃思先生附笔）：现在是凌晨两点，海上几乎风平浪静，这是

① 拉丁语，未知之事总被视为宏伟之举。——译者注

② 安斯沃思先生没有试图说明这一现象，但这种现象完全能够解释。从 25 000 英尺高处作一直线垂直于地面（或海面），这条直线可形成一个直角三角形的高，该直角三角形的底边从直角顶点延伸至地平线，其斜边则从地平线延伸至气球。但与视线所及的距离相比，25 000 英尺的高度微不足道或几乎为零。换言之，与这个假设的三角形的高相比，其底边和斜边的长度长得几乎可以被看成两条平行的直线。在这种情况下，气球驾驶员眼中的地平线看上去似乎与吊舱处于同一水平线上。但由于垂直于他身下的那个点看上去（而且实际上）隔了一段很长的距离，因此这个点看上去当然也就远远低于地平线。凹面的印象由此产生。只有当这个高度与视线的距离成比例大大向上延伸，直到底边和斜边视觉上的平行完全消失，这种凹面的印象才会随之消失。此时，地球真正的凸面肯定就会显露出来。——原注

据我所能做出的判断，但这一点很难断定，因为我们正乘风急速前行。自从离开威尔沃尔庄园后，我就没睡过觉，但我现在再也支持不住了，我得打个盹儿。我们离美洲海岸不会很远了。

九日，星期二（安斯沃思先生执笔）：下午一点，我们清楚地看见了下方的南卡罗来纳海岸。这道巨大的难题终于被解决。我们已经越过大西洋——乘一个气球顺顺当当并轻轻松松地越过了大西洋！感谢上帝！从今以后，谁还能说有什么事不可能?

日记到此结束。但安斯沃思先生对福赛斯先生讲述了一些着陆时的细节。当航行者们第一眼看见海岸时，风几乎已平息，海岸位置当即被那两名水手和奥斯本先生认出。这一位绅士有熟人在莫尔特雷要塞，所以马上决定气球降落在要塞附近。气球在操纵下飞临海滩（当时正值退潮，坚固而平滑的沙滩很适宜着陆），抛下的锚立即把气球固定。岛上居民和要塞驻军当然蜂拥而出观看那个气球。但航行者磨破了嘴皮，才使那些人相信了这次实实在在的航行，飞越大西洋的航行。锚触地的时间正好是下午两点整，这样整个航行历时共七十五小时；若只从海岸到海岸计算，时间则更短。航行中没发生任何重大事故。整个期间没有担心过任何真正的危险。气球被毫不费事地排气并系牢，当编辑成这篇报道的手稿从查尔斯顿送出时，航行者们还待在莫尔特雷要塞。他们下一步的意向尚未确定，但本报有把握向读者保证，最迟星期一或星期二，公众将读到我们的进一步报道。[①]

这是人类迄今为止所完成甚至所尝试的最惊人、最有趣、最重要的业绩。今后还会发生什么惊人的事件，现在进行测定也许是徒劳无益的。

① 本文载于《纽约太阳报》的日期是1844年4月13日，星期六。——译者注

Allan

Poe

Complete

Tales

未来之事

《淑女杂志》诸位编辑：

我荣幸地为贵刊奉上一篇文稿，并希望你们对此稿能比我理解得更透彻。这篇稿子是由我朋友马丁·范布伦·梅维斯（有时又叫作波基普西预言家）[1]根据我大约一年前发现的一份看上去很古怪的手稿翻译的。当时那份手稿被密封在一只瓶子里，瓶子漂浮在那片黑暗的海洋——那海曾被那位努比亚地理学家[2]详细描述，但今天除了超验论者和一些耽于奇想者，很少有人涉足。

你们忠实的

埃德加·爱伦·坡

在“云雀”号气球上

2848年4月1日

好吧，我亲爱的朋友，现在你得为你的过失而受到一封说三道四的长信的处

① 暗指安德鲁·杰克逊·戴维斯（Andrew Jackson Davis，1826—1910），美国一名唯灵论者，著有《自然之神示》（1847）等书，以“波基普西预言家”而闻名。——译者注

② 参见《莫斯肯旋涡沉浮记》有关脚注。——译者注

罚。我明确地告诉你，我打算把这封信尽可能地写得单调乏味、杂乱无章、语无伦次而且不得人心，以此来惩罚你的傲慢无礼。再说，我此时被关在一个肮脏的气球上，和一两百个贱民在一堆，正在一次愉快的旅行途中（多滑稽，有人竟然想到愉快）。至少在一个月内，我绝无希望脚踏实地，没人交谈，无事可做。当一个人无事可做之际，那就是该给朋友写信之时。你这下该明白我为什么要给你写这封信了吧？这是因为我的无聊和你的过失。

那就准备好你的眼睛，接受骚扰吧。我打算在这次可憎的航行期间，天天给你写信。

唉！人类什么时候才会想出新的发明？难道我们注定要永远享受这气球的种种不便？难道就没有一个人能发明一种更快速敏捷的飞行方式？据我看来，这样慢吞吞地飘行比直截了当的折磨好不了多少。实话实说，自从我们离家以来，时速一直都没有超过 100 英里！连鸟都比我们飞得快——至少是有些鸟。我向你保证，我一点没夸张。当然，我们的航行显得比实际上更慢，这一是因为周围没有任何参照物供我们估计方位，二是因为我们一直顺风飘行。诚然，每当遇上另一个气球，我们便有机会感觉到我们的速度，这时我承认，事情并不像看上去的那么糟糕。虽然我已经习惯这种旅行方式，但每当有气球直接从我们头顶飞过时，我仍然不能克服头昏眼花。我总觉得那似乎是一只巨鸟正向我们扑来，要用它的利爪把我们抓走。今天早上日出时分，有一个气球从我们上方经过，它离我们的头顶是那么近，以至于它的拖绳实际上擦到了悬吊我们吊舱的索网，使我们感到极大的不安。我们的球长说，如果气囊的质地是五百年或者一千年前那种中看不中用的涂胶"油绸"，那我们早就不可避免地球毁人亡了。那种绸，他向我解释说，是用蚯蚓的内脏制成的一种织物。那种蚯蚓被人用桑葚（一种像西瓜的水果）细心喂养，它们长胖之后就被送进作坊压碎。这样压出的糊状物叫作原始浆，然后再经过多道工序，最后才成为"丝绸"。说来也怪，这种丝绸曾作为女人的衣料而受到欢迎！当时的气球绝大部分都是用这种材料做的。好像后来在一种植物的下部囊皮中发现了一种更好的材料，那种植物俗称大戟，当时植物学上称为乳草。这种丝绸因为经久耐用而被命名为西尔克·白金汉[1]，并且使用前通常被涂上一种树胶液，一种在某些方面可能与我们现在普遍使用的古塔胶相似的物质。那种树胶偶然也被称为印度橡胶或弹性橡胶，而且无疑是许多种真菌中的一种。请别再对我说，我本质上不是一个古董爱好者。

说到拖绳——似乎我们自己这一根今天上午把一个人从船上撞下了海，当时我们下方的海面上有许多小小的磁力螺旋桨船，拖绳撞上的是一条大约六千吨重的小船，无论从哪个方面看，船上都挤得很不像话。应该禁止这些小船装载过多的乘客。当然，那位落水者未被允许重返甲板，他和他的救生圈很快就不见踪影。亲爱的朋友，我真高兴我们生活在一个如此开明进步的时代，以至于不应该有个体存在这等事。真正的人类所关心的应该是其整体。说到人类，我顺便提一下，你知道吗？我们不朽的威金斯在论及社会状态这类问题时，并非像当代人所认为的那样有其独到的见解。庞狄特[2]使我确信，大约早在一千年前，一位名叫傅立叶[3]的爱尔兰哲学家就以几乎同样的方式提出过同样的见解，因为那个哲学家开着一家卖猫皮和其他毛皮的零售商店。庞狄特无所不知，这你知道，所以这件事绝不可能弄错。真令人惊叹，我们居然发现那个印度人亚里士·多德深刻的见解每天都在得到验证（正如庞狄特所引用的），“于是我们就必然看到同样的主张在人类中循环，不是一次或两次，也不是若干次，而几乎是永无止境地重复”。

4 月 2 日——今天谈一谈那条管理水上电报电缆中段的磁力船。我听说，当这种电报最初由霍尔斯投入使用之时，人们认为它根本不可能把电文传过大洋，可今天我们完全弄不明白这有何难！世事变迁就是这样。沧海桑田——请原谅我引用这句伊特拉斯坎语。要是没有太西洋电报，我们该怎么办？（庞狄特说，太西洋在古代被叫作“大西洋”）我们停下来向磁力船问了一些问题，除了其他一些好消息，我们还获悉阿非利西亚内战方酣，而瘟疫在尤罗巴和阿细亚的流行正值

① 英文丝绸（silk）和人名西尔克（Silk）同形同音。爱伦·坡在此处揶揄的西尔克·白金汉是一位英国记者兼旅行家。——译者注

② 庞狄特（Pundit）一词指博学者。——译者注

③ 傅立叶（Furrien）一词意为皮货商。——译者注

绝妙状态。难道这种事今天看来不觉得奇怪，在人类使哲学升华高尚之前，世人竟习惯于把战争和瘟疫视为灾难？你知道吗？实际上，我们的祖先曾在古老的神庙里祈祷，祈求这些灾难不要光顾人类。我们的祖先究竟是按照什么样的利益原则行事，这难道不是真的令人费解吗？难道他们真有那么愚昧，竟然看不出这个如此明显的事实：无数个体的消灭只会对整体有益！

4月3日——从绳梯登上气囊之顶，然后再环顾周围的世界，这可真是一种极好的消遣。你知道，在下面的吊舱，眼界不会有这般开阔，你很少能看到头顶的景象。可坐在这儿（我就坐在这儿写信），坐在这囊顶有豪华气势的无遮无盖的广场上，四面八方所发生的一切都一览无余。现在我视野之内正飘行着数不清的气球，它们呈现出一幅生气勃勃的画面，同时空中正回响着好几百万人的声音所汇成的嗡嗡声。我已经听说，当我们所认为的第一位气球航行家耶洛，或者（照庞狄特所说是）维奥利特，当他坚持认为只要凭借升降去顺应有利气流，气球便可朝各个方向飞行时，他同时代的所有人几乎都对他不予理睬。他们只把他当作一个有发明天才的疯子，因为那个时代的哲学家们（？）宣称这种事绝不可能。现在看来真令我莫名其妙，古代那些聪明的学者为什么对任何明明切实可行的事都视而不见。不过在任何时代，技艺进步的巨大障碍都遭到所谓的科学家们的反对。当然，我们今天的科学家完全不像古代科学家那么固执。哦，说到这个话题，我有一件非常奇怪的事要告诉你。你知道吗？直到不足一千年前，形而上学家们才同意打消世人那个古怪的念头，即认为获得真理只有两条可行之路！请相信这一点，如果你可能的话！好像是在很久很久以前，在没有史料记载的年代，有一位名叫亚里士·多德的土耳其哲学家（也可能是印度哲学家）。此人大力推广，或姑且说竭力鼓吹一种叫作由因及果式或演绎式的分析方法。他从他坚持认为的自明之理或“不言而喻的真相”开始，然后通过“逻辑的”过程得出结果。他最著名的两个门徒一个叫流口利得，一个叫侃得。且说亚里士·多德一直独领风骚，直到一位叫什么霍格的人出现。此人有一个别号叫“埃特里克的牧羊人”，他提倡一种截然不同的分析方法，并将其称为由果溯因法，或者称归纳法。他的方法完全涉及感觉。他是通过观察、分析和归类，最后把事实（即被他极不自然地称为的自然事例）总结为普遍规律。一言以蔽之，亚里士·多德的方法以本体做基础，霍格的方法则以现象为依据。对啦，后一种方法提倡之初赢得了世人的高度赞美，亚里士·多德顿时声名扫地。不过，他最后终于东山再起，被允许在真理这个领域与他的现代对手平分秋色。当时的学者们坚持认为，只有亚里士·多德式和培根式的道路才是可能获取真知的途径。你肯定知道，“培根式的”这个形容词是作为“霍格式的”同义词而发明的，它听起来更悦耳，看上去更高贵。

我亲爱的朋友，我向你保证，最断然地保证，我所讲述的这件事绝对有最充分的根据。而你很容易就能看出，如此明显的一种荒唐观念那时候肯定起过作用，从而阻碍了真正的学问发展，因为真的学问几乎总是以直观飞跃的方式向前发展。这种古代的观念把分析研究限制在蜗行牛步的速度，尤其是对霍格的迷恋狂热了好几百年，以至称得上正常的思想实际上完全停止。没人敢说一句真话，而为此他只觉得有负于自己的灵魂。真情真相是否能被证明为真理，这一点并不重要，因为当时那些愚顽不化的学者，只看获得真情真相所通过的途径。他们对结果甚至不屑一顾。“让我们看方法，”他们高嚷，“方法！”若发现被调查的方法既不属于亚里士（也就是说公羊）[①] 的范畴，也不归于霍格的领域，那学者们就会立即停止调查，并宣布那位“理论家”为白痴，从此对他和他发现的真理再也不予理睬。

我们当然不能认为凭这种蜗行牛步的方法，人们会在哪怕是漫长的年代中发现许多真理，因为对想象力的约束，是任何存在于古代分析模式中的稳定性都无法补偿的过失。那些尤耳曼人、伏兰西人、英格利奇人和亚美利坚人（顺便说一下，后者便是我们的直接祖先）所犯的错误，完全类似那种自作聪明的白痴所犯的错误。那种白痴以为他把东西拿得离眼睛越近，就肯定会看得越清楚。那些人被细节蒙住了眼睛。当他们照霍格式方法分析问题时，他们所依据的“事实”通常绝非事实，而是堆鸡零狗碎的破烂，只不过一直被假定为是事实而且肯定是事实，因为它们看

① “亚里士”乃希腊文 ερφos 或者拉丁文 Ariēs 之音译，意为公羊。“霍格”（Hog）意为肥猪，指弗兰西斯·培根。另苏格兰诗人詹姆斯·霍格（1770—1835）被称作“埃特里克的牧羊人”。爱伦·坡在上文中故意让未来人张冠李戴地把“牧羊人”之称号归于培根，这当然是冲着亚里士多德这头“公羊”。——译者注

上去像那么回事。当他们沿着公羊之路分析问题，他们的那条路简直还不如公羊角直，因为他们压根儿就没有什么不言而喻的自明之理。他们肯定失明眇目以至看不见这点，甚至在他们那个时代，因为甚至在他们那个时代，许多早就“被确认的”自明之理也已经一一被否定。例如，“无中不生有”“物体不能运动于它不存在之处”“世间绝没有恰恰相反的事物”“黑暗不可能来自光明”——所有这些和类似的另外十几条早被世人断然而正式地承认为自明之理的命题，甚至在我所说的那个时代显然也站不住脚。由此可见，那些坚信“自明之理”为真理之不变基础的人是多么愚蠢！即便从他们最有判断力的推论家口中，也很容易证明他们的自明之理大体上是一堆莫名其妙的废话。谁是他们最有判断力的逻辑学家呢？让我想想！我得去问问庞狄特，一会儿就回来……啊，有了！这儿有一本差不多写于一千年前、最近从英格利奇语翻译过来的书。顺便提一下，英格利奇语好像就是亚美利坚语的雏形。庞狄特说，就其主题逻辑而言，此书无疑是一部最精巧的古典。这位（在当时被认为很了不起的）作者叫什么米勒，或者叫穆勒。我们发现了一条关于他的重点记载，说他有匹推磨的马名叫边沁。[①] 不过，让我们来看看这部鸿篇大论！

啊！穆勒先生说得好，“能否想象绝不能作为自明之理的判断标准”。神志清醒的现代人，有谁会想到对这条自明之理提出怀疑？我们唯一的惊讶只能是，穆勒先生怎么会偏偏想到，有必要对这种一目了然的事加以暗示。不过，到此还没有什么差错。让我们再来看一页。这页上写些什么？“矛盾之双方不能同时为真理，即不能同时存在于自然之中。”穆勒先生这句话的意思是说，一棵树要么是一棵树，要么不是一棵树——它不可能同时是一棵树又不是一棵树。很好，可我问他为什么。他的回答是这样的——而且绝不敢说还有其他任何方式的回答：“因为不可能想象矛盾之双方同为真理。”可是根据他自己的论证，这压根儿就不是答案，因为他难道不是刚刚才承认“能否想象绝不能作为自明之理的判断标准”？

我现在抱怨这些老前辈，主要还不是因为他们的逻辑即便照他们自己的论证也是毫无根据，没有价值而且完全稀奇古怪，而是因为他们自负而愚蠢地排斥所

① “穆勒”英文为 Mill，意为磨坊，而穆勒曾受边沁影响。——译者注

有其他的真理之路，排斥除了那两种荒谬途径的所有获取真理的途径。他们的两种途径一条是蜗行之路，一条是牛行之途。而他们竟敢把酷爱翱翔的灵魂限制在这两条路上。

顺便问一句，我亲爱的朋友，你难道不认为下面这件事曾让古代的那些教条主义者伤透过脑筋？那就是，他们不得不断定他们所有的真理中最重要而伟大的那个真理，到底是通过两条路中的哪一条获得的。我说的是万有引力定律。牛顿将此归功于开普勒。而开普勒早就承认他的行星运动三大定律是猜出来的——正是这所有定律中的三条定律引导那位伟大的英格利奇数学家发现了他的原理，即所有物理学原理之基础。若要追究这基础的根源，那我们必然会进入形而上学的王国。开普勒猜测，也就是说，想象。他本质上是个“理论家”，这个如今神圣而庄严的字眼在过去却是一种轻蔑的称呼。还有，到底是凭那两条“路”中的哪一条，一位密码专家才能破译一份异常神秘的密码，或商博良到底是通过那两条路中的哪一条，才成功地破译出了古埃及象形文字，从而把人类引向了那些永恒不朽而且几乎不可计数的真理？要那些老鼹鼠来解释上述问题，难道不会让他们感到为难？

对这个话题，我还有两句话要说，我就是要让你感到厌烦。你难道不认为奇怪？那些盲从的人虽然没完没了地大谈真理之路，但还是没发现我们今天看得一清二楚的这条大道—— 一致性的大道。你难道不觉得稀罕？他们居然未能从上帝的杰作中演绎出这个极其重要的事实：完美无瑕的一致必然是绝对真理！自从这一命题被宣告以来，我们前进的道路一直是多么平坦！探究真理的权利从那些鼹鼠手中被夺了过来，作为一项使命交给了那些真正的思想家，那些富有热情和想象力的人。这些人讲究理论。你能否想象，若是我们的老前辈能从我背后偷看到我写下的这个词，他们会发出什么样的嘲笑？我刚才说，这些人讲究理论，只不过他们对自己的理论进行修正、归纳、分类，一点一点地清除自相矛盾的浮渣，直到一种毋庸置疑的一致终于脱颖而出，而由于它完全一致，连感觉最迟钝的人也承认它是绝对而当然的真理。

4 月 4 日——新的气体正在创造奇迹，改进后的古塔胶也会令人叹为观止。多安全，多方便，多容易操纵，我们的现代气球在各个方面都尽如人意！有一个大气球正以每小时至少一百五十英里的速度向我们靠近。它看上去载满了人——也许有三四百名乘客，然而它翱翔在差不多一英里的高空，神气活现地俯视可怜的我们。说到底，一百英里乃至两百英里的时速仍然算不上快。还记得我们在横越加拿多大陆那条铁路线上的飞驰吗？每小时足足三百英里——那才叫旅行。虽然什么也看不见，只能在豪华的车厢客厅里饮酒、跳舞、娱乐。你还记得吗？当我们偶然看到一眼全速运行的列车外的物体，所体验到的是一种多么奇妙的感觉。似乎一切都混为一谈——成了一个整体。就我而言，我只能说，我宁愿乘时速一百英里的慢车旅行。那儿我们可以有玻璃车窗，甚至还能把它们打开，像看看窗外田野风光之类的事也可以办到……庞狄特说，加拿多铁路的路线大约在九百年前肯定已被规划出来。实际上他甚至宣称，现在还能辨认出一条铁路的痕迹，与所提到的那个遥远年代有关的痕迹。那条铁路好像有两股道，而你知道，我们的铁路有十二股道，而且有三四股新道正在修建。古代的钢轨很细，轨距很窄，照现代观念看来，即使不说非常危险，也得说极其轻率。现在五十英尺宽的轨距实际上还被认为不够安全。至于我自己，我毫不怀疑在很久以前的确存在一条某种类型的铁路，正如庞狄特所宣称的那样。因为我心里再清楚不过，在过去的某个时期（肯定不少于七百年前），加拿多南北两块大陆是连在一起的，当时的加拿多人必然会想到建一条横贯大陆的大铁路。

4 月 5 日——我简直无聊透了。庞狄特是气球上唯一可交谈的人。而他，可怜的人！开口闭口谈的都是陈年往事。他花了整整一天时间试图让我相信古代的亚美利坚人是自己管理自己！究竟有谁听说过这种荒唐的事？他们按照我们在寓言中读到的“土拨鼠”的方式，生活在一种人人为自己的联邦内。庞狄特说，他们是从那个所能想象到的最古怪的念头开始的，就是说：所有人生而自由并且平等——公然违抗清清楚楚地铭刻在精神世界和物质世界万事万物之上的等级法则。每个人都“投票”，这是他们的说法。也就是说，每个人都干预公众事务，直到最后发现，所谓的公众的事就是谁也不负责任的事，而“共和政体”（那种荒唐事就这么称呼）就是完全没有政体。据说，最初使那些因创立了“共和政体”而自鸣得意的哲学家感到惊恐不安的事，就是发现全民投票给了欺骗阴谋可乘之机，凭借阴谋诡计，任何一个堕落的不以欺骗为耻的政党，都可以在任何时候得到他们想要的任何数量的选票，而他们的欺骗行为不可能被阻止，甚至不可能被察觉。稍稍想一想这个发现，就可以看清其后果，那就是卑劣之徒必占上风。总而言之，共和政府只可能是一种卑鄙下流的政府。可当那些哲学家正为自己未能预见到这种不可避免的邪恶而感到脸红，正为自己的愚蠢而感到羞愧，并决心要创立新的理论时，一个名叫乌合之众的家伙突然使事情有了个结局。他把一切都抓到了手中，建立起了一种专制暴政。与之相比，传说中的尼禄和康茂德[①]之流的暴虐也只能算是小巫见大巫。据说这个乌合之众（顺便说一下，他是个外国人）是天底下最令人作呕的家伙。他是个蛮横、贪婪、猥亵的巨人，有小公牛的胆、鬣狗的心和孔雀的脑袋。他最后死于精力衰竭。不管他有多么卑鄙无耻，他仍像所有的东西一样自有其益处，那就是给人类上了一课，而且直到今天，这个教训也没有被遗忘的危机——绝不要违反自然的类似关系。就共和政体而论，地球表面绝对找不到它的类似之物，除非我们把“土拨鼠”的情况作为一个例外。而如果说这个例外能证明什么，那它似乎只能证明，民主是一种绝妙的政体形式——对鼠类而言。

4 月 6 日——昨晚好好地看了一番天琴座 α 星，用我们球长的小型望远镜对半度角观测，它的星轮很像我们在雾天用肉眼看见的太阳。顺便说一下，天琴座 α 星虽说比我们的太阳大得多，但它的黑点、大气和其他许多特征都与太阳相似。庞狄特告诉我，仅仅是在 20 世纪，人们才开始怀疑这两颗恒星之间存在着双星关系。（说来真怪！）我们太阳系在空间的运动轨道，曾被认为是环绕着银河系中心的一颗巨星。银河系的每一个天体都被宣布是围绕着这颗巨星转动，或至少说是围绕着位于昴星团阿尔库俄涅星[②]附近的上述天体所共有的一个引力中心转动，我们太阳系绕这个中心转一周需要 117 000 000 年！凭我们现在的天文知识，凭我们大型天文望远镜的改进等，我们当然会发现很难理解这种看法的根据。

① 康茂德（Lucius Aurelius Commodus，161—192），古罗马皇帝（180—192 年在位）。——译者注
② 即金牛座之昴宿六。——译者注

这种看法的第一个鼓吹者叫什么梅德勒。[①]我们只能断定，他起初仅仅是被类推引向了这个疯狂的假设；既然如此，他至少应该坚持类推下去。事实上，一颗巨大的中央恒星被提出，梅德勒至此还算首尾一致。然而，从天体力学上看，这颗中央恒星应该比所有环绕它的恒星加在一起还大。于是，下面这个问题就会被提出："为什么我们看不见那颗巨星？"尤其是我们处于这串恒星的中间地带——至少，那颗难以想象的中央恒星应当位于这个地带附近。那位天文学家对这一点也许会以该星不发光作为遁词，但这样，他的类推马上就不成立。即使承认那颗中央恒星不发光，他又怎么解释为何围在它四面八方的无数灿烂辉煌的太阳也未能使它显露真颜？毫无疑问，他最后所能坚持的仅仅是一个所有绕行的恒星共有的引力中心。即便如此，他的类推肯定也站不住脚。不错，我们太阳系是在绕着一个共有的引力中心转动，但它的转动是与一颗有形的恒星有关，是由于这颗恒星的缘故，因为这颗恒星的质量足以保持这个系统其他天体的平衡。数学意义上的圆是一条由无数直线构成的曲线，但这个圆的概念——这个我们从几何学的任何角度考虑，都认为是不同于实际概念的纯数学意义上的概念，事实上也可以被视为实际上的概念，这就是当我们假设太阳系和它的伙伴们围绕银河系中心某个点旋转的时候。只有在这种时候，在我们不得不涉及或至少是不得不想象这些巨圆的时候，我们才有权利把这个数学上的概念视为实际上的概念。让人类最活跃的想象力再进一步，去理解这样一个难以形容的圆！这样的理解几乎并不矛盾，即一道永远沿这个不可思议的圆之圆周飞驰的闪电，实际上将永远沿一条直线飞驰。我们太阳运行的道路就沿着这样的一个圆周——我们太阳系运行的方向就顺着这样的一条轨道，所以哪怕是认为人类的知觉会在一百万年内感觉到太阳运行的轨道稍稍偏离一条直线，这都是一种不能接受的推测。古代的那些天文学家似乎都傻乎乎地相信：一条明显的曲线已经显露在他们短短的天文学历史期内，显露在一个纯粹的时间点上，显露在几乎等于零的两三千年间！真是莫名其妙，这样的考虑居然未能立刻为他们指示出事情的真实情况——环绕同一引力中心的我们的

① 梅德勒（Johann Heinrich von Mädller，1794—1874），德国天文学家，他在其《中央恒星》（*Die Centralsonne*，1846）一书中持上述看法。——译者注

太阳和天琴座 α 星之间存在着双星旋转关系！

4 月 7 日——昨晚继续以观测天象娱乐。仔细地观测了海王星的五颗小行星，并兴趣盎然地观看了月球上一个巨大的拱墩被放上新建的达夫尼斯神庙的双楣。像月球居民那么小，并且与人类那么不相同的生物居然能发明出比我们先进得多的机械装置，想到这一点，觉得很有趣。而且我发现很难想象，那些月球人轻轻松松举起的巨大物体，真会像我们的理智所告诉我们的那样轻。

4 月 8 日——我发现了！庞狄特真是扬扬得意。一个来自加拿多的气球今天与我们相遇，并抛给我们几份最近的报纸。报上刊登了一些与加拿多人，更正确地说是与古代的亚美利坚人有关的非常奇妙的消息。我想你一定知道，好几个月以来，一批工人正受雇在为乐园的一个新喷泉构筑地基，就是在帝国最大的那个娱乐花园。毫不夸张地说，乐园很久很久以来似乎就一直是一个岛屿，也就是说，它北边的分界线（按任何古老的记载追溯）是一条河，更准确地说是一个狭窄的海湾。这海湾慢慢变阔，直到变为今天的宽度——一英里，岛的全长为九英里，宽度实际上变化不定。大约八百年前，那整个地区（庞狄特这么说）密密麻麻地挤满了房屋，其中有些楼房高达二十层（由于某种莫名其妙的原因），那地区附近的土地被人们视为特别珍贵。然而，二〇五〇年那场灾难性的地震将这座镇子（它大得几乎已不能再称为村庄）连根拔掉，彻底摧毁，以至于我们最不屈不挠的考古学家也一直未能从该遗址找到任何充分的资料（诸如钱币、徽章或碑铭之类的东西），因而无法对该地区原始居民之风俗习惯、生活方式等方面进行哪怕是最模糊的推测。我们迄今为止对他们的全部了解几乎就是：当一名金羊毛骑士雷科德尔·赖克[①]最初发现那块大陆之时，他们是出没于那里的尼克尔包克尔野蛮部落的一个分支。[②]可他们绝非不开化，只不过是按照他们自己的方式，形成了种种不同的艺术乃至科学。据说，他们在许多方面都很精明，却奇怪地患上了一种偏执狂，拼命地建造一种在古代亚美利坚被命名为“教堂”的房屋——那是一种塔式建筑，用来供奉两个偶像，一个名叫财富，一个名叫时髦。据说到了后来，该岛十之八九都变成了教堂。而且那

① 暗讽当时一名自私的纽约政客理查德·赖克（Richard Riker，1773—1842）。——译者注

② 尼克尔包克尔（Knickerboker）是欧文·华盛顿写《纽约外史》（1809）时所用的笔名。——译者注

里的女人好像也被她们后腰下边的一个自然隆起部弄得奇形怪状——尽管这种变形在当时莫名其妙地被当作一种美。事实上，有一两幅这种变形女人的画像被奇迹般地保存了下来，她们看上去非常古怪，非常——说不出是像雄火鸡还是像单峰骆驼。

好啦，关于古代的尼克尔包克尔人，流传到我们今天的差不多就这么点情况。然而，好像在帝国花园（你知道那花园覆盖全岛）中央的挖掘中，几个工人挖出了一块显然是由人工凿成的四四方方的花岗石，石块重好几百磅。该石保存完好，那场将它掩埋的大地震并没有对它造成明显的损坏，它的一个表面是一块刻着碑文的大理石板（想想吧！）——一段字迹清楚的碑文，庞狄特真是欣喜若狂。拆开大理石板，后面是一个装着一只铅盒的空洞，铅盒里满满的，有各种各样的钱币、一份长长的名册、几份看上去像报纸的文件，还有其他许多使考古学家感兴趣的东西。毫无疑问，这一切都是属于那个叫作尼克尔包克尔部落的地道的亚美利坚人的遗物。抛给我们气球的那些报纸上印满了那些钱币、手稿和印刷品等的摹真图片。我现在就把大理石板上的那段尼克尔包克尔人的碑文抄你一阅，供你一乐——

此乔治·华盛顿纪念碑之

奠基石

竖于1847年10月19日

适逢康华里勋爵

于公元1781年

在约克镇

向乔治·华盛顿将军投降

周年纪念典礼

纽约市华盛顿纪念碑协会赞助

我这里抄的碑文是庞狄特亲自逐字翻译的，所以内容不可能有误。从保存下来的这几行不多的字句中，我们探明了几个重要的事实。其中并非最不重要的一个事实就是：早在一千年前，实实在在的纪念碑就已经被废除（正如非常恰当的那样），当时的人们也和我们今天的做法一样，仅仅是表露一下将在未来的某个时候建碑的意愿。一块“冷清清而且孤零零”（请原谅我们引用伟大的亚美利坚诗人本顿的诗句）[①] 的奠基石被小心翼翼地竖起，以作为这种高尚意愿的一个保证。从这段极妙的碑文中，我们不但弄清了所谈论的那次大投降在哪儿，是谁投降，而且清清楚楚地知道了是如何投降的。说到在哪儿，那是在约克镇（这个镇子到底在什么地方），说到是谁，那是康华里将军（无疑是一个富有的玉米商）。[②] 他投降了。那段碑文是纪念——什么？哦，“康华里勋爵”投降。唯一的问题就是那些野蛮人要他投降能指望什么。只要我们想到那些野蛮人无疑是一些食同类者，那我们就不难推论，他们是打算用他来灌香肠。至于说他是如何投降的，那碑文说得再清楚不过了。康华里勋爵是“在华盛顿纪念碑协会的赞助下”投降的（为了香肠），那个协会肯定是一个存放奠基石的慈善机构。可是，天哪！出了什么事？啊，我明白了——气球瘪了，我们就要掉进大海，所以我的时间只够再说上两句。匆匆浏览了一遍那些报纸之类的摹真图片，我发现在那个时代的亚美利坚人中有两个伟大人物：一个叫约翰，是名铁匠；另一个叫扎卡里，是名裁缝。

再见吧，待我们重逢之时。你能否收到这封信并不重要，因为我写它纯粹是为了消遣。不过，我要把此信手稿密封进一只瓶子里，然后把瓶子扔进大海。

你永远的庞狄塔

① 本顿（T. H. Benton，1782—1858），于一八三七年在参议院的一次发言中使用过这一措辞，从而使之令人难忘。——译者注

② 康华里将军（General Cornwallis），美国独立战争时的英军司令，其姓之前半截 Corn 意为玉米。——译者注

我发现了

——一首散文诗[①]

① 在1848年2月29日致朋友乔治·W.埃弗利思的一封信中，坡在附言里写有下面这段作为“一个预言”的文字：

“为了使你不致臆测我这些看法之细节与早先星云假说中的看法是一回事，我冒昧地在此附带赘言几句，附言的内容虽说从不曾公开发表，但早在几年前就已经写下，题目为——一个预言。

“以下内容在下世纪初就会被写进书本。书中将说，太阳起初突然地（而不是像拉普拉斯假说的那样逐渐地）被压缩到了它的最小体积，如此压缩之后，它绕一根轴旋转，此旋转轴并非其运动轨迹之中心，所以它不仅自转，还沿一个椭圆形轨道旋转（这里自转和旋转是一回事，但我将其分开以便说明）。书中将说，如此形成之后并如此旋转之时，它熊熊燃烧（就像火山喷发和流星陨落那样燃烧），并把它的物质以气体的形态发射进太空，这种气体在更大的半球一面射出得最远，这一方面是因为体积更大，更主要的是因为这儿的燃烧更猛烈。书中将说，在一定的时候，这种气体未必正好被卷到现在被海王星所占据的位置，并凝缩成海王星。书中将说，这颗行星必然呈现太阳所具有的形状，这种形状使它沿一条椭圆形轨道旋转，由这种旋转——由于它每自转一周都被拉回太阳一点，如果它的公转速度仅仅依太阳而定（开普勒的第三定律），那它的运行就达不到它应有的那么快。书中将说，由于它的形状影响其运行——当其更重的一面背向太阳时，便获得一种惯性动力，这种动力足以使它逆引力方向运行，从而脱离引力中心。这种动力使它不至于坠向太阳（也许还会使它逐渐向外远离它现在的位置）。书中将说，在许许多多个世纪里，它不断地吸收太阳的热量，这些热量集聚在它的核心，最后导致火山喷发并释放出气体，而这种气体蒸发掉它表面的物质，直到它的卫星和光环（假若它现在真有一道光环的话）形成。书中还会说，这些卫星呈椭圆形，自转和公转‘均受制于一种力’，它们凭自转获得离心力保持在公转轨道中，如果它们没有自转运动，那它们公转一周就需要更长的时间。

“无须再谈其他行星，我以上所言就足以使你对我的假说略知一二，而这正是我的全部意图。我并没打算为此说提供任何合理的根据，因为除了像幻影一样在我的脑海中忽来忽去的概念，事实上，我还没有抓住任何根据。

“你会看出我抱有这样一种想法，即我们的月球之自转周期肯定比它绕其主星转动的周期更短，这同木星、土星和天王星之卫星的情况一样。

“自从写下上文以来，对其中所言之情况的更细致的分析，已经使我多少改变了对卫星起源的看法。也就是说，我现在认为卫星之形成并非由于火山喷发出的气体在太阳光下的简单辐射，而是因为其主星凝聚成形之后留在太空中做环形运动的物质。就设想陨石和‘流星’起源于散发自地球表面和内核的物质而言，这并不存在什么不可逾越的障碍；但很难设想地球能散发那么多的物质，以至形成一个大得凭自身旋转的离心力就能抵消其母星引力的天体。那件被暗示的事也许不待行星变成炽热的恒星就会发生——从各自的太阳吸收并积聚的热量从核心向外扩散，将在凄凉的未来熔化掉所有元素，并像驱散烟雾一样驱散坚固的基础！（请用这一观念代替《埃洛斯与沙米翁的对话》中的观念。）”——原注

作者怀着深深的敬意
谨将此书
献给
亚历山大·洪堡先生

序

对爱我并为我所爱的为数不多的人，对那些爱感觉而不是爱思索的人，对梦幻者以及那些相信梦幻乃唯一现实的人，我奉上这册真言之书。并不是因为书中句句是真，而是由于其真中充溢着美，此乃真之本质。对那些我仅将此书作为一件艺术品奉献的人——请允许我们把它视为一段传奇，倘若我的要求不算太高的话，或许可把它视为一首诗。

我书中所言皆为真理，所以它不可能消亡——即或它今天因遭践踏而消亡，有朝一日它也会“复活并永生”。

虽然此书仅仅是作为一首诗，可我仍然希望它在我死后被人评判。

爱伦·坡

我发现了

——一篇关于物质和精神之宇宙的随笔

正是怀着最真诚的谦恭之心，甚至正是怀着一种敬畏之情，我开始动笔写这本小书，因为从所有能想到的题目中，我要与读者一道探讨这个最严肃、最广博、最艰深而且最庄重的问题。

我将找到些什么既崇高又不失质朴、既质朴又不失崇高的话语，来充分阐明我的主题呢?

我决意要谈谈自然科学、形而上学和数学，谈谈物质及精神的宇宙，谈谈它的本质、起源、创造、现状及其命运。而且，我要向一些结论挑战，因而实际上将对许多人类最优秀而伟大并且最应该受到崇敬的智者提出怀疑。

首先请允许我尽可能明确地宣告，我并不希望在本书中论证宇宙之原理。因为不管数学家们会如何断言，至少在这个世界上压根儿就不存在诸如论证这样的过程，但我将自始至终、坚持不懈地阐明宇宙之主导概念。

所以，我总的命题是：第一物质之原始统一性决定万物的第二因，包括它们不可避免地要湮灭的原因。

为了说明这一概念，我想用这样一种方式来环视一下宇宙，以便人们真正能够获得并领悟一种独特的印象。

一个人站在埃特纳火山顶峰从容不迫地极目四望，主要打动他的是景象之苍茫辽阔和变化多姿。他只有踮起脚飞快地旋转一周，才能有希望从景象融为一体的壮观中领会那幅全景图。但因为站在山顶时，没有人想到过踮起脚旋转，所以迄今为止尚无人想到过那幅景象之完美的统一性；结果无论这种统一性中包含着什么值得思索的东西，这些东西在人类的脑海中实际上都不存在。

我不知道有任何一篇论文以这种方式环视过宇宙——这里所用的“宇宙”二字是按其最广泛并唯一合乎逻辑的词义。在此我最好说明，凡本文使用“宇宙”一词而未加限定之时，我多半是指人类想象力所能及达的浩瀚空间，包括所有能被想象存在于这个空间范围的万事万物，无论其存在形式是精神的还是物质的。

在谈及一般意义上的“宇宙”之时，我多半会用一种限制性的说法——“星系宇宙”。读者将在后文中看出为何有必要这样区分。

即使从那些关于这个虽总是显得无限但实际上有限的星系宇宙的论著中，我也不知道有任何一篇对这个有限的宇宙进行过这样的环视，从而确保从其个体性中得出结论。最接近这种方式的观察，当数亚历山大·洪堡在其《宇宙》中所尽的努力。但他论述这个题目的着眼点不是其个体性，而是其整体性。他的主题说到底是纯物质宇宙之各个部分的法则，因为这种法则与这个纯物质宇宙之其他每个部分的法则相互联系。他的构思仅仅是普遍性的。一言以蔽之，他论述物质关系的整体性，并使一直藏匿在这个整体性后面的一切推论都暴露在哲学的目光之下。然而，不管他处理其总论之各个分论时所用的那种简洁是多么值得赞赏，这些分论之绝对多样性都必然引出大量细节，从而引出不可悉数的概念，这样就完全排除了印象之个体性。

在我看来，要获得这种个体性的印象，并通过这种印象得到推论——结论——启迪——推断，或仅仅是可以从中得到的猜想，如果得不到更好的东西的话，我们就需要像在火山顶上踮起脚旋转那样，来一圈思想上的旋转。我们需要所有的一切都围绕这个思想上的视点中心急速旋转，以至所有的细节都完全消失，甚至连比较明显的目标也融为一体。在这种环视的过程中，消失的细节会包括所有各自独立的地球物质，地球将只剩下它的行星属性。此时，一个人便成为人类，人类则变成了宇宙智慧大家庭的一名成员。

现在，在开始探讨我们本身的题目之前，请让我恳求读者注意从一封多少值得注意的信中抄录下来的一两个小段，那封信好像是在一只密封的瓶子里发现的，当时瓶子漂浮在那片黑暗的海洋——那片海洋曾被努比亚地理学家托勒密·赫菲斯忒翁[①]详细描述，但今天除那些超验主义者和一些耽于奇想的人外，很少有人涉足。我承认，这封信的日期甚至比它的内容更令我吃惊，因为它似乎是写于公

① 此处恐系作者笔误。把大西洋说成“黑暗海洋”的努比亚地理学家应该是伊德里西（参见《莫斯肯旋涡沉浮记》和《未来之事》的相关注释），而托勒密·赫菲斯忒翁是生活在公元二世纪的希腊和埃及天文学家。——译者注

元二千八百四十八年。至于我就要抄录于后的段落，我想它们自会说明问题。

“你知道吗？我亲爱的朋友，”写信人无疑是在问他同时代的一个人，“你知道吗？直到不足一千年前，形而上学家们才同意打消世人那个古怪的念头，即认为获得真理只有两条可行之路！请相信这一点，如果你可能的话！好像是在很久很久以前，在没有史料记载的年代，有一位名叫亚里士·多德的土耳其哲学家。”（写信人在此可能是指亚里士多德，最辉煌的名字在两三千年后也不幸被讹误。）“这个伟人的名声主要在于他论证了打喷嚏是一条自然法则，过分深沉的思想家可凭借打喷嚏从鼻孔里排除多余的思想，可他作为一种名曰由因及果式或演绎式的哲学之创始人，或至少作为这种哲学的主要鼓吹者，也赢得了几乎同样显赫的名声。他从他坚持认为的自明之理或‘不言而喻的真相’开始，然后通过‘逻辑的’过程得出结果——现在众所周知的没有任何真理会自明这一事实丝毫也没有影响他的思维过程。对他来说，只要他所思考的真理全都彰明较著就够了。他最著名的两个门徒一个是名叫流口利得的几何学家（指欧几里得），另一个是名叫康德的德国人，他的名字与那位超验主义的创始人‘侃得’先生的大名谐音。

“且说亚里士·多德一直独领风骚，直到一位名叫霍格[①]的人出现，此人有一个别号叫‘埃特里克的牧羊人’，他提倡一种截然不同的哲学方法，并将其称为由果溯因法或者称归纳法。他的方式完全涉及感觉。他是通过观察、分析和归类，最后把事实（即被他极不自然地称为的自然事例），总结为普遍规律。一言以蔽之，亚里士·多德的方式以本体做基础，霍格的方法则以现象为依据。后一种方法提倡之初赢得了世人的高度赞美，亚里士·多德顿时声名扫地。不过，他最后终于东山再起，被允许与他那位更现代的对手共同瓜分哲学王国。当时的学者们满足于排斥其他所有过去的、当时的和未来的竞争者，并凭借一项中间法令的颁布停止了一切哲学上的争论，该法令宣称只有亚里士·多德式和培根式的道路才是，

① “霍格”（hog）暗讽弗兰西斯·培根（1561—1626），另有一位霍格（苏格兰诗人 James Hogg，1770—1835）被称作“埃特里克的牧羊人”，爱伦·坡故意混淆两个霍格，是要把“牧羊人”与亚里士多德这头“公羊”联系起来，因 Aristotle 前半截读音像拉丁语 ariēs（公羊）。——译者注

而且当然应该是可能获取真知的途径。你肯定知道，我亲爱的朋友，”写信人在这里补充说，“‘培根式的’这个形容词是作为‘霍格式的’同义词而发明的，它听起来更悦耳，看上去更高贵。”

“现在我断然向你保证，”写信人继续道，“我跟你讲这些事没带丝毫偏见，而你很容易就能看出，这种如此明显的荒唐限制那时候肯定起过作用，从而阻碍了真正的科学发展，正如整个历史将会表明的那样，真正的科学最重要的发展看上去都是以直观飞跃的方式。而这些古代的观念，把分析研究限制在蜗行牛步的速度。我无须提醒你，在各种各样的运动方式中，蜗行牛步的确是一种四平八稳的方式，可难道因为蜗牛走得稳当，我们就必须剪掉天使的翅膀？在许多个世纪里，那种迷恋，尤其是对霍格的迷恋是那么狂热，以至称得上正常的思想实际上完全停止。没人敢说一句真话，而为此他只觉得有负于自己的灵魂。真情真相能否被证明为真理，这一点并不重要，因为当时那些教条主义的哲学家，只考虑所宣称的获得该真理所通过的途径。他们对结果甚至不屑一顾——‘方法！’他们高嚷——‘让我们看看方法！’若发现被审查的方法既不属于霍格的范畴，也不归于亚里士（指山羊）的领域，那些学者便会停止审查，同时宣布那位思想家是‘白痴’，并给他打上‘理论家’的烙印，从此以后对他和他发现的真理再也不予理睬。”

“我亲爱的朋友，”写信人继续道，“我们当然不能认为仅凭这种蜗行牛步的方法，人类会发现许多真理，哪怕是经历一个个非常漫长的年代，因为对想象力的约束是一种连蜗行牛步之绝对稳当性也不能弥补的过失。更何况蜗行牛步的稳当性远非绝对。我们这些前辈所犯的错误，完全类似那种自作聪明的白痴所犯的错误。那种白痴以为他把东西拿得离眼睛越近，就肯定会看得越清楚。他们被细节蒙住了眼睛，细节就像苏格兰鼻烟一样令他们爽快，因此霍格主义者吹嘘的事实通常绝非事实——若不是假定它们无论如何都是事实，那本是一堆鸡毛蒜皮的琐事。不过培根主义的致命弱点——它最可悲的谬误之源，还在于它必然会把权力和需要考虑的问题交给那些仅仅会感觉的人——那些矮子群中的高人，用显微镜才能找到的学者——那些多半在自然科学领域发掘并贩卖芝麻大的事实的人，他们在大街上以同样价格兜售的就是这种事实。据认为，这些事实的价值仅仅在于是他们的事实这一事实，不管它们是否能适用于那些基本的、唯一合理的、被称为法则的事实之发展。"

"除了这些人，"信中继续说，"除了这些被霍格哲学一下子捧上天，从而突然从厨房步入科学之殿堂，从灶台一步跨上神圣的讲台的人，地球表面上还从来没有过如此令人不可容忍的盲从者和专制者。这些人的信条、文本和教义都是'事实'这个字眼，可他们多半连这个字眼的意思都不知所以。对那些敢冒险动一动他们的事实，从而使其有序并便于应用的人，霍格的信徒们绝不会有丝毫怜悯之心。所有想概括一下的企图马上就会被扣上'理论的''理论'和'理论家'的帽子。简而言之，所有的思想都是对他们的人身侮辱，都会引起他们的极度愤恨。

"除形而上学、数学和逻辑学外的自然科学之发展而言，从所有可理解的知识对象来看，培根造就的那些思想狭隘、主观片面并跛了一条腿的哲学家真是无能得可悲，无知得可怜，甚至比一个目不识丁的仆人还可怜可悲，因为当仆人承认自己一无所知时，他实际上已证明他至少知道一件事。

"当我们的前辈盲目地遵循自明之理的演绎之路，或者说公羊之路的时候，他们同样也没有权利谈什么稳当。这条路上有数不清的地方简直还没有公羊角直。简单的事实是：亚里士多德学派把他们的城堡建在了虚无缥缈的空气之中，因为从来就没有或者说完全不可能存在什么自明之理一类的真理。他们肯定都失明眇目，所以没看出这一点，或至少怀疑到这点；因为即便在他们那个时代，许多他们一直承认的'自明之理'也早已被扬弃，譬如'无中不生有''物体不能运动于它不存在之处''世间绝没有恰恰相反的事物'，以及'黑暗不可能来自光明'。这些命题和其他无数类似的被世人断然而正式地承认为自明之理或无可争辩之真理的命题，甚至在我所说的那个年代也显然完全站不住脚。由此可见，那些坚信有一个不变基础的人是多么愚蠢，尤其是当这个基础之易变性已屡屡展现，明白无误！

"即便用他们自己提出的论据来质问他们，也很容易证明这些由因及果式的推理家是多么缺乏理性——很容易证明他们的自明之理大体上是一堆莫名其妙的废话。现在我面前正摊着"——请注意，我们还在继续读那封信——"现在我面前正摊着一本大约一千年前出版的书。庞狄特向我保证，就这本书的主题而言，它无疑是一部精巧的古典论著，此书名曰《逻辑体系》。这位在当时被认为很了不起的作者叫什么米勒，或者叫穆勒。我们发现了一条关于他的重要记录，说他骑一匹名叫杰里米·边沁的磨坊马。[①]不过让我们来看看这部论著本身！

“啊！——穆勒先生说得真好，‘能否想象在任何情况下都不能作为自明之理的判断标准。’当然，任何神志清醒的人都不会否认这是一条不言而喻的自明之理。若是不承认这个命题，那就意味着认为真理具有多变性，而真理的性质同义词恰恰是确定不移。如果把能够想象作为真理的判断标准，那大卫·休谟的真理就很少能成为一般人的真理，而在天堂里颠扑不破的真理有百分之九十九会在世间被证明为谬误。所以穆勒先生的这个命题经久不衰。我不想承认它是自明之理，仅仅是因为我正在阐述没有自明之理存在；但为了让我的阐述清楚得足以让穆勒先生本人也没法吹毛求疵，我打算承认：如果有自明之理存在，那上述命题就最有资格被视为自明之理，而且没有比之更绝对的自明之理。因此命题人后来的任何命题若与这个最初的命题冲突，那冲突的任何一方都肯定不真实，也就是说并非自明之理，或者说即便曾被承认可以自明，现在也双双立即失效。

“现在，让我们用命题人自己的逻辑来检验他提出的任何一个自明之理。让我们以最公平的方式来对待穆勒先生。我们不会让这个问题得到一般的结果。为了便于研究，我们不会选普通的自明之理——不会选他那些因为仅仅是暗示而减少了其荒谬程度的自明之理，即被他称为第二流的命题，仿佛在界定一个确凿无疑的真理时其确凿还可以多一点或少一点。正如我刚才所说，我们不选那种其无可争辩性大可争辩的自明之理，就像在欧几里得的《几何原本》中发现的那类。譬如说我们不会去谈论这样的命题，如两条直线围不成一个空间，或整体永远大于该整体的任何部分。我们将为这个逻辑学家提供每一种方便。我们将马上举出一个他认为绝对毋庸置疑的命题——一个无可争辩的命题之典范。该命题是——‘矛盾双方不能同时为真理——不能同时存在于自然之中。’举例来说，穆勒先生这句

① 参见本书《未来之事》有关译注。——译者注

话的意思是，在此我举一个所能想到的最有力的例证：一棵树必定要么是一棵树，要么不是一棵树——它不可能同时是一棵树又不是一棵树。这句话本身完全成立，非常适合作为一个自明之理，直到我们将其与前几页上所坚持的一个自明之理进行对照，换言之，与我先前抄录的一句话进行对照，直到我们用其命题者自己的逻辑对其进行检验。穆勒先生断言‘一棵树必定要么是一棵树要么不是一棵树’。很好，那现在请允许我问：为什么？对这个小小的疑问只有一种回答——我谅也没有任何人能想出第二个答案。这唯一的回答就是‘因为我们发现不可能想象一棵树会是别的什么，它只能要么是树要么不是树’。我再说一遍，这就是穆勒先生的唯一回答——他不敢说还有第二个答案。然而根据他自己的论证，他的回答显然压根儿就不是答案，因为他难道不是已要求过我们承认，作为一个自明之理，能否想象在任何情况下都不能作为其判断标准？所以他的立论——他全部的立论就犹如大海上没有舵的船。请别说这只是普遍规律中出现的一个例外，因为要我们去想象一棵树既是树又不是树，这种‘想象之不可能性’的确太大了。我说别试图进行这样的诡辩，原因有三：其一，‘不可能性’没有程度，因此不能说一个不可能的想法比另一个不可能的想法更不可能；其二，穆勒先生本人无疑对这命题进行过深思熟虑，他已经尽可能明确并尽可能合乎逻辑地排除了所有例外，根据的是他前一个命题之强调式，即在任何情况下，能否想象都不能作为自明之真理的判断标准；其三，即使真有可以接受的例外，那例外在此为何可接受还尚待说明。一棵树既是树又不是树，这是一个天使或魔鬼才会有的概念，世间无疑有许多疯子或超验主义者也会这么认为。”

“我现在与这些老前辈争论，”写信人继续道，“与其说是因为他们的逻辑太浅薄狂瞽——坦率地说是毫无根据，没有价值而且完全稀奇古怪，还不如说是因为他们自负而愚蠢地排斥了那两条狭窄而弯曲的路之外的其他所有通往真理的道路（他们那两条路一条是蜗行之途，一条是牛行之径），可是既不学无术又刚愎自用的他们竟敢用这两条路来限制灵魂——限制那酷爱在浩渺无垠、无‘路’可辨的直观领域翱翔的灵魂。

“顺便问一问，我亲爱的朋友，尽管他们的学者没完没了地大谈而特谈真理之路，可那些盲从的人无一例外地没能找到我们今天看得清清楚楚的这条最宽、最直、最可行的道路，这条庄严的光明坦途，这条壮丽的康庄大道，这难道不正是那些霍格和亚里士对他们的信徒进行精神奴役的证据？他们居然未能从上帝的杰作中演绎出完美无瑕的一致必然是绝对真理这个极其重要的命题，这难道不令人感到吃惊？自从这一命题被宣告以来，我们前进的道路一直是那么平坦，那么通畅！凭着这个命题，探索真理的权利从那些鼹鼠手中被夺了过来，作为一项使命而不是一项工作交给了那些真正的思想家——那些富有热情和想象且知识渊博的人。这些人——我们的开普勒们和拉普拉斯们，'善于思索'并'讲究理论'，你难道不能想象，要是我们的老前辈能从我背后偷看到我写下的这两个词组，他们会发出什么样的大声嘲笑？我再说一遍，这些开普勒善于思索并讲究理论，只不过他们对自己的理论进行修正——归纳——筛选——一点一点地清除掉自相矛盾的浮渣，直到一种毋庸置疑的一致终于脱颖而出，由于这种一致是一种一致，连感觉最迟钝的人也承认它是绝对而当然的真理。

"我常常在想，我的朋友，连下面这样的问题也肯定让一千年前的那些教条主义者伤透过脑筋，那就是他们不得不断定，密码专家到底是走他们那两条路中的哪条路才能破译异常神秘的密码，或者说商博良到底是通过哪条路才成功地破译了古埃及象形文字，从而把人类引向了那些埋藏了许多个世纪的极其重要而且不可计数的真理。难道下面这个问题不曾让那些盲从者格外犯难，那就是他们所有真理中那个最重要而伟大的真理——万有引力定律到底是通过他们那两条路中的哪一条获得的？牛顿是从开普勒的三大定律推演出万有引力定律。而开普勒早就承认他的行星运动三大定律是猜出来的——正是对这些定律的研究使那位最伟大的英国天文学家发现了那条原理，即所有（现存的）物理学原理之基础，若要追究这基础的根源，那我们马上就会进入那个朦胧的形而上学的王国。是的！开普勒猜出了这些极其重要的定律，也就是说，他想象出了它们。若是曾有人请他说出他发现那些定律是通过演绎之路还是归纳之路，那他的回答很可能是——'我对道路一无所知，可我的确知道宇宙的结构。这就是宇宙。我凭我的灵魂领悟了它——我仅仅凭直觉到达了它。'唉，可怜而无知的老人！难道竟没有一个形而上学家告诉过他，他所说的‘直觉’就是从演绎或归纳中得出的结果，只不过演绎或归纳的过程太虚幻，以至于避开了他的意识，逃离了他的理性，或者鄙弃了他的表述能力？这是多么遗憾，某位‘道德哲学家’竟然没早点让他明白这些道理！他发现三大定律并不是非法地仅凭直觉，而事实上是凭着正派而合法的手段，也就是说，他实际上是通过霍格之路，或至少是通过亚里士之路，才进入了那些宏大的殿堂，发现了那些闪闪发光、被人忽略、闻所未闻、见所未见的永恒而无价的宇宙之奥秘。若是他在弥留之际能知道这一切，不知他会感到多么宽慰！

“是的，开普勒本质上是个理论家，但这个如今神圣而庄严的称号在古代是一种极度轻蔑的称呼。只是到了今天，世人才开始感激那个非凡的老人——才开始应和他那首用语言奏出的预言式的、诗一般的、令人难忘的狂想曲。对我而言，”那位不知名的写信人继续道，“我甚至一想到那段话语心中便会燃起一团圣火，我觉得即使把那段话重复千遍万遍我也听不够。在结束这封信之际，让我们再把这段话欣赏一遍——

> 我不在乎我的著作是现在被人读还是由子孙后代来读。既然上帝花了六千年来等一位观察者，我可以花上一个世纪来等待读者。我赢了。我已经偷了古埃及人的黄金秘密。我将纵容我神圣的愤怒。”

这封即使不说是大言不惭但也令人莫名其妙的信就抄到这里。也许从任何方面对这位写信人（不管他是谁）的想象加以评论都是愚蠢的行为，这些想象不说是标新立异，至少也是想入非非，与我们这个时代举世公认并根深蒂固的观点完全对立。所以，还是让我们继续探讨我们本来的主题——宇宙。

这个主题允许在两种讨论模式中选择一种，我们可以从近到远或由远而近。前者从我们自己的着眼点开始——从我们居住的地球开始——推延到太阳系其他行星——然后到太阳，再从太阳到银河系，最后穿过其他河外星系无限地向远处追溯；后者则从我们所能想象的无限远的某一点开始，最后回到人类的居住地。通常——也就是说，在一般关于天文学的论著中（除了某些例外，第一种模式常被采用），这显然是因为那些论著的目的仅仅在于天文学上的事实和原理，而达到这一目的的最佳途径，就是从因近在眼前而已知的范围逐渐延伸至因遥远而变得模糊的空间。为了达到我现在的目的——要使读者能够像从远方看上一眼那样，对个体的宇宙有个清晰的概念，更可取的模式显然应该是从大处到小处——从中心到边缘（如果我们能确定一个中心）——从开始到结束（如果我们能想象出一个开端）。不过，以这种模式展现一幅景象很难（如果并非不可能）让不谙天文学的读者完全理解诸如与量有关的一些问题——量的意思是多少、大小和远近。

鉴于此，清楚明了——易于理解在各个方面都是我整体构想的主要特征。在重要论题上，我宁肯不厌其详地啰唆也不愿留下丝毫晦涩。不过，深奥难懂并非与主题有关的一种特性。凡适当循序渐进者，均可轻而易举地读懂本文。仅仅是因为我们要走的微分学之路有个别地方尚未铺上踏脚石，所以涉及微分学的问题读起来不像所罗门·西索的十四行诗那么好懂。

所以，为了消除所有会导致误解的可能，我认为可以一开始就假定读者甚至对天文学上非常明显的事实似乎也一无所知。在使上述两种讨论模式结合的过程中，我打算利用它们各自特有的优点，尤其要利用必然会作为这种打算之结果而出现的细节上的相互作用。在用由远而近的模式开始的同时，我将随时准备回头去追溯前文已提及的那些有关量的问题。

那就让我们马上从“无限”这个最纯粹的字眼开始。如“上帝”“精神”和其他一些几乎在所有语言中都有其对应词的字眼一样，“无限”所表达的绝不是一个概念，而是为了概念而进行的一种努力。它代表对一种不可能的概念所进行的有可能的尝试。人类需要一个字眼来指示这种努力的方向——指示那片永远遮蔽着这种尝试之目标的乌云。总之，人类需要一个字眼，凭着这个字眼，一个人可以立刻把他自己与另一个人联系起来，与人类智力的某一倾向联系起来。“无限”这个字眼从这种需要中产生，所以它代表的只是一种思想的思想。

至于现在所考虑的那个无限——空间之无限，我们常常听人说“其概念被心灵承认——默许——接受，因为接受有限这个概念更加困难”。但这不过是连远古那些深刻的思想家也偶尔乐于用来欺骗自己的那些说法之一。这个说法的诡辩性就潜藏在“困难”这个词中。我们被告知，“心灵接受无限这个概念，因为它发现要接受有限空间之概念更为困难”。要是这个命题被正式提出，其荒谬性马上就会昭然若揭。显而易见，这个实例中说的不仅仅是困难。如果依这个断言之本意而不加诡辩，它想说的大概是这个意思：“心灵接受无限这个概念，因为接受有限空间之概念更不可能。”

读者肯定一眼就能看出，要理性来决定的问题并不是两种说法各自的可信性，也不是两个论点各自的正确性。这是一个两种概念直接冲突的问题，两个概念均被宣布为不可能，理智认为其中一个能够被接受，因为要接受另一个更不可能。选择并非在两种困难性之间，而完全是被认为在两种不可能性之间。困难性有大小之分，但不可能性则无多少之别，正如我们那位大言不惭的写信人已经说过的一样。一件工作的困难性可以或大或小，但其可能性或者不可能性则不然——这里没有程度。推倒安第斯山也许比推倒一座蚁山更困难，但使一座山的物质湮灭，则不可能比使另一座山的物质湮灭更不可能。一个人跳十英尺高的难度，会比他跳二十英尺高的难度更小，但他跳上月球的不可能性，不会比他跳上天狼星的不可能性少一分一毫。

既然这一切不容争辩，既然心灵只能在两种不可能的概念中进行选择，既然一种不可能性不能比另一种不可能性更大，因而就说不上哪一种更可取的问题。那么，那些不仅以已经提到过的理由，而且用无限这个假定的概念本身为依据，而坚持认为人类接受无限这个概念的哲学家，显然就是在证明一件不可能的事为可能的事，其证明方法就是证明另一件同样不可能的事是多么不可能。读者肯定会说这是一派胡言，也许是一派胡言——实际上，我认为这简直是胡说八道。不过，我放弃把这些胡言乱语据为己有的权利。

然而，要揭示哲学上就这个问题提出的论据之谬误，最现成的办法仅仅是注意一个长期以来完全被人忽略的事实——该论据同时证明和反驳了它本身的命题。神学家们以及其他一些人说，“心灵不得不承认第一动因，因为它感到极难想象无穷无尽的原因之外的原因”。如前例一样，这个命题中的诡辩词依然是一个“难”字。不过，这难字用在这儿是要证明什么呢？第一动因。何为第一动因呢？所有原因的最后终点。那什么是所有原因的最后终点呢？限定——有限。这样，一个难字在两个过程中不知被多少哲学家用来忽而证明有限，忽而证明无限。难道不能再被用来证明点别的什么？就这些诡辩家而言，他们至少是没有根据的。不过，撇开他们不论，他们在一个实例中证明的有，恰好是他们在另一个实例中证明的无。

当然，谁也不会认为，我在此是要坚持我们试图用“无限”这个词来传达的那种存在绝对不可能。我的目的仅仅是要说明，凭通常采用的那种错误的推理去证明无限本身，或甚至去证明我们对无限的概念是一种愚蠢的企图。

作为一个个体的人，我可以说我不能想象无限，而且确信谁也不能。心灵若非完全自觉——若不习惯对自己的作用反躬自省，那它实际上就会经常自欺欺人地认为它已经接受了我们所说的那个概念。在努力去接受那个概念的过程中，我们一步步地前进，我们的想象一点点地前移，而且只要我们继续这种努力，实际上，就可以说我们正在趋于心目中那个想法的形成。与此同时，以为我们实际上形成或已经形成了那种概念的印象，也随着我们内心不断努力的时间长度而加深。可正是在中止这种努力时，在（我们以为）已实现那种想法时，在（我们认为）终于形成了那个概念时，我们一下子推翻了我们的整个思想框架，停在了某个最终的因而是有限的思索点上。然而，由于到达最终点和中止思想在时间上绝对一致，结果我们未能意识到上述事实。另一方面，在试图形成有限空间这一概念的过程中，我们只不过转向了包含有不可能性的过程。

我们相信上帝。我们也许相信，也许不相信有限或无限的空间，但在这些实例中，我们的相信被更恰当地称为信仰，信仰与本义上的相信截然不同——与理智的相信截然不同，理智的相信把精神概念作为先决条件。

事实是，在阐明任何一个与“无限”同类（代表思想之思想的那一类）的字眼时，有权说自己完全在思想的人会觉得自己不应该接受一个概念，而完全应该引导自己的心象到达理性太空的某个特定方位，那儿有一片永不消散的星云。实际上，他并不试图使其消散，因为他从一种转瞬即逝的直觉中领悟，这不但不可能，而且考虑到整个人类，也没有必要使其消散。他领悟到上帝无意使其消散。他立即看出那片星云存在于人脑之外，甚至还看出它是如何（如果不完全是为什么的话）存在于人脑之外。我知道，有些人忙忙碌碌试图达到达不到的目的，而且凭着在一堆所谓的思想家中间说一些不明不白的话而轻易达到了目的，因为那些思想家认为不明不白和深刻是同义词，似乎墨鱼应该以深刻而闻名，但思想的美质是其自我认识。至于稍稍有点朦胧，可以这么说，心灵之雾绝不可浓得弥漫到精神领域之边界，甚至把边界本身遮挡在理解力之外。

现在可以看出，在使用“空间之无限”这个说法时，我并不是要求读者接受绝对无限这样一个不可能的概念。我仅仅是指空间之“最终能被想象的浩瀚”，一个朦胧而不定的领域，它随想象力的波动忽而收缩，忽而膨胀。

迄今为止，星系宇宙和我在前文中下过定义的严格意义上的宇宙一直被混为一谈。人们总是直接地或间接地假定——至少从有可理解的天文学以来，如果我们有可能到达太空中任何一个假设的点，我们就会在四面八方发现无穷无尽的天体。这是帕斯卡那个站不住脚的想象，大概也是他在转弯抹角地为我们坚持称为“宇宙”的那个概念下定义时最成功的一次尝试。他说，“那是一个处处为中心而无处是边缘的范围”。[①] 不过，尽管这个拟议中的定义实际上并非星系宇宙的定义，但我们仍可有所保留地把它作为一个（在所有实际意义上都足够严谨的）定义用于那个严格意义上的宇宙，也就是说，用于空间宇宙。那就让我们把后者视为“一个处处为中心而无处是边缘的范围”。事实上，虽然我们发现不可能想象空间有一个尽头，但我们不难想象它无数起点中的任何一个。

那就让我们以上帝作为我们的起点。关于这个上帝本身，唯有什么也不说的人才不是傻瓜，唯有什么也没说的人才算虔敬。比尔菲尔德男爵说：“Nous ne connaissons rien de la nature ou de l'essence de Dieu—Pour savoir ce qu'il est，il faut être Dieu même.”这句话翻译过来就是：“我们对上帝之本性或实质绝对一无所知——要知道他是什么，我们自己就必须成为上帝。”

“我们自己就必须成为上帝！”尽管如此惊人的一句话尚在我耳边回响，可我仍然要冒昧地问，是否这个我们现在一无所知的上帝灵魂也注定永远不得而知。

① 帕斯卡《思想录》第 2 编第 72 段。——译者注

不过，就让我们满足于假定正是这个至少现在还不可理解的上帝，正是这个被假定为精神（非物质）的上帝，正是这个为了便于理解，我们将用一种特性代替一个定义的上帝，正是这个作为精神而存在的上帝，从虚无之中，凭他的意志，在某个我们不奢望探询但无论如何都是极其遥远的年代进行过一番创造——接着再让我们假定正是这个上帝创造了，创造了什么？这是我们所要探讨的问题中极其重要的一个问题。我们有理由假定的最初创造的唯一之物到底是什么？

我们已到了一个只有直觉能帮助我们的关键点上，现在让我们来重温一遍我已经提到过的那种想法，因为只有这样，我们才能完全相信直觉。这就是产生于归纳或演绎的那种确信，只不过归纳或演绎的过程太虚幻，以至避开了我们的意识，逃离了我们的理性，或者鄙弃了我们的表述能力。有了这种理解，我现在宣布——一种虽不可言传但完全无法抗拒的直觉驱使我得出这样的结论：上帝最初创造之物——上帝凭其意志，从其精神中或从虚无中初创之物，只能是处于可以想象得到的最简单状态的物质。

读者将会发现这是本论中唯一纯粹的假设。我用“假设”一词是按其平常的意义，可我坚持认为即便这个假设（我的基本命题）离一个真正纯粹的假设也差得老远。从来没有过如此确定的假设，实际上，人类还没有任何结论经过如此有系统、如此严密的推演。可是，唉！这个推演过程人类无法分析，至少人类的语言无法表述。然而，假若我在本文中证明了万事万物可能都是由那种处于最简单状态的物质构成的，那我们就直接得出了它们是这样被构成的结论，因为不可能把分外的工作也归于上帝。

现在让我们努力来设想那种物质处于最简单状态时应该是怎么回事。这时，理性一下就跃向非特殊性——跃向一颗微粒——跃向一种微粒——一种同类、同性、同质、同径、同形的微粒，因此是一种“没有结构和空隙”的微粒。一种在各个方面都绝对微粒的微粒，一种绝对单一的、独一的、未分裂的微粒。它之所以并非不可分裂，仅仅是因为凭意志创造了它的上帝，当然也能凭同样的意志不费吹灰之力就将其分裂。

那么，独一性便是我所断言的这种最初被创造的物之全部属性，但我打算阐明这种独一性是一种原理，一种至少足以说明物质宇宙之构造、之现存现象，以及不可避免的湮灭的原理。

进入那种原始微粒的意志已经完成了创造行为，或更准确地说，是已经完成了创造之概念。现在，我们来探讨我们认为微粒被创造的最终目的，也就是说，我们的思考使我们迄今能看出的那个目的——用那种微粒构筑宇宙。

这种构筑已经凭着驱使原始的，因而也是正常的一种状态变成许多种异常的状态而得以完成。这种性质的作用力暗示了反作用力。在这种情况下，从统一性的扩散包含着一种向独一性回归的趋势——这是一种不达目的不会停止的趋势。不过，关于这些问题，我将在后文详述。

原始微粒的绝对统一性之假定包含了其无限可分性之假定。现在，就让我们设想这种微粒是唯一不会因向空间扩散而耗尽的物质。让我们设想，从作为一个中心的这种唯一的微粒以球面波的方式，向四面八方、朝以前空空如也的太空之浩瀚苍茫但仍然有限的空间，扩散出一种不可计数但数目有限的，小得不能想象但并非无限小的原子。

关于这些如此扩散出，或正在扩散的原子之状况，根据我们对原子的本原以及它们在扩散过程中显示的设计特征的思索，我们有什么不能推论（并非假设）的呢？既然统一性是它们的本原，既然它们在扩散中显示出了不同于统一性的设计特征，那我们就有根据认为这种特征至少是被普遍地保留在了整个设计之中，并形成了设计本身的一个部分。这也就是说，我们有根据设想这种原子在各个方面都与其本原的独一性和单一性有所不同。但是，是否因此我们就有理由去想象那些原子相互异类、异形、异径、异距？说得明白一点，我们能把扩散中的两个原子视为不同种类、不同形状、不同大小的吗？而当它们向空间的扩散完成之后，能认为所有的原子每粒与每粒之间的距离绝对不相等吗？在这样的分布中，在这样的状态下，我们很容易一下就领悟这种结果最可能实现我已提到过的那种设计——出自统一性的多样性，出自单重性的多重性，出自同质性的异类性，出自简单性的复杂性设计。总而言之，出自绝对无关系的独一之尽可能复杂的关系。所以，若不是考虑到下面两个原因，我们无疑有理由假定上面提到的一切，考虑到的两个原因是：其一，分外的工作不可能是神的行为；其二，被设想的那个目的似乎没有上述的某些条件也可达到，只要我们领悟所有的原子在一开始就立即存在。我的意思是说，一些原子包含着另一些原子，或者说它们存在之结果是在那么一瞬间形成，以至于它们的差异细微得难以察觉。例如，大小的差异是在一瞬间通过一粒原子到第二粒原子先于到第三粒原子的趋势而造成，原因是各自的不等距，这种不等距应该被理解为不同形状的相邻原子之量的中心之间不等距——这与原子总体上分布之均匀完全不冲突。而且类别的差异很容易被设想为不过是大小和形状差异之结果，而大小和形状的差异则由原子凝聚的或多或少所造成。事实上，既然原始微粒的统一性包含了绝对的同质性，那我们设想原子在扩散时变类就必然会同时去想象，上帝在发射每粒原子时使用了各不相同的特殊意志，以便造成它们各自本质上的变化。这是不能纵容的一种想入非非，因为我们已看出，没有这种细微的介入，既定目的也完全可以实现。所以，我们大体上领悟到，就原子的意义来看，我们只需断定它们形状不同，而这种不同形状造成了分布上的各自不等距，其他所有的差异立即由此产生，在整体结构之过程一开始就立即产生。除此断定外，其他的断定都是多余的，因而也是非理智的——这样我们就把宇宙建筑在了一个纯几何图形的基础上。当然，我们绝没有必要去假定绝对的差异（哪怕是形状的差异）存在于所有放射出的原子之间——除了每一粒原子与另一粒原子之间的绝对不等距。我们只需要设想没有任何邻近的原子形状相同——没有任何能永远接近的原子形状相同，直到它们最后不可避免地湮灭。

尽管正如我前文所说，分离的原子在它们异常的扩散过程中，包含着一种立即产生并永不停止地向正常的独一性回归的趋势，但显而易见，在那种扩散力因停止发挥作用而使这种趋势无拘无束地达到目的之前，这种趋势会毫无结果——仅仅是一种趋势而已。然而，由于完成扩散之神的行为被认为是断然的、不连续的，所以我们立刻就能推断出一种反作用力，换言之，一种能够实现的使分离的原子回归独一的趋势。

当扩散力被收回，反作用力开始促成那个基本设计（关系尽可能复杂的设计）时，正是那种非得在总体上实现的回归趋势，使这种设计在细节上面临落空的危险。复杂性是目的，但现在已没有什么能阻止相近的原子通过那种可实现的趋势（在任何程度的复杂性形成之前）在它们自身之间立即形成绝对的统一，没有任何东西妨碍各种不同的独一性原子团在各个不同的空间点凝聚。换句话说，没有任何东西妨碍每团都绝对独一的各种不同的原子团的积聚。

这下我们看出，为了有效地实现那个总体设计，需要有一种有限的推斥能力——一种分离性的力，在扩散意志被收回的同时，这种力将允许原子接近，但禁止它们结合；允许它们无限地接近，但禁止它们绝对接触；总之，直到某个特定的时代，这种力将一直阻止原子结合，但它没有能力在任何方面或任何程度上妨碍它们的凝聚。必须明白，上述推斥力已被认为在其他方面的作用非常有限，让我再说一遍，它仅仅是在某个特定的时代到来之前，有能力阻止原子的绝对结合。除非我们必须设想原子向独一性的回归趋势注定永远不会有结果，除非我们必须设想真有某种有始无终的过程（一个实际上不能被接受的概念，不管我们会多么起劲地说，要接受它或渴望接受它），不然我们就只能得出下面这个结论：总有一天，为了达到神的目的，从来没有在任何程度上共同运用过的独一趋势将被自然而然地运用，在这种共同趋势的压迫下，那种设想的推斥影响终将屈服于一种力，那种力在最后到来的那个时代将是一种占优势的力，它恰好能影响到需要影响的范围，从而允许宇宙物质不可避免地回归一体。因为这是原始的，所以是正常的。现在要达到这种和谐一致的状态的确很难，我们甚至不能领悟和谐一致的可能性，不过其不可能性倒昭然若揭。

我们看出，那种分离性的力的确存在。人类既不能运用也不知道有什么力足以使两个原子接触。这不过就是那种已被确认的物质之不可测知性。所有的实验都证明了。所有的哲学都承认了这种不可测知性。我已经努力地说明了那种推斥力的目的及其存在之必要性，但所有想探究其性质的企图都被虔诚地放弃了，因为一种直觉使我确信，要探究的那种本质完全是精神性的，它潜藏在我们现在的悟性尚不能及达的幽深之处，包含在一种现在尚不属于人类的思索之中，在上帝自己的思索之中。总而言之，我感觉到这里一直有上帝介入，仅仅是在这里，因为只有这里这个结需要由上帝来解开。

事实上，扩散之原子向统一性的回归趋势，一下就可以被确认为牛顿的万有引力之原理，而我所说的那种限制该趋势（马上）实现的推斥性影响，则可被理解为实际上一直被我们忽而叫作热质、忽而称为磁性、忽而又命名为电荷的东西。我们试图用来对其进行界定的变化不定的措辞，表现了我们对其异常性质的无知。

只是到了今天，我们才称它为电荷。我们知道，所有关于电荷的实验分析，已经给出了一条作为最后结果的多相性原理。只有在物质相异之处电荷才显现，而且可以假定，至少在电荷不增加之处（如果不是在不显现之处），物质绝不相异。这个由实验得出的结果，与我以非实验方式得出的结果完全一致。我说那种推斥力的目的是要阻止扩散的原子马上恢复统一性，这说明那些原子相互有差异。差异是它们的特性——它们的本质，正如无差异是它们的本原之本质。所以，如果我们要说任何使两原子结合的企图，都会引起一种推斥性的影响力来阻止两原子接触，我们最好使用下面这个意思相同但措辞更严谨的说法：让任何两个异性物结合的企图都会导致电荷的增加。当然，现存之万物均由这些近似接触的原子构成，因此必须把万物视为仅仅是其差异有多少之别的原子组合；当让任何两个这样的组合靠拢时，那种推斥趋势产生的阻力与两组合物各自的差异之和成正比。这个说法可以归纳如下：两物体接近时增大的电荷之量，与构成两物的原子各自之和之间的差异成正比。综上所述，可以得出一个简单的推论，即任意两个物体都不会绝对相同。所以，只要有两物体接近，始终存在的电荷就会增大，但只有当两个明显不同的物体接近时，电荷才会显现。

若把电荷（暂且继续这么称呼）视为光、热、磁等多种物理现象的起因，那我们可能没有弄错，但若把生命、意识和思想这些更重要的现象归因于这种严密的精神元质，那我们就更不容易出错。不过，关于这一点，我在此只需要提示：无论是从宏观上还是从微观上看，这些现象的发生看上去至少都与异质性成比例。

现在让我们摈弃“引力”和“电荷”这两个模棱两可的术语，而采用“吸力”和“斥力”这两个意义更明确的措辞。吸力是形，斥力是灵，前者是宇宙的物质本原，后者则为宇宙的精神元质。除此之外，没有其他本质。所有的现象要么归因于前者，要么归因于后者，或两者兼而有之。这个事实是如此精确，如此经得起论证，以至于吸力和斥力是我们领悟宇宙唯一可凭借的两个特征。换言之，凭借这两个特征物质可以显露于精神。仅仅为了讨论的目的，我们就有充分理由假定物质只以吸力和斥力这两种形式存在——吸力和斥力均为物质。由于不可能存在我们不能把“物质”“吸力”和“斥力”作为同义词并用的情况，所以这些措辞在逻辑上可以相互转换。

我刚才说过，我所描述的那种扩散之原子向原始统一性回归的趋势，应该被理解为牛顿的“万有引力”之原理。事实上，如果我们只是从总体上来看牛顿的引力，也就是说，如果我们不去理会已知的该引力的运动方式，我们就不难将其理解为一种推动物质接近物质的力。这种总体上的一致性使我们感到满意，但若仔细观察，我们就会发现许多看上去一致的细节，也会看到许多其一致性至少尚未确定的细节。例如，当我们以某些方式进行思考时，牛顿的万有引力似乎压根儿就不是一种向独一性运动的趋势，而更像一种所有物体朝所有方向运动的趋势——一种显而易见的扩散趋势。这还算有一种一致性。如果我们再考虑到支配这种牛顿趋势的数学法则，那我们就会清楚地看到，就这种趋势的运动方式而论，至少在已知存在的万有引力和我假定的那种看上去一目了然的趋势之间，没有任何一致性得到证明。

事实上，我已经到了应该回过头来巩固我看法的时候。到此为止，我一直在以一种单纯的抽象思维进行推演，而这很可能已经阐明了上帝原始行为的特征。现在让我们来看看牛顿万有引力定律所确定的事实，是否能为我们提供一些由果溯因的合理归纳。

牛顿的万有引力定律断言了什么呢？——一切物体都相互吸引，其引力之大小与物体质量的乘积成正比，与物体间距离的平方成反比。首先说明，我一直都读到该定律的这种通俗说法，而我承认，就像在其他许多伟大真理的通俗表达中一样，我们在这条定律的通俗说法中很少发现启示性。现在让我们采用一种更富于哲理的说法——每一物体的每个原子吸引本物体和其他每一物体的其他每个原子，其吸引力与吸引和被吸引的原子间距离之平方成反比变化。其实，这样的表达一下子就能令人深受启发、思潮如涌。

让我们来清楚地看看，根据形而上学界为证明所下的极其荒谬的定义，牛顿到底证明了什么。他不得不满足于证明一个由按照他宣布的定律相互吸引的原子所构成的想象中的宇宙之运动，与我们所能观察到的实际存在的宇宙之运动是多么完全一致。这就是他证明的要点，也就是说，依照“哲学界”的一贯说法，这就是他证明的要点。他的后继者为此证明提供了大量证明——凡智力健全者都会承认的那种证明，形而上学家们坚持不懈地对那条定律本身的证明，一直没有在任何程度上得到加强。最后，令一些智力发达的“马屁精”称心如意的是，终于有人提供了吸力在地球上“显而易见的物理证明”，这与牛顿的理论完全吻合。（就像差不多所有重要真理的出现一样）这个证明是在一种测量地球平均密度的尝试中被间接而偶然地发现。在为此目的而进行的著名的马斯基林、卡文迪许和巴伊诸实验中，一座大山[①]的质量之吸力被看见、被感觉、被测定并被发现，与那位英国天文学家的理论吻合得天衣无缝。

然而，姑且不论这种大可不必的证实，姑且不论用所谓的“显而易见的物理证明”对“理论”进行的所谓确定，姑且不论这种确定的性质，我们也可以看出，甚至连真正的哲学家们也不得不接受的引力概念，尤其是一般人获得并欣然接受的引力概念，多半都来自一个原因，这就是他们仅仅在自己生存的这颗行星上发现的那个自我显现出来的法则。

那么，一个如此不充分的原因会引起什么结果呢？——它会导致什么样的谬误呢？在地球上，我们看见并感觉到只有那种引力把一切物体都拉向地球之中心。没有人在其一生中能看见或感觉到另外一回事——没有人能觉察到在其他任何地方，还有任何一种朝除地心外的任何方向永恒的引力趋势。然而（除了后文将要说明的一种例外），事实是每一个地球物体（暂且不说宇宙物体）都具有一种不仅

① 指位于苏格兰的希哈利恩山，英国天文学家内维尔·马斯基林（1732—1811）于一七七四年在该山用铅垂线进行过测定地球密度的实验。英国物理学家亨利·卡文迪许（1731—1810）曾用扭秤验证了万有引力定律，从而确定了引力常数和地球的平均密度。让－西尔万·巴伊（1736—1793）是法国天文学家。——译者注

朝向地心，而且朝每一个可想象的方向的趋势。

因此，虽然不能说哲学家们在这个问题上和平民百姓一道犯了错误，但他们仍然允许自己不知不觉地受到了那种世俗看法的观点之影响。布赖恩特在其博大精深的《神话》[1]中说："尽管异教徒的神话纯属子虚，但我们不断地忘乎所以，并把它们当作存在的现实从中做出推论。"我想断言的是，我们在地球上体验到的那种对引力的微妙知觉，把人类诱入了对其集中性或独特性的想象——甚至连最伟大的智者们也一直偏向于这种想象，那种微妙的知觉逐步地且不断地把他们引离那个法则的真正特性，从而使他们至今也未能瞥见那个"重要真相"，那真相恰好位于相反的方向，藏在该法则的本质特性后面——那些本质特性不是集中性或独特性，而是普遍性和扩散性。这个"重要真相"就是统一性乃上述现象之本原。

现在让我重复一遍引力的定义——每一物体的每个原子吸引本物体和其他每一物体的其他每个原子，其吸引力与吸引和被吸引的原子间距离之平方成反比变化。

请读者与我一道在这里稍停一会儿，一起来冥想包含在每个原子吸引其他每个原子这一事实中的那种不可思议、难以言传、完全无法想象的复杂关系。这种关系只包含在吸引这个事实中，不涉及证明这种吸引的定律和方式，只包含在所有的每个原子都吸引其他每个原子这一事实中，而所有的原子是那么多，以至单就数目而言，构成一发炮弹的原子可能比构成宇宙的所有天体还多。

如果我们仅仅是发现每个原子都趋向某一个点，一个所有原子都特别喜欢趋向的点，那我们仍然不能得到一个足以压倒心智的发现。实际上，要我们去领悟的到底是什么呢？每个原子吸引其他每个原子，或者说每个原子都同时并永远依照一种甚至连其本身的复杂性也完全超越了人类的想象力的既定法则，随其他每一个原子最最微弱的运动而运动。如果我想弄清一束阳光中的一粒微尘对它旁边另一粒微尘的影响，那我首先必须估量计算宇宙中的所有原子，并确定它们在同一瞬间各自的精确位置。如果我冒险移动此刻正沾在我手指上的一粒用显微镜才

① 参见本书上册《被窃之信》有关译注。——译者注

能看见的尘埃，哪怕是只移动十亿分之一英寸，那我冒险采取的这一行动具有什么样的性质呢？我实际上是完成了一个壮举，它会震撼在其轨道运行的月球，它会使太阳不再成其为太阳，它会永远改变那些在其威严的创造者面前旋转并发光的恒星之命运。

这些念头、这些概念、这些不像思想的思想，与其说是推论或心智的思索，不如说是心灵的梦幻。我再说一遍，像这样的一些念头，就是我们试图去领悟吸力那个伟大本质时，所能希望获得的最可取的概念。

现在，让任何一位有能力思索上述问题的人怀着这样的一些念头，让他脑子里清晰地印着吸力之扑朔迷离的幻象，然后让他想象出一种所观察到的那些现象之本原——一种产生出那些现象的状态。

难道原子间如此明显的一种同胞关系不能指示出一种共同的亲缘？难道如此普遍存在、如此根深蒂固、如此无一例外的共振不能暗示出一个共同的源头？难道一个极端不能把理性推向另一个极端？难道分裂之无穷无尽不能归因于个体性之完全彻底？难道复杂之莫可名状不正意味着单纯性之完美极致？这里所说的分裂并不像我们所发现的原子分裂，而是一种不能想象的分裂；这里所说的复杂也不是我们观察到的原子关系复杂，而是一种不可言传的错综复杂。我在此暗示的是这些状态之极端，而不是这些状态本身。总而言之，难道不正是因为在某个遥远的纪元所有的原子曾比一体还一体，难道不正是因为它们曾是原始的，因而也是正常的独一，所以现在，在一切情况下、在一切空间点，朝所有的方向，以一切接近方式，在所有的关系中并凭借一切条件，它们奋力要回归那种绝对的、无关系的、没有条件的一体？

这里也许有人要问："嗯，既然原子是朝着独一奋力回归，我们不正是发现并界定吸力仅仅是'一种向一个中心的普遍趋势'吗？——嗯，尤其是你的原子——你描述为从一个中心发射出来的原子，难道不是从一开始就以直线运动的方式在回归它们起源的那个中心点？"

我的回答是：它们的确在回归，正如将在后文详细说明的一样，但它们回归的目标完全不是中心本身。它们都以直线运动的方式趋向于一个中心，因为当初它们被以球面波的方式发射到太空。原子构成通常同形的天体，每个天体的每个原子当然都会在朝向该天体中心的方向，发现多于其他任何方向的原子，所以它被吸向那个方向，但这并不是因为该中心是它的发源点。原子之源并非一个点。我们假定它们要回归的并不是任何位置，不论是具体的位置还是抽象的位置。不可能想象位置之类为它们的起源。它们的起源存在于那种本质，即独一性。这是它们失去的根。它们从一开始就一直在往各个方向寻找的正是独一性——无论在何处，即便这种独一性只是被相对发现，那种根深蒂固的趋势也会在某种程度上平息，与此同时，趋势仍朝向其绝对的最终目标。这一切得出的必然结论是：任何适用于从总体上解释吸力之法则或运动方式的原理，均可从细节上解释该法则，也就是说，任何原理只要能说明为什么原子会以与距离之平方成反比变化的吸力趋向于它们总的发射中心，那它同时就可以被承认为，也能满意地解释原子与原子之间依照同样的法则相互吸引的趋势。因为朝向中心的趋势仅仅是每一原子朝向每一原子的趋势，而不是什么朝向中心本身的趋势。因此读者还可以看到，我这些命题的确立并不意味着必须修改牛顿万有引力定义的措辞，该定义断言每个原子吸引其他每个原子等，而且仅仅断言了这点。但下面一点似乎很清楚（请始终假定我所提出的终将被承认），要是采用一种更充分的说法，比如说："每个原子都以一种什么力趋向于其他每个原子等，总的结果是一种总体趋势以一种相似的力趋向于一个总的中心"，那么在未来的科学过程中，就可能避免某个偶然的错误。

我们的探讨过程之颠倒，就这样把我们引向了同一个结果，但在前一个过程中直觉是起点，而在后一个过程中它是终点。在前一个过程开始时我只能说，由于一种不可抗拒的直觉，我感觉到简单性是上帝原始行为的特性，而在后一个过程结束时我只能说，由于一种不可抗拒的直觉，我领悟到统一性是人类观察到的牛顿万有引力之现象的本原。所以，按照学术界的观点，结果我什么也没有证明。这样也好，因为我的意图仅仅是启发，并通过启发使人确信。我骄傲地意识到，这世上还有许多学识渊博、辨别力强的智者，他们会忍不住为我的启发而感到欣喜。对他们的智力而言（正如对我的智力而言），世间并没有丝毫确凿的证据可用来精确地证明我所指出的这个伟大真理——原始统一性就是宇宙现象之源，作为宇宙现象的原则。至于我自己，我不那么确信我在说话，我在观看；我不那么确信我的心脏跳动，我的灵魂存在。至于明天早上的日出、一种存在于未来的可能性，我不敢说自己有千分之一的确信，因为我来自那个无法改变的过去的事实：万物和万物之观念以及它们之间莫可名状的复杂关系，都是在同一时刻产生于那个原始的、单纯的一体。

在谈到万有引力定律时，《太空结构》那位雄辩的作者尼科尔博士[①]说："我们实在没有理由，把现在所揭示的这条伟大法则想象成最根本的或最绝对的，因而也无所不包并无处不在的一部大法典的形式。吸引力之强度随距离增大而减弱的方式，看上去并不像一种根本原理，因为根本原理总是表现出与构成几何基础的那些公理一样的简单性和自明性。"

千真万确，一般人所理解的"根本原理"总是呈现出几何公理那样的简单性（至于"自明性"，那纯属子虚乌有），但这些原理显然说不上"根本"。换言之，我们习惯上称为原理的并非真正意义上的原理，因为只能有一种原理，这就是上帝的意志。所以，我们没有权利把从被我们愚蠢地称为"原理"的法则中观察到的现象，假定为具有真正意义上的原理之任何特性。尼科尔博士说的那种具有几何简单性的"根本原理"，可能具有并实际上具有这种几何特征，因为它们属于一个庞大的几何体系，从而也属于一个简单性自身的体系。正如我们所知，这个体系中真正的根本原理是复杂性之极致，也就是说，是难解性之极致——因为这不正是上帝的精神能力？

不过，我引用尼科尔博士这段话，主要不是为了对其哲理性提出怀疑，而是为了让世人注意到这样一个事实：虽然所有人都一直承认某个原理就藏在万有引力定律后面，可迄今为止无人试图指出这个原理到底是什么。这里我们也许得排除那些偶尔进行的稀奇古怪的尝试，诸如把万有引力归因于磁力学、梅斯梅尔磁性说、斯维登堡神学、超验主义，或归因于其他一些在不同时期由同一类人赞助

① 尼科尔（John Pringle Nichol，1804—1859），苏格兰教育家、天文学家。——译者注

的同样美妙的学说和主义。牛顿那颗伟大的心勇敢地抓住了那条定律本身，却胆怯地回避了那条定律的原理。拉普拉斯的心智如果不比牛顿的更坚忍和深远，至少也更流畅和广泛，可他也没有勇气向那个原理发起进攻。不过，这两位天文学家的踌躇并不是很难理解。他们和所有第一流的数学家一样，仅仅是数学家而已——他们的心智无论如何都具有一种断然而明确的数学物理学基调。凡物理学范畴或数学领域内不明不白的东西，在他们看来，要么是虚无，要么是幻影。然而，我们会感到奇怪的是，莱布尼茨同样也不对上述问题进行研究并加以证实，因为他毕竟是自然科学家中的一个明显例外，他的精神气质是一种数学、自然科学和形而上学的奇妙混合体。无论是牛顿还是拉普拉斯，如果他们探寻一个原理而又未能在自然科学领域内找到，他们就会心安理得地断定压根儿就不存在那个原理。可以想象，莱布尼茨在自然科学领域上穷碧落下黄泉而一无所获之后，会勇敢地并满怀希望地立即跨入他常去常往并轻车熟路的形而上学王国。实际上非常清楚，他肯定在那儿进行过一番探险寻宝，而他之所以最终未能发现那块宝藏，也许是因为作为他引路天使的想象力还不够成熟，或者是训练还不够充分，以致引他误入歧途。

刚才我说，事实上曾有过某些不明不白的尝试，要把万有引力归因于某些靠不住的学说和主义。然而，这些尝试尽管被认为非常大胆而且应该那么大胆，但其着眼点从来没超过牛顿定律的普遍性——最纯粹的普遍性。据我所知，在试图解释引力法则的过程中，还从来没有人接近过它的运动方式。所以，我真担心在我让那些真有能力判断其真伪的人看清我的命题之前，我会被人当作疯子。正是怀着这种并非多余的担心，我在此宣布引力法则之运动方式极其简单，完全可解释清楚。也就是说，只要我们按正确的步骤并沿正确的方向前进，只要我们从正确的着眼点来进行观察。

无论我们获得绝对统一性乃万物之本原这个概念，是由于我们考虑到了简单性最有可能是上帝原始行为的特性，还是由于我们观察到了存在于引力现象中的关系之普遍性，或由于我们把它作为那两个互逆的过程相互证明的一个结果，这个概念本身（如果被完全接受的话）都仍然与另一个概念有着密不可分的联系。

那个概念就是我们现在所领悟到的星系宇宙的状态，也就是一种不可估量的向太空扩散的状态。而统一性和扩散性这两个概念的联系，只能通过第三个概念——辐射概念。假设绝对的统一性为一个中心，那么现存的星系宇宙便是从这个中心辐射的结果。

现在，辐射的那些法则已为人所知。它们是天域之重要组成部分。它们属于那类具有明显几何特性的法则。我们这么说，是因为“它们是真实的——它们是明显的”。若要问我为什么它们是真实的，我得反问为什么那些作为证明之根据的公理是真理。严格地说，没有什么可证明，但如果有什么可证明的话，那就是这些特性——我们所说的法则已被证明。

但这些法则说明了什么呢？辐射到底是以什么方式从一个中心向外发出的呢?

光被辐射从一个光源发出。假定接收光的一个平面可移动，离光源忽远忽近，那该平面接收到的光量将随它距光源的距离之平方增大而成比例减少，并随距离之平方减小而成比例增加。

这个法则的表述可这样来概括：可移动平面所接收的光粒子之数量（如果喜欢，还可以说光感应之数量）与该平面距离的平方成反比变化。再加概括，我们可以说扩散——散射（也就是辐射）——与该距离的平方成正比变化。

例如，一定数量的光粒子从光源 A 被扩散到距离 B，结果充满平面 B。然后在远一倍的距离（距离 C），它们会扩散到充满四个同等平面的程度；在三倍之距离，或者说在距离 D，它们会进一步扩散到充满九个同等平面的程度；而在四倍之距离，也就是距离 E，它们的扩散已弥漫十六个同样大的平面，而且将一直这样扩散下去。

一般来说，当我们以那个中心为起点推论说，那种辐射与距离的平方成正比进行时，我们用“辐射”一词表示扩散的程度。颠倒概念，当我们从中心以外某一点向中心回溯时，我们用“集聚”这个词表示凝聚之程度，我们可以说集聚与距离的平方成反比进行。换言之，我们已经得出了这个结论：假定物质最初从一个中心辐射出而现在正回归这个中心，那回归时的集聚过程恰如我们所知的引力过程。

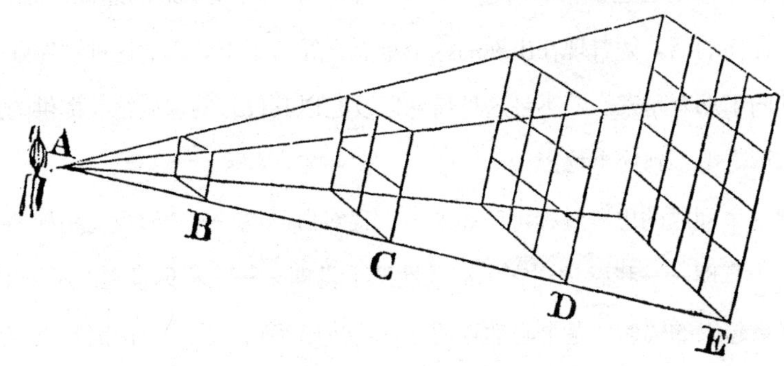

现在，如果能允许我们假定那种集聚正好代表趋向那个中心的力，而这种力正好与另一种力相称，并且这两种力一起运动，那我们就能够说明需要说明的一切。这时剩下的唯一困难就是确定“集聚”与集聚力之间的正比关系。当然，如果我们能确定“辐射”和辐射力之间的反比关系，前一道难题也就迎刃而解。

稍稍观察一下星空，我们就会确信，以聚合性的方式并以大致上的球形位于太空的天体，在分布上有一种总体上的一致性、均等性，或者说等距性。这种非常普遍但并不绝对的等距，完全吻合于我前文推论的那种有某些限制的不等距，即吻合于从无关系中生出无限复杂关系的那个设计产生的必然结果，也就是吻合于最初被扩散的原子之间的不等距。读者应该记得，我是从原子总体分布均匀而细节上不均匀这个概念开始的，这个概念，我再说一遍，只消看一眼天上的星星便可确信。

说到那些原子，恰好正是从它们总体分布之均匀中显露出一道难题，毫无疑问，那些记住了我假定这种分布之均匀是因从一个中心辐射所致的读者，已经意识到了这个难点。当第一眼看到辐射这个概念，这概念便迫使我们想到我们以中心为起点讨论时一直未与扩散分开，而且看上去不可分开的围绕一个中心凝聚的概念，总而言之，就是被辐射的物质分布不均匀的概念。

我已在别处[①]说过，正是凭着和眼下这道难题一样的疑难、一样的特殊、一

① 参见本书上册《莫格街凶杀案》（约接近一半处）迪潘关于案情分析的一段话。——译者注

样的矛盾、一样的超越常轨的异常，理性方能摸索出探明真理的途径，假若那条途径果真存在的话。凭着现在出现的这个难点，凭着眼下显露的这种“特殊”，我一下就跃向了那个秘密。若不是这种特殊以及它以其仅有的性质给我提供的推论，我也许永远也得不到这个秘密。

我对这个问题的思考过程可简述如下：我对自己说——“如我已阐释的一样，统一性是个真理——我感觉到它。扩散性是个真理——我看见了它。唯一把这两个真理联系起来的辐射性是个必然真理——我悟出了它。先经过由因及果的推演，再经过现象观察的证明，扩散之均匀性也是个真理——我完全承认它。到此为止我周围的一切都清清楚楚，再也没有任何乌云能藏住那个秘密——引力之运动方式这个巨大的秘密，这个秘密无疑就藏在附近。所以哪怕我只看见一片乌云，我也会毫不犹豫地对它进行怀疑”。而现在，就在我说话间，一片乌云果然飘进了我的视野。这片乌云就是我的真理辐射性和我的真理扩散之均匀性看上去似乎不可能一致。这下我说：“我想得到的东西，肯定将在这个表面上的不可能性后面被发现。”我不说“真正的不可能性”，因为对自己的真理之坚信使我肯定，这不过是一道难题而已——而我还怀着不屈不挠的信念继续说，当这道难题被解决之时，我们将发现，我们要找的那把打开秘密的钥匙就包裹在解答的过程中。而且我感觉到，我们将发现这道难题只有一种可能的解法，原因是如果有两种解法，其中一种必然会是多余——必然毫无作用——必然空空如也——必然不会包裹任何钥匙，因为揭开大自然之任何秘密都不可能需要两把钥匙。

现在就让我们来看看：我们对辐射的一般概念——实际上，我们对辐射的全部清晰概念，仅仅是从光的传播过程中获得。在这一过程中，有一种光流不断地从光源射出，以一种我们至少无权假定有变化的力。在任何一次这样的（连续不断且辐射力无变化的）辐射过程中，接近辐射中心的区域肯定不可避免地总是比远离中心的区域集聚着更多的被辐射物质。但我已经假定过没有这样的辐射。我假定过没有持续不断的辐射，而且原因很简单，因为这样一种假定首先就意味着必然接受一个我已经证明无人能接受的概念，即（我后文将更充分阐释的）被所有太空观测结果所驳倒的一个概念，也就是星系宇宙绝对无限这个概念。其次，这种假定意味着永远不可能弄懂一种反作用力，也就是现存的引力。因为当一个作用持续时，当然不会有反作用发生。所以我的假定，更准确地说是从正确的前提得出的必然推论，就是一次辐射过程是有限的——它最后终将停止。

现在让我来描述一种唯一可能的方式，一种只有凭它才能想象物质既能被扩散到太空，又能同时实现辐射和总体分布均匀这两种状态的方式。

为了我的说明能令人信服，首先让我们想象一个空玻璃球（或其他材料的空心球体）占据着整个空间，宇宙物质正要从位于该空间中心的绝对无关系的微粒以辐射的方式被均匀地扩散出去。

现在，一种扩散力（假定为上帝的意志），换言之，就是一种力，其量度就是物质的质量，也就是说，是原子的数量，发挥了一定量度的作用。这种力以辐射的方式射出一定量的原子，驱使它们从该中心向外朝各个方向扩散——原子相互间的接近度随着扩散而变小，直到最后，它们被松散地分布在该球体内壁表面。

当这些原子到位后，或当它们正在到位时，那种同样的力以稍弱的量度（或者说性质相同但量度稍弱的力）实施第二次发射，方式如前——也是以辐射的方式——第二层原子最后附着于第一层原子；情况与上次相同，原子的数量当然就是发射它们的力之量度，换句话说，所用的力恰到好处地能达到目的——力和被力送出的原子数量成正比。

当第二层原子到达命定的位置，或正在接近时，那种力以更弱的量度（或者说性质相同但量度更弱的力）实施第三次发射。被发射的原子数量同样相当于力的量度，这种量度的力使第三层原子附着于第二层原子。发射过程一再重复，直到这些同心层慢慢地变得越来越小，最后终于与中心点重合，而扩散的物质和扩散力同时耗尽。

现在，我们已经通过辐射使球体内充满了均匀扩散的原子。两种必需的状态——辐射状态和均匀扩散状态——都已实现，而且是通过使它们的同时实现有可能被想象的唯一方式。因此，我满怀信心地希望在布满该球体内的原子之现状中找到我们要寻找的那个秘密——万有引力之运动方式的根本原理。那么，现在就让我们来看看原子的实际状态。

它们位于一系列的同心层中。它们均匀地扩散在整个球体空间。

由于原子是均匀分布，所以这些同心层（或者说同心球）的表面积越大，附着于上面的原子就越多。换言之，任何一个同心球表面上的原子数量均与该球体的表面积成正比。

在任何一层同心球内，表面积都与球壁离中心的距离之平方成正比。[①]

所以，任何一层的原子数量均与该层离中心的距离之平方成正比。

任何一层的原子数量均与发射该层原子的力之量度，即与力成正比。

所以，辐射任何一层原子的力均与该层离中心的距离之平方成正比，或概括地说，辐射力与距离之平方成正比；或具体地说，把任何一个个体的原子送达其空间位置的力，与该原子的位置离该空间中心的距离之平方成正比。

就我们现在所知，反作用力乃逆转之作用力。所以，如果先把引力的一般原理理解为一个作用之反作用——理解为扩散状态中的物质要回归被扩散前的独一性的愿望之表现；然后再呼唤心智来判断这种愿望的特征——这种愿望自然的表现方式，换言之，呼唤心智去想象一种可能的回归法则，或者说回归的运动方式。这样就免不了得出这个结论：这种回归法则应该正好是分离法则之颠倒。事实就应该如此，至少任何人在目前都有充分的理由予以承认，直到某一天有人提出事实不该如此的能自圆其说的理由——直到某一天，有人想出一个人类心智觉得更可取的回归法则。

那么，我们可以由因及果地假定，以一种与距离之平方成正比的力被辐射到空间的物质，会以一种与距离之平方成反比的力回归其辐射中心。而我已经证明过，任何能解释为什么原子会依照一种法则趋向于总中心的原理，都必须被承认，也能满意地解释为什么原子会遵循同一法则相互趋向的原理。因为，朝向总中心的趋势实际上并不是朝向中心本身。不过，由于该中心是这样一个点，原子趋向于它便可非常直接地趋向于它们真正而本质的中心，统一性——趋向于绝对的、

① 简言之，球体的表面积等于其半径之平方。——原注

最终的万物合一。

这里所包含的思考对我的头脑来说一点也不困难，但这个事实并没有让我忽略一种可能性，那就是这种思考对不太习惯抽象思维的人来说，可能会很艰难。总的来看，我们最好是换一两个角度来看看这个问题。

最初由上帝的意志创造的那种独立的、无关系的微粒，肯定是处于一种绝对正常，或绝对恰当的状态，因为不正常就意味着关系。正常是肯定，异常是否定——是对正常的全然否定，正如冷是对热的否定，黑暗是对光明的否定。要说某一现象不正常，那必然有与之处于不正常关系的另外某一现象——或者它未能满足某种条件，或者它违背了某种规律，或者它侵害了某种本质。要是没有这样的本质、规律或条件与该不正常现象相关（尤其是如果压根儿就不存在任何本质、规律或条件），那么该现象就不可能不正常，因此它肯定正常。

任何从正常的偏离都包含着一种向其回归的趋势。与正常、恰当，或者说合理的一种相异，可以被理解为仅仅是因克服一种困难所致；而如果克服困难的力未被无限延长，那种根深蒂固的回归趋势则终将被允许自己发挥作用以达目的。那种力一旦被收回，趋势便开始发挥作用。这就是作为有限作用力之必然结果的反作用力的原理。如果用一种其措辞表面上的矫揉造作可以被原谅的说法，我们可以说，反作用力是从作为目前之存在而不该存在的状态，向作为原始之存在因而应该存在的状态之回归。请允许我在此补充，绝对的反作用力无疑会被发现总是与原始创造力之本体——之真实——之绝对成正比，如果后者可以被测量的话。因此，可以想象的最大反作用力必定是我们现在所讨论的这种趋势中显现出来的力，回归绝对起源、回归最初本质的趋向力。所以，万有引力必定是最强的力——这是一个从推演中获得并由归纳证实的概念。我如何使用这概念将在下文中看到。

现在，从其正常的统一性状态被扩散出的原子正在寻求回归——归向何处？归处肯定不是任何一个特定的点，因为非常清楚，如果在扩散过程中，所有的宇宙物质全都被射离了那个辐射点，那么原子回归那个球体总中心的趋势就不会受到丝毫妨碍——原子肯定不会寻求它们当初被射出而现在为绝对空白的那个点。这些原子试图重建的仅仅是状态，而不是产生这种状态的点或位置——它们所向往的仅仅是它们那种正常状态。“可它们寻找一个中心，”有人会说，“而一个中心就是一个点。”不错，但它们寻找这个点并不是因为其点的特性（因为，如果该球体整个地从原来的位置移动，它们同样会寻求那个中心，而该中心此时已是一个新的点）。它们寻求该点是因为一个偶然的巧合，由于它们共同存在于其中的空间形状（球形），它们只有经由那个点——球体中心，才能达到它们真正的目标统一性。每个原子都发现，朝中心的方向存在比其他任何方向都多的原子。每个原子都被吸向中心，这是因为沿那条连接它和中心并穿过中心直达球壁表面的直线，存在比沿其他直线存在的更多的原子（其他直线即连接这个原子与球体内任何一点的直线）。在朝向中心的直线上，有更多的物体在寻求这个个体的原子——有更多朝向统一性的趋势，它自己朝向统一性的趋势能够得到更多的满足。一言以蔽之，是因为对个体的原子而言，朝向中心的方向存在从总体上满足它欲望的最大可能性。简而言之，统一性之状态是原子真正寻求的一切，而如果原子看上去是在寻求那个球体中心，这也只是暗暗地（通过暗示）说明了那种中心碰巧暗含着、包含着，或者说包括了那个唯一本质上的中心，统一性。由于这种暗含或包括，实际上不可能把朝抽象的统一性的趋势和朝具体的中心的趋势截然分开。所以，无论从实际上的意图还是逻辑上的目的来看，原子朝向总中心的趋势都是每个原子朝向每个原子的趋势，而每个原子朝向每个原子的趋势也就是朝向中心的趋势。一种趋势可以被假定为另一种趋势，凡适用于一种趋势的，肯定也适用于另一种趋势。总而言之，任何可满意地解释一种趋势的原理，均可毫无疑问地作为另一种趋势的解释。

我小心地四下寻找对我这番论述的合理反驳，但什么也未能发现。不过，从那类通常由为怀疑而怀疑的怀疑者提出的异议中，我倒是轻而易举地发现了三个异议，并着手把它们排列如下。

首先有人会说：“（实例中描述的）辐射力与距离之平方成正比的证明所依据的是一个没有根据的假定——每一层的原子数量均为发射该层原子的力之量度。”

我回答，不仅我有充分理由这样假定，而且我没有任何理由不这样假定。我这里所假定的不过是：一个结果是其动因的量度——上帝意志的每一次运用均与需要这次运用的结果成正比，全能全知的上帝意志的每一次运用均与需要这次全能全知的上帝所采用的手段总是丝毫无差地适用于其目的。造成任何结果的动因既不会不足也不会多余。如果辐射任何一层原子的力比达到目的所需的力多一分或少一分，也就是不与目的成正比，那么，那层原子就不可能被辐射到既定位置。如果为了总体分布均匀而把适量原子发射到每一层的力，不与每层原子的数量成正比，那么原子的数量就不会是均匀分布所需的数量。

第二个可能提出的异议多少更值得回答。

力学上有一个公认的原理，每一物体受到外力作用时，或者说倾向运动时，都朝外力给予的方向沿一条直线向前运动，直到另一个外力改变其方向或使其停止。所以有人会问，我的第一层原子，或者说最外边一层原子，在没有难以想象的第二外力出现的情况下，就在想象的玻璃球体表面停止了它们的运动，这应该如何理解？

我回答，这位持异议者实际上是凭“一个没有根据的假设”提出了这个问题——他为一个没有任何“原则”存在于任何事物的年代假设了一个力学原理。我使用“原理”一词，当然是按照持异议者对这个词的理解。

我们可以承认（实际上我们可以领悟），“起初”只有一个第一动因——那个真正的根本原理——上帝的意志。那个原始行为（从统一性向外辐射之行为）必然独立于如今世人称为的“原则”之外。因为我们命名的所有原理都不过是那个原始行为的反作用之结果。我说“原始”行为，因为那种绝对物质性的微粒之创造更应该被视为一种概念，而不是一般意义上的一种“行为”。所以，我们必须把那个原始行为看作一种确立了我们现在所称为“原则”的行为。但这个原始行为本身则必须被看作延续的意志。上帝的这个意志必须被理解为开始扩散——延续扩散——规范扩散——最后扩散完成时才能收回。这时开始了反作用，通过反作用，才有了我们称为的“原则”。不过，明智的做法是限制这个词的使用，只把它用于上帝意志的中止产生的两个直接结果，也就是说，只用于吸力和斥力这两个动因。其他的自然动因都或多或少地直接依赖这两个动因，所以应该更恰当地被称为亚原理。

第三种异议也许会说，我听说提出的那种原子分布的奇特方式“不过是一种臆测而已”。

当然，我知道“臆测”这个词是一柄沉重的铁锤，所有鼠目寸光的思想家一看见具有任何“理论”特征的命题，便会立刻抓过这柄铁锤（如果不说立刻抡起的话）。但在此挥舞“臆测之锤”纯属徒劳，不管挥锤者是渺小的人还是伟大的人。

首先我坚持认为，只有按照我所描述的那种方式，才能想象物质既能被扩散到太空又能同时实现辐射和总体分布均匀这两种状态。其次我要强调，这些状态本身是作为一系列推论的必然结果而呈现在我的脑际，而这些推论在逻辑上严密得犹如欧几里得《几何原本》中任何一项论证之确立。最后我还要强调，即使“臆测”这个实际上站不住脚的指责能够成立，我这个“臆测”的结果之正确性和无可争辩性仍然不会被动摇半分。

原因如下：万有引力是一种自然规律——一种连疯子也不会对其存在本身提出质疑的规律，一种对其本身的承认使我们能够解释百分之九十的宇宙现象的规律，一种仅仅因其上述作用我们就心甘情愿、不假思索地承认并不得不承认为一条规律的规律。然而，它也是一条不论其原理还是原理的作用方式均尚未被人类的分析探究到的规律。总而言之，一条无论是就其细节还是就其总体都一直被发现完全不可解释的规律。现在，这条规律终于被发现可以从各个方面加以详尽的解释，只要我们承认一种——一种什么来着？一种臆测？啊！一种臆测，一种最纯粹的臆测，一种就像万有引力定律这个纯粹的臆测一样其假定的结果不能归之于为任何既定原因的臆测，一种正如这一切所暗示的如此彻头彻尾的臆测，要是这种臆测使我们能够领悟万有引力定律的一种原理——使我们能够像确信那样也理解那些如此不可思议的状态，理解那些包含在万有引力告诉我们的，其复杂如此莫可名状的、表面上完全不可调和的关系中的关系，那么，有理性的人，谁还会如此愚不可及地再把这种哪怕是纯粹的臆测称为臆测，除非他自己心里明白，他仅仅是嘴硬的缘故才坚持不改口？

可我们眼下的实际情况是怎么回事呢？事实到底是什么呢？有人为了让那个争论中的原理得到解释，而请求我们接纳的，同时也有人要求我们尽可能对其加以否定，并尽可能摒弃的概念非但不是一种臆测，还是一个合乎逻辑的结论，一个逻辑性严密得无可争辩的结论，一个逻辑性精确得毋庸置疑的结论，一个我们翻来覆去也看不出任何疏虞的结论。无论我们是从所讨论的这个规律之现象出发沿归纳之路直至终点，还是从所有可想的假设中那个最简单的假设（简单性本身这个假设）开始经演绎达到目的，我们都会得出这一结论。

如果这里有人提出，虽然我的起点如我所宣称的一样是绝对简单性这个假设，可简单性本身并非一个不证自明的公理，而只有从公理出发的推论才无可争辩。对此，我的回答如下：

除逻辑学外的任何一门科学都是研究某种具体关系的科学。譬如说算术是研究数量关系的科学，几何是研究图形关系的科学，普通数学是研究任何可增可减的普通量之关系的科学。然后，逻辑学是研究抽象关系——绝对关系——或者说关系本身的一门科学。因此，除了逻辑学，任何一门科学中的任何一个公理都不过是宣称某种因一清二楚而无须争辩的具体关系的命题。比如我们宣称的整体大于该整体之部分，而且也是因此，逻辑学公理的实质，换言之，就是抽象公理的实质，也只是明明白白的关系。众所周知，不仅一个人明白的关系对另一个人来说也许就不明白，而且同一个人此时所明白的事，到彼时也可能变得不明白。更有甚者，即便今天对大多数人，或对大多数最优秀的智者都一目了然的事，明天对大多数人或大多数智者就可能不那么明白，甚至会完全不明不白。由此可见，公理的实质本身也可变化，那么公理当然也可同样变化。既然公理可变，那从中产生的“真理”也必然可变；或换句话说，绝不可断然地相信这样的“真理”，因为真理和万世不易同为一体。

现在应该很容易就明白，作为任何由理性竖起的建筑之基础，任何公理概念（任何在明明白白的关系这个变化的实质中找到的概念）都不可能比那种概念更稳固可靠——不管那种概念是什么，也不管我们会在何处把它找到（如果真能在什么地方找到它的话），它都全然不含任何关系，它不仅让知性感到无论大小都没有明明白白的关系可考虑，而且让理智明白没有丝毫必要去考虑任何关系。如果这样一种概念不能作为一个我们过分轻率地称为的“公理”，那至少也应该作为任何已经提出的或所有可以被想象的公理之逻辑上的共同根据，而我那个业已被归纳推理所证明的演绎过程开始时，我正是基于这样一种概念。我的微粒本身只是绝对的无关系。

综上所述，我当然认为这只是一个起点，一个"开始"，在这个"开始"之前，或者说在它的后面是一片虚无，这是一个实际上的开端——一个和"开始"没有任何差异的"开端"。一句话，这个开始就是这个开始。如果这是一个"纯粹的假设"，那么就让它是个"纯粹的假设"。

在结束本文主题的这个部分时，我有充分的理由宣布：我们称为万有引力的这个法则之存在是因为物质在其起源时，以原子的形式，从一种独特的、绝对的、无关系的微粒，通过唯一能使其同时实现辐射和分布均匀这两种状态的过程，也就是通过一种分别与每个被辐射的原子和那个独特的辐射中心之间的距离之平方成正比变化的力——被辐射进了一个有限的[①]空间范围。

我已经解释过，为什么要假定扩散物质的力是一种有限定的力，而不是一种持续的或无限延续的力。若假定一种无限延续的力，那我们首先就完全不可能理解反作用力，其次我们就必须接受"物质无限扩散"这个不可能的概念。姑且不去想这个概念的不可能性，即使这个概念并非绝对证明不能成立，至少天文望远镜对天体的观测迄今还没有为这个概念找到任何根据——这一点后文将详细解释，而这个以经验为依据得到的坚信物质本来有限的理由，可以被非经验的依据证实。例如，暂且承认无限太空被辐射出的原子充满的可能性，也就是说，为了便于论证，让我们尽可能承认原子的扩散绝对无边无际。那么显而易见，即便当上帝的意志被收回，因此回归统一性的趋势被允许（抽象地）得到满足时，这种允许也会完全无效。实际上，毫无意义并不会有任何结果。反作用力不可能产生。趋向统一性的运动不可能进行。万有引力定律也不可能获得。

原因如下：承认任何一个原子趋向任何另一个原子之抽象趋势，是从正常的统一性扩散之必然结果，同样也承认任何一个假定的原子欲向任何一个假定的方向运动。那么显而易见，既然这个欲运动的原子的四面八方都有数量无限的原

① 一个空间范围必定是有限的。我宁可重复也不愿留下造成错觉的机会。——原注

子，那它实际上就不可能朝假定能满足它趋势的那个方向运动，因为在恰好相反的方向也有一个完全势均力敌的趋势。换句话说，这个犹豫不决的原子前后都有同样多的朝向统一性的趋势；因为只有白痴才会认为一条无限的直线比另一条无限的直线更长或更短，或者一个无限的数目比另一个无限的数目更多或更少。因此，我们所说的那个原子就只能永远保持静止，而在这种我们仅仅是为论证而努力设想出来的不可能的状态下，永远不可能有物质的凝聚——不可能有天体——不可能有万物，什么也没有，只有一个永远以原子状态存在的毫无意义的宇宙。事实上，无论我们怎样看，“物质无限”这个概念不仅站不住脚，而且荒谬绝伦。

然而，以一个有限的原子空间作为前提，我们立刻就能看出一种可以实现的独一趋势。因为每个原子趋向每个原子的总体结果就是所有原子趋向中心的趋势，所以当上帝的意志一旦收回，这种趋势马上就会以一种共同并且同时的运动，开始原子的凝聚或接近的总体过程。由于原子从微粒射出时呈现出不同形状的特征，由于这种特征造成原子与原子之间距离不等，由于形状和距离的差异产生出了极其错综复杂的关系，所以原子与原子个体的接近或凝聚的时间、程度和条件可以经历几乎无限的变化。

我想给读者留下印象的是，在上述原子状态下立刻产生的一个必然事实，这就是（当扩散力，或者说当上帝的意志刚一收回）在宇宙空间的无数个点上立刻开始了无数的凝聚，这些凝聚形状不同、大小各异、种类有别、相距不等，具有无数千变万化的特征，斥力（电荷）当然也随着这些最初朝独一性的各自的努力而产生，而且必定一直与凝聚的程度成比例，也就是说，与凝聚力成比例，或者说与异质性成比例。

于是，那两个严格意义上的原理吸力和斥力——宇宙的物质本原和精神元质，从此就亲密无间，相依相随。形与灵便手拉手地走在了一起。

如果我们现在从宇宙空间选择任何一个处于最初阶段的凝聚过程来进行想象，而且假定这个最初的凝聚过程发生在我们今天的太阳位置之中心，更准确地说是它当初位置的中心，因为太阳永远在移动位置，那我们将发现自己遇上并至少在一段时间里接受那个最宏伟的理论——拉普拉斯的宇宙起源星云学说。尽管就拉普拉斯讨论的内容来看，“宇宙起源”这个词用得太大，因为他真正讨论的仅仅是我们太阳系的起源，而太阳系仅仅是构成星系宇宙的无数系统中的一个。

拉普拉斯把自己限制在一个明显有限的范围（我们的太阳系及其邻近空间），并纯粹地假设（没有任何根据地假设）出了我一直在努力将其置于一个比假设更坚实的基础上的许多情况。譬如说，他假设了物质扩散到比我们的太阳系所占据的空间稍大一点的范围（但没敢说明扩散的原因）。他假设了扩散在一种不均质的星云状态下进行，并服从于无所不在的万有引力法则（但没敢对其原理进行推测）。假定这一切之后（尽管从逻辑上说他没有权利假设，但他的假设相当真实），拉普拉斯从力学上和数学上做了论证，证明在那种状态下必然产生的结果，仅仅是我们今天发现显露在太阳系实际状态中的如此这般、诸如此类。

说明如下：让我们设想我们刚才所说的那个特殊的凝聚，也就是在被称为我们的太阳中心那个点上开始的凝聚，已经经历了相当过程，大量的星云物质已经呈现出了一个粗略的球形；该球形的中心当然就是我们现在的太阳中心，或更正确地说是最初的太阳中心，该球形的表面伸出了我们最远的那颗行星海王星的轨道，换言之，让我们想象这个球体雏形的直径大约有六十亿英里。在漫长的岁月中，这个物质团一直在凝缩，直到后来缩成了我们所想象的形体。当然就是从难以觉察的原子状态，逐渐地变成了我们认为能够感觉的星云状态。

当时这个星云状态的物质团包含着一种围绕一根假想轴的旋转，这种旋转从最初的凝聚开始以来就一直在获得速度。最初相互靠拢的两个原子若不是来自两个正好相对的点，它们相遇时就会部分地冲过对方，这样就形成了一个旋转核心。我们很快就会看到这个核心是如何增加旋转速度的。另外的原子加入这两个原子，一个凝聚由此形成。原子团在凝缩的过程中继续旋转。当然，原子团表层的原子比靠近中心的原子运动得更快。但运动得更快的外层原子向中心接近，随之也带进了它的速度。这样，每个向内运动并最后到达凝缩中心的原子都为该中心原来的速度增添了一分力，也就是说，都加快了该物质团的旋转速度。

现在让我们来想象这个星云团已大大凝缩，正好占据了今天海王星的轨道所圈定的空间，而星云团表层的旋转速度也正好就是今天海王星绕太阳运行的速度。那么我们应该认识到，就在这个时候，不断增加的离心力超过了没有增加的向心力，于是从切向加速度占优势的星云团赤道处松开并分裂出表面一层或几层凝聚不紧的物质。这些分裂出的物质形成了一个围绕母体赤道旋转的独立的环——这就像飞速旋转的砂轮所抛出的外层物质也可以形成一道围绕砂轮的环一样，只不过砂轮的表面太坚实完整，如果其表面是橡胶或其他同样密度的物质，我所说的这种现象肯定就会出现。

从星云团分离出的那道环的旋转速度，当然与它还是星云团表层时的转动速度一样。与此同时，凝缩仍在继续，分裂出的环与星云主体之间的距离不断增大，直到两者相距很远。

现在，假设由于某种未必偶然的安排，这道环具有的异类物质恰好形成了一种差不多均质的结构，那么这道环本身就绝不会停止围绕母体旋转。就像早已被预见到似的，那些物质的分布似乎正好具有足够的非均质性，足以使它们朝密度大的中心集聚，这样那个环状物终于解体。① 毫无疑问，那道环很快就碎裂成几段，其中质量最大的一段吸收了另外几段，整团特质凝结成为一颗行星。作为一颗行星，它继续着它作为一道环时的旋转运动，这一点足够清楚，而作为一个新的天体，它自己也具有了另一种运动，这一点不难解释。当环状物尚未破裂、整个围绕母体旋转时，我们知道其外圈的运动速度比内圈的快得多。所以当碎裂发生时，每截断环都必定有某个部分正以比其他部分更快的速度运动。这种占优势的运动必然使每截断环旋转，也就是说，使其自转，而自转的方向当然就是产生这种自转的围绕母体旋转的方向。由于所有断截都受这种自转的支配，它们凝聚成一颗行星时，必然会把这种自转赋予这颗行星。这颗行星就是海王星。它的实体继续凝缩，就像其母星的情况一样，它自转产生的离心力终于超过了向心力，

---

① 拉普拉斯假定他的星云具有异质性，只有这样他才能解释环状物的解体；因为星云物质若是均质，它们就不会碎裂。我得出这个同样的结论——直接产生于原子的第二性物质具有异质性——完全是出于对物质总体设计的一个既定考虑，考虑到斥力。——原注

一道环从这颗行星的赤道表面分离而出。这道物质结构不均的环很快就破裂成几段，其中质量最大的一段把其他几段吸收，独自凝结成了一颗卫星。随后，这个过程又重复了一次，结果产生了第二颗卫星。这样，我们就解释了海王星有两颗卫星的缘由。[①]

太阳从其赤道抛出一层环形物后，重新获得了曾在凝聚过程中被打破的向心力和离心力的均衡，但由于凝聚过程还在继续，这种均衡很快又随着自转速度的增加而被打破。此时物质团已缩得更小，刚好占据了今天天王星的轨道所圈定的空间，我们应该认为恰好在这个时候，离心力占据支配地位，一次新的分裂势在必行，因此第二条环形带从太阳赤道被抛出，如同形成海王星的情况一样，这条不均质的环形带碎裂，碎块凝结成为天王星。天王星围绕太阳旋转的速度，当然指示了那次分离发生时太阳赤道表面的旋转速度。如前述过程一样，天王星从其凝聚的碎块获得自转，于是接二连三地抛出几道环，每道环碎裂后便凝结为一颗卫星——以这种方式，凭着这些不同质的环都碎裂并分别凝结为球形天体，三颗卫星在不同时期相继形成。

我们应该认为，正是在太阳缩小到刚好占据今天土星轨道圈定的空间时，它的向心力和离心力之间的平衡由于凝缩造成的自转加速而再次被打破，第三次获得两种力的均衡成为必然，于是同前两次一样，一条不均质的环形带被抛出，环形带碎裂并凝结为土星。土星一开始抛出了七道不均质的环，这些环碎裂之后各自凝结成卫星，但这颗行星后来似乎又在三个不同的但相距并不很遥远的时期抛出了三道环，由于表面上的偶然，这三道环的物质结构相当均匀，从而没有引起环的碎裂，这样它们就继续作为环形体绕土星转动。我用“表面上的偶然”这种说法，因为这里当然丝毫也没有“偶然”这个词通常所包含的意义，严格地说，“偶然”一词只适用于不能查明或不可找到直接原因的规律之结果。

太阳进一步收缩，直到恰好占据由木星轨道圈定的空间，这时太阳又必须平

① 本书送厂付梓时，海王之光环尚未被测定。——原注

衡由于自转继续加快而造成的两种力之间的失调。于是木星被抛出，并经历由环形体变为行星体的过程。变成行星之后，它在四个不同的时期也抛出了四道环，这些环最后凝结成四颗卫星。

太阳继续凝缩，直到它的球体正好占据由小行星轨道划定的空间，这时它分离出了一道似乎有九个高密度中心的环，这道环解体时分裂成九截，其中任何一截都不具有吸引其他各截的占优势的质量。[①] 所以它们虽然全都较小，却都作为独立的行星沿各自的轨道运行，它们轨道之间的距离也许多少与促使它们断裂的力度有关。不过，所有这些轨道靠得实在太近，所以考虑到其他行星轨道，我们完全可把它们统称为小行星轨道。

太阳继续缩小，当小得正好充满火星轨道内的空间时，它又分离出了火星——其过程当然和上面所重复的一样。不过，既然火星没有卫星，那它就不可能抛出过环形物。事实上，太阳系中心母体的凝聚过程此刻已开始了一个新的纪元。它的星云体积缩小，物质密度增大，凝聚势头也随之减弱，因此到了这一时期，它肯定越来越没有必要像从前那样，用分裂来恢复两种力的均衡。这样，我们一直在谈论的那些过程会从各个方面显露出强弩之末的迹象——首先是从行星，其次是从母体。我们绝不能因为越是接近太阳，行星间的间隔距离越小，而错误地认为它们被分离出去的时间间隔就越来越短。我们应该认识到，情况正好相反。时间上最长的间隔必然会出现在分离最内圈的两颗行星之间，而最短的间隔则肯定是出现在最外圈两颗行星的分离之间。空间间隔的缩小是因为密度的增大，反过来也说明了整个凝聚过程的势头越来越弱。

太阳仍在凝缩，当缩到只充满我们的地球轨道划出的空间时，它又从自身分离出一个天体——地球。当时，这个新天体的星云状态还允许它分裂出另一个天体，这个天体就是我们的月球——但卫星的形成到此结束。

最后，当相继缩小到金星轨道和水星轨道时，太阳先后分离出了最靠近它的两颗行星，这两颗行星均未产生卫星。

这样，我们太阳系之起源和巨大的中央天体，就从它起初直径肯定大于56

① 本书付梓后，又一颗小行星被发现。——原注

亿英里的庞大躯体（更准确地说，是从我们最初谈到的那种状态）一个略呈球形的星云团，因万有引力的作用而逐渐凝缩成了一个直径只有 82.2 万英里的天体。这绝不意味着它的凝聚已经完成，也不说明它就不再具有从自身分离出另一颗行星的能力。

到此为止，我已经照那位星云学说的提出者本人的构想，简单介绍了太阳系的起源，这番介绍当然很粗略，但仍然包括了所有必要的细节。无论从哪个角度看，我们都会发现这构想真是美不胜收。事实上，它的确是太美了，以至于不能不具有作为其要素的真——我此时这么说完全是认真的。不错，在天王星卫星的运行中，的确有某种现象看上去与拉普拉斯的假说不符，但要想用一个不符来否定由数以百万计的复杂精微的相符构筑的一种学说，这只能是痴人说梦。当我大胆地预言，上述明显的异常迟早会被发现很可能就是那整个假说最强有力的确证，我并不是在自称能未卜先知。这个问题的唯一难处似乎就在于不可预见。[1]

我们已经知道，在上述凝聚过程中被抛出的天体，可以把它作为母体表面时的自转变成一种速度相等的环绕母体的公转，而如此形成的公转必定会发生，只要向心力，或者说被抛出的天体受母体吸引力，与把它抛出的那个力相等，也就是说与离心力相等，更准确地说是与切向加速度平衡。而从这两种力起源的一致性来看，我们可能指望发现它们正是处于这种状态——一种力和另一种力完全平衡。事实已经表明，分离天体的作用无论从哪方面看，都仅仅是为了保持这种平衡。

但在把向心力归因于无处不在的引力法则之后，天文学论著就一直时兴超越纯自然的界限，去寻找切向加速度这种现象的解释，也就是说，超越第二因去寻找原因。他们把切向加速度直接归因于第一推动力——归因于上帝。他们宣称，使行星绕主星旋转的力直接产生于那根手指——这是一种幼稚的说法，意思就是靠神力。照这种看法，有人设想完全形成的行星是被上帝之手抛到一颗颗恒星附近，上帝之手发出的原动力精确地适应那些恒星的质量，或者说适应它们的吸引

① 我完全可以说明，天王星卫星的运行异常，仅仅是该行星旋转轴颠倒而造成的一种视觉上的异常。——原注

力。一种如此缺乏哲理的见解居然被如此心安理得地接受，原因只能是除此之外，就很难解释为什么像吸引力和切向力这种看上去毫不相干的两种力会绝对精确地相互适应。但我们应该记住，（比上述情况更互不相关的）月球的自转周期和公转周期的一致性曾在相当长一段时间里被认为绝对不可思议。在天文学家中也有过一种强烈的意向，要把这个奇迹归因于上帝直接而持续的作用。据说，上帝在这个特例中发现，有必要为他的普遍法则特别增加一套补充规则，以便让世人永远看不见月球另一面的灿烂光辉或可怕景象——让那个神秘的半球一直而且必将永远避开人类天文望远镜的镜头。然而，科学的发展很快就证明了（对哲学家的直觉来说是无须证明的事实），一个运动不过是另一个运动的一部分，甚至仅仅是另一运动的一个结果。

对我来说，我不能容忍这些如此胆怯、如此无聊、如此笨拙的怪念头。这种毫无根据的想入非非，属于那种最懦弱的思想。自然和自然之上帝性质截然不同，有理性的人对此不能始终怀疑。我们说，前者仅仅是意指后者的法则。一想到无所不能、无所不知的上帝本身，我们同时也想到他的法则具有不谬性。在上帝眼里，既没有过去也没有将来——对他而言只有现在，那么，我们认为他制定的法则居然没考虑到每一个可能的偶然，这岂不是对他的亵渎？更准确地说，对于任何一个可能的偶然，我们除了将其视为上帝法则的一种结果和一种体现，还能把它视为什么？凡能摒弃偏见者均可有勇气绝对地独立思考，而凡独立思考者最终都不会不得出法则归于法则这一结论，不会不得出每条自然法则在各方面都依存于其他所有法则这一结论，不会不得出全部法则都不过是上帝意志的一次原始行使之结果这一结论。这才是宇宙起源的原理，这才是我怀着必然的敬意在此大胆提出并坚持的原理。

由此可见，那种认为行星的切向力是由“上帝之手”直接赋予的幻想是多么浅薄，甚至极不虔敬。我认为，切向力产生于天体的自转，这种自转是由基本原子趋向于它们各自的凝聚中心之起动冲量造成的。这种冲量是万有引力法则之结果，这种法则只是原子回归非个体性的趋势得以必然表现的模式，而回归趋势只是那个最伟大的第一行为之不可避免的反作用——一个自存独存的上帝正是凭着他的意志通过这种行为在顷刻间化为万物，因此宇宙万物生来就是上帝的一部分。

本文的一些基本假设启示我，实际上是暗示我，像拉普拉斯提出的那种星云学说需要做某些重要修正。我已经说过，斥力的作用是为了阻止原子相互接触，因此它与原子间接近的距离成比例，也就是说，与凝聚力成比例。换言之，带着热、光和磁这些复杂现象的电荷，必须被认为是随着凝聚的发生而发生，反之则随着比重的产生，或者说随着凝聚的中止而中止。所以太阳在凝缩的过程中，必然因斥力的产生而很快发热，变得炽热，因而我们能看出它抛出环形物的运动，实际上肯定借助了其表面随之冷却结成的一层薄壳。任何普通的实验都能证明，这种薄壳是多么容易因异质性而与里面的物质分离。在每次抛掉外壳后，新的表面又会和先前一样炽热，炽热表面会再次冷却结壳一直到能分离的程度，而这一过程所需的时间，也许可以被认为与太阳再次必须恢复被凝聚打破的两种力之平衡所需的那个时间恰好一致。换言之，我们须认为，电荷作用（斥力）做好准备要抛出表层之时，正好就是吸引作用（吸力）做好准备可抛出表层之际。于是这里的情况与各处一样，形与灵手拉手地走在一起。

这些想法会被经验从各个方面加以证实。因为任何天体的凝聚都绝不能被认为已彻底终止，所以我们有理由预言，一旦能有机会考证这个问题，我们将发现所有天体——不论是恒星、行星还是卫星，都有内在的发光迹象。我们的月球自身会发光，不然当月全食发生时，它就会全然消失。而且在这颗卫星盈亏的过程中，我们常常在其黑暗部分观测到犹如地球极光一样的闪亮。显而易见，在月球居民眼里，我们地球的极光和其他各种与更稳定的发光无关的所谓的电荷现象，肯定也使地球看上去是个发光天体。事实上，我们应该把所有这些现象，都视为仅仅是地球还在继续的微弱凝聚之不同方式、不同程度的表现。

假若我这些见解站得住脚，那我们就能够发现那些更年轻的（离太阳更近的）行星比那些更年迈的（离太阳更远的）行星发出更亮的光。而金星的灿烂光辉似乎并不是仅仅因为它更靠近那个中央天体（在金星的盈亏过程中，其黑暗部分也频频闪烁极光）。它无疑是一个自身会发光的天体，尽管其发光度不如水星，而海王星的发光度相对来说就微不足道。

如果承认我的这些看法，那下面的情况就非常清楚：太阳从抛出第一个环形物开始，其光和热就必须因为表面不断冷却结壳而不断减弱，这样就会出现一种时期——一次新的分离即将发生的时期。这时，一种光和热的实质性减弱必定会变得非常明显。现在我们知道，这种变化的迹象可以清楚地辨认。这里从数以百计的实例中仅举一例：我们在梅尔维尔群岛发现有超热带植物的痕迹，这种植物若没有比现在太阳给予地球表面任何部分的光和热多得多的光和热，便不能正常生长。难道这种植物与太阳刚分离出金星后的那个时期没有关系？在这个时期，太阳对地球的影响肯定最大，实际上，这种影响在当时已经达到了它的巅峰。当然，这里不考虑地球自身被分离后的那个时期——那仅仅是地球的构成时期。

另一方面，我们知道有不发光的恒星，也就是说，我们断定这些恒星的存在是根据其他天体的运动，而这些恒星自身的光并不足以被我们察觉。那么，这些恒星之所以看不见，是不是纯粹因为自它们分离出一颗行星以来所经历的时间之长短？再则，难道我们不能用这样一种假设来说明（至少在某些实例中），为什么在从来没料到会出现恒星的位置会突然出现恒星？这假设就是，按我们天文历的算法，这些恒星裹着结壳的表面旋转了数千年后，终于抛出了一颗新的行星，从而能重新焕发出其仍然炽热的内部的光辉。在此，我当然只需请读者注意一个确凿无疑的事实，这就是朝地心的下降与温度的上升成正比——这个事实很可能就是我就此话题所说的一切之最有力的证明。

在上文谈到斥力或者说电荷的作用时，我说过，对生命、意识和思想这些重要现象，无论我们是从宏观上还是从微观上看，它们的发生看上去至少都与异质性成比例。我还暗示过要重提这个问题，而现在正好是这样做的时候。先从微观上来看这个问题，我们不仅会看出生命的显示，而且会看出其重要性和性状的升华，均与动物结构的异质性或者说复杂性成正比。然后从宏观上来看这个问题，并且参照原子趋向团块集聚的最初运动，那么我们会发现直接由凝聚引起的异质性永远与凝聚成比例。于是我们得出了这个命题：地球生命重要的进化随地球的凝缩而发生。

这个命题当然符合我们所知的地球动物的演替。随着地球一直在进行的凝缩，越来越高级的动物种类相继出现。那么，难道没有这种可能，正是已经发生的一系列地理变革最终（如果不是马上）导致了一系列生命性状的升华？难道没有这种可能，这些地球变革本身是由一系列行星从太阳分裂而出所造成，换言之，就是由太阳对地球的影响之一系列变化所造成？如果这种想法成立，我们就不无理由认为，太阳在水星轨道内再分离出一颗行星也许会引起地球表面一场新的变化，而在这场变化中，一种在实质上和精神上都比人类高级的动物也许会应运而生。这些想法在我看来都非常真实，但我放弃了它们，这当然仅仅是因为它们明显的联想特征。

拉普拉斯的星云学说，最近已从哲学家孔德那里得到绰绰有余的证实。于是，这两位法国人已共同证明——诚然，物质在任何时候实际上都并非像所描述的那样存在于一种星云扩散状态，但若承认它是以那种状态存在并远远超出现在由太阳系占据的空间，而且开始了一种朝向一个中心的运动，那么它就必然逐渐呈现出我们今天所看出并公认的太阳系的各种形态和运动。像这样的一种证明——一种力学和数学上的证明、一种无与伦比的证明、一种以经验为根据的证明、一种无可置疑且无人质疑的证明，说到无人质疑，实际上得除去那群既无利可图又声名狼藉的职业怀疑家，那群居然否定作为这些法国数学家的证明结果之根据的万有引力定律的十足的疯子。我说，像这样的一种证明对大多数健全的理智来说（我承认也包括我的理智），都充分证明了它以星云假说为根据的正当性。

根据人们对“证明”一词的共同理解，我当然也承认这个证明并没有证明那个假说。证明某些存在的结果（或者说确认的事实）可以被某个假说之假定说明原因，甚至精确地说明原因，这并不等于证明了那个假说本身。换句话说，证明某些假定的原因可能已导致了，甚至肯定导致了某种现存的结果，这并不等于证明了这种结果的确产生于那些假定的原因，除非同时也证明没有而且不可能有其他原因可以导致同样的结果。不过，就眼下讨论的这个证明而言，虽说所有人都肯定会承认，它缺乏我们习惯上称为的那种“证据”，但还有许多高瞻远瞩的智者会承认任何证据也不能为它增添丝毫说服力。无须涉及会使我们侵入云山雾罩的形而上学领域的细枝末节，我同样可以在此说明，就我们讨论的这种实例而言，如果思路正确，说服力总是与假定和结果之间的复杂性成比例。说得具体一点，由于宇宙状态的复杂性按比例增加了解释这些状态的困难性，因此这种复杂性同时也按比例增强了那种能按同样比例言之有理地对其进行解释的假定之说服力，而由于任何复杂性都不可能比宇宙状态之复杂性更莫可言状，因此（至少对我的理智而言）任何说服力都不可能比我心目中的一种假定之说服力更强，因为这种假定不仅能把所有的状态都解释得丝丝入扣，使它们成为一个和谐一致并清晰明了的整体，而且它同时又是使人类智力能够解释所有的宇宙状态之唯一假说。

最近有一种无稽之谈在街头巷尾流行，甚至在科学界传播，说什么所谓的“宇宙起源星云学说”已经被推翻。这种说法的起因是最近公布的天文观测报告，即通过辛辛那提那架巨大的望远镜和罗斯伯爵那架举世闻名的仪器[1]对那些一直被称为“星云”的进行观测之结果。某些过去在最大的望远镜里也呈现出星云状或烟雾状的太空亮斑，长期以来曾一直被认为证实了拉普拉斯的星云学说。它们被看成正在经历我试图描述的那种凝聚过程的恒星。于是世人以为我们“有了亲眼看见的证据”，同时始终有人发现，要证明星云假说的真实性，这是一个非常靠不住的证据。尽管天文望远镜的不断改进，使我们能不时地看出某些一直被归入星云类的亮斑实际上只是一团星体，它们看上去呈星云状，仅仅是因为它们距地球太遥远，可对其他无数的星云，对那些蔑视将其分割肢解的星云堡垒，赞成星云学说的人则认为不可置疑。这些星云中最有趣的当数位于猎户星座的那团“大星云”，但经过巨大的现代天文望远镜的观测，这团“大星云”和其他无数被误称的星云全都变成了一个个星团。如今这个事实已被普遍认为是对拉普拉斯星云假说的否定。甚至当上述发现宣布之时，星云学说最热情的捍卫者和最雄辩的鼓吹者尼科尔博士竟然“承认有必要抛弃”一种猜想，而正是这种猜想构成了他那本很值得赞扬的著作之素材。[2]

① 第三代罗斯伯爵即英国天文学家威廉·帕森斯（1800—1867），在 1908 年之前，他于 1845 年研制的一架巨型望远镜是世界上最大的天文望远镜。——译者注

② 即他的《太空结构综述》。大约两年前，我们的报纸争相转载了一封声称是尼科尔博士致他的一位美国朋友的信，我想他就是在该信中承认了上述“必要”。不过在随后的一次演讲中，尼科尔博士好像又在某种程度上击败了这种必要性，尽管他似乎希望自己能把星云学说讥笑为“一种纯粹的臆说”，但他并没有将其完全抛弃。在马斯基林那些实验之前，万有引力定律是别的什么呢？即便在当时，又有谁对万有引力定律提出过怀疑呢？不管怎么说，孔德最近的实验对于拉普拉斯的学说，就正如马斯基林那些实验对于牛顿的定律。——原注

毫无疑问，许多读者会倾向于说，新近这些观测结果至少有一种推翻假说的强大趋势，而一些更善于思考的读者则会提出，星云假说绝不会因上述“星云”的分崩离析而被驳倒，然而若是用如此先进的望远镜也不能分开星云，这也许可以被理解为是对那种学说的一种确证——这后一类读者要是听说我甚至对他们的想法也不赞同，他们肯定会感到意外。如果读者已领会了本文的那些命题，那么他们就一定会看出，依我之见，不能分开“星云”非但不是对星云假说的证实，而且势必会把这门学说驳倒。

且容我解释。我们当然可以假定牛顿的引力法则已被证明，而必须记住，我早已把这个法则归因于上帝第一行为的反作用力，即为了克服一个暂时的困难，上帝意志的一次运用之反作用力。这个困难就是迫使正常变为异常之困难，就是迫使那种原始的因而也是正常的独一性状态，自我呈现出异常的多样性状态的困难。只有设想这个困难是在短时间里被克服，我们才能领悟一种反作用。假若那个行为无限延续，就不会有任何反作用。只要那个行为延续，当然就不会有任何反作用力产生，换言之，就绝不会有引力的产生，因为我们认为后者不过是前者的表现。但引力已产生了，所以那个创造行为已经结束；而且引力早已产生，所以那个创造行为早已结束。因此我们就不能指望再看到创造之初期的过程，而据星云学说的解释，星云状态正是属于那些初期过程。

根据我们对光的传播之了解，我们有直接的证据证明那些非常遥远的恒星，已经以我们今天所见的形状存在了难以想象的漫长岁月。那么，团块集聚过程开始的时代，无疑至少可追溯到这些天体正在凝缩的那个时期。那么，要设想这些过程有的还在某种“星云”状态下进行，而其他所有的都被我们发现已经完全终止，我们就不得不借助于某些我们实际上毫无根据的假设——我们就不得不再次把那个亵渎上帝的特殊介入概念强加给讨厌的理性，我们就不得不认为，在这些“星云”的特例中，一个从不犯错的上帝发现有必要采用某些补充规则：对总法则进行某种完善，进行某种修改和匡正，总之就是要使其允许这些个别的天体推迟完成它们的凝缩，甚至超过既定的过程成千上万个世纪，而在那些过程中，其他所有的天体不仅有时间凝缩成形，而且有时间变得说不出地老迈。

当然，有人马上会反驳说，既然我们借以看见那些星云的光肯定早在很多年以前就从星云表面射出，那么我们现在看到，或者说以为看到的过程实际上并非今天在进行的过程，而只是早在过去就已经完成的过程之幻象——正如我坚持认为的，所有那些团块集聚过程都必定早已完成一样。

对此我的回答是：今天所观察到的已凝缩成形的天体之状态也并非今天之状态，而是一种早在过去就已经完成的状态；所以我从天体和“星云”的状态比较中引出的论据，丝毫也没被驳倒。何况那些坚持认为星云存在的人，并没有把星云状态归因于距离之遥远，他们宣称那是一种真实的而并非视觉上的星云状态。事实上，要设想星云的确能被看见，我们就必须设想，与现代望远镜所观测到的已凝缩成形的那些恒星相比，它应该距我们很近。那么，要坚持认为所说的那些现象是真正的星云现象，我们就应该认为它们距我们的视点相对而言比较近。因此，我们今天所见到的它们的状态必定属于一个不很遥远的时期，至少不会比我们今天观测到的大多数恒星的状态所属的时期更遥远。总而言之，天文学何时能证明有一团我们现在所讨论的这种意义上的“星云”，那我就何时认定宇宙起源星云学说非但没被该证明所证明，而且被该证明无可挽回地推翻。

然而，为了把恺撒的东西不多不少地归还恺撒，请允许我在此说明，那个把拉普拉斯引向如此辉煌之结果的假说之假设，似乎在很大程度上是由一种错误的想法向他提供的。这就是我们刚才一直在谈论的那个错误想法——人们对所谓的星云之性质非常普遍的误解。他假定这些星云实际上正如它们的名称所示。事实是这个伟人极不信任他自己超凡脱俗的知觉能力，所以对星云的实际存在——一种被他那些用望远镜观测的同时代人那么自信地坚持的存在，他更多的是相信他所闻，而不是相信他所悟。

可以看出，针对他学说提出的有根据的异议都仅仅是针对其假说本身，即针对提出假说之假设，而不是针对假说提出的假设，也就是只针对其命题，而不是针对其结果。他最没有根据的假设就是，在他明明理解原子是无限扩散在宇宙空间的情况下，他却假设原子朝一个中心运动。我已经阐明，在那种情况下，不会有任何运动发生，因此拉普拉斯的这个假定毫无哲学上的根据，只是为了证明他想要证明的东西而必须提出的一个假设。

他最初的想法似乎是伊壁鸠鲁真实的原子和他同时代人假想的星之混合。这样，作为一个从古代空想和现代愚昧的混合论据中推演而出的精确结果，他的学说为我们展示了一种格外反常的绝对真实。实际上，拉普拉斯真正的力量在于一种几乎不可思议的直觉。他依赖这种直觉，这种直觉也从不骗他。而就星云学说而论，正是这种直觉引导蒙着双眼的他，走过了一条谬误的迷途，进入了一座宏伟辉煌的真理之殿堂。

现在暂且让我们来想象——仅仅是想象，由太阳抛出的第一道环，也就是后来碎裂并凝结成海王星的那道环，实际上直到将形成天王星的那道环被抛出之时也没有碎裂；而这第二道环直到产生土星的那道环被抛出之时也完好无损；同样，第三道环也安然无恙地迎来了后来变为木星的那道环之分离——想象照此类推。总之，让我们想象直到将诞生水星的那道环最后被抛出，围绕太阳的所有环形物尚未解体。这样，我们的脑海里就形成了一幅一圈圈同心环共存的图画。现在看看这些同心环，再根据拉普拉斯的假说看看它们形成的过程，我们马上就会看出这与我前文所描述的原子同心层和原子被辐射的过程非常相似。若能测量一下抛出这一圈圈环形物每次所用的力，也就是说，若能测量一下导致这一次次分裂的超过引力的矢量旋度，我们难道不能发现刚才所说的相似得到了进一步的证实？我们难道不能发现（正如起初辐射原子的力一样）这些力与距离之平方成比例变化？

我们的太阳系主要是由一颗恒星、十七颗已确定的环绕恒星运动的行星（也许还有一些尚未发现）和十七颗已确定的伴随行星的卫星（很有可能还有一些尚未发现）所构成。现在这个系统被视为一个范例，即在上帝意志收回的同时，开始发生在整个原子宇宙范围内的无数凝聚之范例。我的意思是说，我们的太阳系应该被认为是从这些凝聚之中，准确地说是从这些凝聚最终到达的状况之中，提供了一个普通的实例。如果我们始终注意到像上帝所设计的那种尽可能复杂的关系之概念，并注意到由原始原子的形状不同、相距差异来构成这种关系时所用的小心谨慎，那我们就会发现，任何时候都不可能假定任何两团最初的凝聚最后会达到丝毫不差的结果。我们当然会倾向于认为宇宙中的任何两个天体（无论是恒星、行星或者卫星）都不可能特别相似，但它们都大致相似。因此我们更不可能想象，由这样的天体构成的任何两个组合或者说任何两个“系统”会超过这种大致相似。[①] 在这一点上，我们的天文望远镜完全证实了我们的推论。那么，就把我们的太阳系看作仅仅是所有天体系统中一个任意的或普通的标本，这样我们的议题就从太阳系延伸到了星系宇宙，一个存在着无数天体系统的球形空间，这些系统的分布只是大体上均匀，它们的形态结构只是大体上相似。

现在让我们拓展概念，把每一个这样的系统看成一个原子；其实当我们想到它不过是构成这个宇宙的无数系统中的一个，它的确也只是一个原子。那么，当我们把所有的天体系统都视为巨大的原子，并且都具有构成它们的真正原子所具有的根深蒂固的回归统一性之趋势，我们立即就会想到一种新的聚集顺序。靠近大系统的小系统，将不可避免地被吸引到距大系统更近之处。数以千计、数以百万计，甚至数以十亿计的天体系统将东一堆西一团地聚集到一起——结果在空间留下一片片无边无际的空白。如果这时有人问，为什么在谈天体系统这些大原子时，我只用“聚集”这个字眼，而不像谈到真正的原子时那样用多少坚固一点的“凝聚”一词；如果有人问，譬如，为什么我不马上说出我要说的聚集之必然结果，不马上把“系统原子”的这些聚集说成它们在空间合并—— 每个合并体都凝聚为一颗巨大的恒星，我对此的回答是 μελλουτα ταυτα——[②]。在未来这道令人生畏的门槛之前，我不过是稍停一会儿。现在把这些聚集称为“星系”，我们就会看出它们正处于合并的最初阶段。它们的完全合并必将来临。

我们现在已到了一个点上，从这儿我们把星系宇宙看成是一个不均匀地分布着星系的球形空间。应该注意，我在这里宁愿用副词“不均匀地”，而不用刚才那个说法“只是大体上均匀”。事实上非常清楚，分布之均匀将随着凝聚之过程逐步

① 并非没有这种可能：光学上某种意想不到的进步也许会让我们在数不清的各种系统中，看到一颗发光的恒星环绕着一些发光的和不发光的环，这些环的里外和之间运行着一些发光的和不发光的行星，这些行星由伴有卫星的卫星伴随——连这些伴随卫星的卫星都还有卫星。——原注

② 希腊语：这些是未来之事。参见本书《莫诺斯与尤拉的对话》题记。——译者注

减少，也就是说，将随着天体数目的减少而减少。所以，不均匀性的增加应该被视为一种回归独一之趋势的明确迹象。这种增加必将延续下去，直到一个新纪元来临，那时最大的一团凝聚将吸收其他所有的凝聚。

说到这里，似乎终于应该问问，天文学上确认的事实，是否能证明我凭推理为天空做出的这番总体安排。它们当然能证明。在透视原理的指导下，天文观测使我们得知，可观测的宇宙是由无数分布不均匀的星系构成的一个略呈球状的星系。

构成这个由星系构成的“星系宇宙”的这“星系”，实际上不过就是我们一直称为的“星云”。而在这些“星云”中，有一团令人类最感兴趣。我是说那条天河，或称银河系。显而易见，这个星系令我们感兴趣首先是因为它看上去特别大，不仅比天上任何一个星系都大，而且比其他所有星系加在一起还大。与之相比，其他星系中最大者也仅仅是在空中占据了一个点，人类只有借助望远镜才能清楚地看见它。可银河系横贯天空，灿灿煌煌用肉眼也能看清。不过，它令人感兴趣的最主要的原因（尽管不是最直接的原因）还在于它是人类的家，它是人类所居住的地球的家。它是地球所环绕的太阳的家，它还是这个以太阳为中心、有十七颗行星和十七颗卫星的太阳系的家。让我再说一遍，银河系只是我正在描述的这些星系中的一个星系，只是我们所误称为的那些“星云”中的一团星云——那些“星云”只是有时用望远镜才能看到，它们看上去就像分布在天上不同位置的模模糊糊的亮斑。我们没有任何理由认为银河系真比那些“星云”中哪怕最小的一团更大。它看上去硕大无朋，显然仅仅是因为我们观看它时所处的位置，也就是说，因为我们置身于其中。对那些不谙天文学的读者而言，不管这一断言初看上去有多么不可思议，天文学家都会毫不犹豫地宣称：我们置身于构成银河系的无数恒星、星团和星系之中。此外，不仅是我们——不仅是我们的太阳有权利声称银河系是自己的家，而且可稍有保留地说，天上所有清晰可见的星星（所有用肉眼就能看到的星星）都有权利声称银河系是它的家。

关于银河系的形状历来有许多错误的概念，差不多所有的天文学论著都说它像一个大写的字母Y。实际上，这个星系大体上相似于有三重环围绕的土星。不过，我们必须把它的中心想象为一座两面突出的星岛，或者星团岛，而不像那颗行星坚实的球体。我们的太阳就位于靠近岛岸之处——在距岛最近有北十字星座，最远有仙后星座的那一面。围绕星岛的那道环靠近我们的位置处有一条纵向裂缝，事实上，正是这条裂缝使该环靠近我们的部分看上去大致像个大写的字母Y。

相对而言，我们绝不可错误地设想这条多少有点模糊的环带，距离它所围绕的这个同样也有点模糊的呈双凸透镜状的星团非常遥远。所以，仅仅是为了解释的目的，我们就可以说，我们的太阳实际上正好位于字母Y的三条直线相交的那个点上。要是设想这个字母有一定的密度，并有与长度相比微不足道的一定的厚度，那我们甚至可以说，我们的位置就在这个厚度的中间。设想我们正处于这样的位置，我们就不再会感到难以解释所见之现象，它们全都是视觉上的现象。当我们朝上或朝下看时，也就是说，当我们把视线投向字母的厚度方向时，我们的视线穿过较少的星星，远不如把视线投向长度方向，或者说顺着字母的笔画方向所穿过的星星多。当然，在前一种情况下看到的星星显得稀疏，而在后一种情况下则显得稠密。反过来解释，当一个地球居民像我们平常所说的那样抬眼看银河时，他的视线正好顺着它长度的某个方向——正好顺着字母Y某一笔画的方向，但当他环视茫茫太空时，他的视线离开了银河，转向了字母厚度的方向，这时他看到的星星就显得稀疏；尽管按平均数计算，它们和银河系的星团一样稠密。再没有其他思考方式更适合传达出这个星系之宏大的概念。

如果我们用一架空间透视力很强的望远镜仔细观测太空，我们将发现一条星系带，也就是我们一直称为的“星云带”。一条宽度有变化，从地平线到地平线，并以直角与银河带相交的星系带。这条带就是所有星系的终极星系。这条带就是星系宇宙。在所有构成这条终极宇宙带的星系中，我们的银河系也许只是一个最微不足道的星系。这个星系之星系的外观在我们眼里像一条带子，这完全是一种透视现象，正是这同一现象，使我们自己这个扁球状的银河系在我们眼里也变成了一条横过天际，并以直角与宇宙带相交的带子。终极星系的形状，当然大体上就是它所包括的每一个单独的星系的形状。正如我们从银河横着望太空时所看见的，稀疏的星星事实上只是银河系本身的一部分，而且在望远镜的任何一个观测点上，它们和星团部分的星星一样稠密。我们从宇宙带横望太空时，在任何空间点上看见的疏散“星云”也是如此，它们也应该被理解为视觉上的疏散，并被看作一个终极的宇宙空间之一部分。

天文学上最站不住脚但也最根深蒂固的谬误，就是认为星系宇宙绝对无限。正如我在前文中通过推理详尽论述的一样，认为有限的理由在我看来不可辩驳；即使不说这些推理，观测结果也使我们确信，朝我们周围的四面八方（如果不是全部方向）都无疑有一个明确的界限，或至少没有为除有限外的其他任何想法提供依据。如果分布在空间的星体无穷无尽，那么整个天幕都应该像银河一样熠熠生辉，因为整个天幕绝对不可能有哪个点上不存在星体。所以，在星体有限的情况下，我们方可理解为什么我们的望远镜会在各个方向都发现空白，解释的唯一方法就是假设空白处的天幕太远，从那里发射出的光迄今还没有到达我们这里。也许是这么回事，谁敢贸然否定呢？我不过是坚持认为，我们没有丝毫理由不相信情况就是如此。

在上文谈到世人普遍认为地球上所有的物体都只倾向地心时，我曾说过：“除了后文将要说明的某种例外，地球上的每一物体都不仅会倾向地心，而且会倾向每一个可以想象的方向。”这种“例外”指的就是常常出现在天空的那些空白，在空白处我们最精细的观测也没能发现任何天体，甚至没发现天体存在的迹象。一个个空白张着比厄瑞玻斯[①]还要黑暗的黑洞洞的裂口，仿佛要让我们从裂口看穿星系宇宙的墙界，去窥视那无限的虚空宇宙。若是地球上任何物体由于自身的运动或地球的运动，碰巧沿一条平行直线进入任何一个那样的裂口，或者说宇宙深渊，那么它显然再也不会被吸引向那个空白的方向，并且一时间它必然会比进入裂口之前或之后的任何时候都“重”。不过，即使不再去想那些空白，而只看看星体总体上不均匀的分布，我们也会看出地球上的物体朝向地心的绝对趋势是处在一种不断变化的状态中。

① 在希腊神话中，厄瑞玻斯（Erebus）是混沌之神卡俄斯（Chaos）之子，是黑暗的化身。——译者注

那么，我们可以领悟我们这个宇宙的孤立。我们可以感觉到我们的理性所能感觉的那种全然的孤独。我们可以知道有一个星系的星系，在这个终极星系周围的四面八方，延伸着一个超越人类领悟能力的无边无际的浩瀚太空。因为我们由于缺乏进一步的理性根据，才被迫停在星系宇宙的边界，那么断定在我们被允许到达的边界那边，实际上不存在任何质点是正确的吗？我们有没有权利类推，这个可感知的宇宙，这个星系之星系，只不过是一系列星系之星系中的一个，其余星系之星系不可见是因为太远；是因为它们的光在到达我们之前过度地扩散，以至不能在我们的视网膜上产生光感；或因为在那些说不出有多遥远的世界，压根儿就不存在光一类的物质。不然仅仅是因为相距杳渺，以至于过了无数年，它们存在于太空的电波还没能越过那道巨大的鸿沟？

我们是否有任何权利像这样推测，我们是否有任何权利像这样幻想？如果我们有任何一点权利像这样幻想推测，那我们就有权利认为星系之星系无限蔓延。

人类的大脑对“无限”显然有一种偏爱，它特别喜欢这个概念的幻象。它似乎是怀着一种狂热的激情渴求这个不能成立的概念，并希望设想出这个概念后，理性也能相信。对整个人类的这种共同嗜好，作为人类一员的个体当然不可能有资格将其视为反常；但说不定有那么一类天体，在他们的眼中，人类的这种癖好也许会具有偏执狂的所有特征。

可我的问题还没有得到回答。我们是否有权利去推测，让我们更确切地说，去想象——一个个漫无止境的“星系的星系”，或无穷无尽的大同小异的“宇宙”？

我的回答是，就这样的问题而言，“权利”完全取决于敢于声称拥有权利的想象力之胆量。请允许我仅仅这样宣称，作为一个个体的人，我觉得自己不得不设想——只敢说是设想，的确存在着无限延续的一个个宇宙，所有宇宙都与我们所认识的大同小异，都与我们将只能认识到的大同小异，至少在我们自己的宇宙回归统一性之前是这样。然而，如果这些星系的星系存在（如果它们存在），那显而易见的事实是：它们与我们的起源毫无关系，因而与我们的法则毫不相干。它们不吸引我们，我们也不吸引它们。它们的精神不是我们的精神，它们的物质不是我们这个宇宙中的任何物质。它们不可能给我们的知觉或灵魂留下任何印象。

如果设想它们与我们暂时共处，那它们与我们之间将不会有任何相互的影响，各自会互不相关地存在于自己那个上帝的怀抱之中。

在本文的讨论中，我的目标更多是在于哲理法则，而不是自然规律。我早已认识到，即便是阐明具体的物质现象，所依靠的也很少是纯自然的排列，而几乎是精神上的布局。所以请允许我说明，如果我的阐述显得多少有点过分散漫无章，我也只是希望以此来更好地保证读者逐步形成的那串印象不至于断开，因为只有通过这样的循序渐进，人类的智力方可感觉到我所谈论的那种壮丽辉煌，方可整体上领悟其宏伟。

到此为止，我们几乎把注意力都放在了太空天体的总体关系上。具体的关系还很少论及。量的概念，也就是说，多少、大小和远近的概念，即使被谈到也是偶尔为之，而且只是为更明确的概念先做准备。现在，就让我们试着来获得这些更明确的概念。

如前文所述，我们的太阳系主要由一颗恒星、十七颗已确定的环绕恒星运动的行星（也许还有一些尚未发现）和十七颗我们已知的伴随行星的卫星（可能还有一些尚不为我们所知）所组成。这些不同的天体并非真正的圆球体，而是扁球体——绕其自转的假想轴之两极稍稍扁平的球体。两极扁平是自转的结果。太阳也并非这个天体群的绝对中心，因为太阳本身连同它所有的行星也环绕着太空中一个永远在移动的点运动，那个点才是太阳系总的引力中心。我们也不可认为这些不同的扁球体运行轨道——卫星绕行星之轨道、行星绕太阳之轨道，或太阳绕共同中心的轨道，是严格意义上的圆圈。事实上，这些轨道都是椭圆，椭圆的两个焦点之一便是公转围绕之点。椭圆是一种曲线，它的轴一长一短，长轴上有两个与对称中心等距的焦点。两个焦点的位置这样决定：从两焦点各引一条直线到曲线上任何一共同点，这两条直线加在一起都等于长轴。现在让我们设想出这样一个椭圆。让我们先在这椭圆的一个焦点上固定一个橘子，再用一根橡皮筋把一粒豌豆与橘子连在一起，然后把这粒豌豆置于椭圆的周线上。现在让这粒豌豆不停地围绕橘子转动，始终沿着椭圆的周线。那根橡皮筋当然会随着我们移动豌豆而有长度变化，而这根有长度变化的橡皮筋就形成了几何学上所称的矢量径。现在，如果我们把固定的橘子看成太阳，把转动的豌豆比作一颗围绕太阳运动的行星，那么行星的公转应该按这样一种比率来进行——其速度之变化应该使矢量径在轨道上所扫过的面积与时间成正比。这粒豌豆的转动速度应该是，换言之，那颗行星的运行速度当然是，离太阳越远就越慢，离太阳越近就越快。而且那些轨道距太阳更远的行星，运行得就更慢。任何两行星公转周期之平方，同它们至太阳的平均距离之立方成正比。

然而，这里所描述的复杂得惊人的公转规律，绝不可被认为只有我们太阳系遵循。凡有引力的地方都遵循这些规律，这些规律支配着星系宇宙。天上每一个光点无疑都是一轮灿烂的太阳，和我们的太阳相似，至少基本特征相同，它们都有或多或少、或大或小的行星伴随，那些行星自身还在发光，由于距离太遥远而不足以被我们看到，但它们仍然有卫星相随，仍然围绕它们的太阳旋转，仍然遵循刚才所详述的那些原理——遵循着无处不在的行星运动三大定律。也就是由富于想象力的开普勒猜出，后来由坚忍而缜密的牛顿证明并解释的那三条不朽的定律。在一群以过分注重事实为荣的哲学家中，鄙视所有的推测非常时髦，他们意味深长地把推测叫作“瞎猜”。可应该考虑的问题是由谁来猜。有时我们花时间同柏拉图一道瞎猜，也比聆听阿尔克马翁[①]的论证更值。

我发现，许多天文学论著都白纸黑字地宣称，说开普勒的三大定律是伟大的引力定律之根据。这种看法谅必是产生于如下事实：开普勒提出了这些定律，并通过由果溯因的归纳总结证明它们实际上存在，这诱使牛顿想用假设的引力定律去解释它们存在的原因，并且终于通过由因及果的演绎推理，证明它们是假设的引力定律之必然结果。所以，行星运动定律并非万有引力定律之根，反之，万有引力定律才是行星运动定律之本。事实上，物质宇宙中所有不归因于斥力的定律均归因于引力。

地球与月球间的平均距离，也就是说，从地球到离我们最近的那个天体的距离是 23.7 万英里。距太阳最近的水星与太阳之间的距离是 3700 万英里。紧挨着的金星距太阳 6800 万英里，接下来的地球距太阳 9500 万英里，随后的火星与太

① 生活在公元前六世纪的希腊哲学家及生理学家。——译者注

阳相距1.44亿英里。然后就是那九颗小行星[①]（谷神星、婚神星、灶神星、智神星、义神星、花神星、虹神星、春神星和……），它们距太阳的平均距离约为2.5亿英里。接着是木星，距太阳4.9亿英里；紧随其后的土星相距9亿英里；天王星相距19亿英里；最后是新近才发现的海王星，它距太阳的距离估计有28亿英里（我们迄今对海王星还知之甚少，而且它可能是一个小行星系统）。抛开海王星不算，我们可以看出，其他行星之间在某种程度上存在着一种间隔规律。从大致上看，我们可以说，每一外圈行星离太阳的距离，是挨近它那颗内圈行星距太阳之距离的两倍左右。考虑到我上文提出的那种太阳抛出环形物与原子辐射方式间的相似之处，我们难道不能认为此处提到的规律（这种预示性的规律），与上述考虑是同出一源？[②]

要想理解这番距离概览中匆匆提到的数字，那只能是枉费心机，除非只把它们当作数学意义上的抽象事实。它们并非实实在在可以感知的事实。它们并不传达任何具体的概念。我刚才说，海王星这颗离太阳最远的行星与太阳相距28亿英里。一点不错，我宣布了一个精确的事实，而且我们在对它丝毫不理解的情况下也可以加以运用——精确地运用。即使当我提到月球与地球之间那个相对说来微不足道的23.7万英里时，我也全然不知该如何让人明白、知道或感觉这个23.7万英里到底是多远！我的读者中也许很少有人没有横渡过大西洋，但他们中究竟有多少人对那从此岸到彼岸的区区3000英里有一个清晰的概念？其实我真怀疑是否有人能设法在大脑中，对公路上一块里程碑到下一块里程碑之间的距离形成一个哪怕最淡薄的概念。不过，在对距离的思考中，我们往往求助于把这种思考与同它有亲缘关系的速度结合起来。声音在空间的传播速度是每秒1100英尺。那么，如果一个地球居民有可能看见月球上一门大炮开火的闪光，他要听见那声炮响，至少得等待整整13个昼夜。

即使这样表达，读者对月球与地球之间的距离也许还是印象淡薄，但不管这种印象多么淡薄，它仍然达到了一个目的，这就是使我们能够清楚地看出，试图

① 第九颗刚刚被发现。——原注

② 为方便读者理解，此篇中均采用阿拉伯数字。——编者著

去领悟太阳与海王星之间那28亿英里的悬隔纯属徒劳，甚至想了解太阳与地球之间的9500万英里也是枉然。一发炮弹以我们所知的最快的初速度越过后一段距离至少得20年，而越过前一段距离则需590年。

月球的实际直径是2160英里，然而相对来说它实在太小，差不多得有50个这样的月球，才能构成一个与地球一般大的天体。

地球的直径是7912英里——但从所说的这些数字中，我们获得了什么明确的概念呢?

如果我们登上一座普通的山，从其峰顶举目四望，我们大约能看见方圆40英里内的风景，也就是看到一个周长为250英里、表面积为5000平方英里的区域。由于这个区域之各部分必然是依次呈现在我们眼前，所以整番景象只能给我们留下一个非常淡薄的局部印象。而我们还应该认识到，这幅全景图不过是地球表面的$\frac{1}{40000}$。如果观看这样一幅全景图只用1小时，而且每天都花上12小时来观看，那我们看完地球表面至少也得花9年零48天。

如果单是地球的表面就令我们的想象力不知所措，那我们怎么来想象它的主体呢?地球包含的物质质量至少等于$2\times10^{21}+200\times10^{18}$吨。先让我们假设地球处于一种静止状态，再让我们努力来设想一种足以使它进入运动的力!我们所能断定的居住在我们太阳系行星世界的无数生灵之力——所有这些生灵加在一起的体力，甚至我们承认它们的力全都大于人类，也不可能把这个庞然大物从它的位置上移动哪怕一英寸。

那么在相同的情况下，我们该怎样来理解推动我们最大的那颗行星木星的力呢?木星的直径是8.6万英里，其表面积比地球大1000多倍。这个巨大的天体，实际上正以每小时2.9万英里的速度围绕着太阳飞转，也就是说，它的运动速度是炮弹初速度的40倍!说想到这种现象令理智感到吃惊还不够准确，因为它让理智感到恐惧，感到麻木。我们并非不是经常地去想象一个天使的能力。现在就让我们想象这样的一个天使位于木星数百英里之外，亲眼看见这颗行星在其公转轨道上飞奔。现在我问，我们能否对这个天使超凡的感觉形成任何清晰的概念?我们能否这样推测，当他亲眼看见那团不可测量的物质以不可测量的速度从他面前飞旋而过之时，他——一个天使，尽管他具有天使的能力，也会马上感到心惊胆战、茫然失措？

事实上似乎应该说明，在这一点上，我们一直在谈论的相对来说还是不值一提的小事。我们的太阳、木星所归属的太阳系之中央天体，不仅比木星大，而且远远大于太阳系所有行星之总和。其实这是太阳系保持稳定的一个基本条件。我们已说过，木星的直径是 8.6 万英里，而太阳的直径是 88.2 万英里。如果一个太阳居民每天步行 90 英里，那他绕太阳走一圈至少得花 80 年。太阳占据着一片 $681 \times 10^{15} + 472 \times 10^{12}$ 立方英里的巨大空间。如前所述，月球离地球的平均距离是 23.7 万英里。因此，它环绕地球运行的轨道周长差不多有 150 万英里。现在，假如我们把太阳中心叠中心地置于地球的位置，那前者的实体不仅会在各个方向都延伸至月球轨道，而且超出其轨道 20 万英里。

这里请允许我再次说明，我们实际上仍然在谈论微不足道的小事。我们已说过，海王星离太阳的距离是 28 亿英里，因此它轨道的周长大约有 170 亿英里。让我们先记住这点，再抬眼看一看某颗最亮的星星。在这颗恒星与我们的恒星（太阳）之间有一道空间鸿沟，而要说清这鸿沟有多宽，我们必须得有大天使的口才。那么，暂且不论我们假设看见的那颗恒星离我们太阳系、离我们的太阳，或者说离我们的恒星到底有多远，让我们来设想把它中心对中心地置于我们的太阳的位置，就像我们刚才想象把太阳置于地球的位置一样。现在让我们来想象，我们心目中的这颗恒星向四面八方延伸过了水星轨道——金星轨道——地球轨道，然后继续越过火星轨道——小行星轨道——木星轨道——土星轨道——天王星轨道，最后，让我们想象这颗恒星充满了那个周长为 170 亿英里的圆圈，占据了勒威耶那颗行星[①]的运行轨道划出的范围。当我们想象出这一切之后，我们不会觉得所获得的概念有什么反常。其实我们有最充分的理由相信，许多恒星甚至比我们刚才所设想的还要大得多。我的意思是说，我们有那个以经验为依据的最好理由。回顾一下最初为了多样性目的的原子分布。想想这种分布一直被假定为上帝的宇

① 法国天文学家勒威耶（Urbain Jean Joseph Le Verrier，1811—1877），曾用数学方法预言海王星的存在。——译者注

宙构筑计划之一部分，那我们就不难理解并不难相信，甚至还存在着与上述天体相比大得不成比例的天体。我们当然有希望发现，一些最大的天体运行在最寥廓浩渺的空间。

刚才我说，要想说清我们的太阳与其他恒星之间的天悬地隔，我们得具备大天使的口才。读者切莫以为我这么说是在夸大其词，因为我所谈论的这些话题根本不可能有夸张的余地。让我们设法使这个问题显得更清楚一些。

首先，我们可以把上述悬隔与太阳系内的天体间隔相比，从而获得一个相对的大致概念。譬如，要是我们设想地球与太阳之间的 9500 万英里只不过是 1 英尺，那么海王星距太阳大概就是 40 英尺，而天琴座之 α 星距太阳少说也有 159。

现在我敢说，很少有读者注意到上文句末有什么地方特别不对劲——有什么大错特错。我刚才说，若假定地球与太阳之间的距离为 1 英尺，那么海王星距太阳大概就是 40 英尺，而天琴座 α 星距太阳则为 159。1 和 159 之比似乎已充分传达了两个间隔之比的明确印象——地球与太阳之间的距离和天琴座 α 星与太阳之间的距离之比是 1∶159。实际上，我对这个问题应该这样陈述：若假定地球与太阳之间的距离为 1 英尺，那么海王星距太阳大概是 40 英尺，而天琴座 α 星离太阳就有 159 英里，也就是说，我在第一种陈述中只说了这段按最低估计的距离之 $\frac{1}{5280}$。

其次，太阳系内任何一颗行星不管有多远，我们从望远镜中都能看出它有一定形状，并能感觉到一定的大小。我刚才已经暗示过许多恒星可能很大，不过当我们观看它们中的任何一颗，甚至是通过最大的望远镜观看，我们也看不出任何形状，因而也感觉不出大小。我们所看见的仅仅是一个光点。

此外，让我们设想自己在夜晚沿一条大路行走。在大路一边的原野里有一列高物，譬如说一排树，其轮廓清晰地映衬在天幕上。这排树垂直于大路向远方延伸，从路旁一直伸到天边。现在，相对于形成视野背景的天幕上某个固定的点，我们行走时会看出这排树的位置在发生变化。让我们假设这个固定点（对我们的讨论来说足够固定的点）是正在升起的月亮。这样我们马上就会发现，尽管最靠近我们的那棵树与月亮的对照位置变化极快，甚至飞一般地移到了我们身后，远端的那棵树却一点没变换它与月亮相对的位置。因此我们会进一步看出，物体离我们越远，其位置看上去变化越小，反之亦然。于是，我们会不知不觉地根据每棵树位置相对变化的程度来估计它们的距离。最后我们会明白，只要把这种相对变化的结果作为解决三角学问题的一个要素，就有可能测算这排树中任意一棵的实际距离。这种相对变化就是我们所称的“视差”，而我们就利用视差来测算天体的距离。把视差原理用于上述那排树，我们当然会困惑于测不出天边那棵树的距离，因为无论我们沿着那条路走多远，它都不会显现出丝毫视差。就这种情况而论，测算当然是不可能，但这种不可能仅仅是因为我们地球上的任何距离都太短——与巨大的宇宙数量相比，我们可以说，地球上的距离绝对为零。

现在，让我们假设天琴座 α 星正好在头顶，并且让我们想象自己并非站在地球表面，而是站在一条穿越宇宙空间的大路的一端，那条笔直的大路之长度等于地球公转轨道的直径，也就是说，等于 1.9 亿英里。用最最精密的测量仪器测定那颗恒星的位置之后，让我们开始沿着那条不可思议的大路行进，一直走到它的另一端；现在再让我们观测那颗恒星，它丝毫不差地留在原来的位置。我们最最精密的仪器使我们确信，它的相对位置与我们出发前测定的位置绝对是同一个点。没有视差——没有任何视差被发现。

事实是，关于这些相对位置固定不移的恒星之距离——闪耀在那道可怕的鸿沟彼岸的无数恒星中任何一颗的距离，天文学界直到最近都还只能以否定之确定谈及，这里所说的鸿沟就是那条把太阳系和它同属银河系的兄弟们分开的隔离带。即便当我们假定它们中最亮者就是离我们最近者时，我们也只能说在鸿沟此岸肯定有一段不可思议的距离。至于它们在鸿沟彼岸还有多远，我们无论如何都没法确定。例如，我们意识到天琴座 α 星距我们的最近距离不可能少于 $19 \times 10^{12} + 200 \times 10^{9}$ 英里，同时我们又知道（实际上我们现在知道）它离我们的距离可以是这个天文数字的二次幂、三次幂，或任何次幂。然而，凭着令人惊叹的精细和严谨，凭着最先进的测量仪器，凭着数年如一日的苦心观测，前不久刚去世的贝塞尔教授[1]已经成功地测定了六七颗恒星的距离，其中包括天鹅座 61 号星。据贝塞尔测算，这颗恒星和我们的距离是太阳与我们的距离之 67 万倍，而应该记住，太阳离我们有 9500 万英里。因此，天鹅座 61 号星离我们的距离差不多有 64×10^{12} 英里，或者说，是我们按最小可能估计的天琴座 α 星距我们的距离之三倍。

要想借助对速度的了解来领悟这段距离，就像我们力图去估量月球的距离那样，那我们必须完全不考虑诸如炮弹初速和音速这类微不足道的速度。不过，根据斯特鲁维[2]最近的计算结果，光的传播速度是每秒 16.7 万英里。思想本身也不可能以更快的速度越过这段距离——假若思想真能越过去的话。然而，即便是以这种令人难以置信的光速，从天鹅座 61 号星发出的光也需要 10 年以上才能到达我们这里。因此，如果这颗恒星此刻就从宇宙湮灭，10 年之内它仍然会继续闪耀，丝毫不会减弱它似非而是的光芒。

无论我们所获得的太阳与天鹅座 61 号星之间的间隔概念是多么模糊，在记住这个概念的同时，我们都要记住，尽管这个间隔之大无法形容，我们仍然可以认为，它只是我们的太阳和天鹅座 61 号星同属的这个星系或"星云"中无数恒星之间的平均间隔。其实我这么说已经非常节制，因为我们有充分的理由相信，天鹅座 61 号星是离我们最近的恒星之一。所以至少在目前，我们可以断定，它和我们的距离小于银河系内恒星之间的平均距离。

这里我似乎应该再一次也是最后一次说明，甚至到眼下为止，我们依然是在谈论微不足道的小事。现在让我们别再为银河系内或其他星系内恒星与恒星之间的距离而感到惊讶，让我们把思路转向整个宇宙内星系与星系之间的间隔。

我已经说过，光的传播速度是每秒 16.7 万英里，也就是每分钟约 1000 万英里，或者说每小时约 6 亿英里，然而有一些"星云"距离我们是那么遥远，所以即便以这种速度传播，它们从那些神秘莫测的天域发出的光也得 300 万年才能到

① 贝塞尔（Friedrich Wilhelm Bessel，1784—1846），德国天文学家及数学家，天体测量学的奠基人之一，贝塞尔函数的发明者。——译者注

② 斯特鲁维（Friedrich Georg Wilhelm Struve，1793—1864），德裔俄国天文学家。曾负责筹建当时欧洲最大的天文台——普尔科沃天文台，1839—1862 年任该台第一任台长。——译者注

达地球。这是由老赫歇尔[①]计算出的结果，并且只是针对他自己那架望远镜所能观察到的相对最近的星系而言。可通过罗斯伯爵那架神奇的望远镜，一些“星云”此刻正在我们耳边悄声述说着100万年以前的秘密。总而言之，我们此时此刻所看见发生在那些世界里的事情，实际上就是1万个世纪以前那些世界的居民所经历的事情。这些间隔——这些距离——与其说是在指点我们的智力，不如说是在启迪我们的灵魂，我们终于从中找到了一个恰当的顶点，从而可以居高临下地俯瞰迄今为止所谈论的那些微不足道的量。

趁我们的想象力正在这样专注于宇宙距离，让我们抓住机会来探讨一下我们经常碰到的那个难点，也就是我们按天文学思维的老路不能解释、不能领悟、始终弄不明白的那种现象：为什么天空会有上文提及的那些无边无际的空白，即为什么恒星与恒星之间、星系与星系之间会有压根儿不存在的天体，因而显然是多余的一道道鸿沟——简而言之，仅仅就空间而论，就我们所见的星系宇宙之构筑所依存的空间而论，为什么需要如此巨大的比例？我坚持认为，天文学迄今对这种现象显然还没有做出一个合理的解释，但是，本文中引导我们循序渐进的那些考虑使我们清楚而直接地领悟到：空间和时间本为一体。要让星系宇宙持续一个与之物质构成之宏大和精神目的之崇高完全相称的时代，就必须让最初的原子扩散尽可能地蔓延到仅次于无限的不可想象的程度。总而言之，这就需要天体从不可见朦胧状态聚为可见的星云状态，从可见的星云状态凝缩为固体星球，并以固体星球的形态经历地老天荒的悠悠岁月，以便让其数不可胜计、其类不知凡几的生命孳乳繁衍，生死兴亡。这就需要天体有足够的时间来完成这一切——有足够的时间来彻底实现上帝的所有意图。在此期间，宇宙万物均在实现朝向统一性的回归，其回归速度与不可避免的终点距离之平方成正比。

这下我们再也不难理解宇宙万物之间那种上帝安排的绝对精确的适应性。天体的密度当然随它们各自的凝聚减小而增大，凝聚程度和异质性保持同步，异质性是凝聚程度的标志，我们根据异质性推测生命和精神进化。所以我们从天体的

① 指威廉·赫歇尔（Frederick William Herschel，1738—1822），德裔英国天文学家，恒星天文学的创始人，被誉为恒星天文学之父。——译者注

密度中看到它们的目的被实现的进度。因为密度在增大，因为上帝的意图在得以贯彻，因为未贯彻部分越来越少，所以，我们应该有望看到趋向终点的速度按同样比例加快。这样，富有哲理的心智就很容易领悟到上帝的天体构筑计划，正精确无误地朝着其最终实现在进展。它还能轻而易举地对这一进展进行准确的描述，并断定这种进展之速度与所有造物从起点到终点的距离之平方成反比。

然而，上帝构筑中的适应性不仅精确无误，而且这种适应性具有区别于人类构筑物的神性标志。我是说这种适应性之完美的交互性。譬如，在人类的构筑物中，一个特定的原因产生一个特定的结果。一个特定的意图有一个特定的对象。但仅此而已，我们看不出任何交互性。结果不会反作用于原因。意图不会变换与对象的关系。可在上帝的构筑中，对象既是意图又是对象，全凭我们选择如何去看。我们在任何时候都可以把一个原因视为结果，或把一个结果视为原因，因此我们绝不能断然判定何为原因、何为结果。

举一个例子来说——在两极地区，人体要保持体温，就必须大量摄取诸如鲸油一类含氮量高的食物，以促进血液系统的氧化作用。与此同时，两极地区能供给人类的食物，几乎只有大量的海豹和鲸的油脂。现在的问题是：到底是因为迫切需要油脂所以油脂伸手可及，还是因为只能得到油脂所以只需要油脂？这是一个不可能断定的问题。这里有一种绝对的适应性的交互性。

我们人类独创性之展示中获得的愉悦，与向这种交互性的接近成正比。例如在小说情节的构筑中，我们应该力求把情节安排得如此这般，以至于我们无法断定任何一个情节是其他情节之因，还是其他情节之果。在这一点上，当然不会有真正的或者说事实上的情节之完美，但这仅仅是因为情节之构筑者是一种有限的智力。上帝构筑的所有情节都是完美的。这个宇宙就是上帝的一个情节。

现在我们已到了一个关键时刻，理智在此又不得不与它对类推的嗜好和对无限的偏执进行抗争。我们一直看到卫星围着行星走，行星绕着恒星转，而人类富有诗意的直觉，人类对匀称（哪怕是表面上的匀称）的直觉，这种不仅人类的心灵而且所有造物之灵，一开始就从宇宙辐射的几何图案基础上获得的直觉，总驱使我们去想象这种天体运行的循环系统无限地扩展。闭上眼睛来一番归纳或者演绎，我们就坚持幻想银河系所有天体的运行，都围绕着某个我们认为是总中心的巨大天体。小星系围绕大星系，大星系围绕更大星系的想象，也理所当然地以此类推，如法炮制。为了让这种“类推”滴水不漏，我们又继续设想这些更大的星系，又围绕着某个更巨大的天体旋转，而这个更巨大的天体连同围绕它的星系，不过是一系列更更巨大的天体系统中的一员，它们全都围绕着一个更更更巨大的天体中心运动。此外还有更更更更巨大的中心——让我们干脆说无限巨大、巨大无限的中心。情况就这样没完没了、无休无止，而这就是某些人所谓的“类推”要想象力去勾勒，并要理智尽可能地去冥思苦想而不流露出不满的那种状态。这大体上就是哲学界一直教导我们去理解并尽可能地加以解释的永无止境的旋转外之旋转。不过，偶尔也出现一位真正的哲学家——他的狂怒使情况发生决定性的转折，更恭敬地说，他有洗衣女工那种快人快语的特性，说啥事都一五一十地抖个清清楚楚。他使我们能恰好看见远方的那个视点，上述旋转过程正是而且应当在那个点上终结。

当今之人也许连嘲笑一下傅立叶的空想都觉得不值，但近来对梅德勒[①]的那个假说议论纷纷，那个假说宣称在银河系中央存在一个巨大的天体，这个星系的每一个天体群都围绕着那个中央天体旋转。我们太阳系的旋转周期已被实实在在地宣布为 1.17 亿年。

长期以来，人们一直认为，太阳除了自转，还有一种围绕天体群引力中心的公转运动。如果承认这种运动存在，那它迟早会在天幕上得以显示。很多很多年以后，我们留在后面的那块天域上的恒星会显得密集，而与之相对的那块天域上的恒星则会显得疏散。而根据星图记载，我们不甚明确地确定这种星座移位的现象曾经发生过。以此为据，人们早已宣布我们的太阳系正在朝着与武仙座 ζ 星正相对的一个空间点运动，这也许就是我们在逻辑上有权做出的最大限度的推测。然而，梅德勒居然指定了金牛座之昴宿六这颗恒星，说一个总的旋转运动就围绕这颗恒星或它旁边的一个点进行。

① 参见《未来之事》相关注释。——译者注

那么，既然我们是被起初的“类推”推进了这些梦幻，那在梦醒之前让我们继续类推就不算过分，至少在某种程度上推下去不算过分。那种推出总旋转的类推，同时也推出了一颗总旋转所围绕的中央恒星。到此为止，这位天文学家还算首尾一致。然而，从天体力学上看，这颗中央恒星应该比所有环绕它的恒星加在一起还大。而银河系大约有 1 亿颗这样的恒星。于是，有人当然会问：“为什么我们看不见这轮巨大的中央太阳——这轮至少比我们的太阳大 1 亿倍的太阳，为什么我们看不见它——尤其是我们就位于整个星系的中间地带，这颗无可比拟的巨星无论如何都应当位于这个地带附近？”答案是现成的：“它肯定不会发光，就像我们行星一样。”这一类推马上就变得不能自圆其说。“并非如此。”回答者也许会说：“我们知道实际上存在不发光的恒星。”不错，我们至少有理由这么假定，但我们肯定没有任何理由假定上述不发光的恒星被发光的恒星环绕，而这些发光的恒星周围又环绕着不发光的行星。而现在要请梅德勒做的，就是从天上找出任何一个与这一切完全相似的实例，因为这一切正是他所想象的银河系的情况。即使承认情况果真如此，我们也忍不住要去想，对所有那些凭先验类推的哲学家来说，要证明情况为何如此，不知该伤多少脑筋。

姑且不管什么类推不类推，即便承认那颗巨大的中央恒星自身不发光，我们仍然要问，既然这颗如此巨大的恒星四面八方围绕着一亿轮辉煌灿烂的太阳，那它为何没有凭反射这些阳光而显露真颜。这么一追问，一个实实在在的中央恒星的概念在某种程度上看来就已经被扬弃，而进一步的推测会断言，这个星系的天体系统所围绕的，仅仅是一个非物质的共同引力中心。于是，类推在此又一次露出破绽。不错，我们太阳系的行星就围绕着一个共同引力中心运行，但它们之所以这样运行，是与一颗物质的恒星有关，是由于这颗恒星，因为这颗恒星的质量足以保持这个系统其他天体的平衡。

数学意义上的圆是一条由无数直线构成的曲线。但这个圆的概念——这个从任何几何角度考虑都截然不同于实际概念的纯数学意义上的概念，事实上可以被视为实际上的概念，这就是当我们假设太阳系围绕银河中心的某个点旋转的时候，当然也只有在这个时候，在我们不得不涉及或至少是不得不想象这个巨圆的时候，我们才有权利把这个数学上的概念视为实际的概念。让人类最活跃的想象力试着再迈一步，努力去理解如此不可言喻的一条曲线！这样的理解几乎并不矛盾，即一道永远沿这个难以形容的圆之圆周飞驰的闪电，实际上将永远沿一条直线飞驰。我们的太阳就运行在这样一条轨道上，所以哪怕是认为人类的知觉会在100万年内感觉到这条轨道稍稍偏离一条直线，这也是一种不能接受的推测。但有人要我们相信一条明显的曲线已显露在我们短短的天文学历史期间，显露在一个纯粹的时间点上，显露在几乎等于零的两三千年内。

也许可以说，梅德勒真的已经沿已被确定的太阳运行方向确定了一个曲率。即便有必要承认这是一个事实，我仍然坚持认为这事实除它本身什么也没说明——它只说明有一个曲率这个事实。要完全测定这个曲率得花许多个世纪，而当有朝一日测定之时，人们也许会发现，它表明的是我们的太阳与某颗相邻恒星的双星关系，或与某些相邻恒星的星团关系。不过，我无须什么胆量就可在此预言，待许多个世纪过去之后，所有为测定太阳运动轨道而进行的努力都会被当作徒劳而抛弃。这一点很容易理解，只要我们考虑到太阳和其他天体群一起向银河系中心接近时必然发生的关系变化，以及不断变化的关系中所包含的大量不定因素。

但是，在对除银河外的其他“星云”的观测中，在对布满天宇的其他星系的普遍观测中，我们有没有为梅德勒的假说找到证据呢？我们没有。乍一看，那些星系的形状千变万化，但若用高倍望远镜仔细观测，我们就会清楚地看到它们的形状至少都近似于球形。从大体上看，它们的分布结构与围绕一个共同中心旋转的概念格格不入。

约翰·赫歇尔爵士[①]说：“很难形成这种系统处于动态的任何概念。一方面，若无一种旋转运动和离心力，我们几乎不可能不认为它们处于一种逐渐消亡的状态。另一方面，即便承认有这样一种运动和这样一种力，我们仍然觉得很难使它们的结构和整个系统（指星系）绕同一根轴旋转的情况一致起来，因为这样就难免会想到星系内部不可避免的碰撞。”

---

① 约翰·赫歇尔（John Frederick Herschel，1792—1871），威廉·赫歇尔的儿子，从剑桥大学毕业后继承父业，研究天文学，因其贡献而于1831年被封为爵士。——译者注

在尼科尔博士最近发表的与本文观点大相径庭的关于宇宙状态的看法中，有一些关于“星云”的陈述非常适合此刻正在争论的这个问题。他说：

> 当我们最大的那些望远镜对准它们时，我们发现那些我们原来以为不规则的星云其实并非不规则，它们都更接近于一个球形。有一个看上去呈椭圆形，但罗斯勋爵的望远镜把它看成圆形……关于那些相对来说较大的环形星云，现在出现了一种非常惊人的情况。我们发现它们并非完整的环形，而情况恰好相反；而且在它们周围的四面八方有很多恒星，恒星铺展得很开，仿佛它们正冲向一个总的物质中心，这显然是由于某种巨大力量的作用。①

如果我要用自己的话来描述每团星云必然之现状，根据我自己提出的所有物质此刻正在回归其原始统一性的假说，那我几乎会一字不漏地把尼科尔博士这段话重复一遍，尽管他说这段话时丝毫也没想到这是个伟大的真理，是解释那些星云现象的关键。

在此请让我借用一位比梅德勒更伟大的人物的话来进一步加强我的论证——这个人对梅德勒作为论据的全部事实早就深思熟虑并了如指掌。在谈到阿尔格兰德那些煞费苦心的计算结果时（这些结果正是梅德勒的根据），概括能力也许举世无双的洪堡有下述评论：

> 当我们注视真正的、本来的，或者说非幻觉的天体运动时，我们发现许多天体群朝相反的方向运动，而我们手边现有的数据资料至少可以使我们不必去想象这些构成银河系的天体群，或构成宇宙的全部星系，正围绕着什么不为人知的特定中心旋转，不管那个中心发光不发光。驱使人类的理智和想象力采纳这样一种假说的，正是人类对根本的第一推动力之渴望。

① 必须明白，我特别要否定的只是梅德勒假说的绕转部分。当然，如果我们的星系现在还没有巨大的中央天体存在，那以后也会有。而中央天体之存在仅仅是作为合并之中心。——原注

此处提到的这种现象，即“许多天体群朝相反的方向运动”这一现象。按梅德勒的想法的确相当费解，但按构成本文基础的想法来解释是一种必然结果。根据我的假说，尽管每个原子——每个卫星、行星、恒星或者星系，运动的绝对总方向当然都是绝对沿着直线，尽管所有天体的总轨道都是一条通往其总中心的直线，但显而易见，这条总的直线总是以我们几乎无须夸张就可称为的无数条特殊的曲线组成。这是在每一物体趋向其终点的途中所发生的无数从直线上的局部偏离——是多样性物质间相对位置不断变化的结果。

刚才提到星系时，我引用了约翰·赫歇尔爵士的这段话：“一方面，若无一种旋转运动和离心力，我们几乎不可能不认为它们处于一种逐渐消亡的状态。”事实上，若用高倍望远镜观测“星云”，我们会发现，一旦怀有了“消亡”这个概念，就不可能不从各方面去收集这个概念的证据。在恒星看上去正匆匆趋于的那个方向，总有一个中心十分明显。千万别误以为这些中心仅仅是幻象，星云真正是中心密集、远离中心的边缘疏散。总而言之，我们会看到一切都如同我们应该看见的那样，正在逐渐消亡。但就这些星系而言，大体上也许可以这么说，当我们考虑时，只有承认在广阔的空间范围里可能存在着不为我们所知的动态规律，才能完全接受环绕一个中心运动的概念。

不过，对赫歇尔来说，他显然不愿意承认星云处于“一种逐渐消亡的状态”。有人也许会问，如果事实和现象证明它们的确处于这种状态，那他为什么不愿意承认？这仅仅是因为一种偏见，仅仅是因为这个假定不符合他先入为主但毫无根据的观念——宇宙无限的观念，宇宙永恒的观念。

如果本文的命题都能成立，那“逐渐消亡的状态”恰好就是我们唯一有理由认为的宇宙万物所处的状态。且让我以应有的谦逊在此承认，我实在无法设想关于宇宙万物之现状的其他理解怎么会钻进人的头脑。“消亡的趋势”和“引力的吸引”是两种可以互换的说法。无论用这两种说法的哪一种，我们都是在说第一行为的反作用力。下面这种必要性并非不是显而易见，这就是有必要假定物质具有构成其物质特性之一部分的一种根深蒂固的质，一种与它永不分离，而且每个原子都因之而被永远驱使着去寻找其他原子的质，或者说本能。的确，接受这种缺乏哲理的想法之必要性并非不是显而易见。因为要大胆地深入了解这种普遍的想法，我们就必须形而上地设想引力法则适用于物质只是暂时性的。只是当其扩散的时候，只是当其以多样形式而不是以独一形式存在的时候，也就是说，仅仅是因为它处于辐射状态——一言以蔽之，引力法则完全适用于物质的状态，但丝毫也不适用于物质本身。由此可见，当辐射回归其本原之日——当反作用得以实现之时，引力法则也将不复存在。事实上，虽然天文学家们从来没有过这里提出的想法，但他们似乎一直在朝这种想法接近，因为他们断言“如果宇宙间只存在一个物体，那就不可能理解怎么会得到万有引力定律”。这就是说，他们根据自己发现的对物质的一种考虑，得出了我通过推绎得出的推论。不过，他们居然容忍自己这个如此有创造力的联想长期没有结果，这倒是一个我觉得很难解开的谜。

然而，也许在很大程度上正是我们对无限的嗜好、对类推的偏爱，眼下则正是对匀称的痴迷，一直在领着我们误入歧途。事实上，匀称感是一种几乎可以盲目依赖的直觉。匀称是宇宙富有诗意的本质，宇宙匀称之极致才是最壮美的诗。而匀称与和谐可以互换，因此诗意和真理是一个意思。凡事之和谐程度均与其真实性相称——真实性与其和谐成正比。我再说一遍，完美之和谐只能是绝对的真理。那么，我们可以理所当然地认为，只要人类允许自己由他富有诗意的直觉引导，即由我坚持认为的他真实的匀称感引导，他就不可能一错再错或执迷不悟。他无论如何都会多一分小心，唯恐过分轻率地去追求形式和运动表面上的和谐，却忽略了真正本质上的和谐，即决定那些形式并支配那些运动的原理之和谐。

所有天体最终都将合众为一，它们总有一天会被吸入一个已存在的巨大中央天体之本体。这种想法似乎在过去一段时间里已隐隐约约地占据了人类的想象。事实上，这种想法属于那种非常明显的一类。它产生于我们对宇宙现象的表面观察，即我们一看到那些离我们最近、我们能直接观察到的宇宙个别部分周期性的环形旋转运动时，立刻就产生了这种想法。也许凡受过普通教育、有一般思维能力的人都在某个时期产生过上述设想，这种想法的产生似乎总是不知不觉、自然而然，具有一种深刻而新颖的观念之所有特征。但据我所知，这种如此普遍的观念从不曾起因于任何抽象的考虑。相反，正如我刚才所说，它的起因总是产生于那些环绕中心的旋转运动。因此，人们对所有天体终将聚入一个想象中已经存在的天体的原因，也就顺理成章地朝同一方向去寻找——在那些环绕运动本身中去寻找。

事有凑巧，当宣布观察到恩克彗星绕太阳的轨道正在缓慢但很有规律地变小时，天文学家们几乎是一致认为上述原因已经被发现，并认为发现了一条足以从物理学角度解释宇宙终将合并的原理。而对于宇宙合并，我再说一遍，人类类推的、匀称的或富有诗意的直觉从来先入为主地把它理解为不仅仅是一种假设。

这个原因——这个足以解释最终合并的原因，被宣布存在于一种弥漫在太空的极其稀薄但仍具物质性的介质之中。这种介质在一定程度上减缓了那颗彗星的运行速度，从而不断地削弱它的离心力；这样，向心力逐渐占了上风，它当然会使彗星每运行一周便靠太阳更近一点，最后终将并入太阳。

这一切都非常符合逻辑，如果承认那种介质，或者说能媒的话；但这种能媒之假定建立在一种极不符合逻辑的基础上，即认为除此之外就不能再发现其他方式也可以解释恩克彗星的轨道看上去在缩小的原因，而不能发现其他方式之事实似乎又被认为是必然说明了压根儿就不存在能解释上述原因的其他方式。显而易见，可以有无数的原因共同起作用来缩小那个轨道，而我们甚至有可能对那些原因的任何一个都一无所知。与此同时，下面这一点也许还从来没有被完全说明：为什么该彗星通过近日点时由太阳的大气层引起的速度减缓不足以解释上述现象。恩克彗星被吸入太阳是可能的，太阳系所有彗星都将被吸入太阳也非常可能。但就这种情况而论，吸收原理只能归因于彗星轨道的偏心率，归因于彗星在其近日点与太阳之接近。这种原理对庞大的星体毫无影响，它们应该被视为宇宙真正的物质结构。一般说来，请允许我在此提议，我们不妨把运行中的彗星看成宇宙天空的一道道闪电。

然而，能媒引起天体减速并导致宇宙万物最终合并的想法似乎一度被证实，这就是在人们注意到实实在在的月球之轨道也的确在缩小之时。查阅 2500 年前的月食记载，人们发现这颗卫星当时的运行速度明显比现在更慢，如果假定它沿轨道的运动完全符合开普勒定律，而且 2500 年前的观测准确无误，那它现在的位置就比它应该所在的位置朝地球靠近了差不多 900 英里。速度的加快当然证明了轨道的缩小。当天文学家们纷纷相信只有能媒可解释这种现象时，拉格朗日[①]终于扭转了局势。他证明，由于扁球体的形状，它们椭圆形之短轴很容易发生长度上的变化，但其长轴则永远不变，短轴的变化具有延续性和振动性，所以每个天体轨道都处于一种变化状态，或从圆形向椭圆形变化，或从椭圆形向圆形变化。就月球的情况来看，当其短轴变短时，其轨道就从圆形向椭圆形变化，因此也就逐渐缩小。但在许多个世纪之后，当偏心距达到极点之时，短轴又会开始慢慢地变长，直到轨道成为圆形，接着变短的过程又会发生——长短变化就这样永远交替。就地球而论，其轨道现正从椭圆向圆变化。拉格朗日所证明的事实当然一笔勾销了假设一种能媒的所有必要性，并消除了人们对太阳系不稳定的全部担忧——因为这种能媒。

读者应该记得，我自己就假定了一种我们可以称为能媒的东西。我说起过一种我们知道一直都伴随着物质的微妙影响，尽管这种影响只能通过物质的异质性才会显现。我没敢试图去解释这种影响之令人敬畏的性质，但我已经把电、热、光、磁等物理现象归因于它，还把生命、意识和思想等精神现象归因于它。所以读者一眼就能看出，我设想的这种能媒与那些天文学家的能媒截然不同——他们的能媒是物质，而我的不是。

这样，随着一种物质的能媒被否定，人类富有诗意的想象力长期以来预先抱有的那种宇宙万物将聚为一体的想法似乎也完全消失——这是健全的理性本该有理由相信的一种凝聚，至少在某种程度上应该有理由，哪怕是人类富有诗意的想象力先入为主的那种理由也好。但就天文学和纯物理学历来的说法而论，宇宙之循环将永无止境——宇宙没有任何可以想象的终结。不过，如果仅凭像能媒这种纯粹附加的原因来证明一个终结，人类对上帝构筑能力之直觉也会反对这种证明。我们就会被迫怀着一种不满的心情来注视宇宙，就像我们在注视人类创作的一件画蛇添足的艺术品一样。神之创造留给我们的印象就会像一部情节不完美的浪漫作品，故事的结局笨拙地由与主题毫不相干的附加枝节造成，而不是产生于主题

① 拉格朗日（Joseph Louis Lagrange，1736—1813），法国科学家，在数学、力学和天文学三个学科领域中都有历史性的贡献，于1772年推导出“拉格朗日点”（天平点）。——译者注

之中，不是产生于内在的主导思想，不是作为原始构思的一个结果，不是作为全书基本观念之密不可分且不可避免的组成部分。

现在，我前面所说的表面上的和谐可以被更清楚地理解。正是由于这和谐，我们才被诱入了梅德勒的假说是其中一部分的那种普遍看法——天体旋转吸入之看法。要是除去这种看法中毫无根据的物理概念，本质上的和谐就会见于哲理上包含着一种开端的宇宙万物之终结。这种终结的原理就会见于宇宙万物之起源。这时，人们就会看出，以为这一终结不是由原始创造行为之反作用力造成，而可能是由一种欠简单、欠直接、欠明了、欠艺术的原因导致，这是一种对上帝不虔敬的假设。

那么，让我们回到前文的一个联想，让我们把每一个天体系统，把每一颗有行星伴随的恒星都仅仅视为一个存在于太空的巨大原子，都正好具有真正的原子从一开始被辐射到宇宙空间就具有的回归独一性的同样趋势。因为起初的原子都以总体上的直线运动相互接近，所以让我们设想“系统原子”朝各自的聚集中心运动之路至少大体上也是直线——天体系统沿此直线方向会聚入星系，同时星系本身同样会聚合并，这样我们终于就到达了伟大的现在，到达了令人生畏的当今，到达了宇宙的现存状态。

至于那更令人生畏的将来，一个合理的类推也许可以引导我们形成一个假设。随着各天体系统到达其归属的各星系中心附近，它们的向心力和离心力之间的平衡必然会被打破，这样肯定就会马上导致一场混乱无序，或者说表面上混乱无序的猛冲猛撞，卫星将跌落于行星，行星将坠落于恒星，而恒星则将陨落于中心。这场猛跌猛落的总体结果，必然是此刻存在于天际的无数星体合并成数目几乎无限少、体积几乎无限大的天体。随着天体数目的锐减，那时为数不多的世界将不知比我们的世界大多少倍。实际上到了那个时候，一个个无底深渊里都有想也想不到的太阳闪耀。但这一切都不过是那个伟大终结的壮丽辉煌的预示。这里所描述的终结前新的形成仅仅是一个昙花一现的时期。随着合并的进行，星系也以其积聚起来的巨大速度冲向它们自己的总中心。现在，以一种星驰电掣的速度，一种只与它们物质之宏大相称的速度，一种只与它们朝向独一之精神激情相称的速度，剩下的巨大“天体闪电”终于拥抱在一起，那个不可避免的大结局就要来临。

可这个大结局到底是什么呢？我们已经看到天体聚为一体。从此以后，我们不就该认为一个物质的万球之球包容并构成宇宙吗？可这种想象与本文的每一个假定、每一种思索都完全矛盾。

我已经提到过那种体现上帝构筑行为特质的绝对的适应性之交互性。到此为止，我们还一直把电荷影响仅仅视为物质所需的一种东西，只有凭着它的斥力，物质才可能存在于它实现自身意义所需要的扩散状态之中。总而言之，我们迄今为止还一直认为这种影响注定是为了物质而存在，仅仅是为了帮助物质达到目标。根据绝对的适应性之交互性，我们现在也可以认为物质仅仅是为了这种影响而被创造——仅仅是为了帮助这种精神能媒达到目标。通过物质的帮助，利用物质做媒介，由于物质的作用，并凭借物质的异质性，这种能媒得以显示。这种精神得以具有个性。正是在这种能媒凭借其异质性发展的过程中，一些特殊的物质具有了与其异质性相称的生命和知觉，有些还达到了包含有我们称为思想的知觉程度，从而获得了明显的自觉智力。

由此可见，我们可以把物质视为一种手段，而不是一种目的。我们已看出它的意义包含在它的扩散之中，随着回归统一性的实现，这些意义也就荡然无存。绝对合并的万球之球就会没有目的，所以它片刻都不能继续存在。物质既然是为了一个目的而被创造，那目的达到之后，它无疑也就不再成其为物质。让我们尽力去领悟，物质终将消失，而上帝仍将是一切之一切。

有一点在我看来特别清楚，那就是上帝意志的每一造物必定与其特定的规划共存共灭。而且我毫不怀疑，当悟出最终的万球之球没有目的之时，大多数读者都会满意我说“所以它不能继续存在”。然而，以如此抽象的理由认为它会在瞬间突然消失，这种令人震惊的想法连智力超群的有识之士也难以接受。所以让我们换一个更平常的角度来看看这种想法——让我们来看看，借助一种我们实际上早已发现的对物质由果溯因的思考，这种想法将多么完美地得到证实。

我前文已经说过，由于吸力与斥力是让物质显露于精神唯一可凭借的无可争辩的两个特征，所以我们有充分的理由假定物质只以吸力和斥力这两种形式存在。

换言之，吸力和斥力均为物质。由于不可能存在我们不能把“物质”“吸力”和“斥力”作为同义词并用的情况，所以这些措辞在逻辑上可以相互转换。

吸力之定义正好暗示了个性——暗示了部分、粒子或原子的存在，因为我们为它下的定义是……依照某种法则，“每个原子……其他每个原子”的趋势。当然，何处没有部分，何处有绝对独一性，何处独一的趋势得以满足，那何处就不可能有吸力——这一点已被充分证明，而且所有的哲理都承认。所以，当其目标到达之后，物质将回归它原始的独一状态——一种以逐出分隔性能媒为先决条件的状态，分隔性能媒作用和能力仅局限于在那个伟大的日子到来之前保持原子分离，那个日子一到来，这种能媒就不再被需要，最后聚到一起的吸力之压倒一切的力量终将占上风[①]并将其逐出。正如我刚才所说，当物质最终逐出了那种能媒，它将回归到绝对的统一性，——到那个时候（暂且容我说得自相矛盾），它将成为既无吸力又无斥力的物质，换言之，没有物质的物质，再换言之，不再是物质。它一回归统一性，马上就会化为虚无，化为那种实质性的虚无。唯有如此，我们方能设想它的确是起因于上帝的意志，的确是由上帝的意志创造。

所以我再说一遍——让我们尽力去领悟，那个最后的万球之球会在瞬间消失，而上帝仍将是一切之一切。

可我们就到此为止吗？不。根据宇宙万物的凝聚和消失，我们能轻易地想象出一系列崭新而且也许完全不同的状态会出现，另一番创造、另一场辐射、另一轮回归——上帝意志的另一次作用和反作用。用无所不在的万法之法，即周而复始这个法则来引导我们的想象力，我们难道不会更加有理由怀着这样一种信念（让我们更准确地说，是怀着这样一种希望），我们勇敢地在此思索的这些过程将一而再、再而三地永远被更新，随着上帝之心的每一次悸动，一个崭新的宇宙将从无到有，又从有到无？

那么——这颗上帝之心是什么？它就是我们自己。

别让这个表面上不虔敬的念头吓得我们的心灵不能进行冷静的思考，不能进行深刻的自省。因为只有通过冷静的思考和深刻的自省，我们才有希望到达那个

① 所以，万有引力必定是最强的力。——原注

最崇高的真理面前，并从容不迫地正视这个真理。

在这一点上，我们的结论所必须依赖的现象仅仅是一些精神幻影，但其真实性丝毫不减。

我们漫步在现实世界的命运之中，被一些隐隐约约却一再闪现的记忆所包围，那是对一种更加恢宏的命运之记忆、一种对遥远的过去之记忆、一种令人无限敬畏的记忆。

我们在青春时代尤其被这种幻影缠绕，但从不把它们误认为是梦幻。因为我们知道它们是记忆。在我们的青春时代，这种区别是那么清楚，以至于片刻也不能欺骗我们。

只要这种青春持续，我们存在之感觉就是所有感觉中最自然的感觉。我们完全理解这种感觉。实际上，在这个青春时代，我们发现难以理解的想法就是曾有一段时间我们不存在，或者说，很有可能我们曾经压根儿就不存在。在成年以前，为什么我们竟然会不存在是所有问题中最无法回答的问题。存在——自我存在——有史以来直到永远之存在，在我们成年以前好像是一种十分正常而且毋庸置疑的状态——好像是，因为它是。

随后到了这样一个时期，一种传统而世俗的理性把我们从梦幻的真实中唤醒。怀疑、惊诧和不解同时向我们涌来。它们说："你现在活着而你过去不曾活着。你是被创造。存在着一种比你的智力更伟大的智力，仅仅是因为这种智力你才得以生存。"我们拼命想理解这些话，却不能，不能，因为这些事并不真实，所以必然不可理解。

善思者在其一生思想的某个闪光点上，不会不觉得自己无论怎样努力都无法理解，或者说无法相信会有任何比他自己的心灵更伟大的存在。任何一颗心灵觉得比另一颗心灵更卑贱之绝对不可能性，心灵对这种念头强烈而不可抑制的不满和厌恶，以及心灵对完美的普遍渴望，都不过是与物质协调一致的回归原始独一性的精神奋斗。至少对我的心灵而言，这种精神奋斗是比人类所谓的证明更强有力的证明，它证明任何一颗心灵都不比另一颗心灵更卑贱；证明没有任何存在，或者不可能有任何存在会比任何一颗心灵更高贵；证明作为部分，每颗心灵都是它自己的上帝——它自己的创造者。总而言之，它证明上帝——那个物质和精神的上帝，现在只存在于扩散于宇宙之间的物质和精神中，而这些扩散的物质和精神之重聚，将不过是那个纯精神和独一的上帝之复原。

考虑到这一点，只有考虑到这一点，我们才能领悟上帝不公和命运无情之谜。只有考虑到这一点，不幸之存在才变得可以理解，但也正因为这一点，不幸变得更多，变得更可以承受。我们的心灵不再抗拒我们加于自己的不幸，我们这样做是为了达到自己的目的，为了（即便是徒然地为了）延续我们自己的欢乐。

我刚才说到了青春时代萦绕在我们心中的记忆。这些记忆有时也追随我们一道步入成年。这时，它们就渐渐变得越来越模糊，不时在我们耳边悄声诉说：

“在非常遥远的一个时代，那时有一个仍然存在的存在存在着——他是存在于绝对无限之空间的绝对无限之范围里的绝对无限多的同类存在中的一员。这个存在和你们一样，无论是过去还是现在，都没有能力凭着实质性的增加来延续他存在之欢乐。但正如你们有能力分散或集中你们的欢乐一样（欢乐的绝对量始终保持不变），这个神性存在在过去和现在都具有一种与你们相似的能力，他凭这种能力在自我集聚和几乎无限的自我扩散的不断变化中消磨他的永恒。你们所谓的星系宇宙不过就是他目前的扩散存在。他现在通过宇宙万物之不完美、不完整并交织着痛苦的欢乐来感觉他的生命，那些不可计数的宇宙万物被你们称为他的造物，其实不过是他自身的无限个体化。所有的这些造物，所有那些你们称为的有机体以及那些你们仅仅因为看不出其生命运动而称为的无机物，都在不同程度上具有感觉欢乐和痛苦的能力。但它们感觉的总量恰好就是那个神性存在聚为一体时属于他的欢乐之量。而且这些造物都或多或少地具有，或者说都在不同程度上显露出意识智能；首先是有一种对自我同一性的意识，其次是隐隐约约有一种与我们所说的那个神性存在同一的意识——与上帝同一的意识。关于这两种意识，请想象前一种将越来越弱，后一种则会越来越强。这一过程必将经历无数个世纪，直到这些不可计数的个体智能聚为一体——直到所有闪亮的星星聚为一体。请设想，个体的同一意识将渐渐融入总体意识，比如说，人类终将不知不觉地停止感觉到自己是人类，终将到达那个令人敬畏的凯旋之日，那时他将意识到自己作为上帝存在。同时，请记住一切都是生命——生命——生命中的生命，小生命在大生命中，而一切都在神灵之中。”

完

附记

当进一步想到上述过程不多不少，正好是每一个体智能和其他所有智能（整个宇宙的智能）被吸收回其自身的过程，我们因想到将失去自我本体而产生的痛苦便会马上平息。为了上帝是一切的一切，每个人都必须成为上帝。

失去呼吸

——一个布莱克伍德式的故事

哦，别呼吸……

——摩尔《爱尔兰歌曲集》

最出名的厄运最终也必然屈服于百折不挠的哲学精神，犹如最坚固的城池最终也必然失陷于锲而不舍的敌兵。正如我们在《圣经》中读到的一样，亚述王撒缦以色围攻撒玛利亚虽耗时三年，但最终攻下了那座城池。[①] 又如狄奥多罗斯所记载，亚述末代王萨达那帕鲁斯坚守孤城尼尼微七年之久，但最终还是城破人亡。[②] 特洛伊毁于第二个五年的最后一年。[③] 而亚索忒恰如阿里斯泰俄斯以绅士的名誉做担保所说的那样，在把它的城门关闭五分之一个世纪以后，最终还是向普萨美提克敞开了所有大门。[④]

---

① 事见《旧约·列王纪下》第 17 章。——译者注

② 事见狄奥多罗斯（Diodorus Siculus，约前 90—前 21）所撰《世界史》。——译者注

③ 希腊人攻陷特洛伊城花了十个年头。——译者注

④ 亚索忒（Azoth）系耶路撒冷以西 35 英里处一古城（今称阿什杜德，Ashdod），曾被古埃及第二十六王朝法老普萨美提克围攻达 29 年，最终陷落。——译者注

“你这个坏蛋！你这只狐狸！你这个泼妇！”在我们婚礼后的第二天早晨，我对我的妻子嚷道，“你这个巫婆！你这个妖孽！你这个狂妄的家伙！你这个罪恶的深渊！你——你——”当时我踮着脚，掐着她的脖子，把嘴凑近她的耳朵，正在搜肠刮肚地想找到一些更恶毒的骂人的字眼，这些字眼一旦出口，就不会不让她明白并信服她自己的微不足道。这时，我极度惊恐地发现，我已经丢失了我的呼吸。

“气喘吁吁”“上气不接下气”这些说法平时我们常常挂在嘴边，但是我从未想到这种可怕的事情居然实实在在、毋庸置疑地发生在我头上！想象一下吧（如果你有想象力的话），我是说，想象一下我的骇然诧异、我的惊慌失措、我的极度绝望！

但有一种好的禀性从未把我彻底抛弃。在我情绪最难抑制的时候，我仍然保持着一种适当的意识，正如《朱丽》[①]一书中的爱德华勋爵说的他所经历的一样，情感之路把我引向真正的哲学精神。

尽管一开始我并不能确定这一突发事件对我的影响已经到了什么地步，但我决定无论如何都得把这事瞒着我妻子，直到进一步的体验向我显示这场我从未经历过的灾难的程度。于是，我脸上的表情来了个瞬息变幻，从刚才的横眉怒目、龇牙咧嘴变成了嬉皮笑脸、和蔼可亲。我给妻子左脸一个抚摸、右脸一个亲吻，然后一个字也没说（复仇女神！我说不出一个字），丢下被我的滑稽举动惊呆的她，迈着一种和风舞步急转出了房间。

现在来看看我安全地躺在我自己房间的情况吧。那是恶果交织着愤怒的可怕时刻，活着却有一种死去的感觉，死了却又有一种活着的意味。这颗星球上的一个畸形儿，非常安静，但没有呼吸。

是的！没有呼吸。我郑重宣布，我的呼吸已完全丧失。即便我的生命是否结束还未见分晓，但我已不能用气息吹动一片羽毛，甚至不能在明镜上留下一团雾气。残酷的命运！当第一阵悲伤席卷之后，我终于得到了一丝安慰。经过实验，经过我是否还有能力与我妻子进行对话的实验，我发现，我原来断定已彻底毁掉

① 即卢梭的《新爱洛绮丝》。——译者注

的发音功能事实上只是局部有障碍。我发现，如果我在那种有趣的紧要关头把声音降成一种奇特的低度喉音，那我仍然可以继续向她传达我的感情信息。我现在发现，这种音调（这种喉音）并不依赖呼吸的气流，而是靠咽喉肌肉的某种痉挛。

我坐到一把椅子上，凝神沉思了好一会儿。我的所思所想当然不属于令人安慰的那一类。许多朦朦胧胧且催人泪下的设想一时间占据了我的心灵，甚至自杀的念头也从我脑海里一闪而过。但以远排近、以虚排实是人性堕落的一个特征。所以，想到自杀这个暴行中最明显的暴行，我浑身发抖。此时，我家那只斑猫在地毯上不遗余力地喵咪喵咪，那条喜欢玩水的狗也在桌子下面孜孜不倦地呼哧呼哧。它俩显然是在炫耀它们强健的肺部，而这种炫耀是在嘲笑我肺功能不全。

正被一种希望渺茫、惊恐不安的纷乱思绪压抑着，我终于听到了妻子下楼的脚步声。一旦确定她出门之后，我又忐忑不安地回到了这场灾难之中。

我小心翼翼地从里边把门锁上，然后开始了一场彻底的搜寻。我认为我丢失的呼吸有可能躲藏在某个阴暗角落，或潜伏在某个壁橱或抽屉，我有可能把它找到。它也许是一种雾状的东西，甚至可能有一种实在的形体。在许多哲学问题上，大多数哲学家非常缺乏哲学头脑。不过，威廉·戈德温[①]在他的《曼德维尔》中说，"看不见的东西是唯一的现实"，而大家都会同意，这真是一语中的。我倒想提醒有见识的读者不要匆匆指责这一论断过于荒谬。大家应该记得，阿那克萨哥拉[②]曾说雪是黑的，而我已经发现这是事实。

我认真而长久地继续搜寻，但我这种锲而不舍和不屈不挠所换来的报偿不过是一副假牙、一对臀部、一只眼睛和一札温德纳夫[③]先生写给我妻子的情书。我倒不如在这儿说个明白，我妻子倾心于温德纳夫先生的证据并没有让我感到多少不安。拉克布瑞斯太太竟然赞慕任何与我本身截然不同之物是一种既自然又必要的不幸。众所周知，我体格健壮，大腹便便，同时身材多少有几分矮小。难怪我

① 威廉·戈德温（William Godwin，1756—1836），英国作家及社会思想家。——译者注

② 阿那克萨哥拉（Anaxagoras，约前 500—前 428），古希腊哲学家，认为每一物体都含有一切物体的种子（如白雪中亦有黑色的种子）。——译者注

③ 此名（Windenough）和下文中的拉克布瑞斯（Lackobreath）均系坡杜撰的人名，前者暗含"中气十足"之义，后者则藏"气息奄奄"之义。——译者注

那位熟人的骨瘦如柴和他那已经成为笑柄的身高，会在拉克布瑞斯太太眼里得到全部应该得到的评价。按照逻辑分析，真正的哲学精神在这件事上同样能对厄运嗤之以鼻。不过，我们还是言归正传。

正如我前文所说，我的一番努力毫无结果。一个壁橱接一个壁橱、一个抽屉接一个抽屉、一个角落接一个角落都搜寻遍了，却是白辛苦一场。不过，有一次我认为我确实得到了一个意外的收获，那是在搜查一个化妆用品盒的时候，我偶然打翻了一瓶格兰德琼制造的天使油——我在此不揣冒昧地向诸位推荐，那是一种令人惬意的香水。

我怀着沉重的心情回到我的房间，想找到一种能避开我妻子的洞察力的方法，直到我能做好准备离开这个国家，因为我已经拿定主意离家出走。在异国他乡无人认识我的情况下，我有可能成功地隐瞒我的不幸，这种不幸甚至比行乞更有可能疏远人们的感情，引来那些善良快活的人对这个可怜虫的天经地义的愤慨。我不再犹豫。由于天生聪明，我记得整幕《变形记》悲剧。我非常有幸地记起了在读该剧台词时，或至少在读该剧主人公的台词时，我现在所没有的那种声调是完全不必要的，该剧要求其主人公全场自始至终都用一种一成不变的低度喉音说话。

我在人们常去的一片沼泽地边进行了一段时间的发声练习，不过我的做法与德摩斯梯尼的同类做法完全无关[①]，而是根据我自己的一种独特而谨慎的设计。经过这样充分的准备，我决定使我妻子相信我突然狂热地迷上了舞台艺术。在这一点上，我成功地创造了一个奇迹。我发现，对她所提出的每一个问题或每一条建议，我都能用那幕悲剧中的某段台词和我极像青蛙叫的阴沉声调应答自如，正如我很快就欣喜地注意到的一样，那幕剧中的任何段落都适用于任何有针对性的话题。始料不及的是，当我朗诵那些段落的时候，我的缺陷也暴露无遗——侧目斜视，龇牙咧嘴，双膝抽搐，两脚乱跳，或做出各种各样今天被公正地认为是舞台

① 传说这位著名演说家曾口含石子练习朗读，以克服发音不清的缺点，曾一边爬山一边吟诗，以克服肺活量不足的毛病。——译者注

明星之特色的难以言传的优雅动作。诚然，他们也说到了要用一件拘束衣[①]对我加以限制，可是，天哪！他们绝没有怀疑我已经失去了呼吸。

在把一切安排就绪之后，我于一天清晨坐上了去某城的邮政马车。我对我的熟人们放风说，那座城市里有一桩鸡毛蒜皮的事需要我马上去亲自处理。

车厢里挤得满满的，但在晨昏朦胧之中，我那些旅伴的面容均无法辨认。我还来不及进行有效的抵抗，便被痛苦地夹在了两位体积庞大的绅士中间。第三位尺码更大的先生对他即将采取的无礼行为说了声道歉，便挺直身体，一头横到我身上，并在眨眼间就进入了睡眠状态，鼾声盖过了我为减轻痛苦而脱口而出的喉音，与之相比，法拉里斯铜牛的吼叫也会自愧不如的。幸运的是，我呼吸功能的现状完全避免了一场窒息事件的发生。

不管怎样，随着天光破晓，我们的马车已接近那座城市的郊区。我的折磨者终于起身整理了一下他的衬衫领子，然后非常友好地对我的客气表示感谢。见我毫无动静（我四肢的关节已全部脱位，头也被扭到了一边），他的忧虑油然而生。把其他乘客唤醒之后，他毅然决然地宣布，一名死人乘天不亮装扮成一名活着的可信赖的旅伴，对他们进行了欺骗。说着，他用拇指戳了戳我的右眼，以此来证明他讲的都是事实。

于是，所有乘客，一个接一个（车上共有九名乘客），都认为有义务亲手揪一下我的耳朵。一位年轻的开业医生还把一面小镜子凑到我嘴巴跟前，发现我没有呼吸，我那位告发者的断言被宣布为应予受理的正式议案。全体一致表示，从今以后绝不低三下四地容忍这样的欺骗，而眼下则绝不与任何一具这样的尸体继续一道旅行。

因此我被扔出了马车，摔在乌鸦酒店的招牌下（当时马车正好经过那家酒店），除了我的双臂被马车的左后轮轧折，着地时再没发生别的事故。而且，我必须为马车夫说句公道话，他没有忘记把我最大的那个行李箱也扔下马车。不幸的是，箱子正好砸在我头上，并且立即以一种有趣而非凡的方式砸破了我的脑袋。

① 一种用以束缚精神病患者或囚犯双臂的特制衣服。——译者注

乌鸦酒店的老板非常好客，发现我的箱中之物足以补偿他为了我的利益而可能招致的任何一点小小的麻烦，便马上派人请来了他认识的一位外科大夫，还开了二十五美元的账单带着收据，把我交给那位大夫照料。

那位购买人把我弄回他的公寓并马上开始解剖。但在割下我的两只耳朵之后，他发现了活着的迹象。于是，他摇铃叫人去请那附近的一位药剂师，准备与他共同切磋这一紧急情况。唯恐他认为我还活着的怀疑被最终证明为正确，他同时剖开了我的胸腔，取出几个内脏作为他私人的解剖标本。

那名药剂师的意见是我的确已经死亡。我试图反驳这一见解，于是使出我全身的力气又蹬又踢又踹又扭，因为那名外科大夫对我的切割已经多少恢复了我的活动能力。然而，我全部的努力被归因为一种新型的伽凡尼电池组的作用，那个见多识广的药剂师正用那种电池组对我进行几项稀奇古怪的实验。我能在他们的实验中担负起自己的一份责任，这使我不禁感到非常有趣。令我痛苦的是，尽管我试了好几次想参加交谈，但我的说话能力完全处于暂停状态，我甚至不能张开嘴，更不用说驳斥他们那些颇有创见却异想天开的理论。若是在别的情况下，我这两位具有希波克拉底症状的新相识早已被我驳得体无完肤了。

未能得出结论，那两位开业医生把我拘押起来以待进一步的实验。我被送上了一个阁楼，外科大夫的妻子给我穿上了衬裤和长袜，外科大夫捆紧了我的双手，并用一条手巾堵住了我的嘴，然后他从外边把门锁上，就匆匆下楼吃饭去了，把我一个人丢在沉寂中冥想。

这时，我极度欣喜地发现，要不是那条手巾堵住了我的嘴，我已能开口说话了。这一发现使我感到安慰，于是，我像在入睡之前所习惯做的那样，开始默诵《上帝无所不在》的某些段落。就在这时，两只猫出于贪婪和该挨骂的目的，从一个墙洞钻进来，以加泰隆人的炫耀跃上我的身体，面对面地蹲在我眼前，为我无足轻重的鼻子展开了一场不合礼仪的争论。

但是，正如波斯的那位拜火教徒或占星术士失去他的耳朵却得到了居鲁士的王位，正如索皮鲁士割去他的鼻子却获取了巴比伦，所以我面部几盎司的损失结果却拯救了我的身体。我疼痛难忍，怒火中烧，猛然挣断了绳索和绷带。高视阔步走过房间时，我轻蔑地看了一眼刚才交战的双方，在它们的极度惊恐与失望中，我打开窗户，非常敏捷地从窗口摔了下去。

与我的身材相貌酷肖的邮路大盗W此时正在从市立监狱去郊外为他搭起的那座绞架的路上。他的极度虚弱和长期患病使他获得了不戴手铐的特权。他身穿死囚服（与我的衣着极其相似），伸直身体躺在刑车的底板上（刑车刚好在我往下坠落时，从那位外科大夫家的窗下经过），刑车上除了一个正呼呼沉睡的车夫和两名喝得烂醉的第六步兵团的新兵，再没有其他看守。

真是祸不单行，我正好双脚朝下落在那辆刑车上。眼快心灵的W抓住这个千载难逢的机会呼地一跃而起，跳出车外，一溜烟地蹿进一条小巷，眨眼工夫就无影无踪了。被这阵响动惊醒的两名卫兵闹不清发生了什么事，见一位与那名囚犯酷肖的男人站在他们眼前，他俩以为是那个恶棍（指W）企图逃跑（他们是这样表达的），于是相互沟通了看法，各自喝了一大口酒，然后用滑膛枪的枪托把我击倒。

不一会儿，我们就到了刑场。我当然无法为自己辩护，上绞架是我不可避免的归宿。我怀着一种半是麻木半是讥讽的心情听天由命。有了这么一点犬儒主义的精神，我体验到了一只狗的全部情感。这时，刽子手调整了一下我脖子上的套索，接着脚下的活动踏板垂落。

我不打算描述被吊在绞架上的感觉，尽管我的描述毫无疑问会绝对真实，而这一题目还从来没有人把它写好。事实上，要写这样一个题目，被吊上绞架是非常必要的。每个作家都应该把自己局限于亲身经历的事。因此马克·安东尼写出了一篇关于酗酒的论文。

不过，我可以告诉诸位，我并没有死。我的身体是被吊了起来，可我本来就没气，但对我左耳下的那个绳结（它给我一种挨枪托揍的感觉），我敢说我本来只应该感到稍稍有点不舒服。至于活动踏板落下时绞索对我脖子的那一猛拽，只不过把我在马车上被那位肥胖绅士扭歪的脖子拧正了过来。

但是，我有充分的理由竭尽全力不让那些人感到白辛苦了一趟。据说我当时的抽搐相当精彩，很难再有什么痉挛能与之媲美。围观的人纷纷要求再来一遍。

有几位先生当场晕倒，而许多女士则是在歇斯底里中被护送回家。某画家[1]利用了这一良机，根据他在刑场的一张速写，修润了他那幅令人赞美和羡慕的油画《被活剥皮的马尔斯亚斯》。

当我让人们消遣够了，他们认为应该把我的尸体从绞架上放下来。在这具被当作真正罪犯的尸体被放下并被认可时，我自己却极其不幸地无人知晓。

当然，人们对我倾注了极大的同情，由于我的尸体没人认领，最后决定应该被葬入一座公墓。

经过一番张罗，我安然入葬。教堂伙计离去，留下我孤孤单单。这时我才发现，马斯顿的名剧《愤世者》中的一行诗“死神是良友，他总敞开大门”，纯粹是个弥天大谎。

不过，我撞开棺材盖走出了坟墓。墓地里一派阴森凄凉的景象，我为自己的百无聊赖而苦恼。作为消遣，我在无数排列整齐的棺材间摸索着前行，把棺材一具具搬下棺架，打开棺盖，揣度躺在里面的死者。

当我跌上一具又肥又胖又胀又圆的尸体时，我自言自语：“这肯定是个名副其实的不幸而倒霉的人。他的不幸就在于他一生不能行走，而只能滚爬。他不是像人一样度过自己的一生，而是像一头大象；不像一个人，倒像一头犀牛。

“他欲获成功的尝试屡屡受挫，他东一榔头西一棒槌的进程是一个明显的失败。他的不幸就在于他每往前走一步，就要往右走两步，往左走三步。他的研究仅限于格拉伯的诗。他从未体验过单足脚尖旋转时的奇妙感受。而蝴蝶舞步对他只不过是一个抽象的概念。他从不曾登上过一座山的峰顶。他从不曾从任何尖塔俯瞰过一个都市的壮美。炎热一直是他的死敌。酷暑总会热得他六神无主、七窍生烟，使他总要梦见火焰和窒息，梦见山上重叠着山，梦见珀利翁山摞在俄萨山上。他透不过气，一言以蔽之，他是透不过气。他认为吹奏管乐器是一种放肆。他是自动扇、招风帆和通风装置的发明者。他赞助过风箱制造人杜邦。他在试图吸一口雪茄时悲惨地死去。他的情况引发了我浓厚的兴趣，他的命运使我产生了

[1] 原文用拉丁语 Pinxit，意为某人所画（用于画家署名后）。——译者注

深切的同情。”

“但这儿，”我说，“这儿。”说着，我心怀恶意地把一个又瘦又高、形体古怪的家伙从他的棺材中拽了出来，他那怪异的外表给我一种极不舒服的似曾相识的感觉。“这个可怜的家伙不值得任何同情。”这样说着话，为了把那家伙的容貌看得更清，我用拇指和食指捏住了他的鼻子，使他一下从地上坐了起来。我一边捏着他的鼻子，一边继续自言自语。

“不值得，”我重复道，“任何同情。到底谁会想到去同情一个影子呢？再说，难道他还没有充分享受死亡的幸福？他是细高的纪念碑、制弹塔、避雷针和伦巴底白杨的起因。他那篇题为《影与影子》的论文使他不朽。他以杰出的才干编辑了《白骨堆上的南方》的最后一版。他早年进入大学，研究气体力学。毕业后回到家乡，终日无休止地闲聊，吹法国小号。他还出资保护风笛。巴克利大人[①]能迎着风走去，却不能迎着他走来。温德汉姆和阿尔布瑞斯是他最中意的作家。他最喜欢的艺术家是菲茨。他在吸气的时候光荣牺牲。就像圣哲罗姆所说的那样：谦虚的美名毁于微风[②]。他毋庸置疑是一个……”

“你怎能？——你——怎么——能？”我的批评对象突然打断了我的话，为了透口气，他已拼命地扯掉了蒙住他嘴巴的绷带，“拉克布瑞斯先生，你怎么能如此凶残地捏住我的鼻子呢？难道你没有看见他们是如何堵住了我的嘴？你肯定知道，如果你知道什么，我有多少气非出不可！但你若是不知道，那你坐下来听听就会明白。就我的处境而言，真正的安慰莫过于能够张开嘴巴，能够尽情倾诉，能够与一个像你这样认为不应该随时打断一名绅士讲话的人交谈。打断别人的讲话是令人讨厌的，理所当然应该被废除，你难道不这样认为？别回答，我求你，一次有一个人讲话就够了。我一会儿就说完，那时你再说。先生，你究竟是如何到这地方来的？我求你别吭声，我到这儿已有些时候了，可怕的事故！我想你听

① 巴克利（Robert Barclay，1648—1690），苏格兰领主，好徒步行走，曾一日步行72英里。——译者注

② 圣哲罗姆的原话是：“谦虚之美名在女人中间是一种脆弱的东西，（如同）一朵娇花，一旦暴露在微风中就会被摧毁。”——译者注

到过——可怕的灾难！打你家窗下经过，就在不久以前，大约在你迷上舞台艺术那段时间，可怕的事故！听说过‘透气’这个词吗，嗯？别吭声，我告诉你，我当时把别人的气透过来了！这下我总是透不过气。在街角碰到勃拉柏那个喋喋不休的家伙，他不给我机会说出一句话，不容我插进一个字，结果我犯了癫痫病，勃拉柏逃走了，那些该死的白痴！他们以为我没气了，便把我埋在这里，他们干得可真够漂亮！我听说过你对我的那些议论——每个字都是谎言，真可怕！真奇怪！真残暴！真讨厌！真不可思议！等等——等等——等等——等等……”

人们不可能想象我听到那番如此出乎意料的谈话时惊讶或喜悦的心情，我渐渐明白，被那位绅士（我很快就认出，他是我的邻居温德纳夫先生）那么不幸地透过去的那口气，实际上就是我在与妻子对话时所丢失的呼吸。时间、地点和当时的情形都证明这一定确凿无疑。但我并没有马上松开温德纳夫先生的鼻子——至少在这位伦巴底白杨的起因继续向我解释时没有松开。

在这一点上，我被一种习惯性的谨小慎微所驱使，这种谨慎历来是我的主要特点。我想到在我保鲜防腐的路上，也许还存在许许多多的困难，这些困难只有靠我自己坚忍不拔的努力才能克服。我认为有许多人对自己所拥有的一切都敝帚自珍，无论这些东西是多么的毫无价值、令人讨厌，甚至使人痛苦，可一旦为别人所得或被他们自己抛弃，他们总想得到与别人的受益程度成正比的好处。难道温德纳夫先生就不可能是这种人？若我表示急于想得到他现在正心甘情愿要抛弃的这口气，那我说不定正好把自己暴露给他贪婪的要求。我感慨万端地记得这世上有那么些无赖，他们甚至会无所顾忌地抓住每一个不公正的机会占邻居的便宜，而且（恰如希腊哲学家爱比克泰德所说）正是在人们最迫不及待地想摆脱自己所承受的灾难时，他们最不想去替别人消灾化难。

脑子里盘旋着诸如此类的考虑，两指仍紧紧捏着温德纳夫的鼻子，于是我认为有必要将自己的回话修饰一番。

“怪物！”我以一种愤怒的声调开始，“怪物！两口气的白痴！难道不是因为你的不仁不义，上天才高兴用双重呼吸来使你倒霉？我说，你居然敢用老熟人的腔调来跟我套近乎？‘我撒谎’，当然！‘别吭声’，遵命！真是一场对一位只有单呼吸的绅士的美妙谈话！还有，这一切都发生在我有能力消除你活该遭受的灾难时，在我有能力削减你不幸多余的那口气时。”

像布鲁图[①]一样，我故意按住话头等候反应。果然，温德纳夫先生的反应马上如一阵旋风把我制伏。声明连着声明，道歉接着道歉。无论多苛刻的条件，他都愿意接受，而没有一个条件对我没有好处。

准备工作终于就绪，我那位熟人把他多余的呼吸交付于我。（经过认真仔细的检查之后）我给他开了一张收据。

我意识到许多人将责怪我以如此马虎草率的方式来讲述这一如此精细微妙的事件。人们将会认为我本来应该对这一事件的细枝末节进行更为严密详尽的描写，这样很有可能从一个更新的角度来阐释物理学的一个十分有趣的分支。

很遗憾，我不能对上述意见一一作答。我所能给予的答复仅仅是一个暗示。的确有些细节可谈，但我思量再三之后，认为对一件如此微妙的事谈得越少越安全。如此微妙，我重复一遍，与此同时，这事还牵涉一个第三者的利益，而我眼下丝毫不想招惹他的愤怒和怨恨。

在做好必要的准备之后，我们很快就开始了逃离坟墓地牢的行动。我们复苏的声音所汇成的声浪很快就清晰可闻。辉格党编辑西索尔斯重新发表了一篇题为《地下声音的本质与起源》的论文。紧接着就是一家民主党报纸专栏中的一番答复、辩解、驳斥和澄清。直到为了解决这场争端而揭开墓顶，我和温德纳夫先生的出现，才证明两党都明显地大错特错。

在结束述说这经历足够丰富的一生的某些奇闻怪遇之时，我不能不再次让读者注意到那不偏不倚的哲学的价值。它是一面可靠而适用的盾牌，可以抵挡那些看不见、摸不着且又完全不可理喻的灾难的箭矢。正是以这种智慧之精神，古代的希伯来人坚信天国之门将不可避免地为罪人或圣人敞开，他们将用健全的肺脏和绝对的虔诚高呼“阿门”。正是以这种智慧之精神，当一场猖獗的瘟疫在雅典肆虐而任何方法都不能将其祛除之时，埃庇门笛斯，如第欧根尼·拉尔修在他的第二本书里谈到那位哲学家时所说，提议为“真正的神”建起神龛和圣殿。

① 罗马共和国的缔造者，曾装成傻子复仇。——译者注

Edgar

Allan

Poe

Complete

Tales

森格姆·鲍勃先生的文学生涯

——《大笨鹅》前编辑自述

我现在正一天天上年纪，既然我知道莎士比亚和埃蒙斯先生[①]都已作古，那说不定哪天我一命呜呼也并非没有可能。所以我想到了我最好是从文坛隐退，安享已经赢得的名声。不过，我切望通过为子孙后代留下一笔重要的遗赠，使我从文坛王座的退位传为千古佳话；也许我能做的最好的一件事，就是写出一篇我早年文学生涯的自述。其实，我的名字长期以来是那么经常地出现在公众眼前，以至于我现在不仅欣然承认那种强烈的好奇心，而且乐于满足于它所激起的那种强烈的好奇心。事实上，在扶摇直上时于身后留下几座指引他人成名的路碑，这不过是功成名遂者义不容辞的责任。因此，在眼下这篇（我曾想命名为《美国文学史备忘》的）自述中，我打算详细地谈谈我文学生涯中那举足轻重却孱弱无力、磕磕绊绊的最初几步，正是凭着这几步，我最终踏上了通向名望顶峰的康庄大道。

一个人没有必要过多地谈论自己年代久远的祖先。我父亲托马斯·鲍勃先生多年来一直处于他职业的巅峰，他是这座体面城里的一名理发商。他的理发公

① 与爱伦·坡同时代的一名医生兼业余的诗人。——译者注

司是该地区所有重要人物常去的场所，而去得最经常的是一群编辑—— 一群令周围所有人都肃然起敬并顶礼膜拜的要人。至于我自己，我把他们奉若神明，并如饥似渴地吸取他们丰富的聪明才智，这种聪明才智往往是在被命名为“抹肥皂泡”的那个过程中，从他们庄严的口里源源不断地流出。我第一次实实在在的灵感肯定是产生在那个令人难以忘怀的时刻，当时《牛虻》报那位才华横溢的编辑趁上述那个重要过程间歇之际，为我们一群悄悄围拢来的学徒高声朗诵了一首无与伦比的诗，诗的主题是歌颂“唯一真正的鲍勃油”（这种生发油因其天才的发明者——我父亲而得名），因为这首诗，托马斯·鲍勃商业理发公司以帝王般的慷慨酬谢了《牛虻》报那位编辑。

正如我刚才所言，这些献给“鲍勃油”的天才诗行第一次为我注入了那种神圣的灵感。我当即决定要成为一个伟人，并且要从当一名大诗人开始。就在当天晚上，我屈膝跪倒在我父亲跟前。

“父亲，”我说，“请饶恕我！但我有一个高于抹肥皂泡的灵魂。弃商从文是我坚定的意向。我要当一个编辑，我要当一名诗人，我要为‘鲍勃油’写出赞歌。请饶恕我并请帮助我成名！”

“我亲爱的森格姆，”父亲回答（我受洗礼时依照一位富亲戚的姓被命名为森格姆），“我亲爱的森格姆，”他说着，牵住我两只耳朵，把我从地上扶起，“森格姆，我的孩子，你是个勇士，有一个灵魂方面完全像你的父亲。你还有一个硕大的脑袋，里边肯定装了不少智慧。这一点我早就看到了，所以我曾想使你成为一名律师。不过，律师这行当已经越来越不体面，而当一名政治家又无利可图。总的来说，你的判断非常明智，做编辑这营生是份美差；如果你能同时成为诗人，就像大多数编辑都顺便当诗人一样，那你就可以一箭双雕。为了鼓励你肇始开端，我将让你得到一间阁楼，并给你纸笔墨水、音韵词典，外加一份《牛虻》报。我料定，你几乎已别无他求。”

“如果我还想多要，那我就是个忘恩负义的家伙。”我热情洋溢地回答，“您的慷慨汪洋无极。我的报答就是让您成为一名天才的父亲。”

我与那位最好的人的会谈就这样结束，而会谈刚一结束，我就怀着满腔的激情投入了诗歌创作中。

在我写诗的最初尝试中，我发现那首《鲍勃油之歌》对我不啻是一种妨碍。它灿烂的光芒更多的是使我眼花缭乱，而不是使我心中亮堂。想想那些诗行的优美，比比自己习作之丑陋，这自然使我感到灰心丧气；结果在很长一段时间里，我一直在做无谓的努力。最后，一个精巧的原始构思钻进了我的脑袋，这种原始构思时常会渗透进天才们的大脑。这构思是这样的，更准确地说这构思是这样被实施的：从位于本城偏僻一隅的一个旧书摊的垃圾堆中，我收集到几本无人知晓或被人遗忘的古老诗集。摊主几乎是把它们白送给了我。这些书中有一本号称是但丁的人所写的《地狱篇》的译本，我从中端端正正地抄了一大段，该段说的是一位有好几个孩子的名叫乌戈利诺的男人。另一本书的作者我已忘掉，该书有许多古老的诗句，我以同样的方式和同样的细心从中摘录了一大堆诗行，这堆诗行说的是“天使”“祈祷牧师”“恶魔”和其他一些诸如此类的东西。第三本书的作者好像是一个瞎子，记不清他是希腊人还是印第安巢克图人——我不能劳神费力去回忆无关紧要的小事——我从这本书中抄出了五十节诗，从“阿喀琉斯的愤怒”到他的“脚踵炎”以及别的一些事情。第四本书我记得又是一个盲人的作品，我从中精选了一两页关于“欢呼”和“圣光”的诗行；虽说盲人没有权利写光，但那些诗行仍然自有其妙处。[①]

我清清爽爽地抄好这些诗，在每一篇前面都署上“奥波德多克”这个名字（一个响亮悦耳的名字），然后规规矩矩地把它们分别装入信封，分别寄给了四家最重要的杂志，同时附上了请尽快刊登并及时付酬的要求。然而，（尽管这一周密计划的成功将省去我今后生活中的许多麻烦）其结果足以使我相信有那么些编辑并不轻易上当受骗，他们把慈悲的一击（就像他们在法国所说）施加于我最初的希望（正如他们在超验城[②]所言）。

实际情况是，上述四家杂志分别在其“每月敬告撰稿人”栏中给了奥波德多克先生致命的一击。《无聊话》杂志以下列方式把他狠狠训斥了一顿：

“奥波德多克”（何许人也）给本刊寄来一首长诗，讲一个他命名为乌戈

① 指的是荷马、弥尔顿等诗人的作品。——译者注

② 暗指爱默生等超验论者集聚的波士顿。——译者注

利诺的狂人有好几个孩子，而那些孩子居然没吃晚饭就被鞭子赶上床睡觉。这首诗非常单调乏味，即使不说它无聊透顶。“奥波德多克”（何许人也）完全缺乏想象力。而依敝刊之愚见，想象力不仅是诗之灵魂，还是诗之心脏。“奥波德多克”（何许人也）为他这堆愚蠢而无聊的废话，居然还恬不知耻地要求本刊“尽快刊登并及时付酬”。可凡属此类无聊之作，本刊既不会予以发表，也不会支付稿酬。毫无疑问，他可以轻而易举地为他所能炮制出的全部废话找到销路，那就是在《闹哄哄》《棒棒糖》或《大笨鹅》编辑部。

必须承认，这番评论对奥波德多克来说非常严厉，但最无情的尖刻是把“诗”这个字眼排成了小号的大写字母。难道在这五个耀眼的字母中，没有包含无穷无尽的艰辛?!

可是，奥波德多克在《闹哄哄》杂志上受到了同样严厉的惩罚，该杂志说：

我们收到了一封非常奇怪而傲慢的来信，寄信人（何许人也）署名为“奥波德多克”，以此亵渎那位有此英名的伟大而杰出的罗马皇帝。在“奥波德多克”（何许人也）的来信中，我们发现了一堆乱七八糟、令人作呕且索然无味的诗行，胡言乱语什么“天使和祈祷牧师”，除了纳特·李或“奥波德多克”之流，连疯子也发不出这般号叫。而对于这种糟粕之糟粕，我们还被谦恭地请求“及时付酬”。不，先生——决不！我们不会为这种垃圾付稿费。去请求《无聊话》《棒棒糖》或《大笨鹅》吧。那些期刊无疑会接受你能给予它们的任何文学垃圾，正如他们肯定会许诺为那些垃圾付酬一样。

这对可怜的奥波德多克的确太辛辣了一点；但这次讽刺的主要分量加在了《无聊话》《棒棒糖》和《大笨鹅》的头上，它们被尖酸刻薄地称为“期刊”，而且是用斜体字排印，这肯定会使它们伤心到极点。

《棒棒糖》在残酷性方面简直一点不亚于同行，它这样评论道：

某位先生自称“奥波德多克”(先辈贤达的英名是多么经常地被用于这种卑微的目的!),该先生为本刊寄来了五六十节打油诗,其开篇如下:

阿喀琉斯的愤怒,对希腊灾难不尽的悲惨的春天……①

我们敬告这位“奥波德多克”(何许人也),本刊编辑部没有哪位编辑的助手不每天都写出更好的诗行。“奥波德多克”的来稿不合韵律。“奥波德多克”应该学会打拍子。但完全不可理喻的是,他为何竟然想到这个念头,认为本刊(不是别的刊物而是本刊)会用他那些莫名其妙的胡言乱语来玷污我们的版面。当然,这些荒谬绝伦的信口雌黄倒好得简直可以投给《无聊话》《闹哄哄》和《大笨鹅》,投给那些正在从事把《鹅妈妈的歌谣》当作原版抒情诗出的机构。②“奥波德多克”(何许人也)甚至还狂妄地要求为他的胡说八道支付稿酬。难道他不明白,他这种来稿即便倒给钱,本刊也不能刊用?

当我细读这些文字时,我觉得自己变得越来越渺小,而当我读到那位编辑把那篇精心之作讥笑为“打油诗”时,我觉得自己小得已不足两盎司。至于“奥波德多克”,我开始对那可怜的家伙产生了同情。但是,如果说可能的话,《大笨鹅》显得比《棒棒糖》更缺乏怜悯之心。正是《大笨鹅》写出了如下评论:

一个署名为“奥波德多克”的可怜而蹩脚的诗人竟然愚蠢到如此地步:以为本刊会发表他寄来的一堆语无伦次、文理不通且装腔作势的破烂,而且会支付稿酬,这堆破烂以下面这行最通俗易懂的字眼开始:

“福哉,圣光!上天的第一产物。”③

我们说“最通俗易懂”。也许我们可以恳请“奥波德多克”(何许人也)给我说说“冰雹”④怎么会是“圣光”。我们历来认为冰雹是结成冰块的雨。另外,

① 出处为荷马史诗《伊利亚特》英译本。——译者注

②《鹅妈妈的歌谣》(又名《摇篮曲》)于1719年在波士顿出版,作者署名托马斯·弗利特。后人普遍认为该集是抄袭英法等国童谣童话,包括剽窃佩罗的《鹅妈妈的故事》。——译者注

③ 弥尔顿《失乐园》第三卷之首行。——译者注

④“福哉”“冰雹”英文均为hail。——译者注

他是否愿意告诉我们，结成冰块的雨怎么会在同一时刻既是“圣光”（姑且不论圣光为何物）又是“幼仔”[①]？而（如果我们对英语稍稍有点常识的话）后一词的贴切含义是指那些六个星期左右的婴儿。不过，对这种荒谬之词加以评论本身就十分荒谬，尽管“奥波德多克”（何许人也）还厚颜无耻地以为我们不仅会“刊登”他这些愚昧无知的疯话，而且（绝对会）为此支付稿酬！

真是荒唐！真是可笑！我们倒真想把他所写的这堆荒谬之词一字不改地公之于众，以惩罚这位不知天高地厚的青年蹩脚诗人。我们想不出还有什么比这更严厉的惩罚，要不是考虑到这样做会倒读者的胃口，我们真会把这种惩罚付诸现实。

请“奥波德多克”（何许人也）今后把诸如此类的诗寄给《无聊话》《棒棒糖》或者是《闹哄哄》。它们会予以“发表”。它们每个月都“发表”这种废话。请把废话寄给它们，我们不可能心安理得地蒙受耻辱。

这对我是一场灭顶之灾。而对于《无聊话》《闹哄哄》和《棒棒糖》，我压根儿搞不懂它们怎么能幸免于难。它们被排成小得不能再小的七号铅字（这种很伤感情的挖苦暗示了它们的卑微、它们的渺小），而用大号大写字母排成的“我们”则居高临下地俯视着它们！哦，太尖刻了！这是痛苦之源，这是烦恼之因。我若是这些刊物中的任何一家，我一定会不遗余力地依法对《大笨鹅》起诉。根据《禁止虐待动物条例》，这场官司说不定能够胜诉。至于奥波德多克（他何许人也），这次我对那家伙完全失去了耐心，对他的同情也荡然无存。他毫无疑问是个白痴（他究竟是谁），他罪有应得，他自作自受。

这次古为今用的实验结果首先使我确信了“诚实乃上策”，其次让我认识到了这样一个事实：假若我不能比但丁先生、那两个盲人以及其他老前辈写得更好，那要想比他们写得更糟至少是一件很难的事。于是我鼓起勇气，决定无论付出多少努力与艰辛，都要坚持“完全独出心裁”（就像他们在杂志封面上说的那样）。我又一次把《牛虻》报编辑那首光辉灿烂的《鲍勃油之歌》作为楷模放到了眼前，

---

① “产物”“幼仔”英文均为 offspring。——译者注

决心以同一崇高的主题写一首颂歌，与已经有的这首诗争奇斗艳。

写第一行时，我没有遇到什么实质性的困难。这行诗如下：

写一首关于“鲍勃油”的颂歌。

然而，待我小心翼翼地把所有与“歌”字押韵的单词都查过一遍之后，我发现这首诗不可能再写下去。在这进退维谷之时，我求助于父亲。经过几小时的冥思苦想，我们父子俩终于写成了这首诗：

写一首关于“鲍勃油”的颂歌
是一切种类的一种工作。

（署名）假绅士

诚然这首诗不算太长，但我“已经懂得”，正如他们在《爱丁堡评论》里所说，一篇文学作品的价值与其长短毫不相干。至于该季刊奢谈的“长期不懈的努力”，我看里边不可能有什么道理。所以，我基本上满足于这篇处女作的成功，而现在唯一要考虑的问题就是对这篇处女作该如何处置。父亲建议我把它投给《牛虻》报，但有两个原因阻止我采纳这一建议。首先我担心那位编辑会嫉妒，其次我已经查明，对有独创性的稿件，他不付稿酬。因此，经过一番适当的深思熟虑，我把诗稿寄给了更具权威性的《棒棒糖》杂志，然后就焦虑不安又无可奈何地等待结果。

就在《棒棒糖》的下一期上，我骄傲而高兴地看到我的诗终于被刊出，而且是作为压卷之作，并加上了用斜体字排在括号中的如下意义深远的编者按：

本刊敬请读者注意按后所附这首可圈可点的《鲍勃油之歌》。我们无须赘述其庄严与崇高，或悲怆与哀婉，凡仔细吟味者均难免潸然泪下。至于那些对《牛虻》报编辑以此庄严主题写出的那首同名诗一直感到恶心的读者，将不难幸运地看出这两首诗之间的天壤之别。

又按："假绅士"显而易见是个笔名，我们正心急如焚地探察围绕着这个笔名的秘密。难道我们会没有希望一睹诗人的真颜？

这一切似乎有失公允，但我承认，这远远超出了我的预料，请注意，我承认这是我们国家乃至全人类万世不易的耻辱。但我仍不失时机地去拜访《棒棒糖》那位编辑，并非常幸运地发现这位绅士正好在家。他招呼我时怀着一种深深的敬意，其间稍稍混有一点长辈对晚辈那种屈尊俯就的赞佩，这无疑是因为我乳臭未干的外貌所致。请我坐下之后，他马上就切入正题谈起了我的诗。不过，谦虚之美德不允许我在此重复他对我的千般称羡、万般恭维。可螃蟹先生（此乃该编辑之大名）的溢美之词绝非那种不讲原则、令人作呕的吹捧。他直言不讳而且精辟透彻地分析了我的作品，毫不犹豫地指出了几个小小的瑕疵。此举大大提高了他在我心目中的地位。当然，《牛虻》报也被纳入了这场讨论，而我希望自己永远也不要受到那种像螃蟹先生对那首不幸的同题诗所进行的细致的批评和严厉的斥责。我早已习惯于把《牛虻》报那位编辑视为超凡的天才，可螃蟹先生很快就纠正了我这种观念。他把那只苍蝇（这是螃蟹先生对那位同行冤家讽刺性的称呼）的文章连同道德都一股脑儿地抖搂在了光天化日之下。他那只苍蝇是个很不正派的人物。他曾经写过伤风败俗的东西。他是个穷酸文人。他是个文坛小丑。他是个流氓恶棍。他曾经写过一幕令全国公众都捧腹大笑的悲剧，并写过一幕使普天之下泪流成河的喜剧。除此之外，他还不知羞耻地写过一篇针对他（螃蟹先生）个人的讽刺文章，极欠考虑地称他为"一头蠢驴"。螃蟹先生向我保证，任何时候我想发表自己对苍蝇先生的看法，《棒棒糖》杂志对我都不限篇幅。与此同时，由于我明显地会因写了一首挑战性的《鲍勃油之歌》而受到那只苍蝇的非难，他（螃蟹先生）愿意承担起密切注视我个人利益的责任。如果我没有马上被培养成一个人物，那不应该说是他（螃蟹先生）的过失。

螃蟹先生暂时中止了他的高谈阔论（对议论的后半部分，我觉得自己无法理解），我鼓起勇气转弯抹角地提出了稿费问题，我从来就被教导我的诗应得稿酬，我提到了《棒棒糖》杂志封面上的通告，该通告宣布（《棒棒糖》杂志）"历来坚持被允许为所有采用的稿件从优付酬——为一首短小精悍的小诗所付之酬常常超过《无聊话》《闹哄哄》和《大笨鹅》三家杂志全年稿费开支的总和”。

当我“稿费”这个词一出口时，螃蟹先生先是眼睛一瞪，接着嘴巴一张，眼瞪嘴张都达到了一种惊人的程度，使他的外表看上去活像一只正激动得嘎嘎叫的老鸭子。他一直保持着这种状态（不时地用他的双手紧紧摁住前额，仿佛处于一种极度为难的境地），直到我差不多把我非说不可的话说完。

我话音刚落，他就颓丧地坐回他的椅子，好像是当头挨了一棒，两条胳膊无力地耷拉在身边，但嘴巴仍然像鸭子叫时那样大张开着。当我正被他这番令人惊恐的举动惊得说不出话时，他突然从椅子上一跃而起，急步冲向摇铃的绳索；但他的手刚刚触到铃绳，他似乎又改变了他那让我不知究竟的主意，因为他钻到了一张桌子下边，随之又拿着一根短棒钻出。他正把短棒高高举起（我简直想象不出他到底要干什么），突然，他脸上显出了一种慈祥的微笑，然后他回到椅子边，平静地坐了下来。

“鲍勃先生，”他开口道（因为我在递上自己之前，就递上了我的名片），“鲍勃先生，你是个年轻人，我猜——非常年轻？”

我赞同他的猜测，补充说，我还没有过完我生命中的第三个五年。

“啊！”他回答道，“很好！我知道那是多少，请别解释！至于稿费这个问题嘛，你所言极是。事实上非常正确。不过——啊——啊——这第一篇稿子——第一篇，我是说——杂志从来没有付稿酬的先例——你明白，是吗？其实在这种情况下，通常我们是收费者。”（螃蟹先生在强调“收费者”一词时，笑得格外和蔼。）“对大多数处女作，我们发表时都要收费，尤其是对诗歌。其次，鲍勃先生，这家杂志的规矩是从不支付我们用法语说的 argent comptant（现金）——我相信你理解。在来稿发表一两个季度之后，或一两年之后，本刊并不反对并出份九个月付清的稿费期票；假若我们始终能安排得当，那我们肯定可以‘破例’六个月付清。我衷心地希望，鲍勃先生，这番解释能够使你满意。”螃蟹先生说到这里时，两眼已经噙满了泪花。

不管有多么无辜，给这样一位杰出而敏感的人物带来痛苦仍然使我感到痛心，于是我赶紧赔礼道歉，消除他的忧虑，说我与他的见解完全一致，而且充分理解他微妙的处境。我干净利落地说完这番话，然后告辞。

紧随着这次谈话后的一天早上，“我一觉醒来发现自己已成了名人”。我的知名度凭当天各报的评价即可得到充分的估量。人们可以看到，这些评价包含在各报对载有我诗作的那期《棒棒糖》的评论之中，各家评论都观点清楚，结论明确，令人完全满意。也许只有一个难解的符号除外，那就是每篇评论末尾都附有“9月 IS—IT”字样。

《猫头鹰》是一份具有远见卓识的报纸，以其文学评论的严谨周密而为人所知——《猫头鹰》如我所言，评论如下：

> 《棒棒糖》！这份有趣的杂志之十月号超过了它的以往各期，摆出了与竞争者对抗的架势。在版式的精美和纸张的考究方面，在钢铸凹板的数量和质量方面，以及在稿件的文学价值方面，《棒棒糖》与其进展缓慢的对手相比，就犹如提坦神许珀里翁与农神萨特恩相比。不错，《无聊话》《闹哄哄》和《大笨鹅》在吹牛说大话方面占尽优势，但《棒棒糖》在其他所有方面都居领先地位！这家著名杂志何以能承受其显而易见的巨额开支，这已非本报所能理解。诚然，它拥有十万订户，而其订单在上个月又增加了四分之一；但从另一方面来看，它每月所支付的稿酬全额也高得惊人。据悉巧驴先生那篇举世无双的《猪论》所获稿酬不低于三十七美分半。有螃蟹先生作为编辑，有假绅士和巧驴先生这样的作者列入其撰稿人名单，《棒棒糖》不可能有“倒闭”之虞。快去订阅吧。9月 IS—IT。

我必须声明，对《猫头鹰》这样一份体面报纸发表的这篇精彩评论，我感到相当满意。把我的名字，即我的笔名，置于巧驴先生的大名之前，这是一种恰当得我觉得自己当之无愧的赞美。

接下来，我的注意力被《癞蛤蟆》报上的评论吸引，该报以其诚实和有主见而著称，并因从不曲意逢迎施舍者而闻名。

《棒棒糖》十月号比它所有的同行都进了一步，而且在装帧之华丽以及内容之丰富方面都当然地远远超过了它们。我们承认，《无聊话》《闹哄哄》和《大笨鹅》在自吹自擂方面仍遥遥领先，但《棒棒糖》在其他所有方面都独占鳌头。这家著名杂志何以能承受其显而易见的巨额开支，这已非本报所能理解。诚然，它拥有二十万订户，而其订单在最近半个月里又增加了三分之一，但从另一方面来看，它每月支付的稿酬金额也高得吓人。本报获悉，咕噜拇指先生因他最近的那首《泥潭挽歌》而收到的稿费不下五十美分。

在本期的非抄袭稿作者当中（除了该刊著名编辑螃蟹先生），我们注意到假绅士、巧驴和咕噜拇指这样一些人。不过本报认为，除编辑部文章外，本期最有价值的篇章当数“假绅士”以“鲍勃油”为题奉献给诗坛的一颗明珠。但我们的读者切莫因为这首诗的标题，就认为这块无与伦比的瑰宝与某位其名不堪入耳的卑劣之徒就同一题目的胡言乱语有任何相似之处。眼下的这首《鲍勃油之歌》已经激起了公众普遍的兴趣和好奇，大家都急切地想知道是谁拥有“假绅士”这个显而易见的化名。幸运的是，本报有能力满足公众的这份好奇心。“假绅士”乃本城森格姆·鲍勃先生所用之笔名——鲍勃先生乃著名的森格姆先生之亲戚（前者之名以后者之姓命名之），并与本州大多数名门望族保持着来往。他的父亲托马斯·鲍勃是体面城一富商。9月IS—IT。

这种慷慨的认可令我大为感动，尤其是当这种认可来自像《癞蛤蟆》报这种众所周知、举世公认的纯正渠道。用“胡言乱语”一词来形容那只苍蝇的《鲍勃油之歌》，我认为用得异常尖锐并恰如其分。但用“明珠”和“瑰宝”来比喻我的诗作，在我看来则多少单薄了一点。我觉得它们尚缺乏力度。我认为它们还不够鲜明（就像我们用法语所说）。

我刚一读完《癞蛤蟆》的评论，一位朋友又给了我一份《鼹鼠》日报。该报因其对总体事态看法敏锐而享有盛名，并因其社论公开、坦诚、光明正大的风格而众望所归。《鼹鼠》日报对本期《棒棒糖》评述如下：

我们刚刚收到《棒棒糖》今年十期，而我们必须说，我们所读到过的任何刊物之任何一期都不曾有过这般精彩。本报所言经过深思熟虑。《无聊话》《闹哄哄》和《大笨鹅》得好好当心它们的声誉。当然，这几家刊物在自我吹嘘方面均先声夺人，但《棒棒糖》在其他所有方面都首屈一指！这家著名杂志何以能承受其显而易见的巨额开支，这已非本报所能理解。诚然，它拥有三十万订户，而其订单在上个星期内增加了百分之五十，但它每个月所支付的稿费之巨也令人瞠目。本报从权威渠道获悉，胖庸先生最近发表的家庭中篇小说《洗碗布》所得稿酬至少达六十二美分半。

我们注意到本期撰稿人有螃蟹先生（著名编辑）、假绅士、咕噜拇指和胖庸等；但是，紧随编辑本人那些独步文坛的杰作之后，本报特推荐一位青年诗人创作的钻石般的佳作，这位青年诗人署名为“假绅士”。我们预言，这个笔名有朝一日将使“泰斗”的光芒黯然失色。本报获悉，“假绅士”本名为森格姆·鲍勃，他是本城富商托马斯·鲍勃先生唯一的继承人，是大名鼎鼎的森格姆先生的一位近亲。鲍勃先生这首令人赞佩的诗题为《鲍勃油之歌》。顺便提一下，这个标题不幸同于某位与一家小报有瓜葛的卑鄙流氓就同一主题所写的那堆胡话的标题。不过，这两者并无相互混淆之危险。9月IS—IT。

像《鼹鼠》这样英明的报纸之慷慨认可，使喜悦浸透了我的灵魂。我觉得文章唯一的缺陷就是“卑鄙流氓”这一提法欠妥，这个提法说不定应该改为“讨厌而且卑鄙的无赖、恶棍加流氓”。我认为这样听起来会更文雅。此外必须承认，“钻石般的”这几个字简直不足以表达《鼹鼠》报所明显想表达的《鲍勃油之歌》的灿烂光辉。

就在我读到《猫头鹰》《癞蛤蟆》和《鼹鼠》诸报评论的当天下午，我碰巧看到了一本《长脚蚊》，这是一家因其深刻的洞察力而闻名遐迩的评论期刊。下面就是《长脚蚊》的评论：

《棒棒糖》!! 这本豪华杂志的十月号已奉献在公众眼前。该刊是否杰出的问题就此一劳永逸地得到了解决，从今以后，《无聊话》《闹哄哄》和《大笨鹅》任何与之竞争的企图都将成为可笑之举。这几家杂志在自卖自夸方面也许略为居前，但《棒棒糖》在其他所有方面都独领风骚！这家著名的杂志如何能承受其显而易见的巨额开支，这已经超越了本刊的理解能力。诚然，它足足拥有五十万订户，而其订单在过去的两天内又增加了百分之七十五；与此同时，它每月支付的稿费之巨几乎令人难以置信。本刊已探悉这样一个事实：抄一点小姐最近那篇关于独立战争的重要小说所得稿费不低于八十七美分半，该小说的标题是《约克镇蝈蝈叫和邦克山蝈蝈不叫》。

本期最优秀的篇章当然还是由该刊编辑（著名的螃蟹先生）操觚，但有不少上乘之作分别署名为假绅士、抄一点小姐、巧驴、撒小谎夫人、咕噜拇指和略诽谤太太；胖庸名列最后但并非最不重要。这个世界很可能由此而产生一群光彩夺目的文豪诗宗。

我们发现，署名"假绅士"的那首诗赢得了公众的交口赞誉，而我们不得不说，如果可能的话，这首诗值得更高的褒扬。这首融雄辩和艺术为一体的名诗题为《鲍勃油之歌》。本刊的一两位读者也许会朦朦胧胧但深恶痛绝地记起一首同名诗（?），那首劣作的炮制者是一个穷文人、叫花子、杀人犯，本刊相信他以洗碗工的资格染指本城贫民窟附近的一家下流小报。本刊恳请那一两位读者，看在上帝的分儿上，千万别把这两首诗混为一谈。我们听说，《鲍勃油之歌》的作者森格姆·鲍勃先生是一位天才的学者、真正的绅士。"假绅士"不过是笔名而已。9月IS—IT。

当我细读这段讽刺之结论性部分时，我几乎抑制不住胸口的愤慨。我清楚地看到了《长脚蚊》在提到《牛虻》报那位蠢猪编辑时所表现出来的那种优柔寡断的态度，那种显而易见的克制——姑且不说是彬彬有礼，如我所言，我清楚地看到，在这种彬彬有礼的措辞中，除了对那只苍蝇的偏袒，不可能再有别的什么东西。《长脚蚊》的意图显然是想在损害我的情况下，提高那只苍蝇的声誉。其实，任何人只用半只眼睛就可以看出，倘若《长脚蚊》的真实意图真是它所希望表露的那样，那它（《长脚蚊》）的措辞就应该更直截了当，更尖酸刻薄，更一针见血。“穷文人”“叫花子”“杀人犯”及“洗碗工”都是些故意挑选的称呼，它们是那么笼统含混、模棱两可，以至于用在那位写出了全人类最劣诗篇的作者头上比不用还糟。我们都知道“明贬暗褒”是何含义，反之，谁会看不穿《长脚蚊》另一不可告人的意图——明褒暗贬？

《长脚蚊》爱怎么说那只苍蝇与我无关，它怎么说我却大有关系。在《猫头鹰》《癞蛤蟆》和《鼹鼠》诸报均以高尚的姿态对我的能力进行充分评价之后，像《长脚蚊》这样只冷冰冰地说一句“天才的学者、真正的绅士”未免太过分。真正的绅士这倒不假！我当即决定，要么《长脚蚊》向我书面致歉，要么我就与之决斗。

怀着这一目的，我开始四下寻找一个能为我给《长脚蚊》送信的朋友，由于《棒棒糖》那位编辑曾明确表示要关心我的利益，所以我最后决定找他帮忙。

我迄今尚不能满意地解释螃蟹先生在听我阐述计划时所表现出来的那种非常奇怪的表情和举止。他又从头至尾地表演了一番抓铃绳、举短棒的动作，而且没有漏掉大张鸭嘴。有一会儿我以为他真要嘎嘎地叫出声，但像上次一样，他这阵发作终于平静下来，他的举止言谈又恢复了常态。但他拒绝为我去送挑战书，而且实际上劝阻我不要进行决斗。不过，他十分坦率地承认，《长脚蚊》这次是极不体面地大错特错，尤其是错在把我称为“绅士和学者”。

螃蟹先生对我的利益真正表现出了父亲般的关心，在这次谈话的末尾，他建议我应该用正当的手段挣一点钱，同时可偶尔替《棒棒糖》扮演 Thomas Hawk 的角色，以此进一步提高我的声誉。

我请求螃蟹先生告诉我，谁是 Thomas Hawk，为什么希望我扮演他的角色。

这时，螃蟹先生又一次“睁大了眼睛”（就像我们用德语所说），但他终于从极度惊讶中恢复过来，并向我解释说他用“Thomas Hawk”这名字是为了避免 Tommy 这种低俗的说法。不过，他真想说的是 Tommy Hawk，或者说是 tomahawk，即北美印第安人用的一种战斧，而他所谓的“扮演战斧”，意思就是对那些可憎可恶的作家进行剥头皮、剜眼珠式的严厉批评，或叫他们彻底完蛋。

我向我的庇护人保证，如果这就是全部，那他完全可以把扮演战斧的任务交给我去完成。于是，螃蟹先生希望我在力所能及的范围内以最凶猛的风格，让《牛虻》报那位编辑立即完蛋，以此作为我能力的一种标志。我雷厉风行地完成了这一任务，我那篇对原《鲍勃油之歌》的评论占了《棒棒糖》杂志三十六个页码。我发现扮演印第安战斧远远没有写诗那么麻烦，因为我干得很有章法，这样就能轻而易举地把事情做得完全彻底。我的具体做法是这样的：我（廉价）买来拍卖本《布鲁厄姆勋爵演讲集》《科贝特作品全集》《新俚语摘要》《谩骂艺术大全》《下流话入门》（对开本）和《刘易斯·G.克拉克言论集》。[1]我用马梳把这些书全撕成碎片，把所有碎片放进一个细筛，仔细筛掉所有可能会被认为正派的言辞（数量微不足道）；然后把剩下的粗话脏话通通装进一个硕大的铁皮胡椒罐，胡椒罐开有纵向孔，以便完整的句子不遭到实质性损害就能通过。这种混合物便随时可用。每当需要我扮演战斧的角色，我便用一只公鹅蛋的蛋清涂写一张大页书写纸，再照上述撕书的方法，把这页纸撕成可炮制评论的碎片，只是撕得更加小心，以便让每个字都分开，然后我将这些碎片与原来那些装在一起，拧上罐盖，使劲一摇，于是那些混合碎末就沾在了蛋清上。这样写出的评论具有强烈的感染力，其效果令人叹为观止。实际上，我用这种简单方法炮制出来的文章从来都不会千篇一律，而且篇篇都堪称天下奇文。开始由于缺乏经验而不好意思，我心里还有点忐忑不安，因为我总觉得文章从整体上看显得有那么点自相矛盾——有那么点稀奇古怪（正如我们用法语所说）。所有的字词都不恰当（就像我们用古英语所言）。许多短语离谱错位，甚至有些措辞完全颠倒。每当这后一种情况发生，文章效果都无不多少受到损害。例外的只有刘易斯·G.克拉克先生的那些段落，这些段落是如此坚强有力，以至于任何极端的位置都不会使它们看起来特别尴尬，无论怎样颠来倒去，它们都显得同样恰如其分，同样令人满意。

多少有点难以测定在我对原《鲍勃油之歌》的批评文章发表之后，《牛虻》报那位编辑怎么样了。最合理的推论就是他哭泣着死去。总之，他突然就从地球

① 亨利·布鲁厄姆（1778—1868），英国政治家、《爱丁堡评论》创始人之一；威廉·科贝特（1763—1835），英国记者及政治改革家；刘易斯·G.克拉克（1808—1873），美国作家、《纽约的荷兰人》杂志编辑。——译者注

表面上完全消失，从此再也没有人看见过他的踪影。

由于这事做得干净利落，由于复仇之神泄了心头之恨，我顿时备受螃蟹先生的青睐。他把我当作知己，给了我《棒棒糖》杂志的战斧这一永久性位置，而由于他暂时还不能给我发工资，他允许我在他的指点下任意挣钱。

"我亲爱的森格姆，"一天晚饭后，他对我说，"我尊重你的才能，爱你就像爱儿子。你将是我的继承人。我死的时候会把《棒棒糖》遗赠给你——我会的——只要你始终听从我的忠告。现在要做的第一件事就是摆脱那个讨厌的老家伙。"

"讨厌的？"我理解地问，"猪，是吗？野猪？（就像我们用拉丁语说的）谁是猪？在哪儿？"

"你父亲。"他说。

"正是，"我回答，"猪。"

"你有大钱要挣，森格姆，"螃蟹先生继续道，"可那个老家伙是一块缠在你脖子上的磨石。我们必须砍掉他。"（一听这话，我抽出了小刀。）"我们必须砍掉他，"螃蟹先生接着说，"干脆利落地，并且一劳永逸地。他不会有用——他不会。考虑慎重一点，你最好是踢他一顿，或者用棍子打他，或者照诸如此类的方式处置。"

我谦虚地征求他的意见："您看这样好不好，我先踢他一顿，再用棍子揍他，最后拧他的鼻子？"

螃蟹先生盯着我沉思了好几分钟，然后回答说：

"鲍勃先生，我认为你所说的方法很奏效，实际上总是很成功。这就是说，就过去的情况而论，理发师是很难摆脱的，而我基本上认为，在完成了你所提议的对托马斯·鲍勃的行动后，明智的做法是你再用双拳使他两眼一团黑，要做得非常小心并完全彻底，以免他今后再看见你在上等人的行列。做完这个之后，我实在看不出你还能做什么。不过，把他推到阴沟里滚两圈也挺不错，然后就把他交给警察。第二天上午，你再找个时间去拘留所威胁他一番。"

螃蟹先生这番忠告证明了他本人对我的厚爱，这使我非常感动，而我没有辜负他的厚爱并从中受益。结果是我摆脱了那个讨厌的老家伙，开始感到了一点独立并稍稍像个绅士。然后在好几个星期里，囊中羞涩仍使我感到极不自在；不过，凭着小心翼翼地运用我的两只眼睛，仔细地观察发生在我鼻尖前的事件，我终于悟出了这种情况该如何改变。我说“情况”，请注意，因为人们告诉我拉丁语中的 rem 就是情况。说到拉丁语，我顺便问一声，有谁能告诉我 quocunque 是何意思，或告诉我 modo 做何解释？

我的计划非常简单。我所做的一切就是廉价买下了《老鳖》日报的十六分之一。这事一完成，我就往包里揣钱。诚然，其后还有一些琐细的安排，但它们并非我那个计划的组成部分。它们是一种当然的结果，一种效果。例如我买了笔墨纸张，并让它们物尽其用。我就这样为杂志写了篇文章，标题为《胡尔弄尔》，署名为《鲍勃油之歌》的作者，然后把稿子寄给了《大笨鹅》。可那家杂志在“每月敬告撰稿人”栏中称那篇文章为“胡说八道”。于是，我把文章标题改为《嘿——欺骗——欺骗》，署名为“森格姆·鲍勃先生，颂歌体《鲍勃油之歌》的作者兼《老鳖》日报编辑”。经过这番修改，我再次把稿子寄给了《大笨鹅》。在等待回音的同时，我每天在《老鳖》上发表六个专栏堪称既富哲理又非常有逻辑的文章，钩深致远地分析《大笨鹅》杂志的文学价值以及该刊编辑的个人品格。一个星期之后，《大笨鹅》终于发现，由于某种奇异的差错，它不幸“把一个无名鼠辈的一篇题为《嘿——欺骗——欺骗》的狗屁文章同森格姆·鲍勃先生、著名的《鲍勃油之歌》的作者就同一辉煌题目所写的佳作混为一谈”。《大笨鹅》“对这一非常自然的意外事故深表遗憾”，并且保证将在该刊最近的一期发表名副其实的《嘿——欺骗——欺骗》。

实情是我认为，我真的认为，我当时认为，我后来认为，而且我此刻也没有理由不认为，《大笨鹅》的确是出了一个差错。我从不知道有谁像《大笨鹅》那样，怀着世界上最好的意愿弄出那么奇异的差错。从那天起，我对《大笨鹅》产生了好感，结果是我很快就深入地了解到了它的文学价值，并且没有放过任何一个适当的机会在《老鳖》报上对其价值详加评述。后来发生的事只能被视为一种非常奇妙的巧合，一种令人去进行严肃思考的非凡绝伦的巧合，那就是发生在我与《大笨鹅》之间的那样一种对立观点的彻底改变、相左看法的全面动荡（如我们用法语所说）、不同见解的完全颠倒（请允许我使用巢克图族语中这个颇有力度的词语），居然在其后很短一段时间里，又接连以极其相似的方式发生在我与《闹哄哄》之间，发生在我与《无聊话》之间。

就这样凭着天才的技巧，我终于通过“把钱揣进腰包”而完善了我的胜利，从而可以说是真正地并完全地开始了那辉煌灿烂且云谲波诡的事业，它最终使我功成名就，使我今天能和夏多布里昂一道宣称，“J'ai fait l'histoire”（“我已经创造了历史”）。

我的确“已经创造了历史”。从我现在所记述的那个光辉年代开始，我的一举一动、一字一句，都成了人类的财富。它们在这个世界上已被人们熟悉。所以我不必在此赘述我在扶摇直上的过程中是如何继承了《棒棒糖》杂志，是如何将这家刊物与《无聊话》合并，是如何买下了《闹哄哄》，并使三家期刊合为一家，最后又是如何成功地与剩下的唯一对手做成交易，从而把这个国家的全部文字统一进了一本家喻户晓、人人皆知的高贵刊物，这就是——《闹哄哄、棒棒糖、无聊话及大笨鹅》。

不错，我已经创造了历史。我已为世人所瞩目，我的名声已传至地球最偏远的角落。你展开任何一份普通报纸，都不可能不看到言及不朽的森格姆·鲍勃先生的篇章，森格姆·鲍勃先生说了什么什么，森格姆·鲍勃先生写了什么什么，森格姆·鲍勃先生做了什么什么。① 但我功成不居，虚怀若谷。毕竟，这算得了什么？这种被世人坚持称为“天才”的莫可名状的东西究竟是什么？我同意布丰和霍格思的说法——天才说到底不过是勤奋。

请看看我！我如何勤奋，我如何辛劳，我如何写作！天哪，难道我没写作？我不知道天底下有“悠闲”二字。白天我紧紧地粘在案头，夜晚我脸色苍白地面对孤灯。你们本该看见过我——你们本该。我曾朝右倾，我曾朝左倾，我曾向前坐，我曾向后坐，我曾笔挺而坐，我曾垂头而坐（就像他们用克卡普族语所说），把头低低地俯向雪白的稿纸。因为所有的一切——我写。因为欢乐和悲伤——我写；因为饥饿和干渴——我写；因为喜讯和噩耗——我写；因为阳光和月色——我写。我写些什么无须说明。重要的是我的风格！我从胖庸笔下染上了这种文风，嘘！唑！而我正在为你们略举一例。

① 森格姆·鲍勃（Thingum Bob）之名由英文单词 thingumbob 化出，意为某人。——译者注

Edgar

Allan

Poe

Complete

Tales

莫斯肯旋涡沉浮记

神造自然之道犹如天道，非同于吾辈制作之道；故自然之博大、幽眇及神秘绝非吾辈制作之模型所能比拟。自然之深邃远胜德谟克利特之井。

——约瑟夫·格兰维尔

我们当时已登上了最高的巉崖之顶。那位老人一时间似乎累得说不出话来。

“不久前，”他终于说道，“我还能像我小儿子一样利索地领你走这条路；可大约三年前，我有过一次世人从未有过的经历，至少是经历者从未有人幸存下来的那种经历，我当时所熬过的那胆战心惊的六小时把我的身子和精神全都弄垮了。你以为我是个年迈的老人，可我不是。就是那不到一天的工夫，我的黑发变成了白发，手脚没有了力气，神经也衰弱了，结果现在稍一使劲就浑身发抖，看见影子就感到害怕。你知道吗，我现在从这小小的悬崖往下看都有点头昏眼花。”

这“小小的悬崖”，他刚才还那么漫不经心地躺在悬崖边上休息，以至他的身体几乎是挂在崖壁上，仅凭他一只胳膊肘支撑着以保持身子不往下掉。这“小小的悬崖”是一道由乌黑发亮的岩石构成的高峻陡峭的绝壁，从我们脚下的巉岩丛中突兀而起，大约有 1500 英尺或 1600 英尺高。说什么我也不敢到离悬崖边五六码的地方去。实际上，看见我那位同伴躺在那么危险的地方，我紧张得要命，以至我挺直身子趴在地上还紧紧抓住身旁的灌木，甚至不敢抬眼望一望天空。与此同时，我总没法驱除心中的一个念头：这山崖会被一阵狂风连根吹倒。过了好一阵我才说服了自己，鼓足勇气坐起来并眺望远处。

"你一定得克服这些幻觉，"那位向导说，"因为我领你上这儿来就是要让你尽可能地看看我刚才所说的那件事发生的地点，以便我给你讲那番经历时那地方就在你眼皮底下。"

"我们现在，"他以独特的格外详细的讲述方式继续道，"我们现在是在挪威海边，北纬68度——在诺尔兰这个大郡——在荒凉的罗弗敦群岛。我们脚下这座山叫赫尔辛根，也称云山。请把身子抬高一点，要是头晕就抓住草丛，朝远处看，越过咱们身下的那条雾带，看远方大海。"

我头昏眼花地极目远望，但见浩浩荡荡一片汪洋，海水冥冥如墨，使我一下想起了那位努比亚地理学家[①]所记述的黑暗之海洋。眼前景象之凄迷超越了人类的想象。在我们目力所及的左右，各自延伸着一线阴森森的黑崖，犹如这世界的两道围墙，咆哮不止的波涛高卷起狰狞的白浪，不断地拍击黑崖，使阴森的黑崖更显幽暗。就在我们置身于其巅峰的那个岬角对面，在海上大约五六英里远之处，有一个看上去很荒凉的小岛；更确切地说，是透过小岛周围的万顷波澜，那小岛的位置依稀可辨。靠近陆地两英里处又矗起一个更小的岛屿，怪石嶙峋，周围环绕着犬牙交错的黑礁。

较远那座荒岛与陆地之间的这片海面有一种非常奇异的现象。虽然当时有一阵疾风正从大海刮向陆地，猛烈的疾风使远方海面上的一条双桅船收帆停下后仍不住颠簸，整个船身还不时被巨浪覆盖，但这片海面上看不见通常的波涛，只有从逆风或顺风的各个方向流来的海水十分短促地交叉涌动。除了紧贴岩石的地方，海面上几乎没有泡沫。

"较远的那座岛，"老人继续道，"挪威人管它叫浮格岛。中途那座是莫斯肯岛。

① 指摩洛哥地理学家伊德里西（Al Idrisi，1100—1165或1166），他写的世界地理志之拉丁文译本于1619年在巴黎出版，书名被译为《努比亚地理志》，从此他也被讹传为努比亚人。——译者注

往北一英里处是阿姆巴伦岛。再过去依次是伊弗力森岛、霍伊荷尔摩岛、基尔德尔摩岛、苏尔文岛和巴克哥尔摩岛。对面远处在莫斯肯岛和浮格岛之间是奥特荷尔摩岛、弗里门岛、桑德弗利森岛和斯卡荷尔摩岛。这些名称便是这些小岛准确的叫法。至于人们为什么认为非得这么叫，那就不是你和我能弄懂的了。你现在听见什么了吗？你看见海水有什么变化吗？”

我们当时在赫尔辛根山顶已待了大约十分钟，我们是从罗弗敦内地一侧爬上山的，所以直到攀上绝顶，大海才骤然呈现在我们眼前。老人说话之际，我已经听到了一种越来越响的声音，就像美洲大草原上一大群野牛的悲哞；与此同时，我还目睹了水手所说的大海说变就变的性格，我们脚下那片刚才还有风无浪的海水眨眼间变成了一股滚滚向东的海流。就在我凝望之时，那股海流获得了一种异乎寻常的速度，那速度每分每秒都在增大。不出五分钟，从海岸远至浮格岛的整个海面都变得浊浪滔天、怒涛澎湃，但海水最为汹涌的地方则在莫斯肯岛与海岸之间。那里的海水分裂成上千股相互冲撞的水流，突然间陷入了疯狂的骚动——跌宕起伏，滚滚沸腾，嘶嘶呼啸——旋转成无数巨大的旋涡，所有的旋涡都以水在飞流直下时才有的速度转动着冲向东面。

几分钟之后，那场景又发生了一个急剧的变化。海平面变得多少比刚才平静，那些旋涡也一个接一个消失，但在刚才看不见泡沫的海面，现在泛起了大条大条带状的泡沫。泡沫带逐渐朝远处蔓延，最后终于连成一线，又开始呈现出旋涡状的旋转运动，仿佛要形成另一个更大的旋涡。突然，真是突如其来，那个大旋涡已清清楚楚地成形，直径超过了半英里。那旋涡的周围环绕着一条宽宽的闪光的浪带，但没有一点浪花滑进那个可怕的漏斗。我们的眼睛所能看到的那漏斗的内壁，是一道光滑、闪亮、乌黑的水墙，墙面与水平面大约成 45 度角，以一种令人眼花缭乱的速度飞快地旋转，并向空中发出一种可怕的声音，一半像悲鸣，一半像咆哮，连气势磅礴的尼亚加拉大瀑布也从不曾向苍天发出过这种哀号。

一时间山崖震颤，岩石晃动。我紧张得又一下趴到地上，紧紧抓住身边稀疏的荒草。

“这，”我最后终于对老人说，“这一定就是著名的梅尔斯特罗姆大旋涡了。”

“有时候人们也这么叫，”他说，“但我们挪威人称它为莫斯肯旋涡，这名字来自海岸和浮格岛之间的莫斯肯岛。”

一般关于这大旋涡的记述都未能使我对眼前所见的景象有任何心理准备。约纳斯·拉穆斯[①]的记述也许是最为详细的，但也丝毫不能使人想象到这番景象的惊心动魄，或想象到这种令观者心惊肉跳、惶恐不安的新奇感。我不清楚那位作者是从什么角度和在什么时间观察大旋涡的，但他的观察既不可能是从赫尔辛根山顶，也不可能是在一场暴风期间。然而他的描述中有几段特别详细，我们不妨把它们抄录在这里，尽管要传达对那种奇观异景的感受，这些文字还嫌太苍白无力。

他写道：“莫斯肯岛与罗弗敦海岸之间水深达三十六至四十㖊，但该岛至浮岛（浮格岛）之间水浅到船只难以通过的程度，即便在风平浪静的日子，船只也有触礁的危险。当涨潮之时，那股强大的海流以一种疯狂的速度冲过罗弗敦和莫斯肯岛之间；而当它急遽地退落时，所发出的吼声连最令人害怕的大瀑布也难以相比，几海里之外都能听见。那些旋涡或陷阱是那么宽、那么深，船只一旦进入其引力圈就不可避免地被吸入深渊，卷到海底，在乱礁丛中撞得粉碎。而当那片海域平静之时，残骸碎片重新浮回海面。只有在无风之日涨落潮之间的间歇，才会有那种平静之时，而且最多只能延续十五分钟，接着那海流又渐渐卷土重来。当那股海流最狂暴且又有暴风雨助威之时，离它四五英里之内都危机四伏。无论小船、大船只要稍不留意提防，不等靠拢就会被它卷走。鲸游得太近被吸入涡流的事也常常发生，这时它们那种徒然挣扎、奢望脱身时所发出的叫声非笔墨所能形容。曾有一头白熊试图从罗弗敦海岸游向莫斯肯岛，结果被那股海流吸住卷走，当时它可怕的咆哮声岸上都能听见。枞树和松树巨大的树干一旦被卷入那急流，再浮出水面时一定是遍体鳞伤，仿佛是长了一身硬硬的鬃毛。这清楚地表明海底怪石嶙峋，被卷入的树干只能在乱石丛中来回碰撞。这股海流随潮涨潮落或急或缓——

① 约纳斯·拉穆斯（Jonas Ramus，1649—1718），挪威学者。——译者注

通常每六个小时一起一伏。一六四五年六旬节的星期日清晨，这股海流的狂暴与喧嚣曾震落沿岸房屋的砖石。”

说到水深，我看不出那个大旋涡附近的深度如何能测定。“四十噚”肯定仅仅是指那股海流靠近莫斯肯岛或罗弗敦海岸那一部分的深度。莫斯肯旋涡中心肯定深不可测，而对这一事实的最好证明莫过于站在赫尔辛根山最高的巉崖之顶朝那旋转着的深渊看上一眼，哪怕是斜眼匆匆一瞥。从那悬崖之巅俯瞰那条咆哮的冥河，我忍不住窃笑老实的拉穆斯竟那么天真，居然把鲸、白熊的传闻当作难以置信的事件来记载；因为事实上在我看来，即便是这世上最大的战舰，只要一进入那可怕的吸力圈，也只能像飓风中的一片羽毛，顷刻间就消失得无影无踪。

我曾经读过那些试图说明这种现象的文章。记得当时还觉得其中一些似乎言之有理，现在看来则完全不同，难以令人满意。人们普遍认为这个大旋涡与菲罗群岛[①]那三个较小的旋涡一样，“其原因不外乎潮涨潮落时水流之起伏与岩石暗礁构成的分水脊相碰，受分水脊限制，水流便如瀑布直落退下，于是水流涌得越高，其退落就越低，结果就自然形成涡流或旋涡，其强大吸力通过模拟实验已为世人所知”。以上见解乃《大英百科全书》之原文。[②]

基歇尔[③]等人推测莫斯肯旋涡之涡流中心是一个穿入地球腹部的无底深渊，深渊的出口在某个非常遥远的地方——有一种多少比较肯定的说法是认为那出口在波的尼亚湾。这种推测本来并无根据，但当我凝视着眼前的旋涡时，我的想象力倒十分倾向于同意这种说法。当我对向导提起这个话题时，他的回答令我吃了一惊。他说，虽然一说起这个话题几乎所有挪威人都接受上述观点，但他自己并不同意这种见解。至于前一种见解，他承认自己没有能力去理解。在这一点上，我与他不谋而合，因为不管书上说得多么头头是道，一旦置身于这无底深渊雷鸣

① 菲罗群岛（Ferroe Is.），古代指加那利群岛最西端的一组岛屿。——译者注

② 有趣的是，如今的《大英百科全书》等辞书在“莫斯肯旋涡”这一词条中，都要提及爱伦·坡对此旋涡的描述。——译者注

③ 基歇尔（A.Kircher，1601—1680），德国学者。——译者注

般的咆哮声中，你便会觉得书上所言完全莫名其妙，甚至荒唐透顶。

“你现在已好好地看过了这大旋涡，”老人说道，“如果你愿意绕过这巉崖爬到背风的地方，避开这震耳欲聋的咆哮，我将给你讲一段故事，让你相信我对莫斯肯旋涡应该有几分了解。”我爬到了他所说的地方，他开始讲故事：“我和我的两位兄弟曾有一条载重七十吨的渔船，我们习惯于驾船驶过莫斯肯岛，在靠近浮格岛附近的岛屿间捕鱼。海中凡有旋涡之处都是捕鱼的好地方，只要掌握好时机，再加上有胆量去一试；不过，在罗弗敦一带所有渔民之中，只有我们三兄弟常去我告诉你的那些岛屿间捕鱼。通常的渔场在南边很远的地方。那儿随时都能捕到鱼，没有多少危险，所以人们都情愿去那儿。可这边礁石丛中的好去处不仅鱼种名贵，而且捕捞量大，所以我们一天的收获往往比我们那些胆小的同行一个星期所得到的还多。事实上，我们把这营生作为一种玩命的投机——以冒险代替辛劳，以勇气充当资本。

“我们通常把船停在沿这海岸往北大约五英里处的一个小海湾里，遇上好天气，我们就趁着那十五分钟平潮赶快驶过莫斯肯旋涡的主水道，远远地在那大旋涡的北边，掉头南下直驶奥特荷尔摩岛或桑德弗利森岛附近的停泊地，那儿的涡流不像别处那么急。我们通常在那儿停留到将近第二次平潮，这时我们才满载鱼虾起锚返航。若是没遇上一阵那种能把我们送去又送回的平稳的侧风——一阵我们有把握在我们回来之前不会停刮的侧风——那我们绝不会扬帆出海去进行这种冒险，而我们对风向的预测很少出错，六年间，我们因为没风而被迫在那儿抛锚过夜的事只发生过两次，天上一丝风也没有的情况在我们这儿十分少见。还有一次，我们不得不在那边渔场上逗留了将近一星期，差点饿死，那是因为我们刚到渔场不一会儿就刮起了狂风，狂风使水道怒浪滔天，那狂暴劲叫人想都不敢想。不管怎么说，那一次我们本该被冲进深海（因为那些旋涡使我们的船旋转得那么厉害，结果连锚都缠住了，我们只得拖着锚随波逐流），幸好我们漂进了那些纵横交错的暗流中的一条，今天漂到这儿，明天漂到那儿，最后顺流漂到了弗里门岛背风的一面，在那儿我们侥幸地抛下了锚。我们在‘渔场那边’遭遇的艰难，真是难以向你一言道尽。那是一个险恶的地方，即便在好天也不太平，但我们总能设法平安无事地避开莫斯肯旋涡的魔掌。尽管也有过吓得我的心都提到嗓子眼的时候，那就是我们通过主水道的时间碰巧与平潮时间前后相差那么一分钟左右。有时起航之后才发现风不如我们预测的那么强劲，我们只好缩短我们本来该绕的圈子，这时候那海流就会把船冲得难以控制。当时我哥哥已有一个十八岁的儿子，我也有两个健壮的男孩。在刚才说到的那种需要划桨加速的时候，或在到达渔场后撒网捕鱼的时候，孩子们都可以成为很好的帮手。可不知什么缘故，尽管我们自己就在玩儿命，但没勇气让孩子们去冒风险。因为那毕竟是一种可怕的危险，而我说这话千真万确。

“再过上几天，我下面要给你讲的那件事就已经发生三年了。那是一八××年七月十日，这一带的人们永远也忘不了那个日子，因为就在那一天，这里刮过一场从来没有过的最可怕的飓风。然而在那天上午，实际上一直到下午很晚的时候，还一直吹着轻柔而稳定的西南风，头顶上也一直艳阳高照，所以连我们中最老的水手也没料到会骤然变天。

“我们三人——我的两个兄弟和我，大约在下午两点到达那边的岛屿之间，船舱很快就几乎装满了好鱼，我们都注意到那天捕的鱼比以往任何时候都多。7点整，根据我表上的时间，我们开始满载返航，以便趁平潮之机驶过那涡流的主水道，我们知道下次平潮是在8点。

“我们乘着从右舷一侧吹来的劲风驶上归途，以极快的速度行驶了好一阵，压根儿没想到有什么危险，因为事实上我们看不出任何值得担忧的迹象。突然间，从赫尔辛根山方向吹来的一阵风使我们吃了一惊。这种情况异乎寻常，我们以前从未遇过，不由得感到了一点不安，虽然我不清楚不安的缘由。我们让船顺着那阵风行驶，但由于水流很急，船完全没法前进。我正想建议把船驶回刚才停泊的地方，这时我们朝后一望，整个天边已被一种正急速升腾的黄铜色的怪云笼罩。

“与此同时，刚才阻挠我们的那阵风也渐渐消失，我们完全没有了前行所需的风力，一时间只能随波逐流。可这种情况并未延续多久，甚至不够我们细想一下当时的处境。不出一分钟，风暴降临我们头上；不出两分钟，天空布满了乌云。乌云遮顶加上水雾弥漫，我们周围顿时变得漆黑一团，以至同在一条船上也彼此看不见对方。

“要描述当时所刮的那场飓风可真是痴心妄想。整个挪威最老的水手也不曾有过那种经历。我们趁那飓风完全刮来之前赶紧收起了风帆，可第一阵风头就把我们的两根桅杆都刮倒在船外，仿佛它们早就被锯断了似的。主桅把我弟弟也带进了海里，因为他为安全起见把自己绑在了桅杆上。

“我们的船是海上航行的船只中最轻巧的一种。它有一层十分平滑的甲板，只在靠近船头的地方有一个小小的舱口，而我们一直习惯于在穿越大旋涡之前钉上扣板将其密封，以防止汹涌的海水灌入。要不是采取了那样的措施，恐怕我们早就沉到了海底，因为有一阵子我们完全被埋在水下。我说不上我哥哥是如何逃过那灭顶之灾的，因为我根本没机会去弄明白。至于我自己，当时我一放下前帆就趴倒在甲板上，用双脚紧紧抵住船头狭窄的舷边，双手则死死抓住前桅杆下一个环端螺栓。我那样做仅仅是由于本能的驱使，毫无疑问那也是我当时最好的选择，因为我慌得没工夫细想逃生之策。

“正如我刚才所说，有一阵子我们完全被埋在水下，其间我一直屏住呼吸，并紧紧抓住那个螺栓。待我实在不能再坚持时我才跪起身来，但抓螺栓的手一点也没放松，因此我保持了神志清醒。接着我们的小船晃了一阵，就像狗从水中出来时晃动身子，这样多少总算从水下钻出了水面。我正试图驱散向我袭来的一阵恍惚，以便定下神来考虑对策，这时我觉得有人抓住了我的一条胳臂。那是我哥哥，我高兴得心里直跳，因为我刚才以为他肯定已掉下船去，可我的高兴转眼间就变成了恐惧，因为他把嘴凑近我的耳朵，惊恐地喊出了那个名字：‘莫斯肯旋涡！’

“没有人会了解我当时是什么心情。我浑身上下直打哆嗦，就像发一场最厉害的疟疾。我清楚他嚷出的那个名称包含的意义，我知道他想让我明白的是什么。随着那阵驱赶我们的狂风，小船正飞速驶向莫斯肯旋涡，我们已毫无希望得到拯救！

“你知道我们每次穿过这旋涡的主水道，总是远远地从旋涡北边绕一个大圈，即便在最好的天气也不例外，然后还得小心翼翼地等待平潮。可现在我们直端端地被驱向那大旋涡本身，并且是在那样的一场飓风之中！‘自然，’我暗想，‘我们到达旋涡时会正赶上平潮，这样我们也许还有一线生机。紧接着我就诅咒自己是一个十足的白痴，居然会想到从大旋涡生还的希望。我知道得非常清楚，就算我们是一条比有 90 门大炮的战列舰还大十倍的船，这一次也是在劫难逃。

“这时风暴的头一阵狂怒已经减弱，或者是因为我们顺风行驶而觉得它不如刚才凶狂。不管怎样，刚才被狂风征服、翻涌着泡沫的海面现在卷起了一排排山一样的巨浪。天上也起了一种奇异的变化。虽说周围仍然是一片漆黑，可当顶骤然裂开一个圆孔，露出一圈晴朗的天空，如我所见过的最清澈的明朗，呈一种深沉而晶莹的湛蓝。透过那孔蓝天，涌出一轮圆月，圆月闪射着一种我从不知月亮也曾有过的光华。月光把我们周围的一切照得清清楚楚。可是，天哪，它照亮的是一番什么景象啊！

“我当时试了一两次要同我哥哥说话，可我弄不明白是怎么回事，震耳欲聋的喧闹声越来越猛，我对着他的耳朵扯开嗓门喊叫也没法使他听到我的声音。不一会儿，他朝我摇了摇头，面如死灰地竖起一根手指，仿佛是说：‘听！’

“开始我还弄不懂他的意思，紧接着一个可怕的念头倏然掠过脑际。我从表袋里掏出怀表。指针没有走动。我借着月光看了一眼表面，不禁哇的一声哭出声来，随之把怀表扔进了大海。表在 7 点时就已经停了，我们已错过了平潮期，此时的大旋涡正在狂怒之中！

“当一条建造精良、结构匀称，且载货不多的船顺风而行之时，被强风掀起的海浪似乎总是从它的船底一滑而过——这对不懂航海的人来说显得非常奇怪。而用海上的行话来说，那就叫骑浪。对啦，在此之前我们就一直骑浪而行。不久，一个巨大的浪头紧紧贴住了我们的船底，并随着它的涌起把我们托了起来，向上，向上，仿佛把我们托到了空中。我真不敢相信浪头能涌得那么高。然后伴随着一顿、一滑、一坠，我们的船又猛然往下跌落，跌得我头昏眼花，直感恶心，就像在梦中从山顶上往下坠落。当我们被托起之时，我趁机朝四下扫了一眼，而那一眼就完全足够了。我一眼就看清了我们的准确位置。莫斯肯大旋涡就在我们正前方大约四分之一英里处，但它已不像平日所见的莫斯肯涡流，而像你刚才所见到的水车沟一样的旋涡。如果我当时不知道我们身在何处，不知道我们正面临什么，那我一定完全认不出那地方。事实上，那一眼吓得我当即闭上了眼睛，上下眼皮抽筋似的合在了一起。

“此后可能还不到两分钟，我们突然觉得周围的波涛平息了下来，包围着小船的是一片泡沫。接着小船猛地朝左舷方向转了个直角，然后像一道闪电朝这个新的方向猛冲。与此同时，大海的咆哮完全被一种尖厉的呼啸声吞没，要知道那种呼啸声，你可以想象几千艘汽船的排气管同时放气的声音。我们当时是在那条总是环绕着大旋涡的浪带上。当然，我以为下一个时刻马上就会把我们抛进那个无底深渊。由于我们的船以惊人的速度在飞驶，我们只能模糊地看见下面。可小船并不像要沉入水中，而是像一个气泡滑动在水的表面。船的右舷靠着旋涡，左舷方则涌起我们刚离开的那片汪洋。此时，那片汪洋像一道扭动着的巨墙，横在我们与地平线之间。

“说来也怪，真正到了那旋涡的边上，我反倒比刚才靠近时平静了许多。一旦横下心来听天由命，先前使我丧魂失魄的那种恐惧倒消除了一大半。我想当时使我平静下来的正是绝望。

“这听起来也许像在吹牛，但我告诉你的全是实话。我开始想到以这样的方式去死是多么壮丽，想到面对上帝的力量如此叹为观止的展现，我竟然去考虑自己微不足道的生命，这是多么可鄙、多么愚蠢。我确信，当时这种想法一闪过我的脑子，我的脸顿时羞得通红。过了一会儿，我终于被一种想探究那个大旋涡的强烈的好奇心所迷住。我确实感到了一种想去勘测它深度的欲望，即使为此而牺牲生命也在所不惜。而我最大的悲伤就是我永远也不可能把我即将看到的秘密告诉我岸上的那些老朋友。毫无疑问，这些想法是一个面临绝境的人脑子里的胡思乱想。后来我常想，当时也许是小船绕旋涡急速旋转使得我有点神志恍惚了。

“使我恢复镇静还有另一个原因，那就是风停了，风吹不到我们当时所处的位置。因为正如你亲眼所见，那圈浪带比大海的一般水位低得多，当时海面高高地耸在我们头顶，像一道巍峨的黑色山梁。假若你从未在海上经历过风暴，那你就没法想象风急浪高在人心中造成的那种慌乱。风浪让你看不清、听不见、透不过气，让你没有力气行动也没有精力思考。可我们当时基本上摆脱了那些烦恼，就像狱中被宣判了死刑的囚徒被允许稍稍放纵一下，而在宣判之前则禁止他们乱说乱动。

“说不清我们在那条浪带上转了多少圈。我们就那样绕着圈子急速地漂了大约一小时，说是漂还不如说是飞，并渐渐地移到了浪带中间，然后又一点一点向浪带可怕的内缘靠近。这期间我一直没松开那个螺栓。我哥哥则在船艉抓住一只很大的空水桶，那水桶一直牢固地绑在船艉捕鱼笼下面，飓风头一阵袭击我们时，甲板上唯一没被刮下海的就是那只大桶。就在我们贴近那旋涡边缘之时，他突然丢下那只桶来抓环端螺栓，由于极度的恐惧，他力图强迫我松手。因为那个环并不大，没法容我们兄弟俩同时抓牢。当我看见他这种企图，我感到了前所未有的悲伤。尽管我知道他这样做时已神经错乱，极度的恐怖已使他癫狂，但我并不想同他争那个螺栓。我认为我俩谁抓住它结果都不会有什么不同。于是我让他抓住那个环，自己则去船艉抓住那个桶。这样做并不太难，因为小船旋转得足够平稳，船首船艉在同一水平面上。只是随着那旋涡巨大的摆荡，前后有些倾斜。我勉强在新位置站稳脚跟，船就猛然向右侧一歪，头朝下冲进了那个旋涡。我匆匆向上帝祷告了两句，心想这下一切都完了。

“当我感觉到下坠时那种恶心感时，我早已本能地抓紧木桶并闭上了眼睛。有好几秒钟我一直不敢睁眼。我在等待那最后的毁灭，同时又纳闷怎么还没掉到水底做垂死挣扎。可时间一刻一刻过去，我仍然活着。下坠的感觉消失了，小船的运动似乎又和刚才在浪带上旋转时一样，只是现在船身更为倾斜。我壮着胆子睁开眼，再看一看那番情景。

“我永远也忘不了我睁眼环顾时那种交织着敬畏、恐惧和赞美的心情。小船仿佛被施了魔法，看起来就像正悬挂在一个又大又深的漏斗内壁表面上，而若不是那光滑的内壁正以惊人的速度在旋转，若不是它正闪烁着亮晶晶的幽光，那水的表面说不定会被误认为是光滑的乌木；原来那轮皓月正从我刚才描述过的那个乌云当中的圆孔把金光倾泻进这个巨大的旋涡，光线顺着乌黑的涡壁，照向深不可测的涡底。

“一开始我慌乱得根本无法细看，蓦然映入眼中的就是这个可怕而壮美的奇观。当我稍稍回过神来，我的目光便本能地朝下望去。由于小船悬挂在涡壁倾斜的表面，我朝下方看倒能够一览无遗。小船现在非常平稳，那就是说它的甲板与水面完全平行，但由于水面以 45 度多一点的角度倾斜，小船看起来几乎要倾覆。然而我不能不注意到，我几乎并不比平时费劲就能抓紧水桶，固定身体。现在想来，那是因为我们旋转的速度。

“月光似乎一直照向那深深旋涡的涡底，可我仍然什么也看不清楚，因为有一层厚厚的雾包裹着一切，浓雾上方悬着一道瑰丽的彩虹，犹如穆斯林所说的那座狭窄而晃悠的小桥，那条今生与来世之间唯一的通路。这层浓雾，或说水沫，无疑是那个旋涡巨大的水壁在涡底交汇相撞时形成的，可对水雾中发出的那种声震天宇的呼啸，我可不敢妄加形容。

“我们刚才从那条涌着泡沫的浪带上朝旋涡里猛然一坠，已经使我们沿着倾斜的水壁向下滑了一大段距离；其后，我们下降的速度与刚才完全不成比例。我们一圈又一圈地随着涡壁旋转，但那种旋转并非匀速运动，而是一种令人头晕目眩的摆动，有时一摆之间我们只滑行几百英尺，而有时一摆之间我们几乎绕涡壁转了一圈。我们每转一圈所下降的距离并不长，但也足以明显感知。

“环顾承载着我们的那道乌黑的茫茫水壁，我发现旋涡里卷着的并非仅仅是我们这条小船。在我们的上方和下面都可以看到船只的残骸、房屋的梁柱和各种树干，另外还有许多较小的东西，诸如家具、破箱、木桶和木板等等。我已经给你讲过我那种使我消除了恐惧的反常的好奇心。现在当我离可怕的死亡越来越近之时，我那种好奇心似乎也越来越强烈。我怀着一种不可思议的兴趣开始观察那许许多多随我们一道漂浮的物体。我肯定是神经错乱了，因为我居然津津有味地去推测它们坠入那水沫高溅的涡底的相对速度。有一次我发现自己竟说出声来：‘这下肯定该轮到那棵枞树栽进深渊，无影无踪了。’可随之我就失望地看到一条荷兰商船的残骸超过那棵枞树，抢先栽进了涡底。我接着又进行了几次类似的猜测，结果没有一次正确，这一事实，我每次都猜错这一事实，终于引得我思潮起伏，以至我四肢又开始发抖，心又开始怦怦乱跳。

“使我发抖心跳的不是一种新的恐惧，而是一种令人激动的希望。这希望一半产生于记忆，一半产生于当时的观察。我想起了那些被莫斯肯旋涡卷入又抛出，然后漂散在罗弗敦沿岸的各种各样的东西。那些东西的绝大部分都破碎得不成样子——被撞得千疮百孔，被擦得遍体鳞伤，仿佛是表面被粘了一层碎片。我也清楚地记得，有些东西完全没有变形走样。当时我只能这样来解释这种差异，我认为只有那些破碎得不成样子的东西才被完全卷到了涡底，而那些未变形的东西要么是涨潮末期才被卷进旋涡，要么是被卷进后因某种原因而下降得太慢，结果没等它们到达涡底，潮势就开始变化，或开始退潮，这就视情况而定了。我认为无论是哪种情况，这些东西都有可能被重新卷上海面，而避免那些被卷入早或沉得快的东西所遭受的厄运。我还得出了三个重要的观察结论。其一，一般来说物体越大下降越快；其二，两个大小相等的物体，一个是球形，另一个是其他任何形状，下降速度快的是球形物；其三，两个大小相等的物体，一个是圆柱形，另一个是其他任何形状，下降速度慢的是圆柱形物体。自从逃脱那场劫难以来，我已经好几次同这个地区的一名老教师谈起这个话题，我就是从他那儿学会了使用‘圆柱形’和‘球形’这些字眼。他曾跟我解释，虽然我已经忘了他解释的内容，为什么我所看到的实际上就是各种不同漂浮物的必然结果。他还向我示范圆柱形浮体在旋涡中是如何比其他任何形状的同体积浮体更能抵消旋涡的吸力，因而也就更难被吸入涡底。①

“当时还有一种惊人的情况有力地证明了我那些观察结论，并使得我迫不及待地跃跃欲试。那种情况就是当我们一圈圈地旋转时，我们超过了不少诸如大木桶或残桁断桅之类的东西，我最初睁开眼看旋涡里的那番奇观时，有许多那样的东西和我们在同一水平线上，可后来它们留在了我们上面，似乎比原来的位置并没有下降多少。

① 参见阿基米德《论浮体》第二部分。——译者注

“我不再犹豫。我决定把自己牢牢地绑在我正抓住的那只大木桶上，然后割断把它固定在船艉的绳子，让它和我一道离船入水。我用手势引起我哥哥的注意，指给他看漂浮在我们船边的一些大木桶，千方百计地让他明白我打算做什么。我最后认为他已经明白了我的意图——不管他明白与否，他只是绝望地向我摇头，不肯离开他紧紧抓住的那个螺栓。我当时不可能强迫他离船，而且情况紧急，刻不容缓；于是我只好狠狠心让他听天由命，径自用固定木桶的绳索把自己绑在桶上，并毫不犹豫地投入水中。

“结果与我所希望的完全一样。因为现在是我在给你讲这个故事，因为你已经看到我的确劫后余生，因为你已经知道了我死里逃生的方法，因而也肯定能料到我接下去会讲些什么。所以我要尽快地讲完我的故事。大约在我离船后一小时，早已远远地降到我下面的那条船突然飞速地一连转了三四圈，然后带着我心爱的哥哥，一头扎进了涡底那水沫四溅的深渊，一去不返。而绑着我的那只大木桶只从我跳船入水的位置朝涡底下降了一半多一点的距离，这时旋涡的情形起了巨大的变化。涡壁的倾斜度变得越来越小。旋转的速度变得越来越慢。水沫和彩虹渐渐消失，涡底似乎开始徐徐上升。当我发现自己又升回海面之时，天已转晴，风已减弱，那轮灿灿明月正垂悬西天，我就在能望见罗弗敦海岸的地方，就在刚才莫斯肯旋涡的涡洞之上。当时是平潮期，但飓风的余威仍然使海面卷起小山般的波涛。我猛然被推进了大旋涡的水道，在几分钟内就顺着海岸被冲到了渔民们捕鱼的‘渔场’。一条渔船把我打捞上来，我已累得精疲力竭，恐怖的记忆（既然危险已过去）使我说不出话来。救我上船的那些人都是我的老伙计和经常见面的朋友，可他们居然仅仅把我当作一名死里逃生的游客。我前一天还乌黑发亮的头发当时就已经白成了你现在看见的这个样子。他们还说，我脸上的神情都完全变了。我给他们讲了我那番经历，他们并不相信。现在我讲给你听，可我并不指望你会比那些快活的罗弗敦渔民更相信我的故事。”

Edgar

Allan

Poe

Complete

Tales

阿恩海姆乐园

淑女一般的花园被修剪一新，
仿佛她进入了甜丝丝的安眠，
向着辽远的天空闭上她的眼睛。
天国顿时变成蓝色的花园，
圆形的大花园里百花绚烂。
晶亮的花朵和圆露珠的闪光，
都悬垂在它们蓝色的叶片上，
像湛蓝夜空闪烁的星光璀璨。

——贾尔斯·弗莱彻

从他的摇篮到他的坟墓，我朋友埃利森都乘着一阵顺畅的柔风。我用顺畅这个词并非仅仅用它世俗的意思，而是把它作为幸福的同义词。我所讲之人天生的使命似乎就是来预告杜尔哥、普赖斯、普里斯特利和孔多塞的学说——用个人的实例来证明历来被世人看作痴心妄想的至善论者的那个理想。我相信从埃利森短暂的一生中，我已经看见那个信条被驳倒，那信条认为人之天性中潜藏着某种对抗极乐至福的本质。对他生命历程的匆匆审视已经使我懂得了以下几点：一般说来，人类的不幸起因于对人类几条原始法则的违背；作为一个物种，我们还拥有迄今尚未开发的理想的生存环境；即便是在今天，在眼下这个黑暗而疯狂的时代，当所有思想都集中于社会状态这个问题时，个体的人仍然可能在某种异乎寻常而且极其偶然的条件下得到幸福。

正是这样一些看法使我那位年轻的朋友受到了极大的鼓舞，因此值得注意的是，那种成为他生命特色的其乐无穷在很大程度上是预先安排的结果。其实显而易见，若非他天生的悟性恰如其分地弥补经验之不足，埃利森先生也许早就发现他被自己生活之异常成功抛进了那个寻常的不幸旋涡，那个张着大口吞噬天才精英的旋涡。不过，我的目的并不是要写一篇关于幸福的文章。我朋友的那些观念也许可以用三言两语加以概括。他只承认幸福的四个基本要素，或严格地说是四个条件。他认为的首要条件（说来也怪）是简单而且纯生理的户外自由运动。他说，“用其他手段获得的健康难以名副其实”。他列举了猎手追狐狸时的心醉神迷，并指出耕地的农民作为一个阶层，完全可以被认为比其他人都幸福。他的第二个条件是女人的爱。第三个条件最难实现，那就是要视名利为粪土。他的第四个条件是要有一个不断追求的目标；而且他还认为，在其他三要素相等的情况下，可得到幸福之程度与这个目标之高尚成正比。

命运对埃利森的格外垂青和慷慨施与着实令人吃惊。他相貌出众，风雅超群。他的智力如此之高以至获取知识对他来说，轻松得就像一种直觉、一种必然。他的家庭是这个帝国的名门望族之一。他的新娘是最美丽可爱、最忠贞不渝的女人。他的财产从来都是富足有余；不过说到他大部分财产的获得，那可真是命运做出的最任性的恶作剧之一。这恶作剧令整个社会吃惊，在这个社会中，这种恶作剧的发生大多会彻底改变被捉弄者的精神性格。

事情似乎是这样的，大约在埃利森到达法定年龄的一百年前，一位叫西布赖特·埃利森的先生在一个偏远的省份去世。这位先生积聚的财产富比王家，由于没有直接继承人，他去世前突发奇想要让那笔财富在死后积累一个世纪。在详细而精明地决定了不同的投资方式之后，他宣布把最后累计的全部财产遗赠给一百年后在世的埃利森家族血缘最亲的一名成员。曾有过许多想通过法律取消这笔独份遗赠的企图，只因属于溯及既往才未能得逞；但曾有一届妒忌的政府注意到了此事，最后终于通过了一项法案，禁止所有类似的资产积累。不过，这一法案并没有阻止年轻的埃利森在他二十一岁生日那天成为他的祖先西布赖特的继承人，接受了一笔总数达四十五亿美元的遗产。①

当人们得知他所继承的是那么巨大的一笔财富，当然对这笔财富的处置方式进行过许多推测，这笔钱数额巨大并且可直接使用，这令所有猜测者感到为难。人们一般会想象这样一笔巨款的所有人可以做他想做的任何事情。不难推测，拥有绝对比任何人都多的财富，他肯定会挥霍无度地尽享他那个时代的奢华靡丽，或忙于玩弄政治阴谋，或谋求高位权势，或花钱使自己更加高贵，或大量收集艺术珍品，或慷慨解囊资助文学、科学和艺术，或以他的名字命名大批慈善团体。可是对这位继承人所拥有的这笔惊人的财富来说，这些用途以及所有一般的用途似乎都只提供了一块非常有限的天地。于是人们求助于计算，而计算结果足够令人惊惶。人们发现，即使按百分之三的利润计算，那笔遗产所带来的年收入也高达一千三百五十万美元，也就是每月收入一百一十二万五千美元，或说每天三万六千九百八十六美元，或每小时一千五百四十一美元，或每分钟二十六美元。所以，照常规去猜测这笔钱的处置着实困难。人们不知道猜什么是好，甚至有些人设想埃利森先生至少会把他财产的一半作为纯粹的多余之财而放弃——把这部分多余分配给他的亲戚，让他们个个腰缠万贯。事实上，他的确把他继承遗产之前就拥有的那笔数目可观的钱财分赠给了他的近亲。

但对这个引起了他的朋友们如此多议论的问题，我并不惊讶他早就做出了决定。我也不太惊讶他所做决定的性质。说到他个人的仁慈博爱，他从来就问心

① 与此虚构相似的一件真事，不太久之前发生在英国。那位幸运的继承人名叫特勒森。我最初是从皮克勒·马斯科亲王的《旅行》杂志上读到一篇关于该事的报道。马斯科称那笔遗产的总数为九十万英镑，并不无道理地说："一想到那么一大笔钱，想到用那笔钱都可以做些什么，就会有某种庄严崇高的感觉。"为了适应本文之意图，我追随了那位亲王的陈述，尽管那陈述言过其实。实际上，本文的胚胎及篇首论述早在多年前就曾发表——在欧仁·苏的《流浪的犹太人》出版之前，而欧仁·苏写那部小说可能受到过马斯科那篇报道的启发。——原注

无愧。对于被严格称为改善的任何可能性，即人自身对其一般状态改善的可能性，（我得遗憾地承认）他历来少有信念。大体上说，不管妥当与否，他在很大程度上所依靠的是自我之本性。

从最广泛和最高贵的意义上讲，他是个诗人，并且他懂得诗情之真正特征、宏伟目标以及其至高无上的庄严和高贵。他本能地感觉到，对诗情最充分的满足（如果不是唯一正确的满足）就在于创造出新的美的形式。要么是由于他早年所受的教育，要么是因为他本身的才智天性，他所有的伦理思辨中都带有某些唯物主义的特色。也许正是这种倾向使他相信，创造出具有新颖情调的纯粹的有形之美，即使不是诗情发挥之唯一合理的范畴，至少也是一方最有利的天地。因此他碰巧既没有成为音乐家也没有成为诗人，如果我们按照平常的意义来使用“诗人”一词的话。说不定他忽略成为音乐家或诗人只是在体现他不求闻达的观念，毕竟不求闻达被他视为人生幸福的基本要素之一。事实上难道没有这样的可能，虽说一流天才必然雄心勃勃，但最伟大的天才对所谓的雄心则超然物外？难道不可能发生这样的事，许多远比弥尔顿更伟大的天才从来就满足于“孤芳自赏，默默无闻”？我相信这个世界还从不曾见过，而且若非某些意外事件驱使那些最高贵的思想不愉快地被加以运用，这个世界将永远不会看到——在一些更有意义的艺术领域，人之天性绝对有能力创造成功业绩之充分展示。

埃利森既没有成为音乐家也没有成为诗人，尽管这世上没有人能比他更深地迷恋于音乐和诗。若是避开包围着他的环境而在另一种情况下，他成为一名画家也并非不可能。雕塑虽说在本质上具有严格的诗意，但由于太局限于它的范围和结果，因而从来没有引起他太多的注意。这下我已经提到了人们通常理解的诗情早已表明能徜徉其间的全部范围。但埃利森坚持认为还有一个领域一直莫名其妙地被世人忽略，这个领域即使不能说是最宽阔，也能说是最富饶、最真实，而且最自然。没有任何定义把风景园林设计师说成是诗人，但在我朋友看来，风景园林之创造为高尚的诗情提供了最好的机会。事实上，这是一个最美妙的领域，其间可展示把新奇的美的形式无限组合的想象能力，可凭借大地所能提供的最宏伟壮观的优势把美的元素结合成美的整体。在花草树木的千姿百态和万紫千红之中，他认识到了大自然在有形之美方面最直接而且最有力的尝试。而在这种尝试的趋向或凝聚之中，更严格地说，是在其对大地上之观者眼睛的适应之中，他领悟到自己应该运用最好的手段，发挥最大的优势，不仅要完成自己作为诗人的天命，而且要实现那上帝赋予人类诗情的崇高目标。

“这种尝试对大地上之观者眼睛的适应”，埃利森先生在解释他的这种表达方式时说了不少话来解答一个在我看来总像谜一般的问题，我是说那个只有无知者才会争辩的事实，即大自然并不存在天才的画家可以创造的那种风景组合，现实中绝对找不到闪耀在克洛德·洛兰画布上的那种理想中的乐园。在最迷人的自然风景中总会发现一点不足或一点过分——许多过分和许多不足。虽说一些风景局部也许会令最高明的画家也难以描绘，但这些局部的总体排列始终可以被改进。简而言之，在一名画家的眼中，从这颗自然星球辽阔表面人迹可至的任何部分，都可以发现被称为风景画“构图”中的刺眼之处。然而这是多么令人难以理解！在其他所有方面，我们都被正确地教导要视自然为美之极致。我们总是畏缩着不敢与他的每一个细节竞争。谁敢去模仿郁金香的色彩，或去改进幽谷百合的形态？就雕塑和肖像画而言，那种认为对自然形态应该升华或理想化而不是临摹的评论是错误的。任何肖像画或雕塑对人体美的组合都只能近似于活生生的美人。这种评论的原则只有在风景画里才算正确；而感觉到该原则在这一点上的正确对他来说只是普遍性的率先体现，这使他宣称该原则适合所有艺术领域。我说感觉到该原则在这一点上的正确，因为感觉绝非矫揉造作或痴心妄想。与他的艺术造就艺术家的感觉举不出例证一样，数学也同样举不出绝对例证。他不仅相信，而且明确地知道，对物体外观上的这样或那样的安置可构成并独一无二地构成真正的美。不过，他的理论迄今尚未成熟到可表达的程度。要充分地研究并表达它们，还有待于一种前所未见的更深入的分析。不过，他坚信自己被他的志同道合者的声音所唤起的本能的见解。假设一幅“构图”尚有缺陷，假设仅仅对其结构布局进行一个修改，假设把这一修改提交给世界上每一名画家，其必要性会被每个人承认。而且更有甚者，对于这幅有缺陷的构图之修改，艺术界每一位单独的成员都会提出同样的修改意见。

我再说一遍，单单在风景布局之中，有形的自然才有被升华的余地，因此他在这一点上之可容改进，在当时是我一直不能解答的一个谜。那时候，我对这个问题的想法还停留在这样一种观念：自然对大地表面的安排肯定具有这样一种原始意图，那就是已经在各个方面都满足人对美、崇高或诗情画意的完美感，除非这种原始意图受挫于已知的地质变动——形态和色调配搭的变动，而艺术之魂正系于对这种变动的纠正或消除之中。然而，由于必然会想到地质变动之异常和并不适应于任何目的，这种观念的力度便被大大削弱。正是埃利森指出，那些变动是死亡的象征。他这样解释说——承认人在世间的永生是最初的意图。这样我们就拥有与人类极乐福地相称的大地表面之原始布局，一种并非自然存在而是精心设计的布局。地质变动是为人类后来构想的死亡状态做准备。

"现在，"我的朋友说，"我们所认为的风景画之升华也许真的就只基于这种非永生的或者说人类的着眼点。对自然风景的每一个改动也许都会在画面上产生一个瑕疵，如果我们能设想从远处看这幅画，从整体上看这幅画，从远离地球表面的某一个点，尽管这个点不超出大气层的界限，我们很容易就会懂得，对一个局部细节所进行的改进可能同时伤及整体效果或远观效果。也许有这样一类生命，从前的人类，但现在不为人类所见，在他们远远地看来，我们的混乱也许会显出秩序，我们的单调乏味也许会显出诗情画意；总而言之，由于他们的观察力远比我们敏锐，由于他们的审美能力因死亡而得以升华，那些人间天使也许已被上帝赋予了装点大地宽阔的风景园林之使命。"

在讨论过程中，我的朋友引用了一位作家关于风景园林的一段论述，这位作家就这一话题的议论历来被视为精当之辞：

"严格地说，只有两种类型的风景园林艺术：自然型和人工型。前者追求重视乡村田野原始之美，其手法适应周围景色，所植之树与毗邻的山冈或平原协调一致，能发现那些为常人所忽略但被有经验的研究所察觉的大小比例和色调上的微妙关系，并将这些关系变为现实。自然型园林艺术之效果通常见于绝无瑕疵与不调和之处，体现在充满了一种健康的和谐与秩序，而不在于创造出任何特别的异景奇观。人工型园林艺术有多种变化，以满足不同的鉴赏趣味。它与不同的建筑风格有一种大体上的联系。园林中可见凡尔赛宫庄严的林荫大道和幽僻之处，可见意大利式的露台，可见一种与本国哥特式或英国伊丽莎白式建筑有某种联系的变化混合型英式老建筑。无论有人说些什么来反对人工型园林艺术的滥用，一种纯艺术的混合仍为园林景观平添一种巨大的魔力。它令人赏心悦目是因为其寓意。一个露台配上一段苔藓覆盖的老式栏杆，会使人眼前顿时浮现出昔日从台上款款而过的美丽倩影。艺术最细微的展示也是一种精心周密和人类情趣的证明。”

“从我已经说过的那些话，”埃利森说，“你不可能会猜到我反对这里所说的重现乡村田野原始之美。原始之美绝不会美过可创造之美。当然，一切都取决于一个具有潜力的位置的选择。至于说到察觉大小比例和色调上的微妙关系并将其变为现实，这不过是一种用来掩饰思想之不精确的模糊说法。这种说法可以做上千种解释，也可以认为毫无意义，令人无所适从。自然型园林艺术之效果体现在绝无瑕疵与不调和之处，而不在于创造出任何特别的奇观异景，这个主张最适合那些凡夫俗子低下的理解力，而绝不适合天才们热切的梦想。这种去掉瑕疵就是美的见解与文学上那种把艾迪生也能吹成神话的拙劣评论是一路货色。事实上，虽然由避免缺点而构成的优点能直接唤起理解，从而可以被界定在标准之内，但在创造中闪耀的更崇高的优点能单凭本身的结果被人理解。标准只适用于否定瑕疵的美，避开短处的长处。除了这些，经得住批评的艺术只能暗示。我们可以被教导去造一尊‘加图’，但要告诉我们如何去构想一座帕提侬神庙或一座‘地狱’，那只能枉费心机。然而，后者一旦被构想出，奇迹便被创造，对理解力的包容便可遍及宇宙。那些因无能力创造而奚落创造的否定派的诡辩家，眼下正听见满堂喝彩。与他们故作正经的假理论对抗的原则目前尚处于萌芽状态，一旦它成熟，将会从美的直觉中获得赞美。”

“那个作者关于人工型的评述，”埃利森继续说道，“倒是不那么令人讨厌。一种纯艺术的混合为园林景观平添一种巨大的魅力。此话不假，还有关于人类情趣那句话说得也不错。此话所表达的原则无可非议，不过除了原则也许还该有点别的什么。也许该有一个与该原则相一致的目标——一个凭常人所拥有的手段达不到的目标，而这目标一旦达到，那它为风景园林所增添的一种魅力则远非‘人类情趣’这几个字就能概括。一名诗人，一名拥有巨大财力同时又具有必要的艺术观念、文化观念或者像那位作者所说的情趣观念的诗人，也许能使自己的构想一下子充满美的广度、美的新奇，以至能传达那种超凡脱俗的冲突情感。这种结果产生之时人们将会看到，他既保证了情趣或构想的所有优点，同时又使他的作品避免了世俗艺术的粗糙和浅薄。在荒郊旷野的最险峻之处，在纯粹自然的最蛮荒之地，显然存在着一位创造者的艺术；但这种艺术显然只是思想之反映，绝不具有任何一种明显的感情实质。现在让我们来设想这种上帝的意志感是降低的一步，被融入了与人类艺术意识相和谐或相一致的某种东西，形成了一种居于二者之间的中介，譬如让我们想象有这样一片风景，它兼有的广袤和限定，它和谐的美、壮观和新奇都使人想到那些超乎人类但又相似于人类的高等生命之文化。这样，人类的情趣得以保存，而这种合成的艺术则造就出一种次自然或亚自然的氛围—— 一种既非上帝创造，也不是由上帝的无限本质中分出的自然，但它们仍然是自然，是由那些翱翔于人类与上帝之间的天使亲手创造的自然。”

正是由于把他的巨额财富全部用来实现这样一个梦幻，正是由于对他的规划之亲自监督保证了户外自由运动，正是由于这些计划提供了一个追求不止的目标，正是由于这个目标的崇高精神，正是由于这种精神使他真正感觉到与世无争，正是这种清泉一直在满足但永远不可能止住那种支配他灵魂的激情，对美的渴求；最重要的是，正是由于一名女性而不是非女性的同情，她的美丽和爱使他的存在沉浸于乐园华美的气氛之中；正是由于这一切，埃利森想到了去寻求免于人类寻常的忧虑烦恼，并寻求到了真正的极乐至福，这种幸福远比闪烁在斯塔尔夫人那些令人销魂的白日梦里的幸福更充实、更积极。

关于我的朋友实实在在地创造出的奇迹，我毫无希望向读者传达任何清晰的概念。我想描述，但描述之困难又令我泄气，我不知道该详说还是该概述。也许更好的方法是最大限度地将两者合二为一。

埃利森先生第一步所考虑的当然是地点的选择。他几乎是一开始想到这个问题，其注意力就被太平洋群岛丰饶的自然状态所吸引。事实上他已经决定航行去南太平洋，可一夜的深思熟虑又使他放弃了这个念头。他说：“假若我愤世嫉俗，那样一个地方倒真适合我待。在那种情况下，它的荒凉偏僻、与世隔绝和交通不便就会成为最迷人之处，可我现在还不是雅典的泰门。我希望的是宁静自在而不是孤独的压抑。我心目中的地方必须保留我对宁静程度及其持续时间的控制。而且应该常常有时间让我感受到我所需要的对我所做之事所表示的富有诗意的同感。那就让我们寻找一个离繁华城市不太远的地方，并且那地方最能使我实施自己的计划。”

为了寻找这么一个地方，埃利森旅行了好几个年头，而我获得允许一直与他为伴。上千个令我神魂颠倒的地方均被他断然否定，而他否定的理由到头来都使我确信他正确无误。最后我们来到了一块异常肥沃和美丽的平整如台的地方，这块台地所提供的全景视野与西西里的埃特纳火山相差无几。而埃利森和我都认为，就视野之内美丽如画的自然景观而论，这块台地远远胜过了那座著名的火山。

埃利森如痴如醉地眺望了差不多一小时，最后欣然深吸了一口气说：“我知道，在我目前的情况下，最挑剔的人十之八九也会满意这个地方，这幅全景的确壮观，而若不是它壮观得过分，我就应该选中它了。我所认识的建筑家全都有这样一种爱好，那就是为了‘视野’的缘故而把房子修在山顶上。这个错误显而易见。任何形式的壮观，尤其是广袤，总是首先使人惊讶、激动，随后令人疲倦、压抑。最好的景观莫过于时有时无，最糟的景观莫过于一成不变。而在一成不变的情况下，最令人不愉快的壮观就是广袤，最讨厌的广袤则是一望无垠。这与幽居蛰伏的情感和意识格格不入，而我们‘隐退山泉’正是寻求满足这种意识和情感。登高而望远，我们会油然生发遗世独立之感觉，沮丧的心会像躲避瘟疫一样躲避远景。”

直到我们寻找的第四个年头末尾，才总算找到一个埃利森自己也承认满意的地方。我当然没必要说出这地方在何处。我朋友最近的去世使他的领地突然对某一类游人开放，这已经赋予了阿恩海姆一种神秘的色彩，降低了长期以来闻名遐迩的枫特山庄[①]的神秘感，这种神秘感即使说不上庄重，也相差无几，在知名度上还遥遥领先呢。

去阿恩海姆通常是经由水路。游客一大早离城，午前一直穿行在平静而具有乡土美的两岸之间。河岸上放牧着数不清的羊，雪白的羊毛缀着绵延起伏的青青草地。不知不觉地，人工培植的概念化为了田原牧歌式的情调，这种情调渐渐融进一种幽

① 加拿大境内的尼亚加拉大瀑布以西十二英里处一个风景秀丽的村庄。——译者注

僻的感觉，随之又汇入了一种荒野意识。随着黄昏的临近，河道变得越来越狭窄，两岸变得越来越陡峭，遮掩河岸的树叶也变得更加繁茂、更加幽暗。河水更加清澈透明。溪流开始千回百转，以至在波光粼粼的水面上，视野在任何时候都超不过三分之一英里。小船随时都像被囚禁在一个魔圈之中，四周是难以穿越的叶簇高墙，头顶是绿缎织成的屋顶，而脚下没有地板。小船以惊人的精确性与水面下的一条幽灵船形成对应，那条船底朝天的幽灵船时刻都与那条真实的小船相依相随，仿佛是为了支撑它。河道此时变成了一个峡谷，不过这名称还不甚贴切，我用它仅仅是因为语言中尚无字词能更准确地体现那种最引人注目，并非最具有特色的景观特征。峡谷的特点只剩下两岸的高耸和相峙平行，其余的特征完全丧失。深谷两边的峭壁（清澈的河水依然静静地穿行其间）高约一百英尺，偶尔达到一百五十英尺，两壁以极大的倾斜度相互靠拢，把目光挡在了幽谷之外，而从头顶上纠缠的灌木丛间密密匝匝垂下一缕缕羽毛状的苔藓，使整个深谷弥漫着一种阴沉忧郁的气氛。蜿蜒的水道变得更加迂回曲折，常常显得是三弯九拐之后又回到了原处，以至那位航行者早已迷失了方向。而且，他被包裹在一种说不出的奇异感觉之中。自然的感觉依然存在，但自然的特征似乎已经过人工修饰：在她的万千造化中有一种惊心动魄的对称，一种荡气回肠的均匀，一种鬼斧神工的精当。没有一根枯枝，没有一片败叶，没有一块零落的卵石，任何地方都看不见一抔裸露的黄土。透明的河水涌动着轻轻拍打洁净的花岗石岸壁或毫无瑕疵的苔藓，苔藓刀切似的轮廓虽说迷眼但很悦目。

在这水道迷津穿行的几小时，幽暗每时每刻都在加深，但蓦然间一个意想不到的急转，使小船仿佛从天上掉进了一个圆圆的水湾，与峡谷的宽度相比，这水湾显得相当开阔。其直径大约有两百码，水湾除了一个出口——小船进入水湾就正对这个出口，四周环绕着与峡谷峭壁一般高的小山，尽管小山与峭壁大不相同。山坡从水边向上成四十五度角倾斜，从山脚到山顶，无一处遗漏，被一层最华丽的花毯覆盖；在这个波动着的色彩与芬芳的海洋中，几乎看不见一片绿叶。水湾很深，但晶莹明澈，那似乎由一层小小的圆雪花石铺成的湾底清晰可见，只要眼睛能允许自己不去看那倒映着的蓝天和那满山繁花。山坡上不见一棵树，甚至连灌木也没有。观者得到的印象是华丽、温馨、斑斓、宁静、均匀、柔和、美妙、优雅、妖娆，以及一种登峰造极的栽培奇迹。这种奇迹暗示出了一个超凡脱俗、勤劳实干、情趣风雅、思想高尚、追求完美的新种族的梦。当观者的眼睛从刀切般平整的岸边，顺着姹紫嫣红的山坡向上，一直看到隐现在头顶彩云间的朦胧山巅之时，他很难不想象到一幅由红宝石、蓝宝石、蛋白石和金玛瑙镶嵌而成的瀑布全景图，仿佛图上的大瀑布正悄然无声地从天而降。

观者从幽暗的峡谷骤然进入水湾，一轮斜阳使他欣喜又令他惊讶，他本以为早已坠落到地平线之下的太阳此时正迎着他，并构成了穿过小山间的另一个峡谷般的长廊的唯一终点。

此时，那位航行者离开了那条载了他那么远的小船，下到了一只象牙色的独木舟上，小舟里里外外都用鲜红色绘着阿拉伯式图案。尖尖的船首和船艉在水面高高翘起，整个小舟就像一弯不规则的新月。它静静地浮在水面，有一种天鹅般的矜持和优雅。黑白相间的舱底放着一支轻巧的椴木单桨，但舱内既不见划手也没有侍者。客人被告知千万别懊丧，命运女神自会给予他关照。那条大一点的船渐渐消失，他被独自留在了那只显然在湖心一动不动的独木舟上。当他正考虑该去向何方，忽然觉得那叶仙舟微微一动。小舟自动慢慢旋转，直到船首朝向那轮斜阳。随后它轻盈地但以逐渐加快的速度漂行，掀起的细浪涌过象牙色的船边，其声犹如一支神曲——这似乎为那位迷惑的航行者找不到来源的一种柔和但忧郁的音乐提供了唯一可能的解释。

小舟平稳地前进，渐渐靠近另一个狭长通道的岩石隘口，通道深处更加清楚可辨。右岸绵延起伏着密林覆盖的群山。不过河岸入水处仍然可见整齐洁净的特征，看不到一般河流那种乱滩碎石的迹象。左岸的景色显得更柔和也更有人工的意味。河岸从水边以一种非常平缓的坡度向上延伸，形成一片宽阔的草地，草地看上去犹如绿色天鹅绒，其青翠碧绿堪与最纯的绿宝石媲美，这片草原的宽度从十码到三百码不等；草地从水边直达一道五十英尺高的墙，该墙极不规则地逶迤蜿蜒，大致顺着河流的方向，直到消失在西边。这道墙是一整块石岩，是由笔直地切削南岸原来崎岖不平的峭壁而构成的，不过从来就看不出丝毫人工建造的痕迹。轮廓分明的岩石有一种地老天荒的色泽，而且壁侧和墙顶都爬满了常春藤、红忍冬、野蔷薇和铁线莲。间或拔地而起的大树完全避免了墙顶和墙脚线条之单调，这些参天大树或单株独立，或三三两两，不过都紧挨着墙，以至常有树（尤其是黑胡桃树的枝）探过墙头把它们的枝端浸入水中。墙后领地深远处的景象被一道密不透风的枝叶的屏障所遮掩。

这些都是当小舟渐渐接近我所称的通道隘口时所看到的情况。当靠得更近时，隘口的形状消失了，一个新的出口出现在左方，朝这个方向依然可见那道墙逶迤蜿蜒，依然大致顺着溪流的流向。朝这个新的出口望去不会看得很远，因为溪流和相随的石墙都继续向左弯曲，直到双双被浓密的树丛吞噬。

但轻舟还是不可思议地滑进了那迂回曲折的溪流，小溪与石墙相对的一岸看上去与笔直通道与墙相对的一岸非常相似。绵延的小山偶尔高高耸起变成大山，山上覆盖着枝繁叶茂的各类植物，群山依然阻断了视线。

轻轻地向前漂行，但速度比刚才稍快，短短的三弯九转之后，泛舟者发现他的去路好像被一道巨门挡住。确切地说那是一道金碧辉煌的门，精心地雕刻有回纹装饰，门扇直接反射着此时正急速下坠的落日之余晖，其灿烂光辉似乎把周围的整片森林投入了火焰。此门嵌在那道高墙之上，高墙在这里仿佛正横跨小溪。不一会儿，就可看出溪流的主体缓缓拐了个大弯仍向左流去，石墙仍照先前那样顺流蜿蜒，而从主流分出一条水量可观的小溪则泛着细浪从那道门下穿过，从视野中消失。轻舟滑入了较小的那条溪流并漂近大门，沉重的门扇发出悦耳的声音徐徐开启。小舟滑过大门，开始加速向下滑入一片宽阔的圆形平原，平原四周环绕着紫色的高山，山脚下流淌着一条波光粼粼的河流。与此同时，整个阿恩海姆乐园骤然呈现在眼前。那儿飘荡着一种令人心旷神怡的音乐，那儿弥漫着一种令人难以忘怀的奇香；那儿看上去是一个梦一般的多彩世界：又高又细的东方树木，又低又矮的常青灌木丛，一群群金色和火红色的飞鸟，一个个水边长着百合花的湖泊，一片片开着紫罗兰、郁金香、罂粟、晚香玉和风信子的草地，一条条纵横交错的银色小溪。而从这一切之间，一座座半哥特式半撒拉逊式的建筑凌空而起，仿佛奇迹般地飘浮在半天云中。数以百计的眺窗、尖顶和尖塔在鲜红的阳光下熠熠生辉，好像由风精、仙女、天魔、地神共同创造的海市蜃楼。

Edgar

Allan

Poe

Complete

Tales

兰多的小屋

——《阿恩海姆乐园》之姊妹篇

去年夏天，在一次穿越纽约州一两个临河县的徒步旅行途中，当日暮黄昏将近时，我发现自己多少有点为正在走的那条路而感到不安。那一带地形的起伏使人觉得意外，在刚过去的一小时内，我脚下的路始终弯弯曲曲地迂回在一个个山谷之间，以至我再也弄不清楚可爱的 B 村在什么方向，而我本来打算在那儿过夜。严格地说，整整一天太阳几乎都没有照耀大地，可天气一直暖和得令人不舒服。一层像晚秋小阳春才有的那种薄雾笼罩着一切，这当然增加了我的茫然。不过，我并不特别在意当时的处境，即使我在太阳下山之前，甚至在天黑之前还找不到那个村子，那我也完全有可能很快就发现一座小小的荷兰式农舍，或者诸如此类的小屋，尽管（也许是由于风景秀丽但土地并不肥沃）那一带实际上人烟很稀少。不管怎么说，有我的背囊当枕头，有我的猎犬做警卫，在野外露宿一夜对我而言也不失为一件乐事。所以我非常轻松地信步向前，猎犬庞托挎着我的猎枪。直到后来，正当我开始考虑那许许多多纵横交错的林间通道是否会通往大路时，我被其中一条最有希望的小径引上了一条明确无误的车道。这一点肯定不会弄错。路面上能看出轻便马车轧过的痕迹。虽说高高的灌木和繁茂的树丛在头顶相交，但树篷下面畅通无阻，甚至能通过一辆弗吉尼亚山区马车。不过，除了能畅通无阻地穿过森林——如果那样一片树丛也称得上是森林的话，除了路面上能看出车轮轧过的痕迹，那车道与我所见过的其他道路再无任何相似之处。我所说的车辙不过是依稀可辨，轻轻地印在坚实、湿润但令人惬意的路面上。那路面看上去简直就像热那亚产的绿色天鹅绒。那显然是青草，但这样的青草除了在英格兰我们很少能看见，那么短、那么密、那么平，而且绿得那么鲜艳。路面上没有任何障碍物，甚至没有一块碎石或一根枯枝。原来绊脚的石块都已被小心翼翼地放（而不是抛）到了车道两旁，像用一半刻意讲究、一半漫不经心地为车道砌起两条优雅别致的道边。一簇簇野花生长在每一个空隙之处，枝繁叶茂，姹紫嫣红。

我当然不知道是什么造就了这一切。但这一切之间无疑有艺术存在，我并不为此而惊讶。从一般意义上讲，天下的道路都是艺术作品。我也不能说艺术在这儿的过分表现有多么值得惊叹。这周围应该被料理的一切似乎都被料理过了，以如此自然的“神力”（正如他们在论述风景园林的书中所说），以很少的人力和财力。对，并非艺术的价值而是其性质使我在一块野花簇拥的石上坐下来，怀着迷惑而赞美的心情把那条只有仙境中才会有的道路足足凝望了半小时。我凝望得越久便越确信：肯定有一位画家，一位对形态一丝不苟的画家监督了眼前这一切的摆布。是他无微不至的细心使这一切都保持在整洁优雅和美丽自然之间，这里的美丽自然是这个意大利词的真正含义。整幅画面很少有笔直而不间断的线条。从任何角度望去，相同的曲线效果或色彩效果一般出现两次，但不会再多。画面的每个部分都有一种和谐中的变化。这是一幅“杰作”，一幅最挑剔的批评家几乎也提不出修改建议的杰作。

我刚才跨上这条大路时拐向右边，现在我站起身来继续沿此方向赶路。道路是那样迂回曲折，所以我任何时候都只能看到前方两三步之遥的路面。路面特征倒没有什么实质上的变化。

不一会儿我渐闻潺潺水声，又往前走了一阵，当我更急促地转过一个个比刚才更突兀的拐弯时，我忽然意识到一幢某种式样的房子坐落在我正位于其顶的一个山坡脚下。由于下面的小山谷雾气弥漫，谷底的一切都看不清楚。当夕阳下坠，徐徐吹来了一阵微风，当时我还伫立于坡顶，只见谷间的迷雾化作了一缕缕云，缭绕着飘离了山谷。

谷底的景象慢慢呈现出来，就像我要描述的那么慢——东闪出一棵树影，西亮出一片水波，接着又是一个烟囱的顶部。我差点以为眼前的一切只是有时在名曰“透视画”的展出中所看见的那种精心构制的幻象。

待山谷中的雾霭彻底消散，太阳已坠到小山背后，而就在这时，它仿佛轻盈地向南跳了一个滑步，完全跃入眼帘，从山的西边的一个裂口放射出一种略呈紫色的光芒。于是骤然间，令人不可思议，整个山谷和山谷中的一切都变得亮晃晃地一览无遗。

当太阳滑进刚才所述的那个位置之时，我第一眼的感觉很像小时候看某些布景壮观的歌剧或通俗剧时最后一幕给我留下的印象。甚至连那种奇异的色彩也不欠缺，因为从裂口射进的落日余晖把一切都染上了橙色和紫色，而山谷中青草的鲜绿色多少也从一道雾帘反射到每一物体之上，那道雾帘当时还飘浮在头顶，仿佛对这样一幅迷人的美景依依不舍。

我就伫立在那雾帘之下山坡之上俯瞰那个小小的溪谷，它全长不会超过四百码，其宽度从五十码到一百五十码不等，或许最宽处有二百码。山谷的北端是最狭窄之处，从那儿越往南越宽，但也不完全符合这个规则。南端谷口最宽处也不足八十码。围绕山谷起伏的坡岭简直不能被称为山，除非从它们的北面望去。那儿有一道约九十英尺高的花岗岩峭壁兀然突起，正如我刚才所说，山谷北端是最窄之处，其宽度不会超过五十英尺；当游客从这道峭壁继续往南走，他会发现左右两边的坡岭一下子显得不那么高，不那么陡，而且也不那么像岩石。总而言之，一切都向南边倾斜并越来越平缓，然而整个溪谷依然被或高或低的岗峦环抱，只有两个地方除外。其中一处我刚才已谈过。它位于西边很偏北的位置，如我前文所描述，落日正是从那儿通过花岗岩岭上一个刀切斧劈似的天然裂口把它的余晖射进椭圆形谷底的。根据目测，那裂口最宽处大概有十码。它似乎一直往上延伸，像一条天然的堤道伸向人迹罕至的大山和森林的幽深之处。另一个开口在溪谷的正南端。南边的山丘一般来说只不过是非常平缓的斜坡，自东向西延伸约一百五十码左右。这道斜坡的正中是一块与溪谷谷底水平的凹地。无论是植物还是其他方面，南边的景象都更柔和。而北边，在那道嶙峋的巉岩之顶，从离岩边几步之遥的地方开始，一棵棵高大粗壮的山核桃、黑胡桃和栗子树拔地而起，其间偶尔点缀着橡树，那些树粗壮的横枝，尤其是黑胡桃树的横枝，远远地凌空探出峭壁的边缘。从那儿往南走，游客起初会看到同类树木，但越来越没有那么挺拔，越来越没有萨尔瓦多情调[①]。接着他会看到更温和的榆树，然后便是黄樟和刺槐，接下来是更柔和的菩提、紫荆、梓树和枫树，最后是更优雅、更文静的各种各样的树木。南边斜坡的整个表面只被野生灌木所覆盖，偶尔有几棵例外的银柳和白杨。而在溪谷之中（因为必须明白，刚才所说的那些树只是生长在岩顶和山坡），只见三棵孤零零的树生长在谷底。第一棵是树干纤细、树形优美的榆树，它守护着山谷的南大门。第二棵是比那榆树大得多也美得多的山核桃树，尽管两棵树都异常美丽，但它的任务似乎是守住西北方那道偏门，因而它刚好从那个裂口当中的乱石堆里傲然耸出，并差不多以四十五度角把它优美的身躯远远伸进夕阳辉映的山谷。这棵树偏东三十码处，则屹立着那棵堪称山谷的骄傲，而且无疑是我所见过的最壮观的树，也许只有大丝柏能与之媲美。那是一棵三丫百合树，亦称木兰鹅掌楸，是木兰科的一个天然树种。它的三根树枝离地面大约三英尺处从母体分杈，然后向上逐渐微微分开，在最大的那根枝干隐入叶簇的地方，它们之间相隔也不足四英尺，那是在八十英尺高的地方。树的主体部分高达一百二十英尺。没有什么树叶能比百合树的叶片更美丽、更繁茂、更青翠。以眼前这棵树为例，那些叶片足足有八英寸宽，但与绚丽烂漫的满树繁花相比，碧绿的叶片也黯然失色。请设想千百万朵又大又美的郁金香簇拥成一团的情景！只有这样读者方能感觉到我想描绘的那幅图画。然后是那几根树干，它们表面光洁，有颗粒状斑点，看上去就像雄伟而典雅的圆柱，最粗一根在离地面二十英尺处直径也达四英尺。另外那两棵树虽不及这棵百合树威风，但仍不失其优美典雅，它们的花和这棵百合树的花交相辉映，并使整个山谷充溢着阵阵异香。

椭圆形的谷底大部分铺着我在路上所发现的那种青草，如果说有什么区别，

① 萨尔瓦多·罗萨（1615—1673），那不勒斯画家。——译者注

那就是更柔和、更茂密、更青翠，更像一层绿油油的天鹅绒地毯。简直难以想象这一切如何能这般美。

我已经说到过进入山谷的两个开口。从西北方的那一个流出一条小溪，它泛着细浪顺那道裂缝从远方流来，一头撞上那棵山核桃树独立于上的乱石堆。它在这儿绕树转了一个圈，然后继续往东北方向流淌，经过离它南岸约二十英尺的百合树，未变方向一直流到山谷东西两个边界之间的正中位置。它在此迂回了一阵，接着转了一个九十度的急弯，顺着大致朝南的方向迤逦而行，直到流进一个形状不规则的小湖（大致呈椭圆形），那波光粼粼的小湖靠近山谷中更低矮的南端。小湖最宽处直径也许有一百码。水晶也不会比清澈的湖水更透明。清晰可见的湖底全由雪白晶亮的小鹅卵石铺就。湖畔覆盖着已经描述过的那种青草，湖岸不是倾斜地伸入水中，而是融进了水下的一片蓝天。这片蓝天是如此明净可鉴，时时映出水面上的一切，以至很难分清真正的湖岸在哪儿结束，倒映出的湖岸从哪儿开始。水中似乎都快要鱼满为患，鳟鱼和其他各种鱼看上去好像都成了真正的飞鱼。几乎让人相信它们都是悬浮在空中。一叶桦木轻舟静静地横卧在水面，水面犹如最精巧的明镜，惟妙惟肖地映出它每一道精细的木纹。离北岸不远的湖面上有一座花团锦簇、欣欣向荣的小岛，小岛刚好为一幢别致的小建筑提供了足够的空间，那小小的建筑像飞禽的栖息之地。小岛由一座看上去轻巧，但非常原始的小桥与湖岸相连。小桥由单独一块又宽又厚的鹅掌楸木板构成。这块木板有四十英尺长，以一个微拱但一眼就能看出的弓形跨越两岸，弓形避免了桥身摇晃。从小湖的南端继续流出那条小溪，小溪在山谷中又弯弯曲曲地流淌了三十码左右，最后终于穿过（已经描述过的）南坡中央地带的那块“凹地”，跌下一道一百英尺高的陡峭悬崖，然后沿着它迂回曲折的道路，悄然流向哈得孙河。

小湖很深，有些地方达到三十英尺。但小溪的深度很少超过三英尺，而它最宽之处也只有八英尺左右。溪岸溪底的模样与湖岸湖底相同，如果说它们有什么美中不足的话，那就是显得过分整洁。

为了打破单调，谷底宽阔的绿色草坪上随处点缀着美丽的灌木丛，诸如绣球花、山荣树，或是香气四溢的山桃花，或许点缀得更多的还是一簇簇灿然怒放、色彩缤纷的天竺葵。后者均被栽培在花盆中，但花盆都小心翼翼地埋在土里，所以看上去那些植物就像天然长成。除了这些花木，那天鹅绒般的草地上还优雅地点缀着羊群——相当大的一群羊在山谷中漫游，与之相伴的有三头温驯的鹿和一大群羽毛斑斓的鸭子，一只硕大的猛犬仿佛在守护着这些动物。

顺着东西两边的峭壁——山谷周围坡岭的上部多少都显得有点陡峭，茂密地爬满了常春藤，所以只是偶尔能看见一点裸露的岩石。北边的巉岩同样也被郁郁葱葱的葡萄藤覆盖，一些葡萄藤从巉岩脚下的土中长出，而另一些则生于突出的岩壁表面。

构成这块小小的领地南部疆界的那条低坡顶上，有一道整齐平滑的石壁，其高度足以防止那几头鹿逃出山谷。任何地方都看不见栅栏或篱笆，因为哪儿也不需要这种人工屏障。譬如说任何一头离群的羊要顺着溪流走出山谷，那它走不了几码就会发现在那道突出的岩石边缘就没有了去路，我最初一走近山谷便引起我注意的那道瀑布就越过这岩顶飞流直下。总之，山谷唯一的进出口就是扼住与车道相通的那个岩石隘口的一道大门，此门位于我伫立观望之处下方几步远的地方。

我已经描述过那条小溪一直极不规则地弯弯曲曲。正如我所说，它的两个大方向先是自西向东，然后由北往南。南溪就这样三弯九转地几乎绕了个圈，在谷底形成了一个非常类似于岛屿的、面积约为十六英亩的半岛。在这个半岛上坐落着一幢房子，如果我说这幢房子就像瓦特克所看见的那个地狱露台一样具有一种前所未有的建筑风格，那我只是想说它们的和谐匀称给我留下了一种最强烈的印象，一种新颖而得体的印象，总之就是诗的印象。因为除了刚才所用的这些字眼，我简直没法更精确地为抽象的诗的印象下定义，总之我无论如何都不想说所能感觉到的仅仅是新奇。

事实上，再也找不出比这更天然质朴、毫无矫饰的小屋了。它神奇的效果完全在于它如诗如画的艺术布局。当我凝视这幢小屋时，我禁不住想象它是由某位风景画大师用彩笔绘成的。

虽说我起初俯瞰山谷那个角度几乎也是观看这幢小屋的最佳位置，但还不是绝对的。所以我将根据我后来的观察对其进行描绘，从山谷南端那道石壁上的一个位置。

小屋的主体部分约有二十四英尺长、十六英尺宽，肯定不会再多。它从地面到屋脊的高度不可能超出十八英尺。这个主体建筑的西端附有一间其大小为它三分之一的偏房。偏房的正面比主体建筑的正面往后缩进了大约两码，其屋顶当然也比相邻的屋顶矮了一大截。垂直于这一正一偏两房，从主房的后面，完全位于当中，延伸出小屋的第三个部分。这部分很小，大体上比西端偏房小三分之一。两个较大的屋顶都十分倾斜，以一种长长的凹面曲线从屋顶陡然直下，最后伸出正面墙外四英尺之遥，结果成了两条外廊的遮顶。伸出的屋顶当然用不着支撑，但由于它们看上去似乎需要，所以只在拐角处竖有毫无装饰的细柱。北屋的屋顶实际上只是主体部分屋顶的延伸。在主体部分和西屋之间，竖着一个用荷兰式硬砖砌成的很高很细的方形烟囱，砖的颜色是红黑相间，烟囱顶部有一道由突出的砖构成的细檐。山墙上面屋顶也伸出许多，主体部分伸出约有四英尺，西面伸出两英尺。大门不是恰好开在主体部分的正中，而是稍稍偏东一点，同时两扇窗户都靠西边。窗户并非落地窗，但远远比一般窗户更长更窄。它们和门一样有单扇遮板，窗格是菱形，格子相当大。门的上半部分镶着玻璃，镶框也是菱形格子，一块活动遮板可在夜间挡住外面的视线。西偏房的门开在山墙上，而且相当朴实无华，唯一的一扇窗户朝向南边。北屋没有向外开的门，它也只有一扇窗户，是朝着东方。

东面山墙之单调被一段以对角线斜过的楼梯（带有栏杆）所打破，楼梯从南端墙脚开始向上延伸。在宽宽的屋檐遮盖下，这段楼梯通向阁楼，更正确地说是屋顶室，因为那屋子的采光全凭向北开的唯一的窗户，看上去它一直被打算用作贮藏室。

主楼和西屋的外廊像通常一样没有铺地板，但门外和窗下的草地上都嵌着又大又平、形状不一的花岗石板，提供了在任何天气下都不会脏鞋湿袜的立足之处。屋前有同样用花岗石板铺成的小径，并非一块接一块的镶拼，而是常在石板之间留有天鹅绒般的草皮。这些优雅的小径通往各处，通向五步开外的一股清泉，通向联结山谷外的那条车道，或是跨过小溪，通向坐落在北边的一两间附属棚屋，棚屋则被几棵刺槐和梓树完全遮掩。

在小屋大门外不到六步远的地方，立着一棵早已枯死的奇形怪状的梨树。枯树从顶到根都缠满了红艳艳的紫葳花，若不细看很难断定它到底是棵什么树。这棵树不同的枯枝上挂着各式各样的鸟笼。在一个用柳条编成、顶部有环的圆形大鸟笼中，一只反舌鸟正欢蹦乱跳，另一个笼里是一只黄莺，从另外三四个美丽的囚笼中则飘出金丝雀美妙的歌声。

外廊的细柱上缠绕着茉莉花和忍冬藤，而从正房与西屋连接处正面的那个角落，则长出一根异常葱郁的葡萄藤。它无视一切阻拦，先是攀缘上西屋较矮的房顶，接着又登上更高的正房屋脊，然后顺着脊檩，向左右两旁吐着卷须，一路扭曲着爬过房顶直达东山墙，最后耷拉下来，沿着那段楼梯延伸。

整幢小屋，包括其偏房，均用老式的荷兰盖房板建成。这种盖房板很宽，四角不呈圆形。这种建筑材料的奇特之处便是让房子的底部看上去比顶部更宽，就像埃及的房屋一样。而就眼前这幢小屋而言，无数盆几乎环绕过墙根的鲜花更是加强了那种别致的效果。盖房板均被漆成灰色，暗淡的灰色融入那棵百合树的碧绿之中。这种浓淡相宜的效果很容易被画家想到。

从我描述过的那道石壁附近的位置，那幢小屋可谓尽收眼底，因为小屋是东南角突出，所以一眼就能看到它的两个正面和东面别致的山墙，同时还足以看到主楼后伸出的北屋，看到遮盖贮藏室的那片屋顶，另外还能看到小屋附近横跨小溪的一座便桥的一半。

虽说我已把脚下的景色看了个够，可我在坡顶上伫立的时间并不算太长。我显然是早已迷失了通往我要去的那个村子的路，而作为一名行路人，我无论如何都有充分的理由去敲开眼前的那扇门，向小屋的主人打探道路，于是我立刻朝小屋走去。

脚下的路过了谷口那道门后似乎就横在一道天然壁架之上，壁架从东北边的峭壁沿着表面逐渐向下倾斜。我一直走到北边那道巉岩脚下，从那儿过了便桥，从小屋的东山墙绕到正面。在这一过程中，我丝毫看不出周围建有附属棚屋的痕迹。

当我拐过墙角之时，那只猛犬向我扑来，它不吠不咬，只是露出猛虎般的眼光和神态。我马上伸出手去向它表示友好，我从不知道有哪条狗会对我这样一种礼节无动于衷。它不仅闭嘴摇尾，而且还向我伸出了它的前爪，随后它又向庞托大献殷勤。

由于没发现有门铃，我只好用我的手杖轻轻敲击虚掩着的门扉。一个身影应声朝门口走来，那是位二十七八岁的年轻女人。她身材中等偏高，身段苗条，更准确地说是纤细。当她迈着一种完全无法形容的端庄步态走近之时，我心中暗暗说："与那种矫揉造作的优雅相比，我肯定已在这儿发现了优雅的自然完美。"她留给我的第二个也是更鲜明的印象，便是她那种能激发人热情的神态。也许我能将其称为一种浪漫的神情，这种神情是那么强烈，以至当其从她那双深陷的眼睛里闪出之时，我觉得从不曾有过什么神情能如此深深地渗入我的灵魂。我不知为何，但那种闪烁在她那双明眸之中，偶尔也显露在她的嘴唇之上的神情，恰好具有一种能使我注意力集中于女人的力量，即使不说这种力量是绝对唯一的魅力。"浪漫"，假若我的读者能充分理解我在此使用这个字眼的真实含义，在我看来，"浪漫情调"和"女人气质"是一对同义词。毕竟，在男人眼里，女人真正可爱之处仅仅是她的女人味。安妮的眼睛（当时我听见有人在里屋叫她"安妮，亲爱的"）是"超凡脱俗的灰色"，她的头发是淡淡的栗色，这些便是我来得及时对她进行的全部观察。

在她彬彬有礼的邀请下，我进了小屋，首先经过的是相当宽敞的门厅。由于进屋的主要目的是参观，所以我一进屋就注意到右边有一扇窗户，式样和房子正面的窗户相同。左右有一门通往正厅，而迎面一扇开着的门则使我能看见一个小房间，面积与门厅差不多，摆设像一间书房，有一扇宽大的凸窗朝向北面。

进入客厅之后我见到了兰多先生，因为我随后就得知这是他的姓。他温文尔雅，诚恳热情。可我当时更感兴趣的是那幢令我如此着迷的住房，而不是主人的举止风采。

现在我看见北屋原来是一间卧室，它的门开向客厅。这扇门的西边有一扇窗户，向外冲着那条小溪。客厅的西端有一个壁炉，并有一门通向西屋，大概是厨房。

客厅的布置真是再简单不过。地板上是一块双面提花地毯（质地精良），白底上点缀着小圆形绿色图案。窗帘是雪白的薄棉布，幅面相当宽大，折褶鲜明平整，全都非常干脆，也许还非常正式地垂直至地板。墙上贴的是极其精美的法国墙纸，银白色的衬底上饰有一条条淡绿色的 Z 字形凸线。偌大的墙面只挂有三幅朱利安用三种石墨笔所作的精致的石版画，直接挂在墙上，没加画框。其中一幅画的是东方艳景，更准确地说就是春宫图；另一幅画的是一幕“狂欢节小景”，盎然生气无可比拟；第三幅画的是一位希腊美女的头像，我以前从不曾见过一张美得超凡绝世，但表情又那么不可捉摸的女人的脸庞。

更实用的布置有一张圆桌、几把椅子，其中包括一把很大的摇椅，另外还有一张沙发，准确地说是“长靠椅”。椅架是用漆成乳白底色加绿色细纹的普通枫木造成。椅座则用细藤编成。椅子和圆桌十分匹配，但所有的造型显然均出自构想出了屋外“庭园”的那位设计师的大脑，无法想象还有什么能比这一切更优美的了。

桌上有几本书，有一只装有某种新奇香料的方形大水晶瓶，有一盏质朴的毛玻璃星灯（不是太阳灯），灯上有一个意大利灯罩，此外就是一大瓶灿然怒放的鲜花。其实正是姹紫嫣红、芬芳馥郁的鲜花构成了那个房间唯一的装饰。一瓶光彩夺目的天竺葵几乎遮掩了壁炉。房间每个角落的三角形花架上也放着同一式样的花瓶，唯一不同的是瓶里可爱的花。一两只小一点的花瓶装饰着炉架，开着的窗户周围则簇拥着刚刚绽放的紫罗兰。

本文之目的只是详细描绘兰多先生的那幢小屋，根据我亲眼所见。至于他如何造就那小屋，为什么那样布置，以及兰多先生本人的一些情况，说不定可以构成另一篇文章的主题。